Hab acht auf meine Schritte

© Hans Strack

MARY HIGGINS CLARK

geboren in New York, gilt als eine der erfolgreichsten und meistgelesenen Krimiautorinnen der Welt. Ihre Bücher führen regelmäßig die internationalen Bestsellerlisten an und haben allein in den USA eine Gesamtauflage von über 50 Millionen Exemplaren erzielt. Viele ihrer Thriller wurden für das Fernsehen verfilmt. Die Autorin lebt und arbeitet in Saddle River, New Jersey.

MARY HIGGINS CLARK

Hab acht auf meine Schritte

ROMAN

Aus dem Amerikanischen von Andreas Gressmann

Weltbild

Die amerikanische Originalausgabe erschien 2005 unter dem Titel
No Place Like Home bei Simon & Schuster, New York.

Besuchen Sie uns im Internet:
www.weltbild.de

Das Lizzie-Borden-Gedicht wurde auf Deutsch zitiert nach dem Roman:
Walter Satterthwait, Miss Lizzie, Übersetzung Ursula-Maria Mössner

Genehmigte Lizenzausgabe
für Verlagsgruppe Weltbild GmbH,
Steinerne Furt, 86167 Augsburg

Übersetzung: Andreas Gressmann
Umschlaggestaltung: Johannes Frick, Augsburg
Umschlagmotiv: Photonica/Getty Images, München (© Gladys)
Gesamtherstellung: Clausen & Bosse GmbH,
Birkstraße 10, 25917 Leck
Printed in Germany
ISBN 3-8289-8621-8

2009 2008 2007 2006
Die letzte Jahreszahl gibt die aktuelle Lizenzausgabe an.

Annie Tryon Adams,
dem heiteren Geist, der lieben Freundin
in froher Erinnerung

Lizzie Borden mit dem Beile
Hackt Mama in vierzig Teile.
Das Ergebnis freut sie sehr,
Bei Papa wird's ein Teil mehr.

PROLOG

Die zehn Jahre alte Liza träumte gerade ihren Lieblingstraum: von jenem Tag, als sie, sechs Jahre alt, mit ihrem Daddy in Spring Lake am Strand gewesen war. Sie standen im Wasser, hielten sich an den Händen und sprangen zusammen hoch, wenn sich vor ihnen eine Welle brach. Dann aber rollte plötzlich eine viel größere Welle heran und türmte sich über ihren Köpfen auf, und Daddy umklammerte ihre Hand. »Halt dich fest, Liza«, brüllte er, und im nächsten Augenblick drückte die Welle sie unter Wasser und riss sie mit sich. Liza hatte entsetzliche Angst.

Sie erinnerte sich noch genau an das Gefühl, als die Welle sie auf den Strand spülte und sie mit der Stirn auf den Sand prallte. Sie hatte Wasser geschluckt und hustete, ihre Augen brannten und sie weinte, aber dann nahm Daddy sie auf den Schoß. »Puh, war das eine Welle!«, sagte er und wischte ihr den Sand aus dem Gesicht. »Aber wir beide haben sie ausgetrickst, was, Liza?«

Das war der schönste Teil des Traums – als Daddy sie fest in seinen Armen hielt und sie sich geborgen fühlte.

Noch bevor es wieder Sommer wurde, war Daddy gestorben. Danach hatte sie sich nie mehr wirklich geborgen gefühlt. Und jetzt war sie ständig in Angst, weil Mom ihren Stiefvater Ted gezwungen hatte, aus dem Haus auszuziehen. Ted wollte die Scheidung nicht, und ständig bedrängte er

Mom, ihn wieder zurückkommen zu lassen. Liza wusste, dass sie nicht die Einzige war, die Angst hatte; Mom hatte auch Angst.

Liza versuchte nicht hinzuhören. Sie wollte wieder in den Traum zurückkehren und in Daddys Armen sein, aber die Stimmen weckten sie immer wieder auf.

Jemand weinte und schrie. Hatte sie gehört, wie Mom Daddys Namen rief? Was hatte sie gesagt? Liza setzte sich auf und schlüpfte aus dem Bett.

Mom ließ immer die Tür zu Lizas Schlafzimmer einen Spalt offen, damit sie das Licht im Flur sehen konnte. Und bevor sie Ted geheiratet hatte, im letzten Jahr, hatte sie zu Liza gesagt, wenn sie aufwache und sich einsam fühle, könne sie jederzeit zu ihr ins Zimmer kommen und in ihrem Bett schlafen. Aber nachdem Ted eingezogen war, hatte sie nie wieder mit ihrer Mutter in einem Bett geschlafen.

Es war Teds Stimme, die sie jetzt hörte. Er brüllte Mom an, und Mom schrie: »Lass mich los!«

Liza wusste, dass Mom große Angst vor Ted hatte, und dass sie sogar Daddys Pistole in der Schublade ihres Nachttisches aufbewahrte, seit er ausgezogen war. Liza hastete den Flur hinunter, ihre Füße huschten geräuschlos über den weichen Teppichboden. Die Tür zu Moms Wohnzimmer stand offen, und sie sah, dass Ted Mom gegen die Wand gedrückt hatte und sie schüttelte. Liza rannte am Wohnzimmer vorbei und geradewegs in Moms Schlafzimmer. Sie hastete zum Nachttisch neben dem Bett und riss die Schublade auf. Zitternd nahm sie die Waffe in die Hand und rannte zurück zum Wohnzimmer.

In der Tür blieb sie stehen, richtete die Waffe auf Ted und schrie: »Lass meine Mutter los!«

Ted wirbelte herum, ohne Mom loszulassen. Seine Augen waren weit aufgerissen und voller Wut. An seinen Schläfen traten die Adern hervor. Liza sah, dass ihrer Mutter Tränen über die Wangen liefen.

»Bitte sehr!«, brüllte er. Und damit versetzte er Lizas Mutter einen heftigen Stoß in ihre Richtung. Als sie gegen Liza prallte, löste sich ein Schuss. Liza hörte einen komischen leisen Gurgellaut, und Mom brach auf dem Boden zusammen. Liza sah auf ihre Mutter hinab, dann auf Ted. Er wollte sich gerade auf sie stürzen, da hob sie die Pistole und drückte den Abzug. Sie drückte wieder und wieder, bis er stürzte und auf sie zuzukriechen begann, um ihr die Waffe zu entreißen. Als kein Schuss mehr kam, ließ sie die Waffe fallen, sank auf den Boden und umarmte ihre Mutter. Nichts war zu hören, und da wusste sie, dass ihre Mutter tot war.

An alles, was danach geschah, konnte sich Liza nur verschwommen erinnern. Sie wusste noch, dass Ted mit irgendwem am Telefon gesprochen hatte, dass die Polizei gekommen war und jemand ihre Arme vom Hals ihrer Mutter gelöst hatte.

Man hatte sie fortgebracht, ohne dass sie ihre Mutter je wieder gesehen hätte.

1
Vierundzwanzig Jahre später

Es ist unfassbar, aber ich stehe genau auf demselben Fleck, auf dem ich damals stand, als ich meine Mutter erschossen habe. Ich frage mich, ob ich dies wirklich erlebe, oder ob es nur zu einem Albtraum gehört. In der ersten Zeit nach dieser furchtbaren Nacht hatte ich andauernd Albträume. Einen großen Teil meiner Kindheit habe ich damit verbracht, Bilder von diesen Träumen für Dr. Moran zu malen, einen Psychologen in Kalifornien, wo ich nach dem Prozess gelebt habe. Dieses Zimmer kam in vielen dieser Zeichnungen vor.

Der Spiegel über dem offenen Kamin ist noch derselbe, den mein Vater ausgesucht hat, als er das Haus einrichten ließ. Er wurde in die Wand eingelassen und mit einem Rahmen versehen. Ich erblicke mein Spiegelbild darin. Mein Gesicht ist leichenblass. Meine Augen wirken nicht mehr dunkelblau, sondern schwarz, in ihnen scheinen sich alle schrecklichen Visionen zu spiegeln, die aus meiner Erinnerung auftauchen.

Die Augenfarbe habe ich von meinem Vater geerbt. Die Augen meiner Mutter waren heller, saphirblau, sie passten perfekt zu ihren goldblonden Haaren. Ich selbst wäre aschblond, wenn meine Haare noch ihre natürliche Farbe hätten. Ich lasse sie jedoch dunkler färben, seitdem ich vor sechzehn Jahren an die Ostküste zurückgekehrt bin, um die Hochschule für Design in Manhattan zu besuchen. Außerdem bin ich zehn Zentimeter größer als meine Mutter. Trotzdem, mit zunehmendem Alter werde ich ihr äußerlich in vielerlei Hinsicht immer ähnlicher, und ich bemühe mich, diese Ähnlichkeit so weit wie möglich zu kaschieren. Ich habe immer mit der Angst gelebt, jemand könnte zu mir sagen: »Sie kommen mir irgendwie bekannt vor …« Damals war das Bild meiner Mutter durch alle Medien gegangen, und gelegentlich taucht es immer noch auf, wenn die Geschichte um ihren Tod wieder aufgewärmt wird. Wenn also jemand zu mir sagt, ich käme ihm bekannt vor, weiß ich, dass es ihr Bild ist, das er im Kopf hat. Ich dagegen, Celia Foster Nolan, ehemals Liza Barton, jenes Kind, das von der Boulevardpresse »Little Lizzie Borden« getauft wurde, würde wohl kaum als das pausbäckige Mädchen mit den goldenen Locken wiedererkannt werden, das damals von der Anklage des vorsätzlichen Mordes an seiner Mutter sowie des Mordversuchs an seinem Stiefvater freigesprochen – wenn auch nicht entlastet – worden war.

Mein zweiter Ehemann, Alex Nolan, und ich sind jetzt seit einem halben Jahr verheiratet. Wir wollten heute eigentlich mit meinem vierjährigen Sohn Jack zu einem Reitturnier in Peapack, einer vornehmen Ortschaft im Norden New Jerseys, aber auf einmal ist Alex Richtung Mendham gefahren, einer benachbarten Stadt. Erst dann hat er mir verraten, dass er eine wunderbare Überraschung zu meinem Geburtstag habe, und ist in die Straße eingebogen, die zu diesem Haus führt. Alex hat den Wagen geparkt, und wir sind eingetreten.

Jack zieht mich an der Hand, aber ich bleibe wie angewurzelt stehen. Er ist voller Tatendrang und möchte, wie die meisten Vierjährigen, alles erkunden. Ich lasse ihn los, und im Nu läuft er aus dem Zimmer und rennt den Flur entlang.

Alex steht hinter mir. Ohne ihn anzusehen, spüre ich seine Aufregung. Er glaubt, dass er ein wunderschönes Zuhause für uns gefunden hat, und seine Großzügigkeit geht so weit, dass er es allein auf meinen Namen überschrieben hat, es soll sein Geburtstagsgeschenk sein. »Ich kümmere mich um Jack, Schatz«, beruhigt er mich. »Sieh du dich in Ruhe um und mach dir schon mal Gedanken, wie du alles einrichten willst.«

Als er das Zimmer verlassen hat, höre ich ihn rufen: »Geh nicht die Treppe runter, Jack. Erst müssen wir Mommy das Haus zeigen.«

»Ihr Mann hat mir gesagt, dass Sie Innenarchitektin sind«, meldet sich jetzt Henry Paley, der Makler, zu Wort. »Dieses Haus ist immer in sehr gutem Zustand gehalten worden, aber natürlich hat jede Frau den Wunsch, ihrem Heim ihren eigenen Stempel aufzudrücken, umso mehr, wenn es ihr Beruf ist.«

Noch bringe ich es nicht über mich zu antworten und blicke ihn wortlos an. Ein eher schmächtiger Mann um die sechzig, mit ausgedünntem, grauem Haar, korrekt gekleidet in einem dunkelblauen Nadelstreifenanzug. Natürlich erwartet er, dass ich mich begeistert zeige über das wundervolle Geburtstagsgeschenk, das mir mein Mann gemacht hat.

»Wie Ihr Mann Ihnen vielleicht gesagt hat, war ich selbst nicht mit dem Verkauf befasst«, erklärt Paley. »Meine Chefin, Georgette Grove, war gerade dabei, Ihrem Mann verschiedene Objekte in der Umgebung zu zeigen, als er im Vorbeifahren das Schild ›Zu verkaufen‹ auf dem Rasen entdeckte. Offenbar hat er sich sofort in das Haus verliebt. Nun, es handelt sich ja auch um ein architektonisches Schmuckstück, und außerdem steht es auf vier Hektar Grund in bester Lage, in einer der gefragtesten Gemeinden.«

Ich weiß, dass es ein Schmuckstück ist. Mein Vater war der Architekt, nach dessen Plänen das baufällige Herrenhaus aus dem achtzehnten Jahrhundert restauriert und in ein bezauberndes und geräumiges Wohnhaus verwandelt wurde. Mein Blick fällt an Paley vorbei auf den offenen Kamin. Mutter und Daddy haben die Einfassung in Frankreich gefunden, in einem Schloss, das abgerissen werden sollte. Daddy hat mir damals die Bedeutung der einzelnen Ornamente erklärt, all diese Putten und Pinienzapfen und Weintrauben …

Ted, er drückt Mutter gegen die Wand …

Mutter schluchzt …

Ich richte die Waffe auf ihn. Daddys Waffe …

Lass meine Mutter los …

Bitte sehr! …

Ted reißt Mutter herum und schleudert sie gegen mich …

Mutter schaut mich mit entsetzten Augen an …

Der Schuss löst sich …

Lizzie Borden mit dem Beile …

»Ist Ihnen nicht gut, Mrs. Nolan?«, fragt Henry Paley.

»Doch, doch, natürlich«, bringe ich mit Mühe heraus. Meine Zunge fühlt sich taub an, unfähig, die Worte zu bilden. Gedanken an Larry, meinen ersten Ehemann, schwirren mir durch den Kopf, der mich hoch und heilig hatte schwören lassen, keiner Menschenseele je die Wahrheit über mich zu verraten, nicht einmal meinem zukünftigen Ehemann, falls ich noch einmal heiraten sollte. In diesem Augenblick nehme ich Larry übel, mir dieses Versprechen abgerungen zu haben. Er war so verständnisvoll, so einfühlsam gewesen, als ich ihm vor der Hochzeit die ganze Geschichte erzählt hatte, aber am Ende hat auch er mich enttäuscht. Er schämte sich meiner Vergangenheit, er befürchtete, dass sie eine Belastung für die Zukunft unseres Sohnes sein könnte. Diese Befürchtung hat dazu geführt, dass ich jetzt hier stehe.

Die Lüge hat bereits einen Keil zwischen Alex und mich getrieben. Wir spüren es beide. Er redet davon, bald Kinder haben zu wollen, und ich frage mich, was er davon halten würde, wenn er wüsste, dass Little Lizzie Borden ihre Mutter sein würde.

Es ist vierundzwanzig Jahre her, aber solche Erinnerungen verblassen kaum. Wird irgendwer in der Stadt mich wiedererkennen? Vermutlich nicht. Ich war zwar einverstanden, in diese Gegend zu ziehen, aber ich habe mich nicht einverstanden erklärt, in diese Stadt oder gar in dieses Haus zurückzukehren. Ich kann hier nicht wohnen. Ich kann es einfach nicht.

Um Paleys neugierigen Blicken zu entkommen, gehe ich auf den Kamin zu und tue so, als ob ich ihn genauer betrachtete.

»Wunderbare Arbeit, nicht wahr?«, bemerkt Paley. In seiner leicht fistelnden Stimme klingt die professionelle Begeisterung des Immobilienmaklers durch.

»Ja.«

»Das Schlafzimmer ist sehr geräumig, und es besitzt zwei getrennte, edel ausgestattete Badezimmer.« Er öffnet die Tür zum Schlafzimmer und schaut mich erwartungsvoll an. Widerwillig folge ich ihm.

Die Erinnerungen brechen über mich herein. Die Morgen an den Wochenenden in diesem Zimmer. Ich durfte zu Mutter und Daddy ins Bett schlüpfen. Daddy brachte Kaffee für Mutter und heiße Schokolade für mich ans Bett.

Ihr großes Bett mit dem plüschigen Kopfteil ist natürlich nicht mehr da. Die früher in pfirsichfarbenem Ton gehaltenen Wände sind jetzt dunkelgrün gestrichen. Als ich einen Blick aus dem Fenster werfe, sehe ich, dass der Fächerahorn, den Daddy vor langer Zeit gepflanzt hat, inzwischen zu einem üppigen und wunderschönen Baum herangewachsen ist.

Tränen steigen mir in die Augen. Ich möchte am liebsten davonrennen. Wenn es sein muss, werde ich mein Versprechen brechen und Alex die Wahrheit über mich erzählen. Ich bin nicht Celia Foster, geborene Kellogg, die Tochter von Kathleen und Martin Kellogg aus Santa Barbara in Kalifornien. Ich bin Liza Barton, geboren in dieser Stadt und als Kind von einem Richter widerstrebend freigesprochen von der Anklage des Mordes und versuchten Mordes.

»Mom, Mom!« Ich höre die Stimme meines Sohnes und seine Schritte, die auf dem teppichlosen Parkett hallen. Er stürmt ins Zimmer, ein Energiebündel, klein und kräftig und quicklebendig, und mein Herz macht einen Sprung. Nachts schleiche ich mich manchmal in sein Zimmer und lausche auf das Geräusch seiner gleichmäßigen Atemzüge. Er interessiert sich nicht für das, was vor langer Zeit geschehen ist. Es genügt ihm, wenn ich zur Stelle bin, wenn er nach mir ruft.

Er läuft auf mich zu, und ich beuge mich hinunter und fange ihn in meinen Armen auf. Jack hat die hellbraunen Haare und die hohe Stirn von Larry geerbt. Seine wunderschönen blauen Augen sind die meiner Mutter, obwohl Larry auch blaue Augen hatte. Ganz zum Schluss, kurz bevor er das Bewusstsein verlor, hatte Larry geflüstert, er wolle nicht, dass Jack mit den alten Geschichten über mich konfrontiert würde, wenn er auf die Schule käme. Noch heute schmecke ich die Bitterkeit, die mich überkam, als ich mir eingestehen musste, dass sein Vater sich für mich schämte.

Ted Cartwright beteuert, dass seine Frau ihn um Versöhnung gebeten hat …

Ein psychiatrisches Gutachten bestätigt, dass die zehnjährige Liza Barton seelisch reif genug war, um einen vorsätzlichen Mord zu begehen …

Hatte Larry das Recht, mir dieses Schweigen aufzuerlegen? In diesem Augenblick weiß ich es nicht mehr mit Gewissheit. Ich küsse Jack auf den Kopf.

»Ich finde es ganz, ganz toll hier«, erzählt er aufgeregt.

Alex betritt das Schlafzimmer. Er hat diese Überraschung für mich so sorgfältig vorbereitet. Als wir die Auffahrt erreichten, sah ich, dass sie mit Geburtstagsballons geschmückt worden war, die in der Augustbrise hin und her schwankten – alle mit meinem Namen und der Aufschrift »Happy Birthday« versehen. Aber die überbordende Freude, mit der er mir die Schlüssel und die Besitzurkunde für das Haus überreicht hat, ist verschwunden. Er kennt mich zu gut. Er weiß, dass ich mich nicht freue. Er ist enttäuscht und verletzt, und das ist nur zu verständlich.

»Als ich den Leuten im Büro davon erzählt habe, haben einige Frauen eingewendet, egal wie schön das Haus sei, sie selbst würden doch lieber die Möglichkeit haben, bei der Auswahl ein Wörtchen mitzureden«, sagt er ernüchtert.

Und sie haben Recht, denke ich, während ich ihn ansehe, seine rötlich-braunen Haare und seine braunen Augen. Groß gewachsen und breitschultrig strahlt Alex eine Stärke aus, die ihn sehr attraktiv macht. Jack ist ganz verrückt nach ihm. Jetzt windet er sich aus meinen Armen und umklammert Alex' Bein.

Mein Mann und mein Sohn.

Und mein Haus.

2

Die Immobilienagentur Grove befand sich an der East Main Street in Mendham, einer der attraktiveren Gemeinden New Jerseys. Georgette Grove parkte ihren Wagen vor dem Eingang und stieg aus. Es war ungewöhnlich kühl an diesem Augusttag, und die schweren Wolken sahen bedrohlich nach Regen aus. Ihr kurzärmeliges Leinenkostüm war für das Wetter nicht warm genug, und sie lief mit raschen Schritten bis zur Eingangstür.

Georgette war eine gut aussehende, gertenschlanke Frau, zweiundsechzig Jahre alt, mit kurzen, gewellten, stahlgrauen Haaren, braunen Augen und einem markanten Kinn. Im Moment kämpfte sie mit widerstreitenden Gefühlen. Sie war erleichtert, wie glatt der Vertragsabschluss bei dem Haus gelaufen war, dessen Verkauf sie soeben vermittelt hatte. Es ging um eines der kleineren Häuser in der Stadt, sein Preis erreichte gerade eben einen siebenstelligen Betrag, aber obwohl sie sich die Provision mit einem anderen Makler teilen musste, war der Scheck, den sie in der Tasche trug, für sie das reinste Manna. Er verschaffte ihr eine kleine Reserve für die kommenden Monate, bis sie den nächsten Abschluss an Land ziehen könnte.

Bis jetzt war es ein katastrophales Jahr gewesen, dessen einziger Lichtblick der Verkauf des Hauses an der Old Mill Lane an Alex Nolan war. Das hatte ihr ermöglicht, einige überfällige Rechnungen zu begleichen. Sie wäre an diesem Morgen sehr gern dabei gewesen, als Nolan seiner Frau das Haus zeigen wollte. Ich hoffe nur, dass sie Überraschungen mag, dachte Georgette zum hundertsten Mal. Sie machte sich Sorgen, weil seine Idee ganz schön riskant war. Sie hatte versucht, ihn vor dem Haus zu warnen, vor seiner Geschichte, aber Nolan schien das überhaupt nicht zu kümmern. Und er hatte das Haus allein auf seine Frau übertragen lassen. Daher befürchtete Georgette, dass die Nolans, falls es seiner Frau nicht gefiel, den Kaufvertrag für ungültig erklären lassen könnten.

In New Jersey schrieb das Gesetz vor, einen interessierten Käufer ausdrücklich darauf hinzuweisen, wenn es sich bei dem Haus um ein so genanntes stigmatisiertes Objekt handelte, wenn ihm also durch irgendwelche Umstände etwas anhaftete, was auf psychologischer Ebene Widerwillen oder Ängste auslösen könnte. Nachdem manche Leute nicht in einem Haus wohnen wollten, in dem ein Verbrechen verübt worden war oder in dem sich jemand umgebracht hatte, war der Makler gehalten, einen möglichen Käufer auf eine eventuell vorhandene derartige Geschichte aufmerksam zu machen. Laut Gesetz musste der Makler sogar darüber Auskunft geben, wenn es von einem Haus hieß, dass es darin spuke.

Ich habe ja versucht, Alex Nolan darauf hinzuweisen, dass es ein tragisches Ereignis in dem Haus an der Old Mill Lane gegeben hat, dachte Georgette, als sie die Tür zum Empfangsraum ihres Büros öffnete. Aber er hatte sie nicht ausreden lassen und gesagt, seine Familie habe früher ein zweihundert Jahre altes Haus auf Cape Cod gemietet, und ihr würden die Haare zu Berge stehen, wenn sie die Geschichten über einige Menschen, die dort gelebt hätten, hören würde. Aber das hier ist etwas anderes, dachte Georgette. Ich hätte ihm sagen müssen, dass die Leute hier das Haus Little Lizzie's Place nennen.

Sie fragte sich, ob Nolan wegen der Überraschung nicht doch nervös geworden war. Im letzten Augenblick hatte er sie gebeten, persönlich anwesend zu sein, wenn sie das Haus besichtigen würden, aber Georgette hatte ihren anderen Termin nicht mehr verschieben können. Stattdessen hatte sie Henry Paley vorgeschickt, um die Nolans zu begrüßen und etwaige Fragen von Mrs. Nolan zu beantworten. Henry war von der Idee nicht besonders angetan gewesen. Am Ende hatte sie sich gezwungen gesehen, ihn in etwas schärferem Ton zu ermahnen, nicht nur dort anwesend zu sein, sondern es auch nicht zu versäumen, die vielen Vorzüge des Hauses und des Grundstücks gebührend hervorzuheben.

Auf Nolans Wunsch hin war die Auffahrt mit Ballons geschmückt worden, alle mit der Aufschrift »Happy Birthday, Celia«. Am Vordach über dem Eingang war eine Festdekoration aus Pappmaché angebracht worden, und außerdem hatte er darum gebeten, Champagner, eine Geburtstagstorte, Gläser, Geschirr, Silberbesteck und Geburtstagsservietten bereitzustellen.

Als Georgette auf das Fehlen jeglicher Möbel im Haus hingewiesen und sich erboten hatte, einen Klapptisch und Stühle mitzubringen, war Nolan beinahe ärgerlich geworden. Er war sofort in ein nahe gelegenes Möbelgeschäft gefahren und hatte einen teuren Verandatisch mit Stühlen bestellt und den Verkäufer instruiert, die Sachen im Esszimmer aufzustellen. »Wenn wir einziehen, werden wir sie auf die Terrasse stellen, und wenn sie Celia nicht gefallen, stiften wir sie einem Wohltätigkeitsverein«, hatte er dazu bemerkt.

Fünftausend Dollar für Terrassenmöbel, und er will sie mal eben verschenken, hatte Georgette im Stillen gedacht, aber ihr war klar, dass er es ernst gemeint hatte. Gestern Nachmittag hatte er angerufen und sie gebeten, dafür zu sorgen, dass im Hauptgeschoss in jedem Zimmer ein Dutzend Rosen stünden, auch im großen Schlafzimmer. »Rosen sind Celias Lieblingsblumen«, hatte er erklärt. »Als wir geheiratet haben, habe ich ihr versprochen, dass sie nie ohne Rosen sein würde.«

Er ist reich. Er sieht gut aus. Er ist charmant. Und er ist seiner Ehefrau treu ergeben, dachte Georgette, während sie den Empfangsraum betrat und sich automatisch umblickte, ob vielleicht Kunden warteten. Wenn ich so an die Ehen denke, die ich kenne, dann muss ich sagen, sie hat wirklich das große Los gezogen.

Aber wie wird sie reagieren, wenn sie erst die Geschichte dieses Hauses erfährt?

Georgette versuchte, den Gedanken zu verdrängen. Sie besaß ein angeborenes Talent zum Verkaufen, daher war sie schnell von den Anfängen als Sekretärin und Teilzeit-Immobilienmaklerin bis zu dem Punkt aufgestiegen, an dem sie ihre eigene Firma gegründet hatte. Auf ihren Empfangsraum war sie besonders stolz. Robin Carpenter, ihre Sekretärin und Rezeptionistin, saß an einem antiken Mahagonischreibtisch rechts vom Eingang. Auf der linken Seite befand sich eine in hellen Farbtönen gehaltene Sitzgruppe, bestehend aus einem Sofa und Sesseln, die um einen Couchtisch gruppiert waren.

Dort pflegten Georgette oder Henry Videokassetten mit Aufnahmen der angebotenen Objekte zu zeigen, während die Kunden an einer Tasse Kaffee nippten, oder auch, am frühen Abend, an einem Glas Wein. Die Aufnahmen waren mit großer Sorgfalt gemacht und zeigten sämtliche Details, sowohl des Innern als auch des Äußeren sowie der näheren Umgebung.

»Es kostet sehr viel Zeit, diese Videobänder herzustellen«, pflegte Georgette ihren Kunden zu erklären, »aber im Endeffekt spare ich sehr viel Zeit, weil ich auf diese Weise Ihre Vorlieben und Abneigungen herausfinde und eine sehr gute Vorstellung davon bekomme, wonach Sie suchen.«

Man muss sie dazu bringen, sich das Haus zu wünschen, bevor sie überhaupt einen Fuß hineingesetzt haben – das war

Georgettes Verkaufsstrategie. Zwanzig Jahre lang hatte es funktioniert, aber in den letzten fünf Jahren war es schwieriger geworden, weil immer mehr große Immobilienagenturen in der Gegend eröffnet hatten, deren jung-dynamische Makler sich um jedes zum Verkauf anstehende Objekt rissen.

Außer Robin war niemand im Empfangsraum zu sehen. »Wie ist es gelaufen?«, fragte sie Georgette.

»Alles glatt, dem Himmel sei Dank. Ist Henry zurück?«

»Nein, ich nehme an, dass er immer noch Champagner mit den Nolans trinkt. Ich kann es immer noch nicht fassen. Ein klasse Typ schenkt seiner Frau ein klasse Haus zu ihrem vierunddreißigsten Geburtstag. Ich bin genau im selben Alter. Unglaublich, was diese Frau für ein Glück hat. Wissen Sie zufällig, ob Alex Nolan noch einen Bruder hat?«, seufzte Robin. »Andrerseits – es ist wohl ziemlich unwahrscheinlich, dass es zwei solche Männer auf der Welt gibt«, fügte sie hinzu.

»Wollen wir hoffen, dass Celia Nolan immer noch glücklich und zufrieden ist, wenn sich die Überraschung gelegt hat und sie von der Geschichte dieses Hauses erfährt«, erwiderte Georgette nervös. »Sonst sitzen wir da und haben ein echtes Problem.«

Robin wusste genau, was sie meinte. Sie war klein, zierlich und sehr hübsch, mit einem herzförmigen Gesicht und einer Schwäche für kleinmädchenhafte Kleider, und auf den ersten Blick konnte man meinen, sie sei eine dieser typischen dämlichen Blondinen. Genau das hatte auch Georgette zunächst gedacht, als sie sich vor einem Jahr für den Job beworben hatte. Doch bereits nach den ersten fünf Minuten hatte sie nicht nur ihre Meinung geändert, sondern auch Robin vom Fleck weg eingestellt und ihr Gehalt etwas höher angesetzt als ursprünglich geplant. Mittlerweile stand Robin kurz davor, ihre eigene Lizenz zu erwerben, und Georgette freute sich auf die Aussicht, sie als Maklerin zu beschäftigen. Henry war einfach sein Geld nicht mehr wert.

»Sie haben wirklich versucht, den Mann über die Geschichte des Hauses aufzuklären. Das kann ich bezeugen, Georgette.«

»Wenigstens etwas«, sagte Georgette, die sich anschickte, den Flur hinunter zu ihrem Büro im hinteren Teil des Gebäudes zu gehen. Doch dann wandte sie sich abrupt um und baute sich vor der jüngeren Frau auf. »Ich habe nur ein einziges Mal versucht, mit Alex Nolan über den Hintergrund des Hauses zu sprechen, Robin«, sagte sie mit Nachdruck. »Und das war, als ich allein mit ihm im Auto saß und wir unterwegs waren, um uns das Murray-Haus an der Moselle Road anzusehen. Sie können also gar nicht mitbekommen haben, dass ich die Sache angesprochen habe.«

»Ich bin sicher, dass Sie es irgendwann erwähnt haben, als Alex Nolan hier war«, beharrte Robin.

»Ich habe es ihm gegenüber nur einmal erwähnt, und das war im Auto. Hier im Büro habe ich kein Wort darüber verloren. Robin, Sie tun weder mir noch sich selbst einen Gefallen, wenn Sie einen Kunden belügen«, sagte Georgette scharf. »Bitte, merken Sie sich das.«

Die Eingangstür ging auf. Sie drehten sich beide um und erblickten Henry Paley, der den Empfangsraum betrat. »Und, wie ist es gelaufen?«, fragte Georgette mit einem kaum verhüllten ängstlichen Unterton.

»Ich würde sagen, Mrs. Nolan hat sich die größte Mühe gegeben, so zu tun, als ob sie über die Geburtstagsüberraschung ihres Mannes entzückt sei«, antwortete Paley. »Ich glaube, ihn hat sie überzeugen können. Mich allerdings nicht.«

»Warum nicht?«, erwiderte Robin prompt, bevor Georgette die Frage stellen konnte.

Henry Paleys gesamte Mimik war die eines Mannes, der einen Auftrag erledigt hatte, der in seinen Augen von vornherein zum Scheitern verurteilt war. »Das frage ich mich selbst«, sagte er. »Vielleicht war sie einfach nur überwältigt.«

Er blickte zu Georgette. Offensichtlich war er bemüht, nicht den Eindruck aufkommen zu lassen, er habe ihre Sache schlecht vertreten. »Georgette«, sagte er entschuldigend, »ich schwöre Ihnen, als ich Mrs. Nolan die Wohnräume gezeigt habe, musste ich andauernd an dieses Kind denken, das damals im Wohnzimmer auf seine Mutter und seinen Stiefvater geschossen hat. Ist das nicht merkwürdig?«

»Henry, wir haben dieses Haus in den letzten vierundzwanzig Jahren dreimal verkauft, und Sie waren bei mindestens zwei von diesen Verkäufen beteiligt. Noch nie habe ich von Ihnen etwas Derartiges gehört«, protestierte Georgette verärgert.

»Ich habe auch noch nie dieses komische Gefühl gehabt. Vielleicht kam es durch diese dämlichen Blumen, die ihr Mann bestellt hat. Als ob man in einer Aussegnungshalle wäre, genau derselbe Duft. Als ich heute im Wohnzimmer von Little Lizzie's Place stand, hat es mich mit voller Wucht getroffen. Und ich habe das Gefühl, dass es Celia Nolan ähnlich ergangen ist.«

Zu spät bemerkte Henry, dass er den verbotenen Namen für das Haus an der Old Mill Lane gebraucht hatte. »Entschuldigung, Georgette«, murmelte er, als er an ihr vorbeiging.

»Sie haben allen Grund dazu«, entgegnete Georgette aufgebracht. »Langsam kann ich mir vorstellen, was für einen Eindruck Sie Mrs. Nolan von dem Haus vermittelt haben.«

»Vielleicht sollten Sie doch noch auf mein Angebot von vorhin zurückkommen, wonach ich bezeugen kann, dass Sie Alex Nolan über alles aufgeklärt haben, Georgette«, schlug Robin vor. In ihrer Stimme lag ein Anflug von Sarkasmus.

3

»Aber Ceil, es ist doch genau das, was wir vorhatten. Höchstens, dass alles ein bisschen schneller geht. Es passt doch gut, wenn Jack gleich in Mendham in den Kindergarten kommt. Und das letzte halbe Jahr in deiner Wohnung war schon ziemlich eng, und du wolltest auch nicht in meine Wohnung in der Innenstadt umziehen.«

Es war der Tag nach meinem Geburtstag, der Tag, der auf die große Überraschung folgte. Wir saßen beim Frühstück in meiner Wohnung. Vor sechs Jahren hatte ich den Auftrag bekommen, sie für Larry einzurichten, der dann mein erster Ehemann wurde. Jack hatte hastig ein Glas Saft und eine Schüssel Cornflakes verschlungen und war hoffentlich dabei, sich für die Tagesstätte anzuziehen.

Ich glaube, dass ich die ganze Nacht kein Auge zugemacht hatte. Ich hatte wach im Bett gelegen, meine Schulter leicht an Alex geschmiegt, und hatte ins Dunkel gestarrt. Unablässig waren die Erinnerungen aufgetaucht, ohne Ende. Jetzt saß ich am Esstisch, in einen weiß-blauen Morgenmantel aus Leinen gehüllt, die Haare zu einem Knoten geschlungen, nippte an meinem Kaffee und versuchte, ruhig und gelassen zu wirken. Mir gegenüber, wie immer tadellos gekleidet in dunkelblauem Anzug, weißem Hemd und blau-rot gemusterter Krawatte, verschlang Alex seine Scheibe Toast und stürzte seinen Becher Kaffee hinunter, wie er es jeden Morgen tat.

Ich hatte gesagt, ich fände das Haus zwar sehr schön, aber ich wolle es erst völlig neu herrichten lassen, bevor wir dort einziehen könnten, doch dieser Vorschlag war bei Alex auf wenig Gegenliebe gestoßen. »Ceil, ich weiß, es war wahrscheinlich reiner Wahnsinn, das Haus zu kaufen, ohne dich zu fragen, aber es war genau die Art von Haus, die uns beiden vorgeschwebt hat. Mit der Gegend warst du einverstanden. Wir haben von Peapack oder Basking Ridge gesprochen, und Mendham ist nur ein paar Minuten von beiden entfernt. Es ist eine vornehme Stadt, man ist relativ schnell in New York, und abgesehen davon, dass ich sowieso für die Firma nach New Jersey gehe, hat es den zusätzlichen Vorteil, dass ich die Möglichkeit habe, am frühen Morgen auszureiten. Der Central Park ist auf die Dauer einfach nicht das Wahre. Und ich möchte dir unbedingt das Reiten beibringen. Du hast gesagt, dass du gern Unterricht nehmen würdest.«

Ich musterte meinen Mann. Sein Gesichtsausdruck hatte etwas zugleich Reumütiges und Bittendes. Er hatte Recht. Diese Wohnung war wirklich zu klein für uns drei. Alex hat auf vieles verzichtet, als wir geheiratet haben. In seiner weitläufigen Wohnung in SoHo hatte er ein großes Arbeitszimmer, in dem nicht nur Platz für seine aufwendige Anlage, sondern sogar für einen Flügel gewesen war. Jetzt war der Flügel eingelagert. Alex hat eine natürliche Begabung für Musik, das Klavierspielen war für ihn mehr als nur Zeitvertreib. Ich weiß, dass ihm dieses Vergnügen sehr abgeht. Er hat hart gearbeitet, um all das zu erreichen, was er heute hat. Obwohl er ein entfernter Cousin meines verstorbenen Mannes ist, der aus einer wohlhabenden Familie stammte, gehörte Alex immer zur »armen Verwandtschaft«. Ich weiß, wie stolz er darauf ist, sich dieses neue Haus leisten zu können.

»Du hast doch gesagt, dass du wieder als Innenarchitektin arbeiten willst«, erinnerte mich Alex. »Wenn wir uns erst ein bisschen eingelebt haben, werden sich dafür viele Möglichkeiten ergeben, gerade in einer Stadt wie Mendham. Hier gibt es Geld genug, und es werden viele große Häuser gebaut. Bitte, überleg es dir, Ceil. Lass es uns einfach versuchen, mir zuliebe. Du hast ein Angebot von deinen Nachbarn, die diese Wohnung zu einem profitablen Preis übernehmen würden. Das weißt du.«

Er ging um den Tisch und umarmte mich. »Bitte.«

Ich hatte nicht gehört, dass Jack eingetreten war. »Ich mag das Haus auch, Mom«, stimmte er mit ein. »Alex will mir ein Pony kaufen, wenn wir dort einziehen.«

Ich blickte auf meinen Mann und auf meinen Sohn. »Sieht so aus, als ob wir demnächst umziehen«, sagte ich und versuchte zu lächeln. Alex braucht dringend mehr Platz, dachte ich. Er ist begeistert von der Aussicht, in der Nähe des Reitclubs zu wohnen. Später werde ich immer noch ein anderes Haus in einer der anderen Ortschaften finden können. Es wird nicht so schwierig sein, ihn dazu zu bringen, noch einmal umzuziehen. Schließlich hat er zugegeben, dass es ein Fehler gewesen war, das Haus ohne meine Einwilligung zu kaufen.

Knapp einen Monat später fuhren die Umzugslaster von der Fifth Avenue Nr. 895 los und bewegten sich auf den Lincoln Tunnel zu. Ihr Ziel war die Old Mill Lane Nr. 1, Mendham, New Jersey.

4

Die Augen vor Neugier aufgerissen, stand die vierundfünfzigjährige Marcella Williams an ihrem Wohnzimmerfenster und beobachtete, wie der große Umzugslaster langsam an ihrem Haus vorbeikroch. Vor zwanzig Minuten hatte sie Georgette Groves silberfarbenen BMW den Hügel heraufkommen sehen. Georgette war die Maklerin, die das Haus verkauft hatte. Marcella war sicher, dass der Mercedes, der kurze Zeit später auftauchte, ihren neuen Nachbarn gehörte. Sie hatte gehört, dass sie sofort einziehen wollten, weil ihr vierjähriger Sohn in den Kindergarten kommen sollte. Sie war gespannt, wie sie wohl sein würden.

Bis jetzt waren die Leute nie allzu lange in dem Haus geblieben, ging ihr durch den Kopf, und das war auch kein Wunder. Keiner hat es gern, wenn sein Haus allgemein unter dem Namen Little Lizzie's Place bekannt ist. Jane Salzman ist die erste Käuferin gewesen, als es nach der furchtbaren Geschichte mit Liza Barton verkauft wurde. Jane hat es damals zu einem sagenhaft günstigen Preis bekommen. Sie hat immer behauptet, in dem Haus herrsche eine gruselige Stimmung, aber sie hat sich ja auch viel mit Parapsychologie beschäftigt, die von Marcella als blühender Unsinn betrachtet wurde. Aber keine Frage, die Tatsache, dass das Haus immer nur Little Lizzie's Place genannt wurde, ging auf die Dauer allen Bewohnern auf die Nerven, und der Halloween-

Streich im vergangenen Jahr hat auch den letzten Besitzern, Mark und Louise Harriman, den Rest gegeben. Louise ist richtig ausgerastet, als sie die Schrift auf ihrem Rasen und die lebensgroße Puppe mit der Pistole in der Hand unter ihrem Vordach entdeckt hat. Sie und Mark wollten sowieso im nächsten Jahr nach Florida umziehen, daher haben sie einfach den Termin vorgezogen. Im Februar sind sie ausgezogen, und seitdem steht das Haus leer.

Diese Gedanken führten Marcella zu der Frage, was wohl aus Liza Barton geworden war. Marcella hatte schon dort gewohnt, als sich die Tragödie ereignete, und sie konnte sich noch gut an die zehnjährige Liza mit ihren blonden Locken, dem runden Puppengesicht und ihrer ruhigen, frühreifen Art erinnern. Ganz sicher war sie ein kluges Kind, entsann sich Marcella, aber die Art, wie sie die Leute mit prüfendem Blick anschaute, auch die Erwachsenen, war schon ungewöhnlich. Eigentlich habe ich es ganz gern, wenn Kinder sich auch wie Kinder benehmen. Ich habe mir große Mühe gegeben, nach dem Tod von Will Barton besonders nett zu Audrey und Liza zu sein. Und ich habe mich gefreut, als Audrey und Ted Cartwright geheiratet haben. Ich sagte damals zu Liza, dass es doch aufregend für sie sein müsse, einen neuen Vater zu bekommen, und ich werde nie vergessen, wie mich die kleine Göre daraufhin anblickte und sagte: »Ich habe keinen neuen Vater bekommen. Meine Mutter hat einen neuen Ehemann, das ist alles.«

Das habe ich alles vor Gericht erzählt, erinnerte sich Marcella mit einiger Befriedigung. Und ich habe ihnen auch erzählt, dass ich dabei gewesen bin, als Ted den ganzen persönlichen Kram aus Will Bartons Arbeitszimmer in Kartons geräumt und in die Garage gestellt hat. Liza hat ihn angebrüllt und die ganze Zeit versucht, die Kartons in ihr Zimmer zu schleppen. Sie hat sich nicht die geringste Mühe gegeben, auf Ted zuzugehen. Sie hat es ihrer Mutter so schwer gemacht. Und es war klar, dass Audrey verrückt nach Ted war.

Zumindest am Anfang war sie verrückt nach ihm, dachte Marcella, sich in Gedanken korrigierend, während sie beobachtete, wie ein zweiter Laster den Hügel heraufgefahren kam. Wer weiß schon, was sich da alles abgespielt hat. Jedenfalls hat Audrey der Ehe nicht viel Zeit gelassen, sich zu entwickeln, und dieses richterliche Kontaktverbot, das sie gegen Ted erwirkt hat, war absolut unnötig. Ich habe Ted geglaubt, als er unter Eid ausgesagt hat, Audrey habe ihn an jenem Abend angerufen und gebeten, zu ihr zu kommen.

Ted ist immer so dankbar für meine Unterstützung gewesen, erinnerte sich Marcella. Meine Aussage hat ihm eine Menge genützt bei der Klage, die er gegen Liza eingereicht hat. Und ich finde, dass der arme Kerl ein Schmerzensgeld verdient gehabt hätte. Es ist ziemlich unangenehm, sich mit einem zerschmetterten Knie durchs Leben zu schlagen. Er hinkt immer noch. Es ist überhaupt ein Wunder, dass er an jenem Abend nicht getötet wurde.

Als Ted nach der Schießerei aus dem Krankenhaus entlassen wurde, war er ein paar Städte weiter nach Bernardsville gezogen. Mittlerweile gehörte er zu den größeren Bauunternehmern in New Jersey, das Logo seiner Firma war häufig auf Schildern in neuen Einkaufszentren oder an den Landstraßen zu sehen. In jüngster Zeit hatte er sich darauf verlegt, auf die grassierende Fitnesswelle aufzuspringen und im ganzen Staat neue Studios zu eröffnen; außerdem baute er Anlagen mit Eigentumswohnungen in Madison.

Im Lauf der Jahre waren sich Marcella und er bei verschiedenen Gelegenheiten über den Weg gelaufen. Das letzte Mal war gerade erst einen Monat her. Ted hatte nie wieder geheiratet, aber er hatte eine ganze Reihe von Freundinnen verschlissen, und wie man hörte, war die letzte Beziehung erst vor kurzem auseinander gebrochen. Er hat immer behauptet, Audrey sei die Liebe seines Lebens gewesen und er sei nie über diesen Verlust hinweggekommen. Aber er sah noch verdammt gut aus, und er hatte beim letzten Mal sogar gemeint, sie könnten sich doch irgendwann treffen. Vielleicht interessiert es ihn, dass neue Leute in das Haus einziehen.

Marcella gestand sich ein, dass sie seit ihrer letzten zufälligen Begegnung mit Ted nach einem Vorwand gesucht hatte, um ihn anzurufen. Beim letzten Halloween, als irgendwelche Jugendliche mit weißer Farbe VORSICHT! LITTLE LIZZIE'S PLACE auf den Rasen geschmiert haben, wurde Ted von den Zeitungen gebeten, einen Kommentar dazu abzugeben.

Ich frage mich, ob diese Bengel auch dem neuen Eigentümer so einen Streich spielen werden. Jedenfalls ist sicher, dass sich die Zeitungen wieder an Ted wenden würden, falls es noch mal einen Unfug in dieser Art gäbe. Vielleicht sollte ich ihm Bescheid sagen, dass das Haus den Besitzer gewechselt hat.

Zufrieden, dass sie einen Vorwand gefunden hatte, Ted Cartwright anzurufen, ging Marcella zum Telefon. Sie durchquerte ihr großräumiges Wohnzimmer und lächelte kurz und zustimmend ihrem Ebenbild im Spiegel zu. Ihrem wohlgeformten Körper sah man das tägliche Pflichtprogramm an Fitnessübungen an. Ihre starre blonde Haarmähne rahmte ein weich gezeichnetes Gesicht, gestrafft von mehreren kürzlich durchgeführten Botox-Behandlungen. Sie war sich bewusst, dass der neue Lidstrich und die Wimperntusche ihre braunen Augen vorteilhaft betonten.

Von Victor Williams, dem Ehemann, von dem sie vor zehn Jahren geschieden wurde, stammte ein hämischer Ausspruch, der überall zitiert wurde, demzufolge Marcella mit offenen Augen und dem Telefonhörer am Ohr schlafe, weil sie Angst habe, sie könne verpassen, wenn wieder einmal jemand in den Schmutz gezogen werde.

Marcella rief die Auskunft an und erhielt die Nummer von Ted Cartwrights Büro. Nach den nervtötenden Anweisungen, für diese Funktion die Eins, für jene die Zwei und für eine weitere die Drei zu wählen, gelangte sie schließlich an seinen Anrufbeantworter. Er hat wirklich eine sympathische Stimme, dachte sie, während sie seinem aufgezeichneten Spruch lauschte.

Dann sagte sie mit deutlich kokettem Einschlag in der Stimme: »Ted, Marcella Williams am Apparat. Vielleicht interessiert es Sie ja zu erfahren, dass Ihr früheres Haus wieder den Besitzer gewechselt hat und dass die neuen Eigentümer heute einziehen. Gerade eben sind zwei Möbelwagen an meinem Haus vorbeigefahren.«

Das Geräusch einer Polizeisirene unterbrach sie. Nur wenige Augenblicke später sah sie, wie ein Streifenwagen an ihrem Fenster vorbeibrauste. Oh, da drüben scheint es bereits ein Problem zu geben, dachte sie mit einem wohligen Schaudern. »Ted, ich rufe später noch mal an«, sagte sie atemlos. »Die Polizei ist gerade zu Ihrem alten Haus unterwegs. Ich werde Sie auf dem Laufenden halten.«

5

»Es tut mir entsetzlich Leid, Mrs. Nolan«, stammelte Georgette. »Ich bin selbst gerade erst gekommen. Ich habe die Polizei benachrichtigt.«

Ich sah sie an. Sie zerrte einen Schlauch über den mit Steinplatten gepflasterten Weg, vermutlich in der Hoffnung, die Verunstaltung von Haus und Rasen ein wenig wegzuwaschen.

Das Haus lag etwa dreißig Meter von der Straße zurückgesetzt. Jemand hatte mit roter Farbe in dicken, reklametafelgroßen Buchstaben

VORSICHT!
LITTLE LIZZIE'S PLACE

auf den Rasen geschrieben.

Die Holzverschalung und der Kalkstein an der Vorderfront des Hauses waren mit roter Farbe voll gekleckst. Ich sah, dass am Eingang ein Schädel mit gekreuzten Knochen in die Mahagonitür geschnitzt worden war. Außerdem hatte jemand eine Strohpuppe, die eine Spielzeugpistole in der Hand hielt, an die Tür gelehnt. Sie sollte wohl die kleine Liza darstellen.

»Was hat das zu bedeuten?«, fragte Alex scharf.

»Wahrscheinlich irgendwelche Jugendliche. Es tut mir so Leid«, erklärte Georgette Grove nervös. »Ich werde eine

Firma beauftragen, den Schaden sofort zu beheben, und ich werde meinen Gärtner benachrichtigen. Er wird noch heute kommen, das Gras entfernen und einen neuen Rasen anlegen. Es ist doch nicht zu fassen …«

Ihre Stimme erstarb, als sie uns anblickte. Es war ein heißer und schwüler Tag. Wir trugen beide Freizeitkleidung, Hosen und kurzärmelige Hemden. Mein Haar war zurückgebürstet und fiel mir offen auf die Schultern. Gott sei Dank trug ich eine dunkle Sonnenbrille. Ich stand neben dem Mercedes, meine Hand auf der Tür. Neben mir stand Alex, wütend und angespannt. Es war ihm anzusehen, dass er sich nicht mit dem Angebot zufrieden geben würde, die ganze Schweinerei aus der Welt zu schaffen. Er wollte wissen, warum das passiert war.

Ich kann dir sagen, worum es geht, Alex, dachte ich. Du musst dich zusammenreißen, sagte ich mir verzweifelt. Ich wusste, dass ich zu Boden sinken würde, wenn ich die Wagentür losließe. Die spätsommerliche Sonne schien gnadenlos und ließ die rote Farbe glitzern.

Blut. Das war keine Farbe. Es war das Blut meiner Mutter. Ich spürte, wie meine Arme, mein Hals, mein Gesicht von ihrem Blut klebten.

»Celia, geht's dir nicht gut?« Alex hatte seine Hand auf meinen Arm gelegt. »Liebling, es tut mir so Leid. Ich kann mir einfach nicht vorstellen, wie jemand auf die Idee kommen kann, so etwas zu tun.«

Jack war aus dem Auto geklettert. »Mommy, geht's dir nicht gut? Du bist doch nicht krank, oder?«

Wie die Geschichte sich wiederholt. Jack, der sich nur vage an seinen richtigen Vater erinnern konnte, hatte instinktiv Angst, dass er mich auch verlieren könnte.

Ich riss mich zusammen und wandte mich ihm zu. Dann blickte ich zu Alex und sah die Sorge und Verzweiflung in seiner Miene. Eine furchtbare Möglichkeit fuhr mir durch den Kopf. Weiß er etwa Bescheid? Ist dies alles nur ein schrecklicher, grausamer Scherz? So schnell, wie der Gedanke gekommen war, scheuchte ich ihn wieder fort. Alex hatte nicht die geringste Ahnung, dass ich früher hier gelebt hatte. Der Makler, Henry Paley, hat mir doch erzählt, dass Alex auf dem Weg gewesen war, ein in der Nähe befindliches Haus zu besichtigen, als er das Schild »Zu verkaufen« an diesem Grundstück entdeckt hatte. Es war eines dieser schicksalhaften Ereignisse, die einfach passieren, ein schrecklicher Zufall. Aber, mein Gott, was soll ich nur tun?

»Nein, nein, es geht schon«, sagte ich zu Jack. Nur mit Mühe brachte ich die Worte über die Lippen, die sich taub und schwammig anfühlten.

Jack rannte auf den Rasen zu. »Ich kann das lesen«, krähte er stolz. »L-i-t-t-l-e L-i-z-z-i-e ...«

»Schluss damit, Jack«, rief Alex laut. Er wandte sich an Georgette. »Gibt es hierfür eine Erklärung?«

»Ich habe versucht, diese Sache anzusprechen, als ich Ihnen das Haus zum ersten Mal gezeigt habe«, antwortete Georgette, »aber Sie wollten davon nichts wissen. Vor fast fünfundzwanzig Jahren fand hier eine Tragödie statt. Ein zehnjähriges Mädchen, Liza Barton, hat aus Versehen ihre Mutter erschossen und ihren Stiefvater angeschossen. Weil der Name so ähnlich klingt wie derjenige der berüchtigten Lizzie Borden, hat die Klatschpresse sie Little Lizzie Borden getauft. Seitdem hat es hier von Zeit zu Zeit kleinere Vorfälle gegeben, aber so etwas wie heute noch nie.«

Georgette schien den Tränen nahe zu sein. »Ich wünschte, ich hätte damals darauf bestanden, dass Sie mich anhören.«

Der erste Möbelwagen bog in die Einfahrt ein. Zwei Männer sprangen heraus und liefen nach hinten, um die Türen zu öffnen und mit dem Entladen zu beginnen.

»Alex, sag ihnen, sie sollen aufhören«, sagte ich fordernd, und dann hörte ich, wie meine Stimme beinahe zu einem Kreischen anschwoll. »Sag ihnen, sie sollen umkehren und sofort nach New York zurückfahren. Ich kann nicht in diesem Haus wohnen.« Zu spät bemerkte ich, dass Alex und die Maklerin mich mit schockierten Mienen anstarrten.

»Mrs. Nolan, ich bitte Sie, das ist doch nicht Ihr Ernst«, protestierte Georgette Grove. »Es tut mir furchtbar Leid, dass das passiert ist. Ich kann mich nicht genug dafür entschuldigen. Ich versichere Ihnen, dass es nur ein paar Bengel waren, die gemeint haben, sich diesen Scherz erlauben zu können. Aber denen wird schon noch das Lachen vergehen, wenn sie von der Polizei erwischt werden.«

»Liebling, du nimmst dir das viel zu sehr zu Herzen«, sagte Alex. »Das ist doch ein wunderschönes Haus. Es tut mir Leid, dass ich Georgette nicht habe ausreden lassen, als sie mir die Geschichte erzählen wollte, aber selbst wenn, ich hätte dieses Haus trotzdem für dich gekauft. Du darfst nicht zulassen, dass irgendwelche dummen Jungs dir die Freude daran verderben.« Er nahm mein Gesicht in seine Hände. »Sieh mich an. Ich verspreche dir, dass diese Schweinerei noch heute beseitigt wird. Und jetzt komm mit nach hinten. Ich möchte Jack die Überraschung zeigen, die ich für ihn vorbereitet habe.«

Einer der Möbelpacker bewegte sich auf das Haus zu, und Jack hüpfte hinter ihm her. »Nein, Jack, wir gehen außen rum zur Scheune«, rief Alex. »Komm schon, Ceil«, bat er. »Bitte.«

Ich wollte protestieren, aber dann sah ich die aufblitzenden Lichter eines Streifenwagens, der die Straße heraufkam.

Als sie meine Arme von der Leiche meiner Mutter weggezogen hatten, brachten sie mich zum Streifenwagen und ließen mich einsteigen. Ich hatte nur mein Nachthemd an, und jemand holte eine Decke und wickelte mich darin ein. Und dann kam der Krankenwagen, und sie trugen Ted auf einer Bahre hinaus.

»Komm, Liebling«, drängte Alex. »Jack soll seine Überraschung haben.«

»Ich werde mit der Polizei reden, Mrs. Nolan«, bot Georgette Grove an.

Der Gedanke, der Polizei begegnen zu müssen, erschien mir unerträglich, daher ging ich rasch hinter Alex her. Wir umrundeten das Haus, um auf das dahinter liegende, großzügige Gartengrundstück zu gelangen. Ich registrierte, dass die blauen Hortensien, die Mutter entlang der Seitenfront gepflanzt hatte, verschwunden waren, und dann sah ich zu meiner Verblüffung, dass in der Zeit seit meinem letzten Besuch ein Teil des Grundstücks mit einem Pferdezaun abgetrennt worden war.

Alex hatte Jack ein Pony versprochen. Sollte es schon da sein? Jack musste dasselbe gedacht haben, denn nun begann er über den Rasen auf die Scheune zuzurennen. Er zog die Tür auf, und ich hörte einen Freudenschrei. »Ein Pony, Mom«, rief er. »Alex hat mir ein Pony gekauft!«

Fünf Minuten später saß Jack mit leuchtenden Augen im Sattel, die Füße sicher in den Steigbügeln, Alex an seiner Seite, der das Pony im Kreis durch das Gehege führte. Ich stand am Zaun, sah ihnen zu und genoss den Anblick von Jack, der vor Begeisterung über das ganze Gesicht strahlte, und von Alex, der zufrieden lächelte. Mir kam der Gedanke, dass Jack auf sein Geschenk so reagierte, wie Alex es eigentlich auch von mir in Bezug auf das Haus erwartet hatte.

»Das ist auch ein Grund, weshalb ich gedacht habe, dass dieses Haus einfach perfekt ist, Schatz«, bemerkte Alex, als er an mir vorüberging. »Jack ist wirklich begabt. Aus ihm wird bestimmt noch mal ein toller Reiter. Und jetzt kann er jeden Tag reiten. Ist das nicht großartig, Jack?«

Hinter mir räusperte sich jemand. »Mrs. Nolan, mein Name ist Sergeant Earley. Tut mir Leid wegen dieses Vorfalls. Das ist wirklich keine Art, Sie in Mendham willkommen zu heißen.«

Ich hatte nicht bemerkt, dass sich der Polizeibeamte und Georgette Grove genähert hatten. Überrascht drehte ich mich um.

Der Mann musste so um die Fünfzig sein, seine Gesichtsfarbe verriet, dass er viel an der frischen Luft war, das rotblonde Haar war ausgedünnt. »Ich kann mir schon vorstellen, welche Bengel dahinter stecken«, sagte er grimmig. »Glauben Sie mir, deren Eltern werden für den Schaden am Haus und am Rasen geradestehen müssen.«

Earley, dachte ich. Ich kenne diesen Namen. Als ich letzte Woche meine persönlichen Papiere eingepackt habe, bin ich auf den geheimen Ordner gestoßen, in dem ich alles gesammelt habe, angefangen mit der Nacht, in der ich meine Mutter getötet habe. In einem Artikel wurde ein Polizist erwähnt, der Earley hieß.

»Mrs. Nolan, ich bin jetzt schon über dreißig Jahre in dieser Stadt im Dienst«, fuhr er fort. »Ich sage Ihnen, Sie werden auf der ganzen Welt so schnell keinen Ort finden, an dem es so friedlich zugeht.«

Alex, der den Beamten und Georgette Grove bemerkt hatte, ließ Jack allein auf dem Pony reiten und gesellte sich zu uns. Grove machte ihn mit Sergeant Earley bekannt.

»Sergeant, meine Frau und ich wollen bestimmt nicht unser neues Leben in dieser Stadt gleich mit einer Anzeige gegen ein paar Jugendliche aus der Nachbarschaft beginnen«, sagte Alex. »Aber ich hoffe doch, dass Sie diesen Rowdys, wenn Sie sie schnappen, deutlich zu verstehen geben, dass sie von Glück reden können, dass wir so großzügig sind. Ich habe meinerseits schon beschlossen, das Grundstück sofort einzäunen und Überwachungskameras aufstellen zu lassen. Dann wird sich so etwas nicht so schnell wiederholen.«

Earley, dachte ich. In Gedanken ging ich die Artikel in den Zeitungen durch, die Artikel über mich, die mich ganz krank gemacht hatten vor Kummer, als ich sie letzte Woche wieder durchgelesen hatte. Es gab ein Bild von einem Polizeibeamten, der mir auf dem Rücksitz eines Streifenwagens eine Decke umgelegt hatte. Officer Earley war sein Name gewesen. Später hatte er vor der Presse gesagt, er habe noch nie ein Kind gesehen, das so gefasst gewesen sei wie ich. »Überall klebte das Blut ihrer Mutter an ihr, aber als ich die Decke um sie legte, sagte sie einfach: ›Vielen Dank, Officer.‹ Als ob ich ihr gerade ein Eis spendiert hätte.«

Und jetzt stand derselbe Mann vor mir, und wahrscheinlich erwartete er auch jetzt wieder einen Dank für den Dienst, den er mir erwies.

»Mom, mein Pony ist so schön«, rief Jack. »Ich möchte es Lizzie nennen, so wie der Name auf dem Gras. Ist das nicht eine gute Idee?«

Lizzie!

Bevor ich etwas sagen konnte, hörte ich, wie Georgette Grove entnervt murmelte: »O Gott, das war ja vorauszusehen. Jetzt muss auch noch diese alte Klatschbase hier auftauchen.«

Einen Augenblick später wurde ich mit Marcella Williams bekannt gemacht, die meine Hand ergriff und sagte: »Ich wohne seit achtundzwanzig Jahren im Haus nebenan und heiße Sie als meine neue Nachbarin willkommen. Ich freue mich sehr, Sie, Ihren Mann und Ihren kleinen Jungen kennen zu lernen.«

Marcella Williams. Sie wohnt immer noch hier! Sie hat gegen mich ausgesagt. Ich blickte von einem zum andern: Georgette Grove, die Maklerin, die Alex das Haus verkauft hatte; Sergeant Earley, der vor langer Zeit eine Decke um mich gelegt und anschließend gegenüber der Presse mehr oder weniger gesagt hatte, ich sei so eine Art gefühlloses Monster; Marcella Williams, die alle Aussagen Teds bestätigt und ihm damit vor Gericht zu jenem finanziellen Vergleich verholfen hatte, der mir fast nichts hinterließ.

»Mom, darf ich es Lizzie nennen?«, rief Jack.

Ich muss ihn beschützen, dachte ich. Zu viel würde über ihn hereinbrechen, sollte er erfahren, wer ich bin. Für einen Augenblick ging mir ein Traum durch den Kopf, den ich manchmal träume: Ich treibe ziellos im Ozean und versuche, Jack zu retten. Genau so fühle ich mich gerade, dachte ich verzweifelt.

Alex blickte mich mit fragender Miene an. »Ceil, Alex möchte das Pony Lizzie nennen. Geht das in Ordnung?«

Ich spürte die Blicke meines Mannes, meiner Nachbarin, des Polizeibeamten und der Maklerin, die mich alle befremdet ansahen. Ich wollte weglaufen. Ich wollte mich am liebsten irgendwo verstecken. Jack, in seiner Unschuld, wollte sein Pony wie das gefühllose Mädchen nennen, das ich angeblich gewesen war.

Ich musste diese ganzen Erinnerungen abschütteln. Ich musste die Rolle des Neuankömmlings spielen, der sich über die Verunstaltung seines Hauses ärgert. Nur das, nichts weiter. Ich zwang mich zu einem Lächeln, das wie eine Grimasse ausgesehen haben muss. »Wir sollten uns den Tag nicht durch ein paar dumme Jungs verderben lassen«, sagte ich. »Ich bin einverstanden. Ich möchte keine Anzeige erstatten. Georgette, bitte lassen Sie den Schaden so schnell wie möglich beheben.«

Ich hatte das Gefühl, dass Sergeant Earley und Marcella Williams mich musterten und versuchten, sich ein Bild von mir zu machen. Vielleicht dachte einer von beiden: »An wen erinnert sie mich bloß?« Ich drehte mich um und lehnte mich auf den Zaun. »Du darfst dein Pony nennen, wie du willst, Jack«, rief ich ihm zu.

Ich muss ins Haus gehen, dachte ich. Sergeant Earley, Marcella Williams – irgendwann werden sie etwas an mir entdecken, was ihnen bekannt vorkommt.

Einer der Möbelpacker, ein kräftig gebauter Kerl mit einem Milchgesicht, Anfang zwanzig, kam auf uns zu. »Mr. Nolan«, sagte er, »da sind ein paar Journalisten vor dem Haus. Sie machen gerade Fotos von der ganzen Sache. Einer von ihnen, ein Reporter von einer Fernsehstation, möchte, dass Sie und Mrs. Nolan eine Erklärung vor der Kamera abgeben.«

»Nein!« Ich sah Alex flehentlich an. »Bitte nicht.«

»Ich habe den Schlüssel zur hinteren Tür«, sagte Georgette Grove schnell.

Aber es war schon zu spät. Als ich versuchte zu entkommen, kamen mir die Reporter bereits um die Ecke des Hauses entgegen. Ich sah die Blitzlichter, und als ich mir die Hände schützend vor das Gesicht hielt, fühlte ich, wie meine Knie einknickten und die Dunkelheit mich wie ein Nebel einhüllte.

6

DRU PERRY BEFAND SICH gerade auf der Route 24, auf dem Weg zum Gerichtsgebäude von Morris County, als sie den Anruf erhielt, in dem sie gebeten wurde, die Berichterstattung über den Anschlag auf Little Lizzie's Place für ihre Zeitung, den *Star-Ledger*, zu übernehmen. Dru war eine grobknochige Frau, vierundsechzig Jahre alt und als Reporterin eine Veteranin mit vierzig Jahren Berufserfahrung. Ihre grauen, schulterlangen Haare wirkten immer ein wenig ungekämmt, und eine große Brille betonte den forschenden Blick ihrer braunen Augen.

Im Sommer bestand ihr Alltags-Outfit aus einem kurzärmeligen Baumwollshirt, Khakihosen und Tennisschuhen. Weil zu erwarten war, dass es im Gerichtssaal heute empfindlich kühl sein würde, hatte sie vorsichtshalber einen leichten Pullover in die Umhängetasche gestopft, die außerdem Geldbeutel, Notizbuch, Wasserflasche und eine Digitalkamera enthielt, die sie immer bei sich trug, um spezifische Details für eine aktuelle Geschichte festzuhalten.

»Dru, vergiss das Gericht. Fahr weiter nach Mendham«, ordnete ihr Redakteur an, als er sie auf dem Autotelefon anrief. »An dem Haus an der Old Mill Lane, Little Lizzie's Place, wie sie es nennen, hat es wieder Schmierereien gegeben. Chris ist schon unterwegs, um Bilder zu machen.«

Little Lizzie's Place, dachte Dru, als sie durch Morristown fuhr. Letztes Halloween hatte sie den Artikel geschrieben, als diese Jugendlichen die Puppe mit der Spielzeugpistole unter das Vordach des Hauses gesetzt und die Schrift auf den Rasen gemalt hatten. Die Polizei hatte sie damals ganz schön in die Mangel genommen; am Ende hatten sie eine Jugendstrafe kassiert. Erstaunlich, dass sie so dreist gewesen sein sollten, das Ganze noch einmal zu versuchen.

Dru kramte die Wasserflasche, ihre ständige Begleiterin, hervor und nahm nachdenklich ein paar Schlucke. Es war Anfang September, kein Gedanke an Halloween. Was sollte die Burschen auf einmal dazu gebracht haben, sich wieder in so einen Unfug zu stürzen?

Die Antwort war klar, als sie in die Old Mill Lane einbog und die Umzugslaster und die Männer erblickte, die dabei waren, Möbel in das Haus zu schleppen. Derjenige, der das getan hat, wollte den neuen Besitzern einen Schrecken einjagen, überlegte sie. Dann stockte ihr der Atem, als sie das ganze Ausmaß der Verunstaltung sah.

Das wird richtig ins Geld gehen, dachte Dru. Ich glaube nicht, dass man die Farbe so ohne weiteres von der Holzverschalung abbekommt. Die Latten werden alle neu gestrichen werden müssen, und den Kalkstein wird man professionell bearbeiten müssen, nicht zu reden vom Rasen, der wohl nicht zu retten ist.

Sie parkte an der Straße, hinter dem Transporter des lokalen Fernsehsenders. Als sie die Tür ihres Wagens öffnete, hörte sie einen Hubschrauber, der über dem Gelände in der Luft stand.

Sie sah, wie zwei Reporter und ein Kameramann sich plötzlich in Bewegung setzten, um zur Rückseite des Hauses zu laufen. Sie stürzte hinter ihnen her und holte sie ein. Gerade noch rechtzeitig kramte sie ihre Kamera hervor, um Celia genau in dem Augenblick zu knipsen, in dem sie in Ohnmacht fiel.

Dann wartete sie inmitten der Pressemeute, bis ein Krankenwagen auftauchte und Marcella Williams aus dem Haus trat. Die Reporter drängten sofort zu ihr und bestürmten sie mit Fragen.

Sie fühlt sich ganz in ihrem Element, dachte Dru, während Mrs. Williams erklärte, dass Mrs. Nolan wieder erwacht und noch etwas mitgenommen sei, es ihr aber ansonsten gut ginge. Dann posierte sie für die Fotos und wandte sich dem Fernsehmikrofon zu, um detailliert auf die Geschichte des Hauses einzugehen.

»Ich habe die Bartons gut gekannt«, erläuterte sie. »Will Barton war Architekt und hat dieses Haus nach seinen Plänen restaurieren lassen. Das Ganze war eine furchtbare Tragödie.«

Sie genoss es, diese Tragödie vor der Kamera noch einmal aufzurollen, ließ kein Detail aus und versäumte auch nicht darauf hinzuweisen, dass Liza Barton ihrer Meinung nach genau wusste, was sie tat, als sie die Pistole ihres Vaters aus der Schublade holte.

Dru trat einen Schritt vor. »Nicht alle glauben an diese Version«, sagte sie schroff.

»Nicht alle kannten Liza Barton so gut wie ich«, gab Marcella zurück.

Als Mrs. Williams wieder ins Haus ging, trat Dru an die Haustür, um den Totenschädel mit gekreuzten Knochen näher in Augenschein zu nehmen. Verblüfft stellte sie fest, dass in jede der Augenhöhlen ein Buchstabe eingeritzt war – ein *L* links und ein *B* rechts.

Muss ein unheimlicher Zeitgenosse sein, der das getan hat, dachte Dru. Jedenfalls kann er mit dem Messer umgehen. Ein Kollege von der *New York Post* hatte sich zu ihr gesellt und betrachtete den Totenschädel. Er winkte seinen Fotografen herbei. »Hiervon brauchen wir eine Großaufnahme«, ordnete er an. »Ich bin mir ziemlich sicher, dass es auf die erste Seite kommen wird. Ich werde mal sehen, was ich über die neuen Besitzer herausfinden kann.«

Genau das hatte Dru auch vor. Als Erstes wollte sie sich die Nachbarin, Marcella Williams, vorknöpfen, aber ihr Gefühl riet ihr, zunächst noch eine Weile abzuwarten, ob nicht jemand nach draußen käme, um eine Erklärung im Namen der neuen Besitzer abzugeben.

Ihr Gefühl trog sie nicht. Nach zehn Minuten erschien Alex Nolan vor den Kameras. »Wie Sie sich sicher denken können, ist dies für uns ein höchst bedauerlicher Zwischenfall. Meiner Frau geht es den Umständen entsprechend gut. Der Umzug hat sie sehr erschöpft, und der Schock über die Verunstaltung unseres neuen Zuhauses war einfach zu viel für sie. Sie ruht sich jetzt aus.«

»Ist es richtig, dass Sie das Haus als Geburtstagsgeschenk für sie gekauft haben?«, fragte Dru.

»Ja, das ist richtig, und Celia hat sich sehr darüber gefreut.«

»Glauben Sie, dass sie noch immer hier wohnen möchte, nachdem sie die Geschichte des Hauses erfahren hat?«

»Diese Entscheidung liegt ganz bei ihr. Wenn Sie mich jetzt bitte entschuldigen.« Alex drehte sich um, ging zurück ins Haus und schloss die Tür hinter sich.

Dru nahm einen großen Schluck aus der Wasserflasche. Marcella Williams hatte gesagt, dass sie gleich nebenan wohne. Ich werde dort auf sie warten. Und dann, wenn ich mit ihr geredet habe, werde ich sehen, dass ich so viel wie möglich über den Fall Little Lizzie auftreibe. Vielleicht kann ich die Gerichtsprotokolle einsehen. Ich würde gern einen Hintergrundartikel über die Sache schreiben. Ich war noch bei der *Washington Post*, als es passiert ist. Und es wäre doch interessant, wenn ich herausfinden könnte, wo sich Liza Barton jetzt aufhält und was sie aus ihrem Leben gemacht hat. Sollte sie tatsächlich ihre Mutter vorsätzlich getötet und danach versucht haben, ihren Stiefvater zu erschießen, dann ist ziemlich sicher davon auszugehen, dass sie irgendwann erneut in größere Schwierigkeiten geraten ist.

7

Als ich die Augen öffnete, lag ich auf einer Couch, die die Möbelpacker hastig im Wohnzimmer aufgestellt hatten. Als Erstes erblickte ich Jacks Augen, die mich voller Angst ansahen. Er stand über mich gebeugt.

Die Augen meiner Mutter, die mich entsetzt angesehen hatten im letzten Moment ihres Lebens – Jack hatte die gleichen Augen. Unwillkürlich streckte ich den Arm aus und zog ihn zu mir an meine Seite hinunter. »Es ist schon gut, mein Kleiner«, flüsterte ich.

»Du hast mir Angst gemacht«, flüsterte er zurück. »Ich hab solche Angst gehabt. Ich will nicht, dass du stirbst.«

Bitte sei nicht tot, Mom. Bitte sei nicht tot. Hatte ich das nicht gestammelt, als ich den leblosen Körper meiner Mutter in den Armen hielt?

Alex hatte sein Handy ans Ohr gepresst und fragte, warum es so lange dauere, bis der Krankenwagen komme.

Ein Krankenwagen. Ted wurde auf einer Bahre zum Krankenwagen hinausgetragen …

Immer noch Jack im Arm haltend, hob ich den Kopf und stützte mich auf einen Ellbogen. »Ich brauche keinen Krankenwagen«, sagte ich. »Es geht mir wieder gut, wirklich.«

Georgette Grove stand am Fußende der Couch. »Mrs. Nolan, Celia, ich glaube, es ist wirklich besser, wenn Sie …«

»Sie müssen sich auf jeden Fall untersuchen lassen«, unterbrach sie Marcella Williams.

»Jack, Mommy geht es wieder gut. Komm, wir stehen auf.« Ich schwang meine Beine herum, ignorierte den aufkommenden Schwindel, legte eine Hand auf die Armlehne, um mein Gleichgewicht zu halten, und erhob mich. Alex' Miene drückte Protest aus, in seinem Blick lag Besorgnis. »Alex, du weißt, wie anstrengend diese Woche gewesen ist«, sagte ich. »Ich brauche nichts weiter als ein paar Stunden Ruhe. Die Möbelpacker sollen einfach deinen großen Sessel und die Fußbank in eines der Schlafzimmer bringen.«

»Der Krankenwagen ist schon unterwegs, Ceil«, antwortete Alex. »Hast du etwas dagegen, wenn sie dich kurz untersuchen?«

»Nein, ist schon gut.«

Ich musste Georgette Grove und Marcella Williams loswerden. Ich blickte ihnen unverwandt ins Gesicht. »Sie werden bestimmt verstehen, wenn ich jetzt einfach nur ein bisschen Ruhe haben möchte«, sagte ich.

»Aber natürlich«, sagte Grove. »Ich werde mich draußen um alles kümmern.«

»Vielleicht möchten Sie eine Tasse Tee?«, schlug Marcella Williams vor, die offenkundig nur ungern gehen wollte.

Alex nahm mich beim Arm. »Wir möchten Sie nicht aufhalten, Mrs. Williams. Bitte entschuldigen Sie uns.«

Das sich nähernde Geräusch einer Sirene kündigte den Krankenwagen an.

Der Notarzt untersuchte mich im ersten Stock in genau dem Raum, der einmal mein Spielzimmer gewesen war. »Sie haben einen ziemlich üblen Schock erlitten, würde ich sagen«, bemerkte er. »Und wenn ich mir die Schweinerei da draußen ansehe, dann verstehe ich auch, warum. Sie sollten es für den Rest des Tages so ruhig wie möglich angehen lassen. Eine Tasse Tee mit einem ordentlichen Schuss Whiskey könnte auch nicht schaden.«

Das Geräusch der Möbel, die hereingetragen wurden, schien aus allen Richtungen zu kommen. Ich musste an jenen Tag denken, an dem die Kelloggs, entfernte Verwandte meines Vaters aus Kalifornien, kamen, um mich mitzunehmen. Ich bat sie, am Haus vorbeizufahren. Es war gerade eine Versteigerung im Gange, bei der die gesamte Einrichtung, Möbel, Teppiche, Lampen, Porzellan und Gemälde, verkauft wurden.

Ich erinnerte mich, dass ich zusehen musste, wie sie den Schreibtisch hinaustrugen, der in dieser Ecke gestanden hatte und an dem ich all die Bilder von schön eingerichteten Räumen gezeichnet hatte. Ich erinnerte mich, wie furchtbar dieser Anblick für das kleine Mädchen in dem Wagen gewesen war, das von völlig fremden Leuten mitgenommen wurde, und dabei schossen mir die Tränen in die Augen.

»Mrs. Nolan, vielleicht sollten Sie doch mit ins Krankenhaus kommen.« Der Notarzt war über fünfzig, hatte volles graues Haar und buschige Augenbrauen und richtete einen väterlich besorgten Blick auf mich.

»Nein, nein, auf keinen Fall.«

Alex beugte sich zu mir, strich mir die Tränen von den Wangen. »Celia, ich muss nach draußen und etwas zu den wartenden Reportern sagen. Ich bin gleich wieder zurück.«

»Wo ist denn Jack?«, flüsterte ich.

»Der Möbelpacker in der Küche hat Jack gebeten, ihm beim Auspacken der Lebensmittel zu helfen. Es ist alles in Ordnung.«

Ich brachte kaum ein Wort über die Lippen und nickte bloß. Ich spürte, wie Alex mir ein Taschentuch in die Hand drückte. Als ich allein war, konnte ich den schier endlosen Strom der Tränen nicht mehr unterdrücken, so sehr ich mich auch bemühte.

Ich kann mich nicht weiter verstecken, dachte ich. Ich kann so nicht weiterleben, mit der ständigen Angst, dass jemand alles über mich herausfindet. Ich muss es Alex sagen.

Ich muss aufrichtig sein. Es ist besser, wenn Jack es erfährt, solange er noch klein ist, als wenn ihm meine Geschichte in zwanzig Jahren zu Ohren kommt.

Als Alex zurückkehrte, setzte er sich neben mich auf den Sessel und hob mich auf seinen Schoß. »Ceil, was ist mit dir? Das kann doch nicht nur davon kommen, dass sie unser Haus verunstaltet haben. Was hast du, dass du dich so aufregst?«

Ich spürte, wie die Tränen endlich versiegten und eine eisige Ruhe über mich kam. Vielleicht war dies der Augenblick, ihm alles zu sagen. »Diese Geschichte, die Georgette Grove erzählt hat, über das Mädchen, das seine Mutter aus Versehen erschossen hat …«, begann ich.

»Bei Marcella Williams klang die Geschichte etwas anders«, unterbrach Alex. »Sie meint, das Kind hätte verurteilt werden müssen. Sie muss ein kleines Monster gewesen sein. Nachdem sie ihre Mutter getötet hat, hat sie so lange auf ihren Stiefvater geschossen, bis das Magazin leer war. Marcella sagte, vor Gericht habe sich herausgestellt, dass man bei dieser Waffe viel Kraft braucht, um abzudrücken. Es war nicht so eine Waffe mit einem leichten Abzug, die einfach von allein immer weiterschießt.«

Ich befreite mich aus seiner Umarmung. Wenn Alex eine derart voreingenommene Haltung hatte, wie konnte ich ihm da die Wahrheit sagen? »Sind die Leute alle weg?«, fragte ich, froh, dass meine Stimme einigermaßen normal klang.

»Du meinst, die Presse?«

»Die Presse, der Krankenwagen, der Polizist, die Nachbarin, die Maklerin.« Ich merkte, dass die aufkommende Wut mir neue Kraft verlieh. Alex hatte ohne weiteres Marcella Williams' Version der Geschehnisse übernommen.

»Alle bis auf die Umzugsleute.«

»Dann werde ich mich jetzt so gut es geht zusammenreißen und ihnen sagen, wo sie die Möbel hinstellen sollen.«

»Ceil, sag mir, was los ist.«

Ich werde es dir sagen, dachte ich, aber erst, wenn ich dir und der ganzen Welt irgendwie beweisen kann, dass Ted Cartwright gelogen hat, als er den Ablauf der Ereignisse beschrieben hat, und dass ich mit dieser Pistole versucht habe, meine Mutter zu beschützen, nicht sie umzubringen.

Ich werde Alex – und der ganzen Welt – sagen, wer ich bin, aber das wird erst geschehen, wenn ich die ganze Wahrheit über diese Nacht herausgefunden habe, wenn ich weiß, warum meine Mutter solche Angst vor Ted hatte. Sie hat ihn an diesem Abend nicht freiwillig hereingelassen. Das weiß ich. An so vieles aus der Zeit nach dem Unglück kann ich mich nur undeutlich erinnern. Ich konnte mich nicht verteidigen. Es muss ein Prozessprotokoll geben, einen Autopsiebericht. Ich muss diese Dinge heraussuchen und lesen.

»Ceil, was ist los mit dir?«

Ich legte meine Arme um ihn. »Nichts, Alex«, antwortete ich. »Aber das heißt nicht, dass sich die Dinge nicht ändern können.«

Er trat einen Schritt zurück und legte seine Hände auf meine Schultern. »Ceil, irgendetwas stimmt zwischen uns beiden nicht. Da bin ich mir ganz sicher. Ehrlich gesagt, die Tatsache, dass ich in die Wohnung eingezogen bin, in der du vorher mit Larry gelebt hast, hat mir immer das Gefühl gegeben, ich sei nur zu Besuch da. Deshalb konnte ich nicht widerstehen, als ich dieses Haus entdeckt habe, und ich dachte dabei sofort, es sei genau das Richtige für uns. Ich weiß, dass ich es nicht hätte kaufen sollen, ohne dich vorher zu fragen. Ich hätte Georgette Grove ausreden lassen sollen, als sie versucht hat, mich über den Hintergrund aufzuklären, obwohl ich nach allem, was ich mittlerweile erfahren habe, zu meiner Verteidigung sagen muss, dass sie die Fakten sicherlich beschönigt dargestellt hätte, selbst wenn ich ihr zugehört hätte.«

In Alex' Augen schimmerten Tränen. Diesmal war ich diejenige, die sie fortwischte. »Es wird alles gut werden«, sagte ich. »Dafür werde ich sorgen, das verspreche ich dir.«

8

Jeffrey MacKingsley, Staatsanwalt von Morris County, hatte ein besonderes Interesse daran, dass die Schmierereien und mutwilligen Beschädigungen, deren Ziel zum wiederholten Mal das ehemalige Haus der Bartons war, ein für alle Mal aus der Welt geschafft würden. Er war vierzehn gewesen und im ersten Jahr an der Highschool, als sich die Tragödie vor vierundzwanzig Jahren ereignet hatte. Damals wohnte er weniger als eine Meile vom Haus der Bartons entfernt, und als sich die Nachricht von der Schießerei in der Stadt verbreitet hatte, war er sofort hingefahren und hatte miterlebt, wie die Leiche von Audrey Barton von Polizisten aus dem Haus getragen wurde.

Schon damals hatte er ein brennendes Interesse an Kriminalität und Strafjustiz entwickelt, und er hatte daher alles über den Fall gelesen, was ihm in die Finger kam.

Auch in späteren Jahren hatte ihn die Frage nie ganz losgelassen, ob die zehnjährige Liza Barton ihre Mutter versehentlich getötet und auf ihren Stiefvater geschossen hatte, um sich und ihre Mutter zu verteidigen, oder ob sie eines dieser Kinder war, die ohne Gewissen geboren werden. Und die gibt es, dachte Jeff und seufzte. Die gibt es zweifellos.

Rotblond, mit dunkelbraunen Augen, einem schlanken, athletischen Körper, eins achtzig groß und meistens mit einem Lächeln auf den Lippen, war Jeff die Art von Mensch, der gesetzestreue Bürger instinktiv Vertrauen und Sympathie entgegenbringen. Seit vier Jahren versah er jetzt das Amt des Bezirksstaatsanwalts von Morris County. In seiner Zeit als junger stellvertretender Staatsanwalt war ihm klar geworden, dass sein Platz nur auf der Seite der Anklage sein konnte. Denn er hatte in vielen Fällen gesehen, dass er, wäre er als Verteidiger und nicht als Ankläger aufgetreten, irgendeine Gesetzeslücke entdeckt hätte, die es einem Kriminellen, sogar einem gefährlichen Verbrecher, ermöglicht hätte, ungeschoren davonzukommen. Deshalb hatte er jedesmal abgelehnt, wenn ihm lukrative Posten in Anwaltsfirmen angeboten worden waren, und sich stattdessen dafür entschieden, im Büro des Staatsanwalts zu bleiben, wo er rasch zum Star aufgestiegen war.

Als Folge davon war Jeff, als der amtierende Staatsanwalt vor vier Jahren in Pension ging, sofort vom Gouverneur zu dessen Nachfolger ernannt worden.

Vor Gericht genoss er bei allen Parteien den Ruf eines aufrechten Mannes, der hart gegen das Verbrechen vorging, zugleich aber die Auffassung vertrat, dass viele Straftäter mit der richtigen Kombination aus Überwachung und Bestrafung wieder in die Gesellschaft integriert werden könnten.

Jeff hatte bereits sein nächstes Ziel vor Augen – für die Gouverneurswahlen zu kandidieren, wenn die zweite Amtszeit des derzeitigen Inhabers endete. Bis dahin hatte er die Absicht, seine Macht als Staatsanwalt auszuüben und dafür zu sorgen, dass Morris County ein Ort blieb, in dem es sich sicher leben ließ.

Aus diesem Grund hatten ihn die wiederholten Fälle von Vandalismus am Haus der Bartons so sehr erzürnt, dass er sich persönlich herausgefordert fühlte.

»Diese Bengel genießen alle Privilegien, und dann haben sie nichts Besseres zu tun, als diese alte Geschichte auszukramen und diesem wunderschönen Haus den Ruf anzuhängen, verhext zu sein«, schäumte er gegenüber Anna Malloy, seiner Sekretärin, als er von dem Vorfall erfuhr. »Bei jedem Halloween erzählen sie wüste Geschichten von einem Gespenst, das aus einem der oberen Fenster geschaut hätte. Und im letzten Jahr haben sie eine große Puppe unter das Vordach gesetzt, mit einer Spielzeugpistole in der Hand.«

»Ich würde auch nicht in diesem Haus wohnen wollen«, sagte Anna in sachlichem Ton. »Ich glaube daran, dass von manchen Orten böse Schwingungen ausgehen können. Vielleicht haben die Kinder wirklich Gespenster gesehen.«

Bei dieser Bemerkung dachte sich Jeff, und das nicht zum ersten Mal, dass Anna eine Art an sich hatte, die ihm manchmal gehörig auf den Wecker ging. Dies war so ein Fall. Aber dann rief er sich schnell wieder ins Gedächtnis, dass sie wahrscheinlich die am härtesten und effizientesten arbeitende Sekretärin im ganzen Gerichtsgebäude war. Sie stand kurz vor ihrem Sechzigsten und war glücklich verheiratet mit einem Gerichtsangestellten, und nie verschwendete sie auch nur eine Minute mit persönlichen Telefongesprächen, was man leider von den meisten jüngeren Sekretärinnen nicht behaupten konnte.

»Verbinden Sie mich mit dem Polizeibüro in Mendham«, sagte er, ohne »bitte« anzufügen, was ungewöhnlich für ihn war und ihr signalisierte, dass er gereizt war.

Sergeant Earley, den Jeff gut kannte, klärte ihn über das Vorgefallene auf. »Ich war am Telefon, als die Maklerin angerufen hat. Ein Ehepaar namens Nolan hat das Haus gekauft.«

»Wie war ihre Reaktion, als sie die Sache gesehen haben?«

»Er war wütend. Sie verlor völlig die Fassung, ist sogar in Ohnmacht gefallen.«

»Wie alt sind die beiden?«

»Er ist Mitte bis Ende dreißig. Sie so um die Dreißig. Ziemlich schickimicki, wenn Sie mich fragen. Sie haben einen vier Jahre alten Sohn, der so eben mal ein Pony geschenkt bekommen hat. Und nun passen Sie auf: Der Junge hat die

Schrift auf dem Rasen lesen können und möchte jetzt sein Pony Lizzie nennen.«

»Na, da wird die Mutter ja begeistert gewesen sein.«

»Anscheinend hatte sie gar nichts dagegen.«

»Soviel ich verstanden habe, haben die Kerle diesmal nicht nur den Rasen ruiniert.«

»Es geht weit über das hinaus, was bisher dort angestellt worden ist. Ich bin sofort zur Schule, um mit den Jungs zu reden, die letztes Jahr an Halloween diesen Blödsinn angerichtet haben. Michael Buckley war damals der Rädelsführer. Er ist zwölf und ein ziemlicher Klugscheißer. Er schwört hoch und heilig, dass er nichts damit zu tun hat, aber dann hat er noch unverschämterweise bemerkt, das sei doch nur richtig, dass jemand die neuen Besitzer darauf hingewiesen habe, dass sie ein Geisterhaus gekauft hätten.«

»Glauben Sie, dass er nichts damit zu tun hatte?«

»Sein Vater gibt ihm Rückendeckung, behauptet, sie seien beide gestern Abend zu Hause gewesen.« Earley zögerte. »Jeff, ich glaube Mike, nicht weil ich ihm nicht zutrauen würde, sich in der Nacht davonzuschleichen, ohne dass sein Vater etwas davon mitkriegt, sondern weil es diesmal einfach nicht wie ein alberner Kinderstreich aussieht.«

»Woher wollen Sie das wissen?«

»Diesmal wurde richtige Lackfarbe verwendet, nicht so ein Zeug, das sich wieder abwaschen lässt. Und diesmal wurde auch die Vorderfront des Hauses beschädigt. Nach der Höhe zu urteilen, in der die Haustür eingeritzt wurde, muss es jemand gewesen sein, der um einiges größer ist als Michael. Dann noch was: Der Schädel mit den gekreuzten Knochen muss von jemandem eingeritzt worden sein, der richtig gut mit dem Schnitzmesser umgehen kann. Als ich ihn genauer untersucht habe, konnte ich sehen, dass in den Augenhöhlen Initialen eingraviert waren. *L* und *B*. Steht für Lizzie Borden, denke ich mal.«

»Oder Liza Barton«, warf Jeff ein.

Earley stutzte kurz. »Ja, natürlich. Daran habe ich gar nicht gedacht. Schließlich noch die Puppe, die vor dem Eingang unter dem Vordach saß: Diesmal war es nicht so ein schnell aus Lumpen zusammengebasteltes Ding wie beim letzten Mal. Diese hier hat richtig Geld gekostet.«

»Dann müsste man herausfinden können, woher sie stammt.«

»Das hoffe ich. Wir arbeiten dran.«

»Halten Sie mich auf dem Laufenden.«

»Das Problem ist – selbst wenn wir rauskriegen, wer die Schuldigen sind –, dass die Nolans keine Anzeige erstatten wollen«, fuhr Earley mit deutlichem Frust in der Stimme fort. »Mr. Nolan hat jedoch gesagt, er wolle sein Grundstück einzäunen lassen und Überwachungskameras aufstellen, daher glaube ich, dass es keine weiteren Probleme geben dürfte.«

»Clyde«, warnte Jeff, »eines wissen Sie genauso gut wie ich: Egal, wie die Situation ist, man kann nie davon ausgehen, dass es keine weiteren Probleme geben wird.«

Clyde Earley hatte wie viele Menschen die Angewohnheit, lauter als gewöhnlich zu reden, wenn er telefonierte. Als Jeff den Hörer auflegte, wusste er, dass Anna jedes Wort mitbekommen hatte. »Jeff«, sagte sie, »vor langer Zeit habe ich ein Buch gelesen mit dem Titel *Psychische Grenzerfahrungen*. Darin schreibt die Autorin, dass in einem Haus, in dem eine Tragödie stattgefunden hat, die davon ausgehenden Schwingungen von den Wänden gespeichert werden, und wenn jemand mit demselben Hintergrund in das Haus einzieht, sich diese Tragödie vollenden wird. Die Bartons waren ein junges, vermögendes Ehepaar mit einem vierjährigen Kind, als sie in das Haus an der Old Mill Lane eingezogen sind. Wenn ich Sergeant Earley richtig verstanden habe, sind die Nolans ein vermögendes Ehepaar in ungefähr demselben Alter, ebenfalls mit einem vierjährigen Kind. Da kann man sich doch fragen, was als Nächstes passieren wird, nicht wahr?«

9

ALS ICH AM NÄCHSTEN Morgen aufwachte, sah ich auf den Wecker und war erstaunt, dass es schon Viertel nach acht war. Unwillkürlich drehte ich den Kopf zur anderen Seite. Auf dem Kopfkissen neben mir zeichnete sich noch die Mulde ab, auf der Alex' Kopf gelegen hatte, aber ansonsten war ich allein im Zimmer. Dann sah ich, dass ein Zettel an der Lampe auf seinem Nachttisch lehnte. Ich überflog ihn hastig.

»Liebling,

bin um 6 aufgewacht. Schön zu sehen, dass du schlafen konntest, nach allem, was du gestern durchgemacht hast. Bin für eine Stunde reiten im Club. Werde es heute kurz machen und um drei zu Hause sein. Hoffe, dass Jack einen guten Anfang im Kindergarten hat. Bin neugierig, was er erzählen wird. Ich liebe euch beide, A.«

Vor Jahren habe ich eine Biographie über den großen Musical-Star Gertrude Lawrence gelesen, nach ihrem Tod verfasst von ihrem Mann, dem Produzenten Richard Aldrich. Er hatte dem Buch den Titel gegeben: *Gertrude Lawrence als Mrs. A.* In dem halben Jahr, seit wir verheiratet sind, hat Alex jede schriftliche Nachricht, die er mir zukommen ließ, mit »A.« unterschrieben. Es hatte mir immer gefallen, mich in

Gedanken als Mrs. A. zu bezeichnen, und selbst jetzt, da die Stimmung des Ortes, an dem ich mich befand, auf mir lastete, fühlte ich mich erleichtert. Ich wollte Mrs. A. sein. Ich sehnte mich nach einem normalen Leben, in dem ich nachsichtig lächeln und mich darüber freuen könnte, dass mein Mann sich so früh aus dem Bett stahl, um Zeit für den morgendlichen Ausritt zu haben, den er so sehr liebte.

Ich stand auf, streifte mir den Morgenmantel über und lief den Flur hinunter zu Jacks Zimmer. Sein Bett war leer. Ich ging zurück auf den Flur und rief ihn, erhielt aber keine Antwort. Plötzlich bekam ich Angst und rief lauter: »Jack … Jack … Jack!« Ich merkte, dass in meiner Stimme ein Anflug von Panik mitschwang. Ich presste die Lippen aufeinander und schalt mich in Gedanken wegen meiner lächerlichen Ängste. Wahrscheinlich war er nur in die Küche hinuntergegangen und hatte sich etwas zum Frühstück gemacht. Er ist ein selbstständiger kleiner Junge und hat das in unserer Wohnung schon oft getan. Doch im ganzen Haus herrschte eine beunruhigende Stille, und ich eilte die Treppe hinunter und lief von Zimmer zu Zimmer. Er war nirgendwo zu sehen. In der Küche stand weder eine leere Schüssel noch ein leeres Glas auf der Theke oder im Spülbecken.

Jack war ein Abenteurer. Wenn es ihm nun zu langweilig geworden war, so lange zu warten, bis ich endlich aufwachte, und er nach draußen marschiert war und sich verirrt hatte? In dieser Gegend kannte er sich nicht aus. Wenn ihn nun jemand gesehen hat, ins Auto gelockt hat und mit ihm weggefahren ist?

Selbst in diesem kurzen, aber endlos scheinenden Augenblick flößte mir der Gedanke Panik ein, dass ich die Polizei anrufen müsste, wenn ich Jack nicht sofort finden würde.

Und dann, in einem Moment grenzenloser Erleichterung, wusste ich plötzlich, wo er war. Natürlich. Er war sofort nach draußen gelaufen, um nach seinem Pony zu sehen. Ich rannte zur Tür, die von der Küche auf die hintere Terrasse führte, und riss sie auf. Noch im selben Moment stieß ich einen Seufzer der Erleichterung aus. Das Scheunentor stand offen, und im Inneren sah ich Jack im Schlafanzug, der vor der Box seines Ponys stand.

Umgehend schlug meine Erleichterung in Verärgerung um. Gestern Abend hatten wir den Alarm angestellt, nachdem wir uns einen vierstelligen Zahlencode überlegt hatten, nämlich 1023. Wir hatten uns für diese Zahlenkombination entschieden, weil Alex und ich uns am 23. Oktober letzten Jahres kennen gelernt hatten. Aber die Tatsache, dass der Alarm nicht ausgelöst worden war, als Jack heute Morgen die Tür geöffnet hatte, konnte nur bedeuten, dass Alex vergessen hatte, ihn wieder anzustellen, als er aus dem Haus gegangen war. Hätte er daran gedacht, hätte Jack sich nicht unbemerkt selbstständig machen können.

Alex tat wirklich sein Bestes, aber es war immer noch neu für ihn, sich als Vater zu fühlen, sagte ich mir, während ich auf die Scheune zuging. Ich versuchte, wieder zur Ruhe zu kommen, und konzentrierte mich auf die Eindrücke des wunderschönen Septembermorgens. Nur ein Hauch von kühler Luft deutete auf den kommenden Herbst hin. Ich weiß nicht warum, aber diese Jahreszeit war mir schon immer am liebsten gewesen. Selbst als mein Vater gestorben war und ich nur noch mit meiner Mutter zusammenlebte, erinnere ich mich an die Abende, an denen ich mit ihr in der kleinen Bibliothek neben dem Wohnzimmer saß, wenn das Kaminfeuer knisterte, und wir beide uns in unsere Bücher vertieften. Ich machte es mir gemütlich, mit dem Kopf auf der Armlehne der Couch, nahe genug, um mit den Zehen ihre Seite zu berühren.

Während ich den Garten durchquerte, kam mir schlagartig ein Gedanke in den Sinn. An diesem letzten Abend hatte ich mit Mutter zusammen im Arbeitszimmer gesessen, um mir mit ihr einen Film anzusehen, der um zehn Uhr zu Ende war. Bevor wir nach oben gegangen waren, hatte sie den

Alarm angestellt. Auch als Kind hatte ich einen leichten Schlaf, deshalb wäre ich sicherlich wach geworden, wenn der durchdringende Lärm ertönt wäre. Aber es hatte keinen Alarm gegeben, und daher war Mutter auch nicht vorgewarnt, als Ted plötzlich im Haus war. War das in den polizeilichen Ermittlungen je zur Sprache gekommen? Ted war Ingenieur, und zu dieser Zeit hatte er gerade erst sein kleines Bauunternehmen gegründet. Bestimmt hätte es ihm keine großen Schwierigkeiten bereitet, das System außer Gefecht zu setzen.

Ich sollte mir Notizen machen, beschloss ich. Ich werde alles aufschreiben, was mir wieder einfällt und was mir helfen könnte zu beweisen, dass Ted damals ins Haus eingebrochen ist.

Ich betrat die Scheune und strich Jack über den Kopf. »Du hast mir einen ganz schönen Schrecken eingejagt«, sagte ich. »Verlass nie wieder das Haus, bevor ich aufgestanden bin, hast du verstanden?«

Jack bemerkte den angespannten Ton in meiner Stimme und nickte beflissen. Während ich mit ihm redete, wandte ich mich um und blickte auf die Box, in der das Pony stand.

»Ich wollte nur mit Lizzie reden«, sagte Jack mit ernster Miene. Dann fügte er hinzu: »Wer sind diese Leute, Mom?«

Ich starrte auf das aus einer Zeitung ausgeschnittene Foto, das mit Klebeband an einem der Pfosten befestigt war. Es war eine Aufnahme, die meine Mutter, meinen Vater und mich am Strand von Spring Lake zeigte. Mein Vater hatte einen Arm um mich gelegt, den anderen um meine Mutter. Ich erinnere mich gut an dieses Foto, weil es genau am Abend jenes Tages aufgenommen worden war, an dem die Welle Daddy und mich umgeworfen hatte. Ich besaß ein Exemplar dieses Fotos mitsamt dem dazugehörenden Artikel, das ich in meinem Geheimordner aufbewahrte.

»Kennst du diesen Mann und diese Frau und das kleine Mädchen?«, fragte Jack.

Und natürlich musste ich lügen: »Nein, Jack, die kenne ich nicht.«

»Warum hat dann jemand dieses Foto hier aufgehängt?«

Ja, warum? War das wieder ein dummer Jungenstreich, oder hatte mich bereits jemand wiedererkannt? Ich bemühte mich, meine Stimme ruhig klingen zu lassen. »Jack, wir werden Alex nichts von diesem Foto erzählen. Er würde sehr böse werden, wenn er wüsste, dass jemand einfach hier reingegangen ist und es aufgehängt hat.«

Jack sah mich mit dem forschenden Blick eines Kindes an, das spürt, dass etwas nicht in Ordnung ist.

»Das bleibt unser Geheimnis, Jack«, sagte ich.

»Ist derjenige, der das Foto aufgehängt hat, nachts gekommen, als wir geschlafen haben?«, fragte Jack.

»Das weiß ich nicht.« Ein Gedanke ließ mich zusammenzucken. Wenn nun derjenige, der das Bild an den Pfosten geheftet hatte, noch in der Scheune gewesen war, als Jack allein hineingegangen war? Was für ein krankes Hirn hatte sich den Anschlag auf das Haus und den Rasen ausgedacht, und wie war dieses Foto in seine Hände geraten? Was hätte er meinem Sohn antun können, wenn er noch in der Scheune gewesen wäre und Jack ihn überrascht hätte?

Jack stellte sich auf die Zehenspitzen und streichelte das weiche Maul des Ponys. »Lizzie ist wirklich schön, findest du nicht, Mom?«, fragte er. Seine Aufmerksamkeit war mittlerweile gänzlich von dem Foto abgelenkt, das ich in der Tasche meines Morgenmantels verschwinden ließ.

Das Pony war rostfarben und hatte eine weiße Zeichnung auf der Stirn, die man mit etwas gutem Willen als Stern interpretieren konnte. »Ja, sie ist sehr schön, Jack«, sagte ich und versuchte, meine Angst zu unterdrücken, die mir einredete, Jack fest in die Arme zu nehmen und wegzurennen. »Aber ich glaube, sie ist einfach zu hübsch für einen Namen wie Lizzie. Lass uns über einen anderen Namen nachdenken, ja?«

Jack sah mich an. »Lizzie gefällt mir aber«, sagte er mit einem leicht trotzigen Unterton. »Gestern hast du gesagt, ich kann sie nennen, wie ich will.«

Er hatte Recht, aber vielleicht gab es einen Weg, wie ich ihn davon abbringen konnte. Ich zeigte auf die weiße Zeichnung. »Ich finde, jedes Pony mit einem Stern im Gesicht sollte ›Star‹ genannt werden«, sagte ich. »So würde ich sie nennen. Und jetzt müssen wir uns fertig machen für den Kindergarten.«

Jack sollte um zehn Uhr in St. Joseph's sein, derselben Schule, die ich bis zur vierten Klasse besucht hatte. Ich fragte mich, ob noch ein paar von meinen alten Lehrerinnen dort unterrichteten, und wenn ja, ob sich irgendetwas in ihrem Gedächtnis rühren würde, wenn sie mich sähen.

10

Mit Bitten und Betteln und dem Angebot eines hübschen Aufpreises hatte es Georgette Grove geschafft, einen Gärtner zu finden, der bereit war, das verdorbene Gras auszustechen und einen neuen Rasen vor dem Haus der Nolans zu legen. Sie hatte auch einen Maler aufgetrieben, der noch am selben Nachmittag kommen wollte, um die roten Farbkleckse auf der Holzverschalung zu überstreichen. Dagegen hatte sie noch keinen Maurer finden können, um den Schaden an den Natursteinen zu reparieren, ebenso wenig einen Schreiner, der den eingeritzten Totenschädel an der Haustür hätte entfernen können.

Die Ereignisse des Tages hatten ihr eine mehr oder weniger schlaflose Nacht beschert. Als Georgette um sechs Uhr morgens den Zeitungsausträger vor ihrer Auffahrt hörte, sprang sie aus dem Bett. Vor dem Schlafengehen pflegte sie jeden Abend die Kaffeemaschine vorzubereiten, so dass sie am Morgen nur noch auf den Schalter zu drücken brauchte. Auch an diesem Morgen tat sie das automatisch, danach öffnete sie die Küchentür an der Seite des Hauses und holte die Zeitungen aus der Auffahrt.

Eine große Sorge lastete wie ein Betonklotz auf ihren Schultern, nämlich, dass Celia Nolan verlangen würde, den Kauf des Hauses rückgängig zu machen. Das ist jetzt das vierte Mal in vierundzwanzig Jahren, dass ich dieses Haus verkauft habe, erinnerte sich Georgette. Jane Salzman hat es sehr günstig bekommen wegen des ganzen Rummels, der darum gemacht wurde, aber sie ist nie glücklich damit geworden. Sie hat immer behauptet, es gebe ein Knallgeräusch, wenn die Heizung anspringe, ein Geräusch, das sie an einen Schuss erinnere. Kein Heizungsmonteur hat je etwas daran ändern können. Nach zehn Jahren hatte sie genug.

Es hat zwei Jahre gedauert, bevor die Greens es erworben haben. Fast sechs Jahre haben sie dort gewohnt, dann wurde Georgette beauftragt, es für sie zu verkaufen. »Es ist ein wunderschönes Haus, aber auch wenn ich mich noch so sehr bemüht habe, ich werde das Gefühl einfach nicht los, dass hier wieder etwas Schreckliches geschehen wird, und möchte dann nicht in der Nähe sein«, waren Eleanor Greens Worte gewesen, als sie Georgette mit dem Verkauf beauftragt hatte.

Die letzten Besitzer, die Harrimans, hatten ein Haus in Palm Beach und verbrachten die meiste Zeit des Jahres dort. Als die Kinder ihnen letztes Jahr diesen Halloween-Streich gespielt hatten, beschlossen sie ganz plötzlich, endgültig nach Florida zu ziehen und nicht noch ein oder zwei Jahre damit zu warten. »In unserem Haus dort unten herrscht eine völlig andere Stimmung«, hatte Louise Harriman zu Georgette gesagt, als sie ihr die Schlüssel aushändigte. »Wenn ich hier bin, habe ich immer das Gefühl, alle Leute sprechen von mir nur als der Frau, die in Little Lizzie's Place wohnt.«

Immer wenn Georgette in den letzten zehn Monaten einem Interessenten das Haus gezeigt und ihn über die Vorgeschichte aufgeklärt hatte, hatten die meisten gesagt, sie fühlten sich nicht wohl bei dem Gedanken, in einem Haus zu leben, in dem es eine Schießerei mit tödlichem Ausgang gegeben habe. Diejenigen, die bereits in der näheren Umgebung lebten, hatten sich sogar geweigert, überhaupt einen Blick darauf zu werfen, sobald sie erfuhren, dass es sich bei dem Haus um Little Lizzie's Place handelte. Es musste erst ein besonderer Interessent wie Alex Nolan kommen, um ihren zugegebenermaßen halbherzigen Versuch, ihn über die Geschichte des Hauses aufzuklären, sofort beiseite zu wischen.

Georgette saß an ihrer Frühstückstheke und schlug die Zeitungen auf – den *Daily Record*, den *Star-Ledger* und die *New York Post*. Der *Daily Record* widmete seine ganze Titelseite einem Foto des Hauses. In dem zugehörigen Artikel wurde bedauert, dass mit solchen schändlichen Akten von Vandalismus die tragische Geschichte stets von neuem heraufbeschworen werde. Auf der dritten Seite des *Star-Ledger* war ein Foto von Celia Nolan abgebildet, das sie genau in dem Augenblick zeigte, in dem sie ohnmächtig wurde. Sie hatte den Kopf gesenkt, die Knie waren eingeknickt, und ihr dunkles Haar schwebte in der Luft. Das Foto daneben zeigte die Vorderfront des verunstalteten Hauses mit der Schrift auf dem Rasen. Die *New York Post* brachte auf Seite drei eine Nahaufnahme des in die Haustür geritzten Totenschädels mit den Buchstaben *L* und *B* in den Augenhöhlen. Sowohl die *Post* als auch der *Star-Ledger* breiteten noch einmal die Fakten des sensationellen Falles aus. »Bedauerlicherweise ist in unserer Gemeinde im Lauf der Jahre ein unheimlicher Mythos um Little Lizzie's Place entstanden«, schrieb der Reporter im *Daily Record*.

Dieser Reporter hatte auch Ted Cartwright über den Vorfall interviewt. Auf dem Foto war er in seinem Haus im nahe gelegenen Bernardsville abgebildet, mit dem Gehstock in der Hand. »Ich bin nie über den Tod meiner Frau hinweggekommen, und ich bin schockiert, dass ein Mensch so infam sein kann, uns immer wieder an diesen schrecklichen Vorfall zu erinnern«, wurde er zitiert. »Sowohl körperlich als auch seelisch werde ich bereits oft genug daran erinnert. Ich habe immer noch Albträume, in denen ich das Gesicht dieses Kindes vor mir sehe, als es anfing, wild um sich zu schießen. Sie sah aus wie der leibhaftige Teufel.«

Das ist dieselbe Geschichte, die er uns nun schon fast seit einem Vierteljahrhundert auftischt, dachte Georgette. Er achtet darauf, dass sie keiner vergisst. Es ist eine einzige Schande, dass Liza damals unter einem so starken Trauma stand, dass sie sich nicht verteidigen konnte. Wie gern würde ich einmal ihre Version hören über das, was sich in dieser Nacht abgespielt hat. Wie Ted Cartwright seine Geschäfte betreibt, habe ich ja gesehen. Wenn es nach ihm ginge, hätten wir in Mendham und Peapack statt der vielen Reitwege überall Einkaufszentren, und das wird er bis ans Ende seiner Tage so weiter betreiben. Die meisten anderen mag er vielleicht täuschen, aber ich war Mitglied im Planungsausschuss der Gemeinde, und ich habe gesehen, wie er dort aufgetreten ist. Hinter dieser Fassade eines Landedelmannes, der angeblich immer noch um seine Frau trauert, steckt ein rücksichtsloser, knallharter Bursche.

Georgette fuhr mit ihrer Lektüre fort. Dru Perry vom *Star-Ledger* hatte offensichtlich einiges über die Nolans recherchiert. »Alex Nolan, einer der Partner von *Ackerman and Nolan*, einem New Yorker Anwaltsbüro, ist Mitglied im Reitclub von Peapack. Seine Frau, Celia Foster Nolan, ist die Witwe von Laurence Foster, dem ehemaligen Vorstandsvorsitzenden der Investmentfirma *Bradford and Foster*.«

Auch wenn ich versucht habe, Alex Nolan über das Stigma, das auf dem Haus lastet, zu informieren, dachte sich Georgette zum hundertsten Mal, es ist auf den Namen seiner Frau eingetragen, und sie wusste nichts davon. Wenn sie von dem Gesetz erfährt, könnte sie verlangen, dass der Kauf rückgängig gemacht wird.

Mit Tränen der Frustration in den Augen betrachtete Georgette erneut das Foto der zu Boden sinkenden Celia Nolan. Wahrscheinlich könnte ich darauf verweisen, dass ich es ihrem Mann gesagt habe, und abwarten, ob sie vor Gericht zieht, aber dieses Foto würde sicher großen Eindruck bei jedem Richter hinterlassen.

Als Georgette sich erhob, um ihre Tasse nachzufüllen, klingelte das Telefon. Es war Robin: »Georgette, ich nehme an, dass Sie die Zeitungen gesehen haben.«

»Ja, hab ich. Sie sind aber früh auf den Beinen.«

»Ich habe mir Sorgen um Sie gemacht. Ich habe doch gesehen, wie sehr Sie das alles gestern aufgeregt hat.«

Georgette war gerührt über den besorgten Ton, der in Robins Stimme lag.

»Danke. Ja, ich habe alle Artikel gelesen.«

»Am meisten Sorge bereitet mir allerdings, dass irgendein anderer Immobilienmakler auf die Idee kommen könnte, Celia Nolan anzurufen und ihr zu erklären, dass sie ohne weiteres den Vertrag rückgängig machen kann, nur um ihr dann anzubieten, ein neues Haus für sie zu suchen«, sagte Robin.

Die letzten Hoffnungen, die sich Georgette noch gemacht hatte, schmolzen dahin.

»Natürlich. Sie haben ganz Recht; irgendjemand wird schon auf diesen Gedanken kommen«, sagte sie langsam. »Wir sehen uns später im Büro, Robin.«

Georgette legte den Hörer auf. »Es gibt keinen Ausweg«, sagte sie laut. »Es gibt einfach keinen Ausweg.«

Sie presste die Lippen zusammen. Meine gesamte Existenz steht damit auf Messers Schneide, dachte sie. Die Nolans mögen es sich vielleicht leisten können, auf eine Klage zu verzichten, aber ich sehe das ein bisschen anders. Wenn mir dieses Geschäft durch die Lappen geht, dann soll auch jemand dafür büßen. Sie nahm den Hörer auf, rief das Polizeibüro an und verlangte Sergeant Earley. Erst als man ihr sagte, dass er nicht vor einer Stunde eintreffen werde, ging ihr auf, dass es noch nicht sieben Uhr war. »Ich bin Georgette Grove«, sagte sie zu Brian Shields, dem Dienst habenden Beamten, den sie von klein auf kannte. »Brian, Ihnen ist sicherlich bekannt, dass der Verkauf des Hauses an der Old Mill Lane, wo gestern diese Verschandelungen entdeckt wurden, über mich gelaufen ist. Möglicherweise geht mir dieses Geschäft wegen dieses dummen Vorfalls durch die Lappen, und ich möchte, dass Clyde Earley begreift, dass ihr unbedingt herausfinden müsst, wer das getan hat, und ein Exempel an ihnen statuiert. Mike Buckley hat doch zugegeben, dass er letztes Jahr an Halloween den Rasen beschmiert und die Puppe vor den Eingang gesetzt hat. Ich möchte wissen, ob ihr ihn schon vernommen habt.«

»Das kann ich Ihnen beantworten, Miss Grove«, sagte Shields hastig. »Sergeant Earley ist zu Mike Buckleys Schule gefahren und hat ihn aus der Klasse geholt. Er hat ein Alibi. Sein Vater hat bestätigt, dass er das Haus abends und nachts nicht verlassen hat.«

»War sein Vater auch nüchtern?«, fragte Georgette bissig. »Soviel ich weiß, kippt sich Greg Buckley ziemlich regelmäßig einen hinter die Binde.« Sie wartete nicht auf eine Antwort. »Richten Sie Sergeant Earley aus, er möge mich bitte in meinem Büro anrufen, wenn er kommt«, sagte sie.

Sie legte den Hörer auf, wollte gerade mit der Tasse in der Hand zum Treppenhaus gehen und hielt plötzlich inne, weil ihr eine schwache Hoffnung in den Sinn kam. Alex Nolan ist Mitglied im Reitclub, dachte sie. Als wir gemeinsam unterwegs waren, um uns einige Häuser anzusehen, hat er mir erzählt, dass seine Anwaltsfirma ihn gebeten hat, ihr neues Büro in Summit zu leiten – es gibt also einige gute Gründe, weshalb er unbedingt in dieser Gegend wohnen möchte. Und es lassen sich bestimmt noch ein paar offene Angebote finden, die ihn und seine Frau interessieren könnten. Wenn ich Celia Nolan anbiete, ihr andere Häuser zu zeigen, und obendrein auf meine Provision verzichte, dann wird sie vielleicht einwilligen. Immerhin hat Alex Nolan öffentlich zugegeben, dass ich versucht habe, ihn von der Geschichte des Hauses in Kenntnis zu setzen.

Es war eine Möglichkeit – keine aussichtsreiche vielleicht, aber immerhin eine Möglichkeit.

Georgette ging in ihr Schlafzimmer und löste den Knoten am Gürtel ihres Morgenrocks. Oder ist es an der Zeit, die Agentur zu schließen, fragte sie sich. Ich kann nicht ewig weiter Verlust machen. Das Holzhaus an der Main Street, das sie vor fünfundzwanzig Jahren so billig erworben hatte, würde sich natürlich sofort verkaufen lassen. Die übrigen Häuser drum herum waren alle mittlerweile in Büros umgewandelt worden. Aber was soll ich dann machen?, fragte sie sich. Ich kann es mir nicht leisten, jetzt schon aufzuhören, und für jemand anderen arbeiten möchte ich nicht.

Ich werde versuchen, die Nolans für ein anderes Haus zu interessieren, beschloss sie. Während sie sich duschte und anzog, kreisten ihre Gedanken weiter um das Haus an der Old Mill Lane. Seine Geschichte hatte so glücklich begonnen, als Audrey und Will Barton es gekauft hatten. Er hatte den richtigen Blick dafür gehabt, was für Möglichkeiten in dem heruntergekommenen Herrenhaus steckten, und hatte es in eines der bezauberndsten Wohnhäuser der ganzen Gegend verwandelt. Ich erinnere mich, wie ich einmal vorbeifuhr, um mir die Fortschritte bei den Renovierungsmaßnahmen anzusehen, und Will und Audrey bei der gemeinsamen Arbeit antraf. Sie waren gerade dabei, Blumen zu pflanzen, während die kleine Liza auf dem Rasen spielte.

Ich habe keine Sekunde daran geglaubt, dass Liza ihre Mutter vorsätzlich getötet und anschließend versucht hat, Ted Cartwright zu erschießen. Bei allem, was Recht ist, schließlich war sie nur ein Kind. Wenn diese Ex-Freundin von Ted nicht ausgesagt hätte, dass er sie verprügelt habe, als sie sich von ihm trennen wollte, dann wäre Liza wahrscheinlich in einer Jugendstrafanstalt gelandet. Wo sie jetzt wohl sein mag? Und woran kann sie sich heute aus jener Nacht noch erinnern? Ich habe auch nie verstehen können, was Audrey an Ted fand. Er konnte Will Barton nicht das Wasser reichen. Aber manche Frauen können eben nicht ohne Mann leben, und Audrey gehörte zu ihnen, nehme ich an. Hätte ich doch bloß Will nicht zu diesem Reitunterricht geraten …

Eine halbe Stunde später, gestärkt durch Saft, Toast und eine letzte Tasse Kaffee, verließ Georgette das Haus und stieg in ihr Auto. Während sie rückwärts aus der Einfahrt in die Hardscrabble Road fuhr, warf sie noch einmal einen liebevollen Blick auf das blassgelb gestrichene Holzhaus, das in den letzten dreißig Jahren ihr Zuhause gewesen war. Trotz ihrer geschäftlichen Sorgen munterte sie der anheimelnde Anblick des ehemaligen Wagenschuppens jedesmal auf, mit seinem verspielten Bogen über der Eingangstür, der aus einer unerklärlichen Laune heraus später hinzugefügt worden war.

Ich möchte den Rest meines Lebens hier verbringen, dachte sie, und gleich darauf versuchte sie das leise Frösteln abzuschütteln, das sie plötzlich überfiel.

11

Sowohl die Trauerfeier für meinen Vater als auch die für meine Mutter hatte in der St.-Josephs-Kirche stattgefunden. Sie wurde 1860 gebaut und steht in der West Main Street. Im Jahr 1962 wurde daneben ein Schulgebäude errichtet. Hinter der Kirche befindet sich ein Friedhof, auf dem einige der frühen Siedler von Mendham begraben liegen. Unter ihnen sind auch meine Vorfahren.

Der Mädchenname meiner Mutter ist Sutton, ein Name, den man bis ins späte achtzehnte Jahrhundert zurückverfolgen kann, als inmitten der Äcker und Weiden noch Getreidemühlen, Sägemühlen und Schmieden in Betrieb waren. Unser ursprüngliches Haus befand sich nahe dem Anwesen der Pitneys an der Cold Hill Road. Die Nachkommen der Pitneys bewohnen ihr Haus immer noch. Das Haus der Suttons dagegen wurde Ende des neunzehnten Jahrhunderts verkauft und vom neuen Besitzer abgerissen.

Meine Mutter ist in der Mountainside Road aufgewachsen, als Kind nicht mehr ganz junger Eltern, die zu ihrem Glück den Tod ihrer Tochter mit sechsunddreißig Jahren nicht mehr erlebt haben. Dieses Haus ist, wie so viele andere, sehr geschmackvoll restauriert und erweitert worden. Ich besitze noch vage Kindheitserinnerungen an die Besuche dort. Sehr deutlich allerdings kann ich mich daran erinnern, dass bei einer dieser Gelegenheiten Freundinnen meiner Großmutter meiner Mutter unumwunden zu verstehen gegeben haben, meine Großmutter hätte einer Verbindung mit Ted Cartwright niemals zugestimmt.

Als ich auf die St.-Josephs-Schule ging, wurde der Unterricht noch größtenteils von Nonnen gehalten. An diesem Morgen jedoch, als ich mit Jack an der Hand durch den Gang zur Kindergartenklasse lief, konnte ich mich davon überzeugen, dass die Lehrer fast ausnahmslos dem Laienstand angehörten.

Jack war schon in New York in eine Kindergruppe gegangen, er liebte es, mit Gleichaltrigen zusammen zu sein. Dennoch klammerte er sich an meine Hand, als die Erzieherin, Miss Durkin, zu uns kam, um ihn zu begrüßen, und mit besorgtem Unterton fragte er: »Du kommst doch wieder, um mich abzuholen, Mom?«

Sein Vater ist jetzt seit zwei Jahren tot. Sicherlich ist die vage Erinnerung, die er vielleicht noch an ihn hatte, inzwischen verblasst und wurde ersetzt durch eine unbestimmte Angst, mich zu verlieren. Ich weiß das, denn seit dem Tag, an dem ein Pfarrer von St. Joseph, begleitet vom Besitzer des Washington-Valley-Reitclubs, zu uns nach Hause kam, um uns mitzuteilen, dass das Pferd meines Vaters durchgegangen und er gestürzt und dabei ums Leben gekommen sei, hatte ich immer Angst, dass meiner Mutter etwas zustoßen könnte.

Und das ist dann auch geschehen. Durch mich.

Meine Mutter gab damals sich selbst die Schuld am Unfall meines Vaters. Sie war eine geborene Reiterin und hatte oft den Wunsch geäußert, zusammen mit ihm ausreiten zu können. Wenn ich darüber nachdenke, glaube ich, dass er im Stillen eine unüberwindliche Angst vor Pferden hatte, und natürlich spüren das die Tiere. Meine Mutter hingegen konnte sich ein Leben ohne Reiten gar nicht vorstellen. Jeden Tag brachte sie mich zur Schule und fuhr danach zum Reitclub in Peapack, wo sie wohl Trost suchte und fand.

Ich spürte ein Zupfen an meiner Hand. Jack wartete auf eine Bestätigung. »Um wie viel Uhr ist der Unterricht aus?«, fragte ich Miss Durkin.

Sie begriff, was ich vorhatte. »Um zwölf«, antwortete sie.

Jack kann schon die Zeit ablesen. Ich ging in die Hocke, so dass unsere Gesichter auf einer Höhe waren. Jack hat eine Menge Sommersprossen um die Nase. Er lächelt viel, aber in seinen Augen liegt manchmal ein Hauch von Sorge, ja, sogar von Angst. Ich hielt ihm meine Armbanduhr hin. »Wie spät ist es?«, fragte ich mit gespieltem Ernst.

»Zehn Uhr, Mom.«

»Und wann, glaubst du, werde ich dich abholen?«

Er lächelte. »Um Punkt zwölf Uhr.«

Ich küsste ihn auf die Stirn. »Einverstanden.«

Ich erhob mich rasch, während Miss Durkin ihn an der Hand nahm. »Komm mit, Jack, wir gehen zu Billy. Vielleicht kannst du mir helfen, ihn ein bisschen aufzumuntern.«

Billy liefen die Tränen über das Gesicht. Es war ihm deutlich anzusehen, dass er nichts lieber wollte, als sofort wieder nach Hause zu gehen.

Als sich Jack ihm zuwandte, schlüpfte ich aus dem Klassenzimmer und lief den Gang zurück. Als ich an der Tür zum Sekretariat vorbeikam, sah ich eine ältere Frau hinter dem Schreibtisch sitzen, die irgendetwas in meinem Gedächtnis berührte. Irrte ich mich, oder war sie schon vor all den Jahren hier gewesen? Doch, jetzt war ich ganz sicher, und ich wusste auch, dass mir ihr Name wieder einfallen würde.

In den Wochen seit meinem Geburtstag hatte ich es vermieden, nach Mendham zu fahren. Als Alex vorgeschlagen hatte, die Zimmer auszumessen, damit wir Möbel, Teppiche und Vorhänge aussuchen könnten, hatte ich jede nur erdenkliche Ausrede vorgebracht, um die Sache aufzuschieben, weil ich mich nicht in der Lage fühlte, mir Gedanken über die Einrichtung meines früheren Zuhauses zu machen. Ich sagte, dass ich zuerst eine Weile im Haus wohnen und ein Gefühl für die Atmosphäre bekommen wollte, bevor ich mich endgültig für etwas entschied.

Ich widerstand der Versuchung, auf den Friedhof zu gehen und die Gräber meiner Eltern zu besuchen. Stattdessen ging ich zu meinem Wagen zurück und fuhr ein Stück die Main Street entlang in der Absicht, in dem kleinen Einkaufszentrum eine Tasse Kaffee zu trinken. Jetzt, da ich allein war, rasten die Gedanken an die Ereignisse der letzten vierundzwanzig Stunden unaufhörlich in meinem Kopf herum, und immer wieder tauchten dieselben Bilder auf.

Die Verunstaltung des Hauses. Die Schrift auf dem Rasen. Sergeant Earley. Marcella Williams. Georgette Grove. Das Zeitungsfoto heute Morgen in der Scheune.

Beim Einkaufszentrum angelangt, parkte ich den Wagen, kaufte ein paar Zeitungen und betrat den Coffee Shop, wo ich schwarzen Kaffee bestellte. Ich zwang mich, jede Zeile der Artikel über das Haus zu lesen, und ich zuckte zusammen, als ich das Foto von mir entdeckte, auf dem ich gerade zusammenbrach.

Das Einzige, was mich ein bisschen erleichterte, war, dass in den Zeitungen von uns nur als »den neuen Eigentümern des Hauses« die Rede war. Ansonsten wurde nur erwähnt, dass ich die Witwe des allseits geschätzten Laurence Foster sei, und von Alex, dass er Mitglied im Reitclub sei und beabsichtige, in Kürze eine Filiale seiner Anwaltsfirma in Summit zu eröffnen.

Alex. Was tat ich ihm bloß an? Gestern, das war typisch für seine rücksichtsvolle Art, hatte er so viele zusätzliche Arbeitskräfte angeheuert, dass das Haus bis sechs Uhr so weit fertig war, wie das überhaupt möglich sein konnte am Tag des Umzugs. Natürlich hatten wir nicht genügend Möbel, aber Tisch, Stühle und Anrichte standen im Esszimmer, sowie die Sofas, Lampen, Tische und Beistellstühle im Wohnzimmer. Die Schlafzimmer – das von Alex und mir und das von Jack – sahen bereits relativ aufgeräumt aus. Die Kleidersäcke hingen in den Wandschränken, die Koffer waren ausgepackt.

Ich erinnere mich, wie verletzt Alex war und wie verwirrt die Möbelpacker dreinschauten, als ich ihnen nicht erlaubte, das gute Porzellan, das Silber und das Kristall auszupacken. Stattdessen ließ ich die Kisten in eines der Gästezimmer bringen, zusammen mit anderen Kartons, auf denen »Zerbrechlich« stand, ein Wort, das eher noch auf meinen Zustand als auf das Porzellan zutraf.

Ich sah, wie sich wachsende Enttäuschung in Alex' Miene abzeichnete, als ich immer mehr Kartons im Gästezimmer aufstapeln ließ. Ihm dämmerte allmählich, dass unser Aufenthalt in diesem Haus sich eher in Wochen als in Monaten oder gar Jahren messen lassen würde.

Alex wollte in dieser Gegend wohnen; das wusste ich, als ich ihn geheiratet habe. Ich nippte an meiner Tasse und dachte über diese simple Tatsache nach. Summit ist nur eine halbe Stunde von hier entfernt, und er war bereits Mitglied im Club in Peapack, als wir uns kennen lernten. Wäre es möglich, dass ich mir unbewusst immer gewünscht habe, hierher zurückzukommen, in die vertraute Umgebung, die sich meinem Gedächtnis eingeprägt hat? Immerhin haben Generationen meiner Vorfahren hier gelebt. Sicherlich hätte ich mir beim besten Willen nicht vorstellen können, dass Alex ausgerechnet das Haus meiner Kindheit kaufen würde, aber durch die gestrigen Ereignisse und die Fotos in den Zeitungen ist mir bewusst geworden, dass ich es leid bin, davonzulaufen.

Ich nippte nachdenklich an meinem Kaffee. Ich möchte meine Unschuld beweisen. Ich muss auf irgendeine Weise herausbekommen, warum meine Mutter so eine tödliche Angst vor Ted Cartwright hatte. Was gestern geschehen ist, gibt mir einen Vorwand, um in der Sache weiterzuforschen, überlegte ich. Es würde nicht ungewöhnlich erscheinen, wenn ich als die neue Besitzerin des Hauses zum Gericht ginge und um Auskünfte nachsuchte. Ich könnte sagen, dass ich die Wahrheit über die Tragödie erfahren möchte, unabhängig von allen Gerüchten und der Sensationsgier der Medien. Indem ich versuche, das Haus von seinem Stigma zu befreien, würde ich womöglich gleichzeitig einen Weg finden, meine Unschuld zu beweisen.

»Entschuldigen Sie, aber sind Sie nicht Celia Nolan?«

Ich schätzte die Frau, die an meinem Tisch stehen geblieben war, auf Anfang vierzig. Ich nickte.

»Ich bin Cynthia Granger. Ich wollte Ihnen nur sagen, wie empört die Leute in der Stadt über die Verschandelung Ihres Hauses sind. Wir möchten Sie hier willkommen heißen. Mendham ist eine schöne Stadt. Reiten Sie?«

Ich antwortete ausweichend. »Ich hab schon überlegt, ob ich damit anfangen soll.«

»Wunderbar. Gewöhnen Sie sich erst einmal in Ruhe ein, und dann melde ich mich bei Ihnen. Ich hoffe, Sie und Ihr Mann werden einmal zu uns zum Abendessen kommen.«

Ich dankte ihr und wiederholte, als sie gegangen war, im Geist ihren Nachnamen: Granger. Granger. Es hatte zu meiner Zeit ein paar Grangers in den höheren Klassen von St. Joseph's gegeben. Vielleicht war einer von ihnen mit Cynthias Mann verwandt.

Nachdem ich den Coffee Shop verlassen hatte, fuhr ich eine Stunde lang in der Stadt herum, zuerst die Mountainside Road hinauf, um einen Blick auf das Haus meiner Großeltern zu werfen, dann in den Horseshoe Bend und die Hilltop Road entlang. Ich kam an Pleasant Valley Mill vorbei, einem Hof, der besser unter dem Namen »die Schweinefarm« bekannt war. Auch jetzt entdeckte ich eine Sau, die in der Umzäunung graste. Wie jedes Kind in der Stadt war ich mit meinen Eltern im Frühjahr hierher gepilgert, um den neugeborenen Wurf Ferkel anzuschauen. Ich nahm mir vor, auch mit Jack herzukommen und ihm das Schauspiel zu zeigen.

Ich erledigte noch ein paar Lebensmitteleinkäufe und war rechtzeitig vor zwölf Uhr wieder in St. Joseph's, um sicher zu sein, dass mich Jack sofort sehen würde, wenn der Kindergarten zu Ende war. Dann fuhren wir nach Hause. Nachdem Jack hastig ein Sandwich verschlungen hatte, bettelte er darum, auf Lizzie reiten zu dürfen. Auch wenn ich nie wieder geritten war seit dem Unfall meines Vaters, war mir das Wissen, wie man ein Pferd sattelt, so sehr zur zweiten Natur geworden, dass meine Hände wie von selbst den Gurt festzurrten und die Steigbügel kontrollierten und ich Jack zeigen konnte, wie er die Zügel richtig halten musste.

»Wo hast du denn das gelernt?«

Ich wirbelte herum. Alex stand lächelnd vor mir. Weder Jack noch ich hatten gehört, dass der Wagen in die Einfahrt eingebogen war. Vermutlich hatte Alex ihn vor dem Haus stehen lassen. Hätte er mich dabei erwischt, dass ich in seinen Taschen wühlte, meine Verlegenheit wäre kaum größer gewesen.

»Ach«, stammelte ich, »ich hab dir doch erzählt: Meine Freundin Gina war eine begeisterte Reiterin, als ich klein war. Ich bin oft mitgegangen und hab zugesehen, wenn sie Unterricht hatte. Und manchmal durfte ich ihr beim Satteln helfen.«

Lügen, Lügen, nichts als Lügen.

»Ich kann mich nicht erinnern, dass du das jemals erwähnt hast«, sagte Alex. »Aber ist ja auch egal.« Er hob Jack hoch und umarmte mich. »Die Klientin, mit der ich heute Nachmittag verabredet war, hat abgesagt. Sie ist fünfundachtzig und wollte ihr Testament noch einmal ändern, aber dann hat sie sich den Rücken verrenkt. Als sie mir mitgeteilt hat, dass sie nicht kommen könnte, bin ich so schnell wie möglich ausgebüxt.«

Alex hatte den obersten Knopf an seinem Hemd geöffnet und die Krawatte gelockert. Ich küsste ihn auf den Hals, worauf er seinen Arm enger um mich schloss. Es gefällt mir, dass er so aussieht, als ob er viel Zeit draußen an der frischen Luft verbringen würde, mit seiner gebräunten Haut und den sonnengebleichten Strähnen in seinem braunen Haar.

»Na, wie war dein erster Schultag?«, fragte er Jack mit leiser Ironie.

»Darf ich zuerst auf Lizzie reiten?«

»Natürlich. Und danach erzählst du mir, wie dein Tag war.«

»Wir sollten etwas über unseren aufregendsten Tag in diesem Sommer erzählen, und da hab ich erzählt, dass wir hierher gezogen sind und dass die Polizei gekommen ist und alles und dass ich heute nach Lizzie schauen wollte und dass da dieses Foto …«

»Du wolltest es doch Alex hinterher erzählen, Jack, nach dem Reiten«, unterbrach ich.

»Gute Idee«, sagte Alex. Er prüfte den Sattel, fand aber nichts daran auszusetzen. Ich spürte, dass er mir einen fragenden Blick zuwarf, doch er enthielt sich einer Bemerkung.

»Jack hat gerade ein Sandwich gegessen, aber ich werde mich jetzt um das Mittagessen kümmern«, sagte ich.

»Wie wär's, wenn wir auf der Terrasse essen würden?«, schlug Alex vor. »Das Wetter ist zu schön, um drinnen zu sitzen.«

»Ja, gute Idee«, sagte ich hastig und ging zum Haus. Schnell eilte ich die Treppe hinauf. Mein Vater hatte das obere Stockwerk neu aufgeteilt, sodass zwei große Eckräume entstanden waren, die für verschiedene Zwecke genutzt werden konnten. Als ich klein war, war das eine von ihnen sein Arbeitszimmer, das andere mein Spielzimmer. Ich hatte die Möbelpacker angewiesen, meinen Schreibtisch in Daddys Arbeitszimmer zu stellen. Der Schreibtisch ist ein unauffälliges antikes Stück, das ich gekauft habe, als ich noch mein Innenarchitekturbüro hatte, und ich habe mich hauptsächlich aus einem Grund dafür interessiert. Eine der großen Aktenschubladen besitzt ein Geheimfach. Dieses ist durch ein Zahlenschloss gesichert, das wie eine Verzierung aussieht. Das Fach kann nur geöffnet werden, wenn man die Zahlenkombination kennt.

Ich hob die Akten aus der Schublade, gab die Zahlen ein und öffnete das Fach. Darin lag der dicke Ordner über Little Lizzie Borden. Ich legte ihn auf den Tisch, öffnete ihn und nahm das Zeitungsfoto heraus, das am Pfosten in der Scheune gehangen hatte.

Falls Jack Alex doch davon erzählen sollte, würde Alex natürlich verlangen, es zu sehen. Und wenn Jack einfiele, dass er mir versprochen hatte, Alex nichts davon zu erzählen, würde er das vermutlich auch ausplaudern. »Ich hab vergessen – ich darf dir nichts davon erzählen, das hab ich Mommy versprochen …«

Und ich würde mir wieder neue Lügen ausdenken müssen.

Ich steckte das Foto in die Hosentasche und ging wieder nach unten. Im Supermarkt hatte ich geräucherten Lachs gekauft, für den Alex besonders schwärmte. In dem halben Jahr, das wir zusammen wohnten, hatte er auch Jack auf den Geschmack gebracht. Ich richtete ihn auf Salattellern zusammen mit Kapern, Silberzwiebeln und in Scheiben geschnittenen hart gekochten Eiern an, die ich vorbereitet hatte, während Jack sein Sandwich aß. Die schmiedeeisernen Terrassenmöbel, die Alex gekauft hatte, damit wir meinen Geburtstag mit Champagner und Kanapees feiern konnten, standen jetzt auf der Terrasse. Ich legte Platzdeckchen und Besteck auf den Tisch, dann die Salate, Eistee und aufgebackenes Baguette.

Als ich die beiden zu Tisch rief, machte Alex das Pony an einem Pfosten der Umzäunung fest. Es war immer noch gesattelt, was bedeutete, dass er nach dem Essen noch weiter mit Jack reiten wollte.

Als sie zur Terrasse kamen, war die veränderte Stimmung mit Händen zu greifen. Alex blickte ernst drein, und Jack war den Tränen nahe. Zuerst herrschte Schweigen, dann fragte Alex in sachlichem Tonfall: »Gibt es einen Grund, warum du mir verschweigen wolltest, dass ihr dieses Foto in der Scheune gefunden habt, Ceil?«

»Ich wollte nicht, dass du dich aufregst«, antwortete ich. »Es ist nur ein Foto von der Barton-Familie gewesen, das in den Zeitungen erschienen war.«

»Glaubst du, dass es mich nicht aufregt, wenn ich durch Zufall erfahre, dass jemand in der Nacht hier eingedrungen ist? Meinst du nicht, dass wir das der Polizei melden müssen?«

Darauf gab es nur eine plausible Antwort: »Hast du gesehen, was heute in den Zeitungen steht?«, fragte ich Alex ruhig. »Meinst du, ich hätte Lust, dass das so weitergeht? Ich möchte wenigstens für eine Weile meine Ruhe haben.«

»Ceil, Jack hat mir gesagt, dass er rausgegangen ist, um nach seinem Pony zu sehen, bevor du aufgestanden bist. Und wenn er jemanden in der Scheune überrascht hätte? Langsam frage ich mich, ob hier nicht irgendwo ein Irrer frei herumläuft.«

Das war genau die Sorge, die mich ebenfalls beschlichen hatte, die ich nun aber nicht mit ihm teilen konnte. »Jack wäre gar nicht aus dem Haus gekommen, wenn du den Alarm wieder angestellt hättest«, gab ich in scharfem Ton zurück.

»Mommy, warum bist du böse auf Alex?«, fragte Jack.

»Ja, Jack, das möchte ich auch wissen«, sagte Alex, während er seinen Stuhl zurückschob, aufstand und ins Haus ging.

Ich wusste nicht, ob ich ihm nachgehen und mich entschuldigen oder ihm jetzt das zerknitterte Zeitungsfoto zeigen sollte, das in meiner Tasche steckte. Ich wusste einfach nicht, was ich tun sollte.

12

Am Morgen nach dem Tag, an dem ihre neuen Nachbarn eingezogen waren, genoss Marcella Williams ihre zweite Tasse Kaffee und las begierig die Zeitungen, als das Telefon klingelte. Sie nahm den Hörer auf und murmelte: »Hallo.«

»Hätte eine wunderschöne Dame vielleicht Zeit, heute mit mir zu Mittag zu essen?«

Ted Cartwright! Marcella fühlte, dass ihr Puls zu rasen begann.

»Wunderschöne Damen gibt es hier nicht«, antwortete sie bescheiden, »aber ich kenne jemanden, der sehr gerne mit dem ehrenwerten Mr. Cartwright zu Mittag essen würde.«

Drei Stunden später, nachdem sie sich sorgfältig in Schale geworfen hatte, saß Marcella in einer hellbraunen Hose und einer in kräftigen Farben gemusterten Seidenbluse Ted Cartwright gegenüber, in der Black Horse Tavern an der West Main Street. Atemlos und in allen Einzelheiten berichtete sie ihm von ihren neuen Nachbarn. »Als sie die Bescherung entdeckt haben, war Alex Nolan wütend, während seine Frau, Celia, völlig außer sich geriet. Ich meine, das hat man ihr deutlich angesehen. Sie ist sogar richtig in Ohnmacht gefallen, also bitte, das will schon was heißen. Ich verstehe ja, dass die ganzen Vorbereitungen für den Umzug sie sehr mitgenommen haben. Man kennt das ja: Auch wenn man noch so viel Hilfe hat, bleibt die meiste Arbeit an einem selbst hängen.«

»Trotzdem halte ich das für eine ziemlich heftige Reaktion«, bemerkte Cartwright skeptisch.

»Das stimmt schon, aber auf der anderen Seite war es auch ein schockierender Anblick. Ted, ich kann Ihnen sagen, dieser Totenschädel mit den gekreuzten Knochen an der Haustür und dann noch Lizas Initialen in den Augenhöhlen, da lief es einem wirklich kalt den Rücken hinunter, und diese rote Farbe auf dem Rasen und am Haus – man hätte schwören können, dass es echtes Blut war. Und diese Puppe unter dem Vordach mit der Pistole in der Hand war auch ganz schön unheimlich.«

Marcella biss sich auf die Lippen, als sie Cartwrights Gesichtsausdruck bemerkte. Ach du lieber Himmel, dachte sie, damals, als Liza auf sie geschossen hat, war es natürlich sein Blut und das von Audrey, das in diesem Haus vergossen wurde. »Tut mir Leid«, sagte sie, »wie dumm von mir.« In einer spontanen Geste streckte sie den Arm über den Tisch und drückte seine Hand.

Mit einem gequälten Lächeln griff Cartwright nach seinem Glas und nahm einen großen Schluck Pinot noir. »Auf diese Einzelheiten bin ich nicht unbedingt versessen, Marcella«, sagte er. »Ich hab die Fotos in den Zeitungen gesehen, und das hat mir gereicht. Erzählen Sie mir lieber, wie Ihre neuen Nachbarn sind.«

»Sehr sympathische Leute«, sagte Marcella lebhaft. »Sie ist so zwischen achtundzwanzig und Anfang dreißig, und er eher Ende dreißig, schätze ich. Der kleine Junge, Jack, ist wirklich ein süßer Kerl. Sehr besorgt um seine Mutter. Er hing die ganze Zeit an ihr, als sie auf der Couch lag. Das arme Kind hatte Angst, sie könnte tot sein.«

Wieder hatte Marcella das Gefühl, sich auf gefährliches Terrain zu begeben. Vor vierundzwanzig Jahren mussten die Polizisten Liza von der Leiche ihrer Mutter wegzerren, während Ted gleich daneben auf dem Boden lag. »Ich habe gestern Nachmittag noch kurz bei Georgette Grove im Büro vorbeigeschaut, um nachzufragen, wie es ihr geht«, sagte Marcella hastig. »Die Ärmste hat sich ja so furchtbar aufgeregt über diese Geschichte, und ich hab mir ein bisschen Sorgen um sie gemacht.«

Marcella nahm die letzte Gabel von ihrem Cobb Salad und trank ihr Glas Chardonnay aus.

Als sie das amüsierte Lächeln auf Teds Gesicht sah, wusste sie, was er dachte. »Sie kennen mich zu gut«, lachte sie. »Ich geb's ja zu, ich wollte wissen, was los war. Ich hab mir gedacht, die Polizei würde bestimmt Georgette informieren, wenn sie die Jugendlichen verhört haben, die vielleicht dahinter stecken. Georgette war aber nicht da, deshalb hab ich mit Robin geplaudert, ihrer Sekretärin oder Rezeptionistin oder was auch immer.«

»Was haben Sie rausbekommen?«

»Robin hat mir erzählt, dass die Nolans erst seit einem halben Jahr verheiratet sind, und dass Alex das Haus als Geburtstagsüberraschung für Celia gekauft hat.«

Cartwright runzelte die Stirn. »Die einzige Überraschung, die ein Mann einer Frau machen sollte, ist so ein Ding, das man an den Finger stecken kann«, sagte er. »Und dabei darf das Steinchen auch ruhig etwas größer ausfallen.«

Marcella lächelte ihn über den Tisch hinweg an. Die Black Horse Tavern war schon seit Generationen für die Einwohner der Gegend ein beliebter Treffpunkt zum Mittagessen. Sie erinnerte sich, dass sie einmal mit Victor, Audrey und Ted hier gegessen hatte. Das war nur wenige Monate gewesen, bevor Audrey und Ted sich getrennt hatten. Damals war deutlich zu spüren, dass er verrückt nach ihr war, und sie benahm sich durchaus so, als ob sie seine Gefühle erwiderte. Was hat sie wohl auseinander gebracht, fragte sich Marcella. Aber das war vierundzwanzig Jahre her, und soweit ihr bekannt war, hatte Ted zurzeit keine Freundin.

Ted sah sie ebenfalls an. Ich weiß, dass ich ziemlich gut aussehe, dachte Marcella, und soweit ich den Blick eines Mannes einschätzen kann, findet er das auch.

»Möchten Sie wissen, was mir gerade durch den Kopf geht?«, fragte sie herausfordernd.

»Aber sicher.«

»Ich dachte gerade, dass viele Männer, die auf die sechzig zugehen, allmählich ihre Anziehungskraft verlieren. Ihre Haare werden dünn oder fallen ganz aus. Sie setzen Gewicht an. Sie werden einfach rundherum uninteressant. Sie dagegen, Sie sehen heute sogar noch besser aus als zu der Zeit, als wir Nachbarn waren. Es gefällt mir, dass Ihre Haare jetzt weiß sind. Zusammen mit Ihren blauen Augen sieht das einfach umwerfend aus. Sie waren immer ein großer, kräftiger Mann, ohne auch nur ein Gramm Fett zu viel auf den Hüften zu haben. Ich mag das. Victor war doch nur so eine halbe Portion.«

Mit einem Achselzucken fegte sie den Gedanken an ihren Ehegatten beiseite, mit dem sie zweiundzwanzig Jahre verheiratet gewesen war, außerdem die ärgerliche Tatsache, dass er nur wenige Monate nach ihrer Scheidung vor zehn Jahren wieder geheiratet hatte, inzwischen Vater zweier Kinder und, soviel sie gehört hatte, äußerst glücklich und zufrieden war.

»Sie schmeicheln mir, und ich muss sagen, ich habe nichts dagegen«, sagte Ted. »Ich schlage vor, dass wir noch einen Kaffee trinken, und dann bring ich Sie nach Hause. Leider muss ich zurück ins Büro.«

Ted hatte vorgeschlagen, sich in der Black Horse Tavern zu treffen, aber sie hatte ihn gebeten, sie abzuholen. »Ich weiß, dass ich ein Glas Wein trinken werde, und ich möchte danach nicht Auto fahren«, hatte sie erklärt. In Wirklichkeit hatte sie es darauf abgesehen, die körperliche Nähe während der gemeinsamen Fahrt zu genießen und das Zusammensein mit ihm ein wenig zu verlängern.

Eine halbe Stunde später bog Ted in ihre Einfahrt ein. Er parkte das Auto, stieg aus und ging auf die andere Seite, um ihr die Tür zu öffnen. Während sie ausstieg, fuhr ein Wagen langsam am Haus vorbei. Beide erkannten sie den Fahrer. Es war der Staatsanwalt von Morris County, Jeff MacKingsley.

»Was soll denn das bedeuten?«, fragte Cartwright ärgerlich. »Seit wann kümmert sich der Staatsanwalt um einen lächerlichen Fall von Vandalismus?«

»Ich weiß auch nicht. Gestern trat Sergeant Earley noch so auf, als ob er die Sache bearbeiten würde. Ich frage mich, ob irgendetwas anderes passiert ist. Ich werde versuchen, das herauszufinden. Ich wollte morgen sowieso ein paar Zimtschnecken backen und sie den Nolans bringen«, sagte Marcella. »Ich ruf Sie an, wenn ich etwas Neues erfahre.« Sie blickte ihn an, weil sie sich nicht ganz schlüssig war, ob es nicht zu früh sei, ihn zum Abendessen einzuladen. Schließlich möchte ich mir nicht alles verderben, dachte sie. Doch die Miene von Ted Cartwright brachte sie aus dem Konzept. Er starrte dem hinter der Kurve verschwindenden Auto des Staatsanwalts nach, und es war, als ob er eine Maske hätte fallen lassen. Sein Gesichtsausdruck war düster und sorgenvoll. Was kann ihn denn so sehr daran stören, dass Jeff MacKingsley mit dem Auto hier vorbeifährt, fragte sie sich. Dann kam ihr der Gedanke, dass Ted sie vielleicht nur deshalb zum Mittagessen eingeladen hatte, weil er ihr Informationen über das, was nebenan vor sich ging, entlocken wollte.

Na schön, dieses Spiel kann man jedenfalls zu zweit spielen, dachte sie. »Ted, das war wirklich sehr nett mit Ihnen«, sagte sie. »Hätten Sie nicht Lust, am Freitag zum Abendessen zu kommen? Ich weiß nicht, ob Sie sich erinnern, aber ich gelte allgemein als gute Köchin.«

Jetzt hatte er seine Miene wieder unter Kontrolle. Mit einem freundlichen Lächeln küsste Ted sie auf die Wange. »Natürlich erinnere mich, Marcella«, sagte er. »Passt Ihnen sieben Uhr?«

13

Jeff MacKingsley verbrachte fast den ganzen Tag im Roxiticus Golfclub, weil er an einem Golfturnier zugunsten der Historischen Gesellschaft von Morris County teilnahm. Er war ein hervorragender Spieler, Handicap sechs, und an einem normalen Tag hätte er diese Art von Ereignis in vollen Zügen genießen können. Heute jedoch, trotz des wunderbaren Wetters und der guten Freunde, mit denen er zusammen war, konnte er sich einfach nicht auf das Spiel konzentrieren. Die Artikel in den Morgenzeitungen über die Verschandelungen in der Old Mill Lane waren ihm unter die Haut gegangen.

Das Foto, das Celia Nolan zeigte, als sie versuchte, vor der Presse zu fliehen, und ohnmächtig wurde, hatte ihm besonders zu schaffen gemacht und ihn verärgert. Wenn dies ein gezielter Anschlag gewesen wäre, würden wir jetzt die Stadt durchkämmen, um den Täter zu finden, ging ihm immer wieder durch den Kopf. Mit einem Halloween-Streich, wie beim letzten Mal, hat das nichts zu tun. Diesmal ist es wirklich ernst.

Am Ende des Vormittags hatte er gegen alle drei Mitspieler verloren. Mit dem Ergebnis, dass er eine Runde Bloody Marys an der Bar ausgeben musste, bevor es zum festlichen Essen ging.

Im Club waren Zeichnungen und Gemälde aufgehängt worden, die man aus dem Museum in George Washingtons

Hauptquartier in Morristown entliehen hatte. Jeff, der sich für Geschichte begeistern konnte, war immer wieder fasziniert davon, wie viele Kämpfe während des Unabhängigkeitskriegs in der näheren Umgebung stattgefunden hatten.

Aber heute würdigte er während des Essens die historischen Ausstellungsstücke kaum eines Blickes. Noch bevor der Kaffee serviert wurde, rief er im Büro an. Anna versicherte ihm, dass nicht viel los gewesen sei. Bevor er das Gespräch beendete, musste sie noch unbedingt einen Kommentar zu den Zeitungsberichten loswerden, die sie am Morgen gelesen hatte. »Die Fotos von Little Lizzie's Place zeigen, dass diesmal jemand mit Feuereifer bei der Sache gewesen ist«, sagte sie, wobei in ihrer Stimme eine gewisse Befriedigung mitklang. »Ich werde auf dem Nachhauseweg vorbeifahren und mir die Sache einmal ansehen.«

Jeff verriet ihr nicht, dass er das Gleiche im Sinn hatte. Er hoffte nur, dass er dabei nicht auf seine allgegenwärtige Sekretärin stoßen würde, doch dann beruhigte er sich mit dem Gedanken, dass er dort gegen drei Uhr sein würde, während Anna unter keinen Umständen ihren Schreibtisch vor fünf verlassen würde.

Nachdem das Essen endlich vorbei war und er sich noch einmal für sein grottenschlechtes Spiel entschuldigt hatte, schlüpfte Jeff hinaus zu seinem Wagen, um weniger als zehn Minuten später in die Old Mill Lane einzubiegen. Er erinnerte sich an die Nacht vor vierundzwanzig Jahren, als er zu außergewöhnlich später Stunde noch an seinem Schreibtisch saß, um einige Hausaufgaben für die Schule nachzuholen, und aus einer Laune heraus das Radio einschaltete, seinen kostbarsten Besitz. Man konnte damit den Polizeifunk auf Kurzwelle abhören. Damals hörte er den aufgeregten Funkspruch: »Notruf aus der Old Mill Lane Nr. 1. Ein Mann hat angerufen. Sagt, er sei angeschossen worden, seine Frau sei ermordet worden. Nachbarn haben ebenfalls angerufen, weil sie Schüsse gehört haben.«

Es war gegen ein Uhr nachts gewesen, erinnerte sich Jeff. Mom und Dad hatten schon geschlafen. Ich bin auf mein Fahrrad gesprungen und rübergefahren, und dann stand ich zusammen mit den Nachbarn der Bartons an der Straße. Es war weiß Gott eine lausig kalte Nacht, an diesem achtundzwanzigsten Oktober vor vierundzwanzig Jahren. Innerhalb weniger Minuten waren die Medien zur Stelle. Ich habe gesehen, wie sie die Bahre mit Ted Cartwright aus dem Haus trugen, zwei Sanitäter hielten dabei die Infusionsbeutel. Dann brachten sie den Leichensack mit der toten Audrey Barton und schoben ihn in den Leichenwagen. Ich kann mich sogar erinnern, an was ich dabei denken musste – daran, wie sie beim Reitturnier angetreten war und den ersten Preis im Springen gewonnen hatte.

Er war so lange geblieben, bis der Streifenwagen mit Liza Barton davongebraust war. Schon damals habe ich mich gefragt, was wohl in ihrem Kopf vorgehen mochte, erinnerte sich Jeff.

Das fragte er sich auch heute noch. Soviel er wusste, hatte sie Clyde Earley gedankt, als er eine Decke um sie gelegt hatte, und danach hatte sie monatelang kein Wort mehr gesprochen.

Als er an dem Haus Old Mill Lane Nr. 3 vorbeifuhr, sah er einen Mann und eine Frau in der Einfahrt stehen. Die Nachbarin, dachte er, die immer so viel zu erzählen hat, wenn Reporter in der Nähe sind. Und das ist doch Ted Cartwright neben ihr. Was hat der denn hier verloren?

Jeff überlegte kurz, ob er anhalten und mit ihnen reden sollte, entschied sich dann aber dagegen. Marcella Williams war eine Klatschtante, das war deutlich an der Art zu sehen, wie sie sich den Medien präsentierte. Es wäre nicht gut, wenn sie überall herumposaunt, dass ich ein persönliches Interesse an diesem Fall habe, dachte sich Jeff.

Er nahm den Fuß vom Gas und fuhr im Schritttempo weiter. Hier war es, das Haus der Bartons. Little Lizzie's Place.

Ein Lieferwagen stand in der Einfahrt, und ein Mann im Overall klingelte gerade an der Haustür.

Auf den ersten Blick konnte man keinen Schaden an dem zweistöckigen Herrenhaus aus dem neunzehnten Jahrhundert mit seiner ungewöhnlichen Verbindung von Holzrahmenkonstruktion auf einem Kalksteinfundament erkennen. Aber nachdem Jeff angehalten hatte und ausgestiegen war, sah er, dass an vielen Stellen bereits eine erste Schicht Farbe auf die verunstalteten Bretter aufgetragen worden war, während auf dem Steinsockel die roten Kleckse immer noch zu erkennen waren. Der neu ausgelegte Rasen hob sich von den älteren Flächen ab, und Jeff verzog den Mund, als er abschätzte, wie groß die schriftliche Botschaft gewesen war, die jemand dort hinterlassen zu müssen gemeint hatte.

Er blickte hinüber, als sich die Haustür öffnete und eine Frau erschien. Sie wirkte ziemlich groß und sehr schlank. Das musste Celia Nolan sein, die neue Eigentümerin. Sie sprach eine Weile mit dem Handwerker, dann schloss sie die Tür wieder, und der Handwerker ging zu seinem Lieferwagen und begann, eine Plane und Werkzeug auszuladen.

Ursprünglich hatte Jeff nur am Haus vorbeifahren wollen, doch auf eine plötzliche Eingebung hin beschloss er, näher heranzugehen und die noch sichtbaren Schäden persönlich in Augenschein zu nehmen, bevor sie beseitigt würden. Das hieß natürlich, dass er mit den neuen Besitzern sprechen musste. Eigentlich wollte er sie nicht stören, aber schließlich war es ihm als Staatsanwalt von Morris County nicht möglich, einfach auf ihrem Grundstück herumzulaufen, ohne sie vorher zu verständigen.

Der Handwerker stellte sich als Maurer heraus, der von der Maklerin damit beauftragt worden war, den Kalksteinsockel abzuschleifen. Er war hager, musste auf die siebzig zugehen, hatte wettergegerbte Haut und einen vorstehenden Adamsapfel und stellte sich als Jimmy Walker vor.

»Genau wie der Bürgermeister von New York in den zwanziger Jahren«, sagte er mit einem schallenden Lachen. »Über den wurde sogar ein Lied geschrieben.«

Offenbar redete Jimmy Walker gern. »Letztes Halloween hat mich Mrs. Harriman, sie war damals die Eigentümerin, auch schon bestellt. Mein lieber Mann, war die wütend. Das Zeug, das die Bengels damals benutzt haben, ging ganz einfach ab, aber ich glaube, die Puppe mit der Knarre in der Hand, die in einem der Stühle unter dem Vordach saß, hat ihr einen ordentlichen Schrecken eingejagt. Das war das Erste, was sie gesehen hat, als sie am Morgen die Tür aufgemacht hat.«

Jeff wandte sich ab, um die Stufen zum Eingang hinaufzugehen, aber Walker hörte nicht auf zu reden. »Ich glaube, die Frauen, die in diesem Haus wohnen, werden alle ein bisschen nervös, auf die Dauer. Hab alles heute Morgen in der Zeitung gelesen. Wir haben den *Daily Record* abonniert. Es ist gut, wenn man regelmäßig die Lokalzeitung liest. Da weiß man, was so los ist. Die haben einen Riesenartikel über dieses Haus gebracht. Haben Sie den gelesen?«

Ich frage mich, ob der Kerl stundenweise bezahlt wird, dachte Jeff. Wenn ja, dann werden die Nolans eine saftige Rechnung bekommen. Wahrscheinlich führt er Selbstgespräche, wenn ihm niemand zuhört.

»Ich hab die Zeitungen gesehen«, antwortete er knapp und stieg die letzte Stufe zur Eingangstür hoch. Er hatte das Bild von dem Totenschädel mit den gekreuzten Knochen in den Zeitungen gesehen, aber dennoch war es etwas völlig anderes, direkt davor zu stehen. Jemand hatte ihn mit einem Messer in die wunderschöne Mahagonitür geschnitzt; jemand, der genug Geschick besaß, um die Umrisse des Schädels mit ruhiger Hand und symmetrisch einzuritzen und die Buchstaben *L* und *B* genau in die Mitte der Augenhöhlen zu setzen.

Aber was bezweckte dieser Jemand damit? Jeff drückte auf den Klingelknopf und hörte den gedämpften Glockenklang, der durch das Haus hallte.

14

Nachdem Alex gegangen war, versuchte ich, mich wieder zu sammeln und auch Jack zu beruhigen. Ich hatte bemerkt, dass die Ereignisse der letzten Tage etwas viel für ihn gewesen waren – der Umzug aus der ihm vertrauten Wohnung, die Polizei und die Reporter, das Pony, meine Ohnmacht, der erste Tag im Kindergarten und jetzt noch die Auseinandersetzung zwischen Alex und mir.

Ich schlug vor, dass wir es uns auf der Couch im Arbeitszimmer gemütlich machten und ich ihm vorlesen würde, statt dass er gleich wieder auf Lizzie – oh, wie hasste ich diesen Namen! – ritt. »Lizzie braucht jetzt auch ihre Ruhe«, fügte ich hinzu, und vielleicht überzeugte ihn das. Er half mir, den Sattel abzunehmen, und dann suchte er bereitwillig eines seiner Lieblingsbücher aus. Innerhalb kürzester Zeit war er eingeschlafen. Ich hüllte ihn in eine leichte Decke, dann setzte ich mich zu ihm und betrachtete ihn beim Schlafen.

Stück für Stück ging ich noch einmal alle Fehler durch, die ich heute gemacht hatte. Eine normale Ehefrau hätte ihren Mann sofort angerufen, wenn sie dieses Zeitungsfoto in der Scheune gefunden hätte. Eine normale Mutter hätte nicht versucht, sich mit einem vierjährigen Kind zu verschwören, um seinem Vater oder Stiefvater etwas zu verschweigen. Kein Wunder, dass Alex gleichzeitig wütend und enttäuscht gewesen war. Und wie konnte ich ihm einigermaßen plausibel erklären, warum ich mich so verhalten hatte?

In der Küche klingelte das Telefon, aber das Geräusch rief nicht einmal ein Zucken bei Jack hervor. Er schlief den gesunden Schlaf, in den müde Vierjährige so einfach fallen können. Ich lief vom Arbeitszimmer in die Küche. Hoffentlich ist es Alex, dachte ich.

Aber es war Georgette Grove. Zögernd erklärte sie mir, dass es, falls ich wirklich nicht in diesem Haus wohnen wollte, verschiedene andere Objekte in der Gegend gäbe, die sie mir zeigen könnte. »Wenn Ihnen eines von diesen zusagt, würde ich auf meine Verkaufsprovision verzichten«, bot sie an. »Und ich würde mich bemühen, Ihr Haus so rasch wie möglich wieder zu verkaufen, ebenfalls ohne Provision.«

Es war ein großzügiges Angebot. Natürlich setzte es voraus, dass wir es uns leisten könnten, ein zweites Haus zu kaufen, ohne vorher das Geld zurückzubekommen, das Alex in das jetzige gesteckt hatte, aber ich war sicher, dass Georgette klar war, dass ich als Witwe von Laurence Foster über eigenes Vermögen verfügte. Ich antwortete, dass ich sehr daran interessiert sei, mir andere Häuser anzusehen, und wunderte mich über die Erleichterung, die aus Georgettes Stimme herauszuhören war.

Als ich wieder aufgelegt hatte, fühlte ich mich besser. Sobald Alex zurückkäme, würde ich ihm von dem Gespräch mit Georgette berichten, und wenn sie ein passendes Haus fände, würde ich darauf bestehen, das Geld vorzustrecken und es selbst zu kaufen. Alex ist fast schon übermäßig großzügig, aber nachdem ich bei Adoptiveltern aufgewachsen bin, die auf jeden Pfennig achten mussten, und danach mit einem wohlhabenden Ehemann zusammengelebt habe, der niemals Geld vergeudete, könnte ich auch verstehen, wenn er große Bedenken hätte, ein anderes Haus zu kaufen, bevor das jetzige wieder verkauft wäre.

Ich war zu unruhig, um zu lesen, und lief daher ziellos durch die Räume des Erdgeschosses. Gestern hatten die Männer von der Umzugsfirma die Möbel, die für das Wohnzimmer bestimmt waren, aufgestellt, bevor ich wieder hinuntergekommen war, und die Anordnung stimmte hinten und vorne nicht. Ich bin zwar keine Anhängerin von Feng Shui, aber schließlich bin ich Innenarchitektin. Bevor mir überhaupt bewusst wurde, was ich tat, war ich schon dabei, Sofas quer durch den Raum zu schieben und Tische, Stühle und Teppiche neu zu arrangieren, so dass der Raum zwar immer noch leer, aber nicht mehr wie ein Möbellager wirkte. Zum Glück hatten die Leute zufällig den antiken Schubladenschrank, der Larrys Lieblingsstück gewesen war, gegen die richtige Wand gestellt. Den hätte ich nicht allein bewegen können.

Nachdem Alex ohne etwas zu essen weggegangen war, hatte ich auch nichts angerührt. Ich hatte beide Teller zugedeckt und in den Kühlschrank gestellt, doch jetzt spürte ich, dass ich allmählich Kopfschmerzen bekam. Ich hatte keinen Hunger, aber ich wusste, dass eine Tasse Tee mir gut tun würde.

Die Klingel ertönte, noch bevor ich einen ersten Schritt in die Küche machen konnte, und ich blieb abrupt stehen. Und wenn es ein Reporter war? Doch dann erinnerte ich mich, dass Georgette Grove am Telefon angekündigt hatte, dass ein Maurer unterwegs sei, um die Kalksteine auszubessern. Ich warf einen Blick aus dem Fenster und sah erleichtert den Lieferwagen in der Einfahrt stehen.

Ich öffnete die Tür und sprach mit dem Mann, der sich als Jimmy Walker vorstellte: »Derselbe Name wie bei dem Bürgermeister von New York in den zwanziger Jahren. Über den wurde sogar ein Lied geschrieben.« Ich sagte ihm, dass ich ihn erwartet hätte, und schloss die Tür wieder, doch vorher musste ich aus nächster Nähe den Anblick des offenen Türflügels mit dem brutal eingeschnittenen Totenkopf ertragen.

Als ich die Tür wieder geschlossen hatte, blieb ich einen Augenblick lang mit der Hand auf der Klinke stehen. Ich empfand plötzlich den fast übermächtigen Wunsch, die Tür wieder aufzureißen und vor Jimmy Walker und der ganzen Welt hinauszuschreien, dass ich Liza Barton sei, das zehnjährige Mädchen, das so schreckliche Angst um das Leben ihrer Mutter hatte, und dass es den Bruchteil einer Sekunde gegeben habe, in dem Ted Cartwright mich angeblickt und die Pistole in meiner Hand gesehen hatte, *worauf er meine Mutter mit voller Absicht in meine Richtung geschleudert hatte, weil er damit rechnete, dass die Pistole losgehen würde.*

Dieser Bruchteil einer Sekunde hatte über Leben und Tod meiner Mutter entschieden. Ich lehnte die Stirn gegen die Tür. Obwohl es im Haus angenehm kühl war, spürte ich die Schweißperlen, die sich auf ihr gebildet hatten. Hatte es dieses kurze Zögern tatsächlich gegeben, oder war es eher etwas, woran ich mich erinnern *wollte*? Ich stand da wie gelähmt. Bis zu diesem Augenblick hatte ich mich zu erinnern geglaubt, dass Ted sich in einer einzigen Bewegung umgedreht, »Bitte sehr!« gerufen und meiner Mutter einen Stoß versetzt hatte.

Die Türglocke ertönte erneut. Sicherlich hatte der Maurer eine Frage. Ich wartete eine halbe Minute, so lange, wie ich gebraucht hätte, wenn ich im angrenzenden Zimmer gewesen wäre, dann öffnete ich die Tür und sah mich einem Mann gegenüber, der Ende dreißig sein mochte und eine gewisse Autorität ausstrahlte. Er stellte sich vor als Jeffrey MacKingsley, Bezirksstaatsanwalt von Morris County. Vor lauter innerem Aufruhr beinahe unfähig, einen klaren Gedanken zu fassen, bat ich ihn einzutreten.

»Ich hätte vorher angerufen, wenn ich geplant hätte, zu Ihnen zu kommen, aber ich war zufällig in der Nähe, und da habe ich beschlossen, Ihnen persönlich mein Bedauern über den gestrigen Vorfall auszusprechen«, sagte er und folgte mir ins Wohnzimmer.

Ich murmelte ein »Vielen Dank, Mr. MacKingsley«, während er mit prüfenden Blicken das Wohnzimmer in Augenschein nahm, und ich war froh, zuvor die Möbel verrückt zu haben. Zu beiden Seiten der Couch standen sich jetzt die niedrigen kleinen Polstersessel gegenüber. Das Tête-à-Tête-Sofa stand vor dem offenen Kamin. Das leicht verblichene, aber reiche Farbenspiel der edel gealterten Teppiche wurde von der einfallenden Nachmittagssonne hervorgehoben. Der Schubladenschrank mit seiner feinen Politur und den aufwändig gearbeiteten Ornamenten war ein wunderbares Beispiel für die Handwerkskunst des achtzehnten Jahrhunderts. Natürlich fehlte es noch an Möbeln, doch obwohl noch keinerlei Vorhänge, Bilder und kleinerer Schnickschnack vorhanden waren, wirkte der Raum doch so, als sei ein ganz normaler neuer Bewohner mit gutem Geschmack gerade dabei, sich einzurichten.

Diese Überlegung beruhigte mich, und ich brachte sogar ein Lächeln zustande, als Jeffrey MacKingsley bemerkte: »Dies ist ein wunderschönes Zimmer, und ich kann nur hoffen, dass Sie das, was gestern passiert ist, so schnell wie möglich vergessen und sich hier wieder wohl fühlen werden. Ich versichere Ihnen, dass mein Büro und die örtliche Polizei zusammenarbeiten werden, um den oder die Schuldigen zu finden. Es wird keine weiteren Vorfälle geben, Mrs. Nolan, soweit es in unserer Macht steht.«

»Das hoffe ich.« Ich zögerte. Wenn Alex in diesem Augenblick nach Hause käme und die Geschichte mit dem Foto in der Scheune zur Sprache bringen würde … »Ich weiß nicht, ob …« Ich verstummte. Ich wusste nicht, was ich sagen sollte.

Die Miene des Staatsanwalts verdüsterte sich. »Hat es einen weiteren Vorfall gegeben, Mrs. Nolan?«

Ich griff in meine Hosentasche und zog das Zeitungsfoto hervor. »Das hier war an einem Pfosten in der Scheune befestigt. Mein kleiner Sohn hat es heute Morgen gefunden, als er nach seinem Pony sehen wollte.« Meine Stimme klang heiser, weil ich fast vor Scham verging, als ich fragte: »Wissen Sie, wer diese Leute sind?«

MacKingsley nahm das Foto entgegen. Ich bemerkte, dass er darauf achtete, es nur an einer Ecke zu halten. Er betrachtete es, dann sah er mich an. »Ja«, sagte er. Ich hatte das Gefühl, dass er versuchte, seiner Stimme einen beiläufigen Klang zu geben. »Es ist die Familie, die dieses Haus restauriert hat.«

»Die Barton-Familie!« Meine Überraschung klang ziemlich echt, und ich verachtete mich dafür.

»Ja«, bestätigte er. Er beobachtete meine Reaktion.

»Vielleicht habe ich das schon geahnt«, sagte ich. Mir war bewusst, dass meine Stimme nervös und gehetzt klang.

»Mrs. Nolan, vielleicht ist es möglich, Fingerabdrücke auf diesem Foto sicherzustellen«, sagte MacKingsley. »Wer hat es noch in der Hand gehabt?«

»Niemand außer mir. Mein Mann war schon aus dem Haus, als ich es heute Morgen gefunden habe. Und es hing so hoch, dass Jack es nicht erreichen konnte.«

»Gut. Ich möchte das mitnehmen und auf Fingerabdrücke untersuchen lassen. Haben Sie vielleicht einen Plastikbeutel, in den ich es geben könnte?«

»Ja, natürlich.« Ich war froh, mich bewegen zu dürfen. Froh, diesem Mann nicht mehr von Angesicht zu Angesicht gegenübersitzen zu müssen.

Er folgte mir in die Küche, wo ich einen Beutel aus einer Schublade nahm und ihm gab.

Er ließ das Foto hineinfallen. »Ich werde Ihre Zeit jetzt nicht länger in Anspruch nehmen, Mrs. Nolan«, sagte er. »Aber ich muss Sie noch etwas fragen: Hatten Sie oder Ihr Mann die Absicht, die Polizei darüber zu informieren, dass erneut jemand in Ihr Grundstück eingedrungen ist?«

»Es schien mir so harmlos zu sein«, sagte ich ausweichend.

»Ich gebe Ihnen Recht, es lässt sich nicht vergleichen mit dem, was gestern vorgefallen ist. Dennoch bleibt die Tatsache, dass erneut jemand hier eingedrungen ist. Möglicherweise finden wir Fingerabdrücke auf diesem Foto, und das könnte uns helfen, herauszufinden, wer für all dies verantwortlich ist. Wir werden Ihre Fingerabdrücke benötigen, um vergleichen zu können. Ich weiß, dass Sie eine Menge Stress hatten, und ich möchte nicht, dass Sie sich dafür extra zum Büro bemühen. Ich werde veranlassen, dass ein Polizeibeamter von Mendham kurz vorbeikommt, um Ihnen die Abdrücke abzunehmen. Das kann ohne weiteres hier geschehen.«

Ein beängstigender Gedanke schoss mir durch den Kopf. Würden sie meine Fingerabdrücke nur benutzen, um sie mit denen auf dem Foto zu vergleichen, oder würden sie sie auch mit ihren Dateien vergleichen? Ein Jugendlicher aus der Stadt hatte die Aktion von letztem Halloween gestanden. Die Polizei würde vermutlich in der Datei für jugendliche Straftäter suchen. Und dort könnten meine Fingerabdrücke gespeichert sein.

»Mrs. Nolan, wenn Sie irgendwelche Anzeichen dafür finden, dass Unbekannte Ihren Grund und Boden betreten haben, dann rufen Sie uns bitte an. Darüber hinaus werde ich die Polizei anweisen, regelmäßig am Haus vorbeizufahren.«

»Das halte ich für eine sehr gute Idee.«

Ich hatte Alex nicht hereinkommen hören, und MacKingsley wohl auch nicht, denn wir drehten uns beide abrupt um und erblickten Alex, der im Türrahmen stand. Ich machte die beiden Männer miteinander bekannt, und MacKingsley wiederholte noch einmal, dass er das Foto, das ich in der Scheune gefunden hätte, auf Fingerabdrücke untersuchen lassen wolle.

Zu meiner Erleichterung verlangte Alex nicht, es zu sehen. Bestimmt würde es MacKingsley seltsam vorkommen, wenn er erführe, dass ich es meinem Mann nicht gezeigt hatte. Er verließ uns gleich darauf, und dann standen Alex und ich uns gegenüber und sahen uns an. Er legte seine Arme um mich. »Lass uns Frieden schließen, Ceil«, sagte er. »Es tut mir Leid, dass ich so hochgegangen bin. Es ist nur so, dass du mich in die Dinge einweihen musst. Schließlich bin ich dein Mann. Du kannst mich nicht wie einen Fremden behandeln, den das alles nichts angeht.«

Er ging auf mein Angebot ein, den Lachs aus dem Kühlschrank zu holen, den er stehen gelassen hatte. Wir saßen zusammen auf der Terrasse, und ich erzählte ihm von dem Angebot, das Georgette Grove mir gemacht hatte. »Natürlich, schau dir die Häuser in Ruhe an«, sagte er. »Und wenn wir am Ende mit zwei Häusern dastehen, so soll es sein.« Dann fügte er noch hinzu: »Wer weiß, vielleicht brauchen wir am Ende noch alle beide.«

Ganz offensichtlich hatte er das als Witz gemeint, aber keiner von uns lächelte dazu, und das alte Sprichwort ging mir durch den Kopf: »Ein wahres Wort wird oft im Scherz gesagt.« Es klingelte. Ich ging, um zu öffnen, und ließ den zu mir bestellten Polizeibeamten von Mendham ein. Während ich meine Fingerspitzen auf das Farbkissen drückte, musste ich daran denken, dass ich das schon einmal hatte über mich ergehen lassen müssen – in der Nacht, in der ich meine Mutter erschossen hatte.

15

Als Georgette Grove im Büro eintraf, spürte sie sofort, dass zwischen Henry und Robin dicke Luft herrschte. Henry, der normalerweise immer eine schüchtern-liebenswürdige Miene zur Schau trug, machte ein verdrossenes Gesicht, sein Mund war zu einem schmalen Strich zusammengekniffen.

Aus Robins Augen trafen ihn zornige Blitze, und ihre Körpersprache deutete darauf hin, dass sie kurz davor war, von ihrem Stuhl aufzuspringen und ihn tätlich anzugreifen.

»Was ist los?«, fragte Georgette ohne Umschweife, in der Hoffnung, den beiden Streithähnen zu signalisieren, dass sie nicht in der Stimmung sei, sich irgendein kleinliches Gezänk zwischen ihren Mitarbeitern anzuhören.

»Ganz einfach«, sagte Robin gereizt. »Henry ist mal wieder in Weltuntergangsstimmung, und ich habe ihm gesagt, Sie hätten schon zu viel Ärger am Hals, als dass er noch den Miesepeter rauskehren müsse.«

»Wenn Sie die Tatsache, dass wir möglicherweise demnächst einen Prozess am Hals haben, der dieser Agentur den Rest geben würde, nur als Miesmacherei meinerseits ansehen, dann sind Sie im Immobiliengeschäft fehl am Platz«, gab Henry zurück. »Georgette, ich nehme an, Sie haben die Zeitungen gelesen? Ich möchte Sie daran erinnern, dass ich an dieser Agentur beteiligt bin.«

»Mit zwanzig Prozent«, antwortete Georgette unumwunden, »was zugleich nach Adam Riese bedeutet, dass mir achtzig Prozent gehören.«

»Mir gehören aber auch zwanzig Prozent des Grundstücks an der Route 24, und ich will mein Geld dafür haben«, fuhr Henry fort. »Es liegt ein Angebot vor. Entweder Sie verkaufen, oder Sie zahlen mich aus.«

»Henry, Sie wissen so gut wie ich, dass die Leute, die das Grundstück kaufen wollen, als Strohmänner für Ted Cartwright fungieren. Und wenn er dieses Grundstück in die Finger bekommt, wird er genug Land besitzen, um durchzusetzen, dass ein Gewerbegebiet ausgewiesen wird. Wir haben doch schon vor langer Zeit vereinbart, dass wir dieses Grundstück irgendwann dem Staat überlassen.«

»Oder dass Sie mich auszahlen«, beharrte Henry. »Georgette, ich will Ihnen mal was sagen: Auf diesem Haus an der Old Mill Lane liegt ein Fluch. Sie sind die einzige Maklerin in der ganzen Stadt, die bereit ist, es exklusiv zu verkaufen. Sie haben jede Menge Firmengelder mit Anzeigen verschwendet, weil es keiner haben will. Als Alex Nolan es besichtigen wollte, hätten Sie ihm sofort reinen Wein einschenken müssen. An dem Tag, als ich das Haus Celia Nolan gezeigt habe, lag etwas absolut Unheimliches in der Luft, besonders in dem Raum, in dem der Mord passiert ist. Sie hat es auch gespürt, sie war kreidebleich und sehr nervös. Und, wie ich Ihnen schon erzählt habe, in dem ganzen verdammten Haus roch es wie bei einer Trauerfeier.«

»Ihr Mann hat die Blumen bestellt, nicht ich«, entgegnete Georgette heftig.

»Ich hab das Foto von dem armen Mädchen in der Zeitung gesehen, wie sie ohnmächtig zusammenbricht. Und Sie sind dafür verantwortlich, das muss Ihnen doch wohl klar sein.«

»Schön, Henry, jetzt haben Sie Ihren Auftritt gehabt«, sagte Robin, die plötzlich mit fester und ruhiger Stimme dazwischenging. »Vielleicht beruhigen Sie sich jetzt ein bisschen.« Sie blickte zu Georgette. »Ich hatte gehofft, Ihnen das ersparen zu können.«

Georgette warf Robin einen dankbaren Blick zu. Ich war in ihrem Alter, als ich diese Agentur eröffnet habe, dachte sie. Sie hat alles, was man bei einer Besichtigung braucht, um den Leuten die Häuser schmackhaft zu machen. Henry schert sich mittlerweile einen Dreck darum, ob er etwas verkauft oder nicht. Er will nur noch eines: endlich ausscheiden und sich zur Ruhe setzen. »Hören Sie, Henry«, sagte sie, »möglicherweise gibt es eine Lösung. Alex Nolan hat vor Zeugen zugegeben, dass er mir das Wort abgeschnitten hat, als ich ihn über den Hintergrund des Hauses aufklären wollte. Die Nolans möchten gern in dieser Gegend wohnen. Ich werde alle verfügbaren Objekte durchgehen und eine Reihe von Häusern zusammenstellen, die ich Celia Nolan zeigen werde. Wenn ich etwas finde, was ihr zusagt, werde ich auf meine Provision verzichten. Alex Nolan wollte nicht einmal Anzeige erstatten wegen der Beschädigungen an seinem Haus. Ich habe das Gefühl, sie sind beide nicht abgeneigt, die ganze Sache auf gütliche Art beizulegen.«

Henry Paley zuckte die Achseln, drehte sich auf dem Absatz um und ging ohne ein weiteres Wort den Flur hinunter zu seinem Büro.

»Ich bin sicher, dass er enttäuscht sein wird, wenn Ihnen dieses Kunststück gelingt«, kommentierte Robin.

»Ich fürchte, Sie haben Recht«, sagte Georgette, »aber es *muss* und es *wird* mir gelingen.«

Es wurde ein unerwartet anstrengender Vormittag mit einem jungen Paar, das im Büro auftauchte und ernsthaft daran interessiert schien, ein Haus in der Umgebung von Mendham zu kaufen. Georgette brachte einige Stunden damit zu, sie herumzufahren und ihnen einige Objekte zu zeigen, deren Kaufpreis in ihrem Preisrahmen lag, danach die Besitzer anzurufen und sich die Erlaubnis einzuholen, diejenigen, die ihnen gefallen hatten, von innen zu besichtigen. Zum Abschied versprachen sie, mit ihren Eltern wiederzukommen und sich eines der Häuser noch einmal anzusehen, in das sie sich anscheinend verliebt hatten.

Georgette aß ein Sandwich und trank Kaffee an ihrem Schreibtisch, dann ging sie in den folgenden zwei Stunden sorgfältig die Angebote der von verschiedenen Maklern angebotenen Häuser durch, in der Hoffnung, dass ihr irgendetwas ins Auge springen würde, was Celia Nolan gefallen könnte.

Am Ende blieben vier mögliche Objekte übrig, von denen sie selbst zwei exklusiv unter Vertrag hatte. Die würde sie Celia Nolan zuerst anbieten, ihr dann aber auch die anderen beiden zeigen, falls notwendig. Sie war mit dem Makler befreundet, der diese beiden Angebote unter Vertrag hatte, daher konnte sie mit einer Einigung über ihren Anteil an der Provision rechnen.

Sie schickte ein Stoßgebet zum Himmel und rief die Nummer der Nolans an. Zu ihrer Erleichterung schien Celia überaus geneigt, sich andere Häuser in der Umgebung anzusehen. Als Nächstes rief sie die Eigentümer der Häuser an und bat um die Erlaubnis für eine Besichtigung.

Um vier Uhr verließ sie das Büro. »Bis später«, sagte sie zu Robin. »Drücken Sie mir die Daumen.«

Drei der ausgesuchten Häuser strich sie von der Liste. Sie waren alle auf ihre Art reizvoll, aber letztlich nicht das, was Celia Nolan sich vorstellte, dessen war sie sich sicher. Das Haus, das sie sich für zuletzt aufgehoben hatte, schien jedoch wirklich in Frage zu kommen. Es war ein restauriertes Farmhaus, und es stand leer, weil der Besitzer kurzfristig von seinem Arbeitgeber versetzt worden war. Sie erinnerte sich, gehört zu haben, dass es sehr gut in Schuss sei, weil es erst vor kurzem renoviert worden war. Es war nicht weit vom Zentrum von Peapack entfernt, in derselben Ecke, in der Jackie Kennedy früher ein Haus besessen hatte. Ich bin nicht dazu gekommen, es mir anzuschauen, weil jemand letzten Monat sofort ein Angebot gemacht hat, aber dann hat sich die Sache zerschlagen, erinnerte sich Georgette.

Ein wunderbares Grundstück, dachte sie, als sie zur Einfahrt gelangte. Fast fünf Hektar, also jede Menge Platz für das Pony. Sie hielt an, um das Tor zu öffnen. Diese rustikalen Lattenzäune sind wunderschön, sie bilden wirklich einen Einklang mit der Natur, dachte sie, als sie die Flügel öffnete. Diese idiotischen Tore und Zäune, mit denen sie jetzt diese neuen Möchtegern-Herrenhäuser umgeben, sind eine einzige Zumutung für das Auge.

Sie stieg wieder in ihr Auto, fuhr den langen Auffahrtsweg hinauf und parkte vor dem Eingang. Sie öffnete den Schlüsselkasten und war erleichtert, den Hausschlüssel vorzufinden, denn das bedeutete, dass gerade niemand zur Besichtigung da war. Natürlich ist niemand da, dachte sie, sonst würde ja ein Auto vor der Tür stehen. Sie sperrte auf, trat ein und ging durch die Zimmer. Das Haus war wirklich in einem einwandfreien Zustand. Alle Zimmer waren kürzlich gestrichen worden. Die Küche erfüllte alle gängigen Standards und wirkte dennoch wie eine altmodische ländliche Küche.

Man könnte sofort einziehen, dachte sie. Auch wenn es ein bisschen teurer als das an der Old Mill Lane ist, ich glaube, der Preis wird kein Problem sein, wenn es Celia Nolan gefällt.

Mit wachsender Hoffnung inspizierte sie das Haus vom Dachboden bis zum Keller. Im Kellergeschoss fand sie einen Abstellschrank in der Nähe der Treppe verschlossen vor, und der Schlüssel steckte nicht im Schloss. Ich weiß, dass Henry dieses Haus vor ein paar Tagen jemandem gezeigt hat, dachte Georgette gereizt. Vielleicht hat er aus Versehen den Schlüssel eingesteckt. Letzte Woche konnte er den Schlüssel zu seinem Büro nicht finden, und später hat er überall nach seinen Wagenschlüsseln gesucht. Es muss natürlich nicht seine Schuld sein; langsam fange ich an, ihn für alles verantwortlich zu machen, gestand sie sich ein.

Vor dem Schrank war ein roter Fleck auf dem Fußboden. Georgette ging in die Knie, um ihn genauer zu untersuchen. Es war Farbe – so viel war sicher. Das Esszimmer war in so einem tiefen roten Ton gestrichen. Vermutlich haben sie in diesem Schrank die übrig gebliebenen Farbtöpfe aufbewahrt, dachte sie.

Sie ging wieder nach oben, schloss die Haustür ab und hängte den Hausschlüssel wieder in den Schlüsselkasten. Sobald sie wieder in ihrem Büro war, rief sie Celia Nolan an und schwärmte ihr von dem Farmhaus vor.

»Es klingt, als ob es sich lohnen würde, einen Blick darauf zu werfen.«

Celia wirkt nicht übermäßig begeistert, dachte Georgette, aber wenigstens ist sie bereit, es sich anzusehen. »Es wird nicht mehr lange zu haben sein, fürchte ich, Mrs. Nolan«, versicherte sie ihr. »Wenn Ihnen morgen um zehn Uhr passt, dann würde ich Sie abholen.«

»Vielen Dank, aber das ist nicht nötig. Es ist mir lieber, ich fahre selbst, dann kann ich sicher sein, dass ich rechtzeitig am Kindergarten bin, um Jack abzuholen.«

»Ich verstehe. Schön, dann gebe ich Ihnen die Adresse«, sagte Georgette. Sie wartete kurz, als Celia sie wiederholte, und wollte ihr dann den Weg dorthin beschreiben, als Celia sie unterbrach.

»Ich bekomme gerade einen anderen Anruf. Also, wir treffen uns morgen früh um zehn dort.«

Georgette klappte ihr Handy zu und zuckte die Achseln. Celia Nolan wird schon wieder anrufen, um sich eine Wegbeschreibung geben zu lassen. Diese Adresse ist nicht so einfach zu finden. Sie wartete eine Weile darauf, dass ihr Handy wieder klingelte, aber es blieb stumm. Dann hat sie vermutlich ein Navigationssystem in ihrem Auto, dachte sie.

»Georgette, ich möchte mich entschuldigen.« Henry Paley stand in der Tür zu ihrem Büro.

Georgette sah auf.

Bevor sie etwas sagen konnte, fuhr Paley fort: »Das heißt nicht, dass ich nicht zu jedem Wort stehe, das ich gesagt habe, aber ich möchte mich entschuldigen für die Art und Weise, wie ich es gesagt habe.«

»Akzeptiert«, sagte Georgette. »Henry, ich werde mir mit Celia Nolan das Farmhaus an der Holland Road ansehen. Ich weiß, dass Sie letzte Woche dort waren. Wissen Sie noch, ob der Schlüssel vom Abstellschrank im Keller im Schloss steckte?«

»Ich glaube schon.«

»Haben Sie in den Schrank geschaut?«

»Nein. Das Paar, das ich herumgeführt habe, war offenkundig nicht interessiert. Das Haus war ihnen zu teuer. Wir sind nur ein paar Minuten geblieben. Gut, dann werde ich mal Feierabend machen. Bis morgen, Georgette.«

Georgette saß noch eine geraume Weile da, nachdem er gegangen war. Ich habe immer von mir behauptet, ich würde es riechen, wenn jemand lügt, dachte sie, aber warum in Gottes Namen sollte Henry lügen? Und warum hat er mich, nachdem er dieses Haus in Augenschein genommen hat, nicht darauf hingewiesen, dass es bestimmt schnell wieder weggehen würde?

16

Nachdem sie sich ein Bild von den Beschädigungen am Haus an der Old Mill Lane gemacht hatte, kehrte Dru Perry sofort zum Büro des *Star-Ledger* zurück und schrieb ihren Artikel. Dass außerdem ihr Schnappschuss von der zusammenbrechenden Celia Nolan ausgewählt worden war, um ihn zu illustrieren, freute sie sehr.

»Willst du mir etwa meinen Job streitig machen?«, fragte Charlie scherzhaft, der Hausfotograf, der mit ihr vor Ort gewesen war.

»Nein, keine Angst. Ich hatte nur das Glück, dass ich gerade zur Stelle war und im richtigen Moment abgedrückt habe.« Später hatte Dru ihrem Chefredakteur Ken Sharkey erklärt, sie plane einen Hintergrundartikel zum Fall Barton. »Es passt perfekt in meine Serie ›Was steckt dahinter?‹«, meinte sie.

»Hast du irgendeine Ahnung, wo sich Barton jetzt aufhalten könnte?«, fragte Sharkey.

»Nein, nicht die geringste.«

»Aber da könnte die Geschichte erst richtig interessant werden: Wenn du es schaffst, Liza Barton ausfindig zu machen und ihre Version von den damaligen Ereignissen in diesem Haus zu hören.«

»Genau das will ich versuchen.«

»Gut, dann nur zu. Wie ich dich kenne, wirst du schon irgendeine Sensation zutage fördern.« Ken Sharkeys flüchtiges Lächeln gab ihr zu verstehen, dass sie damit entlassen war.

»Übrigens, Ken, ich möchte morgen zu Hause arbeiten.«

»Einverstanden.«

Als sie vor fünf Jahren aus Washington hierher gezogen war, hatte Dru ein perfektes Zuhause gefunden. Ein kleines Haus an der Chestnut Street in Montclair, nicht allzu weit vom Büro des *Star-Ledger* in Newark entfernt. Im Gegensatz zu den Menschen, die sich eine Eigentumswohnung kaufen, um keine Scherereien mit Gartenarbeit und Schneeräumen zu haben, machte es Dru Spaß, den Rasen zu mähen und ihren kleinen Garten zu pflegen.

Ein weiterer Vorteil war, dass das Haus nur einen Katzensprung vom Bahnhof entfernt war, so dass sie in zwanzig Minuten in Manhattan sein konnte, ohne sich mit dem nervenden Fahren und Parken abgeben zu müssen. Dru, die eine begeisterte Kino- und Theatergängerin war, unternahm den Trip an drei bis vier Abenden in der Woche.

Früh am Morgen zog sie sich ein bequemes Sweatshirt und Jeans an, schaltete die Kaffeemaschine ein und ließ sich an ihrem Schreibtisch nieder. Sie hatte sich ihre Arbeitsecke in dem Zimmer eingerichtet, das die meisten Menschen als zweites Schlafzimmer genutzt hätten. An der Wand über ihrem Schreibtisch hing eine große Pinnwand aus Kork. Wenn sie an einer größeren Geschichte arbeitete, hängte sie alle Informationen, die sie sich aus dem Internet holte, dort auf. Bis sie einen Artikel in ihrer Reihe »Was steckt dahinter?« für die Sonntagsausgabe des *Star-Ledger* fertig hatte, war die Pinnwand übersät mit Fotos, Ausschnitten und hastig bekritzelten Notizzetteln, deren Sinn sich nur ihr selbst erschloss.

Sie suchte alles, was es über Liza Barton gab, aus dem Internet heraus. Vor vierundzwanzig Jahren war der Fall wochenlang in den Nachrichten gewesen. Dann war es ruhiger geworden, wie immer bei Sensationsgeschichten, bis der Prozess begonnen hatte. Als das Urteil verkündet wurde, stand die Geschichte erneut in den Schlagzeilen. Psychiater, Psychologen und selbst ernannte Experten wurden aufgefordert, ihren Kommentar zu Lizas Freispruch abzugeben.

»Völlig aus der Luft gegriffen«, murmelte Dru, als sie die Einlassungen mehrerer Mediziner las, die darin übereinstimmten, dass sie den Freispruch für problematisch hielten und dass Liza Barton ihrer Ansicht nach eines dieser Kinder sei, die in der Lage sind, einen kaltblütigen Mord zu planen und auszuführen.

Eines dieser Interviews, das mit einem Psychiater geführt wurde, stieß ihr besonders auf. »Ich will Ihnen ein Beispiel geben«, hatte der Mann gesagt. »Letztes Jahr hatte ich eine neunjährige Patientin, die ihre kleine Schwester, die noch ein Baby war, erstickt hat. ›Ich wollte, dass sie tot ist‹, hat sie mir erklärt, ›aber sie sollte nicht für immer tot sein.‹ Das ist der Unterschied zwischen meiner Patientin und Liza Barton. Meine Patientin hatte einfach noch nicht begriffen, dass der Tod etwas Endgültiges ist. Sie wollte nur, dass das Baby aufhörte zu schreien. Bei Liza Barton dagegen deutet alles darauf hin, dass sie den Tod ihrer Mutter wünschte. Sie meinte, dass ihre Mutter ihren verstorbenen Vater mit der erneuten Heirat betrogen hatte. Die Nachbarn haben bestätigt, dass Liza ihrem Stiefvater von Anfang an feindselig gegenüberstand. Ich kann mir auch vorstellen, dass sie klug genug war, dieses angebliche Trauma vorzutäuschen, indem sie monatelang kein Wort sagte.«

Menschen wie dieser Schwätzer sind schuld daran, dass dieses Ammenmärchen von Little Lizzie sich so hartnäckig hält, dachte Dru.

Zu Beginn ihrer Arbeit an einem Artikel für ihre Serie setzte Dru immer eine Liste mit allen Namen auf, die irgendwo erwähnt wurden und in irgendeinem Zusammenhang mit der Geschichte standen, und hängte sie an die Pinnwand. Jetzt hatte sie bereits zwei Spalten gefüllt. Die Liste begann mit Liza, Audrey Barton und Ted Cartwright. Als nächste Person fügte sie Lizas Vater, Will Barton, hinzu. Er war bei einem Reitunfall ums Leben gekommen. Wie glücklich war seine Ehe mit Audrey gewesen? Sie nahm sich vor, das herauszufinden.

Ein Name stach hervor, der ihr besonders interessant schien, nämlich der von Diane Wesley. Sie wurde in den Zeitungen als »Model und ehemalige Freundin von Cartwright« bezeichnet und hatte während des Prozesses für die Fotografen posiert und bereitwillig über ihre Zeugenaussage gesprochen, obwohl ihr das vom Richter untersagt worden war. Sie berichtete den Reportern, sie habe am Tag der Tragödie mit Ted Cartwright zu Abend gegessen, und er habe ihr erzählt, dass er sich heimlich mit seiner Frau getroffen hätte und dass der einzige Grund für die Trennung der Hass des Kindes auf ihn gewesen sei.

Diane Wesleys Aussage hätte vielleicht dazu beitragen können, Liza zu verurteilen, dagegen sprach aber die Aussage einer ehemaligen Freundin von ihr, derzufolge Diane sich ihr gegenüber beklagt hatte, dass Ted sie in der Zeit ihrer Beziehung misshandelt hätte. Wenn das stimmte, warum hatte sie dann seine Version der Geschichte vor Gericht so bereitwillig gestützt, fragte sich Dru. Ich würde sie gern interviewen und erfahren, wie sie heute darüber denkt.

Benjamin Fletcher, der Anwalt, der die Verteidigung von Liza übernommen hatte, war eine weitere Figur, auf die Dru aufmerksam geworden war. Als sie über ihn recherchierte, fand sie heraus, dass er seinen Juraabschluss mit sechsundvierzig Jahren gemacht und danach nur zwei Jahre als Pflichtverteidiger gearbeitet hatte, um dann den Staatsdienst zu quittieren und eine Ein-Mann-Kanzlei zu eröffnen, die hauptsächlich mit Scheidungen, Testamenten und Hausübergaben zu tun hatte. Anscheinend arbeitete er immer noch, in Chester, nicht weit von Mendham. Dru rechnete aus, dass er um die fünfundsiebzig sein musste. Ein Gespräch mit ihm wäre ein guter Anfang, dachte sie. Das Gericht würde wahrscheinlich die Akten einer Jugendstrafsache nicht freigeben. Merkwürdig, wie es schien, war Fletcher nicht auf die Verteidigung von Jugendlichen spezialisiert. Warum also wurde jemand, der relativ unerfahren war, als Pflichtverteidiger für ein Kind bestellt, das unter Mordanklage stand?

Mehr Fragen als Antworten, dachte Dru. Sie lehnte sich in ihrem Bürostuhl zurück, nahm ihre Brille ab und drehte sie zwischen den Fingern hin und her – ein untrügliches Zeichen, dass, wie ihre Freunde sagten, der Fuchs Witterung aufgenommen hatte.

17

Marcella hat sich kein bisschen verändert, dachte Ted Cartwright finster, als er in seinem Büro in Morristown an seinem Scotch nippte. Immer noch dieselbe neugierige Klatschtante und immer noch potenziell gefährlich. Er nahm den Briefbeschwerer aus Glas von seinem Schreibtisch und schleuderte ihn quer durch den Raum. Befriedigt stellte er fest, dass er genau in der Mitte des Ledersessels in der Ecke landete. Ich treffe immer, dachte er, während er sich die Gesichter der Leute vorstellte, die er gern in diesem Sessel gesehen hätte, als der Briefbeschwerer dort gelandet war.

Was hatte Jeff MacKingsley heute in der Old Mill Lane zu suchen? Die Frage ging ihm schon die ganze Zeit durch den Kopf, seitdem er MacKingsley an Marcellas Haus hatte vorbeifahren sehen. Ein Staatsanwalt wird nicht persönlich tätig, wenn es nur um Vandalismus geht, also musste etwas anderes dahinter stecken.

Das Telefon klingelte. Auf sein bellendes »Ted Cartwright« hin meldete sich eine bekannte Stimme.

»Ted, ich hab die Zeitungen von heute gelesen. Du machst eine gute Figur und erzählst eine nette Geschichte. Ich kann vor jedermann bezeugen, was für ein untröstlicher Ehemann du gewesen bist. Ich kann es sogar beweisen. Und wie du dir denken kannst, rufe ich an, weil ich gerade etwas knapp bei Kasse bin.«

18

Als Georgette anrief und vorschlug, ein paar andere Häuser anzusehen, war ich sofort einverstanden. Wenn wir erst wieder aus diesem Haus ausgezogen wären und in einem anderen wohnten, würden wir in der Stadt einfach nur als die neuen Mitbürger und Nachbarn angesehen werden. Wir würden unsere Anonymität zurückgewinnen. Den ganzen Nachmittag klammerte ich mich an diesen Gedanken.

Alex hatte die Möbelpacker angewiesen, seinen Schreibtisch, den Computer und die Bücherkartons in die Bibliothek zu bringen, ein großes Zimmer, dessen Fenster nach hinten hinausgingen. An meinem Geburtstag, als er und der Makler, Henry Paley, mich durch die Zimmer geführt hatten, hatte Alex voller Enthusiasmus angekündigt, dass er die Bibliothek zu seinem Arbeitszimmer machen und dort auch seinen Flügel aufstellen wolle. Ich scheute davor zurück, ihn zu fragen, ob er die Lieferung des Klaviers, die für nächste Woche angekündigt war, abgesagt hätte.

Nach unserem späten Mittagsimbiss mit seiner angespannten Atmosphäre flüchtete sich Alex in die Bibliothek und fing an, seine Bücher auszupacken, zumindest diejenigen, die er griffbereit haben wollte. Als Jack aufwachte, ging ich mit ihm nach oben. Zum Glück ist er ein Kind, das sich selbst beschäftigen kann. In seiner Freude über die späte Vaterschaft hatte ihn Larry mit Geschenken überhäuft, aber von Anfang an stand fest, dass er am liebsten mit Bauklötzen spielte. Jack baute mit Hingabe Häuser und Brücken, gelegentlich auch einen Wolkenkratzer. Larry hatte das einmal mit den Worten kommentiert: »Kein Wunder, Celia, schließlich war dein Vater Architekt. Das steckt wohl in den Genen.«

Architektengene sind nicht das Schlechteste, dachte ich mir, als ich zusah, wie mein Sohn in einer Ecke meines alten Spielzimmers auf dem Boden saß und zu bauen anfing. Während er spielte, beschäftigte ich mich damit, alte Aktenordner durchzusehen, die ich eigentlich vor dem Umzug hatte ausmisten wollen.

Gegen fünf Uhr hatte Jack genug von den Bauklötzen, und wir gingen wieder nach unten. Zögernd warf ich einen Blick in die Bibliothek. Über den ganzen Schreibtisch hatte Alex Papiere ausgebreitet. Er brachte öfter die Unterlagen von einem Fall mit nach Hause, an dem er gerade arbeitete, aber ich entdeckte auch einen Stapel Zeitungen neben ihm auf dem Fußboden. »Hallo, ihr zwei, mir wurde schon ganz einsam zumute hier unten. Jack, wir sind ja noch nicht sehr weit gekommen mit dem Reiten. Wie wär's, sollen wir es noch mal versuchen?«

Natürlich brauchte er das nicht zweimal zu fragen. Jack stürmte zur Hintertür. Alex erhob sich, trat zu mir und legte seine Hände um mein Gesicht. Es ist eine liebevolle Geste, die mir jedesmal ein Gefühl der Geborgenheit gibt.

»Ceil, ich habe noch mal die Zeitungen durchgesehen. Ich glaube, ich verstehe langsam, warum es dir so sehr davor graut, hier zu wohnen. Vielleicht liegt tatsächlich ein Fluch über diesem Haus. Zumindest scheinen davon eine Menge Leute überzeugt zu sein. Persönlich halte ich ja nicht viel von solchem Gerede, aber mir geht es einzig und allein darum, dass du glücklich bist. Bitte, glaube mir das.«

»Ja, ich weiß«, sagte ich mit einem dicken Kloß im Hals. Mit aller Macht unterdrückte ich einen neuerlichen Tränenausbruch vor Alex.

Das Telefon in der Küche klingelte. Ich eilte sofort hin, und Alex folgte mir auf dem Weg zur Hintertür. Georgette Grove war dran und berichtete mir von einem wundervollen Farmhaus, das sie mir zeigen wollte. Wir vereinbarten einen Termin, dann verabschiedete ich mich schnell von ihr, weil ich das Klicken hörte, das einen weiteren Anruf meldet. Ich schaltete in dem Augenblick zu dem zweiten Anruf um, als Alex sich anschickte, zur Hintertür hinauszugehen. Er musste gehört haben, wie ich heftig nach Luft schnappte, denn er wandte sich rasch um, aber ich schüttelte den Kopf und legte den Hörer auf. »Wieder mal jemand, der mir etwas verkaufen wollte«, log ich.

Ich hatte vergessen, die Telefongesellschaft anzuweisen, unsere Nummer nicht zu veröffentlichen. Was ich gehört hatte, war eine heisere Stimme, offensichtlich verstellt, die geflüstert hatte: »Kann ich bitte mit Little Lizzie sprechen?«

*

Abends gingen wir zu dritt zum Essen aus, doch ich musste die ganze Zeit an den Anruf denken. Hatte mich jemand wiedererkannt, fragte ich mich verzweifelt, oder war es nur ein Streich, wie ihn sich Kinder manchmal ausdenken? Ich tat mein Bestes, um Alex und Jack Feierlaune vorzutäuschen, doch mir war klar, dass sich Alex nichts vormachen ließ. Als wir wieder zu Hause waren, gab ich vor, Kopfschmerzen zu haben, und ging früh zu Bett.

Irgendwann mitten in der Nacht weckte Alex mich auf.

»Ceil, du weinst im Schlaf«, sagte er.

Und es war tatsächlich so. Genau wie nach meinem Ohnmachtsanfall. Ich konnte einfach nicht aufhören zu weinen. Alex hielt mich in den Armen, und nach einer Weile schlief ich mit dem Kopf an seiner Schulter wieder ein. Am nächsten Morgen blieb er länger, um gemeinsam mit Jack und mir zu frühstücken. Als Jack dann nach oben lief, um sich umzuziehen, sagte er: »Ceil, du musst unbedingt zu einem Arzt gehen, entweder zu deinem Arzt in New York oder zu jemandem hier in der Nähe. Dieser Ohnmachtsanfall und diese Weinkrämpfe könnten bedeuten, dass mit dir physisch irgendetwas nicht in Ordnung ist. Und wenn es nichts Physisches ist, dann musst du einen Termin mit einem Psychologen oder Psychiater vereinbaren. Ich hatte einen Cousin, der an klinischer Depression litt, und das hat auch mit Weinkrämpfen angefangen.«

»Ich bin nicht depressiv«, protestierte ich. »Es ist nur …«

Mir versagte die Stimme mitten im Satz. Nachdem mich meine Adoptiveltern nach Kalifornien mitgenommen hatten, bin ich sieben Jahre lang zu einem Psychologen, Dr. Moran, gegangen. Erst als ich weggezogen bin, um an der Hochschule zu studieren, hörten die Besuche auf. Dr. Moran hat darauf gedrungen, dass ich mich in New York weiterbehandeln lassen sollte, aber das habe ich abgelehnt. Ich wollte nicht noch einmal meine gesamte Vergangenheit mit einem neuen Seelenklempner durchkauen. Dennoch habe ich von Zeit zu Zeit Dr. Moran angerufen, etwas, was auch heute noch gelegentlich vorkommt.

»Dir zuliebe werde ich mich durchchecken lassen«, versprach ich, »und dafür kann ich genauso gut jemanden hier in der Nähe suchen, aber ich kann dir schon jetzt sagen, dass mir absolut nichts fehlt.«

»Lass uns lieber sicher gehen, Ceil. Ich werde mich mal im Club nach einem Arzt umhören. Und jetzt muss ich allmählich los. Viel Glück bei der Häusersuche.«

Von einem Moment auf den nächsten schien alles wieder völlig normal zu sein: Der Ehemann ist ein bisschen in Eile, küsst seine Frau und verlässt das Haus. Ich stand am Fenster und sah zu, wie Alex zu seinem Auto ging, in seinem gut sitzenden Jackett, das seine breiten Schultern betonte. Er winkte noch einmal kurz und warf mir eine Kusshand zu, als er wegfuhr.

Ich räumte in der Küche auf, ging nach oben, duschte, zog mich an, machte die Betten, und dabei dachte ich, dass ich mich nach einer Haushaltshilfe und einem Babysitter für Jack umsehen müsste. Nachdem ich Jack zum Kindergarten gebracht hatte, kaufte ich die Zeitungen und fuhr wieder zum Einkaufszentrum, um Kaffee zu trinken. Ich überflog die Zeitungen rasch und stellte erleichtert fest, dass sie nichts mehr über die Verunstaltung des Hauses brachten, mit Ausnahme einer kurzen Meldung, derzufolge die Polizei die Ermittlungen fortsetze. Ich trank meinen Kaffee aus und ging zu meinem Auto, um rechtzeitig zu der Verabredung mit Georgette Grove zu kommen.

Ich wusste genau, wo die Holland Road war. Meine Großmutter hatte einen Cousin, der dort wohnte, und als ich klein war, waren wir öfter dort zu Besuch. Ich entsann mich, dass die Umgebung sehr schön war. Zur einen Seite der Straße blickte man über das Tal; zur anderen lehnten sich die Gärten und Häuser an den Hang. Als ich dann das Haus und das Grundstück vor mir sah, an dem ich mit Georgette verabredet war, dachte ich sofort, es könnte tatsächlich die Lösung sein. Ich sah auf den ersten Blick, dass dies ein Haus nach Alex' Geschmack war, zumindest vom Äußeren her, und außerdem lag es in einer Gegend, die ihm gefallen würde.

Das Einfahrtstor stand offen, und ich entdeckte Georgettes silberfarbenen BMW, der vor dem Haus geparkt stand. Ich warf einen Blick auf die Uhr. Es war erst Viertel vor zehn. Ich parkte hinter dem BMW, ging die Stufen zum Eingang unter dem Vordach hinauf und klingelte. Ich wartete eine Weile, klingelte noch einmal. Vielleicht ist sie im Keller oder auf dem Dachboden und kann mich nicht hören, überlegte ich. Unschlüssig, was ich tun sollte, drehte ich den Türknauf und stellte fest, dass die Haustür nicht verschlossen war. Ich drückte sie auf, trat ein und rief laut nach Georgette, während ich nacheinander durch die einzelnen Zimmer ging.

Das Haus war größer als das an der Old Mill Lane. Zusätzlich zum Wohnzimmer und der Bibliothek besaß es noch ein zweites, kleineres Esszimmer und ein Arbeitszimmer. Ich schaute in alle Räume, klopfte sogar an die Türen der drei Toiletten und schaute kurz hinein, als keine Antwort kam.

Von Georgette war im gesamten Erdgeschoss nichts zu sehen. Ich stellte mich an die vordere Treppe und rief noch einmal laut nach ihr, aber auch vom oberen Stockwerk her war nichts zu hören. Der Tag hatte sonnig angefangen, doch inzwischen hatte sich der Himmel zugezogen, und das Haus erschien mir auf einmal ziemlich düster. Ein leises Unbehagen beschlich mich, aber ich schalt mich selbst, weil ich mir schon wieder Sorgen machte. Georgette musste irgendwo sein.

Ich erinnerte mich, in der Küche gesehen zu haben, dass die Tür zum Kellergeschoss ein paar Zentimeter offen stand, daher beschloss ich, zuerst dort nachzuschauen. Ich ging in die Küche zurück, zog die Tür ganz auf und schaltete das Licht ein. An der Eichenvertäfelung entlang der Treppe konnte ich sehen, dass dies kein gewöhnlicher Keller war. Ich rief erneut nach Georgette und ging die Treppe hinunter, während mein mulmiges Gefühl von Stufe zu Stufe wuchs. Mein Instinkt sagte mir, dass irgendetwas Schlimmes passiert sein musste. Ich fragte mich, ob Georgette vielleicht einen Unfall gehabt hatte.

Ich drückte den Lichtschalter am Fuß der Treppe, und im hellen Deckenlicht erstrahlte ein Hobbyraum. Die Rückwand war durchgehend verglast, mit Schiebetüren, die auf eine Terrasse führten. Ich durchquerte den Raum und ging auf sie zu in der Annahme, dass Georgette nach draußen gegangen war, doch ich stellte fest, dass sie abgesperrt waren. Dann fiel mir ein schwacher, doch stechender Geruch auf, der in der Luft hing und den ich als den Geruch von Terpentin erkannte.

Er wurde stärker, als ich den Raum in anderer Richtung durchquerte und einen Flur entlangging, vorbei an einem weiteren Toilettenraum. Als ich um eine Ecke bog, stolperte ich über einen Fuß.

Georgette lag auf dem Boden, die Augen geöffnet. Halb angetrocknetes Blut klebte an ihrer Stirn. Eine Terpentinflasche lag neben ihr, deren Inhalt in den Teppich sickerte. Sie hielt immer noch den Lappen in der Hand. Die Waffe, mit der sie getötet worden war, lag auf dem Boden, genau in der Mitte eines roten Farbflecks.

Ich erinnere mich, dass ich geschrien habe.

Ich erinnere mich, dass ich aus dem Haus gerannt bin.

Ich erinnere mich, dass ich nach Hause gefahren bin.

Ich erinnere mich, dass ich irgendwann den Notruf 911 angerufen habe und kein Wort herausbringen konnte, als sich die Vermittlung meldete.

Als die Polizei kam, saß ich auf einem Stuhl und hielt immer noch den Hörer in der Hand, und das Nächste, woran ich mich erinnerte, war, dass ich im Krankenhaus aufwachte und Sergeant Earley mich fragte, warum ich 911 gewählt hätte.

19

JARRETT ALBERTI, EIN Schlosser, war der Nächste, der auf die Leiche von Georgette Grove stieß. Er war um halb zwölf mit Georgette am Farmhaus an der Holland Road verabredet. Als er dort eintraf, parkte er hinter ihrem Wagen, sah, dass die Haustür offen stand, und ging, wie Celia Nolan, hinein, um nach Georgette zu rufen. Ohne es zu wissen, wiederholte er Celias gründliche Suche, schaute in allen Zimmern nach und rief Georgettes Namen.

In der Küche sah er, dass im Kellergeschoss Licht brannte, und stieg die Treppe hinunter. Er bemerkte den Terpentingeruch und folgte ihm, bis er, wie Celia eine Stunde zuvor, um die Ecke bog und Georgettes Leiche entdeckte.

Als ehemaliger Marineinfanterist war der stämmige Achtundzwanzigjährige mit dem Tod auf dem Schlachtfeld vertraut, denn er hatte zwei Einsätze in Irak hinter sich, bevor er wegen einer Verwundung, bei der sein Fußknöchel zertrümmert worden war, entlassen wurde. Dieser Tod allerdings war etwas anderes – Georgette Grove war eine langjährige Freundin der Familie.

Eine Minute lang stand er wie versteinert da und nahm die Szene in allen Einzelheiten auf. Dann reagierte er besonnen, wandte sich ab, ging nach draußen, wählte 911 und wartete vor der Haustür, bis die Polizei eintraf.

Eine Stunde später beobachtete er seltsam apathisch, wie sich ein geschäftiges Treiben um das Haus entwickelte. Der gesamte Tatort war mit gelbem Band abgesperrt worden, um Presse und Nachbarn fern zu halten. Der Gerichtsmediziner untersuchte die Tote, und die Leute von der Spurensicherung suchten Haus und Grundstück ab. Jarrett hatte ihnen bereits versichert, dass er weder die Leiche noch irgendetwas in ihrer Umgebung berührt hätte.

Staatsanwalt Jeff MacKingsley und Detective Lola Spaulding von der örtlichen Polizei standen jetzt bei ihm und befragten ihn. »Ich bin Schlosser«, erklärte Jarrett. »Gestern Abend hat Georgette mich zu Hause angerufen.«

»Um wie viel Uhr war das?«, fragte MacKingsley.

»Ungefähr um neun.«

»Ist das nicht ziemlich spät für einen geschäftlichen Anruf?«

»Georgette war die beste Freundin meiner Mutter. Sie hat oft im Scherz gesagt, sie sei meine Ersatztante. Sie hat immer angerufen, wenn es an einem Haus, das sie verkaufen wollte, ein Schloss zu reparieren oder auszuwechseln gab.« Jarrett musste daran denken, wie Georgette zusammen mit ihm am Bett seiner Mutter gesessen hatte, als diese im Sterben lag.

»Was wollte sie gestern von Ihnen?«

»Sie sagte, dass der Schlüssel zu einem der Abstellschränke in diesem Haus fehlt. Sie bat mich, um neun Uhr zu kommen und das Schloss auszuwechseln. Ich sagte ihr, dass ich nicht vor zehn Uhr kommen kann, und darauf meinte sie, in diesem Fall soll ich um halb zwölf kommen.«

»Warum das?«, fragte Jeff.

»Sie meinte, sie will nicht, dass ich an dem Schloss arbeite, während ihre Kundin da ist, und dass sie bestimmt um halb zwölf wieder weg sein würde.«

»Sind Sie sicher, dass Georgette von einer Frau gesprochen hat?«

»Ja«, bestätigte Jarrett. Er zögerte kurz und fügte dann hinzu: »Ich habe noch zu Georgette gesagt, wegen meiner anderen Termine wäre es für mich viel besser, gleich gegen zehn zu kommen, aber sie wollte nichts davon hören. Sie wollte nicht, dass die Kundin dabei ist, wenn ich den Schrank öffne. Ich fand das ein bisschen komisch, deswegen hab ich noch im Spaß gefragt, ob da vielleicht Gold drin ist. Ich sagte zu ihr: ›Georgette, du kannst mir ruhig vertrauen, ich werde nichts stehlen.‹«

»Und …«

Der Schock, unter dem Jarrett seit Georgettes Entdeckung gestanden hatte, wich allmählich. Stattdessen überkam ihn Trauer und ein Gefühl des Verlusts. Georgette Grove hatte während der gesamten achtundzwanzig Jahre seines Lebens immer dazugehört, und jetzt hatte jemand sie erschossen, sie ermordet.

»Georgette hat geantwortet, sie weiß, dass sie mir vertrauen kann, was sie nicht von allen Leuten in ihrer Umgebung behaupten kann.«

»Sie hat diese Bemerkung nicht weiter ausgeführt?«

»Nein.«

»Wissen Sie, wo sie war, als sie angerufen hat?«

»Ja. Sie hat gesagt, dass sie immer noch im Büro ist.«

»Eine Bitte, Jarrett. Könnten Sie diesen Abstellschrank für uns öffnen, sobald sie den Leichnam fortgebracht haben?«

»Deswegen bin ich ja gekommen, nicht wahr?«, antwortete Jarrett. »Wenn Sie nichts dagegen haben, werde ich in meinem Wagen warten, bis Sie mich rufen.« Er schämte sich nicht, dass ihm die Sache zunehmend an die Nieren ging.

Vierzig Minuten später sah er zu, wie der Leichensack aus dem Haus getragen und zum Leichenwagen gebracht wurde. Detective Spaulding kam auf seinen Lieferwagen zu. »Wir sind unten fertig, Sie können jetzt kommen«, sagte sie.

Das Schloss vom Abstellschrank zu entfernen war keine große Sache. Ohne aufgefordert worden zu sein, öffnete Jarrett die Tür. Er hatte keine Ahnung, was er dort vorfinden würde, aber er glaubte, dass es für den Tod seiner Ersatztante verantwortlich sein müsse.

Das Licht im Schrank ging automatisch an. Vor seinen Augen tauchten Regalbretter mit ordentlich aufgereihten Farbtöpfen auf, die meisten davon versiegelt und mit einem Etikett versehen, auf dem verzeichnet war, zu welchem Raum sie gehörten.

»Hier sind bloß Farbtöpfe, sonst nichts«, rief er aus. »Es hat doch wohl niemand wegen ein paar Farbtöpfen auf Georgette geschossen, oder?«

Jeff MacKingsley sagte nichts. Er starrte auf die Töpfe, die auf dem untersten Brett standen. Es waren die einzigen, die nicht versiegelt waren. Drei von ihnen waren leer. Der vierte war halb voll. Der Deckel fehlte. Die Farbe auf dem Fußboden, die Georgette entfernen wollte, stammt vermutlich aus diesem Topf, dachte Jeff. Alle offenen Töpfe waren mit der Aufschrift »Esszimmer« versehen. In allen hatte sich rote Farbe befunden. Man braucht wahrlich kein Genie zu sein, um zu dem Schluss zu kommen, dass die Täter, die Nolans Haus verschandelt haben, sich hier die Farbe geholt haben, dachte er. Wurde Georgette Grove aus diesem Grund ermordet? Wollte jemand sie zum Schweigen bringen, jemand, der nicht einmal vor einem Mord zurückschreckte?

»Haben Sie etwas dagegen, wenn ich jetzt gehe?«, fragte Jarrett.

»Nein, natürlich nicht. Wir müssen Ihre Aussage noch schriftlich aufnehmen, aber das hat Zeit. Vielen Dank für Ihre Hilfe, Jarrett.«

Jarrett nickte und ging den Flur zurück, wobei er sorgfältig darauf achtete, nicht auf den mit weißer Kreide markierten Umriss zu treten, der die Lage von Georgettes Leichnam kennzeichnete. Auf dem Weg nach draußen begegnete er Clyde Earley, der mit finsterem Gesicht die Treppe herunterkam, den Hobbyraum durchquerte und auf Mac-Kingsley zuging.

»Ich komme gerade vom Krankenhaus«, sagte Earley. »Wir mussten Celia Nolan in einem Krankenwagen dorthin bringen. Um zehn nach zehn hat sie 911 angerufen, hat aber kein Wort rausgebracht, sondern nur gekeucht. Die haben uns alarmiert, und wir sind sofort hin. Sie stand unter Schock. Keine Reaktion auf unsere Fragen. Dann haben wir sie ins Krankenhaus gebracht. In der Notaufnahme ist sie dann allmählich aus ihrem Zustand aufgewacht. Sie ist heute Morgen hier gewesen. Sie sagt, dass sie die Leiche gefunden hat und nach Hause gefahren ist.«

»Sie hat die Leiche gefunden und ist nach Hause gefahren?«, rief Jeff aus.

»Sie sagt, sie erinnert sich, dass sie die Leiche gesehen hat, dass sie aus dem Haus gerannt ist, in ihr Auto gestiegen und nach Hause gefahren ist. Sie erinnert sich auch, dass sie versucht hat, uns anzurufen. Dann erinnert sie sich an nichts mehr, bis zu dem Augenblick, an dem sie im Krankenhaus wieder aus ihrem Schockzustand aufgewacht ist.«

»Wie geht es ihr jetzt?«, fragte Jeff.

»Es geht ihr ganz gut; sie haben ihr ein Beruhigungsmittel gegeben. Ihr Mann wurde verständigt. Er ist auf dem Weg ins Krankenhaus, und sie besteht darauf, mit ihm nach Hause zu fahren. Es hat Schwierigkeiten an der Schule gegeben, als sie nicht gekommen ist, um ihren Sohn abzuholen. Das Kind war nicht zu beruhigen. Neulich hat er miterlebt, wie sie in Ohnmacht gefallen ist, und anscheinend hat er große Angst, dass sie sterben könnte. Eine der Erzieherinnen in der Kindergartengruppe hat ihn zum Krankenhaus gefahren. Er ist jetzt bei seiner Mutter.«

»Wir müssen unbedingt mit ihr reden«, sagte Jeff. »Sie muss die Kundin sein, mit der Georgette Grove verabredet war.«

»Tja, ich glaube nicht, dass sie jetzt noch große Lust hat, diese Bude hier zu kaufen«, kommentierte Earley. »Ich nehme an, dass sie nicht noch ein Haus will, in dem ein Mord passiert ist.«

»Hat sie gesagt, um wie viel Uhr sie dort war?«

»Viertel vor zehn. Sie war zu früh dran.«

Dann haben wir vom Zeitpunkt, an dem sie die Leiche gefunden hat, bis zu dem Zeitpunkt, an dem Jarrett Alberti uns angerufen hat, über eine Stunde verloren, dachte Jeff.

»Jeff, in der Handtasche des Opfers haben wir etwas gefunden, was vielleicht interessant ist.« Detective Spaulding hielt einen Zeitungsausschnitt zwischen zwei Fingern ihrer behandschuhten Hand. Sie kam näher, um ihn ihm zu zeigen. Es war die Aufnahme von der ohnmächtig zusammenbrechenden Celia Nolan, die am Vortag in einer Zeitung veröffentlicht worden war. »Sieht so aus, als ob jemand das in Georgettes Handtasche gelegt hat, als sie bereits tot war«, sagte Spaulding. »Wir haben es schon nach Fingerabdrücken untersucht, und es sind keine drauf.«

20

Ich glaube, was mich wirklich zwang wieder ruhig zu werden, war der Ausdruck von absoluter Panik in Jacks Gesicht. Als er in das kleine Abteil in der Notaufnahme kam, wo sie mich untergebracht hatten, war er immer noch in Tränen aufgelöst. Normalerweise ließ er sich bereitwillig von Alex in die Arme nehmen, aber nachdem er so schreckliche Angst bekommen hatte, weil ich ihn nicht vom Kindergarten abgeholt hatte, klammerte er sich nur noch an mich.

Auf der Fahrt nach Hause saßen wir zusammen auf dem Rücksitz, und ich hielt die ganze Zeit seine Hand in der meinen. Alex war rührend besorgt um uns beide. »O Gott, Ceil«, sagte er. »Ich kann mir gar nicht vorstellen, wie schrecklich das für dich gewesen sein muss. Was in Gottes Namen geht in dieser Stadt vor?«

Ja, was?, dachte ich.

Es war fast Viertel vor zwei, und wir waren alle hungrig. Alex öffnete eine Dose Suppe für uns und bereitete für Jack dessen Lieblingssandwich zu, mit Erdnussbutter und Marmelade. Die heiße Suppe half mir, die Benommenheit abzuschütteln, die das vom Arzt verabreichte Beruhigungsmittel bei mir ausgelöst hatte.

Kaum hatten wir zu Ende gegessen, als bereits die ersten Reporter an der Tür klingelten. Ich blickte aus dem Fenster und erkannte unter ihnen eine ältere Frau mit einer wilden grauen Mähne. Ich erinnerte mich, dass sie am Tag des Umzugs auf mich zugelaufen war, kurz bevor ich das Bewusstsein verloren hatte.

Alex ging zu ihnen hinaus. Zum zweiten Mal innerhalb von zwei Tagen gab er eine Erklärung vor der Presse ab: »Nach dem Anschlag auf unser Haus, der in der Nacht vor unserem Einzug am Dienstag verübt wurde, haben wir beschlossen, dass es besser für uns wäre, wenn wir uns ein anderes Haus in dieser Gegend suchen. Georgette Grove war mit meiner Frau verabredet. Sie wollten sich bei einem Haus an der Holland Road treffen, das zum Verkauf steht. Als Celia dort eintraf und in das Haus gegangen ist, ist sie auf den Leichnam von Miss Grove gestoßen. Daraufhin ist sie sofort nach Hause gefahren, um die Polizei zu verständigen.«

Ich sah, wie sie ihn mit ihren Fragen bestürmten, nachdem er geendet hatte. »Was haben sie denn alles wissen wollen?«, war meine erste Frage, als er wieder hereinkam.

»Das, was zu erwarten war: Warum hast du nicht sofort die Polizei angerufen? Hattest du kein Handy bei dir? Ich habe darauf hingewiesen, dass du nicht wissen konntest, ob sich der Mörder noch im Haus befindet, und dass du deswegen das einzig Richtige getan hättest – nämlich das Haus sofort zu verlassen.«

Ein paar Minuten später rief Jeffrey MacKingsley an und fragte, ob er zu uns kommen könne, um mit mir zu sprechen. Alex wollte ihn zuerst abwimmeln, aber ich war sofort bereit, ihn zu empfangen. Ein Gefühl sagte mir, es sei sehr wichtig, dass ich mich als kooperative Zeugin zeigte.

MacKingsley traf in Begleitung eines Mannes ein, dessen Alter ich auf etwa fünfzig schätzte. Er hatte ein dickliches Gesicht und eine Halbglatze, trat mit ernster Miene auf und wurde mir als Detective Paul Walsh vorgestellt. MacKingsley erklärte mir, dass Detective Walsh mit den Ermittlungen im Mordfall von Georgette Grove beauftragt sei.

Ich saß auf der Couch, Alex neben mir, und beantwortete ihre Fragen. Ich erklärte ihnen, dass wir zwar weiterhin in der Gegend wohnen wollten, aber dass uns die Geschichte des Hauses sowie die Verunstaltungen so nahe gegangen seien, dass wir nicht länger hier wohnen bleiben wollten. Ich erzählte ihnen, dass Georgette angeboten hatte, von ihrer Provision abzusehen, wenn sie ein passendes Haus für uns gefunden hätte, und dass sie ebenso auf ihre Provision verzichten wollte, wenn sie dieses Anwesen wieder verkaufte.

»Haben Sie über den Hintergrund Ihres Hauses nichts gewusst, als Sie es letzten Monat zum ersten Mal gesehen haben?«, fragte Detective Walsh.

Ich spürte, dass meine Hände feucht wurden. Ich wählte meine Worte sorgfältig: »Ich habe bis vor einem Monat nichts über den Ruf gewusst, in dem dieses Haus steht.«

»Mrs. Nolan, ist Ihnen bekannt, dass es in New Jersey ein Gesetz gibt, demzufolge ein Immobilienmakler verpflichtet ist, einen potenziellen Käufer darauf hinzuweisen, wenn auf einem Haus ein so genanntes Stigma lastet, das heißt, wenn dort ein Verbrechen oder ein Selbstmord stattgefunden hat, oder selbst dann, wenn das Haus im Ruf steht, verhext zu sein?«

Diesmal musste ich keine Überraschung vortäuschen. »Davon wusste ich absolut nichts«, antwortete ich. »Dann war das Angebot von Georgette also nicht ganz so großzügig, wie ich zuerst dachte?«

»Sie hat tatsächlich versucht, mich darauf hinzuweisen, dass es eine Geschichte um dieses Haus gibt, aber ich habe sie nicht zu Wort kommen lassen«, sagte Alex. »Ich habe ihr erklärt, dass meine Eltern, als ich noch ein Kind war, öfter ein Haus auf Cape Cod gemietet haben, von dem die Einheimischen steif und fest behaupteten, es würde darin spuken.«

»Dennoch, wie ich gestern den Zeitungen entnommen habe, haben Sie dieses Haus als Geschenk für Ihre Frau gekauft. Da es also nominell ihr gehört, wäre Miss Grove verpflichtet gewesen, sie auf diese Geschichte hinzuweisen«, entgegnete MacKingsley.

»Kein Wunder, dass Georgette sich so über die Verschandelung des Hauses aufgeregt hat«, sagte ich. »Als wir hier am Dienstagmorgen ankamen, war sie gerade dabei, den Gartenschlauch aus der Garage zu ziehen, um zu versuchen, die Farbe abzuwaschen.« Ich spürte eine gewisse Wut in mir aufsteigen. Man hätte mir den ganzen Horror, wieder in dieses Haus ziehen zu müssen, ersparen können. Dann dachte ich an Georgette Grove, so wie ich sie da hatte liegen sehen in dem kurzen Augenblick, bevor ich weggerannt war, das verkrustete Blut auf ihrer Stirn, den Lappen, den sie noch in der Hand hielt. Sie hatte versucht, diesen roten Farbfleck auf dem Boden zu entfernen.

Rote Farbe ist wie Blut. Zuerst fließt sie, dann gerinnt sie und trocknet …

»Mrs. Nolan, sind Sie je Georgette Grove begegnet, bevor Sie in dieses Haus eingezogen sind?«

Die rote Farbe auf dem Fußboden neben Georgettes Leiche …

»Celia«, murmelte Alex, und mit einem Mal registrierte ich, dass Detective Walsh seine Frage bereits wiederholt hatte. War ich Georgette Grove als Kind begegnet? Es war gut möglich, dass meine Mutter sie gekannt hatte, aber ich hatte keinerlei Erinnerung an sie.

»Nein«, sagte ich.

»Dann haben Sie sie erst am Tag des Einzugs zum ersten Mal gesehen, und das auch nur relativ kurz?«

»Das ist richtig«, sagte Alex, und ich hörte eine gewisse Nervosität aus seiner Stimme heraus. »Georgette ist am Dienstag nicht lange geblieben. Sie wollte zurück in ihr Büro, um die Reparaturen an Haus und Rasen in die Wege zu leiten. Als ich gestern nach Hause kam, berichtete mir Celia, dass Georgette angerufen und ihr vorgeschlagen habe, andere Häuser zu besichtigen. Am späten Nachmittag war ich zu

Hause, als sie noch einmal angerufen hat, um sich für heute Morgen mit Celia zu verabreden.«

Walsh machte sich Notizen. »Wenn Sie gestatten, Mrs. Nolan, möchte ich das Ganze noch einmal Schritt für Schritt durchgehen. Sie hatten eine Verabredung mit Miss Grove für heute Morgen.«

Es gibt keinen Grund, warum ich nicht absolut kooperativ sein sollte, schärfte ich mir ein. Mach nicht den Eindruck, als ob du nach Antworten suchen müsstest, beschreib einfach genau, was passiert ist. »Georgette hat angeboten, mich abzuholen, aber ich habe ihr gesagt, ich wollte lieber mit dem eigenen Auto kommen, damit ich auf jeden Fall rechtzeitig bei St. Joe's sein würde, um Jack vom Kindergarten abzuholen. Ich habe ihn um etwa Viertel vor neun zur Schule gebracht, dann bin ich zum Einkaufszentrum gefahren, um eine Tasse Kaffee zu trinken. Danach bin ich zur Verabredung mit Georgette gefahren.«

»Hat Sie Ihnen den Weg beschrieben?«, fragte Walsh.

»Nein. Ich meine *ja*, natürlich hat sie das!«

Ich merkte, dass mich beide etwas überrascht anblickten. Ich hatte mir selbst widersprochen. Ich spürte, dass sie sich bemühten, meine Gedanken zu erraten, meine Antworten abzuwägen und zu deuten.

»Hatten Sie vielleicht Schwierigkeiten, das Haus zu finden?«, fragte Walsh. »Die Holland Road ist nicht sehr deutlich ausgeschildert.«

»Ich bin langsam gefahren«, sagte ich. Dann beschrieb ich, wie ich das Tor offen vorgefunden und Georgettes Wagen gesehen hatte, suchend durch das Erdgeschoss gegangen war und ihren Namen gerufen hatte, dann nach unten gegangen war, das Terpentin gerochen und ihre Leiche gefunden hatte.

»Haben Sie irgendetwas berührt, Mrs. Nolan?« Diesmal kam die Frage von MacKingsley.

Ich versuchte, meine Schritte im Gedächtnis zu rekonstruieren. Waren wirklich erst wenige Stunden vergangen, seit ich in diesem Haus gewesen war? »Ich habe am Türknauf an der Haustür gedreht«, sagte ich. »Ich glaube nicht, dass ich etwas anderes berührt habe, bis ich die Tür zum Kellergeschoss geöffnet habe. Im Hobbyraum bin ich zuerst zu der Schiebetür, die auf die Terrasse führt. Ich dachte, Georgette sei vielleicht nach draußen gegangen. Sie war aber abgeschlossen, also werde ich sie auch berührt haben, denn wie könnte ich sonst wissen, dass sie abgeschlossen war? Danach bin ich den Flur entlanggegangen wegen des Terpentingeruchs, und dann habe ich Georgette gefunden.«

»Besitzen Sie eine Pistole, Mrs. Nolan?«, fragte Walsh plötzlich.

Die Frage kam wie aus dem Nichts. Mir war klar, dass er nur damit bezweckte, mich aus der Fassung zu bringen. »Nein, natürlich nicht«, antwortete ich.

»Haben Sie schon einmal mit einer Pistole geschossen?«

Ich richtete meinen Blick auf Walsh. Hinter den runden Brillengläsern schimmerten seine blassbraunen Augen. Seine Miene war jetzt forschend, prüfend. War es üblich, einer nicht verdächtigen Person, die lediglich das Pech hatte, die Leiche eines Mordopfers zu entdecken, eine solche Frage zu stellen? Mir war klar, dass Walsh irgendetwas an mir aufgefallen war, was seinen Ermittlerinstinkt geweckt haben musste.

Natürlich musste ich wieder lügen. »Nein.«

Schließlich zog Walsh einen Zeitungsausschnitt hervor, der in einer Plastikhülle steckte. Es war das Foto von mir, auf dem ich in Ohnmacht fiel.

»Können Sie sich vorstellen, weshalb dieses Foto sich in der Handtasche von Miss Grove befand?«, fragte er.

Ich war froh, dass Alex an meiner Stelle antwortete: »Warum in Gottes Namen sollte meine Frau wissen, was Georgette Grove in ihrer Handtasche mit sich herumtrug?« Er erhob sich. Ohne auf eine Antwort zu warten, sagte er: »Sie werden sicherlich Verständnis dafür haben, dass dies ein weiterer äußerst anstrengender Tag für uns alle gewesen ist.«

Beide Männer standen sofort auf. »Wir werden vielleicht noch einmal mit Ihnen reden müssen, Mrs. Nolan«, sagte der Staatsanwalt. »Sie haben doch nicht vor zu verreisen?«

Höchstens ans Ende der Welt, hätte ich am liebsten gesagt, doch ich antwortete, mit einem Anflug von Bitterkeit, den ich nicht zurückhalten konnte: »Nein, Mr. MacKingsley. Ich bleibe hier, zu Hause.«

21

ZACH WILLETS WETTERGEGERBTES Gesicht, sein muskulöser Körper und seine schwieligen Hände zeugten von einem langen Leben draußen in der freien Natur. Bereits im Alter von zwölf Jahren hatte Zach angefangen, im Washington-Valley-Reitclub zu arbeiten. Mittlerweile war er zweiundsechzig. Am Anfang hatte er nur an den Wochenenden die Ställe ausgemistet, doch später, mit sechzehn, hatte er dann die Schule verlassen, um ganztägig im Club zu arbeiten.

»Ich habe alles gelernt, was ich im Leben brauche«, hatte er dem Lehrer geantwortet, der ihn davon abbringen wollte und ihm vorhielt, er komme doch gut mit und solle seine Schulbildung unbedingt fortsetzen. »Ich verstehe die Pferde, und sie verstehen mich.«

Seinem grundlegenden Mangel an Ehrgeiz war es zuzuschreiben, dass er nie über seine Stellung als eine Art Faktotum im Washington-Valley-Club hinausgelangt war. Ihm gefiel es, wenn er sich um die Pferde kümmern und sie bewegen durfte, mehr brauchte er nicht. Er kümmerte sich um kleinere Gebrechen, an denen seine vierbeinigen Freunde litten, und er besaß ein Geschick dafür, Sattel- und Zaumzeug zu pflegen und zu reparieren. Nebenbei betrieb er einen kleinen Handel mit gebrauchter Reitbekleidung und Zubehör. Mit zwei Sorten von Kunden betrieb er Geschäfte: mit Leuten, die ihr Sattel- und Zaumzeug ersetzen wollten, und mit

Leuten, deren Begeisterung für das Reiten sich gelegt hatte und die froh waren, das teuer gekaufte Zubehör wieder loszuwerden.

Wenn die regulären Reitlehrer ausgebucht waren, gab Zach gelegentlich auch Unterricht, aber das gehörte nicht zu seinen Lieblingsbeschäftigungen. Es störte ihn, wenn er mit ansehen musste, dass Leute, die keine Ahnung von Pferden hatten, nervös am Zügel zerrten und dann zu Tode erschraken, wenn sich das Pferd wehrte und den Kopf zurückwarf.

Vor dreißig Jahren standen die Pferde von Ted Cartwright noch im Washington-Valley-Club. Ein paar Jahre später war er zum nahe gelegenen, prestigeträchtigeren Reitstall in Peapack gewechselt.

Bereits am frühen Donnerstagnachmittag hatte sich die Nachricht von Georgette Groves Tod im Club verbreitet. Zach kannte Georgette, und er mochte sie. Von Zeit zu Zeit hatte sie ihn Leuten empfohlen, die nach einer Unterbringung für ihr Pferd suchten. »Wenden Sie sich an Zach im Washington-Valley-Club. Stellen Sie sich gut mit ihm, und er wird sich um Ihr Pferd kümmern, als ob es sein eigenes Kind wäre«, pflegte sie ihnen zu sagen.

»Warum sollte jemand einer so netten Dame wie Georgette Grove etwas antun wollen?«, war die Frage, die sich alle stellten.

Zach konnte sich am besten alles durch den Kopf gehen lassen, wenn er im Sattel saß und ausritt. Mit nachdenklicher Miene sattelte er eines der Pferde, die er bewegen sollte, und begab sich auf den Reitweg, der vom Club hinauf in die Hügel führte. Als er beinahe oben angelangt war, bog er in einen Pfad ab, auf den sich nur wenige Reiter wagten. Um das steile Gefälle zu meistern, musste man ein erfahrener Reiter sein, doch das war nicht der Grund, weshalb Zach ihn für gewöhnlich mied, sondern es war ihm eher unangenehm, an das erinnert zu werden, was sich dort vor vielen Jahren ereignet hatte.

Wenn jemand einmal imstande ist, einen Menschen aus dem Weg zu räumen, dann kann er es auch ein zweites Mal, überlegte er, während er das Pferd im Schritt führte. Keine Frage, dass ihm Georgette im Weg war, dachte er, darüber wurde in der Stadt oft genug geredet. Er benötigt ihr Grundstück an der Route 24, damit er sein Gewerbegebiet durchsetzen kann. Sicher wird ihn sich die Polizei bald vorknöpfen. Wenn er es gewesen ist, frage ich mich, ob er auch so dumm war, dieselbe Waffe zu benutzen.

Zach dachte an die verbogene Patronenhülse, die er in seiner Wohnung im Obergeschoss eines Zweifamilienhauses in Chester versteckt hatte. Gestern Abend, als Ted Cartwright ihm in Sammy's Bar den Briefumschlag zugesteckt hatte, war die Drohung nicht zu überhören gewesen, als ihm Ted zugeflüstert hatte: »Ich warne dich, Zach. Treib es nicht zu weit.«

Ted ist derjenige, der es zu weit treibt, dachte Zach, während er in die Schlucht hinunterblickte. Genau an der Stelle, wo der Pfad eine scharfe Biegung machte, zog er die Zügel etwas fester an und brachte das Pferd zum Stehen. Zach kramte in der Jackentasche nach seinem Handy, holte es hervor, hielt es vor sich und drückte auf den Auslöser. Ein Foto sagt mehr als tausend Worte, dachte er mit einem zufriedenen Lächeln. Dann drückte er die Knie leicht gegen die Flanken des Pferdes, und es begann folgsam seinen Weg den tückischen Pfad hinunter zu suchen.

22

Weil sie im Gerichtsgebäude von Morris County saß, um für die Zeitung einen Prozess zu verfolgen, hatte Dru Perry die Nachricht von Georgette Groves Tod nicht sofort erreicht. Als der Richter eine Mittagspause verkündete, schaute sie nach, ob auf ihrem Handy Nachrichten für sie eingegangen waren, und rief sofort Ken Sharkey, ihren Chefredakteur, an. Fünf Minuten später war sie unterwegs zum Tatort an der Holland Road in Peapack.

Sie war zur Stelle, als Jeff MacKingsley eine kurze Presseerklärung abgab, in der er bestätigte, dass Georgette Grove, zeit ihres Lebens Einwohnerin von Mendham und eine bekannte Immobilienmaklerin, im Kellergeschoss des Hauses erschossen aufgefunden worden war. Sie war mit einer potenziellen Käuferin verabredet gewesen.

Die überraschende Nachricht war natürlich, dass Celia Nolan und nicht der Schlosser die Tote als Erste entdeckt hatte, und sie löste eine Flut von Fragen aus. Dru ärgerte sich maßlos über sich selbst, als ein anderer Reporter nach dem Gesetz fragte, wonach ein Makler einen potenziellen Käufer explizit darauf hinweisen muss, wenn auf einem Haus ein Stigma lastet. Das hätte ich wissen müssen, dachte Dru. Wie kann es sein, dass ich erst jetzt von diesem Gesetz erfahre?

Die dürftigen Fakten, die Jeff MacKingsley mitteilte, beschränkten sich auf das Allernötigste: Celia Nolan sei um zehn Uhr verabredet gewesen und um Viertel vor zehn eingetroffen. Sie habe die Haustür unverschlossen vorgefunden, sei eingetreten und habe nach Georgette gerufen. Als sie die Leiche gefunden habe, sei sie zu ihrem Auto zurückgerannt, sei nach Hause gefahren und habe den Notruf gewählt, sei jedoch so stark unter Schock gestanden, dass sie unfähig gewesen sei zu sprechen.

Dann berichtete Jeff von dem Schlosser, der die Polizei kurz nach halb zwölf verständigt hatte. »Wir stehen erst am Beginn unserer Ermittlungen«, betonte er. »Es ist möglich, dass jemand Georgette Grove in das Haus gefolgt ist, oder aber dass jemand bereits dort war und auf sie gewartet hat. Die Mordwaffe wurde in der Nähe der Leiche gefunden.«

Da sie das Gefühl hatte, in der Holland Road nichts Weiteres mehr erfahren zu können, fuhr Dru anschließend zum Haus der Nolans. Auch hier war ihr Timing perfekt. Sie war soeben eingetroffen, als Alex Nolan vor das Haus trat und seine kurze Erklärung abgab.

»Wussten Sie von diesem Gesetz über stigmatisierte Häuser?«, rief Dru, aber Nolan war schon wieder auf dem Weg nach drinnen.

Einer Eingebung folgend, zog Dru nicht mit der ganzen Pressemeute ab, sondern wartete, dreißig Meter vom Haus der Nolans entfernt, in ihrem Auto. Und so kam es, dass sie zur Stelle war, als Staatsanwalt MacKingsley und Detective Walsh die Straße herauffuhren, hinter dem Auto der Nolans parkten, an der Haustür klingelten und eingelassen wurden.

Sie stieg sofort aus ihrem Wagen, ging bis vor die Haustür und wartete. Die beiden Männer blieben knappe zwanzig Minuten im Haus, und als sie wieder herauskamen, zeigten beide grimmige Gesichter und gaben sich wortkarg. »Dru, ich gebe um fünf Uhr eine Pressekonferenz«, sagte MacKingsley. »Dann werde ich alle Fragen so gut ich kann beantworten. Ich nehme an, dass Sie auch dort sein werden.«

»Worauf Sie sich verlassen können«, rief ihm Dru hinterher, nachdem er und Detective Walsh sich sofort abgewandt hatten und zu ihrem Wagen davonhasteten.

Ihre nächste Station war die Grove-Immobilienagentur an der East Main Street. Sie fuhr mit der Erwartung hin, den Laden höchstwahrscheinlich geschlossen vorzufinden, doch als sie ihren Wagen parkte und zum Eingang lief, sah sie, dass drei Menschen im Empfangsraum waren, obwohl an der Tür das Schild GESCHLOSSEN hing.

Zu ihrer Überraschung war einer dieser Menschen Marcella Williams. Natürlich, das war ja eigentlich zu erwarten, dachte Dru. Sie wollte die schmutzigen Geschichten aus erster Hand hören. Andererseits könnte Marcella nützlich sein, dachte sie sich einen Augenblick später, als sie kurzerhand die Tür aufdrückte und sich den Mitarbeitern von Georgette Grove vorstellte.

Der Mann und die Frau schienen nicht besonders über ihr Auftauchen erbaut zu sein und waren schon drauf und dran, ihre Bitte um ein kurzes Interview abzulehnen, obwohl sie sich so unschuldig wie möglich ausgedrückt hatte. »Ich möchte gern einen passenden Nachruf auf Georgette Grove schreiben, die eine tragende Persönlichkeit unserer Gemeinde war.«

Marcella kam ihr zu Hilfe. »Sie sollten wirklich mit Dru sprechen«, forderte sie Robin Carpenter und Henry Paley auf. »In ihrem Artikel im *Star-Ledger* von gestern hat sie wirklich sehr mitfühlend über Georgette geschrieben, wie entsetzt sie über den Anschlag auf das Haus gewesen war, und sie hat sogar erwähnt, dass Georgette den Schlauch aus der Garage gezogen hat, um zu versuchen, die Farbe abzuwaschen, bevor die Nolans kommen würden.«

Das war, bevor ich erfahren habe, dass Georgette gegen ein Gesetz verstoßen hat, als sie den Nolans das Haus verkaufte, ohne sie über das Stigma aufzuklären, dachte Dru. »Georgette Grove war wichtig für Mendham«, sagte sie. »Ich bin der Meinung, sie verdient es, einen anständigen Nachruf zu bekommen, nicht zuletzt wegen ihrer vielen Aktivitäten für die Gemeinde.«

Während sie Carpenter und Paley zu überreden versuchte, musterte sie die beiden aufmerksam.

Obwohl Carpenter anscheinend bis vor kurzem noch Tränen vergossen haben musste, ihre blauen Augen geschwollen und ihre Wangen rot gefleckt waren, musste man zugeben, dass sie verdammt hübsch war, dachte Dru. Sie war naturblond, auch wenn diese hellen Strähnen natürlich von ihrem Frisör stammten. Hübsches Gesicht. Große, weit auseinander liegende Augen. Wenn sie mit dieser Nase tatsächlich zur Welt gekommen war, dann hatte sie ziemliches Glück gehabt. Verführerische Lippen. Gut möglich, dass sie sie immer mal wieder aufspritzen ließ. Klasse Figur. Hätte ohne weiteres als Model arbeiten können, obwohl sie mit nicht viel mehr als eins sechzig nicht groß genug war, um in der Modebranche das dicke Geld zu machen. Sie scheint auch zu wissen, wie man sich anzieht, dachte Dru, als ihr Blick über Robins gut geschnittenen cremefarbenen Gabardine-Hosenanzug und die tief ausgeschnittene, in Rosa- und Cremetönen gemusterte Bluse glitt.

Andererseits schienen ihre Bemühungen, sexy auszusehen, weniger diesem Herrn zu gelten, dachte Dru außerdem, als sie Henry Paley betrachtete. Der dünne, nervös wirkende Immobilienmakler, den sie auf etwa sechzig schätzte, wurde für ihr Gefühl eher von großen Sorgen als von Trauer niedergedrückt, eine Beobachtung, die sie sich für spätere Überlegungen aufhob.

Die Anwesenden sagten, dass sie gerade Kaffee trinken wollten, und luden Dru ein, sich zu ihnen zu gesellen. Mit der Tasse in der Hand folgte Dru Robin durch den Empfangsraum zur Sitzgruppe, die um einen Fernseher angeordnet war.

»Als ich im letzten Jahr hier angefangen habe, hat mir Georgette erklärt, sie habe den Empfangsraum neu einrichten lassen, damit sie Kunden zu einem Gespräch in freundlicher und lockerer Atmosphäre einladen und ihnen anschließend Videos von den Häusern zeigen könne, die sie ihrer Meinung nach interessieren könnten«, erläuterte Robin mit trauriger Miene.

»Gibt es auch ein Video von dem Haus an der Holland Road?«, fragte Dru und hoffte, dass die Frage nicht zu direkt erschien.

»Nein«, antwortete Paley. »Dieses Haus ist sofort wieder verkauft worden, als es auf den Markt kam. Wir hatten nicht einmal die Gelegenheit, es uns anzusehen. Aber dann ist das Geschäft geplatzt, und seit letzter Woche wird es wieder von verschiedenen Maklerbüros angeboten.«

»Haben Sie es seitdem inspiziert?«, fragte Dru. Sie hoffte, diesen Leuten ein paar Informationen über das Haus zu entlocken, in dem Georgette Grove ermordet worden war.

»Ja, letzte Woche«, erwiderte Paley. »Ich war mit Kunden dort, um es zu besichtigen, aber sie haben ziemlich schnell abgewinkt, weil es ihre finanziellen Möglichkeiten bei weitem überstieg.«

»Ich war vor wenigen Stunden dort, um für meine Zeitung über die Geschichte zu berichten«, sagte Dru. »Wir waren natürlich nicht drinnen, aber man sieht sofort, dass es ein sehr schönes Haus ist. Ich wundere mich ein bisschen, dass Georgette Grove es so bereitwillig Celia Nolan anbieten wollte. Hat Celia ihr gesagt, dass sie nicht in dem Haus an der Old Mill Lane bleiben wollte, oder hatte es etwas mit diesem Gesetz über stigmatisierte Häuser zu tun? Wenn die Nolans vor Gericht gezogen wären, hätte Georgette ihnen vermutlich das Geld zurückgeben müssen, nicht wahr?«

Dru entging nicht, dass Henry Paley den Mund verzog. »Die Nolans wollten in dieser Gegend bleiben«, sagte Henry kühl. »Georgette hat mir erzählt, sie habe Mrs. Nolan angerufen und angeboten, ihr andere Häuser zu vermitteln und dabei auf ihre Provision zu verzichten.«

Dru beschloss, aufs Ganze zu gehen und eine weitere heikle Frage zu stellen. »Aber nachdem Georgette Grove die Nolans in gewisser Weise hintergangen hat, weil sie sie nicht vollständig aufgeklärt hat, wäre es da nicht verständlich gewesen, wenn sie ihr Geld zurückverlangt hätten und zu einem anderen Makler gegangen wären?«

»Ich war dabei, als Georgette, hier in diesem Raum, versucht hat, Alex Nolan über die Geschichte des Hauses aufzuklären, und er ihr das Wort abgeschnitten hat«, sagte Robin aufgebracht. »Ob sie darauf hätte bestehen müssen, auch Mrs. Nolan darüber aufzuklären oder nicht, ist eine andere Frage. Ich muss ehrlich sagen, wenn ich an Celia Nolans Stelle gewesen wäre, hätte ich mich zwar über die ganze Verschandelung wahnsinnig geärgert, aber ich wäre nicht gleich in Ohnmacht gefallen. Georgette hat befürchtet, dass ihre Position, rechtlich gesehen, ziemlich wackelig ist. Deshalb war sie so eifrig bemüht, ein anderes Haus für Celia Nolan zu finden. Und dieser Eifer hat sie das Leben gekostet.«

»Was hat sich denn dort Ihrer Meinung nach abgespielt?«, fragte Dru.

»Ich glaube, jemand ist in das Haus eingebrochen und wurde von Georgette überrascht, oder aber jemand ist ihr gefolgt, in der Absicht, sie auszurauben, und hat dann panisch reagiert.«

»War Georgette heute Morgen noch im Büro?«

»Nein, und wir haben sie auch nicht erwartet. Als Henry und ich gestern nach Hause gegangen sind, meinte sie, sie wolle am nächsten Morgen direkt zu dem Farmhaus fahren.«

»Ist Georgette gestern noch länger geblieben, weil sie hier mit jemandem verabredet war?«

»Das Büro war Georgettes zweites Zuhause. Sie ist oft länger dageblieben.«

Dru hatte bereits mehr Informationen ergattert, als sie ursprünglich erhofft hatte. Sie merkte, dass Henry Paley kurz davor war, sich gegen ihre Fragerei zu wehren, und Robin

Carpenters letzte Antwort verschaffte ihr die Möglichkeit zu einem eleganten Rückzug.

»Sie haben gesagt, dass dies ihr zweites Zuhause war. Ich würde gern noch mit Ihnen darüber sprechen, welche Art Mensch Georgette gewesen ist. Ich weiß, dass sie sich führend in Gemeindeangelegenheiten engagiert hat.«

»Sie hat so ein Sammelalbum gehabt«, sagte Robin. »Das könnte ich Ihnen heraussuchen.«

Eine Viertelstunde später war Drus Block mit Notizen voll gekritzelt, und sie schickte sich an zu gehen. Marcella Williams erhob sich ebenfalls. Nach den Verabschiedungen sagte Marcella draußen vor dem Eingang: »Ich begleite Sie noch bis zu Ihrem Auto.«

»Was für eine furchtbare Geschichte«, begann sie. »Ich kann es immer noch nicht fassen, dass Georgette tot ist. Ich meine, die meisten Leute in der Stadt wissen wahrscheinlich noch gar nichts davon. Der Staatsanwalt und ein Polizeibeamter kamen gerade zur Tür heraus, als ich eintraf. Ich vermute, dass sie Robin und Henry befragt haben. Ich bin hingegangen, weil ich fragen wollte, ob ich etwas tun könnte, Sie wissen schon, Leute anrufen und Bescheid sagen und so.«

»Das war nett von Ihnen«, bemerkte Dru trocken.

»Ich meine, es ist ja nicht so, dass Georgette von *allen* Leuten gemocht wurde. Sie hatte immer ihre unumstößliche Meinung darüber, was in der Stadt gebaut und was nicht gebaut werden sollte. Dazu hat mal Ronald Reagan eine treffende Bemerkung gemacht. Er meinte, wenn es nach den Umweltschützern ginge, würden sie im Weißen Haus Vogelkäfige einbauen. Und manche Leute hier denken, wenn es nach Georgette gegangen wäre, hätten wir in Mendham Kopfsteinpflaster auf den Straßen und würden bei Gaslicht lesen.«

Worauf will sie eigentlich hinaus?, fragte sich Dru.

»Robin hat mir erzählt, dass Henry wie ein kleines Kind geweint hat, als er von Georgettes Tod erfuhr, und ich glaube ihr«, fuhr Marcella fort. »Soviel ich weiß, hatte er eine Schwäche für Georgette, besonders, seit seine Frau vor ein paar Jahren gestorben ist, aber Georgette war anscheinend nicht interessiert. Ich habe auch gehört, dass sich seine Einstellung völlig verändert hat, seitdem er sich aus dem Geschäft zurückziehen will. Vielen Leuten hat er gesagt, dass er die Agentur am liebsten aufgeben und das Büro verkaufen würde. Sie haben es ja gesehen. Ursprünglich war es nur ein nettes Einfamilienhaus, aber weil die ganze Ecke mittlerweile zu einem Einkaufsviertel geworden ist, ist der Wert natürlich enorm gestiegen. Dazu kommt noch, dass Henry vor Jahren zusammen mit Georgette ein Grundstück an der Route 24 als Geldanlage gekauft hat. Schon seit längerer Zeit will er es verkaufen, aber sie wollte es unbedingt dem Staat vermachen.«

»Was wird jetzt damit geschehen?«, fragte Dru.

»Da wissen Sie genauso viel wie ich. Georgette hat ein paar Verwandte in Pennsylvania, die ihr nahe standen, deshalb denke ich, dass sie sie in ihrem Testament bedacht hat.« Marcellas Lachen klang schadenfroh. »Eine Sache ist jedenfalls sicher. Wenn sie das Grundstück ihren Vettern und Cousinen vermacht hat, dann kann der Staat sehen, wo er bleibt. Die werden das bestimmt im Handumdrehen verkaufen.«

Dru hatte ihren Wagen auf dem Parkplatz neben Robinson's abgestellt, der alten Apotheke aus dem neunzehnten Jahrhundert, die eine der Sehenswürdigkeiten der Stadt war. Als sie am Auto angekommen waren, verabschiedete sie sich von Marcella und vereinbarte, mit ihr in Kontakt zu bleiben. Beim Wegfahren warf sie einen Blick auf die Apotheke und musste daran denken, dass Georgette Grove sich sicherlich täglich über den Anblick des malerischen Gebäudes gefreut hatte.

Dru dachte auch darüber nach, dass sich Marcella Williams große Mühe gegeben hatte, sie darauf hinzuweisen, dass Henry Paley von Georgettes Tod profitierte. Hegt sie vielleicht persönlich einen Groll gegen ihn, fragte sich Dru, oder versucht sie, jemand anderen zu schützen?

23

Charley Hatch wohnte in einer der kleinsten Behausungen von Mendham, einem Vier-Zimmer-Häuschen aus dem neunzehnten Jahrhundert. Er hatte es nach seiner Scheidung gekauft. Für ihn war ausschlaggebend gewesen, dass auf dem Grundstück noch ein Schuppen stand, in dem er seine gesamten Geräte für Gartenarbeiten und zum Schneeräumen unterbringen konnte. Charley war vierundvierzig Jahre alt und sah nicht schlecht aus mit seinen dunkelblonden Haaren und dem sonnengebräunten Gesicht. Er verdiente recht gut an den Einwohnern von Mendham, dennoch hegte er tief sitzende Ressentiments gegenüber seinen wohlhabenden Kunden. Vom Frühling bis zum Herbst mähte er ihren Rasen und stutzte ihre Hecken, und im Winter räumte er den Schnee von ihren Auffahrtswegen, und immer fragte er sich, warum es nicht umgekehrt war, warum nicht er derjenige sein konnte, der mit dem goldenen Löffel im Mund geboren worden war.

Einige seiner ältesten Kunden hatten ihm einen Schlüssel anvertraut und bezahlten ihn dafür, nach einem heftigen Regenschauer oder einem Schneesturm nach ihren Häusern zu sehen, wenn sie verreist waren. Wenn er gerade in der entsprechenden Laune war, nahm er manchmal seinen Schlafsack in eines dieser Häuser mit und übernachtete dort, saß den ganzen Abend im Wohnzimmer vor dem Fernseher und bediente sich an der Hausbar. Das gab ihm das befriedigende Gefühl, es allen gezeigt zu haben – dasselbe Gefühl, das ihn erfüllt hatte, als er sich bereit erklärte, den Job an der Old Mill Lane zu übernehmen.

Am Donnerstagabend hatte Charley es sich in seinem mit Kunstleder bezogenen Ruhesessel bequem gemacht und die Füße hochgelegt, als sein Handy klingelte. Er warf einen Blick auf seine Armbanduhr, während er das Gerät aus seiner Tasche kramte, und war überrascht, dass es bereits halb zwölf war. Ich hab glatt die Nachrichten verschlafen, dachte er. Eigentlich hatte er sie sich ansehen wollen, weil sie bestimmt einen ausführlichen Bericht über den Mordfall Grove bringen würden. Er erkannte die Nummer des Anrufers und brummelte eine Begrüßung.

Die bekannte Stimme klang wütend und nervös: »Charley, das war eine Riesendummheit, die leeren Farbtöpfe in diesen Schrank zurückzustellen. Warum hast du sie nicht weggeworfen?«

»Bist du verrückt?«, entgegnete er aufgebracht. »Bei dem ganzen Wirbel um diese Sache würden doch leere rote Farbtöpfe im Müll sofort auffallen. Hör mal, ihr habt doch gekriegt, was ihr wolltet. Die Sache wurde bestens erledigt, würde ich mal sagen.«

»Niemand hat von dir verlangt, dass du einen Totenschädel mit Knochen in die Haustür schnitzt. Ich hab dir schon neulich Abend dringend geraten, sämtliche geschnitzten Sachen, die du im Haus hast, gut zu verstecken. Hast du das inzwischen getan?«

»Ich denke, das ist nicht …«, begann er.

»Ganz genau, das ist es ja. Du denkst nicht genug nach! Die Polizei wird ganz sicher irgendwann bei dir klingeln. Die finden doch sofort raus, dass du dort den Garten versorgt hast.«

Ohne noch etwas zu entgegnen, klappte Charley sein Handy zu und unterbrach damit die Verbindung. Mittlerweile war er hellwach. Er drückte seine Füße gegen das Fußteil des Sessels, wodurch es zurückklappte, und stand auf. Mit wachsender Sorge blickte er sich in dem unordentlichen Zimmer um und zählte sechs von seinen geschnitzten Figuren, die weithin sichtbar auf Tisch, Fensterbrett und Kaminsims standen. Leise fluchend nahm er sie, ging in die Küche, holte eine Plastiktüte, wickelte sie sorgfältig darin ein und steckte das Bündel in einen Müllsack. Einen Augenblick lang stand er unschlüssig da, dann trug er den Sack in den Schuppen und versteckte ihn auf einem Regalbrett hinter Ein-Zentner-Säcken mit Streusalz.

Missmutig ging er ins Haus zurück, klappte sein Handy auf und wählte. »Nur, damit du heute Nacht ruhig schlafen kannst: Ich hab die Sachen weggeschafft.«

»Gut.«

»Überhaupt, in was hast du mich da eigentlich reingezogen?«, fragte er ärgerlich. »Warum sollte die Polizei mich verhören wollen? Ich hab diese Frau nicht mal richtig gekannt.«

Diesmal unterbrach der Anrufer, der Charley aus seinem Nickerchen aufgeschreckt hatte, die Verbindung ohne zu antworten.

24

Die Stunde des Todes ist nahe. Es ist Zeit, die Maske fallen zu lassen …

Ich weiß nicht, warum dieses Zitat mir den ganzen restlichen Tag immer wieder durch den Kopf ging. Alex hatte Termine absagen müssen, als er überstürzt mit Jack zu mir ins Krankenhaus geeilt war, daher war er in seinem Arbeitszimmer verschwunden, um Anrufe zu erledigen, nachdem der Staatsanwalt und Detective Walsh sich verabschiedet hatten. Ich ging mit Jack nach draußen und ließ ihn lange auf dem Pony reiten. Es war nicht mehr notwendig, Alex etwas vorzuspielen und ihn zu bitten, mir beim Satteln zu helfen. Er hatte ja gesehen, dass ich bestens in der Lage war, das Pony allein zu satteln und aufzuzäumen.

Nachdem wir gemeinsam ein paar Runden in der Umzäunung gedreht hatten und Jack ständig gebettelt hatte, gab ich nach und überließ ihm die Zügel ganz. »Setz dich auf den Zaun und guck mir zu, Mom«, bat er. »Ich bin doch schon groß.«

Hatte ich nicht auch so etwas Ähnliches zu meiner Mutter gesagt, als ich in Jacks Alter war? Sie hatte mich schon mit drei Jahren zum ersten Mal auf ein Pony gesetzt. Es ist merkwürdig, wie so eine Erinnerung plötzlich aus dem Nichts auftaucht, dachte ich. Ich habe immer versucht, nicht an meine frühe Kindheit zu denken, nicht einmal an die glücklichen Zeiten, weil es zu sehr schmerzte, sich zu erinnern. Aber jetzt bin ich wieder in dem Haus, in dem ich die ersten zehn Jahre meines Lebens verbracht habe, und es kommt mir vor, als ob die Erinnerungen von überall her auf mich einstürmen.

Dr. Moran, mein Psychologe, hat mir erklärt, dass verdrängte Erinnerungen niemals ganz verdrängt werden. Doch es gab da noch etwas aus jener verhängnisvollen Nacht, woran ich mich immer zu erinnern versucht habe, und es schien mir immer, als könne ich einfach nicht tief genug graben, um es zu finden. Als ich in jener Nacht wach wurde, dachte ich zuerst, dass der Fernseher lief, aber das war es nicht. Es war die Stimme meiner Mutter, die ich zuerst hörte, und ich bin sicher, dass sie den Namen meines Vaters rief oder von ihm sprach. *Was hatte sie zu Ted gesagt?*

Und dann, als ob ich einen Knopf auf der Fernbedienung gedrückt und das Programm gewechselt hätte, tauchte Georgette Groves Gesicht vor meinem inneren Auge auf. Ihr Gesicht zeigte den gleichen Ausdruck wie an dem Tag, als ich sie zum ersten Mal gesehen hatte: verzweifelt und den Tränen nahe. Mir war jetzt klar, dass sie nicht wegen der Verschandelung und des möglichen schlechten Eindrucks auf mich so verzweifelt gewesen war. Sie hatte Angst, der Kauf könne rückgängig gemacht werden. Deswegen hatte sie sich so darum bemüht, einen Termin mit mir zu verabreden, um heute Morgen das andere Haus zu besichtigen.

Hat diese Verabredung Georgette das Leben gekostet? Ist ihr jemand gefolgt, oder hatte sich bereits jemand im Haus versteckt? Sie muss vollkommen ahnungslos gewesen sein. Sie hat vermutlich auf dem Boden gekniet und versucht, den Fleck wegzureiben, als sie erschossen wurde.

In diesem Augenblick, während Jack selig lächelnd an mir vorbeiritt, mir kurz zuwinkte und dann schnell die Hand wieder an den Zügel legte, dämmerte mir der Zusammenhang. War die Farbe auf dem Fußboden in dem Farmhaus die gleiche, die für den Anschlag auf dieses Haus verwendet wurde?

Natürlich. Es musste so sein, dessen war ich mir sicher. Ich war mir auch sicher, dass die Polizei nicht nur zu demselben Schluss kommen würde, sondern dass sie es auch nachweisen könnte. Dann würden sie mich also nicht nur verhören, weil ich Georgettes Leiche gefunden hatte, sondern weil ihr Tod allem Anschein nach in irgendeinem Zusammenhang mit dem Anschlag auf das Haus stand.

Georgettes Mörder hatte die Pistole mit voller Absicht auf den Farbfleck gelegt. Es sollte ein Hinweis sein, dass es eine Verbindung zwischen der Farbe und ihrem Tod gab. Und zwischen der Farbe und mir, dachte ich.

Die Stunde des Todes ist nahe. Es ist Zeit, die Maske fallen zu lassen.

Die Stunde des Todes war gekommen, dachte ich – für Georgette. Aber unglücklicherweise kann ich die Maske nicht fallen lassen. Ich kann mich nicht erkundigen, ob ich die Protokolle meines Prozesses einsehen kann. Ich kann auch keine Kopie von Mutters Autopsiebericht verlangen. Wie könnte ich mich jetzt überhaupt noch im Gerichtsgebäude von Morris County blicken lassen und solche Fragen vorbringen?

Wenn sie herausfinden, wer ich bin, werden sie dann denken, dass ich eine Waffe bei mir hatte, als ich in das Haus ging, dass ich gesehen habe, wie Georgette versucht hat, die Farbe wegzuwischen, dass ich sie mit dem Anschlag in Verbindung gebracht und sie erschossen habe?

Vorsicht! Little Lizzie's Place …

Lizzie Borden mit dem Beile …

»Mom, ist Lizzie nicht ein tolles Pony?«, rief Jack.

»Du sollst sie nicht Lizzie nennen«, schrie ich. »Nie mehr wieder, hörst du? Ich verbiete es dir!«

Erschrocken begann Jack zu weinen. Ich rannte zu ihm, schlang meine Arme um seine Taille und versuchte, ihn zu trösten. Doch er wandte sein Gesicht von mir ab. Ich half ihm aus dem Sattel. »Du hast mir Angst gemacht, Mom«, sagte er, dann rannte er ins Haus.

25

Am Freitagmorgen, der auf den Tod von Georgette Grove folgte, berief Jeff MacKingsley das Ermittlungsteam, das den Mord aufklären sollte, zu einer Besprechung in sein Büro. Neben Paul Walsh gehörten zwei altgediente Ermittler, Mort Shelley und Angelo Ortiz, dazu. Allen dreien war sofort klar, dass ihr Boss den Fall äußerst ernst nahm.

Nach einer denkbar knappen Begrüßung kam Jeff sofort zur Sache.

»Die rote Farbe, die für den Anschlag auf das Haus der Nolans verwendet wurde, kam von ›Tannon Hardware‹ in Mendham und wurde speziell für die Carrolls gemischt, die Leute, denen das Haus an der Holland Road gehört. Man sollte doch meinen, dass es nicht erst eines Anrufs von mir bei Mrs. Carroll in San Diego bedurft hätte, um das herauszufinden.«

Die Antwort von Ortiz klang ziemlich defensiv: »Ich war derjenige, der sich darum gekümmert hat. Rick Kling von der Polizei Mendham hat bei den örtlichen Farbgeschäften nachgefragt. Der Verkäufer bei ›Tannon Hardware‹ war neu und kannte sich überhaupt nicht mit den Kundenkarteien und Büchern aus. Sam Tannon war bis gestern auf Geschäftsreise. Rick wollte ihn gestern aufsuchen, aber dann haben wir die leeren Töpfe im Haus an der Holland Road gefunden.«

»Seit Dienstagnachmittag wissen wir, dass Farbe der Firma ›Benjamin Moore‹ bei dem Anschlag verwendet wurde«, entgegnete Jeff in scharfem Ton. »Nachdem ›Tannon Hardware‹ das einzige Geschäft in der ganzen Gegend ist, das Farbe dieser Firma verkauft, hätte doch Detective Kling auf die Idee kommen können, Sam Tannon selbst anzurufen, wo auch immer der sich gerade befand, und ihn zu fragen, ob er sich erinnern könne, dass für einen Kunden Moore-Farbe in den Tönen Rot und gebrannte Umbra gemischt wurde. Ich habe vor einer Stunde mit Mr. Tannon gesprochen. Er konnte sich sofort daran erinnern. Er arbeitet öfter mit dem Innenarchitekten zusammen, der die Farbtöne für das Haus der Carrolls ausgesucht hat.«

»Kling ist sich darüber im Klaren, dass er Mist gebaut hat«, brummte Ortiz. »Wenn wir gewusst hätten, dass die rote Farbe für die Innendekoration des Hauses an der Holland Road verwendet wurde, wären wir schon am Mittwoch dort gewesen.«

Das Gewicht seiner Worte lastete schwer im Raum. »Das heißt nicht unbedingt, dass wir den Mord an Georgette Grove hätten verhindern können«, räumte Jeff ein. »Vielleicht wurde sie nur zufällig Opfer eines versuchten Raubüberfalls, aber wenn Detective Kling die Sache weiterverfolgt hätte, hätten wir schon am Mittwoch den Abstellschrank geöffnet und die restliche Farbe beschlagnahmt. Es hat einen ziemlich dummen Eindruck bei der Pressekonferenz gemacht, als wir zugeben mussten, dass wir die Herkunft der roten Farbe nicht sofort ermitteln konnten, und sich dann herausstellte, dass sie gleich hier in Mendham gekauft wurde.«

»Jeff, meiner Meinung nach ist es nicht so wichtig, wann wir diese Farbe gefunden haben, viel wichtiger ist, dass sie bei dem Anschlag auf Little Lizzie's Place benutzt wurde. Ich glaube, dass die Mordwaffe auf dem Farbfleck platziert wurde, um auf diese Tatsache hinzuweisen, und das führt uns wieder zu Celia Nolan, einer Lady, die man sich für mein Gefühl einmal genau unter die Lupe nehmen müsste.« Der trockene Ton, in dem Paul Walsh seine Bemerkung vortrug, grenzte schon an Unverschämtheit.

»Die Waffe wurde doch mit voller Absicht auf diesen Farbfleck gelegt«, protestierte Jeff. »Ich meine, das ist doch offensichtlich.« Er machte eine Pause. Dann sagte er mit Nachdruck: »Ich bin nicht einverstanden mit Ihrer Theorie, dass Mrs. Nolan uns etwas verschweigt. Ich glaube, dass diese Frau in den letzten Tagen einen Schock nach dem andern erlitten hat, und es ist nur zu verständlich, dass sie nervös ist und labil erscheint. Clyde Earley saß in dem Streifenwagen, der sofort in die Old Mill Lane gefahren ist, als sie die 911 angerufen hat, und er hat mir versichert, es sei ausgeschlossen, dass sie den Schockzustand, in dem er sie antraf, nur gespielt haben könnte. Sie brachte kein Wort heraus, bis sie im Krankenhaus war.«

»Trotzdem – wir haben ihre Fingerabdrücke auf dem Foto, das sie in der Scheune gefunden hat. Ich würde ganz gern einen Datenabgleich durchführen lassen«, sagte Walsh trotzig. »Es würde mich überhaupt nicht wundern, wenn diese Lady eine Vergangenheit hätte, die sie vor uns verbergen wollte.«

»Von mir aus, tun Sie das«, blaffte Jeff ihn an. »Aber wenn Sie die Ermittlungen weiterführen wollen, dann möchte ich Sie dringend bitten, sich darauf zu konzentrieren, den Mörder zu finden, und nicht Ihre Zeit mit Celia Nolan zu verschwenden.«

»Jeff, finden Sie es nicht komisch, dass sie davon gesprochen hat, dass ihr Kind in *St. Joe's* ist?«, beharrte Walsh.

»Was soll das denn jetzt wieder heißen?«

»Sie hat das gesagt wie jemand, der gewohnt ist, den Namen der Schule so abzukürzen. Ich meine, dass jemand, für den die Stadt und die Schule neu sind, sie ›St. Joseph's‹ nennen würde. Ich glaube auch, dass sie gelogen hat, als sie gesagt hat, Georgette Grove hätte ihr den Weg zur Holland

Road beschrieben. Erinnern Sie sich? Nolan hat sich selbst widersprochen, als ich sie das gefragt habe. Zuerst hat sie mit Nein geantwortet und sich dann sofort korrigiert. Sie hat gemerkt, dass sie sich verplappert hat. Zufällig habe ich den Zeitpunkt nachgeprüft, an dem sie 911 von ihrem Haus aus angerufen hat. Es war genau um zehn nach zehn.«

»Worauf wollen Sie hinaus?«

»Ich will darauf hinaus, dass sie laut ihrer Aussage um Viertel vor zehn das Haus an der Holland Road betreten hat, zuerst im Erdgeschoss nach Georgette gesucht und sie gerufen hat. Das Haus ist ziemlich groß, Jeff. Mrs. Nolan hat uns erzählt, sie hat zuerst noch überlegt, ob sie im Obergeschoss nachsehen soll, dann aber hat sie sich erinnert, dass in der Küche die Tür zum Kellergeschoss offen stand, und ist die Treppe hinuntergestiegen. Dann ist sie im Hobbyraum zuerst noch zu der Schiebetür gegangen, hat festgestellt, dass sie verschlossen war, und ist dann schließlich den Gang hinuntergelaufen, wo sie die Leiche gefunden hat. Danach ist sie zu ihrem Auto gerannt und nach Hause gefahren.«

Paul Walsh war sich bewusst, dass er gerade dabei war, seinem Chef faktisch zu unterstellen, wichtige Tatortinformationen übersehen zu haben, aber er fuhr unbeirrt fort, seine Überlegungen auszubreiten. »Ich bin gestern Abend noch einmal hingefahren und habe die Zeit für die Fahrt zwischen Holland Road und Old Mill Lane gestoppt. Es ist ganz schön kompliziert, in die Holland zu gelangen und wieder rauszufinden. Auf dem Rückweg zur Old Mill bin ich einmal falsch abgebogen und musste noch mal zurückfahren und von vorn anfangen. Bei normalem Fahren – damit meine ich ungefähr zwanzig mehr, als erlaubt ist – habe ich neunzehn Minuten von der Holland Road zur Old Mill Lane gebraucht. Und jetzt lassen Sie uns das mal zusammenrechnen.«

Paul Walsh blickte zu Shelley und Ortiz, wie um sich zu vergewissern, dass sie seinem Gedankengang folgten. »Wenn

Celia Nolans Angabe richtig ist, dass sie um Viertel vor zehn in der Holland Road eingetroffen ist, und sie nach meiner Rechnung das Haus gegen neun Minuten vor zehn wieder verlassen haben muss, um nach Hause zu fahren, ohne allzu sehr aufs Gas zu drücken, dann würde das bedeuten, dass sie nur vier bis sechs Minuten im Haus gewesen ist.«

»Was durchaus möglich wäre«, sagte Jeff ruhig. »Knapp, aber möglich.«

»Das würde aber auch bedeuten, dass sie glatt und ohne Umweg nach Hause gefahren ist und genau wusste, wo sie in diesen unübersichtlichen Straßen abbiegen musste, und das, obwohl sie sich in einem schweren Schockzustand befand.«

»Ich schlage vor, dass Sie endlich zum Punkt kommen«, sagte Jeff grimmig.

»Mein Punkt ist, dass sie entweder sehr viel früher dort war und auf Georgette gewartet hat, oder dass sie schon früher in diesem Haus gewesen ist und die Straßen ganz genau kannte, die sie auf dem Hin- und Rückweg fahren musste.«

»Noch mal: Worauf wollen Sie hinaus?«

»Ich glaube, Nolan war aufrichtig, als sie sagte, dass sie nichts von dem Immobiliengesetz wusste, wonach sie den Hauskauf hätte rückgängig machen können. Ihr großzügiger Ehemann hat das Haus für sie gekauft, aber es gefiel ihr überhaupt nicht, nur hat sie sich nicht getraut, das ihrem Mann zu sagen. Sie hat irgendwie von dem Halloween-Streich vom letzten Jahr erfahren, und da ist ihr die Idee gekommen, noch einen draufzusatteln. Sie stiftet jemanden dazu an, das Haus mit Farbe zu verunstalten, taucht am Umzugstag auf, bringt ihre Nummer mit der Ohnmacht, und schon hat sie es geschafft. Sie kann wieder aus dem ungeliebten Haus ausziehen, und ihr netter Mann hat volles Verständnis dafür. Aber dann ist ihr Georgette irgendwie auf die Schliche gekommen. Sie hatte ein Zeitungsfoto von Celia Nolan in ihrer Handtasche. Ich glaube, sie hatte die Absicht, es Nolan zu zeigen und ihr zu sagen, dass sie damit nicht durchkommen würde.«

»Aber warum waren dann keine Fingerabdrücke auf dem Foto, nicht mal die von Georgette?«, fragte Ortiz.

»Nolan könnte es zunächst an sich genommen haben, dann aber Angst bekommen haben, dass Georgette von anderen Leuten damit gesehen worden war. Sie hat es dann abgewischt und in Georgettes Handtasche zurückgelegt.«

»Sie haben Ihren Beruf verfehlt, Paul«, sagte Jeff grimmig. »Sie hätten Anwalt werden sollen. Oberflächlich gesehen klingt es ganz überzeugend, was Sie sagen, aber wenn man näher hinschaut, ist Ihre Geschichte voller Lücken. Celia Nolan ist eine reiche Frau. Sie hätte sich ohne weiteres ein anderes Haus kaufen können, und es wäre ihr wohl auch nicht allzu schwer gefallen, ihren Mann zu überzeugen. Es ist doch offensichtlich, dass er sie auf Händen trägt. Meinetwegen lassen Sie ihre Fingerabdrücke überprüfen, aber weiter sollten wir uns nicht damit aufhalten. Was ist sonst bisher geschehen, Mort?«

Mort Shelley kramte ein Notizbuch aus seiner Tasche. »Wir stellen eine Liste zusammen von allen Leuten, die Zugang zu dem Haus hatten, und werden sie anschließend befragen. Darunter sind andere Makler, die einen Schlüssel zum Schlüsselkasten besitzen, und Leute, die irgendwelche Dienste verrichten, wie Putzfrauen, Gärtner und so weiter. Wir versuchen herauszufinden, ob Georgette irgendwelche Feinde hatte, ob sie jemandem Geld schuldete, ob es einen Liebhaber gab. Wir haben immer noch nicht herausbekommen, woher die Puppe stammt, die unter dem Vordach des Nolan-Hauses saß. Sie muss ursprünglich teuer gewesen sein, aber ich vermute, dass sie auf irgendeinem Flohmarkt gekauft wurde und vorher vielleicht jahrelang auf einem Dachboden gelegen hat.«

»Was ist mit der Pistole, die die Puppe in der Hand hatte? Die sah immerhin so echt aus, dass ich ziemlich beunruhigt wäre, wenn sie jemand auf mich richten würde«, sagte Jeff.

»Wir haben die Herstellerfirma ermittelt. Sie existiert nicht mehr. Es hat viel Ärger und schlechte Publicity gegeben, weil das Ding zu echt aussieht. Der Typ, dem die Firma gehörte, hat alle Unterlagen nach sieben Jahren vernichtet. Das ist eine Sackgasse.«

»Na schön. Halten Sie mich auf dem Laufenden.« Jeff erhob sich, das Zeichen für die andern, dass die Besprechung zu Ende war. Während sie sein Zimmer verließen, rief er Anna, seiner Sekretärin, zu, sie solle für eine Stunde keine Gespräche durchstellen.

Zehn Minuten später meldete sie sich auf der internen Leitung. »Jeff, da ist eine Frau am Apparat, die behauptet, dass sie am Mittwochabend in der Black Horse Tavern war und mitbekommen hat, wie Ted Cartwright Georgette Grove gedroht hat. Ich dachte mir, Sie würden bestimmt mit ihr sprechen wollen.«

»Stellen Sie durch«, sagte Jeff.

26

Nachdem sie sich von Marcella Williams verabschiedet hatte, fuhr Dru Perry schnurstracks zum Büro des *Star-Ledger*, um ihren Artikel über den Mord in der Holland Road zu schreiben. Danach verabredete sie mit ihrem Chefredakteur Ken Sharkey, dass sie am nächsten Tag zu Hause bleiben würde, um an einem längeren Artikel über Georgette Grove für die Wochenendausgabe der Zeitung zu arbeiten.

Aus diesem Grund saß sie am Freitagmorgen, noch in Schlafanzug und Morgenmantel, mit einem Becher Kaffee in der Hand an ihrem Schreibtisch und schaute den Lokalsender Channel 12, wo gerade der Nachrichtenmoderator den Cousin von Grove, Thomas Madison, interviewte, der aus Pennsylvania angereist war, nachdem er die Nachricht von Georgettes Tod erhalten hatte. Madison, ein Mann, der mit leiser Stimme sprach und Anfang fünfzig sein mochte, brachte die Trauer der Familie über den Verlust und seine Erbitterung über den kaltblütigen Mord zum Ausdruck. Er gab bekannt, was er für ihr Begräbnis verfügt hatte – Georgettes Leichnam sollte eingeäschert werden, sobald er von der Gerichtsmedizin freigegeben würde, worauf ihre Asche im Familiengrab auf dem Friedhof von Morris County beigesetzt werden sollte. Ein Gedenkgottesdienst werde am Montag um zehn Uhr in der presbyterianischen Kirche in Hilltop gehalten, der Gemeinde, der sie ein Leben lang angehört hatte.

Schon so bald ein Gedenkgottesdienst, dachte Dru. Klingt für mich, als ob Cousin Thomas die Sache schnell hinter sich bringen und wieder nach Hause abdampfen will. Als sie auf die Fernbedienung drückte und der Bildschirm erlosch, beschloss sie, sich diesen Gottesdienst nicht entgehen zu lassen.

Sie schaltete den Computer ein und suchte im Internet nach Verweisen auf Georgette Grove. Was sie besonders schätzte am Internet, war die Tatsache, dass sie beim Durchkämmen der Fundstellen oft zufällig auf wertvolle Informationen stieß, die sie gar nicht erwartet hatte.

»Sieh mal an«, murmelte sie eine Stunde später, als sie auf ein Schulfoto von Georgette Grove und Henry Paley aus ihrem letzten Jahr an der Highschool von Mendham gestoßen war. In der Bildunterschrift wurde vermeldet, dass sie beide einen Langstreckenlauf bei den jährlichen Bezirksmeisterschaften gewonnen hatten. Sie hielten ihre Pokale in der Hand. Henry hatte seinen dünnen Arm um Georgettes Schulter gelegt, und während sie direkt in die Kamera lächelte, schaute er mit einem albernen Lächeln zu ihr.

O Mann, sieht mir ganz nach Liebeskummer aus, dachte Dru – er muss also schon damals hoffnungslos in sie verknallt gewesen sein.

Sie beschloss, nach weiteren Informationen über Henry Paley zu suchen. Es stellte sich heraus, dass er nach dem College begonnen hatte, als Immobilienmakler zu arbeiten, mit fünfundzwanzig Jahren eine gewisse Constance Liller geheiratet hatte und mit vierzig in die neu eröffnete Immobilienagentur Grove eingetreten war. Aus einer Todesanzeige erfuhr sie, dass Constance Liller Paley vor sechs Jahren gestorben war.

Wenn man Marcella Williams glauben darf, hat er danach noch einmal versucht, bei Georgette zu landen, überlegte Dru. Aber anscheinend wollte sie davon nichts wissen, und in letzter Zeit haben sie gestritten, weil er seinen Anteil aus dem Geschäft und dem Grundstück an der Route 24 ausbezahlt haben wollte. Ich kann mir Henry nicht gut als Mörder vorstellen, dachte sie, aber Liebe und Geld sind die beiden Hauptgründe, aus denen Menschen morden oder ermordet werden. Interessant.

Sie lehnte sich in ihrem knarzenden Bürostuhl zurück und blickte an die Decke. Als sie gestern miteinander gesprochen hatten, hatte Henry Paley da irgendetwas darüber gesagt, wo er sich aufhielt, als Georgette ermordet wurde? Ich glaube nicht, überlegte sie. Ihre Tasche lag neben ihr auf dem Fußboden. Dru kramte darin, zog ihr Notizbuch hervor und schrieb Fragen und Fakten auf, die ihr durch den Kopf gingen.

Wo war Henry Paley am Morgen des Mordtages? Ist er zur üblichen Uhrzeit im Büro erschienen, oder hatte er vielleicht Termine mit Kunden? Diese Schlüsselkästen zeichnen Daten auf. Demnach müsste man nachprüfen können, wie oft Paley in der Holland Road gewesen ist. Wusste er von den Farbtöpfen im Abstellschrank? Er wollte die Auflösung der Agentur. Wäre ihm zuzutrauen, dass er hinter dem Anschlag auf das Haus an der Old Mill Lane steht, um Georgette in Verlegenheit zu bringen oder das Geschäft mit den Nolans zu sabotieren?

Dru klappte ihr Notizbuch zu und widmete sich wieder ihren Recherchen im Internet über Georgette Grove. In den folgenden zwei Stunden konnte sie ein klares Bild von einer unabhängigen Frau gewinnen, die, nach den vielen erhaltenen Auszeichnungen zu urteilen, eine führende Persönlichkeit in der Gemeindepolitik gewesen war. Unermüdlich hatte sie sich dafür eingesetzt, die Lebensqualität in Mendham ihren Vorstellungen entsprechend zu bewahren.

Viele Leute, die sich mit Änderungsanträgen an den Planungsausschuss gewandt haben, müssen wahnsinnig wütend auf sie gewesen sein, dachte Dru, als sie immer wieder auf Hinweise stieß, wie Georgette Grove mit großer Überzeugungskraft erfolgreich zu verhindern gewusst hatte, dass die bestehenden Richtlinien für Gebietsausweisungen gelockert oder gekippt wurden.

Vielleicht wollte sogar einer von denen sie erschießen, überlegte Dru. Die Berichte über die Gemeindepolitik zeigten jedenfalls, dass sie es sich mit einer Reihe von Leuten gründlich verdorben hatte, besonders in den letzten Jahren. Dennoch war vermutlich keiner von den Folgen ihres Engagements so direkt betroffen wie Henry Paley. Sie nahm den Hörer auf und wählte die Nummer der Agentur, in der eher schwachen Hoffnung, dass sie nicht geschlossen sei.

Henry Paley nahm am anderen Ende ab.

»Henry, freut mich, Sie anzutreffen. Ich war mir nicht sicher, ob Sie heute offen haben würden. Ich arbeite gerade an dem Artikel über Georgette, und ich dachte, wie schön es sich machen würde, wenn man ein paar von den wunderbaren Fotos aus ihrem Sammelalbum dazu abdrucken würde. Wenn es Ihnen nichts ausmacht, würde ich gern vorbeikommen und mir das Album ausleihen oder wenigstens Kopien von einigen Fotos machen lassen.«

Nach einigem guten Zureden willigte Paley schließlich widerstrebend ein, ihr zu erlauben, einige der Seiten zu fotografieren. »Ich will nicht, dass das Album das Büro verlässt«, hatte er gesagt, »und ich will auch nicht, dass irgendetwas herausgenommen wird.«

»Henry, Sie können die ganze Zeit danebenstehen, wenn ich fotografiere. Ich danke Ihnen sehr. Ich werde gegen zwölf da sein. Es wird nicht allzu lange dauern.«

Nachdem sie aufgelegt hatte, stand Dru auf und strich sich die Haare aus der Stirn. Ich muss endlich zum Frisör, dachte sie. So langsam sehe ich aus wie ein Wollschaf. Sie ging durch den Flur zu ihrem Schlafzimmer. Während sie sich anzog, kam ihr wie aus dem Nichts eine Frage in den Sinn. Genau diese plötzlichen Eingebungen waren es, die sie zu einer guten investigativen Journalistin machten.

Joggt Paley noch immer, und wenn ja, wie würde sich das in dieses ganze Szenario einfügen?, fragte sie sich.

Auch das galt es noch herauszufinden.

27

Martin und Kathleen Kellogg aus Santa Barbara in Kalifornien waren die entfernten Verwandten, die mich adoptierten. Zu der Zeit, als die Sache mit Mutter passierte, lebten sie in Saudi-Arabien, wo er für ein Maschinenbauunternehmen arbeitete. Sie hatten erst von den ganzen Geschehnissen erfahren, nachdem er von seiner Firma zurück nach Santa Barbara versetzt worden war. Der Prozess war zu jener Zeit bereits vorbei, und ich lebte vorläufig in einem Heim für Jugendliche in New Jersey, bis das Jugendamt darüber entscheiden würde, wo ich endgültig hinkam.

In gewisser Weise war es gut, dass sie bis dahin keinen Kontakt zu mir gehabt hatten. Sie hatten selbst keine Kinder, und als sie erfuhren, was passiert war, kamen sie in aller Stille, ohne dass die Öffentlichkeit davon erfuhr, nach Morris County und reichten einen Antrag auf Adoption ein. Sie wurden eingehend befragt, und ihr Lebenswandel wurde geprüft. Das Gericht befürwortete ihren Antrag und hielt sie für geeignet, die Adoptiveltern einer Minderjährigen zu werden, die seit mehr als einem Jahr kaum ein Wort gesprochen hatte.

Zu dieser Zeit waren die Kelloggs Anfang fünfzig, noch nicht zu alt, um ein elfjähriges Mädchen großzuziehen. Auch wenn es bis dahin kaum eine Beziehung gegeben hatte, war Martin immerhin ein Blutsverwandter. Noch wichtiger war aber, dass sie wirkliches Mitgefühl für mich empfanden. Als ich Kathleen kennen lernte, sagte sie zu mir, sie hoffe, dass ich sie mögen und mit der Zeit vielleicht sogar lieben würde. Sie sagte: »Ich habe mir immer ein kleines Mädchen gewünscht. Und ich möchte, dass du es für den Rest deiner Kindheit gut hast, Liza.«

Ich ging bereitwillig mit ihnen mit. Sicherlich, niemand kann einem zurückgeben, was unwiderruflich zerstört wurde. Ich war kein Kind mehr – ich war eine freigesprochene Mörderin. Sie wollten mit aller Macht, dass ich den Horror der Little-Lizzie-Welt hinter mir ließe, und so erfanden sie die Geschichte, die wir jedem erzählten, der sie schon vor ihrer Rückkehr nach Santa Barbara gekannt hatte.

Ich war die Tochter einer verwitweten Freundin, die unheilbar an Krebs erkrankt war und sie gebeten hatte, mich zu adoptieren. Sie wählten einen neuen Namen für mich, Celia, weil meine Großmutter Cecelia geheißen hatte. Sie waren weise genug, um zu wissen, dass ich eine Verbindung zu meiner Vergangenheit brauchte, selbst wenn diese geheim war.

Ich habe nur sieben Jahre bei ihnen gelebt. Während der gesamten Zeit bin ich einmal in der Woche zu Dr. Moran gegangen. Ich habe ihm vom ersten Augenblick an vertraut. Ich glaube, dass er, mehr noch als Martin, eine richtige Vaterfigur für mich geworden ist. Wenn ich nicht reden konnte, ließ er mich Bilder für ihn malen. Immer wieder und wieder zeichnete ich dasselbe. Mutters Zimmer, eine furchterregende, affenähnliche Gestalt, die mit dem Rücken zu mir stand und eine Frau gegen die Wand drückte. Ich zeichnete eine Pistole, die in der Luft schwebte. Es kamen Kugeln aus dem Lauf, aber die Pistole wurde von keiner Hand gehalten. Ich zeichnete ein Bild, das gewissermaßen die Umkehrung einer Pietà war. Bei mir hielt das Kind den leblosen Körper der Mutter in den Armen.

Ich hatte ein Jahr Grundschule verloren, aber ich holte das Versäumte rasch nach und kam auf die örtliche Highschool in Santa Barbara. An beiden Schulen galt ich als »ein bisschen still, aber nett«. Ich hatte Freunde, aber ich ließ niemanden wirklich an mich heran. Jemand, der in der Lüge lebt, muss die Wahrhaftigkeit ständig meiden, und ich lebte unter dem immerwährenden Zwang, meine Zunge zu hüten. Ich musste außerdem meine Gefühle nach Möglichkeit verbergen. Ich erinnere mich an eine Begebenheit in der zweiten Klasse im Englischunterricht, als wir bei einer Schulaufgabe einen Aufsatz über den denkwürdigsten Tag in unserem Leben schreiben sollten.

Die entsetzliche Nacht wurde plötzlich wieder lebendig und flimmerte vor meinen Augen. Ich versuchte, meinen Füller in die Hand zu nehmen, doch meine Finger gehorchten mir nicht. Ich versuchte, tief durchzuatmen, doch ich bekam keine Luft in die Lungen. Und dann verlor ich das Bewusstsein.

Wir erzählten den Leuten, dass ich als kleines Kind einmal fast ertrunken wäre und deswegen manchmal diese Anfälle hätte. Dr. Moran berichtete ich, dass ich mich noch nie so deutlich an die Ereignisse in jener Nacht erinnert hätte und dass ich für den Bruchteil einer Sekunde wieder gewusst hätte, was meine Mutter bei dem Streit zu Ted gesagt hatte. Und dann sei es wieder weg gewesen.

Im selben Jahr bin ich nach New York gezogen, um die Hochschule für Design zu besuchen. Martin war froh, von seiner Firma zwangspensioniert zu werden, worauf sie nach Naples in Florida zogen, wo er eine Stelle bei einer anderen Firma annahm. Vor längerer Zeit hat er sich ganz aus dem Berufsleben zurückgezogen, und jetzt, mit über achtzig, wird er »vergesslich«, wie Kathleen das nennt, was aber, fürchte ich, auch das Anfangsstadium von Alzheimer sein könnte.

Alex und ich haben in aller Stille geheiratet. Der Gottesdienst fand in der Marienkapelle der St.-Patricks-Kathedrale statt, anwesend waren außer uns und Jack nur Richard Ackerman, Alex' Seniorpartner in der Anwaltsfirma, und Joan Donlan, die meine rechte Hand war, als ich das Innenarchitekturbüro hatte, und die ich noch am ehesten als meine enge Freundin bezeichnen würde.

Kurz darauf sind Alex und ich für ein paar Tage nach Naples geflogen, um Martin und Kathleen zu besuchen. Zum Glück haben wir im Hotel gewohnt, denn Martin war oft etwas desorientiert. Als wir einmal beim Mittagessen auf der Terrasse saßen, nannte er mich »Liza«. Gott sei Dank war Alex nicht in der Nähe, weil er schon zum Schwimmen an den Strand gegangen war, aber Jack hatte es gehört. Es hat ihn so sehr verwirrt, dass es sich tief in sein Gedächtnis eingegraben hat, und von Zeit zu Zeit fragt er mich immer noch: »Mom, warum hat Grandpa dich eigentlich Liza genannt?«

Einmal, in der Wohnung in New York, war Alex zugegen, als Jack das fragte, aber seine einzige Reaktion bestand darin, dass er dem Jungen erklärte, alte Menschen fingen an, vergesslich zu werden und die Namen durcheinander zu bringen. »Weißt du noch, dein Großvater hat mich auch ein paarmal ›Larry‹ genannt. Er hat mich mit deinem ersten Daddy verwechselt.«

Nachdem ich wegen des Ponynamens ausgerastet war und Jack angeschrien hatte, war ich ihm ins Haus gefolgt. Er war zu Alex gelaufen, war auf seinen Schoß geklettert und hatte ihm unter Tränen erzählt, dass Mommy ihm Angst gemacht habe. »Manchmal macht sie mir auch Angst, Jack«, sagte Alex, und natürlich meinte er das als Scherz, aber es lag dennoch eine unbestreitbare Wahrheit in dieser Bemerkung. Mein Ohnmachtsanfall, meine unstillbaren Weinkrämpfe, selbst der Schockzustand, in dem ich mich befand, nachdem ich Georgettes Leiche entdeckt hatte – all das hatte ihn zutiefst beunruhigt. Und diese Sorge stand ihm geradezu ins Gesicht geschrieben. Er dachte offensichtlich, dass ich im Begriff sei, eine Art Zusammenbruch zu erleiden.

Er hörte sich geduldig Jacks Geschichte an, dass ich ihn angeschrien und ihm verboten hätte, sein Pony Lizzie zu nennen, dann versuchte er, es ihm zu erklären: »Weißt du, Jack, vor langer Zeit hat in diesem Haus ein Mädchen gewohnt, das Lizzie hieß, und die hat einige ganz böse Dinge gemacht. Niemand mochte sie, und sie wurde von hier weggebracht. Wenn wir den Namen hören, müssen wir immer an dieses böse Mädchen denken. Gibt es etwas, was du überhaupt nicht leiden kannst?«

»Wenn ich zum Doktor zum Impfen muss.«

»Gut, dann überleg mal. Wenn wir den Namen Lizzie hören, dann müssen Mommy und ich immer an das böse Mädchen denken. Würdest du es gern haben, wenn dein Pony ›Impfen‹ heißen würde?«

Jack musste lachen. »Neiiiin.«

»Dann verstehst du jetzt vielleicht, wie Mommy sich fühlt. Wir wollen uns einen anderen Namen für dieses hübsche Pony ausdenken.«

»Mommy hat gesagt, wir sollten es ›Star‹ nennen, weil es einen Stern auf der Stirn hat.«

»Oh, das ist aber ein ganz toller Name. Ich finde, wir sollten das feierlich beschließen. Mommy, haben wir nicht ein bisschen Geschenkpapier?«

»Ich glaube schon.« Ich war Alex sehr dankbar dafür, dass er Jack beruhigt hatte, aber auf der anderen Seite – diese Erklärung, die er ihm gegeben hatte!

»Ihr solltet einen großen Stern ausschneiden, den können wir an die Scheunentür kleben, dann weiß jeder sofort, dass da ein Pony mit dem Namen ›Star‹ wohnt.«

Jack war von der Idee begeistert. Ich zeichnete den Umriss eines Sterns auf einen Rest glitzerndes Geschenkpapier, und er schnitt ihn aus. Dann befestigten wir ihn feierlich an der Scheunentür, und ich sagte ein Gedicht auf, an das ich mich noch aus Kindheitstagen erinnerte:

»Der erste Stern, wie wunderbar,
Strahlt am Himmel, so hell und klar.
Lieber Stern, ich bitt' und bet',
Dass mein Wunsch in Erfüllung geht.«

Mittlerweile war es sechs Uhr abends, und die Schatten der Dämmerung begannen sich auf den Garten zu senken.

»Was wünschst du dir, Mommy?«, fragte Jack.

»Ich wünsche mir, dass wir drei immer zusammenbleiben.«

»Und was wünschst du dir, Alex?«, fragte Jack.

»Ich wünsche mir, dass du bald anfängst, mich ›Daddy‹ zu nennen, und dass du in einem Jahr einen kleinen Bruder oder eine kleine Schwester bekommst.«

Als Alex sich in dieser Nacht an mich drängte, spürte er meinen Widerstand und ließ mich sofort los. »Ceil, vielleicht solltest du heute eine Schlaftablette nehmen«, sagte er. »Du musst dich mal richtig ausruhen. Ich bin noch nicht müde. Ich gehe runter und lese noch ein bisschen.«

Wenn ich zu einem Schlafmittel greife, nehme ich normalerweise nur eine halbe Tablette, aber nach allem, was ich an diesem Tag durchgemacht hatte, schluckte ich eine ganze und fiel für acht Stunden in tiefen Schlaf. Als ich aufwachte, war es fast acht Uhr, und Alex war schon aufgestanden. Ich streifte mir einen Morgenmantel über und ging schnell die Treppe hinunter. Jack war bereits angezogen und saß mit Alex beim Frühstück.

Alex sprang auf und nahm mich in die Arme. »Du hast vielleicht tief geschlafen«, sagte er. »Ich glaube, du hast die ganze Nacht keinen Mucks von dir gegeben.« Er küsste mich mit dieser liebevollen Geste, die ich so gern mochte, indem er mein Gesicht in seine Hände nahm. »Ich muss los. Geht's dir gut?«

»Ja, viel besser.« Das war die Wahrheit. Die letzte Schläfrigkeit fiel von mir ab, und ich fühlte mich körperlich gestärkt wie nie mehr seit dem Morgen, an dem wir zum ersten Mal in die Einfahrt zu diesem Haus gebogen waren. Ich wusste jetzt, was ich tun würde. Sobald ich Jack in den Kindergarten gebracht hatte, würde ich zu einem der anderen Immobilienmakler in der Stadt gehen und versuchen, ein anderes Haus zu finden, das wir sofort mieten oder kaufen könnten. Mir war egal, ob es genau unseren Vorstellungen entsprach oder nicht. Ich wusste nur, dass ich so bald wie möglich wieder aus diesem Haus heraus musste, das war der erste Schritt, um zu einem halbwegs normalen Leben zurückzufinden.

Zumindest schien es mir das Beste, was ich tun konnte. Später an diesem Vormittag, als ich zur Agentur von Mark W. Grannon ging und mich Mark Grannon selbst auf eine Besichtigungstour mitnahm, erfuhr ich etwas über Georgette Grove, was mir beinahe den Atem verschlug. »Georgette hatte ein Exklusivrecht auf den Verkauf Ihres Hauses«, erzählte er, während wir die Hardscrabble Road entlangfuhren. »Keiner von uns wollte etwas damit zu tun haben. Aber Georgette hatte immer Schuldgefühle wegen des Hauses. Sie und Audrey Barton waren früher gute Freundinnen. Sie sind in der gleichen Zeit auf die Highschool in Mendham gegangen, obwohl Georgette etwas älter war als Audrey.«

Ich hörte gebannt zu und hoffte, dass Grannon nicht bemerkte, wie sehr sich bei seinen Worten alles in mir anspannte.

»Audrey war eine fabelhafte Reiterin, wissen Sie. Eine richtige Pferdenärrin. Ihr Mann, Will, hatte jedoch wahnsinnige Angst vor Pferden und schämte sich deswegen. Er wollte mit Audrey zusammen ausreiten können. Georgette hat ihm daraufhin geraten, er solle bei Zach im Washington-Valley-Reitclub Unterricht nehmen. Sie verabredeten außerdem, Audrey davon nichts zu verraten. Und so hielten sie es auch. Audrey wusste nichts davon, bis die Polizei bei ihr klingelte, um ihr mitzuteilen, dass Will tot sei. Sie hat nie wieder ein Wort mit Georgette gesprochen.«

Zach!

Der Name traf mich wie ein Blitzschlag. Dieser Name war gefallen, als meine Mutter Ted angeschrien hatte, in jener Nacht, in der ich sie erschoss.

Zach. Er war ein Teil des Puzzles!

28

Am Freitagnachmittag wurde Ted Cartwright von seiner Sekretärin mitgeteilt, dass ein gewisser Detective Paul Walsh vom Büro des Staatsanwalts von Morris County im Wartezimmer sei. Er müsse ihm ein paar Fragen stellen, habe er gesagt.

Eigentlich kam dieser Besuch für Ted nicht ganz unerwartet, und dennoch spürte er jetzt, wo es tatsächlich so weit war, dass er feuchte Hände bekam. Ärgerlich wischte er sie an seinem Jackett ab, zog seine Schreibtischschublade auf und warf einen kurzen Blick in den Spiegel, den er dort aufbewahrte. Ich sehe gut aus, dachte er. Ich darf nicht zu freundlich auftreten, sonst könnte das als Zeichen von Schwäche ausgelegt werden.

»Ich kann mich nicht erinnern, dass Mr. Walsh einen Termin mit mir verabredet hätte«, bellte er in die Sprechanlage. »Aber meinetwegen, schicken Sie ihn herein.«

Der Anblick von Paul Walsh in seinem schlecht sitzenden, leicht zerknitterten Anzug rief bei Cartwright sofort ein Gefühl der Geringschätzung hervor, wodurch er sich etwas wohler in seiner Haut fühlte. Walshs Brillengestell mit den runden Gläsern erinnerte ihn an die Farbe seiner hellbraunen Reitstiefel. Er beschloss, seinen Besucher mit freundlicher Herablassung zu behandeln.

»Ich habe etwas gegen unangemeldeten Besuch«, sagte er. »Und ich muss in zehn Minuten in eine Konferenzschaltung, daher möchte ich Sie bitten, sofort zur Sache zu kommen, Mr. Walsh. Walsh war doch der Name, nicht wahr?«

»Richtig«, antwortete Walsh. Der feste, harte Klang seiner Stimme stand in einem merkwürdigen Kontrast zu seiner harmlosen äußeren Erscheinung. Er überreichte Cartwright seine Karte und setzte sich unaufgefordert in den Sessel vor dessen Schreibtisch.

Mit dem Gefühl, die Situation nicht mehr ganz im Griff zu haben, setzte sich Cartwright ebenfalls wieder auf seinen Stuhl. »Was kann ich für Sie tun?« Diesmal war sein Ton brüsk.

»Vermutlich können Sie sich bereits denken, dass ich wegen der Ermittlungen in der Mordsache Georgette Grove hier bin. Ich nehme an, Sie haben davon gehört.«

»Man müsste schon blind und taub sein, um das nicht mitgekriegt zu haben«, entgegnete Cartwright.

»Haben Sie Miss Grove gekannt?«

»Natürlich habe ich sie gekannt. Wir sind beide in dieser Gegend geboren und haben sie nie verlassen.«

»Waren Sie befreundet?«

Er hat von Mittwochabend gehört, dachte Cartwright. In der Hoffnung, ihm den Wind aus den Segeln zu nehmen, sagte er: »Wir waren früher mal ganz gut befreundet.« Er machte eine Pause, wählte sorgfältig seine Worte. »In den letzten Jahren ist Georgette allerdings ziemlich auf Konfrontationskurs gegangen. Als Mitglied im Planungsausschuss widersetzte sie sich mit aller Macht jedem Wunsch nach Veränderung, und sei es auch der unbedeutendsten. Und selbst als sie nicht mehr Mitglied war, versäumte sie nie eine Sitzung und setzte sich auch weiterhin gegen jede Veränderung ein. Aus diesem Grund haben ich und einige andere Leute jeglichen freundschaftlichen Kontakt zu ihr abgebrochen.«

»Wann haben Sie sie zum letzten Mal gesehen?«

»Am Mittwochabend, in der Black Horse Tavern.«

»Um wie viel Uhr war das, Mr. Cartwright?«

»Irgendwann zwischen Viertel nach neun und halb zehn. Sie war allein dort und hat zu Abend gegessen.«

»Haben Sie mit ihr gesprochen?«

»Unsere Blicke trafen sich irgendwann. Sie machte mir ein Zeichen, und ich bin hinübergegangen, um sie zu begrüßen, musste jedoch feststellen, dass sie nur eines wollte, nämlich mich beschuldigen, etwas mit dem Anschlag auf das Haus an der Old Mill Lane zu tun zu haben.«

»Das Haus, in dem Sie früher gewohnt haben.«

»Das ist richtig.«

»Was haben Sie geantwortet?«

»Ich habe sie gefragt, ob sie noch ganz bei Trost sei und wieso sie auf den Gedanken käme, dass ich etwas mit der Sache zu tun hätte. Daraufhin sagte sie, ich hätte mich mit Henry Paley zusammengetan, um ihr Geschäft kaputtzumachen, damit sie gezwungen sei, das Grundstück an der Route 24 zu verkaufen. Sie sagte noch, sie würde es unter keinen Umständen verkaufen, ganz egal, was ich anstellen würde.«

»Was war Ihre Antwort?«

»Ich habe ihr gesagt, dass ich nicht mit Henry Paley zusammenarbeite. Ich habe ihr erklärt, dass ich selbstverständlich dieses Grundstück gern erschließen und dort geschmackvolle Bürogebäude errichten würde, dass ich aber genügend andere Projekte laufen hätte, um die ich mich kümmern müsse. Und damit war das Gespräch beendet.«

»Ich verstehe. Wo waren Sie gestern Morgen zwischen acht und zehn Uhr, Mr. Cartwright?«

»Um acht Uhr saß ich auf meinem Pferd und war unterwegs auf einem der Wege vom Reitclub in Peapack. Bis neun Uhr bin ich geritten, dann habe ich im Club geduscht, bin hierher gefahren und etwa um halb zehn angekommen.«

»Das Haus an der Holland Road, in dem Miss Grove erschossen wurde, grenzt an ein Waldgelände, das zum Grundstück gehört. Gibt es nicht einen Reitweg auf diesem Gelände, der mit dem Wegenetz von Peapack verbunden ist?«

Cartwright erhob sich. »Verschwinden Sie«, schnauzte er ärgerlich. »Und lassen Sie sich nie wieder hier blicken. Wenn ich noch einmal mit Ihnen oder mit einem von Ihren Kollegen reden muss, dann nur in Anwesenheit meines Anwalts.«

Paul Walsh stand auf und ging zur Tür. Bereits die Klinke in der Hand wandte er sich noch einmal um und sagte ruhig: »Wir werden uns wiedersehen, Mr. Cartwright. Und wenn Sie mit Ihrem Freund Mr. Paley sprechen, können Sie ihm gleich ausrichten, dass ich ihm ebenfalls einen Besuch abstatten werde.«

29

Am Freitagnachmittag um vier Uhr fuhr Charley Hatch seinen Lieferwagen in den ungepflasterten Weg hinter seinem Schuppen und koppelte den Anhänger ab, auf dem er seinen Rasenmäher und die anderen Gartengeräte transportierte. Er machte sich nicht jeden Abend diese Mühe, aber heute wollte er noch einmal weg und ein paar Kumpel zum Essen in einer Bar treffen, wo sie sich das Spiel der Yankees ansehen wollten. Er freute sich schon die ganze Zeit darauf.

Er hatte einen langen Tag hinter sich. Die Sprinkleranlage bei einem der Anwesen, um die er sich kümmerte, hatte ihren Geist aufgegeben, und der Rasen war verdorrt. Nicht dass es seine Schuld gewesen wäre, dass die Anlage nicht funktionierte, aber der Hausbesitzer wurde demnächst aus dem Urlaub zurückerwartet, und er würde sehr wütend werden, wenn der Garten nicht tipptopp in Schuss wäre. Es war einer von Charleys leichteren Jobs, und er hatte keine Lust, ihn zu verlieren, daher hatte er einige zusätzliche Stunden damit verbringen müssen, den Typen von der Firma dazu zu bewegen, rauszufahren und die Anlage wieder in Ordnung zu bringen und danach das Ganze noch eine Weile zu überwachen, bis er sicher war, dass der Rasen ordentlich gewässert wurde.

Immer noch etwas aufgeschreckt durch den Anruf, den er am Abend zuvor erhalten hatte, nutzte er die Zeit, die er auf den Monteur warten musste, um die Kleider sorgfältig zu untersuchen, die er in der Nacht zum Dienstag getragen hatte, als er in der Old Mill Lane gewesen war. Er hatte heute dieselben Jeans an und fand drei rote Farbtropfen auf dem rechten Knie, außerdem ein paar Spuren davon in seinem Lieferwagen. Die Jeans waren alt, aber sehr bequem, und er hatte eigentlich keine Lust, sie wegzuschmeißen. Vielleicht ging die Farbe ja mit Terpentin weg.

Er musste jetzt besonders vorsichtig sein, nachdem diese Grove ausgerechnet in dem Moment erschossen worden war, in dem sie versucht hatte, die Farbe wegzuwischen. Die Farbe, die er verschüttet hatte, als er in der Nacht zum Dienstag die Dosen zurückstellte.

Immer noch schlecht gelaunt, stellte Charley den Anhänger ab, ging ins Haus und steuerte geradewegs auf den Kühlschrank zu. Er nahm eine Flasche Bier heraus, öffnete sie und trank. Doch ein Blick aus dem Fenster ließ ihn die Flasche abrupt absetzen. Ein Streifenwagen bog in seine Einfahrt ein. Die Bullen. Er hatte schon geahnt, dass sie irgendwann kommen würden, nämlich sobald sie herausfinden würden, dass er sich um das Haus an der Holland Road gekümmert hatte, in dem die Maklerin ermordet worden war.

Charley blickte an sich herab. Die drei Tropfen rote Farbe auf dem rechten Knie seiner Jeans wirkten plötzlich riesengroß. Er hastete ins Schlafzimmer, zog Sneakers und Jeans aus und musste erschrocken feststellen, dass die Sohle des linken Schuhs mit roter Farbe verschmiert war. Er fischte eine Cordhose vom Boden des Schranks auf, zog sie an, schlüpfte in seine ausgetretenen Halbschuhe und schaffte es, nach dem zweiten Klingeln an der Haustür zu sein und zu öffnen.

Draußen stand Sergeant Clyde Earley. »Was dagegen, wenn ich kurz reinkomme, Charley?«, sagte er. »Ich hätte da ein paar Fragen.«

»Aber sicher, kommen Sie rein, Sergeant.« Charley trat beiseite und sah zu, wie Earley den Blick durch das Zimmer schweifen ließ. »Setzen Sie sich. Bin gerade nach Hause gekommen. Hab mir als Erstes ein Bier geholt. Ganz schön heiß da draußen. Komisch, neulich erst konnte man so einen kühlen Hauch in der Luft spüren, und dann auf einmal, zack, ist es wieder Sommer. Nehmen Sie auch ein Bier?«

»Danke, Charley, ich bin im Dienst.« Earley zog sich einen Stuhl von dem Leimholztisch heran, an dem Charley seine Mahlzeiten einnahm.

Charley setzte sich auf die Kante des abgewetzten Sessels, der früher zur Wohnzimmereinrichtung des Hauses gehört hatte, in dem er mit seiner Frau gelebt hatte, bevor sie sich hatten scheiden lassen.

»Schlimme Sache, was da gestern in der Holland Road passiert ist«, begann Earley.

»Kann mal wohl sagen. Man fragt sich, wer zu so was imstande ist.« Charley nahm einen Schluck aus der Flasche, bereute es aber sofort. Earleys Gesicht war von der Hitze gerötet. Er hatte seine Uniformmütze abgenommen, die rötlichen Haare darunter waren verschwitzt. Sicher würde er sich liebend gern einen Schluck kühles Bier genehmigen, dachte Charley. Und bestimmt macht es ihm keinen Spaß, mir beim Trinken zusehen zu müssen. Unauffällig stellte er die Flasche auf den Boden.

»Sie sind gerade erst von der Arbeit zurück, Charley?«

»Genau.«

»Gibt's irgendeinen Grund, warum Sie sich die Cordhose und die Lederschuhe angezogen haben? In denen haben Sie ja wohl nicht gearbeitet, oder?«

»Es gab Probleme mit einer Rasensprenganlage. Meine Jeans und meine Schuhe waren klatschnass. Ich hatte sie gerade ausgezogen und wollte unter die Dusche, als ich Ihren Wagen sah, da hab ich die hier angezogen.«

»Aha, verstehe. Tja, tut mir Leid, dass ich Sie von Ihrer Dusche abhalte, aber ich muss Sie ein paar Dinge fragen. Sie erledigen doch die Gartenarbeiten in der Holland Road Nr. 10, nicht wahr?«

»Ja. Das fing an, als die Carrolls das Haus vor acht, neun Jahren gekauft haben. Als Mr. Carroll versetzt wurde, haben sie mich gebeten, das Anwesen so lange in Ordnung zu halten, bis es verkauft wird.«

»Was meinen Sie mit ›in Ordnung halten‹, Charley?«

»Na ja, das ganze Gelände eben – Rasen mähen, Büsche schneiden, die Veranda und die Wege kehren.«

»Haben Sie einen Schlüssel zum Haus?«

»Ja, hab ich. Ich schau alle paar Tage mal rein, wische den Boden auf und seh nach, ob alles tipptopp ist. Manchmal führen die Makler an Regentagen Kunden im Haus herum, und die tragen jede Menge Dreck rein. Und ich sorge dafür, dass der wieder wegkommt, diese Art von Arbeiten.«

»Wann waren Sie zum letzten Mal im Haus?«

»Montag. Nach den Wochenenden schaue ich immer nach dem Rechten, weil da die meisten Leute kommen.«

»Was haben Sie an diesem Montag im Haus gemacht?«

»Dasselbe wie immer. Ich bin gleich am Morgen hingefahren, damit alles in Ordnung ist, falls jemand es sich ansehen will.«

»Wussten Sie, dass rote Farbe unten im Abstellschrank war?«

»Klar wusste ich das. Die haben da alle möglichen Farben, nicht nur Rot. Mir scheint, der Meister, der die Farben für das Haus ausgesucht hat, hat viel mehr Farbe bestellt, als sie gebraucht haben.«

»Dann wussten Sie also nicht, dass jemand rote Farbe aus diesem Abstellschrank gestohlen und damit das Haus an der Old Mill Lane beschmiert hat?«

»Ich hab das gelesen, von dem Anschlag auf Little Lizzie's Place, aber ich wusste nicht, dass die Farbe aus dem Haus an der Holland Road stammt. Ich frage mich nur, wie jemand auf die schwachsinnige Idee kommen kann, so etwas zu tun?«

»Ich hatte gehofft, Sie könnten mir da vielleicht einen Tipp geben, Charley.«

Charley zuckte die Achseln. »Reden Sie lieber mit all den Maklern, die in dem Haus ein und aus gehen. Vielleicht hatte einer von denen etwas gegen Georgette Grove oder gegen die Leute, die in Lizzie's Place eingezogen sind.«

»Interessante Theorie, Charley. Nur noch ein paar Fragen, dann können Sie duschen. Der Schlüssel zu dem Abstellschrank, in dem die Farbe stand, fehlt. Ist Ihnen das aufgefallen?«

»Letzte Woche war er noch da, das weiß ich. Mir ist nicht aufgefallen, dass er am Montag nicht mehr da war.«

Earley lächelte. »Ich habe nicht gesagt, dass er am Montag nicht mehr da war. Davon wusste ich nämlich gar nichts.«

»Na ja, wie gesagt, das war das letzte Mal, dass ich dort gewesen bin«, sagte Charley. »So hab ich das gemeint.«

»Eine letzte Frage, Charley. Ist es denkbar, dass jemand, einer der Makler vielleicht, nachlässig gewesen ist und vergessen hat, alle Türen abzusperren, nachdem er Kunden durch das Haus geführt hat?«

»Natürlich ist das denkbar, und es ist auch schon vorgekommen. Einmal war zum Beispiel die hintere Tür von der Küche zum Garten nicht abgesperrt. Ein andermal die Glasschiebetür vom Hobbyraum zur Terrasse. Einige von diesen Maklern sind dermaßen scharf drauf, ihre Hütte an den Mann zu bringen, dass sie auf solche Dinge überhaupt nicht achten. Beim Vordereingang tun sie sehr wichtig, sperren sorgfältig ab und hängen die Schlüssel in den Schlüsselkasten, derweil könnte eine ganze Kompanie durch einen der anderen Eingänge reinmarschieren.«

»Sind Sie sicher, dass Sie immer die Türen abschließen, wenn Sie das Haus verlassen, Charley?«

»Hören Sie, Sergeant, ich verdiene meine Brötchen damit, dass ich auf Häuser und Grundstücke anderer Leute aufpasse. Glauben Sie, irgendeiner von denen würde mir eine zweite Chance geben, wenn ich auch nur ein einziges Mal so nachlässig wäre? Ich sag es Ihnen, keiner. Wenn ich nicht alles hundertprozentig richtig mache, brauche ich mich bei denen gar nicht mehr blicken zu lassen. Was aus mir wird, kümmert die einen Dreck.«

Clyde Earley schickte sich an zu gehen. »Tja, Charley, das Leben der armen Georgette Grove scheint für irgendjemanden auch keinen Pfifferling wert gewesen zu sein. Falls Ihnen noch was einfällt, was uns weiterhelfen könnte, dann melden Sie sich. Wenn Sie mich fragen, sieht es danach aus, als ob es derselbe Kerl gewesen sein könnte, der die Sache bei Little Lizzie's Place auf dem Gewissen hat. Vielleicht hat er es mit der Angst gekriegt, weil ihm Miss Grove irgendwie auf die Schliche gekommen ist, und er hat sie deshalb umgebracht. Das ist das, was mich wirklich erbittert. Das Höchste, was einer zu erwarten hat für die Sachbeschädigung an der Old Mill Lane, wäre vielleicht ein Jahr, und wenn er nicht vorbestraft ist, dann wahrscheinlich auf Bewährung, plus soundso viele Stunden gemeinnützige Arbeit. Aber wenn dieser Bursche Grove umgebracht hat, um sie zum Schweigen zu bringen, dann droht ihm jetzt dafür die Todesstrafe. So, das war's, machen Sie's gut, Charley.« Earley wandte sich ab und fand allein den Weg hinaus.

Charley wagte kaum zu atmen, bis der Streifenwagen weggefahren war, dann holte er sein Handy aus der Tasche und wählte fieberhaft eine Nummer. Statt eines Klingelns ertönte eine Computerstimme und meldete, dass es keinen Anschluss unter der gewählten Nummer gebe.

30

Um fünf Uhr betrat Thomas Madison das Büro der Immobilienagentur Grove. Im Motel, in dem er übernachtet hatte, hatte er sich umgezogen und den dunkelblauen Anzug, den er beim Interview mit Channel 12 getragen hatte, gegen Hosen und einen leichten Pullover eingetauscht, in denen er jünger wirkte als seine zweiundfünfzig Jahre. Sein hagerer Körperbau war nicht die einzige Gemeinsamkeit, die er mit seiner verstorbenen Cousine teilte. Genau wie Georgette besaß auch er klare Vorstellungen davon, was er wollte und was er nicht wollte.

Henry und Robin waren gerade dabei, Feierabend zu machen, als er eintrat. »Gut, dass ich Sie noch antreffe«, sagte Madison. »Ich wollte ursprünglich über das Wochenende bleiben, aber es hat eigentlich keinen Sinn, daher werde ich nach Hause fahren und am Sonntagabend zurückkommen. Für die Feier werden wir alle hier sein – damit meine ich meine Frau, meine Schwestern und deren Ehemänner.«

»Wir werden morgen geöffnet haben«, sagte Henry. »Wie das Schicksal so spielt, stehen wir kurz davor, mehrere Verkäufe abzuschließen. Waren Sie schon in Georgettes Haus?«

»Nein. Die Polizei hat ihre Durchsuchung noch nicht abgeschlossen. Ich hab keine Ahnung, was die eigentlich dort finden wollen.«

»Wahrscheinlich persönliche Korrespondenz und Papiere, die einen Hinweis auf den Mörder geben könnten«, sagte Robin. »Sie haben auch ihren Schreibtisch hier durchsucht.«

»Das Ganze ist wirklich eine ekelhafte Geschichte«, sagte Madison. »Ich meine, die haben mich gefragt, ob ich den Leichnam sehen wollte. Ich sage Ihnen ganz ehrlich, ich hätte darauf verzichten können, aber ich wusste nicht, wie ich das ablehnen sollte. Also bin ich in die Gerichtsmedizin gegangen. Mir ist fast schlecht geworden, sage ich Ihnen. Die Kugel hat sie genau zwischen die Augen getroffen.«

Er merkte, dass Robin zusammenfuhr. »Tut mir Leid«, sagte er. »Es ist nur …« Er zuckte die Achseln, eine Geste, die seine Bestürzung über die Umstände zum Ausdruck bringen sollte. »Ich muss wirklich nach Hause«, sagte er. »Ich bin Trainer der Fußballmannschaft meines Sohnes, und morgen haben wir ein Spiel.« Für einen Augenblick huschte ein Lächeln über sein Gesicht. »Wir sind in unserer Klasse die beste Mannschaft in ganz Philadelphia, wenn ich das so sagen darf.«

Henry lächelte höflich. Es interessierte ihn nicht im Geringsten, ob Georgettes Cousin die beste oder die schlechteste Fußballmannschaft Philadelphias oder der Vereinigten Staaten trainierte. Dagegen war er sehr daran interessiert, die geschäftlichen Einzelheiten mit Georgettes Erben zu klären. »Tom«, sagte er, »soweit ich weiß, teilen Sie und Ihre beiden Schwestern sich Georgettes Erbe.«

»Das ist richtig. Ich bin heute Morgen bei Orin Haskell, ihrem Anwalt, gewesen. Sein Büro ist gleich um die Ecke, wie Sie wissen. Eine Kopie des Testaments befindet sich bei ihm. Er hat es zur Überprüfung beim Gericht eingereicht, aber jedenfalls läuft es darauf hinaus.« Madison zuckte erneut die Achseln. »Meine Schwestern streiten sich jetzt schon darum, wer was bekommt. Georgette besaß ein paar hübsche Erbstücke aus der Familie, ziemlich alte Sachen. Unsere Urgroßmütter waren Schwestern.«

Er blickte Henry an. »Ich weiß, dass Ihnen zwanzig Prozent dieses Hauses und eines Grundstücks an der Route 24 gehören. Ich kann Ihnen Folgendes sagen: Wir haben absolut kein Interesse daran, das Geschäft weiterzuführen. Mein Vorschlag wäre daher, dass wir uns drei verschiedene Gutachten einholen und dass Sie uns dann auszahlen, oder, falls Sie selbst auch nicht daran interessiert sind, das Geschäft weiterzuführen, dass wir die Agentur schließen und alles verkaufen, einschließlich Georgettes Haus, das ihr natürlich allein gehörte.«

»Ihnen dürfte aber doch bekannt sein, dass Georgette die Absicht hatte, das Grundstück an der Route 24 dem Staat zu vermachen«, sagte Robin, Henrys wütenden Seitenblick ignorierend.

»Ja, ja, das weiß ich. Aber glücklicherweise hat sie das nie in die Tat umgesetzt, und vielleicht konnte sie es auch gar nicht, weil Sie, Henry, nicht damit einverstanden waren. Ich muss sagen, wir sind Ihnen zu großem Dank verpflichtet dafür, dass Sie verhindert haben, dass Georgette sich als Gönnerin für den Staat New Jersey aufspielt. Ich habe drei Kinder, meine Schwestern haben beide zwei, und das Geld, das wir durch den Verkauf von Georgettes Besitz erhalten werden, wird sehr willkommen sein, um deren Ausbildung zu finanzieren.«

»Ich werde mich sofort um die Gutachten kümmern«, versprach Henry.

»Je eher, desto besser. Dann werde ich jetzt gehen.« Madison wandte sich zur Tür, blieb jedoch noch einmal kurz stehen. »Nach dem Gottesdienst wird die Familie gemeinsam zu Mittag essen. Wir würden uns freuen, wenn Sie auch dabei wären. Ich meine, Sie waren ja gewissermaßen Georgettes zweite Familie.«

Henry wartete ab, bis sich die Tür hinter Madison schloss. »Waren wir wirklich ihre zweite Familie?«, fragte er spitz.

»Ich mochte Georgette sehr gern«, sagte Robin. »Das galt auch mal für Sie, soweit ich weiß«, fügte sie hinzu.

»Sie mochten sie wohl so sehr, dass es Ihnen auch gar nichts auszumachen scheint, dass sie Ihren Schreibtisch durchsucht hat, als sie letzten Mittwoch länger geblieben ist«, stellte Henry fest.

»Ich wollte eigentlich nichts darüber sagen. Heißt das, sie hat Ihren Schreibtisch ebenfalls durchsucht?«

»Sie hat nicht nur in meinen Papieren gewühlt, sie hat auch ein Dossier mitgehen lassen, das mir gehörte. Hat sie bei Ihnen auch etwas mitgenommen?«

»Nicht dass ich wüsste. In meinen Schubladen gibt es nichts, was sie hätte interessieren können, es sei denn, sie wollte mein Haarspray oder mein Parfüm ausprobieren.«

»Sind Sie ganz sicher, Robin?«

Sie standen immer noch im Empfangsraum. Henry war nicht besonders groß, und mit ihren sieben Zentimeter hohen Absätzen befand sich Robin auf gleicher Augenhöhe. Sekundenlang standen sie sich gegenüber und blickten sich starr an. »Na schön, wie Sie wollen, dann behalten Sie Ihr kleines Geheimnis eben für sich«, sagte er schließlich.

31

DAS WOCHENENDE VERLIEF unerwartet gut. An beiden Tagen war es sehr warm. Am Samstag ging Alex in der Früh zum Reiten, und als er zurückkehrte, schlug ich vor, nach Spring Lake zu fahren. Im Juli hatte eine meiner Kundinnen dort geheiratet. Wir waren zusammen bei ihrer Hochzeit zu Gast gewesen und hatten im Breakers Hotel gewohnt. So war dies ein Ort, bei dem ich mich nicht ständig in Acht nehmen musste, um mir nicht anmerken zu lassen, dass ich ihn gut kannte.

»Nachdem der Labor Day vorüber ist, müssten wir problemlos Zimmer bekommen«, sagte ich.

Alex gefiel der Vorschlag. Jack war begeistert. Alex rief im Club an und engagierte einen der Jugendlichen, die dort am Wochenende in den Ställen arbeiteten, um Samstagabend und Sonntagmorgen Star zu versorgen.

Alles klappte wie erhofft. Wir bekamen zwei benachbarte Zimmer mit Blick auf den Atlantik im Breakers. Den ganzen Samstagnachmittag blieben wir am Strand. Nach dem Abendessen unternahmen wir einen langen Spaziergang auf der Uferpromenade und ließen uns die salzige Brise ins Gesicht wehen. Oh, wie beruhigend wirkt doch das Meer auf meine Seele. Ich konnte sogar, ohne dass es mich allzu sehr bedrückte, an die Tage meiner Kindheit zurückdenken, als ich hier Hand in Hand mit meiner Mutter ging, so wie Jack jetzt mit mir.

Am Morgen gingen wir zur Frühmesse nach St. Catherine's, in diese schöne Kirche, in der ich jedesmal Trost finde. Ich betete, dass es mir gelingen möge, meinen Namen reinzuwaschen und die falschen Vorstellungen zu widerlegen, die sich die Welt von Liza Barton machte. Ich betete, dass wir eines Tages so sein könnten wie die anderen jungen Familien, die ich um mich herum sah. Ich wünschte mir ein normales Leben, so wie sie es führten.

In der Kirchenbank direkt vor uns saß ein Paar mit zwei kleinen Jungen, die vielleicht drei und vier sein mochten, und einem Baby, einem Mädchen, das noch kein Jahr alt war. Am Anfang benahmen sich die Jungen tadellos, aber dann begannen sie, zappelig zu werden. Der Dreijährige fing an, seinen älteren Bruder in die Seite zu stupsen, und dieser antwortete darauf, indem er sich mit seinem ganzen Gewicht gegen ihn lehnte. Der Vater bemerkte es und trennte sie mit einem warnenden Blick. Darauf begann das Baby, das offensichtlich gerade ins Krabbelalter kam, zu strampeln und versuchte mit aller Macht, sich aus den Armen seiner Mutter zu befreien.

Ich wünschte mir, Alex die Familie schenken zu können, nach der er sich sehnte, mitsamt allen wunderbaren Schwierigkeiten, die mit einem solchen Leben einhergingen.

Natürlich war auch Alex und Jack nicht entgangen, was die Kinder in der Bank vor uns angestellt hatten. Als wir nach der Messe zum Auto zurückgingen, fragte Alex Jack, was er tun würde, wenn er einen kleinen Bruder hätte und der ihn in die Seite stupsen würde.

»Ich würde ihm eine runterhauen«, antwortete Jack seelenruhig.

»Nein, Jack, das würdest du nicht! Das macht man doch nicht als älterer Bruder«, wies ich ihn zurecht.

»Ich würde ihm auch eine runterhauen«, sagte Alex. Sie grinsten sich an. Ein Gedanke tauchte in meinem Kopf auf, den ich schnell beiseite schob. Vielleicht würde Alex einfach ausziehen und aus unserem Leben verschwinden, wenn er die Wahrheit über meine Vergangenheit erführe, bevor ich ihm den Beweis für meine Schuldlosigkeit präsentieren könnte.

Wir verbrachten den Rest des Tages am Strand, nahmen ein frühes Abendessen in Rod's Olde Irish Tavern in Sea Girt ein und machten uns dann müde und zufrieden auf den Rückweg nach Mendham. Auf der Fahrt erzählte ich Alex, dass ich Reitunterricht im Washington-Valley-Reitclub nehmen wollte.

»Und warum nicht in Peapack?«, fragte er.

»Weil im Washington-Valley ein gewisser Zach arbeitet, der ein besonders guter Lehrer sein soll.«

»Wer hat dir von ihm erzählt?«

»Georgette Grove«, antwortete ich mit einem dicken Kloß im Hals wegen der Lüge. »Ich habe am Freitagnachmittag dort angerufen und mit ihm gesprochen. Er meinte, er habe im Augenblick nicht allzu viel um die Ohren, und war bereit, mir Stunden zu geben. Ich glaube, ich habe ihn ein bisschen überredet. Ich habe ihm gesagt, du seist ein hervorragender Reiter, und es sei mir peinlich, in deinem Club aufzutauchen, wo alle deine Freunde sehen könnten, was für eine blutige Anfängerin ich bin.«

Eine Lüge nach der anderen. In Wahrheit ist es natürlich beim Reiten wie beim Fahrradfahren. Wenn man es einmal beherrscht, verlernt man es nie wieder. Ich befürchtete ja gerade, dass es mein Können war, das mich verraten könnte, nicht die mangelnde Übung.

Und natürlich bedeuteten für mich die Reitstunden bei Zach in erster Linie, dass ich einen Mann kennen lernen würde, dessen Namen meine Mutter in der Auseinandersetzung kurz vor ihrem Tod erwähnt hatte.

32

Detective Paul Walsh war einer der Ersten, die am Montagmorgen in der presbyterianischen Kirche von Hilltop eintrafen, um am Begräbnisgottesdienst von Georgette Grove teilzunehmen. Um auch sicher niemanden zu übersehen, setzte er sich in die letzte Bank. Am Abend zuvor waren versteckte Kameras in der Kirche und vor dem Eingang installiert worden. Die aufgezeichneten Bänder würden später ausgewertet werden. Georgettes Mörder würde vermutlich nicht als Erster zur Begräbnisfeier seines Opfers erscheinen, aber es war doch wahrscheinlich, dass er – oder sie – irgendwann auftauchen würde.

Walsh schloss kategorisch aus, dass ein Unbekannter Georgette Grove ermordet haben könnte, jemand, der ihr ins Haus gefolgt war, um sie auszurauben. Für seine Begriffe war diese Hypothese abwegig, und zwar wegen des Fotos von Celia Nolan, das man in Georgettes Handtasche gefunden hatte. Es lag auf der Hand, dass jemand einen Grund gehabt haben musste, alle Fingerabdrücke auf dem Foto abzuwischen.

Je mehr er darüber nachdachte, desto mehr war er davon überzeugt, dass mit Celia Nolan etwas nicht stimmte und dass sie vielleicht eine Waffe bei sich trug, als sie zur Holland Road fuhr. Er sah die Szene vor sich, wie sie von Raum zu Raum ging, mit der Pistole in der Hand. Ganz bestimmt hat sie nicht nach Georgette gerufen, dachte Walsh. Sie hat sie am Boden kniend angetroffen, mit dem terpentingetränkten Lappen in der Hand. Dann hat sie Georgette erschossen und das Foto aus der Zeitung in ihre Handtasche gesteckt. Das war ihre Botschaft, warum sie sie ermordet hatte. Selbst die Tatsache, dass die Pistole genau auf den Farbklecks gelegt worden war, schien in seinen Augen ein Beleg dafür, dass man es mit einem kranken Hirn zu tun hatte.

Bei der Durchsuchung von Georgettes Haus über das Wochenende hatte sich ein neuer Anhaltspunkt ergeben. Einer der Kollegen aus Mendham hatte einen Aktenordner gefunden, der im Wandschrank ihres Schlafzimmers versteckt war. Er enthielt Ausdrucke einer E-Mail-Korrespondenz zwischen Henry Paley und Ted Cartwright. In einer der Nachrichten versprach Cartwright Paley eine Belohnung für den Fall, dass er Georgette dazu bringen könnte, das Grundstück an der Route 24 zu verkaufen. In mehreren E-Mails an Cartwright wies Paley darauf hin, dass sich die Agentur in einer prekären finanziellen Situation befände und dass er nach Kräften versuche, diesen Zustand aufrechtzuerhalten, indem er sich nicht aktiv um neue Kunden bemühe.

Sympathischer Zug, dachte Walsh. Er hat gezielt versucht, seine Partnerin zur Geschäftsaufgabe zu zwingen. Diesem Paley würde ich auch zutrauen, jemanden anzuheuern, um Little Lizzie's Place zu verschandeln. MacKingsley hält sowieso Paley für den Mörder. Er glaubt, dass er in Panik geraten ist, weil Georgette dieses Dossier mit der Cartwright-Korrespondenz in die Finger bekommen hat, aber Walsh war sich da nicht so sicher.

Es war allgemein bekannt, dass Jeff MacKingsley die Absicht hatte, in zwei Jahren für das Amt des Gouverneurs zu kandidieren, und viele Leute räumten ihm dabei gute Chancen ein. Dieser Mordfall kam ihm da gerade recht. Zugegeben, diesen Fall zu lösen, würde auch mir einige willkommene Lorbeeren einbringen, dachte Paul Walsh. Er hatte vor, in nächster Zeit den Dienst zu quittieren und sich einen ruhigen Job als Sicherheitsbeauftragter für irgendeine größere Firma an Land zu ziehen.

Um zehn vor zehn begann die Orgel zu spielen, und auf einmal füllte sich die Kirche mit Menschen. Walsh erkannte einige Journalisten der örtlichen Medien, die sich wie er in die hinteren Bänke verdrückten. Aus ihren Reihen stach Dru Perry mit ihrer grauen Haarmähne heraus. Obwohl sie für seinen Geschmack etwas zu penetrant war, hielt er sie für eine gute Reporterin. Er fragte sich, ob sie ihre Stärke, wie Samson, aus ihren Haaren zog.

Dann erblickte er Marcella Williams, die Nachbarin aus der Old Mill Lane, die sich in die vierte Reihe setzte. Sie will sich nichts entgehen lassen, dachte Walsh. Hätte mich nicht gewundert, wenn sie gleich ganz nach vorn gegangen wäre und sich auf den Altar gesetzt hätte.

Um fünf vor zehn traf die Familie ein. Walsh erinnerte sich, dass von drei Verwandten die Rede gewesen war: ein Cousin, Thomas Madison, und seine beiden Schwestern. Dann müssen die andern die Ehemänner der Schwestern und Madisons Frau sein, dachte er. Sie schritten durch den Mittelgang und setzten sich in die erste Reihe.

Die Verwandten waren als in Frage kommende Täter aus den Überlegungen ausgeschlossen worden. Eine diskrete Recherche hatte ergeben, dass sie allesamt wohl beleumdete, solide Bürger aus der Gegend von Philadelphia waren.

Henry Paley, der eine glaubwürdige Trauermiene aufgesetzt hatte, und Robin Carpenter folgten als Nächste und nahmen ebenfalls in der ersten Reihe Platz. Robin trug ein schwarz-weißes Kleid, das ihre Figur betonte. Henrys schwarze Krawatte war das einzige Kleidungsstück an ihm, das dem Anlass angemessen schien, und sie stand in einem merkwürdigen Kontrast zu seinem beigen Sakko und seinen braunen Hosen. Ich wette, er entledigt sich dieser Krawatte, sobald das letzte Amen verklungen ist, überlegte Walsh.

Da kommen ja die eigentlich Verdächtigen, dachte er, als Celia und Alex Nolan genau in dem Augenblick, als der Pastor auf den Altar zuschritt, die Kirche betraten und sich nur wenige Reihen von ihm entfernt hinsetzten. Celia trug ein ziemlich teuer aussehendes Kostüm, hellgrau mit blassgelben Nadelstreifen. Sie verbarg ihre Augen hinter einer dunklen Sonnenbrille. Ihr langes dunkles Haar hatte sie zu einem losen Knoten festgesteckt. Als sie den Kopf drehte, um ihrem Mann etwas zuzuflüstern, hatte Walsh vollen Blick auf ihr Profil.

Sie sah wirklich klasse aus, das musste er zugeben – eine Mörderin mit dem Gesicht eines Engels.

Er beobachtete, wie Alex Nolan ihr mit einer schützenden Geste behutsam den Rücken tätschelte, wie um sie zu beruhigen oder zu trösten.

Tu das nicht, dachte Walsh. Ich würde zu gern sehen, wie sie noch mal die Fassung verliert.

Ein Solist intonierte »Der Herr ist mein Hirte«, und die versammelte Gemeinde in der gut gefüllten Kirche erhob sich von den Bänken.

In seiner Gedenkrede sprach der Pastor von einer Frau, die sich selbstlos für die Belange anderer einsetzte: »Immer wieder haben mir im Lauf der Jahre Menschen davon erzählt, dass sie den sehnlichen Wunsch gehabt haben, in dieser wunderschönen Gemeinde zu wohnen, und dass Georgette es gewesen ist, die ihnen dazu verholfen hat, indem sie ein Haus für sie gefunden hat, das sie sich leisten konnten. Wir wissen alle, wie unermüdlich und engagiert sie sich dafür eingesetzt hat, dass die uns so vertraute Ruhe und Schönheit unserer Gegend erhalten bleibt ...«

Als die Zeremonie vorüber war, blieb Walsh auf seinem Platz sitzen und beobachtete die Gesichter der Leute, die hintereinander aufgereiht die Kirche verließen. Er empfand Genugtuung, als er sah, dass sich einige von ihnen über die Augen wischten und dass eine der Verwandten sichtlich berührt war. In den Tagen seit Georgette Groves Tod hatte ihn bereits das Gefühl beschlichen, dass viele sie zwar bewundert hatten, doch dass ihr nur wenige nahe standen. Und im Moment ihres Todes hatte sie zu jemandem aufgeblickt, der sie genug hasste, um sie kaltblütig zu ermorden. Er wollte gern glauben, dass Georgette sich der Zuneigung derer bewusst war, die heute anwesend waren, um ihre Anteilnahme auszudrücken.

Als Celia Nolan an ihm vorüberging, sah Walsh, dass sie sehr blass war und die Hand ihres Mannes fest umklammert hielt. Ihre Blicke trafen sich für den Bruchteil einer Sekunde. Versuch nur, meine Gedanken zu ergründen, dachte Walsh. Hab Angst vor mir. Spür, dass ich es nicht erwarten kann, dir die Handschellen anzulegen, mein Engel.

Als er die Kirche verließ, stieß er auf Robin Carpenter, die vor dem Eingang auf ihn gewartet hatte. »Detective Walsh«, sagte sie zögernd, »ich musste während des ganzen Gottesdienstes unentwegt an Georgette denken, und dabei fiel mir etwas ein, was ich sie am Mittwoch habe sagen hören. Es war gegen sechs Uhr, und bevor ich nach Hause gegangen bin, bin ich noch einmal zu ihrem Zimmer, um mich zu verabschieden. Sie saß an ihrem Schreibtisch und starrte auf ihr aufgeschlagenes Sammelalbum. Sie hatte nicht einmal gehört, dass ich die Tür aufgedrückt hatte, und wusste nicht, dass ich hinter ihr stand. Die Tür war nur angelehnt gewesen, wissen Sie. Und bevor ich mich bemerkbar machen konnte, hörte ich sie etwas sagen, was ich Ihnen vielleicht mitteilen sollte.«

Walsh wartete.

»Georgette redete mit sich selbst, und sie sagte so etwas wie: ›Um Gottes willen, ich werde niemandem verraten, dass ich sie erkannt habe.‹«

Walsh wusste sofort, dass er irgendetwas auf der Spur war. Was es war, konnte er nicht sagen, aber sein Instinkt sagte ihm, dass Carpenters Information wichtig war. »Wo ist dieses Album?«, fragte er.

»Henry hat es Dru Perry für den Artikel geliehen, den sie über Georgette im *Star-Ledger* von gestern geschrieben hat. Zuerst wollte er es ihr nicht überlassen, aber dann hat sie ihn überredet. Sie wollte es heute Nachmittag zurückbringen.«

»Ich werde vorbeikommen und das Album abholen. Vielen Dank, Miss Carpenter.«

Tief in Gedanken versunken ging Paul Walsh zu seinem Wagen zurück. Diese Information hat irgendetwas mit Celia Nolan zu tun, dachte er. Ich weiß es.

33

SUE WORTMAN WAR DIE junge Frau, die sich um das Pony gekümmert hatte, während wir in Spring Lake waren. Als wir am Sonntagabend zurückkehrten, war sie gerade in der Scheune bei ihm. Sie erklärte uns, dass sie noch einmal vorbeigeschaut hatte, um nach Star zu sehen, falls wir aufgehalten worden seien.

Sue war ein auffallendes Mädchen mit rotgoldenen Haaren, blasser Haut und blaugrünen Augen. Sie war die Älteste von vier Geschwistern und konnte gut mit Kindern umgehen. Jack fasste sofort Zutrauen zu ihr. Er erklärte ihr, dass er sein Pony zuerst Lizzie genannt habe, aber dass das kein guter Name gewesen sei und dass es deshalb jetzt Star heiße. Sue versicherte ihm, das sei ein viel schönerer Name für ein Pony, und ganz bestimmt würde Jack auf einem Pony mit dem Namen Star einmal ein großer Reiter werden.

Auf der Rückfahrt von Spring Lake hatte Alex vorgeschlagen, den Gedenkgottesdienst für Georgette zu besuchen. »Sie hat sich viel Mühe gegeben und viel Zeit darauf verwendet, mir Häuser zu zeigen, bevor ich mich für unser jetziges entschieden habe«, hatte er gesagt.

Dafür, dass sie dieses Haus für uns gefunden hat, gebührt ihr kein Dank, hatte ich mir im Stillen gedacht, ihm aber dennoch zugestimmt. Daher engagierte ich Sue auf der Stelle, als sie mir auf meine entsprechende Frage mitteilte, dass sie Zeit zum Babysitten habe. Ursprünglich wollte ich zum Washington-Valley-Reitclub fahren, wenn Jack im Kindergarten war, aber nachdem Sue bereitstand, konnte ich meine Reitstunde mit Zach am Montag von zehn Uhr auf zwei Uhr nachmittags verlegen.

Vier Stunden waren nicht sehr viel, aber ich war dennoch erleichtert über die zusätzliche Zeit, die mir blieb, bevor ich auf Zach treffen würde. Die ganze Nacht zum Montag über hatte ich wirre Träume. Einmal war ich kurz vor dem Ertrinken und fühlte mich zu schwach, um dagegen anzukämpfen. In einem anderen Traum war Jack verschwunden. Dann war er im Wasser, nicht weit von mir entfernt, aber ich schaffte es nicht, zu ihm zu gelangen. Wieder in einem anderen Traum zeigten Menschen, die keine Gesichter hatten, mit dem Finger auf mich, nur dass ihre Zeigefinger wie Pistolen aussahen. Sie skandierten: *»J'accuse! J'accuse!«*

Ich erwachte am Montagmorgen mit dem Gefühl, eine Schlacht hinter mir zu haben. Meine Augenlider fühlten sich schwer und müde an. Meine Schultern und mein Nacken waren verspannt und schmerzten. Ich blieb lange unter der Dusche und ließ das heiße Wasser über Kopf, Gesicht und Körper laufen, als ob ich die Albträume und die allgegenwärtige Angst vor Entdeckung, die mich in meinen wachen Stunden quälte, fortwaschen könnte.

Ich hatte gedacht, dass wir in getrennten Autos zum Gottesdienst fahren würden, weil Alex hinterher gleich ins Büro weiter müsste, doch er meinte, er würde mich nach Hause fahren. Als ich in der Kirchenbank saß und dem Gottesdienst lauschte, trat mir das Bild von Georgette vor Augen, wie ich sie zum ersten Mal gesehen hatte, als sie mit dem Gartenschlauch kämpfte beim Versuch, die Farbe wegzuwaschen. Ich sah die Verzweiflung in ihrem Gesicht, erinnerte mich an ihre gestammelten Entschuldigungen. Dann sprang meine Erinnerung zum Haus an der Holland Road, zu dem Augenblick, als ich um die Ecke bog und beinahe über ihren leblosen Körper stolperte. Und auch jetzt noch, während ich in der Kirche saß, hatte ich den Geruch des ausgelaufenen Terpentins in der Nase.

Natürlich bemerkte Alex meine Anspannung. »Das war keine gute Idee, Ceil«, flüsterte er mir zu. »Tut mir Leid.«

Als wir Hand in Hand dem Ausgang zustrebten, kamen wir an Detective Walsh vorbei. Unsere Blicke trafen sich, und der hasserfüllte Ausdruck in seinem Gesicht sprang mich geradezu an. Er machte so wenig Hehl aus seiner Verachtung, dass ich sofort begriff, dass er es mit voller Absicht tat. Er war der Großinquisitor. Und ich hörte wieder die Stimmen aus meinem Albtraum: *»J'accuse! J'accuse!«*

Alex und ich gingen zu unserem Wagen. Ich hatte bemerkt, dass die Zeit für ihn knapp wurde. Ich sagte ihm, dass es mir Leid täte und dass ich doch mit meinem eigenen Auto hätte fahren sollen. Unglücklicherweise hatte Marcella Williams, die uns am Parkplatz eingeholt hatte, unser Gespräch gehört. »Warum wollen Sie Ihre Zeit opfern und Celia nach Hause fahren?«, drängte sie sich auf. »Ich fahre sowieso zurück, und außerdem haben wir dann die Gelegenheit, uns ein bisschen zu unterhalten. Ich wollte sowieso mal vorbeikommen, aber ich möchte mich natürlich auch nicht aufdrängen.«

Alex und ich wechselten einen Blick. In meinem konnte man sicherlich meine Bestürzung lesen, doch als ich zu Marcella ins Auto stieg, tröstete ich mich mit dem Gedanken, dass es nur eine Fahrt von zehn Minuten sein würde.

Meine Erfahrung als Innenarchitektin erlaubt es mir, einen Blick in einen Raum zu werfen und sofort seine guten und seine schlechten Seiten zu erkennen, und ich glaube, dass sich dies auch auf meine ersten Eindrücke von Menschen erstreckt, denen ich begegne. Marcella hatte ich schon als Kind gekannt, und ich hatte sie wiedergesehen an dem Tag, an dem Alex und ich umgezogen waren, aber an diesem Tag war ich abgelenkt gewesen. Jetzt aber, als ich mich widerwillig auf den Beifahrersitz setzte, konnte ich sie genauer betrachten.

Marcella war eine gut aussehende Frau, aber ihre Attraktivität wirkte irgendwie spröde. Sie hatte dunkelblonde Haare, die auf gekonnte Weise mit einigen Strähnen aufgehellt worden waren, und besaß eine tadellose Figur. Aber ich bemerkte auch, dass sie eine ganze Menge Schönheitschirurgie hinter sich hatte. Ihre Mundwinkel wirkten gespannt. Ein deutliches Anzeichen dafür, dass sie ihr Gesicht hatte liften lassen. Ich nahm an, dass eine Botox-Behandlung für die Glätte von Stirn und Wangen verantwortlich war. Viele Frauen begreifen einfach nicht, dass die feinen Lachfältchen um die Augen und die tieferen Falten, die sich um den Mund bilden, zu unserem Charakter gehören und unser Erscheinungsbild ausmachen. Weil in ihrem Gesicht die Anzeichen der Zeit fehlten, schienen Marcellas Augen und ihr Mund geradezu aus ihrem Gesicht hervorzuspringen. Ihre Augen intelligent, bohrend, fragend; ihr Mund leicht geöffnet, so dass die allzu weißen Zähne sichtbar waren. Sie trug ein Chanel-Kostüm in cremefarbenen und hellgrünen Tönen, an den Säumen abgesetzt mit einem dunkleren Grün. Mir ging durch den Kopf, wie sorgfältig sie sich speziell für diesen Gottesdienst gekleidet hatte, um gesehen und bewundert zu werden.

»Ich freu mich, dass ich die Gelegenheit habe, mit Ihnen zusammen zu sein, Celia«, sagte sie in warmherzigem Ton, als sie ihr BMW-Cabrio aus dem Parkplatz lenkte. »Es sind eine ganze Menge Leute gekommen, nicht wahr? Ich finde es großartig von Ihnen, dass Sie auch da waren. Sie haben Georgette ja kaum gekannt. Sie hat Ihrem Mann das Haus verkauft, ohne die Geschichte, die sich dort abgespielt hat, zu erwähnen, und dann mussten ausgerechnet Sie ihre Leiche finden. Und trotz dieser schrecklichen Erlebnisse sind Sie zu ihrer Gedenkfeier gekommen.«

»Georgette hat sich sehr viel Zeit für Alex genommen, als er nach einem Haus gesucht hat. Er war der Ansicht, dass wir hingehen sollten.«

»Es wäre zu wünschen, dass manche anderen Leute auch so denken würden. Ich könnte Ihnen eine ganze Menge alteingesessene Einwohner von Mendham aufzählen, die eigentlich heute hätten kommen müssen, aber die sich irgendwann einmal mit Georgette überworfen haben. Na ja, das ist eine andere Geschichte.«

Marcella fuhr die Main Street entlang. »Ich habe gehört, dass Sie schon nach einem anderen Haus gesucht haben und deshalb in der Holland Road waren. Ich hätte Sie ja wahnsinnig gern als Nachbarin behalten, aber ich kann das natürlich gut verstehen. Ich bin sehr gut mit Ted Cartwright befreundet. Er ist der Stiefvater, auf den Liza Barton geschossen hat, nachdem sie ihre Mutter getötet hatte. Ich vermute, Sie kennen inzwischen die ganze Geschichte dieser Tragödie.«

»Ja.«

»Man fragt sich, wo das Mädchen inzwischen gelandet ist. Natürlich ist sie längst kein Kind mehr. Sie müsste Anfang dreißig sein, vermute ich. Es wäre interessant zu erfahren, was aus ihr geworden ist. Ted meint, es würde ihn nicht die Bohne interessieren. Er möchte am liebsten nie wieder von ihr hören.«

Spielte sie etwa mit mir? »Ich kann verstehen, dass er die ganze Geschichte vergessen will«, sagte ich.

»Er hat in all den Jahren nie wieder geheiratet. Oh, natürlich hat er Freundinnen gehabt. Ziemlich viele sogar. Ted ist kein Einzelgängertyp, überhaupt nicht. Aber Audrey hat er wirklich geliebt. Dass sie ihn damals wegen Will Barton verlassen hat, das war wirklich ein harter Schlag für ihn.«

Meine Mutter hatte Ted wegen meines Vaters verlassen! Davon hatte ich nichts gewusst. Mutter war vierundzwanzig, als sie Daddy geheiratet hat. Ich bemühte mich, beiläufig zu klingen, als ich fragte: »Was meinen Sie damit, dass sie ihn verlassen hat? War da etwas Ernstes zwischen Audrey und Cartwright, bevor sie Barton geheiratet hat?«

»Ach, meine Liebe, ernster geht es gar nicht. Teurer Verlobungsring, Hochzeitspläne. Die ganze Palette. Sie wirkte genauso verliebt in ihn wie er in sie, aber dann war sie in Connecticut als Trauzeugin bei der Hochzeit einer Freundin vom College. Will Barton war Trauzeuge. Und dann passierte es eben. Der Rest ist Geschichte, wie man sagt.«

Warum habe ich davon nichts gewusst, wunderte ich mich. Doch als ich darüber nachdachte, begriff ich, warum mir meine Mutter nichts davon erzählt hatte. Bei meinem unerschütterlichen Loyalitätsgefühl meinem Vater gegenüber hätte ich mich noch stärker gegen ihre zweite Heirat gewehrt, wenn ich gewusst hätte, dass Ted schon vorher etwas mit meiner Mutter gehabt hatte und dort lediglich wieder anknüpfte, nachdem er für ein paar Jahre aus dem Spiel gewesen war.

Aber warum hatte meine Mutter plötzlich Angst vor ihm, und warum hat er sie in meine Richtung geschleudert, als ich die Pistole in der Hand hielt, fragte ich mich.

Wir bogen jetzt in die Old Mill Lane ein. »Wollen Sie vielleicht noch auf eine Tasse Kaffee zu mir kommen?«, fragte Marcella.

Es gelang mir, mich herauszureden, indem ich vorgab, noch ein paar Anrufe erledigen zu müssen, bevor ich Jack vom Kindergarten abholte. Nachdem ich möglichst vage ein baldiges Wiedersehen in Aussicht gestellt hatte, konnte ich mich endlich von ihr lösen und aussteigen. Mit einem Seufzer der Erleichterung ging ich durch die Küchentür ins Haus, schloss sie hinter mir und sperrte zu.

Auf dem Telefon blinkte das Lämpchen für eingegangene Nachrichten. Ich nahm den Hörer auf und drückte auf die Wiedergabe-Taste.

Es war dieselbe verstellte Stimme, die sich bereits früher gemeldet hatte. Diesmal flüsterte sie: »Noch ein paar Zeilen über Little Lizzie …

Gut zwanzig Jahre sind vorbei,
Und Lizzie fühlt sich endlich frei.
Schon lange war kein Blut mehr geflossen,
Doch am Donnerstag hat sie Georgette erschossen.«

34

Jeff MacKingsley hatte für zwei Uhr eine Besprechung mit den Beamten anberaumt, die die Ermittlungen im Mordfall Georgette Grove führten. Paul Walsh, Mort Shelley und Angelo Ortiz waren erschienen, um der Reihe nach ihre bisherigen Ergebnisse vorzutragen.

Shelley war der Erste: »Im Schlüsselkasten an der Holland Road waren die persönlichen Kennziffern von acht Maklern aus der Gegend einprogrammiert. Zwei davon waren Georgette Grove und Henry Paley. Es gibt Computeraufzeichnungen darüber, wann welche Kennziffer eingegeben wurde. Paley hat uns erzählt, er sei ein einziges Mal dort gewesen. Tatsache ist, dass er dreimal dort war. Das letzte Mal war am Sonntagnachmittag vor einer Woche. Die Farbe aus dem Abstellschrank wurde in der Nacht von Montag auf Dienstag bei dem Anschlag auf das Haus der Nolans verwendet.«

Er warf einen Blick auf seine Notizen. »Ich habe bei den anderen Maklern nachgefragt, die in der letzten Woche Kunden durch das Haus geführt haben. Sie schwören alle Stein und Bein, dass sie weder die Küchentür noch die Terrassentür offen gelassen haben. Aber sie räumen alle ein, dass jemand, der Kunden durch das Haus führt, einmal vergessen könnte, eine Tür abzuschließen – das sei schon vorgekommen. Das Alarmsystem ist nur auf Feuer und Kohlenmonoxid programmiert, nicht auf die Zugangstüren. Als Grund wurde angegeben, es sei mehrmals vorgekommen, dass jemand den falschen Code eingetippt habe, um den Alarm auszuschalten, und dass dann jedesmal die Polizei alarmiert wurde und vor der Tür stand. Die Eigentümer hätten daraufhin gemeint, nachdem das Haus sowieso leer stünde und Charley Hatch nach dem Rechten sehe, sei der Alarm mehr ein Ärgernis, als dass er wirklich von Nutzen sei.«

»Können sich die Makler, mit denen Sie gesprochen haben, daran erinnern, ob der Schlüssel zum Abstellschrank im Schloss steckte?«, fragte Jeff.

»Ein Mitarbeiter der Agentur von Mark Grannon hat das Haus am Sonntagvormittag einem Interessenten gezeigt. Er behauptet steif und fest, der Schlüssel sei dagewesen. Er erinnert sich genau daran, weil er den Abstellschrank aufgesperrt hat. Alle Farbtöpfe seien ungeöffnet gewesen. Danach habe er den Schrank wieder abgesperrt.«

»Gut, lassen Sie uns die Sache einmal Schritt für Schritt durchgehen«, sagte Jeff. »Wir wissen jetzt, dass der Schlüssel zum Abstellschrank am Sonntagvormittag noch da war. Paley hat das Haus am Sonntagnachmittag vorgeführt, und er behauptet, nicht darauf geachtet zu haben, ob der Schlüssel steckte oder nicht. Am Mittwoch hat Georgette Grove in der Black Horse Tavern Ted Cartwright in aller Öffentlichkeit beschuldigt, mit Henry unter einer Decke zu stecken, um sie zu zwingen, das Grundstück an der Route 24 zu verkaufen. Nachdem wir inzwischen Henrys Dossier in ihrem Kleiderschrank gefunden haben, wissen wir auch, warum sie diese Anschuldigung ausgesprochen hat. Sie hatte es zu dem Zeitpunkt schwarz auf weiß, dass die beiden gemeinsame Sache machten.«

»Ich glaube, dass alle Anwesenden in dem Lokal das mitbekommen haben«, bemerkte Mort Shelley.

»Richtig«, stimmte Jeff zu. »Mein Gedankengang ist folgender: Ich kann mir nicht vorstellen, dass Henry Paley selbst die Buchstaben auf den Rasen geschmiert oder den Totenkopf in die Tür geritzt hat, aber ich kann mir sehr wohl vorstellen, dass er oder Cartwright jemand anderen dafür angeheuert hat. Ich kann mir auch vorstellen, dass Henry in Panik geraten sein könnte, falls Georgette einen Beweis in der Hand hielt, der ihn mit dem Anschlag in Verbindung brachte. Ich vermute, kein Richter hätte ihm das als Bagatelle durchgehen lassen, zumal er dabei die Absicht verfolgte, seine Geschäftspartnerin in den Ruin zu treiben. Er wäre sicherlich zu ein paar Jahren verurteilt worden.«

Jeff verschränkte die Hände und lehnte sich zurück. »Henry wusste von der Farbe im Abstellschrank. Er wollte seinen Anteil an der Agentur ausgezahlt bekommen. Und er wollte seinen Anteil an dem Grundstück an der Route 24. Cartwright hat ihm ein hübsches Sümmchen versprochen, wenn er den Verkauf erzwingen würde. Wenn Georgette Grove über all diese Dinge Bescheid wusste, dann glaube ich, nach allem, was ich von ihr weiß, dass sie lieber verhungert wäre, als dieses Grundstück Paley und Cartwright zu überlassen. Meiner Meinung nach kommen die beiden am ehesten als Mörder von Grove in Frage, daher schlage ich vor, dass wir sie uns genauer vorknöpfen. Cartwright wird vermutlich schwer zu knacken sein, aber ich bin mir ziemlich sicher, dass wir Paley ins Schwitzen bringen können.«

»Jeff, bei allem Respekt, aber Sie sind auf dem falschen Dampfer.« Diesmal lag keine Spur von Sarkasmus in Paul Walshs Stimme. »Ich bin mir sicher, dass unsere hübsche Lady von der Old Mill Lane etwas mit dem Mord an Georgette zu tun hat.«

»Sie wollten doch Celia Nolans Fingerabdrücke mit der Datenbank abgleichen«, sagte Jeff. Obwohl seine Stimme ruhig blieb, war sein aufkommender Zorn nicht zu übersehen. »Ich nehme an, dass Sie das inzwischen getan haben. Was haben Sie herausgefunden?«

»Oh, sie ist sauber«, gab Walsh freimütig zu. »Sie hat bisher keine Straftat begangen, bei der sie erwischt worden wäre. Aber irgendwas ist faul an der Sache. Celia Nolan hat Angst. Sie ist auf der Hut, und sie verbirgt etwas. Nach der Gedenkfeier für Grove wurde ich vor der Kirche von Robin Carpenter angesprochen.«

»Eine verdammt heiße Nummer, die Frau«, meldete sich Ortiz.

Ein kurzer Blick von Jeff MacKingsley brachte ihn umgehend zum Schweigen.

»Wie wir wissen, ist Georgette am Mittwochabend noch länger im Büro geblieben«, fuhr Walsh fort. »Ich möchte wetten, dass sie einen Verdacht gegen Paley hatte und seinen Schreibtisch durchsuchte. Dabei hat sie diesen Ordner gefunden. Später, als sie beim Abendessen im Black Horse saß, hat sie dann Ted Cartwright gesehen und ihn verbal angegriffen. Aber diese Fakten scheinen mir ziemlich harmlos zu sein, verglichen mit dem, was mir Georgettes Mitarbeiterin Robin heute Morgen anvertraut hat.«

Er machte eine Kunstpause, um dem Kommenden größere Wirkung zu verleihen. »Sie hat mir erzählt, dass sie sich am Mittwochabend von Georgette verabschieden wollte. Die Tür zu ihrem Büro war nur angelehnt, und Robin drückte sie auf. Georgette war in ihr Sammelalbum vertieft und hat Robin nicht bemerkt. Daraufhin hörte Robin sie sagen: ›Um Gottes willen, ich werde niemandem verraten, dass ich sie erkannt habe.‹«

»Von wem hat sie gesprochen?«, fragte Jeff.

»Ich vermute, dass sich ein Bild von Celia Nolan in diesem Album befindet.«

»Haben Sie das Sammelalbum?«

»Nein. Paley hat es Dru Perry vom *Star-Ledger* für einen Artikel ausgeliehen. Carpenter meinte, sie habe versprochen, es bis spätestens vier Uhr heute Nachmittag zurückzubringen. Ich werde nachher hingehen und es mir holen. Ich habe Perry nicht angerufen, weil ich nicht wollte, dass sie spitzkriegt, dass wir an dem Album interessiert sind.«

»Noch einmal, Paul, ich finde, Sie sollten versuchen, für alle Möglichkeiten offen zu bleiben, sonst werden Ihnen am Ende wichtige Dinge entgehen, nur weil sie nicht in Ihre Theorie passen«, sagte Jeff in scharfem Ton. »Wir haben schon am Freitag darüber gesprochen. Lassen Sie uns weitermachen. Was ist mit Fingerabdrücken?«

»Die befinden sich im Haus an der Holland Road an den üblichen Stellen«, berichtete Mort Shelley. »An Türgriffen, Lichtschaltern, Küchenschubladen – eben überall dort, wo man sie vermuten würde. Wir haben sie alle durch den Computer gejagt, und raus kam dabei null Komma gar nichts. Keiner der Leute, die dort ihre Abdrücke hinterlassen haben, ist in unseren Datenbanken verzeichnet.«

»Was ist mit der Waffe?«

»Wie Sie erwartet haben, Jeff«, antwortete Shelley. »Irgend so ein Billigteil. Unmöglich, das Ding zurückzuverfolgen.«

Angelo Ortiz war als Nächster an der Reihe: »Clyde Earley hat am Freitagnachmittag mit Charley Hatch, dem Gärtner, geredet. Er hatte das Gefühl, Hatch sei ein bisschen nervös – nicht weil ein Polizist ihm Fragen stellte, sondern eher, als sei er auf der Hut, als ob er etwas zu verbergen habe.«

»Hat Earley weiter nachgeforscht?«, fragte Jeff.

»Ja. Ich habe heute Morgen mit ihm gesprochen. Er hat nichts finden können, weshalb Hatch irgendetwas gegen Georgette Grove haben könnte. Er wird von den Hauseigentümern bezahlt, nicht von den Maklern. Aber Earley hat mal wieder eine von seinen Eingebungen. Er wird noch ein bisschen weiter um Hatch herumschnüffeln.«

»Gut, aber sagen Sie ihm, er soll nicht wieder in seine Trickkiste greifen«, sagte Jeff. »Wie Sie sich erinnern werden, haben wir vor ein paar Jahren einen Drogenfall vor Gericht verloren, weil der Richter nicht an Earleys Geschichte geglaubt hat, dass der Kerl das Kokain sichtbar auf dem Vordersitz seines Wagens transportiert hat.«

»Earley besitzt wirklich ein außerordentliches Sehvermögen«, bestätigte Mort Shelley nachsichtig. »Ich kann mich erinnern, dass er seine Geschichte vor Gericht etwas angepasst und dem Richter gesagt hat, er habe Spuren der Droge an der Klappe zum Handschuhfach gesehen.«

»Warnen Sie ihn noch einmal, Angelo«, ordnete Jeff an. »Das Problem mit Clyde ist, dass er seit dem Barton-Fall vor vierundzwanzig Jahren ständig nach einer Möglichkeit sucht, wieder im Rampenlicht zu stehen.« Er erhob sich. »Gut, das war's.«

*

Zehn Meilen davon entfernt stand Sergeant Clyde Earley vor dem Schuppen von Charley Hatch. Er wusste, dass Charley nicht zu Hause war, nachdem er seinen Lieferwagen vor einem der Häuser an der Kahdena Road hatte stehen sehen. Ich bin nur gekommen, um kurz mal eben Charley zu seinem Terminplan für das Haus an der Holland Road zu befragen, sagte sich Earley. Was kann ich dafür, wenn er nicht zu Hause ist.

Die Mülltonnen neben dem Schuppen waren voll. Könnte nicht schaden, kurz einen Blick hineinzuwerfen, dachte Clyde. Bei der einen ist der Deckel sowieso halb offen. Was soll ich machen? Ich kann zum jetzigen Zeitpunkt keinen Durchsuchungsbefehl bekommen, weil ich nicht genügend Verdachtsmomente gegen Charley Hatch vorbringen kann, also muss es eben ohne gehen. Früher war die Sache ein bisschen einfacher, als die Gerichte Müll als aufgegebenes Eigentum betrachteten und kein Durchsuchungsbefehl nötig war. Jetzt haben sie ihre Meinung geändert. Kein Wunder, dass so viele Mordverdächtige ungeschoren davonkommen!

Nachdem er sein Gewissen beruhigt hatte, stieß Clyde Earley den Deckel von der ersten Tonne. Sie war mit zwei blauen Müllsäcken voll gestopft, beide sorgfältig zugebunden. Mit einem einzigen Ruck seiner kräftigen Hände riss Clyde den ersten Sack auf. Er enthielt die unappetitlichen Reste von Charleys Mahlzeiten der letzten Tage. Clyde stieß einen leisen Fluch aus und ließ ihn zurück in die Tonne fallen. Dann hob er den anderen hoch und öffnete ihn. Dieser war gefüllt mit abgetragenen Kleidern, als ob Charley seinen Schrank ausgemistet hätte.

Clyde schüttete den Inhalt auf den Boden. Die letzten Sachen, die herausfielen, waren Sneakers, Jeans und eine Plastiktüte mit geschnitzten Figuren. Mit einem zufriedenen Lächeln untersuchte er Jeans und Sneakers und fand schnell, wonach er gesucht hatte: rote Farbkleckse auf der Jeans, verschmierte rote Farbe auf der Sohle des linken Turnschuhs. Charley muss wie der Blitz in diese Cordhosen geschlüpft sein, als er mich kommen sah, dachte Clyde mit einem Grinsen. Ich hätte mir nichts Böses gedacht, wenn er schlau genug gewesen wäre, sich einfach nur ein Handtuch umzubinden.

Das halbe Dutzend Figuren stellte Tiere und Vögel dar, alle gekonnt geschnitzt, alle zwischen fünfzehn und zwanzig Zentimeter groß. Die sind wirklich gut, dachte Clyde; wenn Charley die gemacht hat, dann hat er uns sein Talent bislang vorenthalten. Warum wollte er die wohl loswerden? Man muss wirklich kein Genie sein, um darauf zu kommen. Er will sie nicht mehr im Haus haben, weil er bei Lizzie's Place nicht einfach nur als Maler in Erscheinung getreten ist – nein, er wurde richtig kreativ und hat den Totenkopf mit den gekreuzten Knochen in die Tür geschnitzt. Und genau das wird ihn den Hals kosten. Denn jetzt wissen wir über sein kleines Hobby Bescheid.

Zutiefst zufrieden mit seiner Detektivarbeit brachte Sergeant Clyde Earley die Figuren, die Sneakers und die Jeans zu seinem Streifenwagen.

Wenn ich nicht gewesen wäre, hätte die Müllabfuhr morgen alles mitgenommen, dachte er nicht ohne Stolz. Zumindest wissen wir jetzt, wer die Sauerei bei Little Lizzie's Place veranstaltet hat. Als Nächstes müssen wir herausfinden, warum und für wen er es getan hat.

Nachdem er erreicht hatte, was er wollte, war Earley darauf bedacht, möglichst bald wieder zu verschwinden. Er stopfte den Rest der Kleidung zurück in den Müllsack und band ihn wieder zu, ließ ihn aber auf dem Boden stehen. Soll er doch ruhig ein bisschen ins Schwitzen kommen, wenn er sieht, dass jemand hier war und die Beweisstücke mitgenommen hat, die er loswerden wollte. Ich wünschte, ich könnte dabei sein Gesicht sehen, dachte er.

Earley stieg in seinen Streifenwagen und ließ den Motor an. Ich glaube, ich brauche mir keine Sorgen zu machen, dass Charley Hatch die Sachen als gestohlen meldet, dachte er. Über diesen absurden Gedanken musste er laut kichern, während er Gas gab und davonfuhr.

35

Mein erster Impuls war, diese schreckliche Nachricht zu löschen, doch dann entschied ich mich anders. Ich nahm die Kassette aus dem Anrufbeantworter und ging hinauf in mein Arbeitszimmer. Ich zog die Aktenschublade an meinem Schreibtisch auf und gab die Zahlenkombination für das Geheimfach ein. Mit spitzen Fingern, als ob ich mich daran verbrennen könnte, ließ ich die Kassette in den Ordner fallen, zu dem ganzen anderen Material, das im Lauf der Jahre über Little Lizzie Borden geschrieben worden war. Als das Geheimfach wieder verschlossen war, blieb ich am Schreibtisch sitzen. Ich legte die Hände auf die Knie, damit sie nicht zitterten.

Ich konnte einfach nicht glauben, was ich gehört hatte. Jemand wusste, dass ich Liza Barton war und beschuldigte mich, Georgette Grove ermordet zu haben. Vierundzwanzig Jahre lang hatte ich mit der bangen Erwartung gelebt, dass irgendwann jemand mit dem Finger auf mich zeigen und meinen richtigen Namen ausrufen würde, aber diese Befürchtung war nichts verglichen mit dieser Beschuldigung. Wie konnte jemand glauben, ich hätte eine Frau umgebracht, der ich nur einmal in meinem Leben begegnet war, und das für nicht einmal eine Stunde?

Detective Walsh. Er war der Erste, der mir in den Sinn kam. *Haben Sie schon einmal mit einer Pistole geschossen?*

Das war eine Frage, die man einem Verdächtigen stellte, nicht einer unschuldigen Frau, die gerade noch unter Schock stand, weil sie ein Mordopfer entdeckt hatte. Konnte es sein, dass Walsh derjenige war, der diese Nachricht auf das Band gesprochen hatte, konnte es sein, dass er Katz und Maus mit mir spielte?

Aber selbst wenn er wusste, dass ich Liza Barton bin – und woher sollte er das wissen? –, warum sollte er auf den Gedanken kommen, dass ich Georgette Grove umgebracht hätte? Glaubte Walsh etwa, ich hätte Georgette dermaßen gehasst, weil sie Alex das Haus verkauft hatte, dass ich sie deswegen umbringen würde? Oder dachte Walsh vielleicht, ich sei psychisch so labil, dass mich die Rückkehr in dieses Haus, samt allen Ereignissen, die die Erinnerung an die Tragödie wieder wachgerufen hatten, völlig aus der Bahn geworfen hatte? Beim Gedanken an diese Möglichkeit wurde mir übel vor Angst.

Selbst wenn Walsh nicht herausgefunden hat, dass ich Liza Barton bin, in Verdacht hat er mich auf jeden Fall, wurde mir bewusst. Ich habe ihn bereits angelogen. Und wenn er wieder auftaucht, werde ich gezwungen sein, weiterzulügen.

Ich dachte an letzte Woche. Letzte Woche um diese Zeit war ich in meiner Wohnung in der Fifth Avenue. Meine Welt war völlig in Ordnung. Ich hatte das Gefühl, als sei das schon Jahre her.

Es war an der Zeit, Jack abzuholen. Die Sorge um ihn war der Fixpunkt in meinem Leben. Ich stand auf, ging ins Bad und schöpfte mir mit beiden Händen kaltes Wasser ins Gesicht, versuchte, durch die schlagartige Kühle wieder Boden unter den Füßen zu gewinnen. Aus irgendeinem unerfindlichen Grund erinnerte ich mich, dass Henry Paley die Vorzüge von zwei getrennten Badezimmern hervorgehoben hatte. Damals hätte ich ihm zu gern erzählt, dass die Idee von meinem Vater stammte.

Ich zog das Kostüm aus, das ich zum Gottesdienst getragen hatte, und schlüpfte in Jeans und Sweatshirt. Als ich ins Auto stieg, fiel mir ein, dass ich ein neues Band für den Anrufbeantworter kaufen musste. Sonst würde Alex bestimmt fragen, warum die Kassette, die noch heute Morgen da gewesen war, plötzlich fehlte.

Ich holte Jack in St. Joe's ab und schlug vor, im Coffee Shop zu essen. Mir ging durch den Kopf, dass es einen neuen Grund gab, weshalb ich mich im Haus unwohl fühlen würde – ab jetzt würde ich jedesmal, wenn das Telefon klingelte, sofort in Panik geraten.

Ich brachte es fertig, Jack zu überreden, es mit einem Käse-Toast zu versuchen statt seiner ewigen Erdnussbutter und Marmelade. Die Geschichten aus dem Kindergarten sprudelten nur so aus ihm heraus, unter anderem erzählte er, ein Mädchen habe versucht, ihn zu küssen.

»Und, hast du sie gelassen?«, fragte ich.

»Nein, das ist doof.«

»Aber du lässt es dir doch auch gefallen, wenn *ich* dich küsse«, neckte ich ihn.

»Das ist was anderes.«

»Dann darf dich also kein Mädchen aus deiner Gruppe küssen?«

»Doch, natürlich. Maggie darf mich küssen. Wir werden heiraten, wenn wir groß sind.«

Erst sein vierter Tag im Kindergarten, und schon hatte er seine Zukunft fest verplant. Aber so, wie er da saß, in diesem Lokal, mit seinem Käse-Toast, war er einstweilen noch vollauf mit mir zufrieden.

Und ich natürlich mit ihm. In gewisser Weise war meine Liebe zu Jack auch der Anlass, dass Alex und ich geheiratet haben. Ich hatte Alex vor zwei Jahren bei der Beerdigung von Larry zum ersten Mal gesehen. Larry war einer dieser Männer, bei denen die Geschäftsfreunde und -partner die eigentliche Familie bilden. Ich hatte bei einigen Gelegenheiten

Verwandte von ihm kennen gelernt, aber nur, weil, wie Larry seufzend angemerkt hatte, »wir uns vor diesem verdammten Familientreffen nicht drücken können«.

Selbst als ich neben dem Sarg meines Mannes stand, konnte ich nicht umhin festzustellen, dass Alex Nolan ein attraktiver Mann war. Ich habe ihn nicht wiedergesehen, bis er vor einem Jahr bei einem Wohltätigkeits-Dinner auf mich zutrat und sich vorstellte. In der Woche darauf haben wir zusammen zu Mittag gegessen, und ein paar Tage später sind wir abends essen und ins Theater gegangen. Von Anfang an bekundete er Interesse für mich, aber zu diesem Zeitpunkt hatte ich keine Absicht, eine neue Beziehung einzugehen. Ich hatte Larry aufrichtig geliebt, aber ich fühlte mich auch sehr verunsichert durch die Erkenntnis, wie sehr ihn meine Vergangenheit belastet hatte.

Larry war der Mann, der mir gesagt hatte, der glücklichste Teil seines Lebens habe mit dem Tag begonnen, an dem er mich getroffen habe. Larry war der Mann, der mich in die Arme genommen und gesagt hatte: »Mein Gott, du armes Kind«, als ich ihm die Zeitungsausschnitte aus der Boulevardpresse über Little Lizzie zeigte. Larry war der Mann, der vor Freude gejubelt hatte, als ich ihm erzählte, dass ich schwanger sei, und der bei der langen und schwierigen Geburt keine Sekunde von meiner Seite gewichen war. Larry war der Mann, der mir in seinem Testament ein Drittel seines Vermögens hinterlassen und mich als Nacherbin von Jack eingesetzt hatte.

Larry war auch der Mann, der auf seinem Sterbebett, die Augen vom herannahenden Tod schon getrübt, kraftlos meine Hand umfasst hielt und mich inständig anflehte, keine Schande über seinen Sohn zu bringen, indem ich ihn in meine Vergangenheit einweihte.

Die Beziehung zwischen Alex und mir begann mit dem stillschweigenden Einverständnis, dass es nichts wirklich Ernstes, dass alles nur platonisch sei, ein Wort, über das heutzutage sicherlich viele nur noch schmunzeln können. »Ich werde so lange platonisch sein, wie du möchtest, Ceil«, hatte er scherzend gesagt, »aber du brauchst nicht zu glauben, dass ich platonisch *denke.*« Dann hatte er sich an Jack gewandt. »He, Junge, wir müssen uns mal deine Mutter ein bisschen vornehmen. Was kann ich tun, damit sie mich mag?«

In diesem Stil ging das etwa vier Monate lang, bis sich eines Abends schlagartig alles änderte. Jacks Babysitterin hatte sich verspätet. Als sie endlich auftauchte, war es zehn vor acht, und ich wurde um acht Uhr zu einer Dinner-Party in der West Side erwartet. Der Portier war schon damit beschäftigt, ein Taxi für jemand anderen zu rufen. In diesem Augenblick sah ich ein Taxi die Fifth herunterkommen und stürzte auf die Straße, um es herbeizuwinken. Das Auto, das gerade aus der Seitenstraße einbog, hatte ich dabei übersehen.

Ich wachte zwei Stunden später, übel zugerichtet, mit Blutergüssen und einer Gehirnerschütterung, aber ohne schwerere Verletzungen im Krankenhaus auf. Alex saß an meinem Bett. Er beantwortete meine Frage, noch bevor ich sie gestellt hatte: »Jack geht es gut. Deine Babysitterin hat mich angerufen, nachdem die Polizei versucht hat, unter deiner Telefonnummer jemanden zu verständigen. Deine Eltern in Florida haben sie nicht erreicht.«

Er strich mir mit der Hand über die Wange. »Du hättest tot sein können, Ceil!« Dann beantwortete er meine nächste ungestellte Frage. »Die Babysitterin wird noch so lange in der Wohnung bleiben, bis ich komme. Ich werde heute bei dir übernachten. Falls Jack aufwacht, wird jemand da sein, der ihm vertraut ist.«

Zwei Monate später haben Alex und ich geheiratet. Natürlich änderte sich dadurch einiges. Während wir uns nur getroffen hatten, ohne uns wirklich auf eine Beziehung einzulassen, fühlte ich mich ihm nicht verpflichtet. Aber nachdem ich seine Frau geworden war – nein, noch *bevor* ich seine Frau wurde, spürte ich die Verpflichtung, ihm die ganze Wahrheit zu offenbaren.

All diese Gedanken und Erinnerungen gingen mir durch den Kopf, während ich zusah, wie Jack mit einem kleinen Lächeln den letzten Bissen von seinem Toast in den Mund steckte. Dachte er an Maggie, das vierjährige Mädchen, das er heiraten wollte?

Es ist merkwürdig, dass ich, während sich mein Leben in Chaos aufzulösen schien, immer noch Augenblicke des Friedens und der Normalität finden konnte, wie jetzt bei diesem gemeinsamen Essen mit Jack. Als ich der Bedienung winkte, erzählte er mir, dass er für den nächsten Tag zum Spielen eingeladen sei, und er bat mich, die Mutter seines Freundes Billy anzurufen. Er kramte in seiner Tasche und gab mir ihre Nummer.

»Ist das nicht der kleine Junge, der am ersten Tag so geweint hat?«, fragte ich.

»Nein, das war ein anderer Billy. Der weint immer noch.«

Wir waren schon nach Hause unterwegs, als mir einfiel, dass ich noch keine Kassette für den Anrufbeantworter gekauft hatte. Kurz entschlossen kehrte ich noch einmal um. Es war daher bereits zwanzig vor zwei, als wir zu Hause ankamen. Sue war schon da, und ich eilte die Treppe hinauf, um mir ein Paar Stiefel anzuziehen, die für die erste Reitstunde ausreichen würden.

Es ist merkwürdig, dass mir nicht in den Sinn kam, die Stunde einfach abzusagen. Immerhin war ich ziemlich verzweifelt durch die zweifache Bedrohung, die auf mir lastete. Jemand wusste, dass ich Liza Barton war, und Detective Walsh hatte mich in Verdacht, selbst wenn er meine wahre Identität nicht erraten haben sollte.

Aber ein sicheres Gefühl sagte mir, ich müsse unbedingt Zach näher kennen lernen, um zu erfahren, warum meine Mutter an jenem Abend, als sie sich mit Ted gestritten hatte, seinen Namen gerufen hatte.

Auf dem Weg zum Washington-Valley-Reitclub überfielen mich die Erinnerungen an meine Mutter. Ich sah sie vor mir, tadellos gekleidet in ihrem elegant geschnittenen schwarzen Jackett und den cremefarbenen Reithosen, ihr weiches blondes Haar zu einem Knoten gebunden und zum größten Teil unter der Reitkappe versteckt, während mein Vater und ich zusahen, wie sie die Hindernisse auf dem Parcours in Peapack meisterte.

»Sieht Mommy nicht aus wie eine Prinzessin?«, hatte mein Vater gesagt, als sie an uns vorbeigeritten war. Ich fragte mich, ob er damals schon mit dem heimlichen Reitunterricht begonnen hatte.

Ich ließ das Auto auf dem Clubparkplatz zurück, betrat das Gebäude und sagte der Frau am Empfang, dass ich mit Zach Willet verabredet sei. Ihr missbilligender Blick wegen meiner improvisierten Reitkluft entging mir nicht, und ich nahm mir vor, mich in Zukunft passender anzuziehen.

Zach Willet betrat den Empfangsraum, um mich abzuholen. Er musste um die sechzig sein. Den vielen Falten in seinem Gesicht nach zu urteilen, hielt er sich vorwiegend im Freien auf, und aus den geplatzten Äderchen auf Wangen und Nase schloss ich, dass er dem Alkohol ausgiebig zusprach. Er hatte buschige Brauen, die die Aufmerksamkeit auf seine Augen lenkten. Ihre Farbe war merkwürdig, mehr grün als braun, gleichzeitig fast ausgeblichen, als ob auch sie unter den vielen Jahren im hellen Sonnenlicht gelitten hätten.

Als er mich musterte, entdeckte ich eine Spur von Abschätzigkeit in seinem Blick. Ich ahnte, was er dachte: ich sei eine von diesen Frauen, die meinten, es sei irgendwie schick, reiten zu können, und ich würde mich wahrscheinlich schon nach kurzer Zeit als Nervenbündel entpuppen und nach ein paar Stunden wieder aufhören.

Nachdem wir uns einander vorgestellt hatten, sagte er: »Kommen Sie mit nach hinten. Ich habe ein Pferd aufgezäumt, das Anfänger gewohnt ist.« Als wir zu den Ställen gingen, fragte er: »Sind Sie schon mal geritten? Ich meine jetzt nicht auf einem Pony als Kind?«

Ich hatte mir eine Antwort auf diese Frage zurechtgelegt, aber die klang jetzt reichlich dumm: »Meine Freundin hatte ein Pony, als ich klein war. Auf dem durfte ich ein paarmal reiten.«

»Aha.« Natürlich war er nicht sonderlich beeindruckt.

Zwei Pferde waren gesattelt und an einem Pfosten angebunden. Die große Stute war offenbar seine. Für mich stand ein kleinerer, gutmütig wirkender Wallach bereit. Ich hörte aufmerksam zu, als Zach mir die ersten Verhaltensregeln für das Reiten mitteilte: »Als Erstes merken Sie sich, dass man immer von links aufsteigt. Warten Sie, ich werde Ihnen hochhelfen. Stellen Sie den Fuß in den Steigbügel und drücken Sie die Ferse nach unten, damit er nicht wieder herausrutscht. Halten Sie die Zügel so zwischen den Fingern, und denken Sie daran: Auf keinen Fall an den Zügeln reißen! Das würde ihm weh tun. Er heißt Biscuit, abgekürzt für Seabiscuit. Der ursprüngliche Besitzer fand das anscheinend witzig.«

Es war schon lange her, seit ich zuletzt auf einem Pferd gesessen hatte, doch ich fühlte mich sofort wohl. Ich nahm die Zügel in eine Hand und tätschelte Biscuit am Hals, dann drehte ich mich fragend zu Zach um. Er nickte zustimmend, und wir setzten uns in Bewegung und führten die Pferde im Schritttempo nebeneinander im Kreis herum.

Ich war eine Stunde mit ihm zusammen, und obwohl er alles andere als leutselig war, brachte ich ihn zum Reden. Er erzählte mir, er habe schon mit zwölf Jahren angefangen, im Club zu arbeiten, und es befriedige ihn weit mehr, mit den Pferden zusammen zu sein als mit den meisten Menschen, die er kenne. Er erzählte mir, dass Pferde Herdentiere seien und die Gesellschaft von ihresgleichen suchten und zu schätzen wüssten. So versuche man zum Beispiel oft, ein nervöses Rennpferd zu beruhigen, indem man es vor dem Rennen mit einem vertrauten Stallgefährten zusammenbringe.

Ich bemühte mich, typische Anfängerfehler zu machen, etwa die Zügel schleifen zu lassen oder einen kurzen Aufschrei von mir zu geben, wenn Biscuit unerwartet loslief.

Natürlich war Zach neugierig. Als er erfuhr, dass ich in der Old Mill Lane wohnte, brachte er mich sofort mit Little Lizzie's Place in Zusammenhang. »Dann sind Sie diejenige, die Georgettes Leiche gefunden hat?«

»Ja.«

»Das war bestimmt kein angenehmes Erlebnis. Georgette war eine nette Frau. Ich habe gelesen, dass Ihr Mann Ihnen das Haus zum Geburtstag geschenkt hat. Nicht schlecht, Herr Specht! Ted Cartwright, der Stiefvater, auf den das Mädchen damals geschossen hat, hatte früher seine Pferde hier«, fuhr Zach fort. »Wir sind alte Freunde. Na, der wird Augen machen, wenn ich ihm erzähle, dass ich Ihnen Reitstunden gebe. Haben Sie schon irgendwelche Gespenster in dem Haus gesehen?«

Ich brachte ein bemühtes Lächeln zustande. »Kein einziges, und ich glaube auch nicht, dass noch welche auftauchen werden.« Nach einer kurzen Pause sagte ich so beiläufig wie möglich: »Irgendjemand hat mir erzählt, dass der Vater von Liza – oder Lizzie, wie sie von allen genannt wird –, bei einem Reitunfall irgendwo hier in der Nähe ums Leben gekommen ist.«

»Das stimmt. Beim nächsten Mal werde ich Ihnen die Stelle zeigen. Na ja, nicht genau die Stelle. Die befindet sich an einem Pfad, auf den sich nur wirkliche Könner wagen. Unbegreiflich, warum Will Barton dort unterwegs gewesen ist. Er kannte die einzelnen Wege gut, und eigentlich sollte ich an diesem Tag mit ihm zusammen reiten.«

»Was aber nicht der Fall war?« Ich versuchte, oberflächlich interessiert zu wirken. »Was ist passiert?«

»Er hatte an die zehn Reitstunden hinter sich und konnte sein Pferd allein satteln und aufzäumen. Mein Pferd hatte sich einen Stein in den Huf getreten, und ich war damit beschäftigt, ihn wieder herauszubekommen. Will sagte, er würde langsam ein Stückchen vorausreiten. Ich glaube, es war eine Herausforderung für ihn, allein loszureiten, aber ich kann Ihnen sagen, dieser Mann hatte eine Mordsangst vor Pferden, und das merken die Tiere natürlich. Es macht sie nervös und rappelig. Aber Will war fest entschlossen und ließ sich absolut nicht davon abbringen. Jedenfalls bin ich ungefähr fünf Minuten nach ihm losgeritten und machte mir langsam Sorgen, weil ich ihn nicht einholte. Nie wäre ich auf die Idee gekommen, ihn auf diesem Pfad zu suchen. Wie gesagt, Will kannte sich gut genug aus, um ihn auf alle Fälle zu meiden, jedenfalls glaubte ich das. Aber er war nirgendwo zu sehen, und als ich schließlich zum Reitstall zurückkehrte, war die Nachricht bereits in aller Munde. Er und das Pferd waren den Abhang hinuntergestürzt. Will war tot, und das Pferd hatte die Beine gebrochen. Damit war das Tier also auch erledigt.«

»Warum könnte er auf diesen Pfad geraten sein?«

»Vielleicht hat er die falsche Abzweigung genommen.«

»Gab es denn keine Schilder, die ihn gewarnt hätten?«

»Klar gibt es Schilder, aber ich vermute, sein Pferd ist ein bisschen launisch geworden, und das hat Will so nervös gemacht, dass er sie übersehen hat. Und als das Pferd dann einmal auf diesem Pfad war und Will gemerkt hat, wohin das führte, da hat er wohl heftig an den Zügeln gerissen, so dass sich das Pferd aufgebäumt hat. Es gibt da eine Menge loses Geröll und Steine. Wie auch immer, jedenfalls sind sie beide abgestürzt, und irgendwie habe ich mir über all die Jahre hinweg immer Vorwürfe deswegen gemacht. Ich hätte Will Barton nie allein losreiten lassen dürfen.«

So ist es also gewesen, dachte ich. Der Lauf der Ereignisse begann mit einem Stein, den sich ein Pferd in den Huf getreten hatte. Möglicherweise wusste meine Mutter von dieser Geschichte und hatte Zach Willet vorgeworfen, dass er meinen Vater allein hatte losreiten lassen. Aber warum hatte sie im Streit mit Ted seinen Namen genannt?

Oder war es doch Ted Cartwright gewesen, der meinen Vater dazu überredet hatte, bei Zach jenen Reitunterricht zu nehmen, der ihm letztlich zum Verhängnis wurde?

»Unsere Zeit ist um«, sagte Willet. »Sie haben sich gut geschlagen. Machen Sie so weiter, dann wird aus Ihnen noch eine ordentliche Reiterin.«

Die Antwort kam, bevor ich die Frage gestellt hatte. »Wissen Sie«, sagte Willet, »Sie haben mir gesagt, dass Georgette Grove mich als Lehrer empfohlen hat. Sie hat damals auch Will Barton hierher gebracht, um bei mir Reitunterricht zu nehmen. Und jetzt wohnen Sie auch noch in seinem Haus. Das ist wirklich Zufall. Oder Schicksal oder so was.«

Auf dem Rückweg überfiel mich ein schrecklicher Gedanke: Wenn Detective Walsh wusste – oder noch herausfinden sollte –, dass ich Liza Barton war, dann hätte er einen weiteren Grund anzunehmen, dass ich Georgette Grove hasste. Indem sie Zach Willet als Reitlehrer empfohlen hatte, hatte sie direkt zum Tod meines Vaters beigetragen.

Eine zweite Befragung durch Walsh stehe ich nicht durch, dachte ich. Ich würde mich in meinem eigenen Lügengespinst verfangen. Ich muss unbedingt einen Anwalt engagieren.

Aber wie soll ich das meinem Mann, der selbst Anwalt ist, erklären?

36

Dru Perry schrieb einen kurzen Artikel über Georgette Groves Gedenkgottesdienst, lieferte ihn bei ihrem Chef ab und kehrte dann an ihren Schreibtisch zurück, um an ihrem Hintergrundbericht für »Was steckt dahinter?« weiterzuarbeiten. Diese Art von Journalismus lag ihr am meisten, und mittlerweile nahm sie die Idee, ein neues Licht auf den Fall Liza Barton/Little Lizzie Borden zu werfen, völlig in Beschlag.

Sie hatte Benjamin Fletcher, dem Anwalt, der Liza vor Gericht verteidigt hatte, eine Nachricht auf Band hinterlassen. Er hatte sie schließlich auf ihrem Handy zurückgerufen, als sie gerade die Stufen zur Kirche hinaufging, um am Gedenkgottesdienst teilzunehmen. Sie hatten verabredet, sich um vier Uhr in seiner Kanzlei in Chester zu treffen.

Sie wollte ihn über Diane Wesley befragen, jene zeitweilige Freundin von Ted Cartwright, die zu Prozessbeginn die Presse angerufen und ein Interview gegeben hatte. Sie sagte, sie sei am Abend vor der Tragödie mit Ted zusammen essen gewesen, und er habe ihr erzählt, dass Lizas Hass auf ihn der Grund für die Trennung gewesen sei.

Dru hatte noch ein weiteres Interview gefunden, das in einem dieser üblen Skandalblätter am zweiten Jahrestag der Tragödie erschienen war. Darin hatte eine weitere Freundin von Ted, eine gewisse Julie Brett, enthüllt, dass sie von der

Verteidigung vorgeladen worden sei, um Teds Behauptung, er sei einer Frau gegenüber noch nie gewalttätig gewesen, zu widerlegen. »Ich bin in den Zeugenstand getreten«, hatte sie dem Reporter erzählt, »und ich habe ihnen deutlich gesagt, dass Ted Cartwright ein fieser, brutaler Kerl ist, wenn er getrunken hat. Er fängt an, über die Leute, die er hasst, zu schimpfen und steigert sich immer mehr in seine Wut hinein. Und dann reagiert er sich ab, indem er mit irgendwelchen Sachen um sich schmeißt oder dem Nächstbesten die Faust ins Gesicht schlägt. Glauben Sie mir, hätte ich an dem Abend, als er mich zusammengeschlagen hat, eine Waffe bei mir gehabt, dann würde er heute vielleicht nicht mehr unter den Lebenden weilen.«

Schade, dass sie das nicht während des Prozesses den Medien verraten hat, dachte Dru, aber wahrscheinlich hatte ihr der Richter eine Schweigepflicht auferlegt.

Benjamin Fletcher, Diane Wesley und Julie Brett – sie wollte mit allen dreien reden. Und danach würde sie einige Leute ausfindig machen, die im Peapack-Reitclub mit Audrey Barton befreundet gewesen waren, sowohl bevor, als auch nachdem sie Will Barton geheiratet hatte.

Nach allem, was ich bisher gelesen habe, muss diese Ehe sehr glücklich gewesen sein, dachte Dru, aber das muss überhaupt nichts heißen. Sie dachte an ein befreundetes Paar, das sich nach zweiundvierzig Jahren Ehe getrennt hatte. Natalie, die Ehefrau, hatte ihr danach anvertraut: »Weißt du, Dru, als ich damals in der Kirche zum Altar schritt, war mir klar, dass ich einen Fehler beging. Aber ich habe all diese Jahre gebraucht, um endlich den Mut zu finden, etwas daran zu ändern.«

Um halb zwei ging Dru in die Cafeteria, um sich ein Sandwich mit Schinken und Käse und einen Becher schwarzen Kaffee zu holen. Sie sah, dass Ken Sharkey einige Meter vor ihr in der Schlange stand, und begab sich, sobald sie gezahlt hatte, mit ihrer Tüte und ihrem Becher zu seinem Schreibtisch. »Hätte mein Chefredakteur etwas dagegen, wenn ich mich zu ihm setze?«, fragte sie.

»Was? Nein, natürlich nicht, Dru.«

Kens Miene nach zu urteilen war Dru nicht restlos überzeugt, dass er wirklich Wert auf ihre Gesellschaft legte, aber sie hatte schon immer gerne ihre Ideen an Ken ausprobiert, und jetzt schien ihr die Gelegenheit günstig. »Paul Walsh saß heute auch in der Kirche«, begann sie.

Ken zuckte die Achseln. »Wundert mich nicht. Er leitet die Ermittlungen im Mordfall Grove.«

»Irre ich mich, oder habe ich da gewisse Reibungen zwischen ihm und Jeff gespürt?«

Sharkey, eine Bohnenstange von einem Mann, dessen skeptische Miene geradezu festgewachsen zu sein schien, runzelte die Stirn. »Natürlich hast du die gespürt, und zwar aus gutem Grund. Walsh ist neidisch auf Jeff. Er hätte auch nichts gegen den Gouverneursposten. Aber nachdem das für ihn unerreichbar ist, würde er am liebsten demnächst den Dienst quittieren und sich irgendwo einen netten, ruhigen Job als privater Sicherheitschef an Land ziehen. Natürlich wäre es dabei hilfreich, wenn er einen wichtigen Fall lösen und dadurch in weiteren Kreisen bekannt würde. Und jetzt hat er so einen. Aber was auch immer hinter den Kulissen vorgeht, jedenfalls heißt es, dass er und MacKingsley sich inzwischen nicht mehr riechen können und dass der Bruch sich immer offener bemerkbar macht.«

»Ich werde mich mal mit Jeffs Sekretärin unterhalten müssen«, sagte Dru. »Nicht dass sie herumklatschen würde, aber sie hat so eine Art, die Dinge zu sagen, die es mir erlaubt, zwischen den Zeilen zu lesen.« Sie nahm ein paar herzhafte Bissen von ihrem Sandwich, spülte sie mit Kaffee hinunter und dachte weiter laut nach: »Ken, ich habe mich ein bisschen an Marcella Williams gehängt, oder vielleicht sollte ich besser sagen, sie sich an mich. Das ist die Frau, die im Nachbarhaus der Nolans an der Old Mill Lane wohnt und die der

Presse so viel zu erzählen hatte, als der Anschlag auf das Haus verübt wurde. Sie hat mir erzählt, dass sie Jeff MacKingsley letzten Mittwoch an ihrem Haus hat vorbeifahren sehen. Und wie es eben so ihre Art ist, hat sie natürlich nachgeschaut und gesehen, dass sein Wagen in der Auffahrt vor dem Haus der Nolans geparkt stand. Ist das nicht ein bisschen ungewöhnlich für den obersten Staatsanwalt von Morris County, sich persönlich um einen Fall von Vandalismus zu kümmern? Immerhin war das noch bevor Georgette ermordet wurde.«

»Was weiß ich, Dru«, entgegnete Sharkey. »Jeff ist ehrgeizig, und bald wird er die Trommeln rühren und herumposaunen, wie sicher er Morris County in den vier Jahren gemacht hat, in denen er jetzt Bezirksstaatsanwalt ist. Diese Geschichte hat es immerhin in die Schlagzeilen geschafft. Deshalb war er zur Stelle. Nach dem, was ich so höre, denken die meisten Leute, dass irgendein Verrückter, der auf die Geschichte von Little Lizzie fixiert ist, hinter den Schmierereien steht und danach auch Georgette umgebracht hat, weil sie etwas mit dem Haus zu tun hatte. Jack ist natürlich sehr daran gelegen, dass beide Fälle möglichst schnell aufgeklärt werden. Ich hoffe auch, dass das geschieht. Wenn er als Gouverneur kandidiert, werde ich ihn wählen.«

Sharkey kaute am letzten Bissen seines Sandwiches. »Ich mag Paul Walsh nicht. Er verachtet die Medien, aber gleichzeitig benutzt er uns bedenkenlos, um irgendwelche Meldungen über bevorstehende Verhaftungen in die Welt zu setzen, nur um Druck auf Leute auszuüben, die in seinen Augen etwas verbergen. Erinnerst du dich an den Fall Hartford? Als Jim Hartfords Frau vermisst wurde, hat Walsh ihn mehr oder weniger offen beschuldigt, sie umgebracht zu haben. Am Ende kam raus, dass die arme Frau auf einen Parkplatz an der Landstraße gefahren ist, weil sie sich nicht wohl fühlte. Die Autopsie ergab, dass sie an einem massiven Herzinfarkt gestorben ist. Aber bis jemand endlich das Auto entdeckt hat, musste Hartford nicht nur damit fertig werden, dass seine Frau, mit der er vierzig Jahre verheiratet war, verschwunden war; er durfte außerdem jeden Tag in der Zeitung lesen, die Polizei vermute, sie sei ermordet worden, und habe ihn als Täter in Verdacht.«

Sharkey faltete das Papier zusammen, in dem sein Sandwich eingewickelt gewesen war, und warf es in den Korb zu seinen Füßen. »Walsh ist ein kluger Mann, aber er spielt einfach nicht fair – weder mit den Menschen, die er zu Unrecht verdächtigt, noch mit den Medien, ja nicht einmal mit seinen eigenen Leuten. Wenn ich Jeff MacKingsley wäre, hätte ich ihn schon längst in die Wüste geschickt.«

Dru erhob sich. »Gut, dann werde ich mal wieder«, sagte sie. »Ich muss noch ein paar Anrufe erledigen, und dann hab ich um vier Uhr einen Termin bei Benjamin Fletcher, dem Anwalt, der Liza Barton verteidigt hat.«

Sharkey blickte überrascht auf. »Das ist vierundzwanzig Jahre her, und ich erinnere mich, dass Fletcher damals zwischen fünfzig und sechzig war. Er arbeitet immer noch als Anwalt?«

»Er ist fünfundsiebzig und arbeitet immer noch als Anwalt. Allerdings ist auf seiner Website von Strafrecht nicht die Rede.«

»Halt mich auf dem Laufenden«, sagte Sharkey.

Dru lächelte in sich hinein, während sie durch den Redaktionsraum ging. Ob sich Ken wohl jemals mit einem anderen Spruch verabschiedet hatte, etwa »Bis später«, oder »Mach's gut«, oder »Schönen Tag noch«, oder gar »Auf Wiedersehen«? Ich möchte wetten, dass er, wenn er morgens das Haus verlässt, seiner Frau einen Kuss gibt und dann zu ihr sagt: »Halt mich auf dem Laufenden.«

*

Zwei Stunden später saß Dru in Benjamin Fletchers kabuffartigem Büro und musterte ihn über den Schreibtisch hinweg, dessen Oberfläche eine chaotische Landschaft aus Zetteln, Aktenstapeln und Familienfotos bildete. Sie wusste nicht genau, was sie erwartet hatte, aber sicherlich nicht diesen Berg von einem Mann, eins neunzig bis eins fünfundneunzig groß und mit mindestens fünfzig Kilo Übergewicht. Die spärlichen noch verbliebenen Haarsträhnen waren feucht, und auch auf seiner Stirn glitzerte es, als ob ihm gleich der Schweiß ausbrechen würde.

Sein Jackett hing über der Stuhllehne, und er hatte den obersten Hemdknopf gelöst und seine Krawatte gelockert. Randlose Brillengläser vergrößerten noch seine von Natur aus schon großen graugrünen Augen. »Sie können sich gar nicht vorstellen, wie oft ich in all diesen Jahren wegen dieses Barton-Falls von irgendwelchen Journalisten angerufen worden bin«, brummte er. »Ich frage mich immer, was es da überhaupt noch zu schreiben gibt, was nicht schon x-mal in der Zeitung gestanden hätte. Liza hat geglaubt, dass ihre Mutter in Gefahr ist. Sie hat die Pistole ihres Vaters geholt. Sie hat zu Cartwright gesagt, er soll ihre Mutter in Ruhe lassen, und der Rest ist bekannt.«

»Ich glaube, die wesentlichen Fakten sind uns allen bekannt«, stimmte Dru zu. »Aber ich wollte mit Ihnen über Ihre Beziehung zu Liza sprechen.«

»Ich war ihr Anwalt.«

»Ich meine, sie hatte ja keine nahen Verwandten mehr. Hat sie Zutrauen zu Ihnen gehabt? Wie viel Kontakt hatten Sie überhaupt mit ihr in den Monaten, nachdem Sie zu ihrem Pflichtverteidiger berufen worden sind, wie oft konnten Sie sie sehen? Ist es wahr, dass sie mit keinem ein Wort gesprochen hat?«

»Von dem Moment an, in dem sie dem Polizeibeamten für die Decke gedankt hat, die er ihr im Streifenwagen umgelegt hat, hat sie mindestens zwei Monate lang kein einziges Wort gesprochen. Und auch danach haben die Psychiater nicht viel aus ihr rausbekommen, und außerdem hat das, was sie ihnen gesagt hat, ihr nicht besonders weitergeholfen. Sie hat gelegentlich den Reitlehrer ihres Vaters erwähnt und ist darüber jedesmal völlig außer sich geraten. Sie haben sie nach ihrem Stiefvater gefragt, und sie hat geantwortet: ›Ich hasse ihn.‹«

»Ist das nicht verständlich, nachdem sie ihm die Schuld am Tod ihrer Mutter gab?«

Fletcher kramte ein zerknittertes Taschentuch aus seiner Tasche und wischte sich das Gesicht damit ab. »Diese neuen Medikamente haben zur Folge, dass ich den ganzen Tag schwitze, als ob ich in einem Dampfbad säße«, bemerkte er. »Scheint irgendwie dazuzugehören. Seit meinem Siebzigsten entwickle ich mich sowieso immer mehr zu einer wandelnden Apotheke. Andererseits steh ich noch mitten im Berufsleben, was man von vielen anderen in meinem Alter nicht behaupten kann.«

Mit einem Mal wurde er ernst. »Miss Perry, ich werde Ihnen mal was sagen. Dieses kleine Mädchen war weiß Gott nicht auf den Kopf gefallen. Nie im Leben hat sie beabsichtigt, ihre Mutter zu töten. Davon bin ich felsenfest überzeugt. Aber mit Ted Cartwright, dem Stiefvater, das ist was anderes. Ich habe mich immer gewundert, warum die Presse sich nicht ein bisschen mehr um die Beziehung zwischen ihm und Audrey Barton gekümmert hat. Natürlich war allen bekannt, dass sie zunächst mit ihm verlobt war, dann die Verlobung gelöst hat, um Will Barton zu heiraten, und später, nachdem sie Witwe geworden war, ihre alte Flamme wiederentdeckt hat. Aber niemand hat sich gefragt, was eigentlich in der Zeit dieser Ehe passiert ist. Barton war ein Intellektueller, ein guter Architekt, aber nicht unbedingt erfolgreich. Es gab gar nicht so viel Geld, und das, was da war, kam von Audrey. Sie stammte aus einer begüterten Familie. Seit ihrer Kindheit war Audrey jeden Tag geritten, und auch nachdem sie Will Barton geheiratet hatte, änderte sich das nicht. Und wer ritt mit ihr, in diesem Peapack-Reitclub? Ted Cartwright. Ihr Ehemann ist nie mit ihr geritten, weil er panische Angst vor Pferden hatte.«

»Wollen Sie damit sagen, dass Audrey während ihrer Ehe eine Affäre mit Cartwright hatte?«, fragte Dru schnell.

»Nein, das will ich damit nicht sagen, weil ich nicht weiß, ob es wahr ist. Was ich sagen will, ist, dass sie ihn praktisch jeden Tag im Club sah, dass sie oft gemeinsam ausgeritten sind oder zusammen auf den Hürdenparcours gegangen sind. Zu dieser Zeit begann das Bauunternehmen von Ted zu expandieren, und er fing an, eine Menge Geld zu verdienen.«

»Sie wollen also andeuten, dass Audrey bereut haben könnte, Will Barton geheiratet zu haben?«

»Ich möchte das nicht andeuten, ich möchte das behaupten. Ich hab das von einem halben Dutzend Leuten vom Reitclub gehört, als ich mich auf den Prozess vorbereitet habe. Und wenn das so ein offenes Geheimnis war, müsste dann ein kluges Kind wie Liza das nicht auch mitgekriegt haben?«

Fletcher nahm die nicht angezündete Zigarre vom Aschenbecher, steckte sie in den Mund und nahm sie wieder heraus. »Ein Versuch, die alten Gewohnheiten zu durchbrechen«, bemerkte er, bevor er mit seinen Erläuterungen fortfuhr. »Nachdem ihr Mann unter der Erde lag, hat Audrey sich regelmäßig mit Ted Cartwright getroffen. Sie hat ein paar Jahre mit der Heirat abgewartet, weil das Mädchen ihn von Anfang an abgelehnt hat.«

»Aber warum hat Audrey dann später die Scheidung eingereicht? Warum hatte sie solche Angst vor ihm?«

»Wir werden es nie genau wissen, aber wenn Sie mich fragen, glaube ich, dass das Leben zu dritt unter einem Dach unerträglich war. Andererseits wollte Audrey ihr Kind auf keinen Fall im Stich lassen. Sie dürfen aber auch einen weiteren Punkt nicht vergessen, um den es immer wieder gegangen ist.« Benjamin Fletcher blickte Dru scharf an, als wolle er prüfen, wie gut sie sich im Fall Barton auskannte.

»Soviel ich weiß, gab es da diese Frage mit der Alarmanlage«, schlug Dru vor.

»Ganz genau, Miss Perry, der Alarm. Eines der wenigen Dinge, die wir aus Liza herausbekommen haben, war, dass ihre Mutter an diesem Abend den Alarm eingeschaltet hatte, bevor sie beide nach oben zu Bett gegangen sind. Als die Polizei erschien, war der Alarm jedoch abgeschaltet. Fest steht, dass Cartwright nicht eingebrochen ist. Hätte er den Alarm von außen außer Gefecht gesetzt, hätte man das hinterher feststellen können. Daher habe ich seine Aussage für glaubwürdig gehalten, wonach Audrey ihn angerufen und zu sich gebeten habe, um über eine Versöhnung zu reden. Und jetzt, Miss Perry, muss ich Ihnen leider mitteilen, dass ich heute vorhabe, etwas früher nach Hause zu gehen.«

»Nur eine Sache noch, Mr. Fletcher. Ich bin auf einen Artikel gestoßen, der ungefähr zwei Jahre nach dem Prozess in einem von diesen Boulevardblättern erschienen ist. Es war ein Interview mit Julie Brett. Sie soll beim Prozess ausgesagt haben, dass sie von Ted Cartwright misshandelt worden ist.«

Fletcher kicherte. »Es stimmt, das hat sie vor Gericht ausgesagt, aber ich glaube eher, die Misshandlung bestand darin, dass er sie wegen einer anderen Frau hat sitzen lassen. Verstehen Sie mich nicht falsch. Dieser Kerl besitzt ein aufbrausendes Temperament und ist dafür bekannt, dass er auch mal seine Faust einsetzt, aber nicht bei Julie.«

»Sie glauben, dass sie gelogen hat?«

»Also, das habe ich nicht gesagt, oder? Ich glaube, die Wahrheit ist, dass sie sich gestritten haben. Er wollte gehen. Sie hat ihn festgehalten, und da hat er sie ein bisschen geschubst. Aber aus Mitgefühl für Liza hat Julie die Geschichte ein bisschen aufgebauscht. Sie hat ein gutmütiges Herz. Das bleibt unter uns, natürlich.«

Dru betrachtete Fletcher. Auf dem Gesicht des betagten Anwalts zeigte sich ein befriedigtes Lächeln. Die Erinnerung an Julie Brett schien ihn zu amüsieren. Doch dann wurde seine Miene wieder ernst. »Julie hat großen Eindruck auf den Richter gemacht. Glauben Sie mir: Wäre sie nicht gewesen, wäre Liza Barton bis zu ihrem einundzwanzigsten Lebensjahr in ein Jugendstrafgefängnis eingewiesen worden.«

»Und was ist mit dieser Diane Wesley, der anderen Freundin von Cartwright?«, fragte Dru schnell. »Sie hat den Medien erzählt, Ted sei mit ihr am Vorabend der Tragödie essen gewesen und dabei hätte er Liza die Schuld gegeben, dass es mit Audrey und ihm auseinander gegangen sei.«

»Das hat sie vor der Presse erzählt. Vor Gericht ist sie gar nicht dazu gekommen, das zu sagen. Aber sei's drum, es wäre sowieso nur eine weitere Aussage gewesen, die bestätigt hätte, dass Liza die Ursache für die Trennung war.« Fletcher erhob sich und streckte die Hand aus. »Hat mich gefreut, Sie kennen zu lernen, Miss Perry. Wenn Sie Ihren Artikel schreiben, dann vergessen Sie nicht, mich als ihren ehemaligen unterbezahlten Pflichtverteidiger mit ein paar wohlwollenden Worten zu erwähnen. Dieses kleine Mädchen ist wirklich in den Genuss einer Verteidigung allererster Güte gekommen.«

Dru drückte ihm die Hand. »Vielen Dank, dass Sie sich Zeit für mich genommen haben, Mr. Fletcher. Haben Sie irgendeine Ahnung, wo Liza jetzt sein könnte?«

»Nein. Aber von Zeit zu Zeit muss ich immer an sie denken. Ich hoffe nur, dass sie die richtige psychotherapeutische Betreuung bekommen hat. Wenn nicht, dann halte ich es für nicht ganz ausgeschlossen, dass sie eines schönen Tages wieder hier auftaucht und Cartwright eine Kugel in den Kopf jagt. Weiterhin viel Erfolg, Miss Perry.«

37

AM SPÄTEN MONTAGNACHMITTAG saß Charley Hatch in seinem Wohnzimmer, trank ein Bier und wartete nervös auf den angekündigten Anruf. Immer wieder ging er in Gedanken durch, wie er erklären sollte, dass es ein Problem gab.

Es ist nicht meine Schuld, dachte er. Nachdem dieser Bulle, Earley, am Freitagnachmittag gegangen war, hab ich versucht, die übliche Nummer anzurufen, aber sie war abgeschaltet, und ich hatte keine Ahnung, was los war. Und dann, ein paar Minuten später, klingelt mein Handy. Man sagt mir, ich soll eins von diesen Einweg-Handys mit Sprechzeit kaufen, damit man die Anrufe nicht zurückverfolgen kann.

Dann erwähne ich noch die Farbflecken auf meinen Jeans und den Schuhen, und dass ich mich noch schnell umziehen konnte, bevor ich den Bullen reingelassen hab. Ich dachte, das würde zeigen, wie vorsichtig ich bin, aber stattdessen wird mir gesagt, ich soll die Klamotten sofort verschwinden lassen und genau nachsehen, ob keine Farbspuren am Lieferwagen sind. Dann muss ich mir noch mehr Scheiß anhören, wie dumm es von mir gewesen ist, den Totenkopf in die Tür zu schnitzen.

Also hab ich übers Wochenende die Jeans und die Sneakers zusammen mit meinen Holzfiguren im Regal im Schuppen versteckt. Und dann, weil ich besonders vorsichtig sein wollte, hab ich sie endgültig verschwinden lassen. Ich hab sogar noch daran gedacht, ein paar alte Klamotten rauszusuchen, die ich sowieso ausrangieren wollte, und dann hab ich alles, zusammen mit meinen schönen Holzfiguren, in einen großen Müllsack gestopft. Dann hab ich den Sack richtig fest zugebunden und in die Tonne geworfen. Den Kühlschrank hab ich auch noch ausgemistet und dann den ekligen Müllsack mit dem vergammelten chinesischen Essen, den eingetrockneten Pizzaresten, verschimmelten Orangen und dem Kaffeesatz auf den Sack mit den Klamotten gestellt.

Der Müll wird immer dienstags und freitags abgeholt. Ich dachte, wenn ich das Zeug am Sonntagabend in die Tonne schmeiße, wäre ich es los. Kann ich ahnen, dass irgendein Bekloppter anfängt, in meinem stinkenden Müll rumzuwühlen? Ich möchte wetten, das war dieser neugierige Bulle, Sergeant Earley, der bei mir rumgeschnüffelt und meine Jeans, die Schuhe und die Figuren gefunden hat. Jedenfalls sind sie jetzt weg. Ich gebe zu, dass es dumm von mir war, diese dicken Cordhosen an so einem heißen Tag anzuziehen. Earley ist das aufgefallen, er hat sogar eine Bemerkung darüber gemacht.

Charleys normales Handy klingelte. Schlagartig war seine Kehle wie zugeschnürt, er atmete tief durch und meldete sich: »Hallo.«

»Hast du dir ein anderes Handy gekauft?«

»Du hast mir doch gesagt, ich soll eins kaufen. Also hab ich's auch getan.«

»Gib mir die Nummer.«

»973-555-0347.«

»Ich ruf dich auf dem neuen wieder an.«

Charley nahm einen großen Schluck Bier und kippte dann den Rest der Flasche hinterher. Als sein neues Handy klingelte, meldete er sich wieder. Aber statt seine einstudierte Rechtfertigung aufzusagen, stammelte er nervös: »Ich hab meine Schuhe, meine Jeans und die geschnitzten Figuren in den Müll geworfen. Irgendjemand hat sie wieder rausgefischt. Ich glaube, es war der Bulle, der am Freitag hier war.«

Das lange Schweigen am anderen Ende war viel schlimmer als die Schimpftirade, die er sich wegen des Totenkopfs an der Haustür in der Old Mill Lane hatte anhören müssen.

Als der Anrufer endlich sprach, klang seine Stimme ruhig. »Warum hast du das Zeug in den Müll geworfen?«

»Die Müllabfuhr kommt morgen früh. Es hat mich nervös gemacht, das Zeug im Schuppen zu haben«, sagte Charley kleinlaut.

»Ich hab dich nicht nach dem Wochenplan der Müllabfuhr gefragt. Diese Sachen in deine eigene Tonne zu stopfen, und das mehr als einen Tag vor der Abholung, war einfach idiotisch. Du hättest sie in einen Container hinter irgendeinem x-beliebigen Geschäft werfen können, dann wäre die Sache erledigt gewesen. Pass jetzt genau auf, was ich dir sage. Ich weiß nicht, wer Georgette Grove umgebracht hat, aber wenn die Bullen Beweise in der Hand haben, dass du für die Sache am Haus der Nolans verantwortlich bist, dann werden sie dir das in die Schuhe schieben.«

»*Uns* in die Schuhe schieben«, verbesserte Charley.

»Komm mir nicht so, Charley. Ich bin ziemlich sicher, dass der Bulle kein Recht hatte, ohne Durchsuchungsbefehl in deinem Müll zu wühlen und etwas daraus zu entfernen. Selbst wenn sie etwas Belastendes gefunden haben, können sie es also nicht gegen dich verwenden. Dagegen können sie versuchen, dich weichzuklopfen. Also besorg dir einen Anwalt und weigere dich, auf Fragen zu antworten.«

»Einen Anwalt! Wer soll den denn bezahlen?«

»Du weißt ganz genau, dass ich ihn bezahlen werde.«

Es folgte ein kurzes Schweigen, bevor der Anrufer fortfuhr: »Charley, wenn du diese Sache durchstehst, ohne alles zu versauen, wirst du dir um Geld nie wieder Sorgen machen müssen.«

»Das ist genau das, was ich hören wollte.« Charley klappte das Handy zu. Er fühlte sich erleichtert, ging zum Kühlschrank und holte sich ein neues Bier. Wenn sie die Jeans und die Schuhe nicht gegen ihn verwenden durften, was hatten sie dann überhaupt noch in der Hand? Meine kleinen Figuren mögen zwar beweisen, dass ich wirklich Talent habe, dachte er, aber deswegen bin ich noch lange nicht der Einzige auf der Welt, der so einen Totenkopf mit gekreuzten Knochen in eine Tür ritzen kann.

Er nahm sein Bier mit nach draußen, lief um das Haus zum Schuppen und betrachtete seine Gartengeräte – den Rasenmäher, den Heckenschneider, die Harken, Spaten und Schaufeln. Dahinter steckten Stunden, Tage, Monate, Jahre voller öder, anstrengender Arbeit.

Nicht mehr lange, und ich werde selbst jemanden dafür bezahlen, meinen Rasen zu mähen, dachte er trotzig.

38

Am Montagabend bestellte Zach in Marty's Bar einen Hamburger und zwei Drinks und überlegte hin und her, ob er Ted Cartwright anrufen solle. Das Foto, das er ihm per Post geschickt hatte, müsste inzwischen in seinem Büro angekommen sein. Genauer gesagt, persönlich in seine Hände gelangt sein, dachte Zach. Undenkbar, dass eine Sekretärin entschieden hatte, die Sendung sei nicht wichtig genug, um sie dem großen Boss vorzulegen.

Die linke untere Ecke des Briefumschlags hatte Zach mit dem Vermerk »Persönlich« versehen.

Zach fand diesen kleinen Zusatz ungemein komisch. Es war so affig. Vor ein paar Jahren hatte ihm eine der Frauen, die er unterrichtete und die ihm noch Geld schuldete, einen Scheck an den Club geschickt und diesen Zusatz auf den Umschlag geschrieben. Seit diesem Tag hatte Zach alles, was er verschickte, mit »Persönlich« gekennzeichnet, sogar die Überweisung fürs Telefon.

Bestimmt haben die Bullen Ted Cartwright wegen Georgette Grove verhört, dachte er. Jeder in der Stadt weiß, wie wütend er darüber war, dass sie seine Baupläne ständig blockierte. Aber richtig eng würde es für ihn erst werden, wenn ein gewisser Zach Willet plötzlich von seinem Gewissen gepackt und sich gedrängt fühlen würde, der Polizei gewisse Fakten mitzuteilen.

Das würde er allerdings erst tun, wenn sie ihm zuvor Immunität vor Strafverfolgung, oder wie sie das nannten, zusicherten, ermahnte er sich.

Ich bin der kleine Fisch, der sie zum großen Hai führen kann, dachte Zach und genoss dieses Gefühl von Macht.

Er beschloss, nicht noch einen dritten Scotch zu bestellen, zahlte und ging zu seinem Wagen, um nach Hause zu fahren. *Nach Hause!* Früher hatte er seine Wohnung wirklich gemocht. Sie war nicht besonders groß, aber für ihn groß genug. Drei Zimmer und nach hinten raus ein Balkon, wo er es sich bei gutem Wetter, wenn er nicht arbeiten musste, mit der Zeitung und seinem tragbaren Fernseher gemütlich machen konnte. Letztes Jahr jedoch war seine alte Vermieterin Mrs. Potters gestorben, und daraufhin war ihre Tochter in die Wohnung unter ihm gezogen. Sie hatte vier Kinder, und eines davon besaß ein Schlagzeug. Der Lärm machte Zach wahnsinnig. Manchmal hatte ihn schon der Verdacht beschlichen, sie würde ihrem Sohn Geld geben, damit er spielte. Sie wollte gern seine Wohnung übernehmen, aber Zachs Vertrag lief noch über zwei Jahre, deswegen konnte sie ihn nicht so schnell loswerden.

Ted baut gerade eine Wohnsiedlung in Madison, dachte Zach. Auf dem Gelände prangt überall sein Name. Die Häuser sind fast fertig, und sie sehen richtig gut aus. Es müssen an die siebzig oder achtzig sein. Ich hätte nichts dagegen, ein bisschen mehr Platz zu haben. Und einen eigenen Parkplatz, fügte er in Gedanken hinzu, als er seine Straße hinunterfuhr und keinen freien Platz fand. Anscheinend hatten die Kinder der Vermieterin mal wieder ihre Freunde zu Besuch.

Zach parkte schließlich eineinhalb Häuserblocks weiter und lief mürrisch zum Haus zurück. Es war ein warmer Abend, und als er die Stufen zum Eingang hinaufging, saßen überall Jugendliche herum. Einige grüßten ihn mit einem »Hallo, Zach«, doch er ignorierte sie. Schwaden von Haschisch stiegen ihm in die Nase, als er die Tür aufsperrte, die zu seiner Wohnung im ersten Stock führte. Mit betont lauten Schritten stampfte er die Treppe hinauf. Er hatte sich schon darauf gefreut, auf seinem Balkon zu sitzen und gemütlich eine Zigarre zu rauchen, aber auch im Garten waren Jugendliche, die laut lachten und durcheinander brüllten.

Auch der Gedanke, dass bestimmt einer der Nachbarn bald die Polizei rufen würde, konnte Zachs Stimmung nicht verbessern. Er fühlte sich hier nicht mehr heimisch, als ob man ihn wegekeln wollte. Er holte sein Handy hervor und legte es auf den Tisch, unschlüssig, ob er anrufen sollte oder nicht. Er hatte Ted erst vor etwa einer Woche geschröpft, daher würde er es normalerweise nicht so bald wieder versuchen. Aber das war, bevor Georgette eine Kugel in den Kopf bekommen hatte. Ted musste jetzt richtig nervös sein, dachte Zach und fühlte sich ermutigt.

Das plötzlich von unten heraufdringende Dröhnen der Trommeln ließ Zach zusammenzucken. Er murmelte einen Fluch, griff nach dem Handy und wählte Teds Nummer.

»Der von Ihnen gewählte Teilnehmer ist zurzeit nicht erreichbar … Wenn Sie eine Nachricht hinterlassen wollen …«

Zach wartete ungeduldig, bis die Computerstimme ihren Satz beendet hatte, dann sagte er: »Schade, dass ich dich nicht erreiche, Ted. Bestimmt ist dir Georgettes Tod sehr nahe gegangen. Ich hoffe, du kannst mich überhaupt hören. Dieser Krach von unten macht mich noch wahnsinnig. Ich brauche wirklich eine andere Wohnung, zum Beispiel eines dieser Häuschen, die du gerade baust. Ich hoffe, du hast das hübsche Foto bekommen, das ich dir geschickt habe.«

Er wollte gerade auflegen, als ihm noch etwas einfiel. »Übrigens, ich hab da eine neue Kundin, die Reitstunden bei mir nimmt. Sie heißt Celia Nolan, die Frau, die jetzt in deinem alten Haus wohnt. Sie hat mich über Will Bartons Unfall ausgequetscht. Dachte mir, dass dich das vielleicht interessiert.«

39

Den ganzen Montagabend kämpfte ich mit dem Vorsatz, Alex zu sagen, dass ich mir einen Anwalt nehmen wollte, doch die Worte blieben mir im Hals stecken. Das schöne Wochenende in Spring Lake hatte einiges an Spannung zwischen uns abgebaut, und ich war feige genug zu wünschen, dass die gute Stimmung noch ein bisschen länger anhielte.

Auf dem Rückweg von der Reitstunde musste ich noch zum Einkaufen fahren. Kathleen, meine Adoptivmutter, war so eine Köchin, die aus dem, was sie gerade im Kühlschrank vorfand, ein festliches Mahl zaubern konnte. Ich konnte zwar nicht mit ihr konkurrieren, aber ich kochte gern, und außerdem fand ich es überaus entspannend.

Jack und seine Babysitterin Sue hatten sich während meiner Abwesenheit blendend verstanden. Sie war mit ihm auf einen langen Spaziergang mit dem Pony unterwegs gewesen, und er erzählte mir aufgeregt von den Kindern, die er in der Nachbarstraße getroffen hatte, von denen einer in seiner Kindergartengruppe war. »Der Billy, der nicht weint. Und Mom, du musst noch seine Mutter anrufen, um Bescheid zu sagen, dass ich morgen nach dem Kindergarten zu ihm gehen darf.«

Jack half mir, Mehl, Butter und Milch für die Brötchen zusammenzurühren, die Salatschleuder zu drehen, eine Senfsauce für den Lachs zu machen, und ganz allein steckte er den Spargel in den Kochtopf.

Als Alex um halb sieben nach Hause kam, setzten wir uns alle zusammen ins Wohnzimmer. Alex und ich tranken ein Glas Wein und Jack Saft. Dann aßen wir im Esszimmer zu Abend, die erste Mahlzeit, die wir dort einnahmen. Alex erzählte mir von seiner älteren Klientin, die es schließlich doch noch geschafft hatte, ihr Testament zu ändern. »Jetzt bekommt ihre Großnichte das Haus in den Hamptons, und das bedeutet, dass demnächst der dritte Weltkrieg innerhalb der Familie ausbricht«, sagte er. »Ich habe wirklich den Eindruck, die alte Schrulle macht sich ein Vergnügen daraus, ihre Verwandten zu quälen. Aber da es ihr nichts ausmacht, die sich anhäufenden Beratungskosten zu zahlen, bin ich gern bereit, ihr dabei zu helfen.«

Alex hatte sich umgezogen und trug jetzt ein Sporthemd und Chinos. Wie so oft ging mir auch jetzt durch den Kopf, was für ein großartig aussehender Mann er war. Ich liebte seine schlanken, empfindsamen Hände mit den langen Fingern. Wenn man mich fragen würde, wie ich mir die Hände eines Chirurgen vorstellte, so würde ich seine beschreiben. Und doch wusste ich, wie stark sie waren. Wenn er gerade in der Küche war, und ich den Deckel eines Einmachglases nicht aufbekam, brauchte ich es nur ihm zu reichen. Mit einer einzigen kurzen, kraftvollen Bewegung hatte er es geöffnet.

Es war ein schönes Beisammensein, ein ganz normales Abendessen im Kreis der Familie. Und später, als Alex mir sagte, dass er am nächsten Tag nachmittags nach Chicago fliegen müsse, um eine Aussage aufzunehmen, und dass er mindestens für eine Nacht, vielleicht für zwei Nächte dort bleiben müsse, da war ich beinahe erleichtert. Wenn wieder so ein furchtbarer Anruf käme, würde er nicht in der Nähe sein und womöglich ans Telefon gehen. Ich wollte Dr. Moran anrufen, der mich als junges Mädchen behandelt hatte. Er hatte sich zwar mittlerweile zur Ruhe gesetzt, aber ich hatte seine Nummer. Ich brauchte seinen Rat. Das letzte Mal hatte ich mit ihm gesprochen, als ich mich entschieden hatte, Alex zu heiraten. Er hatte mich gewarnt, dass ich ein sehr großes Risiko einginge, wenn ich ihm die Wahrheit über meine Vergangenheit verschweigen würde. »Larry hatte kein Recht, das von Ihnen zu fordern, Celia«, hatte er gesagt.

Jetzt brauchte ich nicht davor zurückzuschrecken, Dr. Moran eine Nachricht mit der Bitte um Rückruf zu hinterlassen, falls ich ihn nicht erreichte. Außerdem konnte ich ihn um Rat bitten, wie ich Alex erklären könne, dass ich einen Anwalt benötigte.

All dies ging mir durch den Kopf, während ich Jack zu Bett brachte. Ich las ihm eine Geschichte vor und ließ ihn dann selbst noch eines seiner Bücher durchblättern, bevor es Zeit wurde, das Licht zu löschen.

Das Zimmer, das einst meins war, und jetzt, zumindest für die nächste Zeit, Jacks Zimmer sein würde, war groß, dennoch gab es eigentlich nur einen Ort, an dem das Bett stehen konnte – die lange Wand zwischen den beiden Fenstern. Als die Möbelpacker das Bett dort absetzten, hatte ich sie gebeten, es probehalber an die gegenüberliegende Wand zu stellen, aber dort hatte es verloren gewirkt.

Als Kind hatte ich weiße Möbel, Bettüberwurf und Vorhänge waren weiß-blau gehalten – genau das Richtige für ein kleines Mädchen. Jacks Möbel hingegen waren aus Ahorn und stabil. Auf seinem Bett lag ein Patchwork-Quilt, den ich in der Zeit der Schwangerschaft genäht hatte. Die Farben waren kräftig, rot, gelb, grün und blau. Wenn er eingeschlafen war und ich die Decke um ihn herum feststopfte, musste ich immer an die Freude denken, mit der ich den Quilt genäht hatte, und dass ich zu dieser Zeit noch fest daran geglaubt hatte, als Celia Kellogg Foster mein Leben führen zu können.

Bevor ich nach unten ging, blieb ich noch eine Weile im Türrahmen stehen und schaute zurück in das Zimmer, versuchte mich zu erinnern, wie es war, als ich in diesem Alter dort lag und in meinem Buch las, in diesem Zimmer, geborgen und glücklich, nicht ahnend, was die Zukunft für mich bereithielt.

Wie würde Jacks Zukunft aussehen?, fragte ich mich. Hätte ich mir damals in seinem Alter auch nur im Entferntesten vorstellen können, dass ich in ein paar Jahren, aus welchen Gründen auch immer, für den Tod meiner eigenen Mutter verantwortlich sein würde? Es war ein Unfall, und dennoch, ich hatte sie getötet. Ich wusste, was es hieß, mitzuerleben, wie ein Leben zu Ende geht. Die Augen meiner Mutter waren erstarrt. Ihr Körper war zusammengesackt. Sie hatte gekeucht und ein leises, röchelndes Geräusch von sich gegeben. Und dann, während die Pistole immer weiter schoss, während Ted auf mich zukroch und mich zu erreichen versuchte, war sie auf den Teppich geglitten. Ihre Hand war auf meinem Fuß liegen geblieben.

Was für traurige, schreckliche Erinnerungen, dachte ich. Als ich die Treppe hinunterging, erfüllte mich nur noch ein einziger Gedanke: Ich musste Jack schützen. Er ging so gern ans Telefon, beim ersten Klingeln rannte er hin. Angenommen, er bekäme diese verschwommene Stimme zu hören, die etwas über Little Lizzie raunte. Wegen der Geschichte mit dem Pony hatte Alex ihm gesagt, dass Lizzie ein sehr böses Mädchen gewesen sei. Mir war nicht entgangen, wie sehr ihn das getroffen hatte. Die Schmierereien am Haus, die Aufregung, als die Polizei anrückte, die Reporter und der Krankenwagen – all das musste großen Eindruck auf ihn gemacht haben. Er schien ganz gut damit fertig zu werden, aber ich fragte mich doch, was in diesem kleinen, intelligenten Kopf alles vorgehen mochte.

Ich sehnte mich nach der harmonischen Stimmung des Abendessens und gab mir innerlich einen Ruck, um die dunklen Gedanken abzuschütteln. Dann ging ich in die Küche. Alex hatte sich erboten, den Tisch abzuräumen und das Geschirr in die Spülmaschine zu stellen, während ich Jack zu Bett brachte.

»Gerade rechtzeitig«, sagte er mit einem Lächeln. »Der Espresso ist fertig. Lass uns ins Wohnzimmer gehen.« Wir setzten uns einander gegenüber in die Sessel am offenen Kamin. Schon da hatte ich das Gefühl, dass er einen günstigen Augenblick abwartete, um mir etwas mitzuteilen. »Was hast du Jack gesagt, wann er das Licht ausmachen soll?«, fragte Alex.

»Um halb neun. Aber du weißt ja, er wird lange vorher eingeschlafen sein.«

»Ich muss mich immer noch an die Tatsache gewöhnen, dass Kinder immer betteln, länger aufbleiben zu dürfen, nur um dann noch im selben Moment einzuschlafen, in dem ihr Kopf das Kissen berührt.« Dann sah mich Alex an, und ich wusste sofort, dass etwas los war. »Ceil, mein Flügel wird am Samstag geliefert«, sagte er.

Er hob abwehrend die Hand, bevor ich protestieren konnte. »Ceil, mir fehlt das Klavier. Es ist jetzt schon ein halbes Jahr her, seit ich meine Wohnung aufgegeben habe und es ins Lager gebracht habe. Natürlich kann es sein, dass du morgen ein anderes Haus findest, es kann sich aber auch noch ein Jahr hinziehen. Und selbst wenn du eins findest, ist die Wahrscheinlichkeit groß, dass wir nicht sofort einziehen können.«

»Du möchtest hier bleiben, nicht wahr?«, sagte ich.

»Ja, Ceil. Ich weiß ganz genau, wenn du mit deinem Können dieses Haus einrichtest, wirst du ein wahres Schmuckstück und urgemütliches Heim daraus machen. Wir könnten einen Sicherheitszaun errichten lassen, damit wir vor weiteren Anschlägen und Schmierereien sicher sind.«

»Aber in den Köpfen der Leute wird es trotzdem immer Little Lizzie's Place bleiben«, entgegnete ich.

»Ceil, ich weiß, wie wir dem ein Ende setzen könnten. Ich habe ein bisschen in historischen Büchern über diese Gegend geblättert. Die meisten Besitzer von größeren Landgütern haben ihren Häusern Namen gegeben. Dieses Haus hieß ursprünglich Knollcrest. Wir könnten es wieder so nennen, und ich werde ein Schild für die Einfahrt in Auftrag geben. Und dann, wenn alles fertig ist, könnten wir eine Cocktailparty geben, ein Bild des Hauses auf die Einladung setzen und die Leute in Knollcrest willkommen heißen. Ich glaube, dass sich der Name nach einer Weile einbürgern wird. Was meinst du?«

Mein Gesichtsausdruck musste ihm Antwort genug gewesen sein. »Na gut, vergiss es einfach«, sagte Alex. »War wahrscheinlich keine gute Idee.« Dann, als er sich erhob, fügte er hinzu: »Aber es bleibt dabei: Mein Flügel wird trotzdem am Samstag geliefert.«

*

Am nächsten Morgen gab mir Alex zum Abschied einen hastigen Kuss. »Ich fahr zum Reiten. Ich dusche im Club und zieh mich dort um. Ich ruf dich heute Abend von Chicago aus an.«

Ob er wohl ahnte, dass ich fast die ganze Nacht wach gelegen hatte? Er war eine Stunde nach mir ins Bett gegangen, hatte sich sehr leise bewegt, weil er vermutlich dachte, dass ich schon schliefe, und hatte sich auf seiner Seite in die Decke gewickelt, ohne mir auch nur den flüchtigen Kuss zu geben, der allmählich zu unserer allabendlichen Routine wurde.

Nachdem ich Jack im Kindergarten abgeliefert hatte, fuhr ich wieder zum Coffee Shop. Cynthia Granger, die Frau, mit der ich letzte Woche ein paar Worte gewechselt hatte, saß mit einer anderen Frau an einem der Tische. Als sie mich entdeckte, stand sie auf und fragte, ob ich mich nicht zu ihnen setzen wolle. Ich war im Moment nicht unbedingt auf Gesellschaft aus, aber aus irgendeinem Grund mochte ich Cynthia, und ich dachte mir, es könnte eine Gelegenheit sein zu erfahren, wie die Leute über Georgettes Tod dachten – und über die Tatsache, dass ich diejenige war, die ihre Leiche gefunden hatte.

Cynthia drückte mir ihr Mitgefühl aus für das schreckliche Erlebnis in der Holland Road und erzählte mir dann, dass die Leute im Ort überwiegend meinten, Ted Cartwright müsse etwas mit dem Mord an Georgette zu tun haben.

»Ted wurde immer schon als so ein Mafia-Typ angesehen«, erklärte mir Cynthia. »Damit meine ich nicht, dass er wirklich für die Mafia arbeitet, aber trotz dieses ganzen oberflächlichen Charmes, den er versprüht, merkt man doch, dass man es mit einem knallharten Typen zu tun hat. Ich habe gehört, dass jemand von der Staatsanwaltschaft am Freitagnachmittag in Teds Büro war.«

Für eine – wie sich zeigen sollte – sehr kurze Weile hatte ich das Gefühl, als ob doch noch alles gut ausgehen könnte. Wenn der Staatsanwalt glaubte, dass Ted Cartwright etwas mit dem Mord an Georgette zu tun hatte, dann hatte ich mich vielleicht in der Vorstellung getäuscht, Detective Walsh würde sich auf mich einschießen. Vielleicht hielten sie mich doch nur für ein Opfer, für die Lady aus New York, die das unglaubliche Pech hatte, zuerst ein stigmatisiertes Haus zu kaufen und dann auf die Leiche eines Mordopfers zu stoßen.

Lee Woods, die Frau, die mit Cynthia zusammengesessen hatte, war im vergangenen Jahr aus Manhattan nach Mendham gezogen. Es stellte sich heraus, dass ich die Wohnung einer ihrer Freundinnen, Jean Simons, in der Zeit vor meiner Ehe mit Larry eingerichtet hatte, und sie war darüber voll des Lobes. »Dann sind Sie also Celia Kellogg«, sagte sie. »Ich bewundere wirklich, was Sie damals aus Jeans Wohnung gemacht haben, und sie selbst ist immer noch überaus glücklich und zufrieden damit. So ein Zufall. Ich wollte vor ein paar Jahren unsere Wohnung neu einrichten und habe Jean nach Ihrem Namen gefragt. Ich habe bei Ihnen angerufen, doch Ihre Assistentin sagte mir, dass Sie vor kurzem ein Baby bekommen haben und keine neuen Aufträge annehmen könnten. Ist das noch immer so?«

»Nicht mehr lange«, antwortete ich. »Ich habe vor, mich hier früher oder später wieder zu etablieren.«

Es war so ein wunderbares Gefühl, wieder als Celia Kellogg, die Innenarchitektin, angesprochen zu werden. Es ergab sich sogar, dass Cynthia und Lee mir eine Haushaltshilfe empfehlen konnten, deren bisheriger Arbeitgeber im Begriff stand, nach North Carolina umzuziehen. Dankbar notierte ich mir ihren Namen. Doch als wir uns zum Gehen erhoben, hatte ich plötzlich das Gefühl, beobachtet zu werden. Ich drehte mich um und erblickte einen Mann, der an einem Tisch in der Nähe saß.

Es war Detective Paul Walsh.

40

Am Dienstagnachmittag gab Jeff MacKingsley seiner Sekretärin Anna die Anweisung, alle Anrufe zurückzuhalten. Er fühlte sich gereizt und unwohl in seiner Haut. Paul Walsh war gegen zwölf ins Büro gekommen und hatte ihm berichtet, dass er Celia Nolan an diesem Vormittag beschattet habe. »Sie ist ordentlich zusammengefahren vor Schreck, als sie mich im Coffee Shop entdeckt hat«, sagte er. »Danach bin ich ihr nach Bedminster gefolgt, wo sie in dieses Spezialgeschäft für Reitkleidung gegangen ist. Sie hatte bis dahin nicht gemerkt, dass ich ihr gefolgt war. Als sie mit einem Stapel Schachteln wieder aus dem Laden kam und sah, dass ich meinen Wagen hinter ihrem geparkt hatte, hab ich schon befürchtet, sie würde einen Herzanfall kriegen, so sehr ist sie erschrocken. Ich wusste, dass sie danach ihren Jungen abholt, deswegen habe ich es für heute gut sein lassen. Aber morgen werde ich mich wieder ein bisschen an ihre Fersen heften.«

Dabei hat er mich angesehen, als ob er mich herausfordern wollte, ihm diesen Fall wegzunehmen, dachte Jeff, aber das werde ich nicht tun, jedenfalls noch nicht jetzt. Ich habe sowieso das Gefühl, dass sich die Ermittlungen im Mordfall Georgette Grove und im Fall Old Mill Lane noch eine Weile hinziehen werden.

Selbst die so genannte »Drohung«, die Ted Cartwright in der Black Horse Tavern gegenüber Georgette Grove ausgestoßen haben soll, war mehr eine Reaktion auf ihre vorausgegangene verbale Attacke als eine Warnung im eigentlichen Sinn. Das heißt aber nicht, dass Cartwright schon aus dem Schneider ist, dachte Jeff. Ganz und gar nicht.

Er nahm sein allgegenwärtiges Spiral-Notizheft zur Hand und blätterte zur nächsten leeren Seite. In den frühen Stadien einer Ermittlung waren seine Gedanken immer klarer, wenn er die Fakten allein für sich ordnete.

Wer besaß ein Motiv, Georgette zu töten? Zwei Menschen kamen in Betracht, Ted war der eine, Henry Paley der zweite. Jeff schrieb ihre Namen in das Notizheft und unterstrich sie. Cartwright war am Donnerstagmorgen reiten gewesen, und es war denkbar, dass er den Weg eingeschlagen hatte, der durch den Wald hinter dem Haus an der Holland Road führte. Er konnte auf Georgette gewartet haben und ihr ins Haus gefolgt sein. Sie hatte ja die Tür für Celia Nolan offen gelassen.

Die Sache hatte nur einen Haken: Man musste voraussetzen, Cartwright habe gewusst, dass Georgette das Haus an diesem Morgen vorführen würde. Natürlich konnte ihm sein Kumpel Henry Paley einen Tipp gegeben haben, aber woher sollte Cartwright wissen, dass Celia Nolan und Georgette nicht gemeinsam dorthin fahren würden, statt sich dort zu treffen? Hätte Ted Cartwright sie etwa beide getötet, wenn sie zusammen erschienen wären? Unwahrscheinlich, befand Jeff.

Henry Paley kam am ehesten für beide Taten in Frage, dachte er, während er Henrys Namenszug in seinem Notizheft einkringelte. Er hatte gewusst, dass Georgette mit Nolan im Haus an der Holland Road verabredet war, das hatte er zugegeben. Er konnte dort auf Georgette gewartet haben, ihr ins Haus gefolgt sein, sie getötet und sich aus dem Staub gemacht haben, bevor Celia Nolan eingetroffen war. Geld war sein Motiv, und ein weiteres könnte natürlich die Angst vor Entdeckung gewesen sein. Wenn Georgette ihm nachweisen konnte, etwas mit dem Anschlag auf das Haus zu tun zu haben, dann riskierte er, ins Gefängnis zu wandern, das war ihm sicherlich bewusst.

Henry war also derjenige, der sowohl das Motiv als auch die Gelegenheit hatte, schloss Jeff. Nehmen wir an, er hat den Anschlag auf das Haus in Auftrag gegeben, um Georgette in Verlegenheit zu bringen. Vielleicht hat er damit gerechnet, dass die Nolans gerichtlich gegen sie vorgehen würden, was ihr finanzielles Ende bedeutet hätte. Er wusste von ihrem Versäumnis, Celia Nolan über das Stigma, das auf dem Haus lastete, zu unterrichten. Aber dann, nachdem sie diesen roten Farbfleck auf dem Fußboden im Haus an der Holland Road entdeckt hatte, hatte sie Verdacht geschöpft. Jeff unterstrich Henrys Namen noch einmal.

Henry Paley hat zugegeben, am Donnerstagmorgen in der Nähe der Holland Road gewesen zu sein, überlegte er. Er war bei einer Hausbesichtigung für Makler, die um neun Uhr begann. Laut der übrigen Makler, mit denen Angelo gesprochen hat, war er gegen Viertel nach neun dort gewesen. Celia Nolan ist um Viertel vor zehn beim Haus an der Holland Road angekommen. Das würde bedeuten, dass Henry fünfzehn bis zwanzig Minuten blieben, um die Maklerbesichtigung zu verlassen, durch den Wald abzukürzen, Georgette zu erschießen, zu seinem geparkten Auto zurückzulaufen und zu verschwinden.

Aber wenn Henry der Mörder war, wen hatte er dann beauftragt, das Haus der Nolans zu verunstalten? Ich kann mir nicht vorstellen, dass er das alles allein getan hat, dachte Jeff. Diese Farbtöpfe waren schwer. Er hätte es nicht geschafft, die Farbe so hoch hinauf auf das Haus zu spritzen. Und außerdem stammt dieses eingeritzte Zeichen in der Haustür von einem Könner.

Am meisten Kopfzerbrechen bereitete Jeff das Zeitungsfoto von Celia Nolan, das in Georgettes Tasche gefunden worden war. Warum sollte es jemand dort deponiert haben? Warum waren alle Fingerabdrücke sorgfältig abgewischt worden? Ich könnte mir noch vorstellen, dass Georgette selbst es aus der Zeitung ausgeschnitten hat, dachte er. Vielleicht machte sie sich Vorwürfe, weil Celia Nolan so verstört auf den Anschlag reagiert hatte. Aber Georgette hätte ganz bestimmt nicht alle Fingerabdrücke abgewischt. Das musste ein anderer ganz bewusst getan haben.

Und was war mit dem Bild, das Celia Nolan am Tag nach dem Anschlag gefunden hatte, das alte Zeitungsfoto von der Barton-Familie, das sie zuerst verheimlichen wollte? Schon möglich, dass sie noch mehr Wirbel um die Sache verhindern wollte, aber die Tatsache, dass ein möglicherweise gestörter Unbekannter sich auf ihr Grundstück eingeschlichen hatte, hätte sie doch beunruhigen müssen. Aber vielleicht hatte sie das einfach noch nicht ganz durchdacht. Sie hatte das Bild erst am Morgen gefunden, und ihr Mann wusste noch gar nichts davon.

Zwei Fotos: eins von der Barton-Familie, eins von Celia Nolan. Das eine gut sichtbar an einem Pfosten befestigt. An dem anderen sorgfältig alle Fingerabdrücke beseitigt – jeder Mensch, der schon einmal einen Fernsehkrimi gesehen hat, wusste, dass so etwas von Ermittlern als bedeutsam betrachtet wurde.

Er blickte auf sein Heft und sah, dass die Seite voll gekritzelt war mit Kringeln und Zeichen, ansonsten aber nur drei Wörter dort standen: »Ted«, »Henry« und »Fotos«. Das Telefon klingelte. Er hatte Anna angewiesen, nur in dringenden Fällen Gespräche zu melden. Er nahm den Hörer auf. »Ja, Anna.«

»Sergeant Earley ist am Apparat. Er meint, es sei sehr wichtig. Er klingt so, als habe er gerade einen Sechser im Lotto gewonnen.«

»Gut, stellen Sie durch.« Jeff hörte ein Knacken und sagte: »Hallo, Clyde, was gibt es?«

»Jeff, ich hab drüber nachgedacht, wer in Frage kommen könnte, um diese Sauerei bei Little Lizzie's Place anzurichten.«

Soll ich jetzt etwa raten?, dachte Jeff. »Clyde, kommen Sie zur Sache.«

»Ich komme ja zur Sache. Ich habe mir also überlegt: Wer außer den Maklern konnte sich leicht Zugang zu der roten Farbe verschaffen, Sie wissen schon, Benjamin Moore, Rot gemischt mit gebrannter Umbra?«

Er ist an was dran, dachte Jeff, aber ich habe keine Lust, mich auf die Folter spannen zu lassen. Er wusste, dass Clyde darauf wartete, dass er seine Neugier bekundete, doch er sagte nichts.

Nach einer Pause, die nicht die von ihm erwartete Wirkung zeigte, fuhr Earley, nun in etwas knapperem Ton, fort: »Nach einiger Überlegung kam ich auf diesen Gärtner, Charley Hatch. Er hatte jederzeit Zugang zum Haus an der Holland Road. Es gehörte zu seinem Job, auch innen ein bisschen Ordnung zu halten, die Böden zu wischen und so. Bestimmt wusste er, dass diese Farbtöpfe in dem Abstellschrank standen.«

Jeff war jetzt alles andere als ungeduldig wegen Clydes langatmigen Erzählstiles. »Und was weiter?«, sagte er.

»Na gut, am Freitag hab ich ihm einen kleinen Besuch abgestattet, und als er mich reinließ, hatte ich schon das Gefühl, dass Charley richtig nervös war. Wissen Sie noch, wie heiß es am Freitagnachmittag war, Jeff?«

»Ja, Clyde. Warum glauben Sie, dass Charley Hatch nervös war?«

Nachdem er endlich erreicht hatte, dass der Staatsanwalt ihm aufmerksam zuhörte, hatte es Sergeant Clyde Earley nicht mehr so eilig. »Als Erstes fiel mir auf, dass Charley richtig dicke Cordhosen anhatte, und das kam mir ein bisschen seltsam vor. Außerdem trug er noch, was er wahrscheinlich als seine ›Ausgehschuhe‹ betrachtet, so abgetretene Lederdinger. Er hat das damit zu erklären versucht, dass er gerade auf dem Weg zur Dusche gewesen sei und die erstbesten Sachen übergeworfen hat, als er mich kommen sah. Ehrlich gesagt hab ich ihm das nicht abgekauft. Ich wurde richtig neugierig, wo seine normalen Arbeitshosen und -schuhe sein könnten.«

Jeff umklammerte den Hörer. An den Hosen und Schuhen, die Hatch getragen hatte, könnten Farbflecken gewesen sein, dachte er.

»Also hab ich heute Morgen vor Charley Hatchs Haus gewartet, bis der Typ von der Müllabfuhr gekommen ist. Ich wusste, dass es die erste Abholung seit meinem Besuch am Freitag war, und ich hielt ihn für blöd genug, belastende Sachen in seinen eigenen Müll zu werfen. Vor einer halben Stunde ist der Mülllaster schließlich aufgekreuzt. Ich wartete ab, bis der Typ Charleys Müll eingesammelt hatte, dann folgte ich ihm, bis er das Grundstück von Charley verlassen hatte. Er wollte die Säcke gerade hinten auf seinen Laster schmeißen. Meiner Meinung nach können wir zu diesem Zeitpunkt davon ausgehen, dass das Eigentum legal aufgegeben wurde. Ich habe den Mülltechniker – so nennen die sich inzwischen – gebeten, Charleys Müllsäcke zu öffnen. Er hat sie geöffnet, und siehe da, im zweiten Sack haben wir unter alten Pullovern und Hemden ein Paar Jeans mit roten Flecken, Sneakers mit roter Farbe an den Sohlen und einige sehr hübsche geschnitzte Figürchen gefunden, auf deren Boden die Initialen CH eingeritzt sind. Offenbar ist unser Charley Hatch ein begabter Schnitzkünstler. Alle diese Gegenstände befinden sich jetzt in meinem Büro.«

Am anderen Ende der Leitung, an seinem Schreibtisch in der Polizeistation von Mendham, lächelte Clyde Earley befriedigt. Er hielt es für überflüssig, den Staatsanwalt davon in Kenntnis zu setzen, dass er heute um vier Uhr morgens, als es draußen noch stockfinster war, zu Charleys Haus zurückgekehrt war und diese Gegenstände in ihren ursprünglichen Müllsack zurückgestopft hatte, zu den alten Klamotten, die immer noch in der Tonne auf die heutige Abholung warteten. Der Plan hatte perfekt funktioniert, und er hatte die Beweisstücke vor den Augen eines zuverlässigen Zeugen – eines Diplom-Mülltechnikers – wieder aus dem Müll ziehen können.

»Der Müllmann war Zeuge, und er kann bestätigen, dass der Müllsack von Charley stammt?«, fragte Jeff, und in seiner Stimme klang jetzt jene Aufregung mit, die Earley eben noch vermisst hatte.

»Absolut«, entgegnete Clyde. »Wie gesagt, er hat die Säcke zum Laster getragen, der auf der Straße stand, und das war genau vor Charleys Haus. Ich habe auch extra für ihn ein paar von den Figuren hochgehalten, damit er die Initialen CH erkennen konnte.«

»Clyde, Ihnen ist sicherlich klar, dass das für uns ein echter Durchbruch ist«, sagte Jeff. »Großartige Arbeit. Wo befindet sich Charley jetzt?«

»Irgendwo unterwegs bei der Gartenarbeit.«

»Wir werden die Kleidungsstücke zum Labor schicken, und dort werden sie ganz bestimmt herausfinden, dass die Farbe auf den Kleidern mit derjenigen vom Anschlag übereinstimmt«, sagte Jeff. »Aber das könnte ein, zwei Tage dauern, und so lange will ich nicht warten. Ich denke, dass wir genug Verdachtsmomente beisammen haben. Ich werde Anklage gegen ihn wegen krimineller Sachbeschädigung erheben, und dann schnappen wir ihn uns. Clyde, ich bin Ihnen wirklich sehr dankbar.«

»Wenn Sie mich fragen, Jeff, dann hat jemand Charley bezahlt, um das Haus an der Old Mill Lane zu verschandeln. Er wirkt auf mich nicht wie der Typ, der sich so etwas ganz allein ausdenkt.«

»Das glaube ich auch.« Jeff beendete das Gespräch und schaltete auf die Hausleitung um. »Bitte kommen Sie zu mir, Anna. Ich muss eine Anklage diktieren.«

Kaum hatte sie sich auf den Stuhl neben seinem Schreibtisch gesetzt, als das Telefon erneut klingelte. »Nehmen Sie nur die Nachricht entgegen«, sagte Jeff. »Ich möchte diesen Haftbefehl so schnell wie möglich fertig haben.«

Wieder war Clyde Earley am Apparat. »Der Notruf hat uns gerade eben verständigt. Eine völlig aufgelöste Frau in der Sheep Hill Road hat gemeldet, dass sie ihren Gärtner, Charley Hatch, in der nördlichen Ecke ihres Grundstücks auf dem Boden liegend gefunden hat. Man hat ihm ins Gesicht geschossen, und sie glaubt, dass er tot ist.«

41

Am Dienstag um halb ein Uhr mittags ging Henry Paley zu Fuß von seinem Büro zur Black Horse Tavern, wo er mit Ted Cartwright verabredet war. Dieser hatte ihn angerufen und auf einem Treffen bestanden. Als er das Lokal betrat, ließ er zunächst seinen Blick durch den Speisesaal schweifen. Es hätte ihn nicht gewundert, an einem der Tische Detective Shelley oder Ortiz zu sehen. Am Wochenende waren beide unabhängig voneinander ins Büro gekommen, um ihn noch einmal darüber zu befragen, was Georgette an ihrem letzten Abend zu ihm gesagt hatte. Darüber hinaus wollten sie wissen, ob er sich einen Reim darauf machen könne, was Georgette mit ihrem Ausspruch »Ich werde niemandem verraten, dass ich sie erkannt habe« gemeint haben könnte.

Ich habe beiden gesagt, dass ich keine Ahnung habe, wen sie erkannt hat, dachte Henry, und beide haben mich angeschaut, als ob sie mir das nicht abnehmen würden.

Wie gewöhnlich waren die meisten Tische besetzt, aber zu seiner Erleichterung konnte Henry keine Spur von Shelley oder Ortiz entdecken. Ted Cartwright saß an einem der Ecktische. Er hatte sich mit dem Gesicht zur Wand gesetzt, doch Henry erkannte ihn sofort an seinen weißen Haaren. Wahrscheinlich hat er seinen ersten Scotch schon zur Hälfte getrunken, dachte er, während er sich einen Weg zwischen den Tischen bahnte.

»Findest du die Idee gut, sich hier zu treffen, Ted?«, fragte er und setzte sich auf einen der freien Stühle.

»Hallo, Henry. Um deine Frage zu beantworten, ja, ich finde die Idee ausgezeichnet«, sagte Cartwright. »Nachdem dir zwanzig Prozent des Grundstücks an der Route 24 gehören, hast du jedes Recht der Welt, mit jemandem Kontakt aufzunehmen, der daran interessiert ist, es zu kaufen. Es wäre mir zwar lieber gewesen, wenn du unser kleines Arrangement nicht irgendwo schriftlich festgehalten hättest, nur damit zuerst Georgette und jetzt auch noch der Staatsanwalt darauf stößt, aber daran können wir jetzt sowieso nichts mehr ändern.«

»Vor ein paar Tagen hast du dich noch sehr viel mehr über diese Aufzeichnungen, die mir Georgette gestohlen hat, aufgeregt«, stellte Henry fest, worauf er bemerkte, dass der Kellner wartend neben ihm stand. »Für mich ein Glas Merlot, bitte«, sagte er.

»Bringen Sie mir noch so einen, wenn Sie schon dabei sind«, sagte Cartwright zum Kellner. Als dieser sein Glas mitnehmen wollte, fügte er gereizt hinzu: »Ich hab noch nicht ausgetrunken. Lassen Sie das stehen.«

Er trinkt schnell, selbst für seine Verhältnisse, dachte Henry. Er ist nicht so gelassen, wie er mir weismachen will.

Cartwright blickte Henry in die Augen. »Tatsächlich fühle ich mich jetzt besser, und ich kann dir auch sagen, warum. Ich habe mir einen Anwalt genommen, und der Grund für dieses Mittagessen ist nicht nur, den Leuten zu zeigen, dass wir nichts zu verbergen haben, sondern dass ich dir dringend raten möchte, dir auch einen zu nehmen. Der Staatsanwalt möchte diesen Fall lösen, und vermutlich werden sie zu beweisen versuchen, dass wir gemeinsam Georgette loswerden wollten und dass einer von uns sie tatsächlich erschossen oder jemanden mit diesem Mord beauftragt hat.«

Henry starrte Cartwright an, sagte jedoch nichts, bis der Kellner mit den Getränken zurückkam. Dann nahm er einen kleinen Schluck von seinem Merlot und sagte nachdenklich: »Bisher habe ich noch nicht einmal an die Möglichkeit gedacht, dass der Staatsanwalt mich als Mordverdächtigen in Erwägung ziehen könnte. Nicht, dass ich mich über ihren Tod allzu sehr grämen würde. In früheren Zeiten habe ich mal ziemlich für sie geschwärmt, aber mit zunehmendem Alter wurde Georgette immer halsstarriger und schwieriger, wie du ja sehr gut weißt. Dennoch, ich bin einfach kein Mensch, der einem anderen etwas antun könnte. Ich habe in meinem ganzen Leben noch keine Waffe in der Hand gehabt.«

»Sag mal, übst du schon für deine Verteidigung?«, fragte Cartwright. »Meinetwegen kannst du das ruhig bleiben lassen. Ich kenne Leute wie dich, Henry. Du bist einer, der immer heimlich etwas im Schilde führt. Steckst du vielleicht auch hinter dem Anschlag auf das Haus an der Old Mill Lane? Das wär genau die Art von Geschichte, die ich dir zutrauen würde.«

»Wollen wir mal bestellen?«, schlug Henry vor. »Ich hab heute Nachmittag einen Termin mit Leuten, denen ich einige Häuser zeigen möchte. Es ist wirklich verrückt, aber durch Georgettes Tod hat unsere Agentur Auftrieb bekommen. Plötzlich kommen wieder mehr Leute zu uns und erkundigen sich nach Häusern in dieser Gegend.«

Die beiden Männer sprachen nicht mehr miteinander, bis die Steak-Sandwiches, die sie beide bestellt hatten, serviert wurden. Dann sagte Henry im Plauderton: »Übrigens, Ted, nachdem ich jetzt Georgettes Cousin überreden konnte, das Grundstück an der Route 24 zu verkaufen, darf ich dich höflich an die versprochene Prämie erinnern. Wenn ich mich nicht irre, betrug die Summe, auf die wir uns geeinigt haben, hunderttausend Dollar.«

Cartwrights Hand mit der Gabel hielt abrupt inne. »Das ist doch wohl nicht dein Ernst«, platzte es aus ihm heraus.

»Doch, doch, mein voller Ernst. Wir haben eine Abmachung, und ich erwarte, dass du deinen Teil einhältst.«

»Die Abmachung war, dass du Georgette überreden solltest, das Grundstück zu verkaufen, statt es dem Staat zu vermachen.«

»Die Abmachung war und ist, dass das Grundstück zum Verkauf stehen sollte. Irgendwie habe ich erwartet, dass du dich dagegen sträuben würdest, die mir zustehende Prämie auszuzahlen. Ich habe übers Wochenende mit Georgettes Cousin, Thomas Madison, telefoniert. Ich habe ihm klar gemacht, dass dein Angebot zwar ganz vernünftig sei, es in den letzten Jahren aber auch noch andere Angebote gegeben hätte. Und ich habe Tom vorgeschlagen, diese für ihn herauszusuchen und die Leute zu kontaktieren, um zu sehen, ob sie bereit sind, mit uns zu verhandeln.«

»Du bluffst doch nur«, sagte Cartwright, dem die Zornesröte ins Gesicht stieg.

»Das ist kein Bluff, Ted. Du bist derjenige, der hier blufft. Du hast eine Heidenangst, dass sie dich wegen des Mordes an Georgette verhaften. Du warst auf deinem Pferd in der Nähe der Holland Road unterwegs. Du bist stolzes Mitglied der National Rifle Association, und du besitzt einen Waffenschein für eine Pistole. Du hattest am Abend vor ihrem Tod in genau diesem Lokal eine Auseinandersetzung mit Georgette. Ich frage dich also, soll ich die Sache mit den anderen Interessenten an der Route 24 weiterverfolgen, oder darf ich innerhalb der nächsten achtundvierzig Stunden mit einem Scheck von dir rechnen?«

Ohne eine Antwort abzuwarten, stand Henry auf. »Ich muss jetzt wirklich zurück ins Büro, Ted. Danke für die Einladung. Ach, und übrigens, nur um meine Neugier zu befriedigen: Bist du noch immer mit Robin zusammen, oder war das nur ein kleines Zwischenspiel im letzten Jahr?«

42

LORRAINE SMITH WAR DIE Frau, deren hysterischer Anruf bei der Notrufzentrale nicht nur die Polizei, sondern außerdem einen Krankenwagen, den Gerichtsmediziner, die Medien und das Team vom Büro des Staatsanwalts von Morris County auf den Plan gerufen hatte, Staatsanwalt Jeffrey MacKingsley eingeschlossen.

Lorraine, fünfzig Jahre alt und Mutter von achtzehnjährigen Zwillingen, hatte sich nach und nach wieder so weit gefasst, um sich im Frühstücksraum ihres stilvoll eingerichteten Hauses in der Sheep Hill Road vom Team der Ermittler befragen zu lassen. »Charley ist gegen ein Uhr gekommen«, berichtete sie Jeff, Paul Walsh, Angelo Ortiz und Mort Shelley. »Er kommt jeden Dienstag, um den Rasen zu mähen.«

»Haben Sie persönlich mit ihm gesprochen?«, fragte Jeff.

»Heute schon. Normalerweise begegne ich ihm kaum, sehe ihn manchmal einen ganzen Monat lang nicht. Ich meine, er kommt einfach, lädt sein Zeug ab und fängt an zu arbeiten. In den kommenden Wochen soll er – ich meine natürlich: sollte er – die Fleißigen Lieschen und die anderen einjährigen Blumen rausnehmen und die Herbstblumen setzen, und normalerweise bespreche ich das alles dann mit ihm. Aber wenn er nur den Rasen mäht, sehen wir uns nicht unbedingt.«

Lorraine war bewusst, dass sie hastig und übermäßig viel redete. Sie trank einen Schluck Kaffee und nahm sich vor, ruhiger zu sprechen und nur die Fragen zu beantworten, die der Staatsanwalt stellte.

»Warum haben Sie heute mit ihm gesprochen?«

»Weil ich mich geärgert habe, dass er zu spät gekommen ist. Charley sollte eigentlich um neun Uhr in der Früh kommen, und ich hatte zu Mittag Freundinnen zu Besuch. Wir saßen auf der Veranda und mussten diesen schrecklichen Lärm ertragen, den sein Rasenmäher macht. Ich bin schließlich hingegangen und habe ihm gesagt, er soll morgen wiederkommen und zu Ende mähen.«

»Was hat er geantwortet?«

»Er hat so komisch gelacht und etwas gesagt wie: ›Wissen Sie, Mrs. Smith, es kann eben mal vorkommen, dass ich müde bin und einfach ein bisschen länger schlafe. Besser, Sie nehmen meine Dienste in Anspruch, solange Sie noch die Gelegenheit dazu haben.‹«

»Was ist dann geschehen?«

»Sein Handy hat geklingelt.« Lorraine Smith machte eine Pause. »Oder besser gesagt, eines seiner Handys hat geklingelt.«

»Er hatte *zwei* dabei?«, fragte Paul Walsh rasch.

»Das hat mich auch gewundert. Er hat zuerst ein Handy aus seiner Brusttasche gezogen, aber als es weiterklingelte, hat er schnell das andere aus seiner Gesäßtasche geholt.«

»Haben Sie zufällig den Namen der Person gehört, die ihn angerufen hat?«

»Nein. Er wollte überhaupt nicht am Handy sprechen, während ich dabei war. Er bat den Anrufer, einen Moment zu warten, dann sagte er zu mir: ›Ich werde sofort meine Sachen aufladen und gehen, Mrs. Smith.‹«

»Das war um halb zwei?«

»Spätestens fünfundzwanzig vor zwei. Dann bin ich wieder gegangen. Meine Freundinnen und ich haben zu Ende gegessen, und sie sind gegen Viertel nach zwei aufgebrochen. Ihre Autos standen in der Kreisauffahrt vor dem Haus, deswegen habe ich zuerst gar nicht gemerkt, dass Charleys Lieferwagen immer noch hinten vor der Garage stand. Als ich ihn schließlich sah, bin ich in den Garten gegangen, um Charley zu suchen.«

»Wie viel Zeit war da vergangen, seitdem Ihre Freundinnen weggefahren waren, Mrs. Smith?«, fragte Angelo Ortiz.

»Nur ein paar Minuten. Nachdem ich gesehen habe, dass er nicht im Garten hinter dem Haus war, bin ich zu dem eingezäunten Bereich gegangen, wo sich der Swimmingpool und der Tennisplatz befinden. Gleich dahinter gibt es diese Buchsbaumreihe, die wir als Sichtschutz gepflanzt haben, weil unser Grund an dieser Seite an die Valley Road grenzt. Charley lag auf dem Rücken zwischen zwei Bäumen. Seine Augen waren offen und starrten ins Leere, und sein Gesicht war auf der rechten Seite voller Blut.« Lorraine rieb sich mit der Hand über die Stirn, als wolle sie die Erinnerung daran fortwischen.

»Mrs. Smith, dem Notruf sagten Sie, Sie *glaubten*, er sei tot. Gab es irgendeinen Grund, weshalb Sie annahmen, dass er vielleicht noch gelebt hat, als Sie ihn gefunden haben?«

»Ich glaube, dass ich nicht mehr ganz bei Sinnen war, als ich das gesagt habe.«

»Das ist verständlich. Lassen Sie mich noch auf eins zurückkommen, Mrs. Smith. Sie haben gesagt, Charley Hatch hätte eine Bemerkung dahingehend gemacht, Sie sollten auf seine Dienste zurückgreifen, solange Sie noch die Gelegenheit dazu hätten. Haben Sie eine Ahnung, was er damit meinte?«

»Charley war sehr empfindlich. Er hat gut gearbeitet, aber ich hatte bei ihm nie das Gefühl, dass er es gern gemacht hat. Wissen Sie, andere Gärtner haben einfach so eine Liebe zu allem, was wächst und gedeiht. Für Charley war das bloß ein Job, und ich glaube, die Tatsache, dass ich mich über ihn geärgert hatte, bedeutete für ihn, dass er nicht mehr für uns arbeiten wollte.«

»Ich verstehe.« Jeff erhob sich. »Wir werden Sie später bitten, Ihre Aussage zu unterschreiben, aber zunächst möchte ich Ihnen für Ihre Unterstützung danken. Das erleichtert uns die Arbeit.«

»Mom, was ist passiert? Geht's dir gut?«

Zwei identisch aussehende Mädchen, die mit ihren rotbraunen Haaren und ihrer schlanken, athletischen Figur sehr ihrer Mutter ähnelten, stürzten ins Zimmer. Lorraine sprang auf, um sie in die Arme zu schließen. Beide waren in heller Aufregung. »Als wir die Polizeiautos und die vielen Leute hier gesehen haben, dachten wir schon, dir sei irgendwas zugestoßen«, sagte eine der beiden.

»Sie kann von Glück reden, dass sie nicht gerade mit Charley gesprochen hat, als auf ihn geschossen wurde«, bemerkte Mort Shelley zu Jeff, als sie kurz darauf durch die Eingangshalle zur Haustür gingen. »Was meinen Sie?«

»Ich meine, dass derjenige, der Charley Hatch für den Anschlag in der Old Mill Lane angeheuert hat, befürchtet haben muss, Charley könnte plaudern, wenn wir ihn ordentlich in die Mangel nehmen.«

Detective Lola Spaulding von der Spurensicherung hatte Indizien gesammelt. Als die vier Männer aus dem Haus kamen, trat sie auf sie zu. »Jeff, wir haben seine Brieftasche in unserem Wagen. Sieht unberührt aus. Keine Spur von einem Handy. Aber etwas haben wir in seiner Tasche gefunden, was Sie vielleicht interessieren könnte. Es ist noch nicht auf Fingerabdrücke untersucht worden.«

Das Foto, das sie ihm unter die Nase hielt, war aus einer Zeitung ausgeschnitten worden, genau wie jenes, das sie in Georgette Groves Handtasche gefunden hatten. Es zeigte eine verblüffend attraktive Frau um die dreißig. Sie trug Reithosen und eine entsprechende Jacke und hielt einen silbernen Pokal in die Höhe.

»Das haben wir in der Innentasche seiner Jacke gefunden«, sagte Lola. »Haben Sie eine Ahnung, wer das ist?«

»Ja«, antwortete Jeff. »Das ist die Mutter von Liza Barton, Audrey, und dies ist eins der Fotos, die letzte Woche in den Zeitungen abgedruckt waren, als sie über den Anschlag auf das Haus berichtet haben.«

Er reichte das Foto an Spaulding zurück und lief zum gelben Absperrband, das die Polizei an der Straßenseite gespannt hatte, um die Reporter zurückzuhalten. Audrey Barton hat in dem Haus an der Old Mill Lane gewohnt, dachte er. Der Schlüssel zu diesen ganzen Ereignissen liegt bei diesem Haus. Irgendwo läuft ein Psychopath frei herum, der zwei Menschen getötet hat und diese Fotos hinterlässt. Entweder spielt er mit uns, oder er möchte nur eines: dass wir ihn aufhalten.

Was willst du uns mitteilen?, fragte Jeff in Gedanken den Killer, während ein Blitzlichtgewitter über ihn niederging, als er sich der Absperrung näherte. Und wie können wir dich aufhalten, bevor du erneut zuschlägst?

43

Auf dem Rückweg vom Einkaufen in Bedminster blickte ich immer wieder in den Rückspiegel, um zu sehen, ob Detective Walsh mir folgte. Nach einer Weile war ich mir ziemlich sicher, dass er das nicht tat, weil weit und breit nichts von seinem schwarzen Chevrolet zu sehen war. Ich holte Jack vom Kindergarten ab, brachte ihn nach Hause, wusch ihm Gesicht und Hände und fuhr ihn eine Straße weiter zu seiner Verabredung mit jenem Billy, der nicht weinte.

Ich lernte Billys Mutter Carolyn Browne kennen und fand sie sofort sympathisch. Sie war ungefähr in meinem Alter, mit lockigen, dunklen Haaren, braunen Augen und einer warmen, herzlichen Art. »Billy und Jack sind in der letzten Woche die dicksten Freunde geworden«, sagte sie. »Ich bin froh, dass er einen Freund hat, der gleich in der Nähe wohnt. Sonst gibt es in unserer Straße keine anderen Kinder in seinem Alter.«

Carolyn lud mich ein, eine Tasse Kaffee mit ihr zu trinken, während sie den Jungen ihr Mittagessen zubereitete, doch ich lehnte höflich ab mit der Begründung, dass ich noch Anrufe zu erledigen hätte. Im Gegensatz zu gestern, als ich Marcella Williams diese Ausrede präsentiert hatte, war ich diesmal aufrichtig. Ich musste mit Dr. Moran reden. In Kalifornien war es ungefähr zehn Uhr morgens, eine gute Zeit, um ihn zu erreichen. Und außerdem wollte ich Kathleen anrufen. Nachdem Martin immer häufiger geistige Ausfälle zeigte, war sie, abgesehen von Dr. Moran, der einzige Mensch, dem ich mich anvertrauen konnte. Anders als Dr. Moran, der mir geraten hatte, Alex die Wahrheit über mich zu sagen, war Kathleen felsenfest davon überzeugt, dass ich die Vergangenheit ruhen lassen sollte.

Jack gab mir einen flüchtigen Kuss, als ich mich verabschiedete, und nachdem ich ihm versprochen hatte, um vier Uhr wieder da zu sein, fuhr ich nach Hause. Sobald ich die Tür hinter mir geschlossen hatte, ging ich zum Anrufbeantworter. Als Jack und ich vom Kindergarten gekommen waren, hatte das Lämpchen geblinkt, aber ich war davor zurückgeschreckt, die Nachricht in seiner Gegenwart abzuhören, aus Angst, es könnte wieder einer von diesen Lizzie-Borden-Anrufen sein.

Die Nachricht kam von Detective Walsh. Er sagte, er würde gern noch einmal meine Aussage mit mir durchgehen. Er meinte, ich hätte mich vielleicht bei der Zeitangabe geirrt, zu der ich Georgettes Leiche gefunden haben wollte. Er sagte, es sei für jemanden, der den Weg von der Holland Road zu meinem Haus nicht genau kenne, unmöglich, die Strecke in so kurzer Zeit zurückzulegen. »Ich verstehe, dass Sie damals noch unter Schock standen, Mrs. Nolan«, sagte er sanft, aber mit ironischem Unterton, »aber mittlerweile, denke ich, sollte es Ihnen möglich sein, die genauen Zeiten besser anzugeben. Rufen Sie mich doch bitte zurück.«

Ich drückte auf den Löschknopf, doch ich konnte zwar Walsh' Stimme verschwinden lassen, aber seine unterschwelligen Beschuldigungen waren damit nicht aus der Welt geschafft. Er unterstellte mir, dass ich gelogen hatte, sei es bei dem Zeitpunkt, zu dem ich in der Holland Road eingetroffen war, sei es bei der Angabe, dass ich den genauen Weg dorthin und wieder zurück nicht kannte.

Ich verspürte jetzt noch dringender das Bedürfnis, mit Dr. Moran zu sprechen. Er hatte mir versichert, ich könne ihn jederzeit, bei Tag und Nacht, anrufen, aber ich hatte seit der Hochzeit nicht mehr mit ihm gesprochen. Ich wollte ihm gegenüber nicht zugeben, dass er Recht gehabt hatte – dass ich Alex nicht hätte heiraten dürfen, ohne vollkommen aufrichtig zu ihm gewesen zu sein.

Ich ging in die Küche zum Telefon und hielt schon den Hörer in der Hand, als ich mich eines andern besann, ihn wieder auflegte und mein Handy aus der Handtasche holte. In der Wohnung waren die Haushaltsrechnungen alle direkt von meinem Konto abgebucht worden, aber Alex hatte gesagt, nach dem Umzug sollten sie über sein Büro laufen. Ich stellte mir vor, wie er einen Blick auf die Telefonrechnung werfen und mich dann beiläufig fragen würde, wen ich in Kalifornien angerufen hätte. Meine Handyrechnung wurde immer noch von meinem eigenen Konto abgebucht.

Dr. Moran meldete sich nach dem zweiten Klingeln. »Celia«, sagte er mit seiner vertrauten, beruhigenden Stimme, »ich habe in letzter Zeit oft an Sie denken müssen. Wie geht es Ihnen?«

»Nicht so gut, Dr. Moran.« Ich berichtete ihm von dem Hauskauf durch Alex, von dem Anschlag, von dem Mord an Georgette, den seltsamen Telefonanrufen und der Art und Weise, wie ich von Detective Walsh bedrängt wurde.

Er stellte mir Fragen dazu, und seine Stimme wurde immer ernster. »Celia, Sie sollten sich Alex anvertrauen und ihm die Wahrheit erzählen«, sagte er.

»Das geht nicht, nicht jetzt. Das ist erst möglich, wenn ich ihm beweisen kann, dass alles nicht wahr ist, was sie über mich sagen.«

»Celia, wenn dieser Kriminalbeamte Sie in Zusammenhang mit dem Mord an der Maklerin zu bringen versucht, dann ist es ziemlich wahrscheinlich, dass sie über Ihre Vergangenheit nachforschen werden und herausfinden, wer Sie sind. Meiner Meinung nach sollten Sie sich unbedingt zu Ihrem Schutz einen Anwalt besorgen.«

»Die einzigen Anwälte, die ich kenne, arbeiten wie Alex mehr im Wirtschaftsbereich.«

»Ist der Anwalt noch aktiv, der Sie damals bei Ihrem Prozess verteidigt hat?«

»Das weiß ich nicht.«

»Können Sie sich an seinen Namen erinnern? Wenn nicht, dann habe ich ihn ganz sicher in meinen Unterlagen.«

»Sein Name war Benjamin Fletcher. Ich hab ihn nicht gemocht.«

»Aber er hat Ihren Freispruch erwirkt. Nach allem, was ich gehört habe, hat er sich hervorragend geschlagen, wenn man bedenkt, was Ihr Stiefvater alles ausgesagt hat. Haben Sie ein Branchenverzeichnis zur Hand?«

»Ja.«

»Dann schlagen Sie doch mal bitte nach.«

Die Telefonbücher befanden sich im Schrank unterhalb des Telefons. Ich zog die Gelben Seiten hervor und blätterte zur Rubrik der Anwälte. »Er steht drin«, meldete ich Dr. Moran. »Sein Büro ist in Chester. Das ist nur zwanzig Minuten von hier entfernt.«

»Ceil, Sie sollten zu ihm gehen. Alles, was Sie ihm sagen, unterliegt der Schweigepflicht. Und das Mindeste, was er tun kann, ist, Ihnen einen anderen guten Anwalt zu empfehlen.«

»Ich werde ihn anrufen, Dr. Moran, das verspreche ich.«

»Und Sie melden sich wieder bei mir?«

»Ja, das werde ich.«

Als Nächstes rief ich Kathleen an. Sie hat immer Verständnis dafür gehabt, dass es mir schwer fiel, sie »Mutter« oder »Mom« zu nennen. Sie hat meine Mutter nicht ersetzt, das konnte sie auch gar nicht, aber ich war ihr immer sehr verbunden. Wir telefonieren alle paar Wochen miteinander. Sie hatte sich wegen der Sache mit dem Haus große Sorgen gemacht, mir dann aber beigepflichtet, dass ich Alex vielleicht dazu bringen würde, in ein anderes Haus zu ziehen. »Und was Mendham betrifft«, hatte sie gesagt, »so stammen immerhin deine Vorfahren mütterlicherseits aus dieser Gegend, Celia. Einer von ihnen hat im Unabhängigkeitskrieg in Washingtons Armee gekämpft. Deine Wurzeln liegen dort, auch wenn du diese Tatsache andern gegenüber verschweigen musst.«

Als Kathleen sich am anderen Ende meldete, hörte ich auch Martins Stimme im Hintergrund. »Es ist Celia«, rief sie ihm zu. Ich hörte seine Antwort, und dabei lief es mir kalt über den Rücken.

»Sie heißt Liza«, rief er zurück. »Den anderen Namen hat sie nur erfunden.«

»Kathleen«, ich senkte die Stimme, »sagt er das auch vor anderen Leuten?«

»Es ist so viel schlimmer geworden mit ihm«, flüsterte sie zurück. „Ich weiß nie, was er sagen wird. Ich weiß nicht mehr, was ich tun soll. Ich habe mir mit ihm zusammen ein Pflegeheim angeschaut, das wirklich sehr schön und nur eine Meile entfernt von hier ist, aber er hat gespürt, dass dabei die Überlegung im Spiel war, ihn später vielleicht dort unterzubringen. Zuerst hat er angefangen, mich zu beschimpfen, und als wir dann wieder zu Hause waren, hat er geweint wie ein kleines Kind. Danach war er für eine Weile völlig klar im Kopf und hat mich angefleht, ihn zu Hause zu behalten.«

Die Verzweiflung in ihrer Stimme war nicht zu überhören. »Ach, Kathleen«, sagte ich. Dann versuchte ich, sie zu überreden, sich sofort eine Pflegehilfe zu suchen, die mit im Haus wohnen würde, und ich sagte ihr, dass ich gern für die Kosten aufkommen wolle. Ich glaube, dass es mir am Ende unseres Gesprächs gelungen ist, sie ein wenig aufzumuntern. Natürlich habe ich ihr nicht erzählt, was sich inzwischen alles in meinem Leben ereignet hatte. Sie hatte genug Sorgen am Hals, um sich nicht auch noch meine Probleme anhören zu müssen. Aber ich wurde sofort von der Vorstellung gepeinigt, dass Martin meine Geschichte gegenüber jemandem ausplaudern könnte, der etwas über Little Lizzie Borden gelesen hatte und die Neuigkeit Freunden weitererzählen oder darüber in einem Chatroom schreiben würde.

Ich stellte mir dieses Gespräch vor. »Da gibt es einen alten Herrn, der bei uns in der Nähe wohnt. Er hat eine Adoptivtochter. Er hat Alzheimer im frühen Stadium, und er behauptet, dass sie Little Lizzie Borden ist, das Mädchen, das vor vielen Jahren seine Mutter erschossen hat.«

Schließlich rief ich noch Benjamin Fletcher an. Er meldete sich persönlich. Ich erzählte ihm, dass ich Celia Nolan sei. Ich sagte, dass er mir empfohlen worden sei und dass ich gern einen Termin verabreden und mit ihm sprechen wolle.

»Wer hat mich Ihnen denn empfohlen, Mrs. Nolan?« Er fragte das lachend, als ob er mir nicht ganz glauben könne.

»Darüber würde ich mich lieber mit Ihnen persönlich unterhalten.«

»Einverstanden. Passt Ihnen morgen?«

»Am liebsten zwischen neun und zehn, wenn mein Sohn im Kindergarten ist.«

»Also neun Uhr. Haben Sie meine Adresse?«

»Wenn es die ist, die im Telefonbuch steht, ja.«

»Das ist sie. Bis morgen.«

Ich hörte das Knacken im Ohr und legte den Hörer auf. Ich fragte mich, ob ich nicht einen Fehler gemacht hatte. Als ich seine Stimme gehört hatte, auch wenn sie mit dem Alter etwas rauer geworden war, hatte ich ihn sofort vor mir gesehen – diesen Riesen von einem Mann, bei dessen furchteinflößender Erscheinung ich jedesmal in mich zusammengesunken war, wenn er mich in der Untersuchungshaft besucht hatte.

Eine Weile stand ich unschlüssig mitten in der Küche. Während einer der letzten schlaflosen Nächte hatte ich beschlossen, das Haus etwas wohnlicher einzurichten, bis wir wieder umziehen würden. Ich hatte das Gefühl, dass ich Alex wenigstens das schuldete. Mit Ausnahme des Flügels hatte er seine Wohnung samt den Möbeln verkauft. Dazu hatte er gesagt, wenn wir ein Haus kauften, würde er sich wünschen, dass seine Frau, eine fantastische Innenarchitektin, bei null anfangen könne.

Ich hatte mir überlegt, ein Ecksofa für die Bibliothek und ein paar zusätzliche Möbel für das Wohnzimmer anzuschaffen und ein paar Vorhänge nähen zu lassen. Ich wollte wenigstens versuchen, das Erdgeschoss etwas herzurichten. Alex hatte Recht: Selbst wenn wir ein anderes Haus finden würden, konnten Monate bis zum Umzug vergehen.

Aber ich war jetzt nicht in der Stimmung, zum Einkaufen zu fahren. Sicherlich würde ich dann wieder Detective Walshs Wagen im Rückspiegel entdecken. Dann fiel mir aber noch ein, die Haushaltshilfe anzurufen, die mir von Cynthia Granger wärmstens empfohlen worden war. Wir kamen überein, dass sie in der nächsten Woche kommen und sich vorstellen würde.

Und dann traf ich eine Entscheidung, die mich noch tiefer in den Albtraum hinabziehen sollte. Ich rief beim Washington-Valley-Reitclub an, erreichte Zach und fragte ihn, ob er mir um zwei Uhr eine weitere Reitstunde geben könne.

Er war einverstanden, und ich eilte nach oben, um mir Reithosen, Stiefel und ein langärmeliges Hemd anzuziehen, die Sachen, die ich gerade gekauft hatte. Als ich die Reitjacke aus dem Schrank holte, musste ich daran denken, wie ähnlich sie derjenigen war, die meine Mutter damals immer getragen hatte. Und ich musste auch daran denken, dass Zach Willet der letzte Mensch gewesen war, mit dem mein Vater vor seinem Tod gesprochen hatte. Einerseits bewunderte ich meinen Vater dafür, dass er versucht hatte, seine Angst vor Pferden zu überwinden, um die leidenschaftliche Liebe meiner Mutter für das Reiten mit ihr teilen zu können; andererseits machte ich ihm Vorwürfe, dass er allein, ohne Zach, davongeritten war. Nie würde ich herausfinden, warum er das getan hatte und was danach wirklich vorgefallen war.

Und das war die ungelöste Frage. Meine Mutter hatte sicherlich verlangt, die genauen Umstände zu erfahren, unter denen mein Vater zu Tode gekommen war. Sie konnte Zach Willet weder dafür verantwortlich machen, dass mein Vater ohne ihn losgeritten, noch dass er auf den gefährlichen Pfad geraten war. Aber warum hatte sie dann seinen Namen in diesem fatalen Streit mit Ted Cartwright erwähnt?

Eine leise Vorahnung beschlich mich, dass mir vielleicht der Rest dessen, was meine Mutter geschrien hatte, einfallen würde, wenn ich etwas länger mit Zach zusammen war.

Ich fuhr zum Club und war um zehn vor zwei dort. Zach quittierte mein neues Outfit mit einem zustimmenden Brummen. Diesmal ritten wir auf den Reitwegen aus, und ich musste daran denken, wie sehr meine Mutter an einem Nachmittag wie diesem das Reiten genossen hätte. Dabei kehrte allmählich das reiterische Können zurück, das ich als Kind erworben hatte. Zach war heute viel stiller, doch augenscheinlich in guter Laune. Auf dem Rückweg zu den Ställen entschuldigte er sich für seine Einsilbigkeit, fügte jedoch hinzu, dass ich mich ausgezeichnet schlage. Allerdings sei er müde, nachdem er letzte Nacht kaum ein Auge zugemacht habe, weil die jungen Leute in der Wohnung unter ihm eine Party veranstaltet hätten.

Als ich mitfühlend äußerte, es könne zu einem echten Problem werden, wenn Nachbarn ständig Lärm machten, lächelte er und meinte, wenigstens könnten sie ihn nicht mehr sehr lange quälen, weil er die Absicht habe, in ein neu gebautes Reihenhaus umzuziehen. Dann, als wir das offene Feld erreichten und das Clubhaus in der Ferne sichtbar wurde, sagte er: »Los, reiten wir ein bisschen«, und ließ sein Pferd losgaloppieren. Biscuit folgte ihm sofort, und wir flogen über die Wiese, bis wir vor dem Stallgebäude anhielten.

Als wir abstiegen und uns gegenüberstanden, blickte mir Zach aufmerksam in die Augen. »Sie sind schon viel geritten«, sagte er ruhig. »Warum haben Sie mir das nicht gesagt?«

»Ich hab Ihnen doch gesagt, meine Freundin hatte ein Pony.«

»Ja, ja. Schon gut, aber wenn Sie nicht noch mehr Geld zum Fenster rausschmeißen wollen, sollten wir vielleicht rausfinden, wie gut Sie wirklich sind, und den Unterricht von dort beginnen.«

»Ja, einverstanden, Zach«, sagte ich rasch.

Ted, du hast zugegeben, dass Zach …

Plötzlich hatte ich die Stimme meiner Mutter im Ohr – einen Teil jener Worte, die sie geschrien hatte, als ich in jener Nacht aufgewacht war.

Was hatte Ted zugegeben? Ich riss mich zusammen, um meine Fassung zu wahren, murmelte Zach zu, ich würde ihn anrufen, wandte mich um und ging rasch zum Auto.

Als ich die Sheep Hill Road hinunterfuhr, sah ich, dass beim Haus an der Ecke etwas passiert sein musste. Als ich etwas mehr als eine Stunde zuvor daran vorbeigefahren war, hatte es noch keinerlei Aktivitäten um das Haus gegeben. Jetzt standen Streifenwagen und Pressefahrzeuge in der Auffahrt, und ich sah, dass überall Polizeibeamte auf dem Grundstück herumliefen. Mein Magen krampfte sich zusammen, ich fuhr daher zügig vorbei und versuchte, rechts in die Valley Road abzubiegen. Sie war abgesperrt worden, und ich sah einen Leichenwagen und Leute, die um eine Stelle an der Hecke herumstanden. Ich fuhr geradeaus weiter, nicht darauf achtend, wohin mich die Straße führte, weil ich nur eines wollte, nämlich dem Anblick von Polizeiautos und allen Hinweisen auf den Tod entkommen.

Es war Viertel vor vier, als ich zu Hause ankam. Ich hatte das Bedürfnis, zu duschen und mich umzuziehen, aber ich wollte nicht zu spät kommen, um Jack abzuholen. Daher ging ich zu Fuß in meinen Reitsachen zur Nachbarstraße, dankte Carolyn, fragte Billy, ob er in den nächsten Tagen zu uns kommen wolle, um auf Jacks Pony zu reiten, und schlenderte dann Hand in Hand mit Jack wieder nach Hause.

Kaum waren wir im Haus und tranken ein Glas Sprudel in der Küche, als die Türglocke erklang. Mit bangem Gefühl ging ich öffnen. Noch bevor ich die Tür aufmachte, ahnte ich, dass ich in das Gesicht von Detective Paul Walsh blicken würde.

Ich hatte Recht. Aber diesmal wurde er nicht nur vom Staatsanwalt begleitet, sondern noch von zwei weiteren Männern, die mir als Detective Ortiz und Detective Shelley vorgestellt wurden.

Alle starrten mich auf merkwürdige Art an, wie ich so in meinen Reitsachen vor ihnen stand. Irgendetwas an mir musste sie stutzig gemacht haben. Später sollte ich erfahren, dass mich in diesem Augenblick alle vier in Gedanken mit dem Zeitungsfoto meiner Mutter verglichen, das in der Innentasche von Charley Hatchs Jacke gefunden worden war.

44

Dru Perry war am späten Dienstagvormittag zum Gerichtsgebäude von Morris County gefahren, um in den alten Akten zu forschen. Zuerst hatte sie geglaubt, dass alles nur Zeitverschwendung sei. Liza Bartons Adoptionsunterlagen waren nicht zugänglich, und die Akten über Lizas Prozess vor dem Jugendstrafgericht auch nicht. Das hatte sie zwar schon erwartet, aber sie wollte ausprobieren, ob sie als Repräsentantin des *Star-Ledger* mit dem Gesetz über das »Informationsrecht der Öffentlichkeit« weiterkommen würde.

»Vergessen Sie's«, beschied sie der Beamte in sachlichem Ton. »Jugendstrafrecht und Adoptionsfälle fallen nicht unter dieses Gesetz.«

Dann aber, als sie gerade das Gerichtsgebäude wieder verlassen wollte, wurde sie von einer großmütterlich wirkenden Frau angesprochen, die sich als Ellen O'Brien vorstellte. »Sie sind doch Dru Perry, nicht wahr? Ich möchte Ihnen sagen, dass ich eine begeisterte Leserin Ihrer Serie ›Was steckt dahinter?‹ bin. Werden Sie in der nächsten Zeit wieder so einen Artikel schreiben?«

»Ich würde gern einen über den Fall Liza Barton schreiben«, antwortete Dru. »Ich hatte geglaubt, ich könnte hier ein paar Nachforschungen anstellen, aber man kommt an die Sachen nicht ran.«

»Der Fall wäre wirklich genau das Richtige für Sie«, begeisterte sich O'Brien. »Ich arbeite jetzt schon dreißig Jahre in diesem Gericht und habe eine Menge Fälle gesehen, aber nichts, was sich im Entferntesten damit vergleichen ließe.«

Dreißig Jahre, dachte Dru. Das heißt, sie hat schon hier gearbeitet, als der Fall behandelt wurde. Mittlerweile war es zwölf Uhr. »Sind Sie vielleicht gerade auf dem Weg zum Mittagessen, Ellen?«, fragte sie.

»Ja. Ich gehe immer in unsere Cafeteria. Das Essen dort ist gar nicht so schlecht.«

»Haben Sie etwas dagegen, wenn ich mich Ihnen anschließe?«

Eine Viertelstunde später saß Ellen O'Brien vor ihrem Cobb-Salad und plauderte bereitwillig über ihre Erinnerungen an die Zeit, als Liza Barton in Haft genommen wurde. »Sie können sich vorstellen, wie neugierig wir alle waren«, sagte sie. »Mein Sohn war damals fünfzehn, und Sie wissen ja, wie Kinder in dem Alter sind. Wenn ich ihn wegen irgendwas anbrüllte, sagte er einfach nur: ›Hey, Mom, sei vorsichtig, sonst endest du noch wie diese Audrey Barton.‹«

Ellen machte eine Pause und blickte Dru ins Gesicht. Offenbar hatte sie wenigstens ein Kichern über den galligen Humor ihres Sohnes erwartet. Da eine Reaktion ausblieb, fuhr sie fort: »Na ja, wie dem auch sei, jedenfalls wurde Liza in der Nacht, als sie auf ihre Mutter und ihren Stiefvater geschossen hatte, zunächst auf die Polizeistation gebracht. Das war dann in Mendham, natürlich. Dort hat man Fotos von ihr gemacht und ihr die Fingerabdrücke abgenommen. Sie blieb die ganze Zeit stumm wie ein Fisch. Hat nicht ein einziges Mal nach ihrer Mutter oder nach ihrem Stiefvater gefragt. Ich weiß mit absoluter Sicherheit, dass ihr niemand gesagt hat, dass ihre Mutter tot war. Dann haben sie sie in die Jugendstrafanstalt gebracht, und dort wurde sie von einem staatlichen Psychiater untersucht.«

O'Brien brach ein Stück von einem Brötchen ab und schmierte Butter darauf. »Ich nehme mir zwar jedesmal vor, kein Brot dazu zu essen, aber es schmeckt einfach so gut, finden Sie nicht auch? Diese so genannten Ernährungsexperten können mir viel erzählen, die ändern doch alle naselang ihre Meinung. Als ich ein Kind war, hat mir meine Mutter jeden Morgen ein Ei gekocht. Sie war der Meinung, das wäre schon mal ein guter Anfang für den Tag. Dann haben die Experten plötzlich behauptet, das sei gänzlich falsch. Eier enthalten zu viel Cholesterin, und davon kriegt man irgendwann einen Herzinfarkt. Und jetzt kommen die Eier angeblich wieder in Mode. Dann erzählen sie uns, wenn man möglichst wenig Kohlehydrate isst, kann man leicht hundert Jahre alt werden, also weg mit den Nudeln und dem vielen Brot. Dann kommt aber wieder ein anderer daher und predigt, wir brauchen die Kohlehydrate, also essen wir wieder mehr davon. Essen Sie viel Fisch, aber vergessen Sie dabei nicht, dass Fisch eine Menge Quecksilber enthält, also nicht essen, wenn Sie schwanger sind. Man weiß gar nicht mehr, was man überhaupt noch essen soll.«

Dru stimmte ihr zwar von ganzem Herzen zu, bemühte sich aber, das Gespräch wieder auf ihr Thema zu lenken. »In den Berichten, die ich gelesen habe, steht, dass Liza in den ersten Monaten ihrer Haft kein einziges Wort gesprochen haben soll.«

»Das stimmt, mit einer Ausnahme. Meine Freundin, die mit einer der Betreuerinnen in der Haftanstalt befreundet war und das direkt von ihr gehört hat, erzählte, dass Liza manchmal den Namen ›Zach‹ gesagt hätte. Und dann hätte sie immer angefangen, den Kopf hin und her zu wiegen und mit dem ganzen Körper zu schaukeln. Wissen Sie, was ›Keening‹ bedeutet?«

»Ja, das ist eine Totenklage, ein Wehklagen«, antwortete Dru. »Ein Begriff, der besonders in der irischen Geschichte eine Rolle spielt.«

»Stimmt genau. Ich bin irisch-stämmig, und ich erinnere mich, dass meine Großmutter dieses Wort benutzt hat. Jedenfalls hat meine Freundin erzählt, sie habe gehört, wie der Psychiater dieses Wort ebenfalls gebraucht hat, um Lizas Verhalten zu beschreiben, wenn sie diesen Namen vor sich hin sagte.«

Wichtig, dachte Dru. Sehr wichtig. Sie notierte ein einziges Wort in ihrem Notizbuch: »Zach.«

»Sie wurde von Psychiatern untersucht«, fuhr O'Brien fort. »Wenn die zu dem Schluss gekommen wären, dass sie keine Gefahr für sich selbst oder andere darstellt, hätte man sie in ein Heim schicken können. Aber das ist nicht geschehen, sie wurde in der Haftanstalt behalten. Wie zu hören war, soll sie schwer depressiv gewesen sein und monatelang wegen Selbstmordgefahr unter Beobachtung gestanden haben.«

»Der Prozess fand ein halbes Jahr nach dem Tod ihrer Mutter statt«, sagte Dru. »Was ist in dieser Zeit in der Haftanstalt passiert?«

»Sie wurde psychologisch betreut. Wahrscheinlich hat sich eine Sozialarbeiterin ein bisschen um die schulische Bildung gekümmert. Als Liza dann freigesprochen wurde, hat sich das Jugendamt darum bemüht, ein passendes Zuhause für sie zu finden. Sie wurde vorläufig in einem Heim für Jugendliche untergebracht, während sie überlegten, was sie mit ihr machen sollten. Ich meine, ein Kind, das auf zwei Menschen geschossen und dabei einen von ihnen getötet hat, ist nicht unbedingt das, was sich die meisten Menschen wünschen, wenn sie ein Kind aufnehmen wollen. Aber dann sind Verwandte von ihr aufgetaucht und haben sie adoptiert.«

»Weiß irgendjemand, wer das war?«

»Es ging alles mit größter Heimlichkeit vonstatten. Vermutlich dachten sie, Liza habe nur unter der Bedingung, dass man nichts über ihre Vergangenheit erfährt, eine

Chance auf ein normales Leben. Das Gericht war derselben Meinung.«

»Ich glaube, zumindest in der näheren Umgebung von Morris County hat wohl jeder ihr Gesicht gekannt«, sagte Dru. »Ich bin ziemlich sicher, dass diese Leute von außerhalb gekommen sein müssen.«

»Soviel ich weiß, gab es keine nahen Verwandten. Audrey und Will Barton waren beide Einzelkinder. Es ist schon merkwürdig. Audreys Vorfahren haben sich noch vor dem Unabhängigkeitskrieg hier niedergelassen, ihr Mädchenname lautete Sutton. Dieser Name taucht überall in den Archiven von Morris County auf, aber mittlerweile ist die Familie in dieser Gegend ausgestorben. Es könnte also schon ein relativ entfernter Verwandter gewesen sein, der sie aufgenommen hat. Es dürfte schwierig werden, das herauszufinden. Liza hat mir immer ein bisschen Leid getan. Andererseits – haben Sie den Film ›Böse Saat‹ gesehen? Es ging da um ein Kind, das kein Gewissen hat. Wenn ich mich nicht irre, hat das auch seine Mutter erschossen.«

Ellen O'Brien nahm einen letzten Schluck von ihrem Eistee und sah auf die Uhr. »Der Staat New Jersey ruft«, verkündete sie. »Ich kann Ihnen gar nicht sagen, wie sehr es mich gefreut hat, mit Ihnen zu plaudern, Dru. Sie haben gesagt, Sie wollten einen Artikel über den Fall schreiben. Vielleicht ist es besser, wenn Sie meinen Namen nicht erwähnen. Sie wissen schon, wie ich das meine. Eigentlich ist es uns strikt verboten, Informationen weiterzugeben, die wir hier im Amt aufschnappen.«

»Natürlich, das verstehe ich vollkommen«, pflichtete Dru bei. »Ich danke Ihnen sehr. Sie waren mir eine große Hilfe, Ellen.«

»Ich habe Ihnen nichts erzählt, was Ihnen nicht jeder andere hier im Haus auch hätte erzählen können«, protestierte O'Brien bescheiden.

»Doch, das haben Sie. Sie haben von den Suttons gesprochen, und das hat mich auf eine Idee gebracht. Wenn Sie mir jetzt noch sagen könnten, wo ich das Heiratsregister finde, dann werde ich mich wieder an die Arbeit machen.«

Ich werde Lizas Vorfahren mindestens drei Generationen zurückverfolgen, dachte Dru. Mein Gefühl sagt mir, dass sie eher von einem Verwandten mütterlicherseits als väterlicherseits adoptiert wurde. Ich werde die Namen der Personen, die die Mitglieder der Sutton-Familie geheiratet haben, heraussuchen und dann nachprüfen, ob einer von deren Nachkommen eine vierunddreißigjährige Tochter hat. Immerhin ist es den Versuch wert, dachte sie.

Meine ganze Geschichte hängt davon ab, dass ich Liza Barton finde, stellte Dru fest, als sie zahlte. Es gibt aber noch etwas, was ich sofort tun kann: ein vom Computer erzeugtes Bild anfertigen lassen, wie sie heute aussehen könnte. Und ich werde rausfinden, wer Zach ist, und warum Liza in der Zeit, als sie sonst kein einziges Wort sprach, bei seinem Namen immer in Wehklagen ausgebrochen ist.

45

Mir war klar, dass es jetzt darauf ankam, mich zu behaupten. Ich durfte diese vier Männer nicht in mein Haus lassen, damit sie mich nicht über den Mord an einer Frau verhörten, die ich nur einmal gesehen hatte. Diese Leute von der Staatsanwaltschaft wussten nicht, dass ich Liza Barton war, und das sollte auch so bleiben. Sie versuchten, mir den Mord an Georgette anzuhängen, und zwar nur, weil ich den Notruf nicht von der Holland Road aus informiert hatte und weil ich so schnell von dort nach Hause gelangt war.

Jack war mir zur Haustür gefolgt und legte jetzt seine Hand in meine. Ich bin mir nicht sicher, ob er Sicherheit bei mir suchte oder ob er mir beruhigend zur Seite stehen wollte. Der Gedanke, was dieser Auftritt alles bei ihm anrichten konnte, machte mich zornig und gab mir den Mut, zum Angriff überzugehen.

Ich richtete mich zuerst an den Staatsanwalt: »Mr. MacKingsley, würden Sie mir bitte erklären, warum Detective Walsh mir heute den ganzen Vormittag gefolgt ist?«

»Mrs. Nolan, es tut mir Leid, wenn Ihnen Unannehmlichkeiten bereitet wurden«, antwortete MacKingsley. »Würde es Ihnen etwas ausmachen, wenn wir hereinkommen, um uns ein paar Minuten mit Ihnen zu unterhalten? Lassen Sie mich erklären, worum es geht. Neulich haben Sie mir ein Foto der Barton-Familie gezeigt, das jemand an einen Pfosten in der Scheune gehängt hat. Es waren keinerlei Fingerabdrücke darauf außer den Ihrigen, und das ist, wie Sie mir zugestehen werden, ungewöhnlich. Sie haben es vom Pfosten abgenommen und mir übergeben, aber davor musste es jemand anders in der Hand gehabt haben. Wir haben diese Information noch nicht an die Öffentlichkeit weitergegeben, aber in Georgette Groves Handtasche haben wir einen Zeitungsausschnitt gefunden mit einem Foto von Ihnen, in dem Augenblick aufgenommen, als Sie das Bewusstsein verloren haben. Auf diesem Foto waren ebenfalls keine Fingerabdrücke. Heute haben wir am Tatort eines weiteren Mordes ein Foto von Audrey Barton gefunden.«

Fast wäre ich damit herausgeplatzt: »Ein Foto meiner Mutter am Tatort eines Mordes!« Meine Nerven lagen blank. Doch ich riss mich zusammen und fragte so ruhig wie möglich: »Was hat das mit mir zu tun?«

Ich stand immer noch in der Haustür, und MacKingsley begriff, dass ich weder die Absicht hatte, ihre Fragen zu beantworten, noch sie ins Haus zu bitten. Zu Beginn war sein Ton höflich und bedauernd gewesen. Jetzt war jede Wärme aus seiner Stimme gewichen. »Mrs. Nolan, vor wenigen Stunden wurde der Gärtner, der sich um das Haus an der Holland Road kümmert, erschossen. Uns liegen Beweise vor, dass er derjenige war, der den Anschlag auf Ihr Haus durchgeführt hat. Ein Foto von Audrey Barton befand sich in einer seiner Taschen, und ich bezweifle, dass er es selbst dort hineingesteckt hat. Worauf ich hinauswill, ist Folgendes: Der Mord an Georgette Grove und auch dieser zweite Mord sind in irgendeiner Weise mit diesem Haus verbunden.«

»Kannten Sie Charley Hatch, Mrs. Nolan?«, fragte mich Walsh unumwunden.

»Nein.« Ich blickte ihm ins Gesicht. »Warum saßen Sie heute Morgen in dem Coffee Shop, und warum sind Sie mir nach Bedminster gefolgt?«

»Mrs. Nolan«, entgegnete Walsh, »ich glaube, dass Sie entweder das Haus an der Holland Road viel früher verlassen haben, als Sie angegeben haben, oder aber dass Sie so vertraut mit den Straßen dort sind, dass Sie den komplizierten Rückweg mit vielen verwirrenden Kurven und Abzweigungen tatsächlich in der von Ihnen angegebenen Zeit schaffen konnten.«

Bevor ich antworten konnte, sagte MacKingsley: »Mrs. Nolan, Georgette Grove hat dieses Haus an Ihren Mann verkauft. Charley Hatch hat den Anschlag auf das Haus verübt. Sie wohnen hier. Georgette hatte ein Foto von Ihnen bei sich. Charley Hatch hatte ein Foto von Audrey Barton. Sie selbst haben ein Foto von der Barton-Familie gefunden. Es gibt da offensichtlich einen Zusammenhang, und wir ermitteln in zwei Mordfällen. Das ist der Grund, weshalb wir hier sind.«

»Sind Sie ganz sicher, dass Sie Charley Hatch nie begegnet sind, Mrs. Nolan?«, fragte Walsh.

»Ich habe den Namen noch nie gehört.« Meine Wut ließ meine Stimme schneidend werden.

»Mom.« Jack zog an meiner Hand. Der Klang meiner Stimme und die herausfordernde Haltung von Detective Walsh jagten ihm Angst ein.

»Ist schon gut, Jack. Diese netten Leute wollen uns nur mitteilen, wie sehr sie sich freuen, dass wir in ihre Stadt gezogen sind.« Ich ignorierte Walsh und die andern beiden und blickte Jeff MacKingsley in die Augen. »Ich bin letzte Woche hier angekommen und habe das Haus verunstaltet vorgefunden. Ich hatte eine Verabredung mit Georgette Grove, einer Frau, die ich zuvor nur einmal in meinem Leben gesehen hatte, und habe sie tot aufgefunden. Der Arzt im Krankenhaus wird Ihnen sicherlich bestätigen, dass ich unter Schock stand, als ich in die Notaufnahme gebracht wurde. Ich weiß nicht, was hier vor sich geht, aber ich möchte Ihnen vorschlagen, sich darauf zu konzentrieren, die Schuldigen für diese Verbrechen zu finden, und mich und meine Familie zu verschonen.«

Ich machte Anstalten, die Tür zu schließen. Walsh stellte schnell einen Fuß dazwischen, um mich daran zu hindern. »Eine Frage noch, Mrs. Nolan. Wo waren Sie heute Nachmittag zwischen halb zwei und zwei Uhr?«

Das schien leicht zu beantworten: »Ich war um zwei Uhr zu einer Reitstunde im Washington-Valley-Reitclub verabredet. Ich bin dort um fünf vor zwei angekommen. Ich schlage vor, dass Sie die Zeit von hier nach dort stoppen, Mr. Walsh. Dann können Sie ganz allein ausrechnen, um wie viel Uhr ich das Haus verlassen habe.«

Ich knallte die Haustür gegen seinen Schuh, worauf er ihn zurückzog, doch als ich das Schloss verriegelte, kam mir ein schrecklicher Gedanke. Diese Polizeiaktivitäten an dem Eckhaus zwischen Sheep Hill Road und Valley Road – hatten die vielleicht etwas zu tun mit dem Mord an dem Gärtner? Und wenn ja, dann hatte ich mit der Beantwortung der letzten Frage zugegeben, zur fraglichen Zeit in unmittelbarer Nähe des Tatorts gewesen zu sein.

46

Am Dienstagnachmittag um vier Uhr war Henry Paley wieder zurück im Immobilienbüro.

»Wie ist es gelaufen?«, fragte Robin.

»Ich denke, das Haus ist so gut wie verkauft. Sie wissen ja, das ist jetzt das dritte Mal, dass die Muellers sich das Haus angesehen haben, und das zweite Mal, bei dem seine Eltern mit dabei waren. Offenbar ist sein Vater derjenige, der das Geld hat. Der Besitzer war auch da, nahm mich beiseite und fragte mich, ob ich bei meiner Provision nicht ein bisschen runtergehen könnte.«

»Wie ich Sie kenne, hat er da bei Ihnen auf Granit gebissen«, kommentierte Robin.

Henry lächelte sie an. »Genau so war es. War wohl mehr ein Versuchsballon. Ich möchte wetten, der ältere Mr. Mueller hat ihn bearbeitet und versucht, ihn davon zu überzeugen, dass die Kürzung der Provision eine Möglichkeit wäre, den Preis zu senken. Er ist so ein Typ, der versucht, auch noch den letzten Cent runterzuhandeln.«

Er ging zu ihr und baute sich vor ihrem Schreibtisch auf. »Robin, habe ich Ihnen schon gesagt, dass Sie heute ganz schön aufreizend gekleidet sind? Ich glaube nicht, dass Georgette diesen offenherzigen Pullover gutgeheißen hätte. Nun ja, Ihren Freund hätte sie sicherlich auch nicht gutgeheißen, wenn sie etwas davon gewusst hätte, hab ich Recht?«

»Henry, ich glaube nicht, dass ich über dieses Thema reden möchte«, sagte Robin gelassen.

»Das kann ich mir lebhaft vorstellen. Es ist reine Spekulation, natürlich, aber ich frage mich, ob Georgette Ihnen nicht am Ende auf die Schliche gekommen ist. Vielleicht auch nicht. Jedenfalls hat sie nie Wind davon bekommen, dass Sie im letzten Jahr was mit Cartwright hatten, sonst wären Sie hochkant rausgeflogen.«

»Ted Cartwright kannte ich schon, bevor ich hier zu arbeiten anfing. Ich habe keinerlei persönliche Beziehung zu ihm, und meine Loyalität zu Georgette stand für mich nie in Frage.«

»Robin, Sie sind doch diejenige gewesen, die Kaufinteressenten am Telefon abgewimmelt hat. Sie sind diejenige, die mit der Laufkundschaft zu tun hatte. Ich gebe ja zu, dass ich mir in letzter Zeit für die Agentur nicht gerade ein Bein ausgerissen habe, aber im Vergleich zu Ihnen war ich geradezu übereifrig. Hat Ted Sie vielleicht dafür bezahlt, dass Sie unsere Geschäfte torpedieren?«

»Sie meinen so etwas Ähnliches wie die Prämie, die er Ihnen versprochen hat, damit Sie Georgette überreden, das Grundstück an der Route 24 zu verkaufen?«, fragte Robin sarkastisch. »Natürlich nicht.«

Die Eingangstür zur East Main Street ging auf. Verdutzt wandten sich beide um und sahen, wie der grimmig dreinblickende Sergeant Clyde Earley das Büro betrat.

Clyde Earley hatte im ersten Streifenwagen gesessen, der mit quietschenden Reifen in die Auffahrt von Lorraine Smiths Haus in der Sheep Hill Road geprescht war. Er hatte sich ihren ersten, in allerhöchster Aufregung vorgebrachten Bericht angehört, hatte den ihn begleitenden Beamten angewiesen, bei Mrs. Smith zu bleiben, und war über den Rasen und um den Swimmingpool gerannt. Dahinter hatte er dann den leblos am Boden liegenden Charley Hatch gefunden.

In diesem Augenblick hatte Clyde aufrichtiges Bedauern empfunden. Zwar lag es ihm fern zuzugeben, er habe Charley Hatch bewusst gequält, indem er den Müllsack wieder zuband und vor die Tonne stellte, worauf Charley, als er gestern von der Arbeit nach Hause kam, unweigerlich feststellen musste, dass die Schuhe, die Jeans und seine Holzfiguren fehlten. Doch als Clyde auf das blutige Gesicht des toten Charley herablickte, wurde ihm die Unvermeidlichkeit dessen, was passiert war, deutlich bewusst. Charley musste in Panik geraten sein und seinen Auftraggeber angerufen haben. Und der musste dann beschlossen haben, dass Charley ein untragbares Risiko darstellte. Armer Charley. Er schien eigentlich kein schlechter Kerl zu sein. Es würde mich nicht wundern, dachte Clyde, wenn es das erste Mal gewesen sein sollte, dass er etwas Ungesetzliches getan hat. Er muss gut dafür bezahlt worden sein.

Sorgfältig darauf achtend, das Gras um Charleys Leiche herum nicht zu betreten, hatte sich Earley am Tatort umgesehen. Sein Rasenmäher stand drüben hinter dem Haus, fiel ihm auf. Ich vermute, er wollte sich hier mit jemandem treffen. Aber wie wurde dieses Treffen arrangiert? Sicher wird Jeff sofort die Aufzeichnungen über Charleys Telefonate nachprüfen lassen. Und sein Bankkonto. Oder sie finden ein Bündel Scheine irgendwo in seinem Schrank versteckt.

Auf diesem Haus an der Old Mill Lane lastet wirklich ein Fluch, dachte Clyde. Charley hat es verschandelt, und jetzt ist er tot. Georgette hat es verkauft, und jetzt ist sie tot. Und diese Nolan hat deswegen den reinsten Nervenzusammenbruch gehabt. Wo soll das bloß aufhören?

Weitere Streifenwagen waren aufgetaucht. Clyde hatte dafür gesorgt, dass die Valley Road abgesperrt wurde, dass der Tatort mit Bändern abgesichert wurde und dass ein Beamter am Tor stand, um keine unbefugten Fahrzeuge auf das Grundstück zu lassen. »Und damit meine ich die Medien«, hatte er ihn ermahnt.

Clyde liebte es, wenn er für alles zuständig war. Es ärgerte ihn, dass er, als die Leute vom Staatsanwalt aufgetaucht waren, von einer Sekunde auf die andere beiseite geschoben worden war. Jeff MacKingsley gab sich zwar mehr Mühe als die anderen, ihn mit einzubeziehen, aber trotzdem stand es außer Frage, dass sich die Ortspolizei in der Hackordnung unterzuordnen hatte.

Als Jeff am Tatort eingetroffen war, hatte er Clyde ziemlich schroff begrüßt. Keine Rede mehr von meiner großartigen Polizeiarbeit, weil ich Charleys Sachen mit den Farbflecken entdeckt habe, dachte Clyde.

Nachdem die Leiche weggebracht worden war und die Leute von der Spurensicherung ihre Arbeit aufgenommen hatten, war Clyde wieder zum Revier aufgebrochen, doch dann hatte er sich anders besonnen und war zum Büro der Grove-Agentur an der East Main Street gefahren. Durch das Schaufenster hatte er gesehen, dass Robin Carpenter an ihrem Schreibtisch saß und Henry Paley mit ihr sprach. Er wollte derjenige sein, der ihnen die Nachricht vom Mord an Charley Hatch überbrachte, und er wollte sie fragen, ob einer von ihnen mit ihm Kontakt gehabt hatte.

Gut vorstellbar, dass Paley derjenige war, dem Charley das mit dem Müll berichtet hat, dachte Clyde, als er die Tür öffnete. Ich mag diesen Kerl nicht. »Gut, dass ich Sie beide hier antreffe«, sagte er. »Sie kennen doch Charley Hatch, den Gärtner, der sich um das Anwesen an der Holland Road gekümmert hat?«

»Ich hab ihn wohl schon mal gesehen«, antwortete Paley.

»Er ist heute Nachmittag erschossen worden, zwischen halb zwei und zwei, als er in der Sheep Hill Road gearbeitet hat.«

Robin sprang auf, ihr Gesicht wurde kreidebleich. »Charley! Das kann nicht sein!«

Beide Männer starrten sie an. »Charley war mein Halbbruder«, schluchzte sie. »Das kann doch einfach nicht sein.«

47

Am Dienstagnachmittag um fünf Uhr fuhr Zach Willet nach Madison, eine benachbarte Stadt, und parkte vor dem Verkaufsbüro der Cartwright Town Houses Corporation. Er ging hinein und traf auf eine Angestellte, etwa Mitte dreißig, die gerade Feierabend machen wollte. Er warf einen Blick auf das Namensschild auf ihrem Schreibtisch, auf dem »Amy Stack« stand.

»Hallo, Amy«, sagte Zach und blickte sich im Büro um. »Wie ich sehe, wollen Sie gerade den Laden zumachen, daher werde ich Sie nicht lange aufhalten.«

An den Wänden hingen Pläne von verschiedenen Modellen von Reihenhäusern sowie Beispiele, wie sie mit Möbeln und Ausstattung aussehen könnten. Zach ging von einem zum andern und betrachtete sie genau. Auf dem Tisch lagen Broschüren mit den Preisen, Flächenangaben und besonderen Kennzeichen der verschiedenen Wohneinheiten. Er nahm eine der Broschüren in die Hand und begann, die Angaben des teuersten Typs laut vorzulesen. »Vierstöckiges Reihenhaus, vier Schlafzimmer, großzügige Schlafzimmer-Suite, luxuriös ausgestattete Küche, drei offene Kamine, vier Bäder, Waschmaschine und Trockner, Doppelgarage, eigene Terrasse und Garten, sämtliche Dienstleistungen.« Zach lächelte anerkennend. »Ich glaube, mit dem hier kann man nicht viel falsch machen«, sagte er. Er ließ die Broschüre wieder auf den

Tisch fallen, ging zum größten Bild an der Wand und zeigte darauf. »Amy, ich weiß, dass Sie jetzt am liebsten zu Ihrem Mann oder zu Ihrem Freund eilen würden, aber wie wär's, wenn Sie einem netten Kerl wie mir einen Gefallen tun und ihm dieses hübsche Häuschen hier zeigen würden?«

»Ich zeige es Ihnen gern, Mr. …«, Amy zögerte. »Ich glaube, Sie haben Ihren Namen nicht genannt.«

»Da haben Sie Recht, hab ich nicht. Mein Name ist Zach Willet, und wenn der Name auf dem Schild stimmt, dann sind Sie Amy Stack.«

»Genau.« Amy öffnete die oberste Schublade des Schreibtischs und kramte nach ihrem Schlüsselbund. »Das ist die Nr. 8, Pawnee Avenue. Ich möchte Sie gleich darauf hinweisen, dass es unter den Reihenhäusern unser absolutes Top-Modell ist. Es ist mit allen nur erdenklichen Extras ausgestattet, und das schlägt sich natürlich auch im Preis nieder. Außerdem geht es hier um ein fertig eingerichtetes und möbliertes Haus.«

»Klingt ja immer besser«, sagte Zach munter. »Dann wollen wir uns das doch mal ansehen.«

Auf dem Weg durch die Siedlung wies Amy Stack darauf hin, dass die Grünanlagen fast fertig gestellt seien und ein Artikel darüber in einer großen Gartenzeitschrift erscheinen würde, und dass die Auffahrten beheizt würden, damit sich im Winter kein Glatteis bilden könne. »Mr. Cartwright hat an alles gedacht«, sagte sie stolz. »Er ist so ein Unternehmer, der sich um jedes Detail kümmert und jeden Schritt genau überwacht.«

»Ted ist ein guter Freund von mir«, verkündete Zach überschwänglich. »Schon seit vierzig Jahren, damals waren wir noch kleine Jungs und sind im Reitstall ohne Sattel geritten.« Er blickte sich um. Einige der hübschen roten Backsteinhäuser waren bereits bewohnt. »Teure Autos vor der Garage«, kommentierte er. »Ich seh schon, das ist die Art von Nachbarn, wie man sie sich wünscht.«

»Absolut«, versicherte Amy. »Das sind die nettesten Leute, die Sie sich vorstellen können.« Sie ging noch ein paar Schritte, dann sagte sie: »So, das ist die Nummer 8. Wie Sie sehen, ist es ein Eckhaus, und man kann wirklich sagen, dass es das schönste in der ganzen Siedlung ist.«

Zachs Miene hellte sich auf, als Amy den Schlüssel umdrehte, die Tür öffnete und ihn durch den Aufenthaltsraum im Erdgeschoss führte. »Erhöhter offener Kamin, Bar mit Spülbecken – alles da, was man braucht«, stellte er befriedigt fest.

»Manche Leute nutzen das hintere Zimmer als Fitnessraum, und gleich daneben gibt es selbstverständlich ein voll ausgestattetes Bad mit Jacuzzi. Das ist alles so gut durchdacht«, schwärmte Amy, und ihre Stimme überschlug sich fast vor professioneller Begeisterung.

Zach bestand darauf, mit dem Aufzug in sämtliche Stockwerke zu fahren. Wie ein kleines Kind, das seine Geschenke auspackt, freute er sich an jeder kleinen Einzelheit. »Eine Wärmeschublade für die Teller! Ach Gottchen, Amy, ich erinnere mich noch, wie meine Mama die Teller immer auf ihren alten Ofen gestellt hat, um sie aufzuwärmen. Jedesmal hat sie sich dabei die Finger verbrannt.«

»Zwei Gästezimmer«, scherzte er. »Ich habe zwar keine nahen Verwandten mehr, aber mit diesen beiden Zimmern sollte ich vielleicht einfach mal nachforschen, ob es diese Cousins in Ohio noch gibt, und sie auf ein Wochenende einladen.«

Sie fuhren im Aufzug wieder nach unten und traten ins Freie. Als Amy die Haustür abschloss, verkündete Zach: »Ich nehme es. So, wie es ist. Möbliert.«

»Das ist ja wunderbar«, rief Amy Stack aus. »Sind Sie denn bereit, heute schon eine Anzahlung zu leisten?«

»Hat Ihnen Ted Cartwright denn nicht gesagt, dass er mir dieses Haus schenkt?«, fragte Zach mit erstaunter Miene. »Ich habe ihm einmal das Leben gerettet, und nachdem ich in nächster Zeit aus meiner Wohnung ausziehen muss, hat er mir angeboten, ich könne vorbeikommen und mir ein neues Zuhause aussuchen. Ted hat es nicht vergessen, und er ist so großzügig. Sie sollten wirklich stolz darauf sein, für ihn arbeiten zu dürfen.«

48

KURZ NACHDEM DER Staatsanwalt und seine Leute gegangen waren, rief Alex an. Er war am Flughafen in Chicago. »Ich muss morgen noch mal für ein paar Tage zurückfliegen«, sagte er. »Aber ihr beide fehlt mir so sehr, dass ich einfach für eine Nacht nach Hause kommen wollte. Vielleicht kannst du Sue anrufen und fragen, ob sie heute babysitten kann, dann könnten wir beide heute Abend im Grand Cafe essen gehen.«

The Grand Cafe in Morristown war auch so ein Restaurant aus meiner Vergangenheit. Meine Mutter und mein Vater waren oft dorthin gegangen, und an den Wochenenden hatten sie mich gelegentlich mitgenommen. Die Vorstellung, mit Alex dorthin zu gehen, war wie eine Verheißung. »Das klingt gut«, antwortete ich. »Jack war heute bei einem Freund zum Spielen eingeladen, deshalb wird er heute früh ins Bett gehen. Ich werde Sue gleich anrufen.«

Ich trug immer noch meine Reitsachen. Ich rief Sue an, und sie erklärte sich bereit zu kommen. Ich reservierte einen Tisch im Restaurant. Ich ließ Jack ein bisschen auf Star reiten, dann setzte ich ihn vor den Fernseher mit einem Muppet-Show-Video und ging nach oben. In der Woche, die wir im Haus wohnten, hatte ich immer morgens geduscht. Jetzt aber ließ ich mir in dem Badezimmer, das mein Vater für meine Mutter entworfen hatte, ein heißes Bad einlaufen, legte mich in die tiefe Wanne und versuchte, die verwirrenden Ereignisse des Tages wegzuwaschen. So viele Dinge waren geschehen: Detective Walsh hatte mich beschattet. Ich war genau zu der Zeit, in der es passiert sein musste, an der Stelle vorbeigefahren, wo der Gärtner erschossen worden war. Der Staatsanwalt, der immer so höflich gewesen und dann so kühl und sachlich geworden war, als ich mich weigerte, ihn und seine Leute ins Haus zu lassen. Mein Termin morgen mit Benjamin Fletcher.

Was sollte ich Alex davon erzählen? Oder sollte ich besser gar nichts erzählen und versuchen, einen entspannten Abend mit ihm zu verbringen? Er musste morgen früh wieder zurück nach Chicago. Vielleicht gelang es ihnen ja, diese beiden Verbrechen in den nächsten Tagen aufzuklären, und das Büro des Staatsanwalts würde das Interesse an mir verlieren. Ich klammerte mich mit aller Macht an diesen Gedanken, weil ich das Gefühl hatte, andernfalls den Verstand zu verlieren.

Als ich aus der Badewanne stieg, zog ich einen Morgenmantel an, machte Jack etwas zu essen, badete ihn und brachte ihn zu Bett. Danach ging ich ins Schlafzimmer, um mich anzuziehen. Aus dem Nichts tauchte plötzlich eine Erinnerung auf, und sie war alles andere als angenehm. Ich war zum Schlafzimmer gegangen, um meiner Mutter Gute Nacht zu sagen, bevor sie mit Ted zum Essen ausging. Ich dachte, dass er unten sei, während sie dabei war, sich umzuziehen. Die Tür stand offen, und ich sah, dass sie gerade den Gürtel ihres Morgenmantels löste. Doch dann, bevor ich etwas sagen konnte, kam Ted aus seinem Badezimmer, damit beschäftigt, sich eine Krawatte umzubinden. Er stand hinter ihr, griff mit beiden Händen nach ihrem Morgenmantel und entblößte ihre Schultern. Sie drehte sich zu ihm um, und als er sie mit Küssen bedeckte, erwiderte sie diese mit derselben Leidenschaft.

Das war nur wenige Tage bevor sie ihn hinausgeworfen hatte.

Was war geschehen? Was hatte sie dazu gebracht, sich so dramatisch von ihm abzuwenden? Von dem Tag an, als sie wieder eine Beziehung mit ihm einging, bis zu dem Tag, an dem sie sich trennten, hatte sie mich immer gedrängt, mich mit Ted zu verstehen. »Ich weiß, wie sehr du Daddy geliebt hast und wie sehr du ihn vermisst, Liza, aber du kannst Ted ja auf eine andere Weise lieb haben. Daddy wäre bestimmt froh darüber, dass Ted jetzt für uns sorgt.«

Ich entsann mich meiner Antwort: »Daddy wollte nur eines, nämlich immer mit uns zusammenbleiben.«

Wie anders war das doch bei Jack. Natürlich hatte er kaum Erinnerungen an seinen Vater, aber Alex liebte er aufrichtig.

Ich besaß einen Hosenanzug aus dunkelgrüner Schantungseide, der nicht übertrieben fein wirkte. Den wollte ich an diesem Abend anziehen. Als wir in New York lebten, war es Alex und mir zur Gewohnheit geworden, mehrmals in der Woche abends zum Essen auszugehen. Die Babysitterin traf meistens ein, wenn ich Jack seine Gutenachtgeschichte vorlas, und dann gingen Alex und ich zu Neary's, unserem irischen Stammlokal, oder, wenn uns der Sinn nach Pasta stand, zu Il Tennille. Manchmal trafen wir uns mit Freunden, meistens aber waren wir nur zu zweit.

Das Gefühl, frisch verheiratet zu sein, ist gänzlich verschwunden, seit wir hier vor einer Woche eingezogen sind, dachte ich, während ich die Wimpern nachtuschte und Lippenstift auftrug. Ich hatte mir die Haare gewaschen und beschloss, sie offen zu tragen, weil ich wusste, dass Alex das gefiel. Ich steckte meine geliebten goldenen Ohrringe mit den Smaragden an, die mir Larry an unserem ersten Hochzeitstag geschenkt hatte. Larry – es war unendlich traurig, dass meine Erinnerung an die wenigen schönen Jahre, die ich mit ihm verbracht hatte, für immer getrübt wurde durch dieses unselige Versprechen, das er mir auf dem Sterbebett abverlangt hatte.

Ich hatte Alex nicht nach Hause kommen hören und ahnte nichts von seiner Anwesenheit, bis sich seine Arme um mich legten. Er lachte über meinen überraschten Ausruf, dann drehte er mich um. Seine Lippen näherten sich meinen, und ich erwiderte seinen Kuss, begierig nach seiner Umarmung.

»Du hast mir gefehlt«, sagte er. »Diese blöden Zeugenaussagen nehmen einfach kein Ende. Ich musste einfach nach Hause, auch wenn es nur für eine Nacht ist.«

Ich strich ihm übers Haar. »Ich bin so froh, dass du hier bist.«

Jack kam hereingerannt. »Du hast mir nicht Gute Nacht gesagt.«

»Ich dachte, du würdest schon schlafen«, sagte Alex lachend und nahm ihn hoch, so dass seine starken Arme uns jetzt beide fest umfasst hielten. Es fühlte sich wunderbar an. Alles schien wieder im Lot zu sein, und für ein paar Stunden konnte ich mir einreden, dass es tatsächlich so war.

Im Grand Cafe kamen mehrere Leute an unseren Tisch. Es stellte sich heraus, dass es Bekannte von Alex aus dem Peapack-Reitclub waren. Alle äußerten ihr Mitgefühl über den Anschlag auf das Haus und die schreckliche Entdeckung von Georgettes Leiche. Alex antwortete jedesmal, dass wir in Erwägung zögen, dem Haus wieder seinen alten Namen Knollcrest zu geben, und er versprach allen, wenn das Haus mithilfe meiner Zauberkünste erst fertig eingerichtet wäre, würden wir eine Cocktailparty geben, wie sie die Welt noch nicht gesehen hätte.

Als wir wieder allein an unserem Tisch saßen, lächelte Alex und sagte: »Lass mir wenigstens die Hoffnung.«

An diesem Punkt berichtete ich Alex, dass der Staatsanwalt mit seinen Leuten gekommen war und dass Detective Walsh mich beschattet und mir außerdem gesagt hatte, es sei verdächtig, dass ich es in so kurzer Zeit von der Holland Road nach Hause geschafft hätte.

Ich sah, wie sich Alex' Züge verdüsterten und ihm die Zornesröte ins Gesicht stieg. »Willst du mir etwa erzählen, dass diese Typen nichts Besseres zu tun haben, als sich über die Tatsache Gedanken zu machen, dass du in deiner entsetzlichen Verfassung so schnell nach Hause gefahren bist?«

»Es kommt noch schlimmer«, sagte ich und berichtete ihm vom Mord an dem Gärtner, und dass ich in der fraglichen Tatzeit am Haus vorbeigefahren sein musste. »Alex, ich weiß nicht, was ich machen soll.« Meine Stimme hatte ich fast zu einem Flüstern gesenkt. »Sie sagen, es hätte irgendwie alles mit unserem Haus zu tun, aber dabei sehen sie mich an, als ob sie davon überzeugt wären, dass ich für den Tod von Georgette verantwortlich bin.«

»Aber Ceil, das ist doch wirklich absurd«, protestierte Alex, doch dann merkte er, dass ich erneut kurz davor war stand, die Fassung zu verlieren. »Liebling«, sagte er, »ich werde morgen einen späteren Flug nehmen. Ich werde gleich in der Früh nach Morristown fahren und mit diesem Staatsanwalt reden. Das ist wirklich eine Riesenunverschämtheit, dich von einem seiner Beamten beschatten zu lassen. Und genau so unverschämt ist es, plötzlich vor der Tür zu stehen und dich zu fragen, wo du gewesen bist, als dieser Gärtner ermordet wurde. Ich werde diesem ganzen Haufen mal gehörig meine Meinung sagen.«

Auf der einen Seite war ich ihm dankbar. Mein Mann will in die Bresche springen und für mich kämpfen, dachte ich. Andererseits, was würde Alex denken, wenn Walsh oder Jeff MacKingsley wieder auftauchten und ich mich beim nächsten Mal weigerte, ihre Fragen zu beantworten, mit der Begründung, dass ich mich selbst belasten könnte? Ich hatte bereits gelogen, als ich behauptet hatte, noch nie eine Waffe in der Hand gehabt zu haben, und dass Georgette mir den Weg zur Holland Road beschrieben hätte.

Ich konnte noch nicht einmal auf die einfachsten Fragen antworten; Fragen wie: »Mrs. Nolan, sind Sie vor Ihrem Geburtstag im letzten Monat schon einmal in Mendham gewesen? Waren Sie vor dem letzten Donnerstag schon einmal in der Holland Road?« Alle Antworten, die ich auf solche Fragen geben konnte, würden nur immer neue nach sich ziehen.

»Ceil, du brauchst dir wirklich keine Sorgen zu machen. Das alles ist einfach lächerlich«, sagte Alex. Er langte über den Tisch nach meiner Hand, doch ich zog sie weg und suchte in meiner Handtasche nach einem Taschentuch.

»Ich wollte nur kurz Guten Tag sagen, aber vielleicht ist das gerade kein günstiger Augenblick, Celia. Sie scheinen bedrückt zu sein.«

Ich blickte zu Marcella Williams auf. Ihre Stimme war sanft und beruhigend, doch ihre vor Neugier leuchtenden Augen verrieten ihre Erregung darüber, dass sie uns in einem Moment überrascht hatte, in dem wir beide sichtlich um Fassung rangen.

Neben ihr stand der Mann, in dessen Begleitung sie gekommen war: Ted Cartwright.

49

Am Dienstagnachmittag um halb fünf war Jeff MacKingsley gerade erst in sein Büro zurückgekehrt, als Sergeant Earley anrief. Dieser teilte ihm mit, er habe soeben erfahren, dass Robin Carpenter die Halbschwester von Charley Hatch sei. »Ich habe um fünf Uhr eine Pressekonferenz angesetzt«, sagte Jeff. »Bitten Sie sie, um sechs Uhr in mein Büro zu kommen.«

Wie er schon erwartet hatte, ging es auf der Pressekonferenz hoch her. »Zwei Morde in Morris County innerhalb einer Woche, beide in Anwesen, die mehr als eine Million Dollar wert sind. Haben die beiden Fälle etwas miteinander zu tun?«, fragte der Reporter des *Record*.

»Charley Hatch hat als Gärtner für das Haus an der Holland Road gearbeitet. Ein Mitarbeiter der Müllabfuhr behauptet, heute Nachmittag hätte Sergeant Earley einen der Müllsäcke aus Hatchs Abfalltonne beschlagnahmt und Jeans, Sneakers und Holzfiguren daraus entnommen. Wurde Charley Hatch verdächtigt, etwas mit dem Mord an Georgette Grove zu tun zu haben?« Diese Frage kam vom Reporter der *New York Post*.

»Haben diese Mordfälle etwas zu tun mit dem Anschlag auf Little Lizzie's Place an der Old Mill Lane, und hat das Büro des Staatsanwalts bereits irgendeine heiße Spur?«, fragte der Vertreter der *Asbury Park Press*.

Jeff räusperte sich. Er wägte seine Worte sorgfältig ab, als er das Wort ergriff: »Charley Hatch, ein Gärtner, wurde heute Nachmittag zwischen ein Uhr vierzig und zwei Uhr zehn erschossen. Wir glauben, dass er seinen Mörder gekannt hat und vielleicht ein Treffen mit ihm verabredet hatte. Niemand hat den Schuss gehört, was nicht verwunderlich ist, da ein schwerer Rasenmäher auf einem Nachbargrundstück an der Valley Road gerade in Betrieb war.« Ursprünglich hatte er nicht mehr sagen wollen, aber er besann sich eines Besseren, da er einsah, dass er den Medien wenigstens ein bisschen mehr Information liefern musste. »Wir glauben, dass es eine Verbindung gibt zwischen dem Mord an Charley Hatch und dem Mord an Georgette Grove. Möglicherweise gibt es auch einen Zusammenhang mit dem Anschlag auf das Haus an der Old Mill Lane. Wir verfolgen verschiedene Spuren, und wir werden Sie über den weiteren Verlauf der Ermittlungen informieren.«

Damit beendete er die Konferenz und ging zurück in sein Büro. Seine schlechte Laune und sein ganzer Frust entluden sich in stummen Schimpftiraden über Clyde Earley. Ich gehe jede Wette ein, dass er nicht gewartet hat, bis Charley Hatchs Müll abgeholt wurde und nicht mehr auf seinem Grundstück stand, schäumte er. Bestimmt hat Charley gemerkt, dass jemand darin rumgewühlt hat, und ist in Panik geraten. Wenn Earley einen Verdacht hatte, hätte er warten müssen, bis der Abfall zur Müllkippe gebracht wurde, bevor er ihn durchsuchte. Dann hätten wir Charleys Telefon anzapfen können, und wir hätten vielleicht herausgefunden, für wen er gearbeitet hat. Und außerdem würde dann dieser Kerl von der Müllabfuhr nicht überall rumlaufen und seine Geschichte zum Besten geben.

Und wie passt eigentlich diese äußerst attraktive Sekretärin aus der Grove-Agentur, die behauptet, Charley Hatchs Halbschwester zu sein, ins Bild?, fragte er sich.

Um sechs Uhr betrat Robin Carpenter in Begleitung von Sergeant Earley Jeffs Büro. Walsh, Ortiz und Shelley waren ebenfalls mit von der Partie, und Jeff war sicher, dass alle darin übereinstimmten, dass Robin die Art von Frau war, die bei einem Mann so ziemlich alles erreichen konnte. Merkwürdig, dachte Jeff. Als wir letzte Woche an dem Tag, an dem Groves Leiche gefunden wurde, mit ihr gesprochen haben, hat sie sich sehr zurückhaltend gegeben. Heute dagegen spielt sie ihre Reize voll aus. Und manche scheinen ihnen bereits erlegen zu sein, dachte er, als er bemerkte, dass Ortiz den Blick nicht von ihr lassen konnte.

»Miss Carpenter, ich möchte Ihnen zuerst mein Beileid aussprechen. Ich bin sicher, dass das ein großer Schock für Sie war.«

»Vielen Dank, Mr. MacKingsley, aber ich möchte keinen falschen Eindruck erwecken. Es tut mir sehr Leid um Charley, aber Sie müssen wissen, dass ich bis vor einem Jahr noch überhaupt nichts von ihm gewusst habe.«

Jeff hörte aufmerksam zu, als Robin erläuterte, dass ihre Mutter im Alter von siebzehn Jahren ein Kind bekommen hatte. Sie hatte es zur Adoption freigegeben, und ein kinderloses Ehepaar hatte es aufgenommen und großgezogen. »Meine Mutter ist vor zehn Jahren gestorben. Irgendwann im letzten Jahr stand dann plötzlich Charley bei meinem Vater auf der Matte und stellte sich vor. Er hatte seine Geburtsurkunde bei sich und Fotos, auf dem er als Neugeborener in den Armen meiner Mutter zu sehen war, es gab also keinen Zweifel, dass er derjenige war, der er behauptete zu sein.

Mein Vater hat wieder geheiratet, daher war er nicht im Geringsten an Charley interessiert. Und um ehrlich zu sein, auch wenn er mein Halbbruder war, habe ich ihn in der kurzen Zeit kaum näher kennen gelernt, und ich hab mir auch nicht besonders viel aus ihm gemacht. Ich meine, er war immer am Jammern. Er beschwerte sich, dass er zu viel an seine Frau zahlen musste, als sie geschieden wurden. Er sagte, er hasse die Gartenarbeit, aber er habe nun einmal damit angefangen und wisse jetzt nicht mehr, wie er davon loskommen solle. Er konnte die meisten Leute nicht ausstehen, für die er gearbeitet hat. Er war einfach nicht die Art von Mensch, die jemand gern zum Freund haben möchte.«

»Hatten Sie häufiger Kontakt mit ihm?«, fragte Jeff.

»Ehrlich gesagt hatte ich kein Interesse daran. Er hat manchmal angerufen und gefragt, ob ich mit ihm eine Tasse Kaffee trinken gehe. Die Scheidung war noch nicht so lange her, und er hatte noch ziemlich hart daran zu knabbern.«

»Miss Carpenter, wir haben Grund zu der Annahme, dass Charley Hatch derjenige gewesen ist, der den Anschlag auf das Haus an der Old Mill Lane verübt hat.«

»Das ist völlig unmöglich«, protestierte Robin. »Warum sollte Charley so etwas tun?«

»Das ist genau das, was wir herausfinden wollen«, entgegnete Jeff. »Ist Charley manchmal zu Ihnen ins Büro gekommen?«

»Nein, nie.«

»Wusste Georgette, dass Sie mit ihm verwandt sind?«

»Nein. Es gab keinen Grund, über ihn zu reden.«

»Hatte vielleicht Georgette oder Henry Kontakt mit ihm?«

»Möglich. Ich meine, manchmal sind die Leute, die ihre Häuser verkaufen, nicht da, und natürlich müssen Haus und Grundstück ständig gepflegt werden. Charley war Gärtner, und im Winter übernahm er auch den Schneedienst. Wenn Georgette ein Objekt exklusiv unter Vertrag hatte, war sie automatisch dafür zuständig, dass es in Ordnung gehalten wurde. Deshalb ist es gut möglich, dass sie Charley gekannt hat, falls er für eines dieser Häuser gearbeitet hat. Aber in dem einen Jahr, in dem ich bei ihr arbeite, ist sein Name nie gefallen.«

»Dann gilt dasselbe doch auch für Henry Paley?«, fragte Jeff. »Er könnte Charley schon länger als seit letzter Woche gekannt haben.«

»Ja, natürlich.«

»Wann haben Sie das letzte Mal mit Ihrem Halbbruder gesprochen, Miss Carpenter?«

»Das ist mindestens drei Monate her.«

»Wo waren Sie heute Nachmittag zwischen zwanzig vor zwei und zehn nach zwei?«

»Im Büro. Henry war mittags mit Ted Cartwright zum Essen verabredet. Als er kurz nach eins zurückkam, bin ich für ein paar Minuten aus dem Büro, um mir ein Sandwich zu holen. Henry hatte um halb zwei einen Besichtigungstermin mit einem Kunden.«

»Hat er diesen Termin eingehalten?«

Robin zögerte, dann sagte sie: »Ja, aber Mr. Mueller, der potenzielle Käufer, hat angerufen, um mitzuteilen, dass er aufgehalten wurde und sich erst um halb drei mit Henry treffen könne.«

»Dann ist Henry also bis zu dieser Zeit mit Ihnen im Büro gewesen?«

Robin Carpenter zögerte. Ihre Augen wurden feucht, und sie biss sich auf die Lippe, damit sie nicht zitterte. »Ich kann es einfach nicht fassen, dass Charley tot ist. Deswegen hat er also …« Ihr versagte die Stimme.

Jeff wartete, dann sagte er langsam und bestimmt: »Miss Carpenter, wenn Sie irgendwelche Informationen besitzen, die uns bei den Ermittlungen weiterhelfen könnten, ist es Ihre Pflicht, sie offen zu legen. Was wollten Sie gerade sagen?«

Robins Fassung brach endgültig zusammen. »Henry hat versucht, mich zu erpressen«, brach es aus ihr heraus. »In der Zeit, bevor ich bei Georgette angefangen habe, bin ich ein paarmal mit Ted Cartwright ausgegangen. Natürlich habe ich das nie erwähnt, nachdem ich mitgekriegt habe, wie sehr sie ihn verachtet hat. Henry hat versucht, alles so zu drehen, als ob ich hinter dem Rücken von Georgette gegen sie gearbeitet hätte. Daran ist nicht das Geringste wahr. Dagegen kann ich mit Sicherheit sagen, dass Henry Paley heute in der Zeit von Viertel nach eins bis fast vier Uhr nicht im Büro gewesen ist. Er war gerade erst ein paar Minuten zurück, als Sergeant Earley aufgetaucht ist und uns mitgeteilt hat, dass Charley tot ist.«

»Sein Termin für eine Hausbesichtigung ist von halb zwei auf halb drei verschoben worden?«, fragte Jeff nach.

»Ja.«

»Vielen Dank, Miss Carpenter. Ich kann mir vorstellen, dass Sie das alles etwas mitgenommen hat. Wenn Sie bitte noch ein paar Minuten warten, bis Ihre Aussage fertig ist und Sie unterschreiben können, dann wird Sergeant Earley Sie nach Hause fahren.«

»Danke.«

Jeff blickte reihum auf seine Mitarbeiter, die alle dagesessen und sich Notizen gemacht hatten. »Hat noch jemand eine Frage an Miss Carpenter?«

»Nur eines noch, Miss Carpenter«, sagte Paul Walsh. »Könnten Sie mir Ihre Handynummer geben?«

50

Um Viertel vor drei erhielt Dru Perry einen Anruf von Ken Sharkey. Er teilte ihr mit, über den Polizeifunk sei berichtet worden, dass Charley Hatch erschossen wurde, der Gärtner vom Haus an der Holland Road, in dem Georgette Grove ermordet worden war. Ken hatte jemand anderen beauftragt, zum Tatort zu fahren, doch er wollte, dass Dru auf die Pressekonferenz ging, die MacKingsley sicherlich einberufen würde.

Dru sicherte Ken zu, im Gebäude zu bleiben und bis zur Pressekonferenz zu warten, sie erzählte ihm jedoch nichts von der erstaunlichen Neuigkeit, die sie gerade entdeckt hatte. Sie war damit beschäftigt gewesen, drei Generationen von Liza Bartons Vorfahren mütterlicherseits zurückzuverfolgen. Lizas Mutter und Großmutter waren Einzelkinder gewesen. Ihre Urgroßmutter hatte drei Schwestern. Eine davon hatte nie geheiratet. Die zweite hatte einen gewissen James Kennedy geheiratet und war kinderlos geblieben. Die dritte Urgroßtante hatte einen Mann namens William Kellogg geheiratet.

Celia Foster Nolans Mädchenname war Kellogg. Einer der Reporter aus New York hatte das in seinem Artikel über den Anschlag erwähnt, erinnerte sich Dru. Ich selbst habe nur geschrieben, sie sei die Witwe des Finanziers Laurence Foster. Ich glaube, es war der Kollege von der *Post*, der diesen

Hintergrund erwähnt hat – dass sie Foster kennen gelernt habe, als sie seine Wohnung einrichtete, und dass sie ihre eigene Innenarchitekturfirma besitze, Celia Kellogg Interiors.

Dru ging nach unten in die Cafeteria des Gerichtsgebäudes und bestellte sich eine Tasse Tee. Die Cafeteria war fast menschenleer, was ihr sehr recht war. Sie brauchte ein bisschen Muße zum Nachdenken, denn erst jetzt begann sie die ganze Tragweite ihrer jüngsten Erkenntnisse zu begreifen.

Sie hielt ihre Tasse mit beiden Händen und starrte vor sich ins Leere. Vielleicht ist die Tatsache, dass ihr Mädchenname Kellogg lautet, nur ein unwahrscheinlicher Zufall, dachte Dru. Doch nein, ich glaube einfach nicht an solche Zufälle. Celia Nolan ist exakt im gleichen Alter, in dem die erwachsene Liza Barton sein muss. Kann es wirklich Zufall sein, dass Alex Nolan ausgerechnet dieses Haus als Überraschungsgeschenk gekauft hat? Möglich wäre es, auch wenn die Wahrscheinlichkeit äußerst gering ist. Wenn er es aber als Geburtstagsüberraschung gekauft hat, würde das bedeuten, dass Celia ihm nichts von ihrem wahren Hintergrund erzählt hat. Mein Gott, ich kann mir vorstellen, was für ein Schock das für sie gewesen sein muss, als er an ihrem Geburtstag mit ihr zu diesem Haus gefahren ist und sie so tun musste, als sei sie von seinem Geschenk begeistert.

Und als ob das nicht schon schlimm genug wäre, wurde sie am Tag des Einzugs auch noch mit dieser Aufschrift auf dem Rasen begrüßt, dem verunstalteten Haus, der Puppe mit der Pistole und dem Totenkopf an der Haustür. Kein Wunder, dass sie in Ohnmacht fiel, als sie die Pressemeute auf sich zustürmen sah.

Hatte sie das vielleicht psychisch aus dem Gleichgewicht gebracht?, fragte sich Dru. Celia Nolan war diejenige, die Georgettes Leiche gefunden hatte. Wäre es denkbar, dass sie sich wegen all dieser Ereignisse in eine solch rasende Wut gesteigert hat, dass sie Georgette tötete?

Diese Möglichkeit zog Dru nur sehr ungern in Erwägung.

Später, bei der Pressekonferenz, blieb sie ungewöhnlich still. Die Tatsache, dass Sergeant Earley die Sachen des ermordeten Gärtners aus dem Müll beschlagnahmt hatte, bedeutete für sie nur eins: Charley Hatch musste wohl etwas mit dem Anschlag auf das Haus zu tun gehabt haben.

Dru ertappte sich bei dem Wunsch, Celia Nolan möge ein wasserdichtes Alibi für die halbe Stunde zwischen ein Uhr vierzig und zwei Uhr zehn haben, doch dann ahnte sie, und es wurde fast zu einer Gewissheit, dass sie vermutlich überhaupt kein Alibi vorweisen konnte.

Es war ein langer Tag gewesen, dennoch kehrte Dru nach der Pressekonferenz noch einmal ins Büro zurück. Im Internet fand sie zahlreiche Artikel über Celia Kellogg. Einer davon war ein Interview, das vor sieben Jahren in der Zeitschrift *Architectural Digest* erschienen war. Dru erfuhr dort, dass Celia sich selbstständig gemacht hatte, als sich der renommierte Innenarchitekt, für den sie vorher gearbeitet hatte, zur Ruhe gesetzt hatte. Die Zeitschrift bezeichnete sie als eine der kreativsten und talentiertesten Innenarchitektinnen ihrer Generation.

Zu ihrem familiären Hintergrund hieß es, sie sei die Tochter von Martin und Kathleen Kellogg. Sie hat nichts davon verlauten lassen, dass sie adoptiert wurde, überlegte Dru. Aufgewachsen war sie in Santa Barbara in Kalifornien. Als Dru weiterlas, fand sie, wonach sie gesucht hatte. Kurz nachdem Celia nach New York gegangen war, um die Hochschule für Design zu besuchen, waren die Kelloggs nach Naples in Florida umgezogen.

Es war nicht weiter schwer, ihre Telefonnummer herauszufinden. Dru schrieb sie in ihr Notizbuch. Sie entschied, dass es noch zu früh sei, um sie anzurufen. Bestimmt würden sie abstreiten, dass ihre adoptierte Tochter Liza Barton sei. Als Nächstes werde ich mir ein vom Computer künstlich gealtertes Bild von Liza machen lassen, dachte sie, und dann muss ich überlegen, ob ich mit meinen Erkenntnissen zu Jeff MacKingsley gehe. Denn wenn ich Recht habe, dann ist Little Lizzie Borden nicht nur zurückgekehrt, sondern es besteht auch die Möglichkeit, dass sie völlig aus der Bahn geworfen wurde und zur blindwütigen Mörderin geworden ist. Ihr eigener Anwalt hat mir gesagt, es würde ihn nicht überraschen, wenn sie eines Tages zurückkäme und Ted Cartwright eine Kugel in den Kopf jagte.

Und ich muss herausfinden, wer Zach ist. Wenn dieser Name während der Untersuchungshaft diese heftigen Reaktionen bei ihr ausgelöst hat, dann will sie sich womöglich auch an ihm rächen.

51

Als mir Ted Cartwright vorgestellt wurde, merkte ich sofort, dass mein Anblick etwas in ihm auslöste. Er konnte seinen Blick nicht von meinem Gesicht abwenden, und ich war sicher, dass es ihn an die Züge meiner Mutter erinnerte. Mir war bewusst, dass ich ihr aus irgendeinem Grund heute Abend besonders ähnlich sah.

»Freut mich, Sie kennen zu lernen, Mrs. Nolan«, sagte er.

Seine Stimme jagte mir einen Schauer über den Rücken – laut, fast dröhnend, befehlend, selbstsicher, dieselbe Stimme, die so voller Hohn gewesen war, als er meine Mutter in meine Richtung geschleudert hatte.

In den vierundzwanzig Jahren, die seitdem vergangen waren, hatte ich mich zuweilen an seine Stimme erinnert, wenn ich alles dafür gegeben hätte, sie zu vergessen, und dann wieder bei anderen Gelegenheiten, wenn ich mich verzweifelt darum bemüht hatte, die Sätze zu rekonstruieren, die sich Ted und meine Mutter in jener Nacht an den Kopf geworfen hatten.

Und in all diesen Jahren hörte ich auch immer wieder die letzten Worte, die ich geschrien hatte: »Lass meine Mutter los!«

Ich sah zu ihm auf. Ich wollte seine ausgestreckte Hand nicht berühren, aber ich wollte auch nicht durch offene Unhöflichkeit auffallen. Ich murmelte: »Freut mich«, und wandte mich wieder Alex zu. Alex, der nicht wissen konnte, was in mir vorging, reagierte wie die meisten Menschen, wenn eine peinliche Stille entsteht. Er bemühte sich, sie mit höflicher Konversation zu füllen. Er erklärte mir, dass Ted ebenfalls Mitglied im Peapack-Club sei und dass sie sich schon öfter dort begegnet seien.

Natürlich konnte Marcella Williams nicht gehen, ohne wenigstens den Versuch zu unternehmen, herauszufinden, warum ich mir die Augen abgetupft hatte. »Celia, gibt es denn irgendetwas, was ich für Sie tun kann?«

»Vielleicht könnten Sie sich um Ihre eigenen Angelegenheiten kümmern, das wäre schon mal ein guter Anfang«, sagte ich.

Marcellas mitfühlender Gesichtsausdruck gefror zu einer Maske. Bevor sie etwas erwidern konnte, nahm Ted sie am Arm und zog sie fort.

Ich blickte in Alex' entgeisterte Miene.

»Ceil, was hat denn das zu bedeuten? Es gab doch überhaupt keinen Grund, so schroff zu sein.«

»Doch, den gab es«, antwortete ich. »Wir haben uns vertraulich unterhalten. Diese Frau hat gesehen, dass ich den Tränen nahe bin, und sie wollte nur eines, nämlich herausfinden, was passiert ist. Und was Mr. Cartwright betrifft – du hast doch auch dieses Interview gelesen, das er bereitwillig gewährt hat, in dem er diese ganze Geschichte über das Haus, in dem du ja unbedingt wohnen bleiben willst, ekelhaft reißerisch ausbreitet.«

»Ich habe es gelesen, Ceil«, entgegnete Alex. »Er hat ein paar Fragen beantwortet, die der Reporter ihm gestellt hat, das ist alles. Ich kenne Cartwright kaum, aber im Club reden sie alle sehr wohlwollend über ihn. Ich glaube, dass Marcella wirklich nur hilfsbereit sein wollte. Gestern hat sie dich doch auch nach Hause gefahren, als sie mitbekommen hat, dass bei mir die Zeit knapp wurde.«

Du hast mir erzählt, dass Zach dich gesehen hat!

Plötzlich glaubte ich deutlich die Stimme meiner Mutter zu hören. Ich war sicher, dass sie diese Worte damals geschrien hatte. Als ich Teds Stimme hörte, wusste ich, dass mich die Erinnerung, die mir vor ein paar Tagen durch den Kopf geschossen war, nicht getrogen hatte. Meine Mutter hatte Zachs Namen erwähnt, und jetzt konnte ich den Satz vervollständigen: *Du hast mir erzählt, dass Zach dich gesehen hat!*

Was hatte Zach gesehen, was Ted getan hatte?

Plötzlich sagte ich laut: »Oh, nein.«

»Ceil, was hast du? Du bist ganz bleich.«

Eben war mir in den Sinn gekommen, welche Bedeutung die Worte meiner Mutter gehabt haben könnten. Am Tag des Unfalls war mein Vater ohne Zach vorausgeritten und hatte dann die falsche Abzweigung genommen. Zumindest war das die Geschichte, die Zach mir und allen andern erzählt hatte. Zach hatte sich aber auch mir gegenüber gebrüstet, ein langjähriger Freund von Ted Cartwright zu sein. War Ted Cartwright an diesem Tag vielleicht auch auf den Reitwegen unterwegs gewesen? Hatte er etwas zu tun mit dem Unfall? Hatte Zach es vielleicht gesehen?

»Ceil, was ist los?«, fragte Alex noch einmal.

Ich spürte buchstäblich, wie mir das Blut aus dem Gesicht wich, und suchte schnell nach einer überzeugend klingenden Erklärung. Wenigstens fand ich eine Halbwahrheit. »Bevor Marcella uns überfallen hat, wollte ich dir gerade erzählen, dass ich mit meiner Mutter telefoniert habe. Sie hat mir gesagt, dass es meinem Vater nicht gut geht.«

»Ist es mit dem Alzheimer schlimmer geworden?«

Ich nickte.

»Ach, Ceil, das tut mir wirklich Leid. Gibt es irgendetwas, was wir tun können?«

Es tat unbeschreiblich gut, dieses »wir« zu hören. »Ich habe Kathleen vorgeschlagen, eine Vollzeit-Pflegehilfe ins Haus zu nehmen. Ich hab ihr gesagt, dass ich dafür aufkommen will.«

»Lass mich das übernehmen.«

Ich schüttelte den Kopf. »Das ist nicht nötig, aber ich finde es sehr lieb von dir, dass du helfen willst.«

»Ceil, du weißt doch, dass ich dir die ganze Welt zu Füßen legen würde, wenn du wolltest.« Er beugte sich vor, nahm meine Hände und verschränkte seine Finger mit meinen.

»Ich möchte nur ein kleines Stück von der Welt«, sagte ich, »ein nettes, normales Stückchen, zusammen mit dir und Jack.«

»Und Jill und Junior«, sagte Alex mit einem Lächeln.

Die Rechnung kam. Als wir aufstanden, schlug Alex vor, noch kurz zu Marcella und Ted zu gehen, um sich zu verabschieden. »Es wäre besser, wenn wir die Sache ins Reine brächten«, drängte er. »Marcella ist unsere Nachbarin, und sie hat es gut gemeint. Und wenn wir später mal zusammen in den Peapack-Club gehen, wirst du sowieso immer wieder auf Ted stoßen, ob du willst oder nicht.«

Mir lag eine erboste Erwiderung auf der Zunge, doch dann besann ich mich. Wenn mich Ted wiedererkannt hatte, könnte er sich Sorgen machen, dass ich mich irgendwann an die Worte meiner Mutter erinnerte. Wenn er mich nicht wiedererkannt hatte und ich nur etwas in seinem Unterbewusstsein angestoßen hatte, dann könnte ich ihn vielleicht zu einer Reaktion bewegen.

»Du hast Recht, lass uns hingehen«, sagte ich.

Ich war mir ziemlich sicher, dass Marcella und Ted zu uns geschaut hatten, doch als wir uns in ihre Richtung in Bewegung setzten, taten sie so, als seien sie in ein Gespräch vertieft. Ich ging zu ihrem Tisch. Ted hielt eine Espressotasse, die in seiner mächtigen Hand etwas verloren wirkte. Seine Linke lag flach auf dem Tisch, die großen, dicken Finger auf der weißen Fläche ausgebreitet. Ich hatte die Kraft dieser Hände gespürt, als er meine Mutter wie ein Spielzeug gegen mich geschleudert hatte.

Ich lächelte Marcella zu, obwohl ich gleichzeitig Verachtung für sie empfand. Ich konnte mich genau daran erinnern, wie sie immer mit Ted geflirtet hatte, nachdem er meine Mutter geheiratet hatte, und wie sie nach der Unglücksnacht bereitwillig seine Version der Ereignisse mit ihren Aussagen über mich gestützt hatte. »Marcella, es tut mir aufrichtig Leid«, sagte ich. »Ich habe heute sehr schlechte Nachrichten über meinen Vater erhalten. Er ist schwer krank.« Dann blickte ich zu Ted. »Ich habe Reitstunden bei einem Mann genommen, der mir erzählt hat, dass er ein alter Freund von Ihnen ist. Sein Name ist Zach. Er ist ein wunderbarer Lehrer. Ich kann von Glück reden, dass ich auf ihn gestoßen bin.«

Später, als wir wieder zu Hause waren und uns zum Schlafengehen fertig machten, sagte Alex: »Du hast heute Abend fantastisch ausgesehen, Ceil, aber in dem Augenblick, als du so bleich geworden bist, habe ich schon befürchtet, dass du ohnmächtig wirst. Ich weiß, dass du in letzter Zeit nicht gut schläfst. Ist es nicht nur dein kranker Vater, sondern auch dieser Detective Walsh, was dir so zu schaffen macht?«

»Das mit Detective Walsh hat mich nicht gerade aufgemuntert«, antwortete ich.

»Ich werde morgen um neun Uhr beim Staatsanwalt vorsprechen. Von dort werde ich gleich zum Flughafen fahren, aber ich ruf dich noch an und sage dir, wie es gelaufen ist.«

»Gut.«

»Wie du weißt, halte ich sonst nicht sehr viel von Schlafmitteln, aber heute solltest du wirklich eine Pille nehmen. Eine Nacht richtig geschlafen, und die Welt sieht wieder ganz anders aus.«

»Ich glaube auch, das wird das Beste sein«, stimmte ich zu. Dann fügte ich noch an: »Als Ehefrau tauge ich wohl in letzter Zeit nicht besonders.«

Alex küsste mich. »Wir haben noch viele tausend gemeinsame Tage vor uns.« Er küsste mich noch einmal. »Und Nächte.«

Das Schlafmittel tat seine Wirkung. Es war fast acht Uhr, als ich aufwachte. Und sofort wusste ich: Irgendwann in meinen Träumen hatte ich den ersten Teil von dem gehört, was meine Mutter in jener Nacht geschrien hatte.

Du hast es zugegeben, als du besoffen warst.

52

JEFF MACKINGSLEY SASS am Mittwochmorgen pünktlich um halb neun an seinem Schreibtisch. Er hatte das Gefühl, dass es ein langer Tag werden würde, und noch dazu kein guter. Sowohl seine schottische als auch seine irische Großmutter hatten ihn davor gewarnt, dass alles immer in dreifacher Gestalt kommt, besonders der Tod.

Zuerst Georgette Grove, dann Charley Hatch. Der abergläubische Teil seines keltischen Erbes redete Jeff ein, das Gespenst des gewaltsamen Todes schwebe immer noch über Morris County und fordere ein drittes Opfer.

Im Gegensatz zu Paul Walsh, der stur bei seiner Meinung blieb, dass Celia Nolan aus irgendeinem Wahnsinn heraus Georgette ermordet und dass sie sowohl ein Motiv als auch die Gelegenheit hatte, Charley Hatch zu töten, glaubte Jeff, dass Celia Nolan lediglich ein Opfer der Umstände sei.

Kurz darauf betrat Anna sein Zimmer, um ihm mitzuteilen, dass ein Mr. Alex Nolan draußen warte, der darauf bestehe, mit ihm zu sprechen. Im ersten Augenblick begrüßte Jeff die Gelegenheit, mit Celia Nolans Ehemann sprechen zu können. Auf der anderen Seite wollte er nicht riskieren, nach dem Zusammentreffen eventuell falsch zitiert zu werden. »Ist Mort Shelley in seinem Büro?«, fragte er Anna.

»Er ist gerade eben mit einem Becher vorbeigegangen.«

»Dann sagen Sie ihm, er soll ihn auf seinem Schreibtisch abstellen und sofort in mein Zimmer kommen. Bitten Sie Mr. Nolan, fünf Minuten zu warten, und schicken Sie ihn dann rein.«

»Gut.«

Als sich Anna umdrehte, fügte Jeff noch hinzu: »Falls Walsh zu Ihnen kommt – ich will nicht, dass er erfährt, dass Alex Nolan hier ist. Verstanden?«

Statt einer Antwort zog Anna die Augenbrauen hoch und legte einen Finger auf die Lippen. Jeff wusste, dass sie Walsh nicht sonderlich mochte. Kaum eine Minute später trat Mort Shelley ein.

»Tut mir Leid, dass ich Sie von Ihrem Kaffee abhalte, aber Celia Nolans Ehemann ist hier, und ich brauche einen Zeugen für unser Gespräch«, erklärte ihm Jeff. »Machen Sie keine Notizen, während er da ist. Ich habe das Gefühl, das wird keine nette kleine Unterhaltung.«

Als Alex Nolan das Zimmer betrat, war vom ersten Augenblick an klar, dass er sowohl zornig als auch zu Streit aufgelegt war. Nur flüchtig erwiderte er Jeffs Begrüßung und die Bekanntmachung mit Shelley, dann fragte er: »Warum wird meine Frau von einem Ihrer Ermittler beschattet?«

Jeff gestand sich ein, dass er wohl genauso reagiert hätte, wäre er der Ehemann von Celia Nolan gewesen. Selbst angesichts seiner völligen Fixierung auf sie war Walsh zu weit gegangen, als er ihr offen beim Einkaufen gefolgt war. Er glaubte, dass er sie mit seinen Nachstellungen und seiner offen gezeigten Verdächtigung so sehr unter Druck setzen konnte, dass sie den Mord an Georgette gestehen würde. Stattdessen hatte sein Vorgehen nur Feindseligkeit erzeugt, und jetzt war Celias Ehemann, der Anwalt, zum Angriff übergegangen.

»Mr. Nolan, bitte nehmen Sie Platz und lassen Sie mich das erklären«, sagte Jeff. »Auf Ihr neu erworbenes Haus wurde ein Anschlag verübt. Die Maklerin, die es Ihnen verkauft hat, wurde ermordet. Wir haben Anhaltspunkte dafür, dass der Mann, der gestern erschossen wurde, den Anschlag auf Ihr Haus ausgeführt hat. Ich lege Ihnen meine Karten offen auf den Tisch. Die Geschichte Ihres Hauses dürfte Ihnen ja inzwischen bekannt sein – dass Liza Barton in diesem Haus vor vierundzwanzig Jahren ihre Mutter erschossen und ihren Stiefvater verwundet hat. Am Tag, nachdem Sie eingezogen sind, wurde in Ihrer Scheune ein Foto der Barton-Familie an einem Pfosten befestigt.«

»Das Bild am Strand?«, fragte Alex.

»Ja. Es waren keine Fingerabdrücke darauf, abgesehen von denjenigen Ihrer Frau, was zu erwarten war, nachdem sie diejenige gewesen ist, die es abgenommen und mir übergeben hat.«

»Das ist nicht möglich«, sagte Alex Nolan aufgebracht. »Derjenige, der es aufgehängt hat, muss Fingerabdrücke hinterlassen haben.«

»Das ist genau der Punkt. Das Bild ist sorgfältig abgewischt worden. Bei Georgette Grove wurde ein Foto in der Handtasche gefunden, auf dem Ihre Frau zu sehen ist, als sie gerade ohnmächtig zu Boden sinkt. Es ist aus dem *Star-Ledger* ausgeschnitten worden. Auch darauf waren keine Fingerabdrücke. Schließlich wurde gestern Charley Hatch, ein Gärtner, auf einem Grundstück erschossen aufgefunden, das sich in der Nähe des Washington-Valley-Reitclubs befindet, wo Ihre Frau zu dieser Zeit eine Reitstunde nahm. Der Mann hatte ein Foto von Audrey Barton in der Innentasche seiner Jacke. Auch auf diesem Foto waren keine Fingerabdrücke.«

»Ich begreife immer noch nicht, was das alles mit meiner Frau zu tun haben soll«, sagte Alex Nolan in energischem Ton.

»Es hat vielleicht nichts mit Ihrer Frau zu tun, aber es hat alles etwas mit Ihrem Haus zu tun, und wir müssen diesen Zusammenhang herausfinden. Ich kann Ihnen versichern, dass wir die Ermittlungen auf breiter Basis führen und dass wir eine ganze Reihe von Personen dazu befragen.«

»Celia hat den Eindruck, Sie machen sehr viel Aufhebens um die Tatsache, dass sie relativ schnell den Weg nach Hause gefunden hat, nachdem sie die tote Georgette Grove entdeckt hat. Mr. MacKingsley, Ihnen ist doch sicherlich bekannt, das Menschen, die unter großem Stress stehen, zu körperlichen Leistungen imstande sind, die auf den ersten Blick unglaublich erscheinen. Ich erinnere mich da an ein Beispiel, wo ein Mann ein Auto angehoben hat, um sein Kind zu retten, das darunter eingeklemmt war. Meine Frau ist jung, und sie stand schon wegen des Anschlags unter großer Belastung. Zwei Tage später findet sie die Leiche einer Frau, die sie kaum kannte, in einem Haus, in das sie noch nie einen Fuß gesetzt hat. Sie musste damit rechnen, dass derjenige, der Georgette Grove erschossen hatte, sich immer noch im Haus befand. Halten Sie es nicht für denkbar, dass sie in diesem panischen Zustand, mit diesem Gefühl, in Lebensgefahr zu schweben, von ihrem Unterbewusstsein automatisch in die richtige Richtung geführt worden ist?«

»Das gestehe ich Ihnen gerne zu«, räumte Jeff ein. »Aber dennoch bleibt die Tatsache bestehen, dass zwei Menschen tot sind und dass wir jeden befragen müssen, der uns auch nur die geringste Information liefern könnte, die uns vielleicht bei der Suche nach dem Täter weiterhilft. Wir wissen, dass Mrs. Nolan im fraglichen Zeitraum an dem Haus in der Sheep Hill Road vorbeigefahren sein muss, in dessen Garten Charley Hatch erschossen wurde. Wir haben das im Reitclub nachgeprüft. Sie ist dort ungefähr acht Minuten vor zwei angekommen. Sie hat vielleicht ein anderes Auto gesehen, als sie durch diese Straße gefahren ist. Sie hat vielleicht jemanden gesehen, der dort zu Fuß unterwegs war. Sie hat uns gestern gesagt, dass sie Charley Hatch noch nie gesehen hat. Finden Sie es nicht nachvollziehbar, dass wir sie fragen möchten, ob sie vielleicht unbewusst irgendetwas wahrgenommen hat?«

»Ich bin sicher, dass Celia auf jede erdenkliche Weise bereit ist, Ihnen bei Ihren Ermittlungen zu helfen, soweit ihr das möglich ist«, sagte Alex Nolan. »Was soll sie denn zu verbergen haben? Sie ist bis zu ihrem Geburtstag im letzten Monat überhaupt nie in dieser Stadt gewesen, und das zweite Mal war letzte Woche, als wir eingezogen sind. Aber ich bestehe darauf, dass Sie diesen Detective Walsh zurückrufen. Ich werde nicht dulden, dass man ihr nachstellt und sie belästigt. Gestern Abend, als wir zusammen zum Essen ausgegangen sind, ist Celia regelrecht zusammengebrochen. Natürlich mache ich mir Vorwürfe, dass ich so leichtsinnig war, ein Haus zu kaufen, ohne es ihr vorher zu zeigen.«

»Das ist allerdings ziemlich ungewöhnlich«, kommentierte Jeff.

Der Anflug von Lächeln, der über Alex Nolans Gesicht huschte, entbehrte jeder Fröhlichkeit. »Vielleicht eher idealistisch als ungewöhnlich«, sagte er. »Celia hat in den letzten Jahren eine Menge durchmachen müssen. Ihr erster Mann war lange Zeit unheilbar krank, bevor er starb. Vor acht Monaten wurde sie von einem Auto angefahren und erlitt eine schwere Gehirnerschütterung. Ihr Vater hat Alzheimer, und sie hat gerade gestern erfahren, dass es rapide mit ihm bergab geht. Sie hatte sich sehr darauf gefreut, aus der Stadt wegzugehen und in diese Gegend zu ziehen, aber die Häusersuche hatte sie immer wieder hinausgeschoben. Sie wollte das mir überlassen. Als ich das Haus entdeckt habe, in dem wir jetzt wohnen, dachte ich, es wäre genau das, wonach wir gesucht hatten. Es entsprach einfach genau unseren Vorstellungen – ein gediegenes, großes, älteres Haus, mit großzügigen Räumen, in gutem Zustand und mit einer Menge Grund drum herum.«

Jeff fiel auf, dass Nolans Züge sanfter wurden, wenn er von seiner Frau sprach.

»Ceil hat mir einmal von einem schönen Haus erzählt, das sie vor Jahren besichtigt hatte, und unser neues Haus schien mir genau auf diese Beschreibung zu passen. Sicherlich hätte ich mit ihr hierher fahren und es ihr zeigen sollen, bevor ich es gekauft habe. Sicherlich hätte ich mir die Geschichte des Hauses vorher anhören sollen. Aber ich bin nicht hergekommen, um über meine Versäumnisse zu reden oder zu erklären, warum wir in diesem Haus wohnen wollen. Ich bin hergekommen, um sicherzustellen, dass meine Frau nicht länger von Leuten aus Ihrem Mitarbeiterstab drangsaliert wird.«

Er stand auf und streckte die Hand aus. »Mr. MacKingsley, können Sie mir Ihr Wort geben, dass Detective Walsh künftig meine Frau in Ruhe lassen wird?«

Jeff stand auf. »Ja, das kann ich«, sagte er. »Allerdings werde ich ihr noch ein paar Fragen stellen müssen, weil sie am Haus in der Sheep Hill Road vorbeigefahren ist, wo Charley Hatch ermordet wurde, aber das werde ich persönlich übernehmen.«

»Hegen Sie in einem dieser Mordfälle einen Verdacht gegen meine Frau?«

»Aufgrund der Beweise, die uns bisher vorliegen, nein.«

»In diesem Fall werde ich meiner Frau raten, mit Ihnen zu sprechen.«

»Ich danke Ihnen. Das wäre sehr hilfreich. Ich werde versuchen, etwas später heute ein Gespräch zu arrangieren. Werden Sie auch da sein, Mr. Nolan?«

»Nicht in den nächsten Tagen. Ich muss zurzeit in Chicago Aussagen aufnehmen in einem Nachlassfall. Ich bin erst gestern nach Hause gekommen, und ich werde jetzt gleich anschließend nach Chicago zurückfliegen.«

Kaum hatte sich die Tür hinter Nolan geschlossen, als Anna hereinkam. »Der Typ sieht ja unglaublich gut aus«, sagte sie. »Alle Mädchen unter fünfzig haben mich gefragt, ob er Single sei. Ich hab ihnen gesagt, das könnten sie getrost vergessen. Als er wieder rauskam, schien er mir sehr viel ruhiger zu sein als zuvor.«

»Das war er wohl auch«, meinte Jeff, der sich fragte, ob er wirklich fair zu Celia Nolans Ehemann gewesen war. Er blickte zu Mort Shelley. »Was denken Sie, Mort?«

»Ich stimme Ihnen zu. Ich halte sie nicht für verdächtig, aber ich glaube doch, dass es da etwas gibt, was sie uns bisher verschwiegen hat. Verdammt noch mal, als sie gestern die Tür aufgemacht hat und in diesen Reitklamotten vor uns stand, da hab ich einen Augenblick lang gedacht, sie hätte für das Foto Modell gestanden, das wir in Charley Hatchs Tasche gefunden haben.«

»Mir ist es genauso gegangen, aber wenn man das Foto von Audrey Barton mit Mrs. Nolan vergleicht, dann fallen einem auch die Unterschiede auf. Nolan ist viel größer, ihre Haare sind dunkler, ihre Gesichtsform ist anders. Sie hat nur zufällig exakt dieselbe Art von Kleidung getragen, die Barton auf dem Foto trug – Jacke, Reithosen und Reitstiefel. Auch die Art, wie sie ihre Haare trug, war ähnlich.«

Die Unterschiede waren offensichtlich, sagte sich Jeff, und dennoch gab es etwas an Celia Nolan, was ihn an Audrey Barton erinnerte. Und das war mehr als nur die Tatsache, dass beide in Reitkleidung einfach umwerfend aussahen.

53

Am Mittwochmorgen fuhr Ted Cartwright zur Cartwright Town Houses Corporation in Madison. Um halb elf betrat er den Empfangsraum, von dem ein Gang zu seinem Büro führte. Eine lächelnde Amy Stack begrüßte ihn: »Guten Morgen, lieber Santa Claus! Wie stehen die Geschäfte am Nordpol?«

»Amy«, antwortete Cartwright irritiert, »ich habe keine Ahnung, was Sie damit andeuten wollen, und ich habe auch nicht die geringste Lust, es herauszufinden. Ich habe einen voll gepackten Tag vor mir, und ich musste mir extra die Zeit nehmen und herkommen, um noch mal mit Chris Brown zu reden. Er scheint einfach nicht kapieren zu wollen, dass ich nicht bereit bin, seinen Leuten noch mehr Überstunden zu zahlen.«

»Es tut mir Leid, Mr. Cartwright«, entschuldigte sich Amy. »Aber ich muss einfach ständig daran denken, wie wenige Menschen es wohl gibt, die so großzügig sein würden, selbst gegenüber jemandem, der ihnen das Leben gerettet hat.«

Cartwright war schon beinahe an ihrem Schreibtisch vorbei, als er abrupt stehen blieb. »Wovon reden Sie eigentlich?«

Amy sah zu ihm auf und schluckte nervös. Sie arbeitete gern bei Ted Cartwright, doch sie bewegte sich gewissermaßen immer auf Zehenspitzen und versuchte, alles möglichst genau so zu machen, wie er es wollte. Manchmal konnte er entspannt und witzig sein, aber heute Morgen hätte sie wohl besser zunächst seine Laune getestet, bevor sie versuchte, einen Scherz zu landen. Normalerweise war er eigentlich zufrieden mit ihrer Arbeit, aber die wenigen Male, die sie etwas falsch gemacht hatte, war sie von seinem beißenden Sarkasmus bis ins Mark getroffen worden.

Und jetzt stand er vor ihr und verlangte nach einer Erklärung.

»Es tut mir furchtbar Leid«, wiederholte sie. Sie hatte das Gefühl, was immer sie auch sagen würde, es würde nicht gut bei ihm ankommen. Vielleicht hatte er etwas dagegen, dass Mr. Willet ihr verraten hatte, weshalb er das Haus geschenkt bekommen sollte. »Mr. Willet hat mir erzählt, dass Sie ihm das Musterreihenhaus schenken, weil er Ihnen vor vielen Jahren das Leben gerettet hat. Aber er hat nicht erwähnt, dass es geheim bleiben soll.«

»Er hat mir das Leben gerettet, und jetzt soll ich ihm das Musterhaus schenken? Wollen Sie mir sagen, Zach Willet hätte das behauptet?«

»Ja, und wenn das nicht stimmt, ist uns dadurch vielleicht schon ein Käufer entgangen. Die Leute aus Basking Ridge, die es sich angeschaut haben, die Matthews, haben gerade eben angerufen, und ich habe ihnen gesagt, es sei schon verkauft.«

Cartwright starrte immer noch auf Amy, sein normalerweise stärker gerötetes Gesicht war bleich geworden, sein Blick bohrte sich in ihre Augen.

»Mr. Willet hat vor einer Weile angerufen. Er sagte, er habe die Absicht, am Wochenende einzuziehen«, fuhr sie fort, etwas Mut aus der Tatsache schöpfend, dass dies alles schließlich nicht ihre Schuld sei. »Ich habe ihn gefragt, ob er vielleicht noch ein bisschen damit warten könne, bis alle Einheiten verkauft seien, weil es sich um unser voll möbliertes Musterreihenhaus handelte, doch er meinte, das sei nicht möglich.«

Ted Cartwright hatte vornübergebeugt vor Amy gestanden und auf sie hinuntergeblickt. Jetzt richtete er sich auf und blieb einen Moment lang schweigend stehen. »Ich werde mit Mr. Willet reden«, sagte er ruhig.

In dem einen Jahr, das sie jetzt als Verkäuferin für die Cartwright Town Houses Corporation arbeitete, hatte Amy schon einige Wutanfälle ihres Chefs über Verzögerungen beim Bau und Kostenüberschreitungen erlebt. Aber bei keinem dieser Ausbrüche hatte sie beobachtet, dass sein zunächst rot anlaufendes Gesicht vor Wut bleich geworden war.

Doch dann lächelte Cartwright unversehens. »Amy, ich muss gestehen, dass ich für einen Augenblick genauso darauf reingefallen bin wie Sie. Das sieht Zach wieder mal ähnlich, die Leute so auf den Arm zu nehmen. Ziemlich schlechter Scherz, muss ich sagen. Wir sind seit vielen Jahren befreundet. Letzte Woche haben wir auf das Spiel Yankees gegen Red Sox gewettet. Er ist ein leidenschaftlicher Red-Sox-Fan. Ich bin für die Yankees. Wir haben um hundert Dollar gewettet, doch Zach hat dann noch gesagt, wenn die Punktedifferenz mehr als zehn Runs betrage, schuldete ich ihm ein Haus.« Ted Cartwright gluckste. »Ich hab das natürlich nicht ernst genommen, aber ich vermute, Zach wollte mal testen, wie ich reagiere, und hat es einfach versucht. Tut mir Leid, wenn er Ihnen Ihre Zeit gestohlen hat.«

»Das hat er allerdings«, sagte Amy verärgert. Weil sie Zach Willet gestern Abend das Haus zeigen musste, war sie zu spät zu ihrer Verabredung mit ihrem neuen Freund erschienen. Er hatte ihr ziemliche Vorwürfe gemacht, weil sie sich mit dem Essen beeilen mussten, um noch rechtzeitig ins Kino zu kommen. »So wie er angezogen war, hätte ich mir eigentlich denken können, dass er sich das Haus nicht leisten kann. Das wirklich Ärgerliche darin aber ist, dass wir seinetwegen vielleicht einen potenziellen Käufer verloren haben.«

»Setzen Sie sich sofort mit den Matthews in Verbindung«, ordnete Cartwright an. »Wenn sie erst heute Morgen angerufen haben, ist es vielleicht noch nicht zu spät. Lassen Sie Ihren Charme spielen, dann ist auch eine Prämie für Sie drin. Und was Zach Willet betrifft, diese Geschichte bleibt besser unter uns, nicht wahr? Dass wir beide zunächst darauf reingefallen sind, lässt uns ja ziemlich dumm dastehen.«

»Ja«, pflichtete Amy bei. Die Aussicht auf eine Prämie versetzte sie in Hochstimmung. »Aber, Mr. Cartwright, wenn Sie das nächste Mal mit Mr. Willet sprechen, richten Sie ihm bitte von mir aus, dass sein Scherz überhaupt nicht komisch war und dass er einen guten Freund wie Sie nicht auf so gemeine Weise hereinlegen sollte.«

»Da haben Sie Recht, Amy«, sagte Ted Cartwright leise. »Nein, das hätte er wirklich nicht tun sollen.«

54

Es war ein weiterer kurzer Abschied zwischen Alex und mir. Vom Büro des Staatsanwalts wollte er gleich weiter zum Flughafen fahren. Sein Versprechen, »dem ganzen Haufen mal gehörig die Meinung zu sagen«, hatte mich hoffnungsvoll gestimmt, mir aber auch ein wenig Angst gemacht. Wenn sie aufhörten, mir Fragen zu stellen, würde ich die Sache durchstehen. Doch wenn sie nicht aufhörten, und ich mich weigerte, auf ihre Fragen zu antworten, dann würde ich zwangsläufig zu ihrer Hauptverdächtigen werden. Als ich Alex einen Kuss gab, flüsterte ich: »Sie sollen mich in Ruhe lassen.«

Seine grimmige Antwort, »Keine Angst, dafür werde ich sorgen«, hatte mich ermutigt. Ich dachte an den bevorstehenden Termin bei Benjamin Fletcher. Sollte ich ihm anvertrauen, dass ich Liza war? Als mein Anwalt wäre er zum Schweigen verpflichtet. Und er könnte mir beratend zur Seite stehen und mich vielleicht wirksam vor weiterer Bedrängnis durch die Staatsanwaltschaft schützen – wenn ich ihm die Wahrheit offenbarte. Ich beschloss, so lange abzuwarten, bis ich ihm persönlich gegenübersaß, und mich erst dann zu entscheiden.

Um Viertel nach acht brachte ich Jack in den Kindergarten. Um keinen Preis wollte ich heute in den Coffee Shop gehen, weil ich befürchtete, dass Detective Walsh wieder dort sitzen und auf mich warten könnte. Stattdessen ging ich um die Kirche herum und betrat den Friedhof. Ich hatte schon ein paarmal das Bedürfnis verspürt, das Grab meiner Mutter und meines Vaters aufzusuchen. Die Sorge, aufzufallen und Neugierde zu erwecken, hatte mich jedoch bislang davon abgehalten. Heute indes war weit und breit niemand zu sehen, und so konnte ich ungestört vor dem Grab stehen bleiben, in dem sie Seite an Seite lagen.

Der Grabstein war sehr einfach gehalten. Ein Blattmuster rahmte die polierte Marmorplatte. Über dem Sockel waren die Worte »Die Liebe währt ewig« eingraviert. In der Mitte standen die Namen meiner Eltern mit den Geburts- und Sterbedaten. In anderen Teilen des Friedhofs befanden sich die Gräber von Generationen meiner Familie, aber als mein Vater gestorben war, hatte meine Mutter dieses Grab gekauft und diesen Stein errichten lassen. Ich kann mich genau an seine Beerdigung erinnern. Ich war sieben Jahre alt, trug ein weißes Kleid und hielt eine langstielige Rose in der Hand. Mir wurde gesagt, dass ich sie auf den Sarg legen sollte. Ich begriff, dass mein Vater tot war, doch die Tränen hatte ich bereits hinter mir. Ich war zu sehr damit beschäftigt, meine Ohren vor den Gebeten des Pfarrers und den gemurmelten Antworten der versammelten Menschen zu verschließen.

Ich versuchte, im Geiste meinem Vater nahe zu sein, seine Stimme zu hören, in Gedanken seine Hand zu ergreifen und ihn zu bitten, bei uns zu bleiben. Meine Mutter wahrte während des gesamten Gottesdienstes die Fassung, anfangs auch am Grab. Erst in dem Moment, da sie als Letzte ihre Blume auf den Sarg legen sollte, brach es aus ihr heraus: »Ich will meinen Mann. Ich will meinen Mann!«, und sie sank mit herzzerreißendem Schluchzen auf die Knie.

In meiner Erinnerung sah ich noch Ted Cartwright, der eine Bewegung machte, als ob er ihr aufhelfen wollte, sich dann aber besann und stehen blieb.

Ich glaube, dass Liebe ewig währt. Ich stand vor dem Grab und betete für und zu meinen Eltern. Helft mir, bitte helft mir. Helft mir, das durchzustehen. Sagt mir, was richtig ist. Ich weiß nicht, was ich tun soll.

Benjamin Fletchers Büro befand sich in Chester, einer Stadt, die etwa zwanzig Minuten Fahrt von Mendham entfernt ist. Wir waren für neun Uhr miteinander verabredet. Ich fuhr vom Friedhof aus direkt hin, parkte den Wagen und fand auf dem Weg zu seinem Büro noch einen kleinen Imbissladen, wo ich einen heißen Kaffee trank und an einem Bagel knabberte.

Ein Hauch von Herbst lag in der klaren, frischen Luft. Ich trug eine Strickjacke mit Zopfmuster und ein breites Tuch in einem Farbton, der irgendwo zwischen Orangebraun und Zimt angesiedelt war. Die Wolle fühlte sich angenehm warm an. In den letzten Tagen hatte ich immer wieder gefröstelt, selbst wenn die Sonne kräftig geschienen hatte. Ich hatte das Gefühl, dass die fröhliche Farbe der Jacke mein Gesicht, das müde und abgespannt aussah, ein bisschen aufhellte.

Eine Minute vor neun stieg ich die Treppe zu Benjamin Fletchers Büro im ersten Stock hinauf. Ich gelangte in einen kleinen Vorraum, in dem ein schäbiger Schreibtisch stand, an dem in früheren Zeiten eine Sekretärin gesessen haben mochte, falls es je eine gegeben hatte. Die Wände waren schon lange nicht mehr gestrichen worden. Der Parkettfußboden war stumpf und abgewetzt. Zwei mit Kunstleder bezogene Sesselchen standen gegenüber dem Schreibtisch an der Wand. Auf dem kleinen Tischchen davor lag ein Stapel zerlesener Zeitschriften.

»Sie müssen Celia Nolan sein«, dröhnte eine Stimme aus dem hinteren Zimmer.

Schon beim Klang dieser Stimme bekam ich feuchte Hände. Plötzlich schoss mir durch den Kopf, dass es ein Fehler war, hierher zu kommen. Am liebsten hätte ich kehrtgemacht und wäre die Treppe wieder hinuntergerannt. Aber es war bereits zu spät. Der riesige Mann stand mit ausgestreckter Hand im Türrahmen, mit demselben breiten, freudlosen Lächeln im Gesicht wie damals, als er zum ersten Mal auf mich zugekommen war und gesagt hatte: »Das ist also das kleine Mädchen, das so dick in der Tinte sitzt?«

Warum hatte ich mich nicht daran erinnert?

Er trat auf mich zu, drückte mir die Hand und sagte: »Freut mich immer, wenn ich einer hübschen jungen Dame helfen kann, die in Schwierigkeiten ist. Kommen Sie rein.«

Es blieb mir nichts anderes übrig, als ihm in das chaotisch anmutende Zimmer zu folgen, das offensichtlich sein privates Büro war. Er ließ sich hinter seinem Schreibtisch in den Stuhl fallen. Seine breiten Hüften ragten über die Armlehnen hinaus, Schweißperlen hatten sich auf seiner Stirn gebildet, obwohl das Fenster offen stand. Sein Hemd war wohl frisch gewesen, als er es am Morgen angezogen hatte, aber mit den hochgekrempelten Ärmeln und den zwei geöffneten Knöpfen am Kragen erweckte Fletcher den Eindruck, das zu sein, was er vermutlich auch war: ein Anwalt im Ruhestand, der sein Büro noch weiter betrieb, weil er nicht wusste, was er sonst mit sich hätte anstellen sollen.

Aber jedenfalls war er nicht auf den Kopf gefallen. Das wurde mir von dem Augenblick an klar, in dem ich mich widerstrebend in den Sessel setzte, den er mir angeboten hatte, und er zu reden begann. »Celia Nolan, wohnhaft in der Old Mill Lane Nr. 1, Mendham«, sagte er. »Eine ziemlich aufregende Adresse, muss ich sagen.«

Als ich den Termin vereinbart hatte, hatte ich ihm außer meinem Namen und meiner Telefonnummer keine weiteren Angaben genannt. »Das stimmt«, gab ich zu. »Das ist auch der Grund, weshalb ich hier bin.«

»Ich habe alles über Sie gelesen. Ihr Mann hat Ihnen das Haus als Überraschung geschenkt. Schöne Überraschung, kann ich da nur sagen. Wenn Sie mir die Bemerkung erlauben: Ihr Göttergatte scheint nicht allzu viel davon zu verstehen, wie die Frauen ticken. Dann wollen Sie also einziehen und finden diese Riesenschweinerei vor, und ein paar Tage später stolpern Sie über die Leiche der Dame, die Ihnen das Haus verkauft hat. Es ist ganz schön was los in Ihrem Leben. Aber jetzt erzählen Sie mir erst mal, wie Sie auf mich kommen und warum Sie hier sind.«

Bevor ich auch nur zu einer Antwort ansetzen konnte, hob er die Hand. »Moment, wir sollten das Pferd nicht beim Schwanz aufzäumen. Ich verlange dreihundertfünfzig die Stunde plus Auslagen, und bevor Sie den Mund aufmachen und mir sagen ›Helfen Sie mir, ich habe gesündigt‹, bräuchte ich einen Vorschuss von zehntausend Dollar.«

Ohne etwas zu erwidern holte ich mein Scheckheft hervor und schrieb den Scheck aus. Benjamin Fletcher ahnte nichts davon, aber indem er seine Erkundigungen über mich eingeholt hatte, hatte er mir die Entscheidung leichter gemacht. Ich würde seine Dienste in Anspruch nehmen, ohne ihm zu sagen, dass ich Liza sei.

Ich musste also den richtigen Weg finden zwischen dem, was er unbedingt wissen musste, und dem, was ich ihm nicht erzählen wollte, und sagte deshalb: »Ich bin froh, dass Sie sich über mich erkundigt haben. Dann werden Sie auch verstehen, wie man sich fühlt, wenn die Staatsanwaltschaft einen mehr oder weniger offen beschuldigt, den Mord an Georgette Grove begangen zu haben.«

Fletchers Augenlider schienen ständig halb geschlossen zu sein, doch jetzt riss er sie abrupt auf. »Wie bitte? Warum sollten die denn das überhaupt in Erwägung ziehen?«

Ich erzählte ihm von den drei Zeitungsausschnitten, auf denen sich keine Fingerabdrücke befanden, davon, dass ich es in so kurzer Zeit nach Hause geschafft hatte, nachdem ich Georgette gefunden hatte, und dass ich in der fraglichen Zeit, in der der Gärtner erschossen wurde, am Haus in der Sheep Hill Road vorbeigefahren war. »Ich habe Georgette Grove bis zu dem Tag, an dem wir eingezogen sind, überhaupt nicht gekannt«, versicherte ich. »Und von dem Gärtner hatte ich noch nie gehört, bis der Staatsanwalt mich nach ihm gefragt hat. Aber sie glauben trotzdem, dass ich irgendetwas mit der Sache zu tun habe, und das alles wegen dieses Hauses.«

»Ich nehme an, dass Sie inzwischen die Geschichte kennen«, sagte Fletcher.

»Natürlich. Der Grund sind diese drei Fotos. Die Staatsanwaltschaft glaubt, dass die ganze Sache etwas mit dem Haus oder mit der Barton-Familie zu tun hat.« Ich weiß nicht, wie es mir gelungen ist, meinen Nachnamen auszusprechen, ohne ins Stottern zu geraten, und das, obwohl ich ihm die ganze Zeit fest in die Augen schaute.

Und dann sagte er etwas, was mich bis ins Mark erschaudern ließ: »Ich habe immer geglaubt, dieses Mädchen, Liza, würde eines Tages zurückkommen und ihren Stiefvater Ted Cartwright erschießen. Aber es ist ja wohl verrückt, dass diese Vögel aus dem Büro des Staatsanwalts Sie belästigen, wo Sie gerade erst hierher gezogen sind und das Pech hatten, ausgerechnet dieses Haus zum Geburtstag geschenkt zu bekommen. Celia, ich verspreche Ihnen, wir werden uns diese Leute vornehmen, denn wissen Sie, was sonst passiert? Ich werd's Ihnen sagen. Wenn Sie anfangen, ihre Fragen zu beantworten, werden sie Sie aufs Glatteis führen, sie werden Sie in die Enge treiben und Sie so sehr verwirren, dass Sie nach ein paar Tagen selbst glauben werden, Sie hätten diese armen Leute umgebracht, bloß weil Ihnen das Haus nicht gefallen hat.«

»Sie meinen, ich sollte keine Fragen mehr beantworten?«, sagte ich.

»Genau das meine ich. Ich kenne diesen Paul Walsh. Er ist einzig und allein darauf aus, an seiner Karriere zu basteln. Haben Sie schon mal mit Philosophie zu tun gehabt?«

»Ich habe im College mehrere Philosophievorlesungen belegt.«

»Aber vermutlich werden Sie nicht Thomas More gelesen haben. Er war auch Anwalt, Lordkanzler von England. Er hat ein Buch namens *Utopia* geschrieben. Darin steht der Satz: ›Im Himmel gibt es keine Anwälte‹, und obwohl Walsh ein Ermittler ist, hat More auch Leute wie ihn damit gemeint. Dieser Mensch denkt nur an seinen eigenen Vorteil, und man sollte ihm besser nicht in die Quere kommen.«

»Was Sie sagen, erleichtert mich ein bisschen«, sagte ich.

»In meinem Alter nennt man die Dinge beim Namen. Am Montagnachmittag zum Beispiel hat mich diese Frau vom *Star-Ledger*, Dru Perry, besucht. Sie schreibt Hintergrundartikel unter dem Titel ›Was steckt dahinter?‹. Nachdem es so viel Wirbel um Ihr Haus gegeben hat, möchte sie jetzt einen Artikel über den Fall Barton schreiben. Ich hab sie ein bisschen ins Bild gesetzt. Ich hatte das Gefühl, dass ihr Herz voll und ganz für die kleine Liza schlägt, aber ich habe ihr gesagt, sie solle sich da nicht in irgendwas verrennen. Liza wusste, was sie tat, als sie das ganze Magazin auf Ted Cartwright leer feuerte. Er ist immer hinter ihrer Mutter her gewesen, und zwar bevor, während und nachdem sie mit Will Barton verheiratet war.«

Die Bibelstelle »Ich werde dich ausspeien aus meinem Munde« ging mir durch den Kopf, und fast wäre ich aufgesprungen, um mir den Scheck von Benjamin Fletchers Schreibtisch zu schnappen und ihn zu zerreißen. Aber andererseits spürte ich, dass ich ihn brauchte. Ich nahm mich zusammen und sagte: »Mr. Fletcher, ich bin mit einem Anwalt verheiratet. Ich weiß also über die Schweigepflicht eines Anwalts Bescheid, und wenn Sie mich vertreten wollen, dann möchte ich eines klarstellen: Mit einem Anwalt, der Klatschgeschichten über die Familie seiner Mandantin verbreitet, möchte ich nichts zu tun haben, auch wenn es fast ein Vierteljahrhundert später geschieht.«

»Die Wahrheit ist keine Klatschgeschichte, Celia«, entgegnete er, »aber Ihre Botschaft ist angekommen. Und ab jetzt gilt: Wenn Jeff MacKingsley oder Paulie Walsh oder irgendein anderer aus der Truppe versucht, Sie zu verhören, dann schicken Sie ihn zu mir. Ich kümmere mich darum, darauf können Sie sich verlassen. Und hören Sie, Sie brauchen nicht zu denken, dass ich ungerecht gewesen bin, was Little Lizzie betrifft. Ganz sicher wollte sie nicht ihre Mama töten, und dieses Ekel von Ted Cartwright hatte sowieso nichts Besseres verdient.«

55

Lena Santini, die geschiedene Ehefrau von Charley Hatch, war bereit, sich mit Detective Angelo Ortiz um elf Uhr in Charleys Haus in Mendham zu treffen. Sie war eine kleine, dünne Frau Mitte vierzig, mit flammend roten Haaren – eine Farbe, die sie sicherlich nicht von Natur aus hatten. Der Tod ihres Ex-Mannes schien sie aufrichtig getroffen zu haben. »Ich kann einfach nicht glauben, dass ihn jemand erschossen haben soll. Das ergibt einfach keinen Sinn. Warum sollte das jemand tun? Er hat nie jemandem etwas zuleide getan. Es tut mir wirklich Leid um Charley, aber ich kann nicht behaupten, dass da je sehr viel gewesen ist zwischen uns«, sagte sie. »Wir haben vor zehn Jahren geheiratet. Ich war davor schon einmal verheiratet gewesen, aber das hatte nicht funktioniert. Der Typ hat getrunken. Eigentlich hätte es mit Charley und mir klappen können. Ich arbeite als Bedienung und verdiene ganz gut, und ich mag meinen Job.«

Sie saßen im Wohnzimmer. Lena nahm einen Zug von ihrer Zigarette. »Schauen Sie sich die Bude doch an«, sagte sie mit einer wegwerfenden Geste, »diese Unordnung und dieser ganze Dreck, davon krieg ich richtig Gänsehaut. Genauso war es, als ich mit Charley zusammenlebte. Ich hab immer gesagt, das ist doch wirklich keine Mühe, die Unterwäsche und die Socken in den Wäschekorb zu werfen, aber nein, er ließ sie grundsätzlich auf dem Fußboden liegen. Und wer durfte sie dann aufsammeln? Immer wieder hab ich gesagt: ›Charley, alles, was ich von dir verlange, ist, wenn du dir was zu essen machst, hinterher den Teller und das Glas und das Besteck, oder was auch immer, kurz abzuwaschen und in den Geschirrspüler zu stellen.‹ Nie hat er das gemacht. Charley ließ die Sachen einfach auf dem Tisch stehen oder auf dem Teppich neben seinem Sessel. Und außerdem beschwerte er sich ständig. Ich kann Ihnen sagen, in dieser Hinsicht war er der absolute Weltmeister. Ich könnte wetten, wenn er zehn Millionen Dollar beim Lotto gewonnen hätte, wäre er bestimmt sauer gewesen, weil es vielleicht in der Woche davor zehnmal so viel gegeben hatte. Am Ende konnte ich es einfach nicht mehr ertragen, und vor einem Jahr haben wir uns dann getrennt.«

Lenas Züge wurden weicher. »Aber wissen Sie was, mit den Händen war er wirklich unglaublich geschickt. Diese kleinen Figuren, die er geschnitzt hat, waren wunderschön. Ich hab ihm öfter gesagt, er könnte doch ein kleines Geschäft daraus machen, indem er sie verkauft, aber natürlich hat er nicht auf mich gehört. Außerdem hatte er nur hin und wieder Lust, welche zu schnitzen. Ach ja, möge seine Seele Frieden finden. Ich hoffe, dass es ihm im Himmel gefällt.« Ein kurzes Lächeln huschte über ihr Gesicht und verschwand wieder. »Wär das nicht ein Witz, wenn Petrus Charley dort oben zum Chefgärtner machen würde?«

Ortiz, auf der Kante von Charleys Polstersessel sitzend, hatte mitfühlend und geduldig zugehört. Jetzt aber fand er es an der Zeit, mit der Befragung zu beginnen. »Haben Sie Charley noch öfter gesehen in dem Jahr, seit Sie geschieden waren?«

»Nicht oft. Wir haben das Haus, in dem wir gewohnt haben, verkauft und unser Erspartes geteilt. Ich hab die Möbel bekommen und er das Auto. Damit waren wir quitt. Von Zeit zu Zeit hat er mich noch angerufen, und wir haben zusammen einen Kaffee getrunken. Ich glaube, er war immer auf der Suche nach einer neuen Freundin.«

»Wissen Sie, ob er seiner Halbschwester Robin Carpenter nahe stand?«

»Ach die!« Lena verdrehte die Augen. »Das ist eine andere Geschichte. Das Ehepaar, das Charley adoptiert hat, das waren wirklich nette Leute. Sie sind immer gut zu ihm gewesen. Der Vater ist vor ungefähr acht Jahren gestorben. Als die Mutter im Sterben lag, hat sie Charley Fotos von ihm als Baby überreicht und ihm seinen richtigen Nachnamen verraten. Ich kann Ihnen sagen, so was Aufgeregtes wie Charley damals hab ich selten gesehen. Ich nehme an, er hat gehofft, dass seine leiblichen Verwandten stinkreich sein würden. Du meine Güte, war der enttäuscht. Seine richtige Mutter war schon gestorben, und ihr Mann wollte überhaupt nichts von ihm wissen. Aber er hat dabei seine Halbschwester Robin kennen gelernt, und seitdem hat er nur noch nach ihrer Pfeife getanzt.«

Ortiz richtete sich erwartungsvoll auf und entspannte sich schnell wieder, weil er Lena keinen Anlass geben wollte, ihm gegenüber vorsichtig zu werden. »Dann haben sie sich also regelmäßig gesehen?«

»Na klar! Nach dem Motto: ›Charley, kannst du mich in die Stadt fahren? Charley, könntest du mein Auto in die Werkstatt bringen?‹«

»Hat sie ihm Geld dafür gegeben?«

»Nein, aber sie hat ihm das Gefühl gegeben, wichtig zu sein. Ich nehme an, dass Sie sie gesehen haben. Sie ist die Art von Frau, die allen Männern den Kopf verdreht, wenn sie es drauf anlegt.« Lena blickte zu Ortiz. »Sie sind ein gut aussehender Mann. Hat Sie Ihnen nicht auch schon schöne Augen gemacht?«

»Nein«, antwortete der Detective wahrheitsgemäß.

»Na, das kommt noch, warten Sie's ab. Jedenfalls ist sie manchmal mit Charley in New York essen gegangen. Das gab ihm das Gefühl, etwas Besonderes zu sein. Sie wollte nicht, dass die Leute hier erfahren, dass er ihr Halbbruder ist, und sie wollte hier auch nicht mit ihm zusammen gesehen werden, weil sie einen reichen Freund hat. Ach ja, noch etwas für Sie. Charley hat ihr erzählt, manchmal würde er in den Häusern der Leute übernachten, wenn sie nicht da sind. Ich meine, er hatte den Schlüssel zu diesen Häusern und kannte den Sicherheitscode, damit er rein und raus konnte, weil er ja auf sie aufpassen sollte. Und diese Robin war wirklich so unverschämt, ihn zu bitten, diese Häuser auch benutzen zu dürfen, wenn sie mit ihrem Freund zusammen war. Stellen Sie sich das mal vor!«

»Mrs. Santini, haben Sie von dem Anschlag an der Old Mill Lane in Mendham in der letzten Woche gehört?«

»Die Sache bei Little Lizzie's Place? Natürlich, jeder hat doch davon gehört.«

»Wir haben Grund zu der Annahme, dass Charley derjenige war, der diesen Anschlag durchgeführt hat.«

»Das kann doch nicht Ihr Ernst sein«, sagte Lena Santini verblüfft. »Nie hätte Charley so was getan. Das ist ja absurd.«

»Hätte er es getan, wenn er dafür Geld bekommen hätte?«

»Wer hätte ihm denn Geld für so eine idiotische Sache geben sollen?« Lena Santini drückte den Rest ihrer Zigarette im Aschenbecher aus und fischte sich eine neue aus der Packung, die vor ihr auf dem Tisch lag. »Aber wenn ich so darüber nachdenke, dann muss ich sagen: Der einzige Mensch, den ich kenne, der Charley dazu bringen könnte, eine solche Dummheit zu begehen, ist Robin.«

»Robin Carpenter hat uns gesagt, sie habe seit drei Monaten keinen Kontakt mehr mit Charley gehabt.«

»Ach, und wieso hat sie sich dann vor kurzem noch mit ihm in New York zum Abendessen in Patsy's Restaurant in der 56. Straße getroffen?«

»Wissen Sie zufällig noch das genaue Datum?«

»Es war am Samstag vor Labor Day. Das weiß ich genau, weil es Charleys Geburtstag war und ich ihn angerufen habe, um ihn zum Essen einzuladen. Und da sagte er mir, er sei bereits von Robin eingeladen worden, sie wollten zusammen ins Patsy's gehen.«

Plötzlich begann es in Lenas Augen zu glitzern. »Wenn Sie keine weiteren Fragen haben, dann möchte ich jetzt gern wieder gehen. Wissen Sie, Charley hat mir dieses Haus hinterlassen. Nicht dass es besonders viel wert wäre mit der hohen Hypothek. Ich habe Sie heute Morgen gefragt, ob wir uns hier treffen könnten, weil ich ein paar von Charleys Figuren mitnehmen wollte, um sie ihm mit in den Sarg zu legen, aber sie sind alle weg.«

»Die sind bei uns«, antwortete Ortiz. »Leider müssen wir sie behalten, weil es Beweisstücke sind.«

56

Detective Mort Shelley betrat mit dem Sammelalbum von Georgette Grove unter dem Arm die Grove-Immobilienagentur. Er und alle anderen aus dem Ermittlerteam, einschließlich Jeff, waren jede Seite genau durchgegangen, hatten aber keinen einzigen Zeitungsausschnitt gefunden, der zu Georgettes Ausspruch gepasst hätte, wonach sie jemanden wiedererkannt habe. Das Album umfasste viele Jahre, und die meisten Bilder zeigten Georgette bei ihren ehrenamtlichen Tätigkeiten oder beim Empfang einer Auszeichnung oder zusammen mit mehr oder weniger prominenten Leuten, denen sie eine Immobilie verkauft hatte.

»Vielleicht hatte sie das Album auf ihrem Schreibtisch liegen, aber derjenige, den sie wiedererkannt hat, ist gar nicht drin«, war Jeffs Schlussfolgerung gewesen.

Dennoch kommt uns das Ganze nicht ungelegen, dachte Shelley. Dass ich das Album zurückbringen muss, liefert mir einen guten Vorwand, mich noch einmal mit Robin und Henry zu unterhalten.

Robin saß an ihrem Schreibtisch und schaute sofort auf, als sie die Eingangstür hörte. Ihr professionelles Lächeln verschwand jedoch umgehend, als sie den Besucher erkannte.

»Ich bringe nur das Sammelalbum zurück, wie versprochen«, sagte Mort betont freundlich. »Danke, dass Sie es uns geliehen haben.«

»Ich hoffe, es hat Ihnen was gebracht«, sagte Robin. Sie senkte den Blick auf die Papiere, die auf ihrem Schreibtisch lagen. Es war ihr deutlich anzumerken, dass sie im Moment keinen Wert auf eine Unterhaltung legte.

Mort ließ sich wie jemand, der nichts weiter zu tun hat und jede Menge Zeit totschlagen muss, auf das Sofa gegenüber von Robins Schreibtisch fallen.

Sichtlich genervt blickte sie zu ihm auf. »Wenn Sie noch eine Frage haben, stehe ich Ihnen gern zur Verfügung.«

Mort wuchtete seinen massigen Körper hoch und kam auf die Füße. »Diese Couch ist bequem, aber für meinen Geschmack sinkt man zu tief ein. Da kommt man ja kaum noch hoch. Vielleicht sollte ich besser einen Stuhl nehmen und mich zu Ihnen setzen.«

»Mr. ... äh ... entschuldigen Sie. Ich sollte Ihren Namen kennen, aber ich habe ihn vergessen.«

»Shelley. Wie der Dichter. Mort Shelley.«

»Mr. Shelley, ich bin gestern im Büro des Staatsanwalts gewesen und habe Mr. MacKingsley alles gesagt, was für die Ermittlungen von Bedeutung sein könnte. Ich wüsste nicht, was ich dem noch hinzufügen könnte, und solange es diese Agentur noch gibt, habe ich hier einen Job zu erledigen.«

»Ja, ja, ich auch, Miss Carpenter, wir haben alle unseren Job zu erledigen. Es ist halb eins. Haben Sie schon zu Mittag gegessen?«

»Nein. Ich warte noch, bis Henry zurückkommt. Er ist mit einem Kunden unterwegs.«

»Henry ist ein viel beschäftigter Mann, nicht wahr?«

»Ja, wenn Sie so wollen.«

»Gut, nehmen wir mal an, er würde erst um – na, sagen wir vier Uhr zurückkommen. Lassen Sie sich dann was ins Haus bringen? Ich meine, Sie würden doch sicherlich nicht bis vier Uhr warten, bis Sie etwas essen, oder?«

»Nein. Ich würde einfach das Schild an die Tür hängen und kurz über die Straße gehen, um mir etwas zu kaufen.«

»Haben Sie das nicht auch gestern gemacht, Miss Carpenter?«

»Ich habe Ihnen doch gesagt, dass ich mir gestern etwas zu essen mit ins Büro genommen habe, weil Henry zu einer Verabredung mit einem Kunden weg musste.«

»Ja, aber Sie haben uns nicht gesagt, dass Sie dieses Schild irgendwann vor zwei Uhr an die Tür gehängt haben, richtig? Diese nette ältere Dame aus dem Gardinengeschäft weiter unten hat uns nämlich erzählt, sie habe gestern um fünf nach zwei zufällig das Schild gesehen, als sie hier vorbeikam.«

»Wie bitte? Ich habe keine Ahnung, wovon Sie reden. Ach so, doch, jetzt fällt es mir ein. Nachdem hier so viel los war, hatte ich ziemliche Kopfschmerzen. Ich bin kurz zum Drugstore gelaufen, um mir Aspirin zu holen. Ich war nur ein paar Minuten weg.«

»Aha. Etwas anderes: Mein Kollege, Detective Ortiz, hat vor kurzem mit Ihrer Ex-Halbschwägerin gesprochen, falls man so sagen kann.«

»Lena?«

»Genau, Lena. Sie haben uns erzählt, Sie hätten in den letzten drei Monaten keinen Kontakt mit Charley gehabt. Nun hat aber Lena gesagt, Sie hätten vor nicht mal zwei Wochen mit ihm in Patsy's Restaurant in New York zu Abend gegessen. Wer hat jetzt Recht?«

»Ich. Vor ungefähr drei Monaten hat er zufällig an einem Tag angerufen, als mein Auto nicht ansprang. Er bot mir an, den Motor zum Laufen zu bringen und es in der Werkstatt abzuliefern. Ich war mit einer Freundin in New York im Patsy's verabredet, und da hat er mich hingefahren. An diesem Abend hat er gesagt, er würde mich gern an seinem Geburtstag dorthin ausführen, und ich habe im Scherz ›Gut, abgemacht‹ geantwortet. Später, als er mir eine Nachricht hinterlassen hat, um mich daran zu erinnern, habe ich ihm auf die Mailbox geantwortet, dass es nicht klappen würde.

Der arme Kerl hat wirklich geglaubt, ich hätte es ernst gemeint.«

»Sind Sie zurzeit mit irgendeinem bestimmten Mann liiert?«

»Nein, bin ich nicht. Ich nehme an, mit ›irgendeinem bestimmten Mann‹ meinen Sie Ted Cartwright. Wie ich Ihnen und Ihren Kollegen schon gestern gesagt habe, ist er lediglich ein Bekannter von mir. Wir sind ein paarmal zusammen ausgegangen. Punkt.«

»Eine letzte Frage, Miss Carpenter. Die Ex-Frau Ihres Halbbruders hat uns erzählt, Sie hätten Charley gebeten, Ihnen und Ihrem reichen Freund zu erlauben, in einem der Häuser, um die sich Charley gekümmert hat, zu übernachten, wenn die Besitzer verreist waren. Stimmt das?«

Robin Carpenter stand auf. »Jetzt reicht's, Mr. Shelley. Richten Sie bitte Mr. MacKingsley aus, wenn er oder einer seiner Lakaien mir noch weitere Fragen stellen möchte, dann soll er sich an meinen Anwalt wenden. Den Namen erfahren Sie morgen.«

57

Am frühen Mittwochmorgen rief Dru Perry in der Redaktion an und sprach mit Ken Sharkey. »Ich bin an was dran«, sagte sie. »Könntest du jemand anderen beauftragen, zum Gericht zu gehen?«

»Geht klar. Möchtest du darüber reden?«

»Nicht am Telefon.«

»Na gut. Halt mich auf dem Laufenden.«

Dru hatte eine Freundin, Kit Logan, deren Sohn Bob bei der Polizeibehörde von New Jersey im Computerlabor arbeitete. Sie rief Kit an, tauschte ein paar Neuigkeiten aus, versprach ihr, sie bald mal wieder zu treffen, und fragte sie dann nach Bobs privater Telefonnummer. »Ich möchte ihn um einen Gefallen bitten, Kit, und ich möchte ihn nicht bei seiner Dienststelle anrufen.«

Bob wohnte in Morristown. Sie erwischte ihn noch, bevor er das Haus verließ, um zur Arbeit zu fahren. »Klar kann ich mit unserem Computer jemanden künstlich älter machen, Dru«, meinte er. »Wenn du das Foto heute in meinen Briefkasten wirfst, kann ich das bis morgen Abend erledigen. Natürlich sollte das Bild möglichst scharf sein.«

Dru sann über dieses Problem nach, während sie Marmelade auf einen Vollkorntoast strich und an ihrer Tasse nippte. Auf den Bildern, die die Zeitungen nach dem Anschlag abgedruckt hatten, war Liza meistens mit ihren Eltern zu sehen gewesen. Es hatte ein Foto gegeben, das die Familie am Strand von Spring Lake zeigte, ein anderes im Reitclub von Peapack, als Audrey einen Preis gewonnen hatte, und eines, das auf irgendeiner Party im Golfclub aufgenommen worden war. Alle diese Bilder waren nicht besonders scharf gewesen. Audrey ist etwas länger als ein Jahr mit Ted verheiratet gewesen, dachte Dru. Ich bin mir ziemlich sicher, dass die Lokalzeitung *Daily Record* etwas über die Hochzeit gebracht haben müsste.

Sie überlegte, wie sie an weitere Fotos kommen konnte, dann stand sie auf und steckte noch eine Scheibe Brot in den Toaster. »Warum eigentlich nicht?«, fragte sie sich laut. Es gab noch jemanden, der vielleicht ein paar Bilder von Liza haben konnte. Als ich mich letzte Woche mit Marcella Williams unterhalten habe, sprach sie davon, wie missmutig Liza bei der Hochzeit ihrer Mutter mit Ted Cartwright ausgesehen hätte. Ich werde heute als Erstes bei ihr vorbeifahren. Aber vielleicht sollte ich besser vorher anrufen, um sicherzugehen, dass sie da ist. Bestimmt wird sie auf mich warten, wenn sie weiß, dass ich vorbeikommen will. Ansonsten würde sie vielleicht auf ihren Besen steigen und davonfliegen, um die neuesten Klatschgeschichten in Erfahrung zu bringen.

In der Glastür des Geschirrschranks erhaschte Dru ihr Spiegelbild. Sie streckte sich selbst die Zunge raus und schnaufte ärgerlich. Mit diesen Haaren in der Stirn sehe ich wirklich aus wie ein Wollschaf, dachte sie. Aber ich hab nun mal keine Zeit für den Frisör, also werde ich sie mir wieder selbst schneiden. Ist doch völlig egal, wenn es nicht ganz gleichmäßig wird. Das Gute an Haaren ist, dass sie immer wieder nachwachsen. Na ja, natürlich nicht bei jedem, fügte sie mit einem lautlosen Glucksen hinzu, als sie an ihren Chefredakteur Ken Sharkey denken musste.

Der Toast sprang hoch, wie immer war er nur auf einer Seite braun geworden. Sie drehte ihn um und steckte ihn wieder in den Schlitz. Ach ja, noch etwas, ich muss einen neuen Toaster kaufen, dachte sie, als sie die Taste wieder nach unten drückte. Der hier geht mir allmählich auf den Geist.

Während die zweite Scheibe Toast von der anderen Seite geröstet wurde, fuhr Dru fort, in Gedanken ihren Tag vorzubereiten. Ich muss herausfinden, wer dieser Zach ist. Vielleicht fahr ich bei der Polizeiwache vorbei und sehe nach, ob Clyde Earley da ist. Nicht, dass ich ihm verraten will, wer Celia Nolan meines Erachtens in Wirklichkeit ist, aber vielleicht kann ich das Gespräch auf sie bringen und sehen, was passiert. Clyde liebt es, sich selbst reden zu hören. Es wäre interessant zu wissen, ob ihm auch schon durch den Kopf gegangen ist, dass Celia Nolan vielleicht oder sogar wahrscheinlich Liza Barton ist.

Vielleicht oder wahrscheinlich – genau das war der springende Punkt. Die Kelloggs *könnten* entfernte Verwandte sein, und sie *könnten* eine Adoptivtochter in Celias Alter haben, aber das war immer noch kein endgültiger Beweis, dass es sich bei Celia tatsächlich um Liza handelte. Aber da war noch etwas, dachte Dru. Clyde Earley hatte in jener Nacht, als Liza ihre Mutter erschossen hatte, als Erster auf den Notruf von Ted Cartwright reagiert. Er könnte etwas über diesen Unbekannten namens Zach wissen. Dieser Zach muss in dieser Zeit irgendeine Rolle gespielt haben, warum hätte Liza sonst jedes Mal bei der Erwähnung dieses Namens so heftig reagiert?

Nachdem ihre Pläne feststanden, räumte Dru rasch die wenigen Überreste ihres Frühstücks weg, ging nach oben, breitete den Quilt über ihr Bett aus, um einen Anschein von Ordnung wiederherzustellen, und verschwand im Bad, um zu duschen. Danach schlüpfte sie in einen Frotteebademantel, der ihre in die Breite gehenden Proportionen gnädig verhüllte, öffnete das Fenster, prüfte die Luft und beschloss, dass ein Jogginganzug bei den herrschenden Temperaturen genau das Richtige war. Der Jogginganzug, in dem noch nie gejoggt wurde, dachte sie. Was soll's, kein Mensch ist vollkommen, tröstete sie sich.

Um neun Uhr rief sie Marcella Williams an. Ich möchte wetten, dass sie schon seit einer Stunde auf dem Hometrainer sitzt, dachte Dru, als es zum dritten Mal klingelte. Vielleicht steht sie auch gerade unter der Dusche.

Marcella nahm den Hörer genau in dem Augenblick auf, als sich der Anrufbeantworter einschaltete. »Bleiben Sie dran«, sagte sie über die Stimme hinweg, die vom Band ertönte.

Sie klingt etwas gereizt, dachte Dru. Vielleicht habe ich sie tatsächlich aus der Dusche geholt.

Die Ansage vom Band brach ab. »Mrs. Williams, Dru Perry vom *Star-Ledger* hier. Ich hoffe, ich rufe nicht zu früh an.«

»Nein, überhaupt nicht, Miss Perry. Ich bin eine Stunde auf dem Hometrainer gewesen und kam gerade aus der Dusche, als das Telefon klingelte.«

Der Gedanke, dass Marcella Williams am anderen Ende der Leitung in ein Handtuch gewickelt und klatschnass vor sich hin tropfte, erheiterte Dru. Sie hatte den Zeitpunkt für ihren Anruf perfekt gewählt, freute sie sich. »Ich schreibe regelmäßig unter der Rubrik ›Was steckt dahinter?‹ Artikel für die Sonntagsausgabe des *Star-Ledger*«, erläuterte sie.

»Ich kenne diese Serie. Ich kann es immer gar nicht erwarten, die Artikel zu lesen«, unterbrach sie Marcella.

»Im Moment bereite ich einen Artikel über Liza Barton vor, und ich weiß, dass Sie die Familie sehr gut kannten. Deshalb wollte ich fragen, ob ich kurz bei Ihnen vorbeikommen und mich mit Ihnen über die Bartons und besonders über Liza unterhalten könnte.«

»Es wäre mir ein großes Vergnügen, von einer so großartigen Journalistin interviewt zu werden.«

»Haben Sie zufällig auch Fotos von den Bartons?«

»Ja, natürlich. Wir waren eng befreundet, wissen Sie. Als Audrey Ted geheiratet hat, zum Beispiel, haben sie einen

Empfang im Garten ihres Hauses gegeben. Ich habe eine Reihe von Fotos von allen gemacht, aber ich sage Ihnen gleich, es ist keines dabei, auf dem Liza lächeln würde.«

Heute ist mein Glückstag, dachte Dru. »Würde es Ihnen um elf Uhr passen?«

»Perfekt. Allerdings bin ich um halb eins zum Essen verabredet.«

»Es wird bestimmt nicht länger als eine Stunde dauern. Und, Mrs. Williams ...«

»Ach bitte, nennen Sie mich doch einfach Marcella, Dru.«

»Gerne. Marcella, könnten Sie versuchen, sich zu erinnern, ob Audrey oder Will Barton oder auch Ted Cartwright einen Freund namens Zach hatte?«

»Oh, ich weiß, wer Zach ist. Das ist der Reitlehrer vom Washington-Valley-Club, der Will Barton Stunden gegeben hat. An dem Tag, an dem es passiert ist, ist Will allein vorausgeritten und auf den falschen Weg geraten. Deswegen kam es zu diesem tödlichen Unfall. Dru, ich stehe hier und tropfe. Wir sehen uns dann um elf.«

Dru hörte das Knacken im Hörer, blieb jedoch eine geraume Weile regungslos stehen, bis die mechanische Stimme sie daran erinnerte, entweder einen weiteren Anruf zu tätigen oder aufzulegen. Der tödliche Unfall, dachte sie. Zach war der Reitlehrer von Will Barton. Trug Zach etwa Schuld daran, dass es dazu kam? War es unverantwortlich von ihm gewesen, Will Barton allein losreiten zu lassen?

Eine letzte Möglichkeit fiel Dru ein, als sie die Treppe hinunterging. Wenn es überhaupt kein Unfall gewesen ist? Und wenn dem so war, wann hatte Liza davon erfahren?

58

Um ein Uhr umrundete Ted Cartwright das Clubhaus des Washington-Valley-Reitclubs und schritt auf die Ställe zu. »Ist Zach da?«, fragte er Manny Pagan, einen der Stallburschen.

Manny war gerade damit beschäftigt, eine nervöse Stute zu striegeln, die von ihrem unsensiblen Besitzer beim Training überanstrengt worden war. »Ruhig, ruhig, Mädchen«, murmelte er besänftigend.

»Sind Sie taub? Ich hab Sie gefragt, ob Zach da ist?«, bellte Cartwright.

Manny ärgerte sich und wollte gerade entgegnen: »Suchen Sie ihn doch selber«, doch als er aufschaute, sah er, dass Cartwright, den er vom Sehen her kannte, vor Wut bebte. Daher sagte er nur: »Ich bin ziemlich sicher, dass er gerade an dem Picknicktisch da drüben seine Mittagspause macht«, und deutete auf eine Baumgruppe in ungefähr hundert Meter Entfernung.

Ted überquerte das Gelände mit raschen Schritten. Als er auf Zach traf, war dieser gerade dabei, die zweite Hälfte seines Wurst-Sandwiches in Angriff zu nehmen. Ted setzte sich ihm gegenüber. »Was zum Teufel fällt dir eigentlich ein?«, fragte er, die Stimme zu einem drohenden Flüstern gesenkt.

Zach nahm einen Bissen von seinem Sandwich und trank einen Schluck Sprudel, bevor er antwortete. »Das ist wirklich nicht die richtige Art, mit einem Freund zu reden«, sagte er in nachsichtigem Ton.

»Was geht in deinem Kopf vor, dass du dir einbildest, du könntest einfach in mein Büro reinplatzen und der Verkäuferin erzählen, ich würde dir unser Musterhaus schenken?«

»Hat sie dir gesagt, dass ich angerufen habe, weil ich schon am Wochenende einziehen möchte?«, fragte Zach. »Glaub mir, Ted, dort, wo ich jetzt wohne, ist es wirklich die reine Hölle geworden. Die Kinder der Hausbesitzerin feiern jede Nacht ihre Partys und spielen Schlagzeug, dass einem die Ohren abfallen. Und auf der anderen Seite hast du da so ein nettes Häuschen, inmitten all der andern netten Häuschen, und ich hatte einfach das Gefühl, dass du mir diese Freude gönnst.«

»Ich werde sofort die Polizei holen, wenn du versuchst, auch nur einen Fuß über die Schwelle zu setzen.«

»Komisch, warum bin ich mir so sicher, dass du das nicht tun wirst?«, fragte Zach, indem er nachdenklich an Cartwright vorbeischaute.

»Zach, du schröpfst mich jetzt schon seit über zwanzig Jahren. Ich sag dir, hör auf damit, sonst wirst du bald nicht mehr dazu in der Lage sein.«

»Aber Ted, das hört sich ja an wie eine Drohung. Bestimmt meinst du das nicht ernst. Vielleicht sollte ja *ich* zur Polizei gehen. Wie ich die Sache sehe, hab ich dir all die Jahre über erspart, ins Kittchen zu wandern. Natürlich, wenn ich damals den Mund aufgemacht hätte, hättest du wahrscheinlich deine Strafe inzwischen abgesessen und könntest ganz von vorn anfangen – ohne dein Straßen- und Brückenbauunternehmen, deine Wohnsiedlungen, deine Bürokomplexe und deine Kette von Fitness-Centern. Dann würdest du jetzt vielleicht im Rahmen von irgendwelchen staatlichen Programmen zur Verbrechensbekämpfung Ansprachen vor Schulkindern halten.«

»Auf Erpressung steht auch Gefängnis«, zischte Cartwright verächtlich.

»Ted, das Reihenhaus ist für dich doch nur ein Klacks, und mir würde es das Leben wirklich erleichtern. Meine alten Knochen fangen langsam an zu schmerzen. So gern ich mich um die Pferde kümmere, sie machen auch viel Arbeit. Und dann drückt mich eben doch das Gewissen. Stell dir vor, ich würde auf die Polizeiwache von Mendham gehen und dort verkünden, ich wisse etwas von einem Unfall, der keiner war, und ich würde ihnen sagen, ich hätte einen Beweis, aber bevor ich ihnen mehr darüber sagte, müsse man mir Strafimmunität zusichern. Ich glaube, ich hab das schon mal erwähnt.«

Ted Cartwright erhob sich. An seinen Schläfen traten die Adern hervor. Seine Hände hielten die Tischkante umklammert, als ob nur das ihn davor zurückhalten könne, sich an dem Mann zu vergreifen, der vor ihm saß. »Ich kann dir nur eins raten: Sei vorsichtig, Zach!« Er stieß die Worte abgehackt hervor.

»Keine Angst, ich bin vorsichtig«, beruhigte ihn Zach frohgemut. »Deshalb hab ich dafür gesorgt, dass ein gewisses Beweisstück sofort gefunden wird, falls mir etwas zustoßen sollte. Nun gut, ich muss langsam zurück. Gleich kommt eine nette junge Dame zur Reitstunde. Sie wohnt in deinem alten Haus – du weißt schon, das Haus, in dem die Schießerei war. Irgendwie macht sie mich neugierig. Behauptet, sie wäre früher nur ab und zu auf einem Pony geritten, aber mir kann sie sonst was erzählen. Sie reitet ziemlich gut. Und außerdem ist sie aus irgendeinem Grund sehr an diesem Unfall interessiert, über den wir beide Bescheid wissen.«

»Hast du mit ihr darüber gesprochen?«

»Na klar. Nur die Pointe hab ich ausgelassen. Denk noch mal drüber nach, Ted, dann wirst du es schon einsehen. Vielleicht könntest du sogar deiner Amy den Auftrag geben, den Kühlschrank ein bisschen aufzufüllen, bevor ich am Samstag einziehe. Das wäre doch eine nette Willkommensgeste, findest du nicht?«

59

Am Mittwochnachmittag um zwei Uhr versammelten sich Paul Walsh, Angelo Ortiz und Mort Shelley im Zimmer von Jeff MacKingsley, um die Ergebnisse ihrer Ermittlungen zu den »Little-Lizzie-Morden«, wie sie mittlerweile von den Medien genannt wurden, zu besprechen. Alle hatten sie Papiertüten mit Sandwiches und Kaffee oder Softdrinks mitgebracht.

Auf Jeffs Bitte hin begann Ortiz mit seinem Bericht. Er fasste kurz den Inhalt seines Gesprächs mit Lena Santini, der Ex-Frau von Charley Hatch, zusammen, insbesondere was sie ihm über die Beziehung zwischen Robin Carpenter und Charley erzählt hatte.

»Sie meinen, Carpenters Geschichte von gestern war eine glatte Lüge?«, fragte Jeff. »Für wie blöd hält die uns eigentlich?«

»Ich habe Carpenter heute Vormittag gesehen«, schaltete sich Mort Shelley ein. »Sie bleibt bei ihrer Aussage, dass sie Charley seit drei Monaten nicht gesprochen hat. Sie erklärt die angebliche Geburtstagseinladung damit, dass es seine Idee war, und sie ihm eine Nachricht hinterlassen hat, in der sie das Ganze abgeblasen hat. Sie bestreitet kategorisch, an diesem Abend im Patsy's gewesen zu sein.«

»Gut, dann werden wir uns Fotos von Robin Carpenter und Charley Hatch besorgen und sie dem Ober, dem Barmann und allen Bedienungen im Patsy's zeigen«, sagte Jeff. »Ich denke, wir haben genug beisammen, dass uns ein Richter Zugang zu ihren Telefondaten verschafft. Wir werden auch die Kontoauszüge ihrer Kreditkarten und ihrer Scheckkarte für die Brückenmautgebühren überprüfen lassen. Wir haben bereits den richterlichen Befehl, um an Charleys Telefondaten zu kommen. Sie sollen noch heute eintreffen. Es wäre ganz gut, wenn wir uns auch bei ihm die Konten der Kreditkarten und der Brückenkarte anschauen. Entweder Carpenter lügt oder die Ex-Frau. Das werden wir schon herausfinden.«

»Ich kann mir nicht vorstellen, dass Lena Santini gelogen hat«, warf Ortiz ein. »Sie hat nur wiedergegeben, was Charley ihr über Robin Carpenter erzählt hat. Übrigens, sie hat sogar gefragt, ob sie ein paar von diesen geschnitzten Figuren mit in seinen Sarg legen könnte. Ich hab ihr gesagt, dass wir sie nicht freigeben können.«

»Vielleicht möchte sie auch noch diesen Totenkopf mit den gekreuzten Knochen haben, den Charley in die Haustür der Nolans geschnitzt hat«, meinte Mort Shelley. »Das war wirklich gekonnt gemacht. Ich war überrascht, dass er gestern immer noch da war.«

»Ja, wir hatten viel Zeit, uns das Kunstwerk anzuschauen, als wir vor der Haustür standen und Celia Nolan uns nicht reinlassen wollte«, sagte Paul Walsh. »Soviel ich weiß, wollten Sie heute mit ihr sprechen, Jeff.«

»Nein, ich werde nicht mit ihr sprechen können«, sagte Jeff kurz angebunden. »Als ich sie angerufen habe, hat sie mich an ihren Anwalt Benjamin Fletcher verwiesen.«

»Benjamin Fletcher!«, rief Mort Shelley. »Das war doch der Anwalt von Little Lizzie! Was zum Teufel hat denn Celia Nolan mit dem zu schaffen?«

»Nun ja, er hat sie doch schon einmal rausgehauen, nicht?«, sagte Walsh ruhig.

»Hat wen rausgehauen?«

»Liza Barton, wen sonst?«, antwortete Walsh.

Jeff, Mort und Angelo starrten ihn an. Paul Walsh genoss die allgemeine Verblüffung und lächelte. »Ich gehe jede Wette ein, dass unsere Celia Nolan niemand anders ist als dieses gestörte zehnjährige Mädchen, das auf seine Mutter und seinen Stiefvater geschossen hat. Als sie sich im Haus ihrer Kindheit wiederfand, dort, wo alles passiert ist, da ist sie endgültig durchgedreht.«

»Sie sind ja vollkommen verrückt«, sagte Jeff scharf. »Und es ist Ihre Schuld, dass sie sich einen Anwalt genommen hat. Sie hätte mit uns kooperiert, wenn Sie sie nicht so offen verdächtigt hätten, und das nur wegen der Zeit, die sie gebraucht hat, um von der Holland Road nach Hause zu fahren.«

»Ich habe mir die Mühe gemacht, ein bisschen über Celia Nolan nachzuforschen. Sie wurde adoptiert. Sie ist vierunddreißig Jahre alt, genau das Alter, in dem Liza Barton inzwischen sein dürfte. Und als wir sie gestern in diesen Reitklamotten gesehen haben, da hat es uns doch allen die Sprache verschlagen, und das war kein Zufall. Natürlich ist sie größer als Audrey Barton. Und ihre Haare sind dunkler als die von Audrey Barton, aber da hat wohl der Frisör ein bisschen nachgeholfen – ich habe zufällig gesehen, dass sie an den Wurzeln blond nachwachsen. Ich behaupte also schlicht und einfach: Audrey Barton war Celia Nolans Mutter.«

Jeff verharrte eine Weile schweigend. Etwas in ihm sträubte sich gegen das, was ihm allmählich dämmerte – dass Paul Walsh vielleicht auf der richtigen Spur war.

»Nachdem ich Celia Nolan in den Reitsachen gesehen habe, habe ich mich erkundigt. Sie nimmt Reitstunden im Washington-Valley-Club. Ihr Lehrer ist Zach Willet, zufällig derselbe Lehrer, der auch Will Barton Unterricht gegeben hat, der damals bekanntlich bei einem Reitunfall ums Leben kam«, fuhr Walsh fort, der kaum seine Befriedigung darüber verbergen konnte, welchen Eindruck seine Aussagen auf die Kollegen machten.

»Wenn Celia Nolan tatsächlich Liza Barton ist, glauben Sie, dass sie Zach Willet für den Tod ihres Vaters verantwortlich macht?«, fragte Mort.

»Ich würde mal so sagen: Wenn ich Zach Willet wäre, würde ich mich davor hüten, allzu lange mit dieser Lady allein zu bleiben«, antwortete Walsh.

»Ihre Hypothese, Paul – und einstweilen bleibt es nur eine Hypothese –, geht völlig an der Tatsache vorbei, dass der Anschlag auf das Haus von Charley Hatch durchgeführt wurde«, sagte Jeff. »Wollen Sie unterstellen, dass Celia Nolan Charley Hatch gekannt hat?«

»Nein, das will ich nicht, und ich gehe ebenso von der Tatsache aus, dass sie Georgette nicht gekannt hat, bevor sie Dienstag vor einer Woche in das Haus eingezogen ist. Was ich sagen will, ist, dass sie endgültig aus dem Gleichgewicht geraten ist, als sie die Schrift auf dem Rasen, die Puppe mit der Pistole, den Totenkopf an der Haustür und die verspritzte Farbe gesehen hat. Sie wollte sich an den Leuten rächen, die sie in diese Lage gebracht hatten. Sie war diejenige, die Georgettes Leiche gefunden hat. Wenn sie Liza Barton ist, dann haben wir auch eine Erklärung dafür, warum sie den Rückweg so gut kannte. Ihre Großmutter hat nur wenige Straßen von der Holland Road entfernt gewohnt. Sie gibt zu, dass sie genau in der fraglichen Zeit, in der der Mord geschehen ist, an dem Haus vorbeigefahren ist, wo Hatch gearbeitet hat. Selbst diese Fotos, die wir gefunden haben, kann man als Appell deuten, als Zeichen, dass sie uns anfleht, sie wiederzuerkennen.«

»Deswegen kommt Celia Nolan aber trotzdem nicht ohne weiteres für den Mord an Hatch in Frage. Wie sollte sie herausgefunden haben, dass er derjenige war, der das Haus verschandelt hat?«, warf Ortiz ein.

»Der Müllmann hat doch überall herumerzählt, dass Clyde Earley die Schuhe, die Jeans und die Figuren von Hatch aus dem Müllsack gefischt hat«, entgegnete Walsh.

Jeff fühlte sich jetzt wieder etwas bestärkt in seiner anfänglich nur instinktiven Abwehr gegen Walshs Hypothese. »Wenn ich Sie recht verstehe, dann hat also Celia Nolan – einmal angenommen, sie ist tatsächlich Liza Barton – zufällig den Klatsch von einem Müllmann gehört, hat dann herausgefunden, wo Charley Hatch, den sie nie zuvor gesehen hat, gerade arbeitet, hat ihn irgendwie dazu gebracht, sich an die Lücke in der Hecke zu stellen, hat ihn erschossen, um dann zu ihrer Reitstunde weiterzufahren?«

»Sie hat es so arrangiert, dass sie sich zur richtigen Zeit in dieser Straße befand«, beharrte Walsh hartnäckig.

»Richtig, sie war dort. Und wenn Sie sie nicht so sehr in die Enge getrieben hätten, dann würde sie vermutlich in diesem Augenblick mit mir sprechen und mir vielleicht auch einen Hinweis geben können, etwa, dass sie ein Auto auf der Straße gesehen hat oder eine Person, die zu Fuß unterwegs war. Paul, Sie sind nur versessen darauf, Celia Nolan alles in die Schuhe zu schieben, und ich gebe ja zu, dass es eine tolle Schlagzeile abgeben würde: ›Little Lizzie schlägt erneut zu.‹

Aber ich sage Ihnen eines: Es muss jemanden geben, der Charley Hatch zu dem Anschlag angestiftet hat. Ich bin nicht bereit, an die Geschichte zu glauben, die uns Earley aufgetischt hat. Sie ist zu glatt, zu bequem. Ich bin ziemlich sicher, dass er in Hatchs Müll rumgewühlt hat, als er noch auf seinem Grundstück stand. Es würde mich nicht wundern, wenn er die Sachen mitgenommen hat und Hatch gemerkt hat, dass sie weg waren. Später ist Earley dann noch mal hingefahren, hat alles in die Tonne zurückgestopft und gewartet, bis ein passender Zeuge vorhanden war, der bestätigen konnte, dass er die Sachen erst außerhalb des Grundstücks herausgeholt hat. Wenn Hatch aber in Panik geraten ist, dann könnte derjenige, der ihn angeheuert hat, ebenfalls die Nerven verloren haben. Und außerdem glaube ich, dass Georgette Grove herausgefunden hat, wer den Anschlag in Auftrag gegeben hat, und dafür musste sie mit dem Leben bezahlen.«

»Jeff, Sie würden vor Gericht einen großartigen Verteidiger für Celia Nolan abgeben. Sie ist auch wirklich sehr attraktiv, nicht wahr? Die Art, wie Sie sie ansehen, ist mir schon aufgefallen.«

Als er in die eisige Miene des Staatsanwalts blickte, wurde Walsh bewusst, dass er zu weit gegangen war. »Tut mir Leid«, murmelte er. »Aber ich bleibe bei meiner Hypothese.«

»Wenn dieser Fall vorbei ist, werden Sie sich bestimmt wohler fühlen, wenn Sie in eine andere Abteilung versetzt werden«, sagte Jeff. »Sie sind ein kluger Mann, Paul, und Sie könnten ein guter Ermittler sein, mit einer Ausnahme: Wenn Sie sich Ihre Hypothese zurechtgezimmert haben, dann halten Sie stur daran fest und werden blind für alles andere. Sie sind einfach nicht offen für die anderen Möglichkeiten, und, ehrlich gesagt, habe ich ganz generell einfach die Nase voll von Ihnen. Schön, ich sage Ihnen jetzt, was wir tun werden.

Im Lauf des Tages sollten wir Charley Hatchs Telefondaten bekommen. Mort, kümmern Sie sich um den Antrag an den Richter, damit wir nicht nur an die Telefondaten von Robin Carpenter, sondern auch von Henry Paley und Ted Cartwright kommen – sowohl die privaten als auch die Büroanschlüsse. Ich möchte alles über die ein- und ausgehenden Anrufe dieser Leute in den letzten zwei Monaten auf dem Tisch haben. Ich gehe davon aus, dass wir genügend Gründe haben, das zu beantragen. Dann möchte ich auch die Kontoauszüge für die Kreditkarten von Carpenter und Hatch sowie für deren Gebührenkarten. Außerdem werde ich beim Familiengericht beantragen, Einblick in die Adoptionsakte von Liza Barton zu bekommen.«

Jeff blickte zu Paul Walsh. »Ich gehe jede Wette mit Ihnen ein, dass Celia Nolan, selbst wenn sie tatsächlich Liza

Barton sein sollte, ein Opfer der Umstände ist. Ich habe immer geglaubt, dass Liza schon als Kind nur ein Opfer von Ted Cartwrights Missetaten gewesen ist, und ich glaube, dass irgendjemand, aus welchem Grund auch immer, in diesem Augenblick versucht, Celia Nolan eine Falle zu stellen, indem er den Verdacht für diese beiden Morde auf sie lenkt.«

60

NACHDEM ICH BENJAMIN Fletchers Büro verlassen hatte, fuhr ich eine Weile ziellos durch die Straßen und versuchte, mir darüber klar zu werden, ob ich ihm hätte anvertrauen sollen, dass ich Liza Barton war, und ob ich mich überhaupt an ihn hätte wenden sollen. Seine schreckliche Behauptung, meine Mutter hätte eine Affäre mit Ted gehabt, noch während sie mit meinem Vater verheiratet war, machte mich wütend, obwohl ich mir die bittere Wahrheit eingestehen musste, dass sie zweifellos in Ted verliebt gewesen war, als sie ihn geheiratet hatte.

Doch andererseits sagte ich mir, dass es auch sein Gutes habe, Fletcher als Anwalt zu engagieren. Er machte keinen Hehl daraus, dass er Paul Walsh verachtete, und er würde mit allen Mitteln versuchen, ihn daran zu hindern, mir weiter nachzustellen. Es würde mir auch die Aufgabe etwas erleichtern, Alex zu erklären, warum ich nicht mehr mit der Staatsanwaltschaft kooperieren wollte. Ich konnte darauf hinweisen, dass alles, was passiert war, mit dem Fall Liza Barton zusammenzuhängen schien, und dass ich mich deswegen gleich an ihren damaligen Anwalt gewendet hätte. Immerhin klang das nicht völlig unglaubwürdig.

Mir war klar, dass ich Alex irgendwann doch die Wahrheit über mich sagen musste – und damit riskieren musste, ihn zu verlieren –, aber ich wollte es jetzt noch nicht tun. Ich hatte das sichere Gefühl, wenn ich mich nur genau an das erinnern könnte, was meine Mutter damals im Streit mit Ted geschrien hatte, dann würde ich den Schlüssel zu allem, was danach geschah, in der Hand halten, den Grund, weshalb er sie gegen mich geschleudert hatte, vielleicht sogar die Antwort auf die Frage, ob ich bewusst auf ihn geschossen hatte.

Auf allen Bildern, die ich als Kind für Dr. Moran gezeichnet hatte, schwebte die Pistole in der Luft. Keine Hand berührte sie. Sicher wusste ich nur, dass sich der erste Schuss gelöst hatte, als der Körper meiner Mutter gegen meine Hand geprallt war. Ich wünschte mir, irgendwann beweisen zu können, dass ich unter Schock stand, als ich auf Ted geschossen hatte.

Zach war der Schlüssel zu all diesen Fragen. Bisher hatte ich immer geglaubt, dass mein Vater bei einem Unfall ums Leben gekommen war. Immer wieder bemühte ich mich, die letzten Sätze meiner Mutter zusammenzusetzen, doch die fehlenden Worte fielen mir nicht ein:

Du hast es zugegeben, als du besoffen warst … Zach hat es gesehen …

Was hatte Ted zugegeben? Und was hatte Zach gesehen?

Es war erst zehn Uhr. Ich rief beim *Daily Record* an. Dort sagte man mir, dass alle alten Jahrgänge der Zeitung auf Mikrofilm gespeichert seien, die man in der öffentlichen Bibliothek in der Randolph Street einsehen könne. Um halb elf stand ich im Lesesaal der Bibliothek und verlangte den Mikrofilm mit den Ausgaben ab dem 9. Mai vor siebenundzwanzig Jahren, dem Tag, an dem mein Vater gestorben war.

Natürlich fiel mir ein, als ich in der Ausgabe vom 9. Mai zu lesen begann, dass der Bericht über den Unfall meines Vaters erst in der Ausgabe vom Folgetag stehen konnte. Als ich dennoch die Spalten überflog, fiel mir auf, dass für diesen Tag um zwölf Uhr mittags ein Schießwettbewerb mit antiken Pistolen in Jockey Hollow angekündigt wurde. Zwanzig Sammler von alten Schusswaffen sollten gegeneinander antreten, darunter der bekannte Sammler Ted Cartwright.

Ich betrachtete das Foto von Ted. Er war damals Ende dreißig, seine Haare waren noch nicht ergraut, und er strahlte etwas arrogant Verwegenes aus. Er blickte direkt in die Kamera und hielt die Pistole, mit der er beim Wettbewerb schießen wollte, in der Hand.

Ich drehte den Mikrofilm schnell weiter zum nächsten Tag. Der Artikel über meinen Vater stand auf der Titelseite: »Will Barton, preisgekrönter Architekt, stirbt bei Reitunfall.«

Das Bild zeigte meinen Vater genau so, wie ich ihn in Erinnerung hatte – die nachdenklichen Augen, in denen immer auch die Spur eines Lächelns zu erkennen war, die Nase ebenso aristokratisch wie der Mund, das volle, aschblonde Haar. Wenn er noch lebte, wäre er jetzt über sechzig. Ich ertappte mich bei dem gefährlichen Spiel, mir vorzustellen, wie mein Leben verlaufen wäre, wenn er nicht gestorben wäre, wenn diese furchtbare Nacht sich nie ereignet hätte.

Der Zeitungsbericht über den Unfallhergang stimmte genau mit dem überein, was mir Zach Willet erzählt hatte. Andere Leute hatten mitbekommen, wie mein Vater zu Zach gesagt hatte, er würde ein Stück vorausreiten, statt zu warten, bis Zach den Stein aus dem Huf seines Pferdes entfernt hatte. Niemand hatte gesehen, dass mein Vater auf den abschüssigen Pfad eingebogen war, der sehr deutlich mit einem Warnschild gekennzeichnet war. Die allgemeine Meinung ging dahin, dass »vermutlich irgendetwas das Pferd erschreckt hat, und Barton, ein unerfahrener Reiter, es nicht mehr bändigen konnte«.

Doch dann las ich einen Satz, der gleichsam vor meinen Augen zu explodieren schien: »Ein Stallbursche, Herbert West, der ein Pferd auf einem nahe gelegenen Reitweg ausführte, berichtete, ein lautes Geräusch gehört zu haben, das sich wie ein Schuss anhörte, und zwar zu dem Zeitpunkt, an dem Mr. Barton sich nahe der Stelle hatte befinden müssen, an der der gefährliche Pfad abzweigt.«

Ein lautes Geräusch, das sich wie ein Schuss anhörte.

Ich spulte den Mikrofilm weiter, bis ich zum Sportteil derselben Ausgabe gelangte. Ted Cartwright hielt einen Pokal in der einen Hand und einen alten Colt .22 Target in der anderen. Er hatte den Wettbewerb gewonnen, und im Artikel stand, dass er seinen Sieg feiern wolle, indem er zuerst mit Freunden im Peapack-Club zu Mittag essen würde, um danach einen längeren Ritt auf seinem Pferd zu unternehmen. »Ich war in letzter Zeit so damit beschäftigt, für den Wettbewerb zu üben, dass ich seit Wochen nicht mehr richtig zum Reiten gekommen bin«, hatte er dem Reporter erklärt.

Der Unfall hatte sich um drei Uhr ereignet – Ted hätte also genug Zeit gehabt, um mit seinen Freunden zu essen und dann den Weg entlangzureiten, der zum Gelände des Washington-Valley-Clubs hinüberführte. Wäre es möglich, dass er auf meinen Vater gestoßen war, auf den Mann, der ihm die Frau weggenommen hatte, dass er vielleicht gesehen hatte, wie er mit dem Pferd kämpfte, um es unter Kontrolle zu bringen?

Möglich war es, aber das waren alles nur Vermutungen. Es gab nur einen Weg, wie ich die Wahrheit erfahren konnte: aus dem Munde von Zach Willet.

Ich druckte die beiden Artikel aus – den über den Unfall meines Vaters und den über Teds Sieg beim Schießwettbewerb. Es wurde langsam Zeit, Jack abzuholen. Ich verließ die Bibliothek, stieg in mein Auto und fuhr zu St. Joe's.

Heute konnte ich an Jacks geknickter Miene sehen, dass der Vormittag nicht so gut gelaufen war. Zuerst wollte er mir nichts sagen, aber als wir dann nach Hause gekommen waren und uns zum Essen in die Küche gesetzt hatten, erzählte er, was ihm auf dem Herzen lag.

»Einer der Jungs im Kindergarten hat gesagt, wir würden in einem Haus wohnen, in dem ein Mädchen seine Mutter erschossen hat. Stimmt das, Mom?«

Ich erschrak und musste sofort an den Tag denken, an dem er vielleicht herausfinden würde, dass ich dieses Mädchen gewesen war. Ich holte tief Luft und sagte: »Jack, soviel ich weiß, lebte das kleine Mädchen mit seiner Mutter und seinem Vater in diesem Haus und war ganz und gar glücklich. Aber dann ist ihr Vater gestorben, und eines Tages hat jemand versucht, ihrer Mutter weh zu tun, und da hat sie versucht, sie zu retten.«

»Wenn jemand versucht, dir weh zu tun, würde ich dich auch retten«, versprach Jack.

»Das weiß ich, mein Schatz. Wenn dich also dein Freund noch mal nach dem kleinen Mädchen fragt, dann sagst du einfach, dass sie sehr tapfer gewesen ist. Sie hat ihre Mutter nicht retten können, aber sie hat es mit aller Kraft versucht.«

»Mommy, nicht weinen.«

»Ich kann nichts dafür, Jack«, sagte ich. »Das kleine Mädchen tut mir einfach so Leid.«

»Mir tut sie auch Leid«, sagte Jack.

Ich fragte ihn, ob er einverstanden sei, wenn ich Sue anriefe, damit sie kommen und bei ihm bleiben würde, während ich noch einmal zu einer Reitstunde wegginge. Ich sah die Zweifel in seiner Miene und fügte rasch hinzu: »Schau, Sue bringt dir doch das Reiten bei, und ich muss auch ein bisschen Unterricht nehmen, damit ich mit dir mithalten kann.«

Diese Begründung hatte Jack beinahe überzeugt, doch dann aß er sein Sandwich auf, rückte den Stuhl ab, lief um den Tisch zu mir und streckte seine Hände aus. »Kann ich auf deinem Schoß sitzen?«, fragte er.

»Natürlich.« Ich hob ihn hoch und umarmte ihn. »Wer glaubt, dass du der beste kleine Junge auf der Welt bist?«, fragte ich ihn.

Das war eins unserer Spiele. Ich erhaschte die Spur eines Lächelns auf seinem Gesicht. »Du«, antwortete er.

»Und wer hat dich so lieb, dass er dich am liebsten auffressen möchte?«

»Du, Mommy, du.«

»Du bist aber schlau«, sagte ich staunend. »Unglaublich, was für ein schlaues Kerlchen du bist.«

Jetzt lachte er. »Ich hab dich lieb, Mommy.«

Ich wiegte ihn in den Armen und musste an den Abend denken, als ich von dem Auto angefahren wurde, und ich in dem furchtbaren Augenblick, bevor ich das Bewusstsein verlor, nur an eins dachte: Was wird aus Jack, wenn ich sterbe? Als ich später im Krankenhaus aufwachte, war das ebenfalls mein erster Gedanke gewesen. Kathleen und Martin hätten die Vormundschaft für ihn erhalten, aber Kathleen war vierundsiebzig, und sie musste sich den ganzen Tag um Martin kümmern. Selbst wenn sie noch weitere zehn Jahre gesund bliebe – Jack wäre dann erst vierzehn, und sie vierundachtzig. Deshalb war ich so erleichtert gewesen, als Alex an meinem Bett stand und ich wusste, dass er in meiner Wohnung übernachten und auf Jack aufpassen würde. Im letzten halben Jahr hatte ich das Gefühl genossen, zu wissen, dass Alex da sein würde, um für Jack zu sorgen, falls mir etwas zustieße. Aber wenn nun Alex die Wahrheit über mich erfahren würde und uns deshalb verließ? Wie würde Jack das verkraften?

Mein kleiner Junge schlief in meinen Armen ein, nur ein kurzes Schläfchen von etwa zwanzig Minuten. Ob ich ihm wohl das gleiche Gefühl der Geborgenheit geben konnte, das mir mein Vater gegeben hatte, an jenem Tag, als wir von der großen Welle überrollt wurden? Ich betete zu meinem Vater, er möge mir dabei helfen, die Wahrheit über seinen Tod herauszufinden. Ich musste daran denken, was Benjamin Fletcher über meine Mutter und Ted Cartwright gesagt hatte. Ich musste daran denken, wie meine Mutter bei der Beerdigung meines Vaters auf die Knie gesunken war und geschluchzt hatte: »Ich will meinen Mann. Ich will meinen Mann!«

Du hast es zugegeben, als du besoffen warst. Du hast meinen Mann umgebracht. Zach hat es gesehen.

Das waren die Sätze, die meine Mutter in dieser furchtbaren Nacht geschrien hatte! Auf einmal war ich mir vollkommen sicher. Die bruchstückhaften Erinnerungen hatten sich endlich zu einem Ganzen zusammengefügt. Eine lange Zeit saß ich da, ohne mich zu rühren, und versuchte, die ganze Bedeutung dieser Worte zu erfassen. Sie erklärten, warum meine Mutter Ted hinausgeworfen hatte. Sie erklärten, warum sie Angst vor ihm gehabt hatte, Angst, dass er ihr möglicherweise etwas antun könnte, um seinen Hals zu retten.

Warum war sie nicht zur Polizei gegangen? Vielleicht, weil sie Angst davor hatte, ich würde sie verurteilen, Angst davor, wie ich reagieren würde, sollte ich erfahren, dass ein anderer Mann meinen Vater umgebracht hatte, weil er sie begehrte?

Als Sue eintraf, brach ich zu meiner letzten Reitstunde mit Zach Willet auf.

61

Auch wenn Dru Perry eine tief sitzende Abneigung gegen Marcella Williams hegte, musste sie doch zugeben, dass sie als Informationsquelle Gold wert war. Sie bestand darauf, dass Dru mit ihr Kaffee trank, und sie drängte ihr sogar Miniatur-Kuchenteilchen auf, denen Dru dann doch nicht widerstehen konnte.

Als Dru andeutete, dass Audrey Barton schon in der Zeit ihrer ersten Ehe etwas mit Ted Cartwright gehabt haben könnte, beharrte Williams kategorisch darauf, dass daran kein Wort wahr sei. »Audrey liebte ihren Mann«, sagte sie. »Will Barton war ein besonderer Mensch. Er hatte wirklich Klasse, und Audrey gefiel das. Ted ist immer ein aufregender Typ gewesen, und das ist er immer noch. Aber niemals hätte Audrey ihren Mann wegen Ted verlassen. Sie hätte ihn höchstens geheiratet, wenn sie nicht mehr gebunden gewesen wäre. Der beste Beweis: Genau das hat sie getan. Aber seinen Namen hat sie nicht angenommen. Ich glaube, sie hat den Namen Barton behalten, um Liza nicht noch mehr gegen Ted aufzubringen.«

Marcella hatte einen Stapel Fotos herausgesucht, von denen sie glaubte, sie könnten für Dru von Interesse sein. »Will Barton und mein Ex mochten sich«, erklärte sie. »Das ist ein Punkt, bei dem ich ein bisschen an Wills Menschenkenntnis zweifelte. Später, nach Wills Tod, als Ted immer öfter bei Audrey auftauchte, bin ich mit meinem Ex öfter auf einen Cocktail bei ihnen gewesen. Ich glaube, Liza sollte nicht merken, dass Audrey etwas Ernstes mit Ted angefangen hatte, und wenn wir dabei waren, gestaltete sich das Ganze etwas einfacher. Ich habe schon immer gern fotografiert, und nach der schrecklichen Geschichte mit Liza habe ich all die Fotos rausgesucht und einige davon an die Medien weitergegeben.«

Das kann ich mir lebhaft vorstellen, dachte Dru. Doch als sie die Bilder nacheinander durchging und die Großaufnahmen von Will und Audrey Barton betrachtete, hatte sie Mühe, ihre Aufregung vor Marcellas scharf beobachtendem Blick zu verbergen.

Ich werde Bob trotzdem bitten, das Computerbild anzufertigen, dachte sie, aber eigentlich kenne ich das Ergebnis schon. Celia Nolan ist Liza Barton, kein Zweifel. Sie ist eine Mischung aus beiden Elternteilen. Sie sieht beiden ähnlich.

»Werden Sie alle Fotos für Ihren Artikel verwenden?«, fragte Marcella.

»Hängt davon ab, wie viel Platz sie mir einräumen. Marcella, sind Sie je diesem Zach begegnet, der Will Barton Reitstunden gegeben hat?«

»Nein. Warum sollte ich? Audrey war wütend, als sie erfahren hat, dass Will ohne ihr Wissen von Zach unterrichtet worden war. Will hat wohl deshalb seine Reitstunden nicht im Peapack-Club genommen, weil er sich dort nicht lächerlich machen wollte. Er wusste, dass er unbegabt war und wahrscheinlich nie ein guter Reiter werden würde, aber er wollte es wenigstens versuchen. Meiner Meinung nach war er auch nicht sonderlich begeistert darüber, dass Audrey so oft zusammen mit Ted Cartwright ritt.«

»Wissen Sie, ob Audrey Zach die Schuld an dem Unfall gab?«

»Dazu hatte sie wirklich keinen Grund. Alle Leute vom Reitstall haben ihr gesagt, Will habe darauf bestanden, allein vorauszureiten, obwohl Zach ihn ausdrücklich gebeten hatte, auf ihn zu warten.«

Marcellas Telefon klingelte genau in dem Augenblick, als Dru sich erhoben hatte, um zu gehen. Marcella eilte hinaus, um das Gespräch entgegenzunehmen, und als sie wiederkam, sah Dru sofort, dass sie eine enttäuschende Nachricht erhalten hatte.

»Tja, so ist das Leben«, sagte sie. »Ich war mit Ted Cartwright zum Mittagessen verabredet. Er ist den ganzen Vormittag bei seinem Bauleiter gewesen, und jetzt muss er anscheinend wegen einer dringenden Sache noch zu jemand anderem. Wer weiß, vielleicht ist es auch ganz gut so. Er klang so, als ob er nicht gerade in bester Stimmung sei. Und eins kann ich Ihnen sagen, besser, man geht ihm aus dem Weg, wenn er seine Launen hat.«

Von Marcella aus fuhr Dru geradewegs zur öffentlichen Bibliothek. An der Theke des Lesesaals reichte sie ihre Bestellung für die Mikrofilmkopie des *Daily Record* ein, und zwar für den Teil, der die Ausgabe vom Tag nach dem Tod Will Bartons enthielt. Der Mann hinter der Theke musste lächeln. »Dieser Tag scheint heute unheimlich beliebt zu sein. Erst vor einer Stunde habe ich genau den gleichen Teil schon einmal für jemand anderen rausgesucht.«

Celia Nolan, dachte Dru. Sie hat mit Zach Willet gesprochen, und vielleicht hegt sie einen Verdacht wegen des Unfalls. »Ich frage mich, ob das nicht meine Freundin Celia Nolan sein könnte«, sagte sie. »Wir arbeiten beide an demselben Projekt.«

»Ja, genau. Sie war es«, bestätigte der Mann hinter der Theke. »Sie hat mehrere Artikel aus dieser Ausgabe ausgedruckt.«

Mehrere, dachte Dru, während sie zum 10. Mai vorspulte. Wieso mehrere, frag ich mich.

Fünf Minuten später druckte sie den Artikel über Will Bartons Unfall aus. Danach ging sie die Ausgabe weiter durch, um sich zu vergewissern, dass sie nichts übersehen hatte, bis sie auf den Sportteil stieß und, genau wie Celia Nolan, überlegte, ob Ted Cartwright in der fraglichen Zeit nicht in der Nähe des Unfallorts gewesen sein und eine Waffe bei sich gehabt haben könnte.

Äußerst beunruhigt durch den Gedanken, in welchem Gemütszustand Celia sich nun wohl befinden musste, fuhr Dru zu ihrer nächsten Station, der Polizeiwache von Mendham. Wie sie gehofft hatte, war Sergeant Clyde Earley gerade im Dienst, und er schien äußerst erfreut zu sein, von ihr interviewt zu werden.

Schritt für Schritt und mit erheblichen Ausschmückungen berichtete er ihr von seinem Besuch bei Charley Hatch und wie ihm der Verdacht gekommen war, dass Charley sich schnell die Cordhose angezogen hatte, weil, wie er es formulierte, »dieser arme Trottel vermeiden wollte, dass ich ihn in diesen Jeans mit den roten Farbflecken sehe«.

Nachdem er auch noch seine Geschichte von der Entdeckung der Beweisstücke im Müllsack, mit dem Müllmann als Zeugen, zum Besten gegeben hatte, gelang es Dru, ihn auf ein anderes Thema zu lenken. »Irgendwie scheint das alles mit dem Fall Little Lizzie zu tun zu haben, nicht wahr?«, sagte sie nachdenklich. »Ich nehme an, Sie können sich noch gut an diese Nacht erinnern.«

»Und ob ich mich erinnere, Dru. Als ob es gestern gewesen wäre. Ich sehe noch genau vor mir, wie die Kleine seelenruhig und gelassen in meinem Streifenwagen sitzt und sich artig für die Decke bedankt, die ich um sie gelegt habe.«

»Sie sind mit ihr weggefahren, nicht?«

»Jawohl.«

»Hat sie irgendetwas gesagt im Auto?«

»Kein Wort.«

»Wo haben Sie sie hingebracht?«

»Na, hierher. Zur erkennungsdienstlichen Behandlung.«

»Sie haben sie ...«

»Ja, was dachten Sie denn? Sollte ich ihr vielleicht einen Lutscher geben? Ich hab ihre Fingerabdrücke genommen, und dann haben wir sie fotografiert.«

»Haben Sie die Fingerabdrücke noch?«

»Wenn ein Jugendlicher freigesprochen wird, sind wir verpflichtet, sie zu vernichten.«

»Und, haben Sie sie vernichtet, Clyde?«

Er zwinkerte ihr zu. »Unter uns gesagt, nein. Ich habe sie in der Akte aufbewahrt. So als kleines Souvenir.«

Dru musste daran denken, wie Celia Nolan versucht hatte, vor den Fotografen zu flüchten, als sie ihr zum ersten Mal begegnet war. Sie empfand Mitleid mit ihr, doch sie war jetzt fest entschlossen, ihre Recherchen zu Ende zu führen. Zwei Menschen waren bereits tot, und wenn Celia tatsächlich Liza Barton war, dann wusste sie jetzt, dass der Tod ihres Vaters vielleicht kein Unfall war. Möglicherweise war sie jetzt selbst in Gefahr.

Und sollte sie die Mörderin sein, dann muss sie gestoppt werden, dachte Dru.

»Clyde, Sie müssen sofort etwas unternehmen«, sagte sie. »Bringen Sie die Fingerabdrücke zu Jeff MacKingsley. Ich glaube, Liza ist zurück nach Mendham gekommen, und womöglich will sie sich an den Leuten rächen, die ihr so übel mitgespielt haben.«

62

Ich hatte das Gefühl, dass Zachs Verhalten irgendwie anders war, als wir uns bei den Ställen trafen. Er schien angespannt und auf der Hut zu sein. Natürlich versuchte er, schlau aus mir zu werden, aber ich wollte verhindern, dass er misstrauisch wurde. Ich musste ihn zum Reden bringen. Wenn er Augenzeuge des »Unfalls« gewesen war, musste ich ihn dazu bewegen, darüber auszusagen, was an jenem Tag geschehen war. Und ich war mir sicher, dass er das nur tun würde, wenn es sich für ihn auch lohnte.

Er half mir beim Aufzäumen und Satteln des Pferdes, dann ritten wir langsam bis zu jenem Punkt, von dem aus die verschiedenen Reitwege durch die Wälder ihren Anfang nahmen. »Lassen Sie uns den Weg einschlagen, der zu der Abzweigung führt, wo Will Barton seinen Unfall hatte«, sagte ich. »Ich würde mir das gerne mal ansehen.«

»Dieser Unfall scheint Sie ja mächtig zu interessieren«, brummte Zach.

»Ich habe einiges darüber gelesen. Interessant fand ich, dass ein Stallbursche sich ganz sicher gewesen ist, einen Schuss gehört zu haben. Sein Name war Herbert West. Ist er immer noch hier?«

»Er ist mittlerweile Jockey bei der Rennbahn von Monmouth Park.«

»Zach, wie weit waren Sie eigentlich damals hinter Will Barton? Drei Minuten? Fünf Minuten?«

Zach und ich ritten Seite an Seite. Ein kräftiger Wind hatte die Wolken vertrieben, inzwischen war es sonnig und kühl, ein perfekter Nachmittag für einen Ausritt. An den Bäumen kündigten sich die ersten Anzeichen des kommenden Herbstes an. Im sommerlich grünen Blätterdach begannen sich hier und da gelbe, orange- und rostfarbene Töne zu zeigen, ein farbenfroher Baldachin unter dem leuchtend blauen Himmel. Der Duft des feuchten Waldbodens unter den Hufen der Pferde erinnerte mich an die Zeiten, als ich zusammen mit meiner Mutter im Peapack-Club auf meinem Pony ritt. Manchmal kam mein Vater auch mit und las die Zeitung oder ein Buch, während wir auf den Wegen unterwegs waren.

»Ich würde sagen, ich war fünf Minuten hinter ihm«, antwortete Zach. »Aber hören Sie, Mrs. Nolan, ich glaube, es wird langsam Zeit, dass wir mit dem Versteckspielen aufhören. Warum die ganzen Fragen über den Unfall?«

»Lassen Sie uns darüber an der Weggabelung reden«, schlug ich vor. Ich gab mir keine Mühe mehr, meine Fertigkeit im Reiten zu verbergen, und drückte dem Pferd die Beine gegen die Flanken. Es fiel sofort in Galopp, und Zach folgte mir. Sechs Minuten später brachten wir die Pferde an der Abzweigung zum Stehen.

»Sehen Sie, Zach«, sagte ich. »Ich habe eben die Zeit gestoppt. Wir sind um zehn nach zwei vom Stall losgeritten. Jetzt ist es neunzehn nach zwei, und einen Teil der Strecke sind wir in ziemlich gutem Tempo geritten. Dann konnten Sie doch unmöglich nur vier oder fünf Minuten hinter Will Barton gewesen sein, oder?«

Ich sah, wie er den Mund verzog.

»Zach, ich werde ganz offen mit Ihnen reden«, begann ich.

Natürlich wollte ich nur bis zu einem bestimmten Punkt offen zu ihm sein. »Die Schwester meiner Großmutter war die Mutter von Will Barton. Sie war absolut sicher, dass sich dieser Unfall nicht so abgespielt hat, wie es in den Berichten stand, und sie hat diese Überzeugung mit ins Grab genommen. Es gab da diesen Schuss, den Herbert West gehört hat. Der hätte ein Pferd doch sicherlich erschreckt, nicht wahr? Besonders wenn das Pferd einen nervösen Reiter auf dem Rücken hatte, der vielleicht die Zügel zu fest hielt oder ruckartig an ihnen zog. Glauben Sie nicht? Meiner Meinung nach könnte es so gewesen sein: Als Sie nach Will Barton Ausschau hielten, haben Sie gesehen, dass er in vollem Galopp auf diesen gefährlichen Pfad eingebogen war, auf einem Pferd, das er nicht mehr in der Gewalt hatte, und Sie konnten nichts mehr tun, um ihn zu stoppen. Und vielleicht haben Sie auch den Mann gesehen, der den Schuss abgegeben hat. Und vielleicht war dieser Mann Ted Cartwright.«

»Ich hab keine Ahnung wovon Sie reden«, sagte Zach. Aber ich sah die Schweißperlen auf seiner Stirn und wie er nervös mit den Händen spielte.

»Zach, Sie haben mir gesagt, dass Sie ein guter Freund von Ted Cartwright sind. Ich kann verstehen, dass Sie davor zurückschrecken, ihn in Schwierigkeiten zu bringen. Aber Will Barton hätte nicht sterben dürfen. Meine Verwandtschaft ist ziemlich wohlhabend. Ich bin beauftragt worden, Ihnen eine Million Dollar anzubieten, wenn Sie zur Polizei gehen und dort aussagen, was sich wirklich ereignet hat. Das Einzige, was Sie sich zuschulden haben kommen lassen, ist, dass Sie vor der Polizei die Unwahrheit gesagt haben. Ich bezweifle, ob man für dieses Vergehen nach so vielen Jahren überhaupt Anklage gegen Sie erheben wird. Man würde Sie als Helden feiern, als einen Mann, dessen Gewissen ihn dazu veranlasst hat, ein Unrecht zu beseitigen.«

»Sagten Sie eine Million Dollar?«

»Ja. Direkt auf Ihr Konto.«

Zachs Lächeln bestand nur in einem kurzen Zucken der Lippen. »Gibt es einen Zuschlag, wenn ich der Polizei erzähle, ich hätte gesehen, dass Cartwright mit seinem Pferd auf das von Barton zugeprescht ist und es auf den gefährlichen Pfad gezwungen hat und dass er danach den Schuss abgab, der Bartons Pferd so in Panik versetzte, dass es durchging?«

Ich spürte, wie mein Herz anfing zu klopfen. Ich zwang mich, Ruhe zu bewahren. »Dann würde es einen Zuschlag von zehn Prozent geben, noch einmal hunderttausend Dollar. Ist es denn auf diese Weise passiert?«

»Ja, genau so ist es passiert. Cartwright hatte seine alte Colt-Pistole bei sich. Dafür braucht man spezielle Kugeln. Nachdem er geschossen hat, ist er sofort umgekehrt und wieder auf dem Weg zurückgeritten, der nach Peapack führt.«

»Und was haben Sie getan?«

»Ich habe den Schrei von Barton gehört, als er in die Schlucht stürzte. Ich wusste, dass er keine Chance hatte. Ich glaube, dass ich ganz schön geschockt war. Ich bin einfach auf den verschiedenen Wegen umhergeritten, als ob ich nach Barton suchen würde. Schließlich hat jemand die Leiche unten in der Schlucht entdeckt. In der Zwischenzeit hatte ich eine Kamera geholt und war damit zurück zur Weggabelung geritten. Ich wollte mich schützen. Es war der neunte Mai. Ich hatte auch eine Morgenzeitung mitgenommen, in der ein Artikel über Ted stand, daneben ein Foto von ihm, auf dem er die Colt-Pistole .22 in der Hand hielt, die er bei einem Schießwettbewerb benutzen wollte. Die Kugel, die er abgefeuert hatte, steckte im Stamm eines Baumes. Ich habe sie vorsichtig mit meinem Hufkratzer rausgepult. Dann hab ich die Kugel neben das Foto gelegt und beides zusammen fotografiert. Die Hülse habe ich auch gefunden, sie lag mitten auf dem Reitweg. Dann bin ich ein Stück den steilen Pfad hinuntergegangen und habe das ganze Treiben dort unten fotografiert. Sie wissen schon, Polizei, Krankenwagen, Tierärzte, wegen des Pferdes. Alles zwecklos, natürlich. In dem Moment, in dem er den Hang hinuntergestürzt ist, war alles vorbei.«

»Zeigen Sie mir diese Bilder? Haben Sie noch die Hülse und die Kugel?«

»Ich werde Ihnen die Fotos zeigen. Aber sie bleiben bei mir, bis ich das Geld habe. Und die Kugel und die Hülse habe ich auch.«

»Zach, ist das Geld der einzige Grund dafür, dass Sie mir das erzählt haben?« Ich weiß nicht, warum ich Zach diese Frage stellte.

»Eigentlich schon«, antwortete er, »aber es gibt noch einen anderen Grund. Es stinkt mir gewaltig, dass Ted Cartwright einfach so davongekommen ist und dann auch noch unverschämt wird und mir drohen will.«

»Wann kann ich diese Beweise sehen, von denen Sie gesprochen haben?«

»Heute Abend, sobald ich zu Hause bin.«

»Falls der Babysitter Zeit hat, könnte ich dann etwas später zu Ihnen kommen, sagen wir, um neun Uhr?«

»Das geht in Ordnung. Ich gebe Ihnen meine Adresse. Aber eins muss klar sein: Ich werde Ihnen die Bilder nur zeigen. Die Kugel, die Hülse und die Fotos werde ich der Polizei übergeben – aber erst, wenn ich das Geld bekommen habe und die Zusicherung, dass ich straffrei bleibe.«

Wir ritten schweigend zurück zu den Ställen. Ich versuchte mir vorzustellen, wie es für meinen Vater gewesen sein musste, als Ted mit dem Pferd auf ihn zupreschte, wie es gewesen sein musste, als er sein Pferd nicht mehr in der Gewalt hatte und es durchging und ihn in den sicheren Tod mitriss. Er musste dasselbe durchgemacht haben wie ich, als Ted meine Mutter gegen mich geschleudert hatte und sich dann auf mich stürzen wollte.

Zachs Handy klingelte, als wir aus dem Sattel stiegen. Er meldete sich und zwinkerte mir kurz darauf zu. »Hallo«, sagte er. »Was gibt's? Ach so, das Haus ist siebenhunderttausend wert, aber du möchtest nicht, dass ich drin wohne, und willst mir lieber das Geld geben? Da kommst du leider zu spät. Ich hab inzwischen ein besseres Angebot bekommen. Wiedersehen.«

»Das hat richtig gut getan«, sagte Zach, als er mir die Adresse auf die Rückseite eines Briefumschlags kritzelte. »Also, dann bis neun. Die Hausnummer ist von der Straße aus ein bisschen schwer zu lesen, aber Sie erkennen das Haus sofort an den Jugendlichen, die dort herumlungern, und am lauten Schlagzeuggewummer.«

»Ich werde es finden«, sagte ich.

Nachdenklich ging ich zum Auto. Wenn es wirklich zum Prozess gegen Ted Cartwright kommen sollte, würde sein Anwalt ins Feld führen, dass Zach für seine Zeugenaussage bezahlt worden war, das war mir klar. Aber wie sollten sie die realen Beweisstücke widerlegen, die Zach all die Jahre aufgehoben hatte? Und worin lag der Unterschied zum üblichen Vorgehen der Polizei – die in vielen Fällen denjenigen eine Belohnung versprach, die einen entscheidenden Hinweis geben konnten?

Ich bot einfach nur sehr viel mehr Geld an als sie.

63

Um vier Uhr sassen Sergeant Clyde Earley und Dru Perry im Vorzimmer von Jeff MacKingsley und warteten. »Ich weiß nicht, ob er das gut finden wird, wenn Sie dabei sind«, maulte Clyde.

»Hören Sie, Clyde, ich bin Reporterin. Das hier ist meine Geschichte. Ich muss zusehen, dass mein Exklusivrecht gewahrt bleibt.«

Anna saß an ihrem Schreibtisch. Sie sah das Unbehagen in Clyde Earleys Miene, und sie genoss es. Immer, wenn er anrief, kündigte sie ihn als »Wyatt Earp« an. Sie wusste, dass seine Neigung, das Gesetz zu ignorieren, wenn es ihm gerade in den Kram passte, Jeff auf die Palme trieb. Weil sie eine Notiz darüber getippt hatte, wusste sie auch, dass Jeff ernsthafte Zweifel hegte an Clydes Geschichte, unter welchen Umständen er die belastenden Gegenstände in Charley Hatchs Müll entdeckt hatte, und dass er befürchtete, diese Beweisstücke in einem eventuellen Prozess nicht verwenden zu dürfen.

»Ich hoffe, Sie haben gute Nachrichten für den Staatsanwalt«, sagte sie freundlich zu Clyde. »Ich kann Ihnen sagen, er ist heute wirklich in einer fürchterlichen Laune.«

Während sie beobachtete, wie Clyde in sich zusammensackte, ging die Sprechanlage an. »Schicken Sie sie rein«, ließ sich Jeff vernehmen.

»Lassen Sie mich zuerst reden«, raunte Dru Clyde zu, als er ihr die Tür zu Jeffs Zimmer aufhielt.

»Dru, Clyde«, begrüßte sie Jeff knapp. »Was kann ich für Sie tun?«

»Danke. Ich werde mich erst mal hinsetzen«, sagte Dru. »Jeff, ich habe Sie schon verstanden. Sie sind sehr beschäftigt, aber glauben Sie mir, Sie werden gleich froh sein, dass wir hier sind. Was ich Ihnen erzählen möchte, ist sehr wichtig, aber ich muss zuerst Ihr Wort haben, dass nichts davon an die Presse durchsickern wird. Bei dieser Geschichte bin *ich* die Presse, und ich serviere sie Ihnen nur, weil ich mich dazu verpflichtet fühle. Ich mache mir Sorgen, dass ein weiteres Leben in Gefahr sein könnte.«

Jeff beugte sich mit verschränkten Armen vor. »Fahren Sie fort.«

»Ich glaube, Celia Nolan ist niemand anders als Liza Barton, und dank Clyde könnten wir das auch beweisen.«

Als sie die todernste Miene sah, mit der Jeff diese Nachricht aufnahm, begriff Dru zwei Dinge: Jeff MacKingsley hatte diese Möglichkeit bereits selbst in Erwägung gezogen, und die Aussicht, dass sie sich bewahrheiten würde, stimmte ihn nicht gerade heiter. Sie holte die Fotos von Liza hervor, die sie bei Marcella Williams mitgenommen hatte. »Ich wollte auf einigen von diesen Aufnahmen Liza mittels Computer älter machen lassen«, sagte sie. »Aber ich glaube, das ist gar nicht mehr nötig. Jeff, sehen Sie sich die Fotos an, und dann stellen Sie sich Celia Nolan vor. Sie hat sowohl etwas von ihrer Mutter als auch von ihrem Vater an sich.«

Jeff nahm die Fotos entgegen und legte sie nebeneinander auf seinen Schreibtisch. »Wo wollten Sie das mit der künstlichen Alterung machen lassen?«

»Bei einem Freund.«

»Bei einem Freund in der Polizeibehörde von New Jersey, vermute ich mal. Bei mir geht es schneller.«

»Ich möchte sie aber zurückhaben, oder wenigstens eine Kopie. Und ich möchte auch eine Kopie von der gealterten Version«, verlangte Dru.

»Dru, ist Ihnen eigentlich klar, wie ungewöhnlich es ist, einer Reporterin so etwas zu versprechen? Aber Sie sind ja zu mir gekommen, weil Sie befürchten, dass noch jemand ermordet werden könnte. Deshalb bin ich Ihnen das wohl schuldig.« Er wandte sich an Clyde. »Und weshalb sind Sie hier?«

»Tja, es ist so …«, begann Clyde.

»Jeff«, unterbrach Dru. »Clyde ist hier, weil Celia Nolan vielleicht zwei Menschen umgebracht hat, und möglicherweise hat sie es jetzt auf den Mann abgesehen, der zumindest zum Teil verantwortlich war für den Unfall ihres Vaters. Werfen Sie mal einen Blick auf das, was ich heute in der Bibliothek gefunden habe.«

Während Jeff die Artikel hastig überflog, sagte Dru: »Ich bin dann zu Clyde gefahren, um mit ihm zu sprechen. Er war derjenige, der Liza damals erkennungsdienstlich behandelt hat, in der Nacht, als sie auf ihre Mutter und Ted geschossen hat.«

»Ich habe ihre Fingerabdrücke aufgehoben«, sagte Clyde Earley frei heraus. »Ich habe sie bei mir.«

»Sie haben ihre Fingerabdrücke aufgehoben«, wiederholte Jeff. »Ich dachte, wir hätten ein Gesetz, wonach die gesamten Einträge, einschließlich der Fingerabdrücke, gelöscht werden, wenn ein Jugendlicher freigesprochen wird.«

»Es war nur so eine Art persönliches Souvenir«, verteidigte sich Clyde, »aber es bedeutet, dass Sie sehr schnell feststellen können, ob Celia Nolan wirklich Liza Barton ist.«

»Jeff«, schaltete sich Dru ein, »wenn ich Recht habe, und Celia ist Liza, dann könnte sie auf Rache aus sein. Ich habe mit dem Anwalt gesprochen, der sie vor vierundzwanzig Jahren verteidigt hat, und der hat mir gesagt, es würde ihn nicht überraschen, wenn sie eines Tages zurückkäme, um

Ted Cartwright eine Kugel durch den Kopf zu jagen. Und eine Gerichtsbeamtin, die hier schon seit ewigen Zeiten arbeitet, hat mir erzählt, sie habe gehört, dass Liza in der Jugendstrafanstalt, als sie immer noch unter Schock stand, manchmal den Namen ›Zach‹ gesagt und danach immer heftig zu klagen und zu jammern angefangen habe. Diese Artikel könnten erklären, warum sie so reagiert hat. Ich habe heute Nachmittag beim Washington-Valley-Club angerufen, um mit Zach zu sprechen. Mir wurde gesagt, er sei gerade unterwegs, um Celia Nolan eine Reitstunde zu geben.«

»Gut. Ich danke Ihnen beiden«, sagte Jeff. »Clyde, Sie wissen, was ich von Ihrer Angewohnheit halte, die Gesetze zu ignorieren, wenn es Ihnen gerade in den Kram passt, aber ich bin froh, dass Sie den Mut hatten, mir diese Abdrücke zu bringen. Dru, die Geschichte gehört Ihnen. Darauf gebe ich Ihnen mein Wort.«

Als sie hinausgegangen waren, saß Jeff noch eine geraume Weile an seinem Schreibtisch und betrachtete die Bilder von Liza Barton. Es ist Celia, dachte er. Wir werden ganz sicher sein, wenn wir Lizas Abdrücke mit denjenigen vergleichen, die wir auf dem Foto abgenommen haben, das in der Scheune hing. Natürlich werde ich die Abdrücke, die Clyde als »Souvenir« behalten hat, nie vor Gericht verwenden können, aber wenigstens werde ich endgültig sicher sein, mit wem ich es zu tun habe.

Das Foto, das in der Scheune hing.

Tief in Gedanken versunken, starrte Jeff auf die vor ihm liegenden Fotos. War es das, was ihm die ganze Zeit entgangen war?

Im Grundkurs Kriminologie haben sie uns erzählt, bei den allermeisten Morden liege als Motiv entweder Liebe oder Geld zugrunde, dachte er.

Er drückte auf den Knopf der Sprechanlage. »Ist Mort Shelley in der Nähe?«

»Ja, ich sehe, dass er an seinem Schreibtisch sitzt. Clyde sah ja aus, als sei ihm ein großer Stein vom Herzen gefallen«, sagte Anna. »Dann haben Sie ihm wohl doch nicht gehörig den Kopf gewaschen.«

»Vorsicht, sonst könnte ich Ihnen mal gehörig den Kopf waschen«, entgegnete Jeff. »Schicken Sie Mort zu mir, bitte.«

»Sie haben ›bitte‹ gesagt. Ihre Laune muss sich gebessert haben.«

»Schon möglich.«

Als Mort Shelley eintrat, sagte Jeff: »Lassen Sie alles stehen und liegen, woran Sie gerade arbeiten. Es gibt da jemanden, der von Kopf bis Fuß durchleuchtet werden muss.« Er zeigte Mort den Namen, den er auf seinen Notizblock geschrieben hatte.

Shelley machte große Augen. »Sie glauben …?«

»Ich weiß noch nicht, was ich glaube, aber nehmen Sie sich für diese Sache so viele Leute, wie Sie brauchen. Ich will alles wissen über diesen Kerl, einschließlich, wann er seinen ersten Zahn bekommen hat und welcher es war.«

Als sich Mort Shelley anschickte, wieder zu gehen, überreichte ihm Jeff noch die Kopien der Zeitungsartikel, die ihm Dru überlassen hatte. »Geben Sie das bitte Anna.« Er drückte auf den Knopf der Sprechanlage. »Anna, es hat da vor siebenundzwanzig Jahren im Washington-Valley-Reitclub einen Unfall gegeben. Darüber muss es entweder von der Polizei von Mendham oder von uns eine Untersuchung gegeben haben. Ich möchte die vollständige Ermittlungsakte, falls es sie noch gibt. Die Details können Sie den Kopien entnehmen, die Ihnen Mort geben wird. Und dann rufen Sie bei diesem Club an und sehen Sie zu, dass Sie diesen Zach Willet ans Telefon bekommen.«

64

ALS ICH VOM REITSTALL zurückkehrte, war die Scheune leer, und Jack und Sue waren fort. Sie mussten irgendwo in der Umgebung mit Star unterwegs sein. Ich rief meinen Finanzberater an und bat ihn, dafür zu sorgen, dass mindestens eine Million einhunderttausend Dollar auf meinem Barkonto bei der Investmentgesellschaft zur Verfügung stünden.

Larry war seit zwei Jahren tot, aber immer noch kam es mir verrückt vor, in solchen Summen zu denken. Larrys Investmentberater, Karl Winston, war jetzt für mich tätig, und fast immer war ich mit seinen Vorschlägen einverstanden. Er war konservativ, und das war ich auch. Aber aus seiner Reaktion hörte ich doch leise Zweifel heraus, als ich ihm mitteilte, er müsse sich darauf gefasst machen, diese Summe auf ein fremdes Konto zu überweisen.

»Ich weiß, wir können das nicht als Spende für wohltätige Zwecke oder unter den Ausgaben verbuchen«, sagte ich, »aber glauben Sie mir, es ist Geld, das unbedingt ausgegeben werden muss.«

»Es ist Ihr Geld, Celia«, antwortete er. »Natürlich können Sie es sich leisten. Aber ich muss Sie dennoch warnen: Eine Million einhunderttausend Dollar sind eine sehr erhebliche Summe.«

»Ich würde auch das Zehnfache dafür geben, um das zu

erreichen, was ich mit diesem Geld zu erreichen hoffe, Karl«, sagte ich.

Und das war keine Übertreibung. Wenn Zach Willet diese Beweisstücke besaß, von denen er gesprochen hatte, Beweise dafür, dass Ted Cartwright unmittelbar für den Tod meines Vaters verantwortlich gewesen war, und wenn Ted der Prozess gemacht würde, könnte ich endlich in den Zeugenstand treten und die letzten Worte bezeugen, die meine Mutter im Streit mit Ted geschrien hatte. Und zum ersten Mal würde die ganze Welt meine Version von den Ereignissen dieser Nacht erfahren. Ich würde unter Eid aussagen, dass Ted die Absicht gehabt hatte, meine Mutter zu töten, als er sie gegen mich geschleudert hatte, und dass er auch mich in dieser Nacht getötet hätte, wenn er die Gelegenheit dazu bekommen hätte. Ich würde das sagen, weil ich weiß, dass es wahr ist. Ted hatte meine Mutter geliebt, aber sich selbst liebte er noch mehr. Er wollte sich nicht auf das Risiko einlassen, dass sie eines Tages zur Polizei ging und dort von dem Geständnis erzählte, das er ihr in betrunkenem Zustand gemacht hatte.

Um die Abendessenszeit rief Alex an. Er wohnte im Ritz-Carlton in Chicago, seinem Lieblingshotel dort. »Ceil, ihr fehlt mir so, du und Jack. Ich werde hier auf jeden Fall bis Freitagnachmittag festsitzen, aber ich wollte dich fragen, ob du nicht Lust hättest, dieses Wochenende in New York zu verbringen? Wir könnten ins Theater gehen. Vielleicht kann deine ehemalige Babysitterin am Samstagabend Jack hüten, und am Sonntag könnten wir mit ihm in eine Matinee gehen. Was hältst du davon?«

Das klang wie Musik in meinen Ohren, und das sagte ich ihm. »Ich werde Zimmer im Carlyle reservieren«, sagte ich. Dann holte ich tief Luft. »Alex, du hast gesagt, du hättest das Gefühl, dass irgendetwas zwischen uns nicht stimmt, und du hattest Recht damit. Ich muss dir etwas sagen, und vielleicht werden sich deine Gefühle für mich dadurch ändern, und wenn das so ist, dann werde ich deine Entscheidung respektieren.«

»Ceil, was redest du da? Glaub mir, nichts wird meine Gefühle für dich ändern können.«

»Ich bin mir da nicht so sicher, aber ich muss es riskieren. Ich liebe dich.«

Als ich den Hörer auflegte, zitterte meine Hand. Doch ich wusste, dass ich die richtige Entscheidung getroffen hatte. Auch Benjamin Fletcher würde ich die Wahrheit erzählen. Ob er mich dann weiter vertreten wollte, war fraglich. Aber wenn nicht, dann würde ich schon einen anderen finden.

Ich wusste nicht, wer Georgette und den Gärtner umgebracht hatte, aber die Tatsache, dass ich Liza Barton war, reichte sicherlich nicht aus, um mich mit diesen Morden in Verbindung zu bringen. Es sind allein meine falschen Aussagen und Ausreden, die mich verdächtig haben erscheinen lassen, musste ich mir eingestehen. Aber durch Zach Willet werde ich mich endlich befreien können. Jetzt kann ich Alex die Wahrheit über mich erzählen, und zwar wie jemand, dem man großes Unrecht angetan hat. Ich werde ihn bitten, mir zu verzeihen, dass ich ihm nicht genug vertraut habe, aber ich werde ihn auch als meinen Ehemann bitten, mich zu beschützen.

»Mommy, geht's dir gut?«, fragte Jack, als ich ihn nach dem Baden abtrocknete.

»Wenn du bei mir bist, geht's mir immer gut, Jack«, sagte ich. »Aber auch sonst wird es mir ab jetzt immer besser gehen.« Dann sagte ich ihm, dass Sue noch einmal kommen werde, um eine Weile auf ihn aufzupassen, weil ich wegen einiger Besorgungen weg müsste.

Sue traf um halb neun ein.

Zach wohnte in Chester. Ich hatte die Adresse auf dem Plan herausgesucht und den Weg dorthin markiert. Er wohnte in einem Viertel mit kleineren Häusern, von denen viele in Zweifamilienhäuser umgewandelt worden waren.

Ohne Mühe fand ich sein Haus – die Nummer war 358 –, aber ich musste bis zum nächsten Block fahren, bevor ich einen Parkplatz fand. Es gab zwar Straßenlampen, aber sie wurden ziemlich verdeckt durch die mächtigen Kronen der Bäume, die den Gehweg säumten. Der Abend war richtig kühl geworden, und draußen war weit und breit niemand zu sehen.

Mit einer Sache hatte Zach Recht gehabt. Sein Haus war leicht zu finden, weil man nur dem Geräusch des Schlagzeugs folgen musste, das nach außen drang. Ich stieg die Stufen zum Eingang hinauf. Unter dem Vordach gab es zwei Türen, eine in der Mitte und eine seitlich davon. Ich vermutete, dass Letztere zur Wohnung im Obergeschoss führte, und trat auf sie zu. Über der Türklingel befand sich ein Namensschild, und als ich die Augen zusammenkniff, konnte ich den Buchstaben Z erkennen. Ich klingelte und wartete, aber es rührte sich nichts. Ich versuchte es noch einmal und lauschte, aber bei dem Lärm des Schlagzeugs war es schwer zu sagen, ob die Klingel funktioniert hatte.

Ich war unschlüssig, was ich tun sollte. Es war genau neun Uhr. Vielleicht war er zum Essen weggegangen und noch nicht wieder zurück. Ich stieg die Stufen zum Eingang hinunter, stellte mich auf den Gehweg und blickte hinauf. Die Fenster im ersten Stock, zumindest die vorderen, waren dunkel. Ich wehrte mich gegen den Gedanken, dass Zach es sich vielleicht anders überlegt haben könnte. Ich hatte deutlich gespürt, wie gierig er auf das Geld war. Aber vielleicht hatte ihm Ted Cartwright ein besseres Angebot gemacht? Wenn das der Fall war, würde ich meines verdoppeln.

Ich wollte nicht mehr länger dort stehen bleiben, obwohl ich immer noch erwartete, dass Zach jede Minute auftauchen würde. Daher beschloss ich, mein Auto zu holen und in zweiter Reihe vor Zachs Haus zu parken. Lieber wollte ich im Auto auf ihn warten. Es gab kaum Verkehr, daher würde ich kein allzu großes Hindernis für vorbeifahrende Wagen sein.

Ich weiß nicht, was mich dazu brachte, mich noch einmal umzudrehen und auf das Auto zu schauen, das direkt vor dem Haus geparkt stand. Zach saß darin. Das Fenster auf der Fahrerseite war offen, und er schien eingeschlafen zu sein. Wahrscheinlich wollte er hier draußen auf mich warten, dachte ich, während ich auf den Wagen zuging. »Hallo, Zach«, sagte ich. »Ich dachte schon, Sie wollten mich versetzen.«

Als er nicht reagierte, berührte ich ihn an der Schulter. Er kippte vornüber und sackte auf dem Lenkrad zusammen. Meine Hand fühlte sich klebrig an. Ich blickte sie an. Sie war voller Blut. Ich griff nach der Tür, um mich festzuhalten. Sofort schoss mir durch den Kopf, dass ich sie nicht berühren durfte, und ich wischte sie hektisch mit meinem Taschentuch ab. Dann rannte ich zu meinem Auto und fuhr nach Hause. Ich versuchte, das Blut an meiner Hose abzuwischen. Was ich während der Fahrt gedacht habe, weiß ich nicht mehr. Ich wusste nur eins: So schnell wie möglich weg von hier!

Als ich zu Hause ankam, saß Sue im Wohnzimmer vor dem Fernseher. Sie wandte mir den Rücken zu. Das Licht in der Diele hatte ich nicht angemacht. »Sue«, rief ich. »Ich hab vergessen, meine Mutter anzurufen. Ich komme gleich wieder runter.«

Oben angekommen, eilte ich ins Badezimmer, zog mich aus und drehte die Dusche auf. Ich hatte das Gefühl, als ob Zachs Blut überall an meinem Körper klebte. Ich warf meine Hose in die Duschkabine und sah zu, wie sich das Wasser zu meinen Füßen rot färbte.

Ich glaube nicht, dass ich wirklich überlegt handelte. Ich wusste nur, dass ich mir irgendwie ein Alibi verschaffen musste. Ich zog mich hastig an und ging wieder nach unten. »Derjenige, mit dem ich verabredet war, war nicht zu Hause«, sagte ich.

Sue hatte bemerkt, dass ich mich umgezogen hatte, das war mir klar, aber sie freute sich, als ich ihr Geld für drei

Stunden Babysitten gab. Nachdem sie gegangen war, goss ich mir eine ordentliche Menge Scotch in eine Tasse, setzte mich damit in die Küche und überlegte, was ich tun sollte. Zach war tot, und ich hatte keine Möglichkeit herauszufinden, ob die Beweisstücke, die er aufbewahrt hatte, verschwunden waren.

Ich hätte nicht wegrennen dürfen. Dessen war ich mir vollkommen bewusst. Aber Georgette hatte meinen Vater zu Zach geschickt, um Reitstunden zu nehmen. Zach hatte meinen Vater allein losreiten lassen. Und wenn sie herausfanden, dass ich Liza Barton war? Wenn ich die Polizei angerufen hätte, wie hätte ich ihnen denn erklären sollen, dass ich zum zweiten Mal auf die Leiche eines Menschen gestoßen war, der beim Tod meines Vaters eine Rolle gespielt hatte?

Ich trank den Scotch aus, ging nach oben, zog mich aus, legte mich ins Bett und blickte erneut einer schlaflosen Nacht voller Sorge und Verzweiflung entgegen. Obwohl ich wusste, dass es der falsche Weg war, nahm ich eine Schlaftablette. Irgendwann gegen elf Uhr wurde ich wach, weil das Telefon klingelte. Es war Alex. »Ceil, du musst geschlafen haben wie ein Stein. Tut mir Leid, dass ich dich geweckt habe, aber ich musste dir einfach sagen: Egal, was du mir anvertrauen willst, es wird nicht das Geringste an meinen Gefühlen für dich ändern.«

Ich war unendlich schläfrig, aber auch unendlich froh, seine Stimme zu hören, seine Worte zu hören. »Ich glaube dir«, flüsterte ich.

Und dann sagte Alex mit leicht scherzhaftem Unterton: »Es wäre mir sogar egal, wenn du mir sagen würdest, du seist Little Lizzie Borden. Gute Nacht, Liebling.«

65

Die Leiche von Zachary Eugene Willet wurde um sechs Uhr in der Früh von einem sechzehnjährigen Schlagzeuger namens Tony »Rap« Corrigan gefunden, der sich gerade anschickte, auf seinem Fahrrad zum morgendlichen Zeitungsaustragen zu fahren.

»Ich dachte zuerst, der gute Zach hätte sich ein paar Gläschen zu viel genehmigt«, erklärte er Jeff MacKingsley und Angelo Ortiz, die sofort zum Tatort geeilt waren, nachdem die Polizei von Chester sie über den bei ihnen eingegangenen Notanruf informiert hatte. »Aber dann hab ich das ganze getrocknete Blut gesehen. Boah. Ich dachte, ich muss gleich kotzen.«

Niemand aus der Familie Corrigan konnte sich daran erinnern, Zach beim Einparken gesehen zu haben. »Es muss nach Einbruch der Dunkelheit gewesen sein«, sagte Sandy Corrigan, Raps Mutter, eine zierliche Frau um die vierzig. »Das weiß ich, weil dort ein Geländewagen geparkt stand, als ich gestern Abend gegen Viertel nach sieben von der Arbeit nach Hause kam. Ich bin Krankenschwester im Krankenhaus von Morristown. Ich hatte die Mädchen dabei. Sie gehen nach der Schule immer zu meiner Mutter, und ich hole sie dort ab, wenn ich nach Hause fahre.«

Die drei Mädchen, zehn, elf und zwölf Jahre alt, saßen neben ihrer Mutter. Auf Jeffs Fragen hin stellte sich rasch heraus, dass keinem von ihnen etwas Ungewöhnliches aufgefallen war. Sie waren einfach an dem Geländewagen vorbeigestürmt und hatten den Rest des Abends vor dem Fernseher verbracht.

»Wir machen unsere Hausaufgaben immer mit unserer Oma«, erklärte die Zwölfjährige.

Sandys Ehemann Steve, ein Feuerwehrmann, war gegen zehn Uhr von der Arbeit gekommen. »Ich bin gleich in die Garage gefahren, ohne auf die Straße zu schauen«, sagte er. »In unserer Schicht ist ziemlich viel los gewesen, ein Brand in einem Haus, das demnächst abgerissen werden sollte. Wir vermuten, dass es irgendwelche Jugendlichen waren. Gott sei Dank sind meine vier Kinder schwer in Ordnung. Ihre Freunde dürfen alle herkommen, so oft sie wollen. Rap ist ein klasse Schlagzeuger. Er übt in jeder freien Minute, die er hat.«

»Zach wollte an diesem Wochenende umziehen«, berichtete Sandy Corrigan. »Er hat sich ständig über das Schlagzeug von Rap beschwert, und ich hatte ihm sowieso schon gesagt, dass wir seinen Mietvertrag nicht verlängern würden. Wir brauchen den Platz. Das hier war das Haus meiner Schwiegermutter, wir sind nach ihrem Tod eingezogen. Zach tat mir ein bisschen Leid. Er war so ein einsamer Mensch. Aber dennoch muss ich sagen, dass ich sehr erleichtert war, als er mir gesagt hat, dass er auszieht.«

»Dann bekam er wohl nicht viel Besuch?«, fragte Jeff.

»Nie«, betonte Sandy Corrigan. »Um sechs oder sieben Uhr abends kam er nach Hause, und ausgegangen ist er praktisch nie. An den Wochenenden blieb er in seiner Wohnung, wenn es im Reitstall nichts zu tun gab, aber er konnte genauso gut die ganze Zeit wieder da draußen verbringen. Das war eigentlich mehr sein Zuhause als seine Wohnung hier.«

»Hat er Ihnen gesagt, wo er hinziehen wollte?«

»Ja. Er wollte in das Musterhaus von der Cartwright-Wohnsiedlung in Madison ziehen.«

»Cartwright?«, rief Jeff aus.

»Ja, Ted Cartwright, der Bauunternehmer. Er baut diese Häuser.«

»Gibt es eigentlich etwas, was nicht von dem gebaut wird?«, bemerkte ihr Mann finster.

»Ich könnte mir denken, dass diese Reihenhäuser doch ganz schön teuer sind«, sagte Jeff beiläufig. Er versuchte, seine Aufregung zu verbergen. Schon wieder Cartwright, dachte er.

»Besonders, wenn sie voll möbliert und ausgestattet sind«, pflichtete ihm Sandy Corrigan bei. »Zach hat behauptet, Mr. Cartwright wolle es ihm schenken, weil er ihm früher einmal das Leben gerettet hätte.«

»Gestern sind schon zwei Leute von der Umzugsfirma vorbeigekommen, um die Sachen von Zach zusammenzupacken, Mr. MacKingsley«, schaltete sich Rap ein. »Ich hab sie reingelassen, so gegen drei Uhr. Ich hab noch zu ihnen gesagt, wahrscheinlich hätte einer von ihnen voll ausgereicht, und die ganze Sache wäre in einer Stunde erledigt gewesen. Zach hatte nicht so viel Kram in seiner Bude. Sie sind nicht sehr lange geblieben und haben nur ein paar Kartons mitgenommen, die nicht sehr viel gewogen haben dürften.«

»Haben sie Ihnen einen Firmenausweis oder so was gezeigt?«, fragte Jeff.

»Äh, nein. Ich meine, sie hatten Berufskleidung an und einen Laster. Außerdem, wieso sollte jemand kommen, um Zachs Sachen abzuholen, wenn das nicht so abgemacht war?«

Jeff und Angelo tauschten einen Blick aus. »Können Sie diese Männer beschreiben?«, fragte Jeff.

»Der eine war ein ziemlich großer, kräftiger Typ. Er trug eine dunkle Sonnenbrille und hatte etwas merkwürdige blonde Haare. Ich glaube, sie waren gefärbt. Er war ziemlich alt – ich meine, älter als fünfzig. Der andere Typ war eher klein und so um die dreißig. Ehrlich gesagt, habe ich nicht so besonders darauf geachtet.«

»Ich verstehe. Na schön. Falls Ihnen später doch noch etwas zu ihnen einfällt – Ihre Mutter hat meine Karte.« Jeff wandte sich an Sandy Corrigan. »Haben Sie einen Schlüssel zu Zachs Wohnung, Mrs. Corrigan?«, fragte er.

»Natürlich.«

»Könnte ich den bitte haben? Ich danke Ihnen allen für Ihre Hilfsbereitschaft.«

Die Leute von der Spurensicherung suchten gerade nach Fingerabdrücken an der Türklinke zu Zachs Wohnung und an der Klingel. »Oh, hier haben wir einen besonders schönen«, berichtete Dennis vom Labor. »Außerdem haben wir einen Teilabdruck an der Wagentür gefunden. Den hat jemand versucht abzuwischen.«

»Ich bin noch gar nicht dazu gekommen, Ihnen etwas zu erzählen«, sagte Jeff zu Angelo, während er die Haustür zu Zachs Wohnung aufsperrte. »Ich habe gestern Nachmittag um fünf mit Zach Willet am Telefon gesprochen.«

Hintereinander stiegen sie die Treppe hinauf, deren Stufen unter ihren Schritten ächzten. »Was für einen Eindruck hat er auf Sie gemacht?«, fragte Ortiz.

»Ein bisschen großmäulig. Nahm sich ziemlich wichtig. Als ich ihn gefragt habe, ob ich zu ihm fahren und mit ihm reden könne, hat er geantwortet, er habe selbst schon daran gedacht, ein Treffen mit mir zu arrangieren. Er meinte, er könnte mir vielleicht ein paar interessante Dinge erzählen, aber vorher müssten wir ein paar Details klären. Er sagte, er sei sich sicher, dass wir uns zu dritt schon einig werden würden.«

»Zu *dritt*?«, fragte Angelo.

»Ja, zu dritt – Celia Nolan, Zach und ich.«

Die Treppe mündete in einen schmalen Flur. »Der gute, alte Eisenbahngrundriss«, war Jeffs Kommentar. »Alle Zimmer gehen vom Flur ab.« Sie gingen ein paar Schritte und warfen einen Blick in das erste Zimmer, das wohl das Wohnzimmer sein sollte.

»Oje, schöne Sauerei«, sagte Angelo.

Die Couch und die Sessel waren in alle Richtungen aufgeschlitzt worden. Polstermaterial quoll aus den ausgeblichenen Bezügen. Der Teppich war umgedreht und aufgerollt, Regale voller Krimskrams waren auf eine Decke geleert worden.

Schweigend besichtigten die beiden Männer die Küche und das Schlafzimmer. Überall war es dasselbe – den Inhalt von Schubladen und Schränken hatten sie auf Tücher oder Decken geschüttet, die Matratze im Schlafzimmer hatten sie ebenfalls aufgeschlitzt. Im Badezimmer war das Schränkchen in die Badewanne geleert worden. Abgeschlagene Fliesen stapelten sich auf dem Fußboden.

»Die angeblichen Möbelpacker«, sagte Jeff. »Sieht mehr nach einer Abrissfirma aus.«

Sie gingen zurück ins Schlafzimmer. Ein Dutzend Fotoalben lag durcheinander geworfen in einer Ecke. Zum Teil waren die Seiten herausgerissen worden. »Ich glaube, das erste Fotoalbum wurde an demselben Tag verkauft, an dem die Kamera erfunden wurde«, bemerkte Ortiz. »Ich hab nie kapiert, wieso die Leute so auf alte Fotos fixiert sind. Wenn alte Menschen sterben, hebt die nachfolgende Generation die Fotos aus sentimentalen Gründen auf. Die dritte Generation behält ein paar Bilder von den Urgroßeltern, um zu beweisen, dass sie Vorfahren hatte, und schmeißt den Rest in den Müll.«

»Zusammen mit den Medaillen und den Preisen, auf die die Großeltern so stolz waren«, ergänzte Jeff. »Ich frag mich, ob die Kerle eigentlich gefunden haben, was sie gesucht haben.«

»Wär's nicht an der Zeit, mit Mrs. Nolan zu sprechen?«, fragte Angelo.

»Sie versteckt sich hinter ihrem Anwalt, aber vielleicht ist sie bereit, ein paar Fragen in seiner Anwesenheit zu beantworten.«

Sie gingen noch einmal ins Wohnzimmer. »Der Knabe von unten hat gesagt, die Möbelpacker hätten ein paar Kartons mitgenommen. Was glauben Sie, was da drin war?«

»Was könnte hier wohl fehlen?«, fragte Jeff zurück.

»Keine Ahnung.«

»Papiere«, sagte Jeff bestimmt. »Sehen Sie irgendwo eine einzige Rechnung, einen Brief oder überhaupt einen einzigen Fetzen Papier? Ich behaupte, die Leute, die hier waren, haben nicht das gefunden, wonach sie gesucht haben. Vielleicht haben sie nach irgendwelchen Hinweisen auf ein Bankschließfach oder so etwas gesucht.«

»Was halten Sie von diesem Kunstwerk?«, fragte Ortiz und hielt einen zerbrochenen Bilderrahmen hoch. »Sieht so aus, als ob das mal der Spiegel über der Couch war, bevor Zach den Spiegel rausgenommen und diese Monstrosität daraus gemacht hat.« In der Mitte des Rahmens befand sich eine große Karikatur von Zach Willet, umgeben von Dutzenden von beschrifteten Fotos und Kärtchen, die mit Klebefilm drum herum befestigt worden waren. Ortiz las die Widmung unter der Karikatur laut vor: »›Für Zach, anlässlich seines fünfundzwanzigjährigen Jubiläums im Washington-Valley-Club.‹ Wahrscheinlich wurden alle gebeten, an diesem Abend ein Foto mitzubringen und etwas Nettes draufzuschreiben. Bestimmt haben sie auch ›For He's a Jolly Good Fellow‹ für den armen Kerl gesungen.«

»Wir nehmen das mit«, sagte Jeff. »Vielleicht ist irgendetwas Interessantes dabei. Gut, es ist jetzt nach acht, nicht zu früh, um Mrs. Nolan einen kleinen Besuch abzustatten.«

Oder Liza Barton, korrigierte er sich in Gedanken.

66

»Mommy, kann ich heute bei dir bleiben?«, fragte Jack.

Die Bitte kam so unerwartet, dass ich ihn verblüfft anschaute. Aber schon bald wusste ich, warum.

»Du hast geweint, das sehe ich«, stellte er in sachlichem Ton fest.

»Nein, Jack«, protestierte ich. »Ich hab einfach nicht so gut geschlafen, und meine Augen sind müde.«

»Du hast geweint«, beharrte er.

»Wollen wir wetten?« Ich versuchte so zu klingen, als ob das Ganze ein Spiel sei. Jack liebte Spiele.

»Worum wetten wir?«, fragte er.

»Wir wetten um Folgendes: Wenn ich dich in den Kindergarten gebracht habe, fahre ich nach Hause und schlafe ein bisschen, und wenn ich dich wieder abhole und meine Augen sind nicht mehr rot, dann schuldest du mir hundert Milliarden Dollar.«

»Und wenn sie doch noch rot sind, dann schuldest *du* mir hundert Milliarden Dollar.« Jack musste lachen. Normalerweise endeten diese Wetten damit, dass ich ein Eis oder einen Kinobesuch spendierte.

Nachdem wir uns über den Wetteinsatz einig waren, ließ sich Jack bereitwillig von mir in den Kindergarten bringen. Irgendwie schaffte ich es wieder nach Hause, ohne erneut zusammenzubrechen. Ich hatte das Gefühl, vollkommen hilflos in der Falle zu sitzen. Bestimmt hatte Zach vor anderen Leuten erwähnt, dass ich mich mit ihm treffen wollte. Wer würde mir glauben, wenn ich sagen würde, Zach habe Beweise dafür gehabt, dass Ted Cartwright meinen Vater umgebracht hat? Und wo waren diese Beweise jetzt? Ich wurde mehr oder weniger offen beschuldigt, Georgette Grove und diesen Gärtner umgebracht zu haben. Ich hatte Zach berührt. Vielleicht waren Fingerabdrücke von mir an seinem Auto.

Ich war todmüde und dachte, vielleicht sei es das Beste, das zu tun, was ich Jack gesagt hatte, nämlich einfach ein bisschen zu schlafen. Ich war bereits auf dem Weg nach oben, als es an der Haustür klingelte. Meine Hand am Treppengeländer erstarrte. Im ersten Moment wollte ich einfach weitergehen, doch als es erneut klingelte, machte ich kehrt und ging wieder nach unten. Ich war mir sicher, dass es jemand von der Staatsanwaltschaft sein würde. Ich brauche ihnen nur zu sagen, dass ich ohne meinen Anwalt keine Fragen beantworten möchte, ermahnte ich mich.

Als ich die Haustür öffnete, war ich erleichtert, dass wenigstens Detective Walsh nicht dabei war. Der Staatsanwalt, Jeff MacKingsley, stand unter dem Vordach, zusammen mit dem schwarzhaarigen jüngeren Beamten, der immer sehr höflich zu mir gewesen war.

Ich hatte meine Sonnenbrille in der Küche liegen lassen und wusste, dass sie sich einiges denken würden, wenn sie mich mit diesen rot geränderten, geschwollenen Augenlidern erblickten. Aber ich glaube, in diesem Augenblick war mir das egal. Ich hatte es satt, wegzulaufen, und ich hatte es satt, zu kämpfen. Ich dachte, dass sie vielleicht gekommen waren, um mich zu verhaften.

»Mrs. Nolan, ich weiß, dass Sie von einem Anwalt vertreten werden, und ich versichere Ihnen, dass ich Ihnen weder Fragen über den Mord an Georgette Grove noch über den Mord an Charley Hatch stellen werde«, sagte Jeff Mac-

Kingsley. »Aber ich glaube, dass Sie vielleicht etwas wissen, was uns bei der Aufklärung eines neuen Verbrechens weiterhelfen könnte, das gerade eben begangen wurde. Mir ist bekannt, dass Sie Reitstunden bei Zach Willet genommen haben. Zach wurde heute am frühen Morgen erschossen aufgefunden.«

Ich sagte nichts. Ich wäre völlig unfähig gewesen, so zu tun, als sei ich von der Nachricht überrascht. Sollten sie doch glauben, mein Schweigen bedeute, dass ich schockiert und entsetzt war – wenn sie nicht gar den Schluss zogen, dass sie mir nichts Neues erzählten.

MacKingsley wartete auf eine Reaktion von meiner Seite, doch als diese ausblieb, sagte er: »Wir wissen, dass Sie gestern Nachmittag eine Reitstunde bei Zach Willet genommen haben. Hat er Ihnen gegenüber angedeutet, dass er vorhatte, sich mit jemandem zu treffen? Jede Kleinigkeit, an die Sie sich erinnern, könnte von großer Wichtigkeit sein.«

»Hatte er vor, sich mit jemandem zu treffen?«, wiederholte ich, und ich hörte, dass meine Stimme beinahe zu einem Kreischen anschwoll. Erschrocken drückte ich mir die Hand auf den Mund. »Ich habe einen Anwalt.« Es gelang mir, meine Stimme zu dämpfen. »Ohne seine Anwesenheit werde ich nicht mehr mit Ihnen sprechen.«

»Ich verstehe. Mrs. Nolan, nur noch eine ganz einfache Frage. Das Foto der Familie Barton, das Sie in der Scheune gefunden haben, haben Sie das Ihrem Mann gezeigt?«

Ich dachte daran, wie ich das Foto in der Scheune entdeckt und es im Geheimfach versteckt hatte, wie Jack später Alex davon erzählt hatte, und wie Alex sich darüber aufgeregt hatte, dass ich es ihm verschweigen wollte. Dieses Foto war eines der Dinge in einer Reihe von Anlässen gewesen, die einen Keil zwischen Alex und mich getrieben hatten.

Wenigstens konnte ich MacKingsleys Frage beantworten, ohne etwas befürchten zu müssen. »Mein Mann war schon ins Büro gefahren, als ich es gefunden habe. Er kam nach

Hause, als ich es Ihnen übergeben habe. Nein, Mr. MacKingsley, er hat es nicht gesehen.«

Der Staatsanwalt nickte und dankte mir, doch dann, als er sich schon abwenden wollte, sagte er noch mit einer Stimme, in der ein seltsames Mitgefühl schwang: »Celia, ich habe das Gefühl, dass sich die ganze Sache allmählich aufklärt. Ich bin sicher, dass für Sie bald alles wieder gut wird.«

67

Auf der Rückfahrt zum Büro sagte Jeff MacKingsley kein Wort, und Angelo Ortiz hütete sich, das Schweigen zu brechen. Ihm war klar, dass sein Chef sich große Sorgen machte, und er wusste auch, warum. Celia Nolan schien kurz vor dem völligen Zusammenbruch.

Die Leute von der Spurensicherung warteten schon auf sie. »Wir haben hübsche Abdrücke für Sie, Jeff«, verkündete Dennis, der Experte für Fingerabdrücke, mit sichtlicher Befriedigung. »Ein hübscher Zeigefinger vom Klingelknopf, und einen Daumenabdruck von der Wagentür.«

»Gab es welche in Zachs Wohnung?«, fragte Jeff.

»Jede Menge, jede Menge. Alle von Zach. Sonst keine. Soviel ich weiß, waren da Möbelpacker zugange. Die haben die Bude ja ganz schön auf den Kopf gestellt. Komisch – die müssen die ganze Zeit Handschuhe getragen haben.«

»Sie meinen komisch im Sinne von eigenartig?«, fragte Jeff.

»Genau das meine ich, Chef. Oder haben Sie schon mal Umzugsleute gesehen, die Handschuhe tragen?«

»Dennis, ich habe zwei Serien von Fingerabdrücken, für die ich einen Abgleich brauche«, sagte Jeff. Er zögerte, fügte dann mit fester Stimme hinzu: »Und machen Sie auch einen Abgleich mit denen von Zachs Auto und der Türklingel.«

Jeff kämpfte mit seinen widerstreitenden Gefühlen. Wenn die Fingerabdrücke von Liza Barton, die Clyde als Souvenir aufgehoben hatte, mit denen auf dem Foto von der Scheune übereinstimmten, dann war damit eindeutig bewiesen, dass Celia Nolan niemand anders war als Liza Barton. Und wenn diese Fingerabdrücke mit denen übereinstimmten, die Dennis auf Zach Willets Auto und Türklingel abgenommen hatte, dann war das ein eindeutiger Beweis dafür, dass sich Celia Nolan am Tatort aufgehalten hatte.

Die Fingerabdrücke aus ihrer Kindheit sind widerrechtlich aufbewahrt worden, überlegte Jeff, das heißt, ich werde sie nicht vor Gericht verwenden können. Aber das spielt auch keine Rolle, dachte er störrisch. Ich kann einfach nicht glauben, dass Celia Nolan irgendetwas mit dem Mord an Zach Willet zu tun hat.

Dennis kam nach einer halben Stunde zurück. »Volltreffer, Herr Staatsanwalt«, sagte er. »Die drei Serien von Abdrücken gehören ein und derselben Person.«

»Danke, Dennis.«

Jeff saß fast zwanzig Minuten an seinem Schreibtisch, drehte einen Bleistift zwischen den Fingern hin und her, wägte das Für und Wider ab und rang um eine Entscheidung. Dann zerbrach er mit einer entschlossenen Bewegung den Bleistift, dass die Splitter nur so über den Schreibtisch flogen.

Er nahm den Hörer in die Hand und rief, ohne Anna einzuschalten, die Auskunft an, um die Nummer von Rechtsanwalt Benjamin Fletcher zu erfragen.

68

JIMMY FRANKLIN WAR EIN Neuling im Büro des Staatsanwalts, und sein guter Freund Angelo Ortiz war beauftragt worden, sich ein bisschen um ihn zu kümmern. Am Donnerstagvormittag betrat er, ausgerüstet mit einem Fotohandy und von Angelo genau instruiert, das Büro der Grove-Agentur, angeblich, um sich nach Angeboten für ein preisgünstiges kleines Haus in der Gegend von Mendham zu erkundigen.

Jimmy war sechsundzwanzig und besaß wie Angelo eine jungenhafte Ausstrahlung, die sehr anziehend wirkte. Robin erklärte ihm freundlich, dass es nur sehr wenig Häuser in der unteren Preiskategorie in Mendham gebe, aber dass sie ein paar Angebote in angrenzenden Gemeinden da hätte.

Während sie aus dem dicken Ordner mit den Angeboten die Seiten heraussuchte, die ihn interessieren könnten, tat Jimmy so, als ob er telefonieren würde. In Wirklichkeit machte er ein paar Nahaufnahmen von Robin, die er dann eilig zum Runterladen ins Büro brachte, natürlich erst, nachdem er sich pflichtbewusst die Angebote angeschaut hatte, die Robin für ihn ausgewählt hatte.

Am Abend zuvor war es ihm gelungen, ein Foto von Charley Hatch von dessen ehemaliger Gattin Lena zu bekommen, ein Bild, auf dem, wie sie ihm versicherte, der arme Charley wirklich sehr unvorteilhaft wirkte.

Er vergrößerte einige der Bilder, die er von Robin gemacht hatte, und auch das, auf dem Charley unvorteilhaft wirkte, und fuhr damit nach Manhattan, wo er an der 56. Straße West in der Nähe von Patsy's Restaurant parkte.

Es war Viertel vor zwölf, als er das Lokal betrat. Der verführerische Duft von Tomatensoße und Knoblauch erinnerte Jimmy daran, dass er seit dem Frühstück, bestehend aus Kaffee und einem Bagel, nichts mehr gegessen hatte, und das war um sechs Uhr morgens gewesen.

Zuerst die Pflicht, dachte er und wählte einen Hocker an der Bar. Der Ansturm der Leute, die hier tagtäglich ihre Mittagspause verbrachten, hatte noch nicht eingesetzt, und außer ihm befand sich nur noch ein weiterer Kunde im Lokal, der in einiger Entfernung an der Bar vor einem Bier saß. Jimmy holte die Fotos heraus und legte sie vor sich auf die Bar. Er bestellte sich ein Glas Preiselbeersaft, während er gleichzeitig kurz seine Marke zeigte. »Erkennen Sie einen von den beiden?«, fragte er den Barkeeper.

Der Barkeeper betrachtete die Bilder. »Die kommen mir bekannt vor, besonders die Frau. Könnten an der Bar vorbeigegangen sein und sich an einen der Tische gesetzt haben. Aber sicher bin ich mir nicht.«

Jimmy hatte mehr Glück mit dem Oberkellner, der sich sicher war, Robin wiederzuerkennen. »Sie kommt von Zeit zu Zeit her. Könnte auch mit dem Typen gewesen sein. Ich glaube, das war ein Mal, aber normalerweise kommt sie mit jemand anderem. Warten Sie, ich werde die Kellner fragen.«

Jimmy sah zu, wie der Oberkellner von einem Angestellten zum andern ging. Dann verschwand er über die Treppe in den Speisesaal im ersten Stock. Als er wieder auftauchte, hatte er einen Kellner im Schlepptau und trug die befriedigte Miene eines Mannes zur Schau, der seinen Auftrag erfüllt hatte.

»Dominick wird Ihnen alles erzählen«, sagte er. »Er arbeitet seit vierzig Jahren hier, und ich kann Ihnen versichern, dass er nie ein Gesicht vergisst.«

Dominick hielt die Fotos in der Hand. »Sie kommt ab und zu her. Ziemlich hübsch. Von der Art, die immer auffällt, Sie wissen schon, so ein bisschen sexy. Den Mann hab ich nur einmal gesehen. Er ist vor rund zwei Wochen zusammen mit ihr hier gewesen, ich glaube, kurz vor Labor Day. Ich weiß das noch genau, weil der Typ nämlich Geburtstag hatte. Sie hat ein Stück Käsekuchen bestellt und uns gesagt, wir sollten eine Kerze draufstecken. Dann hat sie ihm einen Umschlag überreicht. Ich hab mitgekriegt, dass sie ihm eine hübsche Summe geschenkt hat. Er hat das Geld am Tisch gezählt. Zwanzig Hundertdollarscheine.«

»Nettes Geburtstagsgeschenk«, stimmte Jimmy zu.

»Der Typ hat eine richtige Nummer daraus gemacht. Er hat jeden Schein laut mitgezählt: Einhundert, zweihundert, dreihundert und so weiter. Als er die zweitausend beisammen hatte, hat er das Bündel in die Tasche gesteckt.«

»War da eine Glückwunschkarte dabei?«, fragte Jimmy.

»Wozu braucht der noch eine Glückwunschkarte, wenn er so viel Bares kriegt?«

»Ich frage mich nur, ob das wirklich alles zum Geburtstag war oder ob er vielleicht einen kleinen Job für sie erledigen sollte, für den sie ihn bezahlt hat. Sie sagen, sie käme normalerweise mit einem anderen Typen her. Wissen Sie seinen Namen?«

»Nein.«

»Können Sie ihn beschreiben?«

»Klar.«

Jimmy zückte sein Notizbuch und schrieb die Beschreibung von Robin Carpenters Begleiter mit. Danach fühlte er sich geradezu überwältigt vom erfolgreichen Verlauf seines Vormittags und überlegte, dass es sicherlich nicht gegen die Dienstvorschriften verstieß, wenn er sich zunächst mal einen großen Teller von Patsys Linguini genehmigte.

69

Die Drohung seines Chefs, ihn versetzen zu lassen, hatte Paul Walsh etwas ernüchtert, daher übernahm er bereitwillig den Auftrag, die Aussage von Zachs Vermieterin zu überprüfen, wonach dieser die Absicht gehabt habe, in ein Reihenhaus umzuziehen, das Ted Cartwright ihm angeblich geschenkt hatte.

Am Donnerstagmorgen um halb zehn sprach Paul mit Amy Stack, die ihm aufgebracht und mit allen empörenden Einzelheiten berichtete, auf welch unverschämte Art Zach Willet sich erlaubt habe, sie und Mr. Cartwright zum Narren zu halten. »Es klang so überzeugend, als er behauptet hat, dass Mr. Cartwright ihm das Musterhaus schenken würde. Und ich war so dumm und habe ihm das einfach abgenommen.«

»Wie hat Mr. Cartwright reagiert, als Sie ihm gesagt haben, dass Zach in das Haus ziehen will?«

»Zuerst hat er mir nicht geglaubt, aber dann hab ich gedacht, es würde ihn gleich zerreißen, so wütend war er. Doch plötzlich hat er angefangen zu lachen und mir erklärt, dass es nur wegen einer dummen Wette sei und dass Zach so getan hätte, als ob er die Wette wirklich gewonnen hätte.«

»Wette hin oder her, Sie hatten also den Eindruck, dass Mr. Cartwright nie die Absicht hatte, Zach Willet dieses Haus zu schenken?«, fragte Walsh.

»Selbst wenn er wirklich irgendwann Mr. Cartwright das Leben gerettet haben sollte, hätte Zach Willet nicht den Hauch einer Chance gehabt, jemals einen Fuß in dieses Haus zu setzen«, sagte Amy im Tonfall eines Menschen, der gerade einen Eid ablegt.

»Hat Mr. Cartwright den gestrigen Tag hier verbracht?«

»Nein, er war zwischen neun und zehn hier, ist aber nur kurz geblieben. Er meinte, dass er um vier Uhr zurückkommen wolle, um sich mit dem Bauleiter zu treffen, aber anscheinend hat er es sich anders überlegt.«

»Was natürlich sein gutes Recht war«, sagte Walsh mit einem kleinen Lächeln. »Vielen Dank, Miss Stack. Sie haben uns sehr geholfen.«

*

Die Nachricht von Zachs Tod hatte sich im Washington-Valley-Club herumgesprochen. Keiner der Mitarbeiter konnte glauben, dass jemand ihn habe umbringen wollen. »Er konnte doch keiner Fliege etwas zuleide tun«, protestierte ein dürrer älterer Mann namens Alonzo, als Paul Walsh ihn fragte, ob Zach Willet irgendwelche Feinde gehabt hätte. »Zach war ein Eigenbrötler. In den fünfzig Jahren, die ich ihn kenne, hat es nie Streit mit ihm gegeben.«

»Wissen Sie, ob jemand aus irgendeinem Grund wütend auf ihn war?«

Keinem fiel etwas dazu ein, bis sich Alonzo entsann, dass Manny Pagan am Vortag etwas über eine Auseinandersetzung zwischen Ted Cartwright und Zach hatte fallen lassen. »Manny ist gerade dabei, ein Pferd zu longieren. Ich werde ihn holen«, sagte Alonzo.

Manny Pagan kam auf den Stall zu. Er führte das Pferd am Zügel mit. »Mr. Cartwright hat mich fast angebrüllt. Ich hab noch nie einen Menschen erlebt, der so wütend war. Ich habe in die Richtung gezeigt, wo Zach an seinem Picknicktisch zu Mittag aß, und dann ist Cartwright mit Riesenschritten abgedampft. Ich konnte von hier aus sehen, dass die beiden sich gestritten haben. Und als er kurze Zeit später auf dem Rückweg zu seinem Auto an mir vorbeikam, hatte ich das Gefühl, der Dampf käme ihm gleich zu den Ohren raus.«

»Das war gestern um die Mittagszeit?«

»Genau.«

Paul Walsh hatte genug erfahren und suchte schnell das Weite. Er war gegen Pferde allergisch, und seine Augen begannen bereits zu tränen.

70

»BENJAMIN FLETCHER AM Telefon«, kündigte Anna durch die Sprechanlage an.

Jeff MacKingsley atmete tief durch und nahm den Hörer auf. »Hallo, Ben«, sagte er betont herzlich. »Wie geht es Ihnen?«

»Hallo, Jeff. Nett, dass Sie sich melden, aber ich bin sicher, Sie sind nicht an meinem Gesundheitszustand interessiert, der jedoch besser sein könnte, falls es Sie doch interessiert.«

»Natürlich interessiert mich, wie es Ihnen geht, aber Sie haben Recht, das ist nicht der Grund für meinen Anruf. Ich brauche Ihre Hilfe.«

»Leider sehe ich im Moment keine besondere Veranlassung, Ihnen gegenüber hilfsbereit zu sein, Jeff. Diese Schlange von Walsh, der sich Detective schimpft, hat sich ganz schön ins Zeug gelegt, um meine neue Mandantin einzuschüchtern.«

»Ja, das ist mir klar, und es tut mir Leid. Ich möchte mich dafür entschuldigen.«

»Ich habe gehört, dass Walsh einen Riesenwirbel macht, weil er findet, dass meine Mandantin ein bisschen zu schnell gefahren ist, während sie nicht einmal wissen konnte, ob der Mörder nicht noch irgendwo auf sie lauert. Solche Dinge hab ich nicht so gern.«

»Ben, das kann ich gut verstehen. Aber jetzt hören Sie mir zu. Wissen Sie, dass Ihre neue Mandantin, Celia Nolan, niemand anders ist als Liza Barton?«

Jeff hörte einen heftigen Atemzug am anderen Ende der Leitung und begriff, dass Benjamin Fletcher keine Ahnung gehabt hatte.

»Ich habe Beweise dafür«, sagte er. »Fingerabdrücke.«

»Heißt das, Sie haben die Fingerabdrücke von damals aufgehoben?«, fragte Benjamin Fletcher scharf.

»Ben, lassen wir im Moment beiseite, woher ich sie habe. Ich muss unbedingt mit Celia reden. Ich werde die beiden Morde von letzter Woche überhaupt nicht ansprechen, aber es gibt da noch etwas anderes, worüber ich mit ihr reden muss. Sagt Ihnen der Name Zach Willet etwas?«

»Sicher. Das ist der Kerl, der ihrem Vater Reitunterricht gegeben hat. In der Zeit, als sie in Untersuchungshaft war, hat sie immer wieder seinen Namen wiederholt, auch wenn sie sonst kein Wort geredet hat. Was ist mit ihm?«

»Zach wurde gestern Abend erschossen, als er in seinem Auto saß. Celia muss eine Verabredung mit ihm gehabt haben. Wir haben Fingerabdrücke von ihr an der Wagentür und an seiner Türklingel gefunden. Ich bin davon überzeugt, dass sie nichts mit Zachs Tod zu tun hat, aber ich brauche ihre Hilfe. Ich muss wissen, warum sie sich mit ihm treffen wollte und warum mir Zach gestern am Telefon gesagt hat, er würde mir vielleicht zusammen mit Celia demnächst einen Besuch abstatten. Werden Sie mich mit ihr sprechen lassen? Ich mache mir Sorgen, dass vielleicht noch weitere Menschenleben in Gefahr sind – einschließlich des ihrigen.«

»Ich werde mit ihr reden und mich dann entscheiden. Natürlich müsste ich dabei sein, wenn sie sich bereit erklärt, mit Ihnen zu reden, und eins ist klar: Wenn ich zu einem beliebigen Zeitpunkt sage, jetzt ist Schluss, dann ist auch sofort Schluss. Ich werde Celia jetzt gleich anrufen und mich dann später bei Ihnen melden«, sagte Fletcher.

»Bitte«, drängte Jeff. »So bald wie möglich. Wann und wo auch immer es ihr passt, ich werde da sein.«

»Gut, Jeff, und jetzt werde ich Ihnen noch etwas sagen. Sie haben doch genügend Leute zur Verfügung. Stellen Sie jemanden ab, um sie zu beschützen. Sorgen Sie dafür, dass dieser hübschen jungen Dame nichts passiert.«

»Dafür werde ich sorgen, verlassen Sie sich drauf«, sagte Jeff entschlossen. »Aber Sie müssen sie überreden, mit mir zu sprechen.«

71

Jack hatte die Wette gewonnen. Ich musste zugeben, dass meine Augen immer noch müde aussahen, aber ich erklärte ihm, es komme von den Kopfschmerzen, und nicht, weil ich traurig sei. Statt ihm hundert Milliarden Dollar zu zahlen, ging ich mit ihm zum Essen in den Coffee Shop und spendierte ihm zum Nachtisch ein Eis. Ich behielt meine dunkle Sonnenbrille auf und erklärte Jack, wegen der Kopfschmerzen seien meine Augen gegen Licht empfindlich. Ob er mir glaubte? Ich weiß es nicht. Er ist ein ziemlich aufgewecktes und einfühlsames Kind.

Danach fuhren wir nach Morristown. Jack war aus allen Sachen vom letzten Jahr herausgewachsen und brauchte dringend neue Hemden und Hosen. Wie die meisten Kinder hielt er nicht viel vom Einkaufen, daher beließ ich es bei den nötigsten Dingen, die auf meiner Liste standen. Dabei kam mir der erschreckende Gedanke, dass ich im Grunde schon für den Fall vorausplante, nicht bei Jack bleiben zu können. Falls sie mich verhafteten, hätte er wenigstens diese Kleider.

Als wir wieder zu Hause waren, fand ich zwei Nachrichten auf dem Anrufbeantworter vor. Ich überredete Jack, seine neuen Kleider nach oben zu bringen und sie »ganz allein« in seine Kommode zu räumen. Ich hatte panische Angst, es könnte wieder eine von den Lizzie-Borden-Nachrichten darunter sein, aber beide kamen von Benjamin Fletcher, der mich bat, ihn sofort zurückzurufen.

Sie wollen mich verhaften, dachte ich. Sie haben meine Fingerabdrücke gefunden. Er wird mir sagen, dass ich mich stellen soll. Zweimal wählte ich eine falsche Nummer, bevor ich ihn erreichte.

»Celia Nolan. Ich sollte Sie zurückrufen, Mr. Fletcher.« Ich bemühte mich, mit ruhiger Stimme zu sprechen.

»Das erste was eine Mandantin beherzigen sollte, ist, ihrem Anwalt zu vertrauen, Liza«, sagte er.

Liza. Mit Ausnahme von Dr. Moran in der Anfangszeit der Therapie, und von Martin, als sich die ersten geistigen Ausfälle zeigten, war ich seit meinem zehnten Lebensjahr nicht mehr Liza genannt worden. Ich hatte immer damit gerechnet, dass mir irgendwann einmal jemand diesen Namen ins Gesicht schleudern und mir damit meine sorgfältig konstruierte Identität wie eine Maske vom Gesicht reißen würde. Doch die beiläufige Art und Weise, in der Fletcher meinen Namen genannt hatte, half mir über den ersten Schock hinweg.

»Ich war mir gestern nicht sicher, ob ich es Ihnen sagen sollte oder nicht«, entgegnete ich. »Ich bin immer noch nicht sicher, ob ich Ihnen vertrauen kann.«

»Sie können mir vertrauen, Liza.«

»Woher wissen Sie, wer ich bin? Haben Sie mich gestern wiedererkannt?«

»Das kann ich leider nicht behaupten. Jeff MacKingsley hat es mir vor ungefähr einer Stunde erzählt.«

»Jeff MacKingsley hat es Ihnen erzählt?!«

»Er möchte mit Ihnen sprechen, Liza. Aber zuerst muss ich ganz sicher sein, dass es in Ihrem Interesse liegt, wenn ich das zulasse. Keine Angst, ich werde in jedem Fall dabei sein, aber ich muss Ihnen sagen, dass ich mir wirklich große Sorgen mache. Er hat mir erzählt, dass Sie Fingerabdrücke an einem Klingelknopf und an der Tür eines Wagens hinterlassen haben, in dem ein Mann erschossen wurde. Und wie gesagt, er weiß, dass Sie Liza Barton sind.«

»Bedeutet das, dass ich verhaftet werde?« Ich brachte die Worte kaum heraus.

»Nicht, solange ich es verhindern kann. Das alles kommt mir ziemlich ungewöhnlich vor, aber der Staatsanwalt hat mir anvertraut, er glaube, Sie hätten mit der Sache nichts zu tun. Dagegen meint er, Sie könnten ihm dabei helfen, rauszufinden, wer es war.«

Ich schloss die Augen, während eine Woge der Erleichterung durch meinen ganzen Körper strömte. Jeff MacKingsley glaubte nicht, dass ich etwas mit Zachs Tod zu tun hatte! Würde er mir glauben, wenn ich ihm erzählte, dass Zach gesehen hatte, wie Ted Cartwright meinen Vater in den Tod trieb? Wenn ja, dann hatte er vielleicht – nur vielleicht – Recht, und es würde alles gut werden. Hatte er schon gewusst, dass ich Liza war, als er das gesagt hatte?

Ich erzählte Benjamin Fletcher von Zach Willet. Ich erzählte ihm von meinem Verdacht, dass mein Vater gar nicht durch einen Unfall ums Leben gekommen war, und dass ich Reitstunden bei Zach genommen hatte, um mit ihm ins Gespräch zu kommen. Ich erzählte Fletcher, dass ich Zach gestern eine Million einhunderttausend Dollar versprochen hatte, wenn er der Polizei sagen würde, was wirklich geschehen war, als mein Vater in die Schlucht stürzte.

»Wie hat Zach darauf reagiert, Liza?«

»Zach sagte, Ted Cartwright sei auf das Pferd meines Vaters zugeprescht und habe es auf den gefährlichen Pfad gezwungen, und anschließend habe er es in Panik versetzt, indem er einen Schuss abgefeuert habe. Zach hat die Kugel und die Patronenhülse aufgehoben, und er hat sogar Fotos von der Kugel gemacht, die in einem Baumstamm steckte. Die ganzen Jahre über hat er diese Beweise für Cartwrights Schuld aufbewahrt. Er hat mir gestern erzählt, dass Cartwright ihm gedroht hätte. Außerdem hat er einen Anruf auf seinem Handy bekommen, während ich mit ihm zusammen war. Ich bin mir sicher, dass er von Ted Cartwright kam, obwohl Zach den Anrufer nicht beim Namen genannt hat. Aber er hat ihn ausgelacht und ihm gesagt, er könne darauf verzichten, in einem seiner Häuser zu wohnen, weil er inzwischen ein besseres Angebot bekommen habe.«

»Junge, Junge, ganz schön viel heißer Stoff, den Sie da Jeff MacKingsley servieren, Liza. Aber sagen Sie mir eins: Wie sind Ihre Fingerabdrücke an das Auto und die Klingel geraten?«

Ich erzählte Fletcher, dass ich mit Zach verabredet war, dass auf mein Klingeln niemand geöffnet hatte, dass ich ihn dann im Auto entdeckt hatte und in Panik geflohen war.

»Weiß sonst noch jemand, dass Sie dort waren, Liza?«

»Nein, nicht einmal Alex. Aber ich habe gestern meinen Finanzberater angerufen und ihn gebeten, die Summe, die für Zach bestimmt war, bereitzuhalten, um sie gegebenenfalls auf ein Privatkonto zu überweisen. Er kann das bestätigen.«

»Gut, Liza«, sagte Benjamin Fletcher. »Wann würde es Ihnen passen, zum Staatsanwalt zu gehen?«

»Ich muss meiner Babysitterin Bescheid sagen. Gegen vier Uhr würde mir passen.« Sofern ich überhaupt sagen konnte, dass es mir »passen« würde, das Gerichtsgebäude von Morris County zu betreten, dachte ich mir im Stillen.

»Abgemacht, vier Uhr«, sagte Fletcher.

Ich legte auf. Irgendwo hinter mir vernahm ich Jacks Stimme: »Mommy, wirst du jetzt verhaftet?«

72

Die meisten Ermittler im Büro des Staatsanwalts waren von ihren angestammten Abteilungen abgezogen worden, um bei den Ermittlungen in den Mordfällen von Mendham mitzuwirken. Um drei Uhr hatte sich die Gruppe versammelt, die die Telefondaten von Charley Hatch, Ted Cartwright, Robin Carpenter und Henry Paley analysieren sollte, um Jeff ihre Ergebnisse mitzuteilen.

»In den letzten zwei Monaten hat Cartwright sechs Mal mit Zach Willet telefoniert«, berichtete Liz Reilly, eine neue Ermittlerin. »Das letzte Mal gestern Nachmittag um fünfzehn Uhr drei.«

»Mrs. Nolan könnte diesen Anruf gehört haben«, bemerkte Jeff. »Das müsste ziemlich genau um die Zeit gewesen sein, als ihre Reitstunde mit Zach beendet war.«

»Cartwright und Henry Paley haben ziemlich häufig miteinander gesprochen in den letzten beiden Monaten«, sagte Nan Newman, eine ältere Ermittlerin, »aber es hat keinerlei Kontakt zwischen Henry und Charley Hatch gegeben.«

»Wir wissen, dass Paley und Cartwright sich zusammengeschlossen haben, um Georgette Grove zu drängen, ihr Grundstück an der Route 24 zu verkaufen«, sagte Jeff. »Paley ist ein undurchsichtiger Typ, und er hat uns noch nichts darüber sagen können, wo er sich befand, als Hatch erschossen wurde. Ich muss wissen, wo er war, bevor ich ihn als Tatverdächtigen für diese Mordfälle ausschließen kann. Ich habe ihn gebeten, mit seinem Anwalt zu mir zu kommen. Sie werden um fünf Uhr hier sein. Danach, um sechs Uhr, sind Ted Cartwright und sein Anwalt dran.«

»Wir wissen, dass Robin Carpenter gelogen hat«, fuhr er fort. »Es stimmt nicht, dass sie ihren Bruder seit drei Monaten nicht gesehen hat. Ihr Brückengebührenkonto beweist, dass sie um achtzehn Uhr vierzig an genau dem Abend, den die Ex-Frau von Charley angegeben hat, nach New York gefahren ist. In Patsys Restaurant hat ein Angestellter beobachtet, dass Hatch zweitausend Dollar von Robin bekommen hat, was in meinen Augen reichlich viel für ein Geburtstagsgeschenk ist, es sei denn, er sollte ihr dafür im Gegenzug einen kleinen Gefallen tun.

Seit letztem Freitag hat es keine Telefongespräche mehr zwischen Carpenter und Hatch gegeben. Ich gehe davon aus, dass sie ein Handy mit Gebührenguthaben, bei dem der Name nicht registriert wird, benutzt hat, um ihn zu kontaktieren. Sie muss ihm nahe gelegt haben, sich auch so eins zu besorgen. Die Frau, bei der er den Rasen gemäht hat, hat nämlich gesehen, wie er mit zwei Handys hantierte. Ich vermute, das eine war sein reguläres Handy und das andere ein nicht registriertes. Ich vermute auch, dass er bei diesem Anruf mit jemandem verabredet hat, sich an der Lücke in der Hecke zu treffen.

Natürlich wissen wir nicht mit Sicherheit, dass Robin die Anruferin war, aber ich gehe jede Wette ein, dass das Schicksal von Charley Hatch in dem Augenblick besiegelt war, in dem sein Auftraggeber erfahren hat, dass seine Jeans, Schuhe und Schnitzfiguren beschlagnahmt worden waren. Er war nicht der Typ, der einem stundenlangen Verhör gewachsen gewesen wäre.«

Schweigend folgten die Ermittler Jeffs Gedankengängen und warteten auf eine Gelegenheit, einen Beitrag zu seiner Analyse der Ereignisse liefern zu können.

»Ted Cartwright hasste Georgette Grove, und er wollte sich ihr Grundstück unter den Nagel reißen, womit er immerhin ein Motiv besaß, sie zu töten«, fuhr Jeff fort. »Wir wissen, dass er auf gewisse Weise mit Robin Carpenter zusammenarbeitete und dass sie ein Verhältnis hatten, vielleicht immer noch haben. Möglicherweise hat Zach Willet seit Will Bartons Tod über all die Jahre Geld von Cartwright erpresst. Darüber werden wir mehr wissen, wenn wir mit Mrs. Nolan gesprochen haben.

Ich denke, dass wir mit ein bisschen Glück diese Fälle in den nächsten Tagen knacken werden«, schloss er seine Ausführungen. Er bemerkte, dass Mort Shelley die Tür zu seinem Büro geöffnet hatte. Sie tauschten einen Blick aus, und Shelley beantwortete Jeffs unausgesprochene Frage: »Er befindet sich dort, wo er gesagt hat. Die Kollegen beschatten ihn.«

»Sie dürfen ihn auf keinen Fall verlieren«, sagte Jeff leise.

73

Dies war das Gerichtsgebäude, in dem der Prozess stattgefunden hatte. Als ich durch die Treppen und Flure lief, kamen mir die furchtbaren Tage wieder ins Gedächtnis. Ich erinnerte mich an den unergründlichen Blick des Richters. Ich erinnerte mich, dass ich Angst vor meinem Anwalt hatte, dass ich ihm nicht traute und doch gezwungen war, neben ihm zu sitzen. Ich erinnerte mich, wie ich den Zeugen zuhören musste, die aussagten, dass ich meine Mutter absichtlich getötet hätte. Ich erinnerte mich, dass ich mich bemühte, mich aufrecht zu halten, weil meine Mutter mich immer ermahnt hatte, nicht so krumm zu sitzen. Es fiel mir nicht leicht, weil ich schon damals ziemlich groß für mein Alter war.

Benjamin Fletcher wartete hinter dem Haupteingang zum Büro des Staatsanwalts auf mich. Er war besser gekleidet als bei unserem ersten Zusammentreffen in seinem Büro. Sein weißes Hemd wirkte einigermaßen frisch, sein dunkelblauer Anzug war gebügelt, seine Krawatte saß korrekt. Er drückte mir die Hand und hielt sie einen Moment lang fest. »Mir scheint, ich schulde einem kleinen zehnjährigen Mädchen noch eine Entschuldigung«, sagte er. »Ich hab das Kind zwar rausgehauen, aber ich muss zugeben, dass ich Cartwrights Version, wie sich die Dinge abgespielt haben, auf den Leim gegangen bin.«

»Ich weiß«, sagte ich, »aber wichtig ist, dass Sie mich rausgehauen haben.«

»Das Urteil lautete: nicht schuldig«, fuhr er fort, »aber es beruhte lediglich auf begründetem Zweifel. Die meisten Menschen, sowohl der Richter als auch ich, hatten das Gefühl, dass Sie vermutlich schuldig waren. Wenn wir diese letzte Episode hinter uns gebracht haben, werde ich dafür sorgen, dass jedermann begreift, was Sie durchmachen mussten und dass Sie nichts als ein unschuldiges Opfer gewesen sind.«

Ich spürte, wie mir die Tränen in die Augen stiegen, und vermutlich bemerkte es auch Fletcher. »Kostenlos natürlich«, fügte er hinzu, »und ich kann Ihnen versichern, dass mir dieses Wort in der Seele weh tut.«

Ich musste lachen, worauf er es auch abgesehen hatte. Ich fühlte mich plötzlich geborgen und voller Zuversicht, dass meine Interessen bei diesem massigen, über siebzigjährigen Mann gut aufgehoben waren.

»Ich bin Anna Malloy, die Sekretärin von Mr. MacKingsley. Würden Sie mir bitte folgen?«

Die etwa sechzigjährige Frau hatte ein freundliches Gesicht und ging mit energischen, schnellen Schritten voraus. Während ich ihr durch den Gang folgte, dachte ich, dass sie eine von diesen mütterlichen Sekretärinnen sein musste, die immer meinen, alles besser zu wissen als ihr Chef.

Jeff MacKingsleys Büro war groß und wirkte angenehm. Ich hatte diesen Mann von Anfang an instinktiv gemocht, selbst als ich ihm übel genommen hatte, unangemeldet vor meiner Haustür aufzutauchen. Er erhob sich und kam hinter seinem Schreibtisch hervor, um uns zu begrüßen. Ich hatte mir die größte Mühe gegeben, meine geschwollenen Augenlider unter ein wenig Makeup zu verstecken, doch ich glaube nicht, dass es mir gelang, ihn zu täuschen.

Nachdem Benjamin Fletcher an meiner Seite saß, ein alternder Löwe, bereit, beim kleinsten Anzeichen von Gefahr zum Angriff überzugehen, erzählte ich Jeff alles, was ich über Zach wusste. Ich erzählte ihm, dass ich als Zehnjährige in der Haftanstalt seinen Namen gesagt und danach in nicht enden wollendes Wehklagen ausgebrochen war. Ich erzählte ihm, dass ich mich erst im Lauf der letzten zwei Wochen vollständig an die letzten Worte meiner Mutter erinnert hatte: *Du hast es zugegeben, als du besoffen warst. Du hast meinen Mann umgebracht. Zach hat es gesehen.*

»Deswegen hat meine Mutter ihn hinausgeworfen«, sagte ich. Detective Ortiz und eine Stenografin saßen auch mit im Raum, doch ich beachtete sie nicht. Ich wollte, dass dieser Mann, der einen Eid darauf abgelegt hatte, für die Sicherheit der Menschen in Morris County zu sorgen, begriff, dass meine Mutter allen Grund hatte, sich vor Ted Cartwright zu fürchten.

Er ließ mich nahezu ohne Unterbrechung reden. Ich nehme an, dass ich auf meine Art alle Fragen beantwortete, die er mir hatte stellen wollen. Als ich erzählte, wie ich zu Zach gefahren war, geklingelt und ihn dann im Auto entdeckt hatte, fragte er allerdings nach einigen Einzelheiten.

Als ich mit meinem Bericht fertig war, warf ich einen Blick auf Benjamin Fletcher und sagte, wohl wissend, dass ihm das nicht gefallen würde: »Mr. MacKingsley, Sie können mir jetzt auch Fragen zu Georgette Grove und Charley Hatch stellen. Sie wissen sicherlich inzwischen, warum ich es so schnell von der Holland Road nach Hause geschafft habe. Ich kenne den Weg schon aus meiner Kindheit. Meine Großmutter wohnte ganz in der Nähe.«

»Moment mal«, unterbrach Benjamin Fletcher. »Wir waren uns einig, dass wir nicht über diese Fälle sprechen wollten.«

»Wir werden es wohl müssen«, antwortete ich. »Es wird an die Öffentlichkeit dringen, dass ich Liza Barton bin.« Ich blickte zu Jeff MacKingsley. »Weiß es bei den Medien schon jemand?«

»Tatsächlich war es so, dass jemand von der Presse, Dru Perry, uns den entscheidenden Hinweis gegeben hat«, antwortete Jeff. »Vielleicht werden Sie irgendwann bereit sein, mit ihr zu sprechen. Sie hat mir gegenüber große Anteilnahme für Ihre Geschichte gezeigt.« Dann setzte er hinzu: »Weiß Ihr Ehemann, dass Sie Liza Barton sind?«

»Nein«, sagte ich. »Es war ein schrecklicher Fehler, aber ich habe Jacks Vater, meinem ersten Mann, versprochen, dass ich niemandem etwas von meiner Vergangenheit sagen würde. Natürlich werde ich es Alex jetzt sagen, und ich kann nur hoffen, dass unsere Beziehung das überleben wird.«

In der folgenden halben Stunde beantwortete ich alle Fragen, die mir der Staatsanwalt über meine kurze Bekanntschaft mit Georgette Grove und meine völlige Unkenntnis der Person Charley Hatch stellte. Ich berichtete ihm sogar von den seltsamen Anrufen mit den Anspielungen auf Little Lizzie.

Um zehn vor fünf stand ich auf. »Wenn das alles ist, dann möchte ich jetzt gehen«, sagte ich. »Mein Sohn bekommt immer Angst, wenn ich zu lange wegbleibe. Falls noch weitere Fragen auftauchen, rufen Sie mich einfach an. Ich werde sie gerne beantworten.«

Jeff MacKingsley, Fletcher und Detective Ortiz erhoben sich ebenfalls. Ich weiß nicht, warum, aber ich hatte das Gefühl, die drei Männer stünden um mich herum, als ob sie mich beschützen müssten. Fletcher und ich verabschiedeten uns und verließen das Büro. Vor dem Schreibtisch von Jeffs Sekretärin stand eine Frau mit einer wilden grauen Mähne. Sie schien ziemlich wütend zu sein. Ich erinnerte mich, sie am Umzugstag gesehen zu haben. Sie hatte sich unter der Pressemeute befunden, die in den Garten gestürmt war.

Sie stand mit dem Rücken zu mir, und ich hörte sie schimpfen: »Ich habe Jeff das über Celia Nolan erzählt, weil ich es für meine Pflicht hielt, ihn zu warnen. Und was ist der Dank? Meine Exklusivgeschichte ist im Eimer. Die *New York Post* widmet die ganze Seite drei, vielleicht sogar die Schlagzeile der ›Rückkehr von Little Lizzie‹, und sie werden sie ziemlich unverblümt beschuldigen, alle drei Morde begangen zu haben.«

Irgendwie schaffte ich es bis zum Auto. Irgendwie schaffte ich es, ruhig zu bleiben, als ich mich von Benjamin Fletcher verabschiedete. Irgendwie schaffte ich es nach Hause. Ich bezahlte Sue und lehnte dankend ab, als sie anbot, Abendessen für uns zu machen, weil ich, wie sie sagte, so schrecklich blass aussähe. Bestimmt hatte sie Recht.

Jack war in lustloser Stimmung. Vielleicht bekam er eine Erkältung, oder aber er litt unter meiner bedrückten Stimmung. Ich bestellte eine Pizza per Telefon. Bevor sie eintraf, zog ich ihm seinen Schlafanzug an und schlüpfte selbst in Schlafanzug und Morgenmantel.

Ich wollte gleich zu Bett gehen, sobald ich Jack Gute Nacht gesagt hatte. Ich wollte nur noch eines: schlafen, schlafen, schlafen. Es gab mehrere Anrufe. Zuerst von Mr. Fletcher, dann von Jeff MacKingsley. Ich ging beide Male nicht ans Telefon. Beide hinterließen eine Nachricht, in der sie besorgt äußerten, dass ich in sehr aufgewühlter Verfassung sein müsse.

Natürlich bin ich in aufgewühlter Verfassung, dachte ich mir. Morgen werde ich der Star in »Die Rückkehr von Little Lizzie« sein. Von diesem Tag an werde ich dem Schicksal nicht mehr entrinnen können, überall unter dem Namen Little Lizzie bekannt zu sein.

Als die Pizza kam, aßen Jack und ich jeder ein paar Stücke. Mittlerweile war ich mir auch sicher, dass Jack eine Erkältung ausbrütete. Ich brachte ihn um acht Uhr nach oben. »Mom, ich möchte bei dir schlafen«, sagte er mit kläglicher Stimme.

Dagegen hatte ich nichts einzuwenden. Ich sperrte die Außentüren ab und schaltete den Alarm ein. Dann rief ich Alex auf dem Handy an. Er nahm den Anruf nicht entgegen, aber das hatte ich erwartet. Er hatte irgendetwas von einem geschäftlichen Abendessen gesagt. Ich hinterließ eine Nachricht, ich würde das Telefon jetzt abschalten, weil ich früh zu Bett ginge, und er möge mich bitte morgen um sechs Uhr in der Früh, Ortszeit Chicago, anrufen. Ich müsse ihm etwas Wichtiges sagen.

Ich nahm eine Schlaftablette, legte mich ins Bett, und zusammen mit Jack, der sich in meine Arme gekuschelt hatte, schlief ich schnell ein.

Ich weiß nicht, wie lange ich geschlafen hatte, aber es war stockfinster, als ich spürte, wie mein Kopf angehoben wurde und eine Stimme flüsterte: »Trink das, Liza.«

Ich versuchte, die Lippen zusammenzupressen, aber eine starke Hand zwang mich, den Mund zu öffnen. Ich schluckte eine bittere Flüssigkeit, von der ich ahnte, dass sie zerdrückte Schlaftabletten enthielt.

Aus der Ferne hörte ich Jack laut weinen, als jemand ihn wegtrug.

74

»DRU, ICH SAGTE DOCH bereits, das kam nicht von uns«, raunzte Jeff, dessen Geduld mit der Reporterin am Ende war. »Sie scheinen zu vergessen, dass jemand wie Clyde Earley ebenfalls weiß, dass Celia Nolan Liza Barton ist. Wir wissen nicht, ob nicht noch andere Leute sie wiedererkannt haben oder von anderen gehört haben, wer sie ist. Ich glaube zum Beispiel auch, dass derjenige, der den Anschlag auf das Haus an der Old Mill Lane verübt hat, über Celia Nolans Identität Bescheid gewusst haben muss. Die *Post* wird nur die alten Geschichten wieder aufwärmen und versuchen, sie irgendwie mit den neuen Mordfällen in Verbindung zu bringen, aber ich sag Ihnen eins, die sind auf dem falschen Dampfer. Bleiben Sie in der Nähe, dann kann ich Ihnen vielleicht bald die wahre Geschichte liefern, und die werden Sie ganz für sich allein haben.«

»Kann ich mich darauf verlassen, Jeff?« Die Wut der Reporterin legte sich allmählich. Drus Stirn glättete sich, und ihre Lippen entspannten sich.

»Ich denke, Sie haben sich bis heute immer auf mein Wort verlassen können«, entgegnete Jeff in einem Ton, der sowohl Verärgerung als auch Verständnis widerspiegelte.

»Wollen Sie andeuten, dass ich am besten in der Nähe bleiben soll?«

»Ich will nur andeuten, dass es demnächst große Neuigkeiten geben könnte.«

Sie standen an der Tür zu Jeffs Büro. Jeff war sofort hinausgegangen, als er Dru schimpfen hörte.

Jetzt trat Anna zu ihnen. »Sie wissen gar nicht, was Sie dem armen Mädchen angetan haben, Dru«, sagte sie vorwurfsvoll. »Sie hätten ihr Gesicht sehen sollen, als Sie das mit der ›Rückkehr von Little Lizzie‹ gesagt haben. Schließlich wohnt sie ja in Little Lizzies Haus, das arme Ding. Sie schien völlig am Boden zerstört zu sein.«

»Sprechen Sie von Celia Nolan?«, fragte Dru.

»Sie ist direkt hinter Ihnen vorbeigegangen, als sie herauskamen«, sagte Anna. »Ihr Anwalt, Mr. Fletcher, war auch dabei.«

»Liza, ich meine Celia, ist wieder zu *ihm* gegangen? *Er* vertritt sie?« Zu spät begriff Dru, dass Jeff Anna nicht gesagt hatte, wer Celia war. »Ich bleibe in der Nähe, Jeff«, sagte sie schnell und ging mit einem entschuldigenden Blick hinaus.

»Ich erwarte Henry Paley und seinen Anwalt«, sagte Jeff zu Anna. »Es ist fünf Uhr. Sie können für heute Schluss machen.«

»Auf keinen Fall«, entgegnete Anna. »Jeff, ist Celia Nolan wirklich Liza Barton?«

Jeffs Blick veranlasste sie, lieber nicht weiterzufragen. »Ich werde Mr. Paley zu Ihnen schicken, sobald er kommt«, sagte sie. »Und ob es Ihnen gefällt oder nicht, ich weiß sehr genau, wann eine Sache wirklich vertraulich ist.«

»Ich wusste gar nicht, dass es einen Unterschied zwischen ›vertraulich‹ und ›wirklich vertraulich‹ gibt«, sagte Jeff.

»Oh doch, den gibt es«, versicherte ihm Anna gereizt. »Aber, ist das nicht Mr. Paley, der da auf uns zukommt?«

»Doch, das ist er«, antwortete Jeff. »Und der hinter ihm ist sein Anwalt. Schicken Sie sie gleich rein zu mir.«

Henry Paley verlas eine Erklärung für das Protokoll, die ganz offensichtlich von seinem Anwalt verfasst worden war.

Seit mehr als zwanzig Jahren sei er Teilhaber der Immobilienagentur von Georgette Grove. Obwohl er und Georgette unterschiedlicher Meinung gewesen seien über ihren gemeinsamen Grundbesitz an der Route 24 sowie darüber, ob es für ihn an der Zeit sei, sich aus dem Geschäft zurückzuziehen, seien sie immer gute Freunde geblieben. »Es war für mich eine persönliche Enttäuschung, als ich feststellen musste, dass Georgette meinen Schreibtisch durchsucht und einen Aktenhefter daraus entnommen hat, in dem ich Notizen über meine Abmachungen mit Ted Cartwright gesammelt hatte«, sagte er in steifem Ton.

Henry gab zu, häufiger in der Holland Road gewesen zu sein, als er anfänglich angegeben hatte, bestand aber darauf, dass nur der nachlässige Umgang mit seinem Terminkalender der Grund dafür sei.

Weiterhin räumte er ein, dass Ted Cartwright ihm vor etwa einem Jahr einhunderttausend Dollar angeboten hatte, falls es ihm gelänge, Georgette dazu zu überreden, das Grundstück an der Route 24 zu verkaufen, um Platz zu schaffen für eine kommerzielle Nutzung. Da sie aber nicht zu bewegen war, ihre Meinung zu ändern, war das Ganze hinfällig.

»Bezüglich der Frage, wo ich mich zum Zeitpunkt, oder während des fraglichen Zeitraums, in dem Charley Hatch getötet wurde, befand, möchte ich Folgendes erklären«, las Henry ab. »Ich habe mein Büro um dreizehn Uhr fünfzehn verlassen und bin direkt zur Immobilienagentur von Mark Grannon gefahren. Dort habe ich mich mit Thomas Madison getroffen, einem Cousin von Georgette Grove. Mr. Grannon hatte uns ein Angebot für den Kauf unserer Agentur unterbreitet.

Was den verstorbenen Charley Hatch betrifft: Ich habe Mr. Hatch vielleicht ein paarmal gesehen, als ich Kunden Objekte gezeigt habe, bei denen er die Gärtnerarbeiten verrichtete. Ich kann mich nicht erinnern, je ein Wort mit ihm gewechselt zu haben.

Was den jüngsten Mord betrifft, bei dem es vielleicht irgendeine Verbindung zur Barton-Familie gibt, so habe ich das Opfer, Zach Willet, nicht gekannt, noch bin ich je auf einem Pferd geritten oder habe ich Reitunterricht genommen.«

Sichtlich zufrieden mit sich, faltete Henry seine Erklärung ordentlich zusammen und blickte zu Jeff. »Ich schätze, das umfasst so ziemlich alles, was Sie interessieren könnte.«

»Mag sein«, sagte Jeff freundlich. »Aber ich habe doch noch eine Frage: Glauben Sie nicht, dass Georgette Grove, wenn sie noch hätte weiterleben dürfen, sich erst recht darauf versteift hätte, das Grundstück an der Route 24 um keinen Preis herzugeben, nachdem sie erfahren hat, was für eine enge Beziehung Sie zu Ted Cartwright pflegen? Nach allem, was ich von ihr gehört habe, wäre das ihre Reaktion gewesen.«

»Ich erhebe Einspruch gegen diese Frage«, sagte Paleys Anwalt aufgebracht.

»Sie befanden sich in der Nähe der Holland Road, als Georgette erschossen wurde, Mr. Paley, und ihr Tod hat es Ihnen ermöglicht, ein besseres Geschäft zu machen als das, welches Ihnen Cartwright angeboten hat. Das wäre dann alles für heute. Ich danke Ihnen, dass Sie gekommen sind, um Ihre Erklärung abzugeben, Mr. Paley.«

75

Der schwere Rahmen, in dem sich einst ein Spiegel befunden hatte, und der danach dazu bestimmt worden war, die Souvenirs von Zach Willets fünfundzwanzigstem Jubiläum aufzunehmen, lag auf einem großen Schreibtisch in einem nicht besetzten Raum unweit von Jeff MacKingsleys Büro.

Liz Reilly war erst seit wenigen Monaten im Büro des Staatsanwalts und fieberte vor Aufregung, dass sie bei einem Mordfall hinzugezogen wurde. Man hatte sie beauftragt, alle Karten, Zettel und Fotos, die an dem Bild befestigt waren, einzeln unter die Lupe zu nehmen und besonders nach einem Foto zu suchen, auf dem eine Kugel zu sehen war, die in einem Baum steckte oder auch in einem anderen Gegenstand, etwa einem Zaunpfahl oder einem Brett. Das oder die Fotos könnten Großaufnahmen von irgendwelchen Einzelheiten sein, hatte man ihr gesagt. Es könnte auch ein Reitweg darauf zu sehen sein und vielleicht ein Warnschild, das an der Einmündung eines Reitwegs stehe. Andere Ermittler waren damit beschäftigt, den gesamten Rest durchzukämmen, der in Zachs Wohnung gefunden worden war, in der Hoffnung, ein Geschoss und die passende Hülse dazu zu finden.

Liz hatte das Gefühl, dass irgendetwas Wichtiges aus dem vor ihr liegenden, hoffnungslos überfrachteten Gesamtkunstwerk zum Vorschein kommen könnte. Sie war immer mit Feuereifer dabei, wenn sie zu einem Tatort mitgenommen wurde, weil sie es liebte, die Arbeit der Spurensicherung und das Sammeln von Beweismaterial mitzuerleben.

Sie war sicher, dass die Collage ein perfekter Ort war, um ein Foto zu verstecken oder einen kleinen Gegenstand, den man in einer Schublade oder einem Ordner leicht entdecken würde.

Der Klebefilm, mit dem die Fotos, Grußkarten und Zettel befestigt waren, war vergilbt und trocken und ließ sich leicht von dem Korkbrett lösen, das Zach als Hintergrund eingefügt hatte. Recht schnell hatte sie alles in sauberen Stapeln vor sich auf dem Tisch. Liz grinste in sich hinein, als sie die ersten Sprüche auf den Glückwunschkarten las: »Alles Gute für die nächsten 25, Zach!«, »Zeig's ihnen, Cowboy!«, »Alles Glück dieser Erde liegt auf dem Rücken der …«

Sehr bald warf sie nur noch mehr oder weniger mechanisch einen kurzen, prüfenden Blick auf die Karten und Fotos, während sie die Stapel Stück für Stück durchging. Es schien so, als würde sie hier bloß ihre Zeit verschwenden. Aber Liz machte geduldig weiter, bis nur noch die Karikatur selbst übrig blieb. Sie war mit schwarzem Stift auf dicken Malkarton gezeichnet worden und statt mit Klebefilm mit Reißzwecken auf der Korkplatte befestigt. Gut, dann werden wir uns die auch mal vornehmen, dachte Liz. Als sie die Karikatur ablöste und umdrehte, entdeckte sie auf der Rückseite, ebenfalls mit Klebefilm befestigt, einen verschlossenen A5-Umschlag. Liz entschied, den Umschlag besser in Anwesenheit von Zeugen zu öffnen.

Sie eilte über den Flur zum Büro des Staatsanwalts. Die Tür stand offen, Jeff MacKingsley stand am Fenster und streckte sich.

»Mr. MacKingsley, darf ich Ihnen kurz etwas zeigen?«

»Natürlich, Liz. Was denn?«

»Dieser Umschlag hier war auf der Rückseite der Karikatur von Zach Willet befestigt.«

Jeff blickte vom Umschlag zu Liz und wieder auf den Umschlag. »Wenn es das ist, was ich hoffe …«, sagte er. Ohne den Satz zu vollenden, ging er zu seinem Schreibtisch und holte einen Brieföffner aus der Schublade. Er schlitzte den Umschlag seitlich auf und schüttelte ihn. Zwei metallene Gegenstände kullerten auf den Schreibtisch.

Jeff griff in den Umschlag und zog einen handgeschriebenen Brief und ein halbes Dutzend Fotografien heraus. Die erste war eine Nahaufnahme, auf der eine sehnige Hand zu sehen war, die auf einen Baumstamm deutete, in dem deutlich sichtbar eine Kugel steckte. Unter dem Einschussloch war eine Zeitung befestigt worden, auf der das Tagesdatum zu erkennen war – der 9. Mai – sowie das Jahr, in dem Will Barton umgekommen war. Ein zweites Foto zeigte eine andere Seite derselben Zeitung mit einem Bild, auf dem Ted Cartwright stolz seine Pistole präsentierte.

Ein zweiseitiger Brief, ordentlich geschrieben, aber voller Rechtschreibfehler, enthielt Zachs drastische, aber auch seltsam würdevolle Schilderung der Ereignisse, die zu Will Bartons Tod geführt hatten.

Er beschrieb, wie Cartwright mit seinem kräftigen Pferd auf die nervöse Stute, die der unerfahrene Will Barton ritt, losgestürmt war. Er habe gesehen, dass Ted mit seinem Pferd die Stute auf den gefährlichen Pfad gezwungen hatte. Und als sie nahe an den Rand des Abgrunds gelangt war, habe er beobachtet, wie Ted den Schuss abgegeben habe, bei dem das panische Pferd durchgegangen und mitsamt seinem Reiter in die Schlucht gestürzt war.

Jeff wandte sich an Liz: »Gute Arbeit. Das hier ist enorm wichtig, vielleicht der entscheidende Durchbruch, den wir brauchen.«

Liz verließ Jeffs Büro, hoch zufrieden über die Reaktion des Staatsanwalts auf das von ihr entdeckte Beweismaterial.

Als Jeff wieder allein war und darüber nachsann, dass alles, was Celia ihm erzählt hatte, der Wahrheit entsprach, wurde er erneut unterbrochen, als Nan Newman, die ältere Ermittlerin, in sein Büro stürmte. »Chef, ich hab was für Sie. Sie werden es nicht für möglich halten. Rap Corrigan, der Knabe, der Zach Willet in seinem Auto gefunden hat, ist zu mir gekommen, um seine Zeugenaussage zu machen. Als ich ihn vorn an der Tür abgeholt habe, kamen zufällig gerade Ted Cartwright und sein Anwalt in den Vorraum. Rap sind fast die Augen rausgefallen, als er Cartwright gesehen hat, und er hat mich regelrecht am Ärmel in den Gang gezogen, um mir etwas zu sagen.

Jeff, Rap ist sich hundertprozentig sicher, dass Ted Cartwright einer der angeblichen Möbelpacker ist, die er gestern in Zachs Wohnung gelassen hat.«

76

Ted Cartwright trug einen tadellos geschnittenen dunkelblauen Anzug, ein hellblaues Hemd mit Doppelmanschetten und eine rot-blau gemusterte Krawatte. In betont aufrechter Haltung betrat er Jeffs Büro, seinen Anwalt im Schlepptau. Mit seiner weißen Haarpracht, den stechend blauen Augen und der imposanten Statur war er der Inbegriff des einflussreichen Unternehmers.

Hinter seinem Schreibtisch sitzend, beobachtete Jeff seelenruhig den Einzug und wartete ab, bis Cartwright und sein Anwalt vor ihm stehen blieben, bevor er sich erhob. Er bot ihnen nicht die Hand an, sondern deutete lediglich einladend auf die Stühle, die dicht vor seinem Schreibtisch standen.

Als Zeugen für die Vernehmung hatte Jeff Angelo Ortiz und Paul Walsh hinzugezogen, die bereits auf ihren Stühlen an der Seite des Staatsanwalts saßen. Die Stenographin saß ebenfalls auf ihrem Platz und hatte ihre gewohnt ausdruckslose Miene aufgesetzt. Irgendjemand hatte einmal über Louise Bentley gesagt, selbst wenn sie das Geständnis von Jack the Ripper hätte aufzeichnen müssen, hätte sich bei ihr vermutlich kein einziger Gesichtsmuskel geregt.

Cartwrights Anwalt stellte sich vor. »Mr. MacKingsley, mein Name ist Louis Buch, und ich vertrete Mr. Theodore Cartwright als Anwalt. Ich möchte zu Protokoll geben, dass mein Mandant äußerst betroffen ist über das unglückliche

Ableben von Zach Willet und sich auf die Bitte Ihres Büros hin bereit erklärt hat, aus freiem Willen hier und heute zu erscheinen, und dass es sein Wunsch ist, Sie nach Möglichkeit bei Ihren Ermittlungen, den Tod von Mr. Willet betreffend, zu unterstützen.«

Jeff MacKingsley blickte Ted gelassen an. »Wie lange kannten Sie Zach Willet, Mr. Cartwright?«

»Oh, ich glaube, so an die zwanzig Jahre«, antwortete Ted.

»Wirklich, Mr. Cartwright? Sind es nicht schon mehr als dreißig Jahre?«

»Zwanzig, dreißig.« Cartwright zuckte die Achseln. »Auf jeden Fall eine sehr lange Zeit.«

»Würden Sie sagen, dass Sie mit ihm befreundet waren?«

Ted zögerte. »Das hängt davon ab, wie man Freundschaft definiert. Ich kannte Zach gut. Ich mochte ihn. Ich liebe Pferde, und er kannte sich mit ihnen aus wie kein anderer. Ich bewunderte seine Fähigkeit, mit ihnen umzugehen. Auf der anderen Seite wäre es mir nie in den Sinn gekommen, ihn zum Abendessen einzuladen oder sonstwie engeren gesellschaftlichen Umgang mit ihm zu pflegen.«

»Dann zählen Sie es also nicht als gesellschaftlichen Umgang, wenn Sie einen Drink mit ihm an der Bar im Sammy's nehmen?«

»Selbstverständlich habe ich einen Drink mit ihm genommen, wenn ich ihn zufällig in einer Bar getroffen habe, Mr. MacKingsley.«

»Ich verstehe. Wann haben Sie zum letzten Mal mit ihm gesprochen?«

»Gestern Nachmittag am Telefon, gegen drei Uhr.«

»Und was war der Grund für diesen Anruf?«

»Wir haben über den Streich gelacht, den er mir gespielt hat.«

»Was für ein Streich war das, Mr. Cartwright?«

»Vor zwei Tagen ist Zach im Verkaufsbüro für meine Reihenhaussiedlung in Madison erschienen und hat meiner Verkäuferin erzählt, ich würde ihm das Musterhaus schenken. Wir hatten eine Wette laufen für das Spiel Yankees gegen Red Sox, und er hatte spaßeshalber gesagt, wenn die Red Sox mit mehr als zehn Runs Vorsprung gewinnen würden, schuldete ich ihm eines der Häuser.«

»Ihrer Verkäuferin hat er aber etwas anderes erzählt«, sagte Jeff. »Er sagte ihr, dass er Ihnen das Leben gerettet hätte.«

»Das war ein Witz.«

»Wann haben Sie Zach zum letzten Mal gesehen?«

»Gestern, gegen zwölf Uhr mittags.«

»Wo war das?«

»Im Washington-Valley-Club.«

»Hatten Sie Streit mit ihm?«

»Ich hab ein bisschen Dampf abgelassen. Wegen dieses dummen Streichs haben wir beinahe einen Kaufinteressenten für dieses Haus verloren. Meine Verkäuferin hat Zachs Behauptung ernst genommen und einem interessierten Ehepaar mitgeteilt, es sei nicht mehr zu haben. Ich wollte Zach einfach nur klar machen, dass er zu weit gegangen ist. Wir konnten das Ehepaar aber dann doch noch verständigen, und sie haben ein Angebot für das Haus gemacht, daher habe ich Zach noch einmal um drei Uhr angerufen, um mich zu entschuldigen.«

»Das ist ja merkwürdig, Mr. Cartwright«, sagte Jeff. »Es gibt nämlich eine Zeugin, die gehört hat, dass Zach am Telefon gesagt hat, er bräuchte das Geld nicht mehr, das das Reihenhaus wert sei, weil er ein besseres Angebot bekommen habe. Können Sie sich erinnern, dass er das gesagt hat?«

»Dieser Satz ist nicht gefallen«, sagte Ted milde. »Ihre Zeugin muss sich irren, Mr. MacKingsley.«

»Das glaube ich nicht. Mr. Cartwright, haben Sie Henry Paley hunderttausend Dollar versprochen, falls er Georgette Grove dazu überreden würde, das Grundstück an der Route 24 zu verkaufen, das sie gemeinsam besaßen?«

»Ich hatte eine geschäftliche Abmachung mit Henry Paley.«

»Georgette stand Ihnen ziemlich im Weg, nicht wahr, Mr. Cartwright?«

»Georgette hatte ihre Art, die Dinge zu betrachten. Ich hab meine.«

»Wo waren Sie am Donnerstag, den 5. September, gegen zehn Uhr morgens?«

»Ich war mit meinem Pferd unterwegs.«

»Waren Sie vielleicht auch auf jenem privaten Reitweg unterwegs, der direkt durch den Wald hinter dem Haus an der Holland Road führt, in dem Georgette Grove ermordet wurde?«

»Ich reite nie auf privaten Reitwegen.«

»Mr. Cartwright, kannten Sie Will Barton?«

»Ja. Er war der erste Ehemann meiner verstorbenen Frau Audrey.«

»Zum Zeitpunkt ihres Todes lebten Sie getrennt von Ihrer Frau?«

»An dem Abend, an dem sie erschossen wurde, hat sie mich angerufen, um über eine Versöhnung zu sprechen. Wir haben uns sehr geliebt. Ihre Tochter Liza hasste mich, weil sie nicht wollte, dass jemand die Stelle ihres Vaters einnahm, und sie hasste ihre Mutter dafür, dass sie mich liebte.«

»Warum haben Sie und Ihre Frau sich getrennt, Mr. Cartwright?«

»Audrey konnte die ständigen Spannungen infolge von Lizas Antipathie nicht mehr ertragen. Wir wollten uns nur für eine gewisse Zeit trennen, so lange, bis sie psychologische Hilfe für ihre gestörte Tochter finden würde.«

»War es nicht so, dass Sie sich getrennt haben, weil Sie eines Abends, als Sie getrunken hatten, Audrey gestanden haben, dass Sie ihren ersten Mann getötet haben?«

»Beantworten Sie diese Frage nicht, Ted«, ging Louis Buch dazwischen. Er sah Jeff an und bemerkte zornig: »Ich dachte, wir wären hier, um über Zach Willet zu sprechen. Ich bin nicht darüber informiert worden, dass es auch um andere Dinge gehen würde.«

»Es ist alles in Ordnung, Lou. Ich werde alle Fragen beantworten.«

»Mr. Cartwright«, sagte Jeff, »Audrey Barton hatte große Angst vor Ihnen. Ihr Fehler war, dass sie nicht zur Polizei gegangen ist. Die Vorstellung, was das für ihre Tochter bedeuten könnte, wenn diese erfahren würde, dass Sie ihren Vater umgebracht haben, um Audrey heiraten zu können, ließ sie wohl davor zurückschrecken. Aber Sie hatten Angst, nicht wahr? Angst, dass Audrey eines Tages doch den Mut aufbringen würde, Anzeige zu erstatten. Es ist immer die Rede von einem Schuss gewesen, der zu dem Zeitpunkt gefallen ist, als Will Barton mit seinem Pferd in die Schlucht gestürzt ist.«

»Das ist ja lächerlich«, sagte Cartwright scharf.

»Nein, das ist es nicht. Zach Willet hat alles mit angesehen. Wir haben sehr interessante Beweisstücke in Zachs Wohnung gefunden: einen schriftlichen Bericht über das, was er mit angesehen hat, ein Foto der Kugel, die in einem Baum in der Nähe der Weggabelung steckte. Er hat genau beschrieben, wie Sie Will Barton in den Tod getrieben haben. Er hat die Kugel und die Hülse gefunden und über all die Jahre aufbewahrt. Ich werde Ihnen seine Erklärung vorlesen.«

Jeff nahm Zach Willets Brief zur Hand und las ihn vor, wobei er bewusst jene Stelle hervorhob, in der Zach beschrieb, wie Ted sein Pferd auf die Stute von Barton gehetzt hatte.

»Das ist ein frei erfundenes Fantasieprodukt und als Beweismittel völlig unzulässig«, sagte Louis Buch erregt.

»Der Mord an Zach ist kein Fantasieprodukt«, entgegnete Jeff. »Er hat Sie siebenundzwanzig Jahre lang erpresst, und dann, als er begriffen hat, dass Sie Georgette Grove umgebracht haben, fühlte er sich seiner Sache so sicher, dass er gemeint hat, er könne seine Forderungen auf ganz andere Höhen hochschrauben.«

»Ich habe weder Georgette Grove noch Zach Willet umgebracht«, sagte Cartwright mit Nachdruck.

»Waren Sie gestern in Zachs Wohnung?«

»Nein.«

Jeff blickte an ihm vorbei. »Angelo, würden Sie Rap zu uns hereinbitten?«

Während sie warteten, sagte Jeff: »Mr. Cartwright, wie Sie sehen, liegen die Beweismittel vor mir, nach denen Sie in Zachs Wohnung gesucht haben – die Kugel und die Hülse aus der Pistole, die Sie abgefeuert haben, um Will Bartons Pferd zu erschrecken, sowie Fotos, welche zeigen, wo und wann das Ganze stattgefunden hat. Sie hatten mit dieser Pistole gerade einen Preis gewonnen, nicht wahr? Später haben Sie die Waffe einem Museum in Washington gestiftet, wie wir festgestellt haben. Sie haben es nicht über sich bringen können, sie verschwinden zu lassen, wollten sie aber auch nicht im Haus haben, weil Sie wussten, dass Zach die Kugel aufbewahrte. Wir haben die Pistole vom Museum angefordert, damit wir Kugel und Hülse damit vergleichen können. Somit werden wir den eindeutigen Nachweis erbringen können, dass diese Kugel und diese Hülse aus jener Pistole abgefeuert wurden.« Jeff blickte auf. »Ah, da haben wir den Sohn von Zachs Vermieterin.«

Auf Angelos aufmunternde Geste hin trat Rap an den Schreibtisch.

»Erkennen Sie jemanden in diesem Zimmer, Rap?«, fragte Jeff.

Als angehender Bühnenkünstler genoss es Rap, im Zentrum der Aufmerksamkeit zu stehen. »Ich erkenne Sie, Mr. MacKingsley«, antwortete er, »und ich erkenne Detective Ortiz. Sie beide waren gestern bei uns, nachdem ich den armen Zach in seinem Auto gefunden hatte.«

»Erkennen Sie sonst noch jemanden, Rap?«

»Ja. Diesen Mann hier.« Er zeigte auf Ted. »Er war gestern bei uns, angezogen wie ein Umzugsmann. Es war noch ein anderer Typ dabei. Ich hab ihnen den Schlüssel zu Zachs Wohnung gegeben. Zach hatte uns gesagt, dass er am Wochenende in so ein schniekes Reihenhaus in Madison umzieht.«

»Sind Sie ganz sicher, dass dies der Mann ist, der gestern zu Ihnen gekommen ist und in Zachs Wohnung war?«

»Absolut sicher. Er hatte eine bescheuerte blonde Perücke auf. Damit sah er echt wie ein Volltrottel aus. Aber dieses Gesicht würde ich immer wiedererkennen, und wenn Sie den anderen Typen finden, würde ich den auch wiedererkennen. Mir ist da noch was eingefallen. Er hat ein kleines rötliches Muttermal an der Stirn, und an seiner rechten Hand fehlt ein Stück vom Zeigefinger.«

»Vielen Dank, Rap.«

Jeff wartete, bis Rap widerstrebend den Raum verlassen und Angelo die Tür hinter ihm geschlossen hatte, dann fuhr er fort: »Robin Carpenter ist Ihre Geliebte«, sagte er zu Cartwright. »Sie haben ihr Geld gegeben, damit sie ihren Halbbruder Charley Hatch überredet, einen Anschlag auf jenes Haus zu verüben, das dank Ihrer Mithilfe von allen Little Lizzie's Place genannt wird. Sie haben Georgette Grove erschossen, und wir werden in der Lage sein, das zu beweisen. Hatch wurde zu einer Gefahr, und daraufhin haben Sie oder Robin ihn aus dem Weg geräumt.«

»Das ist nicht wahr«, brüllte Cartwright und sprang auf.

Louis Buch erhob sich, sprachlos und außer sich vor Wut.

Jeff ignorierte den Anwalt und starrte Cartwright zornig an. »Wir wissen, dass Sie sich Zugang zu Audrey Bartons Haus verschafft haben, um sie zu töten. Wir wissen, dass Sie Will Bartons Tod verursacht haben. Wir wissen, dass Sie Zach Willet getötet haben. Und wir wissen, dass Sie nicht in der Umzugsbranche tätig sind.«

Jeff stand auf. »Mr. Cartwright, ich verhafte Sie wegen Einbruchs in Zach Willets Wohnung. Mr. Buch, wir werden unsere Ermittlungen abschließen, und ich gehe davon aus, dass in den nächsten Tagen gegen Mr. Cartwright Anklage wegen der genannten Morde erhoben wird. Ich werde Detective Walsh anweisen, sich sofort zu Mr. Cartwrights Haus zu begeben und es zu sichern, bis wir einen Durchsuchungsbefehl erwirken.«

Jeff machte eine Pause und fügte dann in sarkastischem Ton hinzu: »Ich könnte mir denken, dass wir auf eine bescheuerte blonde Perücke und Arbeitskleidung für einen Umzugsmann stoßen werden.« Dann wandte er sich an Detective Ortiz und sagte: »Bitte lesen Sie Mr. Cartwright seine Rechte vor.«

77

Zwanzig Minuten nachdem Ted Cartwright aus Jeff MacKingsleys Büro abgeführt worden war, bat Jeff Dru Perry zu sich. »Ich habe Ihnen versprochen, dass Sie Ihre Geschichte bekommen werden«, sagte er, »und das hier ist erst der Anfang. Soeben haben wir Ted Cartwright verhaftet, wegen Einbruchs in Zach Willets Wohnung.«

Dru Perry hatte schon einiges erlebt in ihren langen Jahren als Reporterin, doch bei dieser Nachricht blieb ihr buchstäblich der Mund offen stehen.

»In den nächsten Tagen werden wir noch sehr viel schwerer wiegende Anklagen gegen ihn erheben«, fuhr Jeff fort. »Und zwar geht es um Anklagen wegen Mordes an Will Barton und Zach Willet. Es wird darüber hinaus vielleicht noch mehr Anklagepunkte geben, das hängt von den weiteren Ermittlungen ab.«

»Will Barton!«, rief Dru. »Ted Cartwright hat Liza Bartons Vater getötet?«

»Wir haben Beweise dafür. Außerdem glauben wir, dass er in jener Nacht, als Liza auf ihn geschossen hat, die Absicht hatte, Audrey Barton zu töten. Liza, dieses arme zehnjährige Mädchen, hat lediglich versucht, ihre Mutter vor Ted zu beschützen. Vierundzwanzig Jahre lang hat Liza Barton, die jetzt den Namen Celia Nolan trägt, leiden müssen, nicht nur unter dem Verlust ihrer Mutter, sondern auch unter der allgemeinen Überzeugung, dass sie absichtlich auf ihre Mutter und Ted geschossen hätte, weil sie nicht ertragen konnte, dass sie eine Beziehung hatten.«

Jeff rieb sich müde die Augen. »Es werden in den nächsten Tagen noch eine Menge weiterer Details geklärt werden, Dru, aber Sie können sich darauf verlassen, dass alles, was ich Ihnen gerade gesagt habe, der vollen Wahrheit entspricht.«

»Ich mache diesen Job ja jetzt schon eine ganze Weile, Jeff«, sagte Dru, »aber das hier ist einfach unglaublich. Ich bin nur froh, dass das arme Mädchen einen wunderbaren Mann und einen großartigen Jungen hat. Ich denke, das hat ihr sicher geholfen, das alles überhaupt auszuhalten.«

»Ja«, stimmte Jeff vorsichtig zu, »der kleine Junge ist wirklich prima, und er wird ihr helfen, die ganze Sache durchzustehen.«

»Wollen Sie irgendetwas andeuten?«, fragte Dru. »Sie haben den wunderbaren Ehemann weggelassen.«

»Stimmt«, antwortete Jeff leise. »Ich kann jetzt noch nichts weiter darüber sagen, aber das könnte sich sehr bald ändern.«

78

Ich werde die Treppe hinuntergetragen. Ich bekomme die Augen nicht auf. »Jack.« Ich versuche, seinen Namen zu rufen, aber ich bringe nur ein Flüstern zustande. Meine Lippen fühlen sich taub an. Ich muss unbedingt wach werden. *Jack braucht mich.*

»Alles in Ordnung, Liza. Ich bringe dich zu Jack.«

Es ist Alex, der mit mir spricht. Alex, mein Mann. Er ist hier, nicht in Chicago. Morgen werde ich ihm sagen, dass ich Liza Barton bin.

Aber gerade hat er mich Liza genannt.

In dem Glas waren Schlaftabletten.

Vielleicht träume ich das alles.

Jack. Er weint. Er ruft nach mir. »*Mommy. Mommy. Mommy.*«

»Jack. Jack.« Ich versuche zu schreien, aber ich kann nur stumm die Lippen bewegen.

Ich spüre einen kalten Luftzug an meinem Gesicht. Es ist Alex, der mich trägt. Wo bringt er mich hin? Wo ist Jack?

Ich kriege die Augen einfach nicht auf. Eine Tür wird geöffnet – die Tür zur Garage. Alex legt mich hin. Ich weiß, wo ich bin. Mein Auto, ich bin auf dem Rücksitz meines Autos.

»Jack …«

»Hier, bitte schön. Du kannst ihn haben.« Es ist die Stimme einer Frau, sie klingt schrill und gemein.

»Mommmmmmy!«

Das sind Jacks Arme, die sich fest um meinen Hals legen. Dann vergräbt er den Kopf an meiner Brust.

»Mommmmmmmmmy.«

»Geh raus, Robin, ich lasse jetzt den Motor an.« Die Stimme von Alex.

Die Garagentür schlägt zu. Ich bin allein mit Jack.

Ich bin so schrecklich müde. Ich kann nichts dagegen tun. Ich schlafe ein.

79

Um halb elf Uhr abends saß Jeff immer noch in seinem Büro und wartete auf Detective Mort Shelley. Man hatte ihn bereits davon unterrichtet, dass bei der Durchsuchung von Ted Cartwrights Haus die blonde Perücke, die Möbelpackerkleidung und die Kartons mit den Papieren aus Zachs Wohnung gefunden worden waren. Darüber hinaus hatten sie in einem Safe in seinem Schlafzimmer eine Neun-Millimeter-Pistole entdeckt.

Jeff war sich sicher, dass diese Pistole zu dem Neun-Millimeter-Projektil passte, das in Zachs Gehirn stecken geblieben war.

Damit können wir Cartwright diesen Mord eindeutig anhängen, dachte er, und wenn wir ein bisschen mit seinem Verteidiger verhandeln, könnten wir ihn dazu bringen, auch den Mord an Will Barton zu gestehen. Womöglich wird er sogar zugeben, dass er die Absicht hatte, Audrey Barton zu töten.

Normalerweise wäre Jeff tief befriedigt gewesen über die Aussicht, dass ein Fall wie dieser kurz vor dem erfolgreichen Abschluss stand, doch da war noch seine Sorge um Celia Nolan. Oder Liza Barton, korrigierte er sich in Gedanken. Ich werde es sein, der ihr beibringen muss, dass ihr Ehemann sie betrogen hat und dass er versucht hat, ihr den Mord an Georgette Grove anzuhängen, dachte er, und das alles nur wegen des Geldes, das sie von seinem Cousin Laurence Foster geerbt hat.

An der Tür ertönte ein leises Klopfen, und Mort Shelley trat ein. »Jeff, mir ist schleierhaft, wie dieser Nolan es geschafft hat, bis heute ungeschoren davonzukommen.«

»Was haben Sie denn gefunden, Mort?«

»Wo soll ich anfangen?«

»Wo Sie wollen.« Jeff hatte die ganze Zeit zurückgelehnt in seinem Stuhl gesessen. Jetzt richtete er sich auf.

»Alex Nolan ist ein Hochstapler«, sagte Mort bestimmt. »Er ist zwar tatsächlich Anwalt und Gesellschafter einer Sozietät, die früher einen großen Ruf hatte. Heute ist das jedoch nur noch eine Zwei-Mann-Angelegenheit, die vom Enkel des Gründers betrieben wird. Er und Nolan gehen im Wesentlichen getrennte Wege. Nolan gibt an, auf Testamente und Stiftungen spezialisiert zu sein, hat aber nur eine Hand voll Klienten. Es hat mehrere Verfahren wegen Verletzung der Standesregeln gegen ihn gegeben, zweimal wurde ihm vorübergehend die Lizenz entzogen. Seine Ausrede war jedes Mal, dass er ein schlampiger Buchhalter sei, kein Dieb, und er hat es geschafft, einer Anklage zu entgehen.«

In Shelleys Stimme klang zunehmend Verachtung mit, während er weiter aus seinen Notizen vortrug und in dem dicken Aktenhefter blätterte, den er vor sich hatte. »Er hat in seinem ganzen Leben nie einen Dollar auf ehrliche Weise verdient. Sein Geld stammt aus dem Vermächtnis einer vor vier Jahren gestorbenen, damals siebenundsiebzig Jahre alten Witwe, die er umgarnt hatte. Die Familie war natürlich äußerst empört, aber um zu verhindern, dass ihre Verwandte, eine vornehme und kultivierte alte Dame, zum allgemeinen Gespött würde, sind sie nicht vor Gericht gezogen. Mit diesem Betrug hat Nolan drei Millionen Dollar eingesackt.«

»Nicht schlecht«, sagte Jeff. »Die meisten Leute würden danach aufhören.«

»Jeff, für einen wie Alex Nolan bedeutet diese Summe nicht viel. Er möchte an das ganz große Geld rankommen, zu der Sorte Leute gehören, bei denen es um Privatflugzeug, Jacht und richtig dicke Häuser geht.«

»Celia – ich meine Liza – gehört nicht zu dieser Sorte.«

»Sie nicht, aber ihr Sohn. Verstehen Sie mich nicht falsch. Sie hat ziemlich viel Geld. Laurence Foster hat gut für sie gesorgt, aber die zwei Drittel seines Erbes, die er Jack vermacht hat, enthalten Fosters Anteile an Patenten aus den Forschungen, die er finanziert hat. Es gibt drei verschiedene Unternehmen, die im Begriff stehen, an die Börse zu gehen, und das bedeutet, dass eines Tages zig Millionen Dollar an Jack gehen werden.«

»Und Nolan wusste davon?«

»Es war in der Öffentlichkeit bekannt, dass Laurence Foster in junge, zukunftsträchtige Unternehmen investierte. Testamente befinden sich in den Akten des Bezirksgerichts, das sie geprüft und bestätigt hat. Nolan musste kein Genie sein, um das rauszukriegen.«

Shelley nahm ein weiteres Blatt aus dem Aktenhefter. »Auf Ihren Vorschlag hin haben wir Fosters private Krankenschwestern ausfindig gemacht, von seinem letzten Krankenhausaufenthalt. Eine von ihnen hat zugegeben, dass Nolan ihr saftige Trinkgelder zugesteckt hat, damit sie ihn zu seinem Cousin ließ. Da lag Laurence Foster bereits im Sterben, und der Kreis der Besucher war auf die engste Familie beschränkt. Vermutlich hat Nolan gehofft, dass er im Testament bedacht werden würde. Foster begann bereits geistige Ausfälle zu zeigen, daher wäre es möglich, dass er selbst derjenige war, der Nolan von Celias Vergangenheit erzählt hat. Natürlich können wir das nicht mit Sicherheit sagen, aber es ergibt durchaus Sinn.«

Jeff presste die Lippen zusammen, während er gebannt zuhörte.

»Bei Nolan ist alles nur Lug und Trug«, fuhr Shelley fort. »Die Wohnung in SoHo gehörte ihm nicht. Er wohnte dort auf monatlicher Basis in Untermiete. Die Möbel waren nicht von ihm. Nichts gehörte ihm. Er hat die drei Millionen, die ihm seine – im wahrsten Sinne des Wortes – alte Freundin hinterlassen hat, ausschließlich dafür verwendet, Liza davon zu überzeugen, dass er ein prominenter und erfolgreicher Anwalt sei.

Ich habe mit Celias Finanzberater, Karl Winston, gesprochen. Er sagte mir, dass Celias Unfall letzten Winter, als sie von einem Auto angefahren wurde, die glückliche Wende für Nolan gebracht hat. Sie war entsetzt bei dem Gedanken, dass Jack keinen nahen Verwandten gehabt hätte, der sich im Fall ihres Todes um ihn gekümmert hätte. Winston sagte mir auch, dass Laurence Foster sein Testament so aufgesetzt hätte, dass ein Drittel seines Vermögens an Celia und zwei Drittel an Jack gehen sollten. Falls Jack stürbe, bevor er das einundzwanzigste Lebensjahr erreicht, sollte alles an Celia gehen. Nach ihrer Heirat mit Alex Nolan hat Celia bestimmt, dass ihr Erbe, bis auf ein paar Stiftungen für wohltätige Zwecke und einen Fonds für ihre Adoptiveltern, zwischen Nolan und Jack aufgeteilt werden soll. Sie hat außerdem Nolan zu Jacks Vormund bestimmt und zum Treuhänder über sein Vermögen bis zu seinem einundzwanzigsten Lebensjahr.«

»Als Nolan gestern hier saß und von dem Foto in der Scheune als dem Foto, auf dem die Familie Barton am Strand von Spring Lake zu sehen sei, gesprochen hat, wurde mir plötzlich klar, dass er derjenige gewesen sein muss, der es dort aufgehängt hat«, sagte Jeff. »Letzte Woche war ich in der Küche, als Liza es mir gegeben hat. Nolan kam herein, als ich es in eine Plastiktüte steckte. Er hat mich nicht gebeten, einen Blick darauf werfen zu dürfen, daher konnte er es eigentlich nicht gesehen haben. Doch gestern wusste er genau, um welches Foto es sich handelte, obwohl in den Zeitungen viele verschiedene Bilder der Barton-Familie zu sehen gewesen waren.«

»Robin ist seit mindestens drei Jahren seine Geliebte«, sagte Shelley. »Ich bin mit einem Bild von Nolan, das ich aus dem Verzeichnis der Anwaltskammer kopiert habe, zu Patsy's gegangen. Einer der Kellner hat dort vor drei Jahren angefangen, und er erinnert sich, sie zusammen gesehen zu haben, als er noch nicht lange dort arbeitete. Er sagte, Nolan habe die Rechnung immer bar bezahlt, was zu ihm passen würde.«

»Ich vermute, dass Robin mit der Geheimhaltung der Beziehung einverstanden war, weil sie genau wie er an das große Geld kommen wollte«, sagte Jeff. »Bei einer Sache hat sie uns ausnahmsweise nicht angelogen, nämlich, dass bei ihrer Bekanntschaft mit Ted Cartwright vermutlich nichts dahinter steckte.

Ich frage mich, ob der Plan, Liza zurück in ihr altes Haus zu bringen, in der Zeit ausgeheckt wurde, als Robin bei der Grove-Agentur angefangen hat und das Haus auf den Markt kam«, überlegte Jeff. »Das Haus als Geschenk kaufen. Mit ihr dort einziehen. Einen Anschlag anzetteln, um ihr einen Schock zu verpassen. Sie als Little Lizzie entlarven. Mit ihrem psychischen Zusammenbruch rechnen, so dass er die Kontrolle über das Vermögen erhalten würde. Aber dann ist etwas schief gegangen. An diesem letzten Abend, als Georgette länger in ihrem Büro geblieben ist, muss sie etwas gefunden haben, was für sie die Verbindung zwischen Robin und Alex herstellte. Henry hat uns erzählt, Georgette habe seinen und Robins Schreibtisch durchsucht. Vielleicht hat sie ein Foto gefunden, auf dem Alex und Robin zu sehen waren oder einen Brief von ihm an sie. Georgette hat Robin um zehn Uhr am Mittwochabend angerufen. Den Grund werden wir wahrscheinlich nie erfahren, es sei denn, Robin packt irgendwann aus.«

»Ich vermute, dass Robin diejenige war, die im Haus an der Holland Road auf Georgette gewartet hat«, sagte Mort. »Nachdem sie und Alex sich einig waren, dass Georgette beseitigt werden musste, könnte das auch der Moment gewesen sein, an dem sie beschlossen haben, die Aufmerksamkeit auf Celia zu lenken, indem sie ein Foto von ihr in Georgettes Handtasche hinterlegten. Und wenn Robin ein Foto in die Handtasche gelegt hat, dann könnte sie auch etwas daraus entnommen haben, was Georgette am Vorabend in ihrem Schreibtisch gefunden hatte. Als dann die Sachen von Charley Hatch von Sergeant Earley beschlagnahmt wurden, ist er für sie ebenfalls zu einem unkalkulierbaren Risiko geworden. Das heißt also, ihr ursprünglicher Plan, sich des Geldes von Liza und Jack zu bemächtigen, hat sie dazu geführt, zwei Morde zu begehen. Und wenn am Ende Celia für diese Morde ins Gefängnis gewandert wäre, dann wäre das die perfekte Lösung gewesen.«

»Es könnte sein, dass Nolan nicht zum ersten Mal in einen Mord verwickelt ist«, sagte Jeff. »Wie Sie wissen, hab ich ein paar unserer Jungs darauf angesetzt, über die Zeit vor seinem Jurastudium zu recherchieren. Er wurde bereits verdächtigt, als eine reiche junge Frau ermordet wurde, mit der er in seiner Zeit am College liiert war. Sie konnten ihm nichts nachweisen, aber die Sache hat sich so abgespielt, dass sie ihn zuerst für jemand anders fallen gelassen hatte. Anscheinend ist er vollkommen ausgerastet und hat sie über ein Jahr lang verfolgt. Sie musste ein richterliches Annäherungsverbot gegen ihn erwirken. Das hab ich erst heute Nachmittag erfahren.«

Jeffs Miene wurde sehr ernst. »Als Allererstes werde ich morgen nach Mendham fahren und Liza alles sagen, was wir wissen. Danach werde ich veranlassen, dass sie und Jack rund um die Uhr bewacht werden. Wenn Nolan nicht in Chicago wäre, hätte ich das bereits heute angeordnet. Aber ich nehme an, dass er und seine kleine Freundin inzwischen äußerst nervös sind.«

Das Telefon klingelte. Anna, die immer noch an ihrem Schreibtisch saß, neben sich Dru Perry, die ihr Gesellschaft leistete, nahm beim ersten Klingelton ab, hörte kurz zu und schaltete dann die Sprechanlage ein. »Jeff, ein Detective Ryan aus Chicago am Telefon. Er sagt, sie hätten Alex Nolan verloren. Er ist vor drei Stunden zu einem geschäftlichen Abendessen gegangen und irgendwann unbemerkt verschwunden, und er ist auch nicht im Ritz-Carlton aufgetaucht.«

Jeff und Mort sprangen auf. »*Drei Stunden*!«, rief Jeff. »Er könnte bereits wieder hier sein!«

80

Ich hatte gehört, dass die Garagentür geschlossen wurde. Der Motor lief. Die Abgase machten mich noch benommener, aber ich wusste, dass ich gegen den Schlaf ankämpfen musste. Jack war wieder eingenickt, nachdem er sich an mich gekuschelt hatte. Ich versuchte, ihn von mir zu schieben. Ich musste irgendwie zum Vordersitz gelangen. Ich musste den Motor abstellen. Wenn wir hier hinten blieben, würden wir sterben. Ich musste mich bewegen. Aber meine Muskeln gehorchten mir nicht. Was in aller Welt hatte mir Alex eingeflößt?

Ich konnte mich nicht rühren. Ich war an der Rücklehne zusammengesunken, halb liegend, halb sitzend. Der Motor machte einen Höllenlärm. Er lief auf Vollgas, das Gaspedal musste festgekeilt worden sein. Bald würden wir bewusstlos werden. Bald würde mein kleiner Junge sterben.

Nein. Nein. Bitte nicht.

»Jack, Jack.« Meine Stimme war nur ein gehauchtes, heiseres Flüstern, aber meine Lippen waren direkt an seinem Ohr. Er bewegte sich. »Jack. Mommy geht es nicht gut. Jack, hilf mir.«

Wieder bewegte er sich, drehte den Kopf hin und her. Dann rollte er sich wieder an meinem Hals ein.

»Jack, Jack, wach auf.«

Ich merkte, dass ich im Begriff war, wieder wegzudämmern. Ich musste dagegen ankämpfen. Ich biss mir so fest auf die Lippe, dass ich Blut schmeckte, doch der Schmerz hielt mich davon ab, bewusstlos zu werden. »Jack, bitte hilf Mommy«, flehte ich.

Er hob den Kopf. Ich hatte das Gefühl, dass er mich anschaute.

»Jack, kletter … nach vorne. Zieh … den Schlüssel … raus.«

Er bewegte sich. Er setzte sich auf und glitt von meinem Schoß. »Es ist so dunkel, Mommy«, sagte er.

»Kletter … nach … vorne«, flüsterte ich. »Los …« Ich spürte, wie ich allmählich in die Bewusstlosigkeit abglitt. Die Wörter, die ich sagen wollte, lösten sich immer mehr in meinem Gehirn auf …

Jacks Fuß streifte mein Gesicht. Er kletterte über die Lehne.

»Der Schlüssel, Jack …«

Aus weiter Entfernung hörte ich ihn sagen: »Ich krieg ihn nicht raus.«

»Drehen, Jack. Du musst … drehen … dann … raus … ziehen.«

Plötzlich war es still. Vollkommen still. Dann rief Jack mit schläfriger, aber stolzer Stimme: »Mommy, ich hab's geschafft! Ich hab den Schlüssel.«

Die Abgase konnten uns immer noch umbringen, dachte ich. Wir mussten hier raus. Jack würde die Garagentür nie alleine aufbekommen.

Er hatte sich über die Lehne gebeugt und schaute auf mich hinunter. »Mommy, bist du krank?«

Die Fernbedienung für die Garagentür, dachte ich – sie klemmt an der Sonnenblende über dem Fahrersitz. Ich hatte Jack oft auf den Knopf drücken lassen. »Jack, mach die … Garagentür … auf«, bat ich. »Du weißt, wie.«

Ich glaube, dass ich für einen Augenblick wegsank. Das rumpelnde Geräusch der Garagentür, die sich langsam öffnete, weckte mich kurz auf, doch dann hörte ich mit einem riesigen Gefühl der Befreiung und Erleichterung auf zu kämpfen und ließ mich in die Bewusstlosigkeit fallen.

Ich wachte in einem Krankenwagen auf. Das erste Gesicht, in das ich blickte, war das von Jeffrey MacKingsley. Seine ersten Worte waren die, die ich hören wollte: »Keine Sorge, Jack geht es gut.« Was er danach sagte, klang voller Verheißung. »Liza, ich hab Ihnen doch gesagt, alles wird gut.«

EPILOG

SEIT ZWEI JAHREN LEBEN wir jetzt in diesem Haus. Nach reiflicher Überlegung habe ich mich entschieden, hier zu bleiben. Für mich war es nicht mehr das Haus, in dem ich meine Mutter getötet hatte, sondern das Haus, in dem ich versucht hatte, ihr das Leben zu retten. Ich habe mein Können als Innenarchitektin eingesetzt, um die Vorstellungen meines Vaters in meinem Sinne zu vollenden. Es ist wirklich schön geworden, und jeden Tag gesellen sich neue glückliche Momente zu den glücklichen Erinnerungen, die ich aus früher Kindheit noch in mir trage.

Ted Cartwright akzeptierte einen Deal, den Staatsanwaltschaft und Verteidigung ausgehandelt hatten. Er bekam dreißig Jahre für den Mord an Zach Willet, fünfzehn Jahre für den Mord an meinem Vater und zwölf Jahre dafür, dass er den Tod meiner Mutter verschuldet hatte, unter gleichzeitigem Vollzug aller Strafen. Teil der Abmachung war, dass er gestehen würde, in der bewussten Nacht mit der Absicht in unser Haus gekommen zu sein, meine Mutter zu töten.

Er hatte in diesem Haus gelebt, als er mit meiner Mutter verheiratet war, und er wusste daher, dass es ein Kellerfenster gab, das aus unerklärlichen Gründen nicht an die Alarmanlage angeschlossen war. So ist er in das Haus gelangt.

Er gab zu, dass er die Absicht gehabt hatte, meine Mutter im Schlaf zu überraschen und zu erdrosseln, und dass er mich, falls ich wach geworden wäre, ebenfalls getötet hätte.

Da er wusste, dass die bevorstehende Scheidung ihn zum Verdächtigen machen würde, rief er von unserem Kellertelefon aus bei sich zu Hause an und wartete dann eine Stunde, bevor er die Treppe hinaufstieg, um seinen Mordplan auszuführen. Der Polizei wollte er erzählen, dass meine Mutter ihn angerufen und gebeten hätte, am nächsten Tag zu ihr zu kommen, um über eine Versöhnung zu reden.

Doch diese geplante Erklärung für den Anruf wurde hinfällig, als ich wach wurde und sich die Ereignisse daraufhin überschlugen. Stattdessen hatte er bei meinem Prozess im Zeugenstand ausgesagt, meine Mutter hätte ihn spät am Abend angerufen und ihn gebeten, zu ihr zu kommen, während ich schliefe.

Als er im Erdgeschoss war, suchte Ted den neuen Code aus dem Adressbuch meiner Mutter heraus und stellte die Alarmanlage ab. Er entriegelte die hintere Eingangstür in der Absicht, es so aussehen zu lassen, als ob die Nachlässigkeit meiner Mutter es dem Täter erlaubt hätte, in das Haus einzudringen. Bei meinem Prozess sagte er später aus, meine Mutter hätte den Alarm abgeschaltet und die Hintertür entriegelt, weil sie auf ihn gewartet habe.

Weiterhin gab Ted an, der andere »Möbelpacker« sei ein gewisser Sonny Ingers gewesen, ein Bauarbeiter, der auf der Baustelle seiner Wohnsiedlung gearbeitet hätte. Die Identifizierung von Ingers wurde durch Rap Corrigans Beschreibung seines Muttermals und des teilweise fehlenden rechten Zeigefingers bestätigt. Nachdem es keine konkreten Anhaltspunkte gab, dass Ingers mit dem Mord an Zach etwas zu tun hatte, bekannte er sich vor Gericht schuldig für den Einbruch in Zachs Wohnung und bekam drei Jahre Gefängnis.

Ich glaube, als Ted in öffentlicher Verhandlung sein Geständnis ablegte und all diese Details vor dem Richter ausbreitete, haben sich viele Leute aus der Gemeinde geschämt, dass sie auf seine Geschichte hereingefallen waren und ein kleines Mädchen verurteilt hatten.

Gegen Henry Paley wurde nach Abschluss der Ermittlungen keinerlei Anklage wegen krimineller Vergehen erhoben. Die Staatsanwaltschaft kam zu dem Schluss, dass Henrys Verschwörung mit Ted Cartwright sich allein darauf beschränkte, Georgette zu überreden, das Grundstück an der Route 24 zu verkaufen. Es gab keinerlei Hinweise darauf, dass er von den Mordplänen wusste oder gar darin verwickelt war.

Es wird viele, viele Jahre dauern, bis Robin Carpenter oder Alex Nolan aus dem Gefängnis entlassen werden, falls es überhaupt je dazu kommt. Beide sitzen lebenslange Freiheitsstrafen ab für den Mord an Georgette Grove und Charley Hatch, sowie für den versuchten Mord an Jack und mir.

Robin gab zu, diejenige gewesen zu sein, die Georgette Grove und ihren Halbbruder Charley Hatch erschoss. Aus der Handtasche von Georgette hatte sie ein Foto von Alex und Robin genommen, das Georgette in Robins Schreibtisch gefunden hatte. Sie hatte das Zeitungsfoto von mir in Georgettes Handtasche und das Foto meiner Mutter in Charley Hatchs Tasche gesteckt.

Unglaublich, wie viele Menschen in den ersten Wochen zu uns kamen, nachdem Jack und ich nur knapp dem Tod entronnen waren. Sie brachten uns kleine Aufmerksamkeiten und Blumen und ihre Freundschaft. Manche erzählten mir, dass ihre und meine Großmutter zusammen in die Schule gegangen seien. Ich fühle mich inzwischen sehr wohl hier. Meine Wurzeln sind hier. Ich habe ein Büro als Innenarchitektin in Mendham eröffnet, doch ich musste die Zahl meiner Kunden einschränken. Über mangelnde Beschäftigung kann ich mich nicht beklagen. Jack ist in der ersten Klasse, und er spielt so ziemlich bei jeder Mannschaft mit, die sich anbietet.

In den Wochen und Monaten nach der Verhaftung von Alex wurde meine Erleichterung über Teds Geständnis überschattet von der Trauer über Alex' Betrug. Jeff war derjenige, der mir geholfen hat zu begreifen, dass der Alex, den ich zu kennen glaubte, niemals existiert hat.

Ich weiß nicht, wann genau mir bewusst wurde, dass ich mich in Jeff verliebt hatte. Ich glaube, er wusste bereits früher als ich, dass wir füreinander geschaffen waren.

Das ist auch ein Grund, warum ich zurzeit so viel um die Ohren habe. Mein Mann, Jeffrey MacKingsley, bereitet sich darauf vor, für das Amt des Gouverneurs zu kandidieren.

DANKSAGUNG

Letztes Jahr fragte mich meine Freundin Dorothea Krusky, die Immobilienmaklerin ist, ob ich von einem Gesetz des Staates New Jersey wüsste, demzufolge ein Immobilienmakler gehalten ist, einen potenziellen Käufer darüber zu informieren, wenn auf dem in Frage stehenden Haus ein Stigma lastet, das dem Käufer unter Umständen psychologischen Schaden zufügen könnte. »Vielleicht könntest du daraus ein Buch machen«, schlug sie vor.

Hab acht auf meine Schritte ist das Ergebnis dieses Vorschlags. Danke, Dorothea.

Ebenso möchte ich all diesen wunderbaren Menschen danken, die von dem Augenblick an, an dem ich die Geschichte zu erzählen beginne, immer für mich da sind.

Michael Korda ist seit über drei Jahrzehnten mein Freund und Lektor par excellence. Cheflektor Chuck Adams ist seit zwölf Jahren der Dritte in unserem Team. Ich bin beiden dankbar für alles, was sie tun, um mich auf meinem Weg als Schriftstellerin zu begleiten.

Meine Literaturagenten Eugene Winick und Sam Pinkus sind treue Freunde, gute Kritiker und großartige Unterstützer. Ich liebe sie.

Dr. Ina Winick hat wieder ihr psychologisches Fachwissen eingebracht und mich während der Arbeit am Manuskript beraten.

Dr. James Cassidy hat meine vielen Fragen bezüglich der Behandlung eines traumatisierten Kindes und der Art und Weise, in der es Gefühlsregungen zeigt, beantwortet.

Lisl Cade, meine Pressereferentin und liebe Freundin, ist immer für mich da. Und wieder ziehe ich meinen Hut vor der Leistung der stellvertretenden Leiterin der Satzredaktion Gypsy da Silva. Herzlichen Dank auch an Satzredakteur Anthony Newfield.

Barbara A. Barisonek von der *Turpin Real Estate Agency* hat mir freundlicherweise ihre Zeit gewidmet, um mich mit der Geschichte von Mendham und den technischen Abläufen in einer Immobilienagentur vertraut zu machen.

Agnes Newton, Nadine Petry und Irene Clark sind ständige Begleiterinnen auf meinen literarischen Reisen. Ein besonderer Dank geht an Jennifer Roberts, Business Center Associate bei The Breakers, Palm Beach, Florida.

Zwei Bücher möchte ich erwähnen, die mir bei der Vertiefung meiner Kenntnisse über die Häuser und die Geschichte der Mendhams eine große Hilfe waren: *Images of America: The Mendhams*, von John W. Rae, und *The Somerset Hills, New Jersey Country Homes* von John K. Turpin und W. Barry Thomson, mit einer Einleitung von Mark Allen Hewit.

Immer wieder ist es eine besondere Freude, wenn die Geschichte zu Ende erzählt ist: Denn dann ist endlich Zeit zu feiern, mit allen Kindern und Enkelkindern, und natürlich mit »ihm«, meinem perfekten Ehemann John Conheeney.